Ma puce
c'est te
d'homme ...

jack

bisou

LA VOLEUSE D'HOMMES

MARGARET ATWOOD

La Voleuse d'hommes

ROMAN TRADUIT DE L'ANGLAIS PAR ANNE RABINOVITCH

LAFFONT

Titre original :

THE ROBBER BRIDE

Un serpent à sonnettes qui ne mord pas
ne vous apprend rien.

Jessamyn WEST

Seul ce qui est entièrement perdu
demande à être nommé interminablement :
Il existe une obsession qui consiste à invoquer
la chose perdue jusqu'à son retour.

Günter GRASS

L'illusion est le premier de tous les plaisirs.

Oscar WILDE

Remerciements

Je voudrais remercier les personnes suivantes pour leur aide : mes agents Phoebe Larmore et Vivienne Schuster ; mes editors Ellen Seligman, Nan A. Talese, et Liz Calder ; David Kimmel, qui m'a renseignée sur certains détails historiques ; Barbara Czarnecki, Judi Levita, Marly Rusoff, Sarah Beale, et Claudia Hill-Norton ; Joan Sheppard, Donya Peroff, et Sarah Cooper ; Michael Bradley, Gary Foster, Kathy Minealoff, et Alison Parker ; Rose Tornato. Merci également à Charles et Julie Woodsworth, à Doris Heffron, et à John et Christine O'Keeffe, pour les indications fournies.

The Face of Battle et *The Mask of Command* de John Keegan ont été une base très utile, ainsi que *None is too Many* de Irving Abella et Harold Troper, et que *The War against the Jews*, de Lucy S. Dawidowics ; pour les batailles et les événements spécifiques, je me suis référée à l'ouvrage de Richard Erdoe's, *A.D. 1000*, et à *The Unknown South of France*, de Henry et Margaret Reuss. L'assassinat de Gerald Bull, l'expert en balistique, est traité dans *Bull's Eye*, de James Adams, et dans *Wilderness of Mirrors*, de Dale Grant.

L'image du corps transformé en abat-jour m'a été gracieusement fournie par Lenore Mendelson Atwood ; et l'expression « cervelle pourrie » me vient d'E.J.A. Gibson. Les empreintes rouges et blanches dans la neige évoquent une histoire que m'a raconté

Earle Birney; l'incident du toboggan et l'appartement peint en noir m'ont été décrits par Graeme Gibson; l'idée d'une robe de chair a surgi du poème de James Reaney, « Le jour du jugement dernier, ou le pic à tête rouge »; l'histoire de l'héroïque tante allemande m'a été en partie suggérée par Thomas Karl Maria Schwarz; et Susan Crean m'a raconté une anecdote sur le professeur qui refusait à ses étudiantes le droit de traiter de sujets militaires.

Le *e* de Zenia se prononce comme un *i* appuyé; Charis se dit *K*aris comme dans *karma*. Les Teutons (IIe siècle après Jésus-Christ) se distinguent des Teutons (Xe siècle après Jésus-Christ).

Pour Graeme et Jess,
pour Ruth, Phoebe, Rosie et Anna.

Et les amis absents.

AU COMMENCEMENT

1

L'histoire de Zenia devrait commencer au moment où elle est apparue. Sans doute en un lieu éloigné dans le temps et l'espace, pense Tony ; un lieu meurtri et tout enchevêtré. Une gravure européenne, peinte à la main, couleur ocre avec un soleil poussiéreux et beaucoup de buissons au feuillage épais, aux vieilles racines tordues, derrière lesquels, à l'abri des broussailles d'où dépasse simplement une botte ou une main inerte, se déroulerait un événement ordinaire mais horrifiant.

Du moins est-ce l'impression que Tony a gardée. Mais tant de choses ont été effacées, tant de plaies cicatrisées, tant d'images délibérément embrouillées, qu'elle n'est plus certaine de savoir lequel des récits de Zenia correspondait à la vérité sur sa vie. Elle peut difficilement l'interroger à présent et, même si elle le faisait, Zenia ne répondrait pas. Ou bien elle mentirait. Avec sérieux, d'une voix entrecoupée, tremblante de chagrin contenu, ou bien sur un ton haletant, comme pour un aveu ; ou bien elle mentirait avec une colère froide, insolente, et Tony la croirait. Elle l'a déjà crue.

Choisissez un fil au hasard, coupez-le, et l'histoire se dénouera ! Tony entame ainsi l'un de ses cours les plus compliqués, celui sur la dynamique des massacres spontanés. Une métaphore qui évoque le tissage ou bien le tricot, et des ciseaux de couture. Elle aime l'employer : le petit choc qu'elle décèle sur le visage de ses auditeurs lui plaît. Ce mélange de confort domestique et de carnage collectif, Zenia l'aurait apprécié, elle qui aimait l'agitation, les contradictions violentes. Mieux, elle les fabriquait. *Pourquoi ?* cela reste un mystère.

Tony ignore pour quelle raison elle veut à tout prix le savoir. Qui s'en soucie, à pareille distance ? Un désastre demeure un désastre ; les victimes, des victimes ; les tués, des tués ; les décombres, des décombres. Rechercher les causes est absurde. Zenia est une sale histoire, il vaut mieux l'oublier. Pourquoi tenter de découvrir ses mobiles ?

Mais Zenia est aussi un puzzle, un nœud : si seulement Tony pouvait tirer une maille et dévoiler un grand pan de vérité, pour tous les protagonistes, et aussi pour elle. Tel est son espoir. Elle croit, comme historienne, au pouvoir salutaire des explications.

Le problème est de savoir où commencer, parce que rien ne part du commencement, et quand c'est fini rien n'est fini, et il faut une préface à tout : une préface, une postface, un tableau d'événements simultanés. L'histoire est une construction mentale, dit-elle à ses étudiants. N'importe quel point de départ est possible et tous les choix sont arbitraires. Pourtant, il existe des moments clés, que nous utilisons comme références parce qu'ils brisent la continuité et changent le sens du temps. Nous pouvons considérer ces événements et dire qu'ensuite les choses n'ont plus jamais été les mêmes. Ils nous procurent des commencements et des dénouements. Des naissances et des morts, par exemple, et des mariages. Des guerres aussi.

Ce sont les guerres qui intéressent Tony, en dépit de ses cols bordés de dentelle. Elle aime les conclusions tranchées.

Zenia partageait ce point de vue, ou du moins Tony l'avait cru. Aujourd'hui, elle n'en est plus sûre du tout.

Un choix arbitraire donc, un moment décisif : le

23 octobre 1990. C'est une belle journée transparente, d'une chaleur hors de saison. Un mardi. Le bloc soviétique éclate, les anciennes cartes se désintègrent, les tribus de l'Est franchissent de nouveau les frontières mouvantes, la situation est tendue dans le Golfe, le marché de l'immobilier s'effondre, et un grand trou s'est formé dans la couche d'ozone. Le soleil entre en Scorpion, Tony déjeune au Toxique avec ses deux amies Roz et Charis, une petite brise souffle sur le lac Ontario, et Zenia revient du royaume des morts.

LE TOXIQUE

2

TONY

Tony se lève à six heures et demie, comme d'habitude. West continue de dormir, il grogne un peu. Sans doute crie-t-il ; dans les rêves, les sons s'amplifient toujours. Tony examine son visage endormi, le menton anguleux relâché, empreint de douceur, les yeux bleus mystérieux d'ermite, fermés avec légèreté. Elle est heureuse qu'il soit encore vivant : les femmes vivent plus longtemps que les hommes et les hommes ont le cœur fragile, quelquefois ils succombent. Bien sûr West n'est pas vieux et elle non plus — ils ne sont même pas vieux du tout —, mais des femmes de son âge se sont réveillées un matin pour trouver leur compagnon mort auprès d'elles. Tony ne considère pas cela comme une pensée morbide.

Elle est heureuse d'une manière plus générale, aussi. Heureuse que West existe sur cette terre, et dans cette maison, et qu'il s'endorme tous les soirs à côté d'elle, et nulle part ailleurs. Malgré tout, malgré Zenia, il est encore là. Cela semble vraiment un miracle. Certains jours elle n'en revient pas.

Sans bruit, pour ne pas le réveiller, elle cherche ses lunettes à tâtons sur la table de nuit, puis se glisse hors du lit. Elle enfile sa robe de chambre de flanelle, ses socquettes en coton et, par-dessus, ses grosses chaussettes de laine grise, et elle fourre ses pieds emmaillotés dans ses pantoufles. Elle a toujours froid aux pieds, un signe d'hypotension. Les chaussons ont la forme de ratons laveurs et lui ont été offerts par Roz il y a des années, pour des raisons sans doute connues d'elle seule. Ce sont exactement les mêmes que les chaussons achetés par Roz à ses jumelles de huit ans, à l'époque, la même pointure. Les ratons laveurs sont un peu râpés à présent et l'un d'eux a perdu un œil, mais Tony n'a jamais su jeter les choses.

Ainsi isolée du sol, elle suit à pas feutrés le couloir qui conduit à son bureau. Elle y passe une heure tous les matins, avant toute chose; elle trouve que cela l'aide à se concentrer. La pièce a une exposition à l'est; aussi profite-t-elle du lever du soleil, s'il est visible. C'est le cas aujourd'hui.

Son bureau a des rideaux verts tout neufs, avec un motif de palmier et de fruits exotiques, et un fauteuil avec des coussins assortis. Roz l'a aidée à choisir le dessin et l'a convaincue malgré le prix du tissu, plus élevé que celui qu'elle aurait consenti à payer si elle avait été seule. *Écoute-moi, mon chou*, disait Roz. *Ça... ça! c'est une affaire. N'oublie pas qu'il s'agit de l'endroit où tu penses! C'est ton environnement mental! Débarrasse-toi de ces assommants voiliers bleu marine! Tu te le dois à toi-même*. Certains jours, Tony se sent accablée par les chèvrefeuilles et les mangues orange, peu importe leur nom; mais la décoration l'intimide, et elle a de la peine à résister à la compétence de Roz.

Elle est plus à l'aise face au reste du bureau. Des livres et des papiers sont empilés sur le tapis; sur le mur, il y a une gravure de la bataille de Trafalgar, et une autre de Laura Secord, dans une tenue blanche peu vraisemblable, franchissant les lignes américaines avec sa vache mythique pour prévenir les Anglais, pendant la guerre de 1812. Des brassées de mémoires de guerre écornés, de recueils de lettres et de volumes jaunis de reportages de journalistes depuis longtemps oubliés, sont entassées dans la bibliothèque vert olive, avec plusieurs exemplaires des deux ouvrages publiés de Tony, *Cinq embuscades* et *Quatre causes perdues*. « Une interprétation nouvelle, originale, fondée sur des recherches méticuleuses », disent les critiques citées sur le dos de la couverture. « À l'affût du sensationnel ; trop enclin aux digressions ; gâché par des détails obsessionnels », disent celles qui ne sont pas mentionnées. Sur les quatrièmes de couverture, Tony, avec ses gros yeux de chouette et son nez de lutin, plus jeune qu'aujourd'hui, fronce légèrement les sourcils, s'efforçant de prendre un air important.

En plus de son bureau de travail elle a une table d'architecte avec un haut tabouret tournant qui la grandit. Elle s'en sert pour annoter les dissertations trimestrielles des étudiants : elle aime se percher sur ce siège et balancer ses petites jambes, les devoirs inclinés devant elle, et corriger à une distance judicieuse, comme si elle peignait. En vérité, elle a toujours été myope, et elle devient aussi hypermétrope. Elle sera bientôt obligée de porter des verres à double foyer.

Elle corrige de la main gauche, avec des crayons de couleurs différentes qu'elle tient entre les doigts de sa main droite comme des pinceaux : le rouge pour les commentaires désagréables, le bleu pour les compliments, l'orange pour les fautes d'orthographe, et le mauve pour les questions. Quelquefois elle inverse les mains. Quand un devoir est terminé elle le laisse tomber sur le sol, avec un bruissement agréable. Pour combattre l'ennui, elle lit parfois quelques phrases à voix haute, à l'envers. *Sevititépmoc seigolonhcet sed ecneics al tse erreug al ed ecneics al*. Comme c'est vrai. Elle l'a dit elle-même, de nombreuses fois.

Aujourd'hui elle note rapidement, elle est synchronisée. Sa main gauche sait ce que fait la droite. Ses deux moitiés sont superposées : il y a seulement une légère pénombre, un infime degré de dérapage.

Tony annote les devoirs jusqu'à huit heures moins le quart. Le soleil inonde la pièce, illuminée par les feuilles dorées des arbres dehors ; un avion à réaction traverse le ciel ; le camion des éboueurs approche dans la rue, cliquetant comme un char. Tony l'entend, elle descend en hâte les escaliers, entre dans la cuisine, soulève le sac en plastique de la poubelle, fait un nœud, et galope en bas des marches du perron, relevant les pans de sa robe de chambre. Elle court quelques mètres pour rattraper le camion. Les hommes lui sourient : ils l'ont déjà vue en peignoir. West est censé s'occuper des ordures, mais il oublie.

Elle revient dans la cuisine et prépare le thé ; elle ébouillante la théière, mesure les feuilles avec soin, chronomètre l'infusion avec sa montre-bracelet à gros chiffres. C'est sa mère qui lui a appris à faire le thé ; l'une des rares choses utiles qu'elle lui ait enseignées. Tony connaît cet art depuis l'âge de neuf ans. Elle se revoit debout sur le tabouret de la cuisine, en train de mesurer le thé, de verser l'eau, et de monter la tasse au premier, avec une tendre précaution, près du lit où sa mère était couchée sous le drap, telle une montagne arrondie, blanche comme une congère. *Comme c'est gentil. Pose-la ici.* Plus tard elle retrouvait la tasse froide, intacte.

Va-t'en, maman, pense-t-elle. *Namam, ne't-av*. Elle la chasse de son esprit, et ce n'est pas la première fois.

West boit toujours le thé que prépare Tony. Il accepte toujours ses offrandes. Quand elle monte avec sa tasse il est debout près de la fenêtre, et considère le jardin automnal, négligé, à l'abandon. (Ils disent tous les deux qu'ils vont y faire des plantations, tôt ou tard. Aucun d'eux ne s'en charge.) Il est déjà habillé : un jean et un sweat-shirt avec une tortue marine et l'inscription *Scales & Tails* : une organisation consacrée à la sauvegarde des amphibies et des reptiles, qui — imagine Tony — ne compte pas encore beaucoup de membres. Il existe tant d'autres choses à sauver, aujourd'hui.

— Voici ton thé, dit-elle.

West se plie en plusieurs endroits pour l'embrasser, comme un chameau qui s'assied. Elle se dresse sur la pointe des pieds.

— Désolé pour la poubelle, dit-il.

— Ça ne fait rien, répond-elle, ce n'était pas lourd. Un œuf ou deux ?

Une fois, pendant la course du matin, elle a trébuché sur son peignoir et a piqué une tête sur les marches. Heureusement, elle a atterri sur le sac, qui a éclaté. Elle ne l'a pas raconté à West. Elle est toujours prudente avec lui. Elle sait combien il est fragile, un rien peut le briser.

3

Tout en surveillant les œufs à la coque, Tony pense à Zenia. Est-ce un pressentiment ? Pas du tout. Elle songe souvent à Zenia, plus que de son vivant. Morte, Zenia représente moins une menace, il n'est plus nécessaire de la repousser dans le coin rempli de toiles d'araignées où Tony conserve ses fantômes.

Pourtant, le seul nom de Zenia suffit à évoquer l'ancien sentiment d'offense, d'humiliation, de souffrance confuse. Ou du moins, son écho. En réalité, à certains moments — au petit matin, en pleine nuit —, elle a de la peine à croire que Zenia soit vraiment morte. Malgré elle, malgré son côté rationaliste, Tony s'attend sans cesse à la voir apparaître, entrant d'un pas nonchalant par une porte déverrouillée, ou passant par une fenêtre laissée ouverte par négligence. Il semble improbable qu'elle se soit simplement évaporée, sans rien laisser derrière elle. Elle était trop envahissante : toute cette vitalité nocive a dû s'engloutir quelque part.

Tony glisse deux tranches dans le grille-pain, puis elle fouille dans le placard pour trouver la confiture. Zenia *est* morte, bien sûr. Disparue et partie pour toujours. Carbonisée. Chaque fois que cette pensée lui vient, Tony inspire profondément, puis pousse un long soupir de soulagement.

Le service funèbre de Zenia a eu lieu il y a cinq ans, ou quatre ans et demi. C'était en mars, Tony s'en souvient parfaitement, une journée grise où la pluie s'était transformée en neige fondue. Elle avait été surprise, à l'époque, du petit nombre de personnes qui se trouvaient là. Surtout des hommes, avec le col de leur manteau remonté. Ils évitaient le premier rang et essayaient de se cacher derrière les autres, comme s'ils ne voulaient pas être vus.

Mitch, le mari fugueur de Roz, n'y était pas, avait remarqué Tony avec intérêt, un peu déçue, mais heureuse pour son amie. Elle sentait que Roz tendait le cou, pour étudier rapidement les visages : elle devait s'attendre à le trouver là, et après ? Après, une scène aurait éclaté.

Charis cherchait aussi, plus discrètement; mais Tony aurait été incapable de reconnaître Billy parmi ces hommes, car elle ne l'avait jamais rencontré. Il était venu et avait disparu, pendant la période où elle ne fréquentait pas Charis. Bien sûr, celle-ci lui avait montré une photo, mais l'image était floue, le haut du crâne coupé, et il portait une barbe. Avec le temps, les visages des hommes changent plus que ceux des femmes. Ils les transforment plus aisément, ajoutant et supprimant barbes et moustaches à volonté.

Tony ne connaissait absolument personne; excepté Roz et Charis, bien sûr. Elles ne rateraient cela pour rien au monde, avait dit Roz. Elles voulaient assister à la fin de Zenia, s'assurer qu'elle était désormais pleinement inopérante (l'expression de Tony). Charis employa le terme *en paix*. Roz préféra *kaput*.

Le service mettait mal à l'aise. Une affaire organisée de bric et de broc, dans une chapelle des pompes funèbres au décor encombrant, avec des tentures cramoisies, qui eût inspiré du mépris à Zenia. Il y avait plusieurs bouquets de fleurs, des chrysanthèmes blancs. Tony se demanda qui avait bien pu les envoyer. Elle-même n'avait rien fait.

Un homme en complet bleu qui se présenta comme l'avocat de Zenia — celui, par conséquent, qui avait téléphoné à Tony pour la prévenir — lut un bref hommage à ses qualités, dont la première citée était le courage. Pourtant, selon Tony, la mort de la jeune femme n'avait pas été particulièrement courageuse. Zenia avait été victime d'un quelconque attentat terroriste au Liban; elle s'était trouvée là par hasard, elle n'était pas visée. Une innocente spectatrice, dit l'avocat. Les deux mots rendirent Tony sceptique : *innocent* n'avait jamais été l'adjectif de prédilection de Zenia, ni le rôle de spectatrice son attitude habituelle. L'avocat ne précisa pas ce qu'elle faisait réellement dans cette rue anonyme de Beyrouth. Au lieu de cela, il dit qu'on se souviendrait longtemps d'elle.

« Il a foutrement raison, chuchota Roz à Tony. Et quant à sa première qualité, le *courage*, il voulait dire qu'elle avait des *gros nichons*. » Tony jugea sa réflexion de mauvais goût, car le volume de la poitrine de Zenia n'était certainement plus d'actualité. À son avis, Roz allait quelquefois trop loin.

Zenia était présente seulement par l'esprit, dit l'avocat, et aussi sous la forme des cendres qu'ils allaient à présent enterrer au cimetière Mount Pleasant. Il prononça vraiment le mot *enterrer*. Dans son testament, Zenia avait exprimé le souhait que ses cendres soient enterrées sous un arbre.

Cela ne lui ressemblait pas du tout. Pas plus que l'arbre. En fait, ce n'était guère le genre de Zenia d'avoir fait un testament, ou pris un avocat. Mais on ne sait jamais, les gens changent. Pourquoi, par exemple, Zenia les avait-elle mises toutes les trois sur la liste des personnes à informer au cas où elle disparaîtrait? Était-ce du remords? Ou bien un ultime pied de nez? Dans ce cas, Tony n'en saisissait pas l'intérêt.

L'avocat n'avait été d'aucun secours : il possédait seulement une liste de noms, ou du moins le prétendait-il. Tony ne pouvait guère s'attendre à ce qu'il explique le comportement de Zenia. L'inverse eût été plus logique.

— Vous n'étiez pas son amie ? dit-il d'un ton accusateur.

— Si, répondit Tony. Mais c'était il y a si longtemps.

— Zenia avait une excellente mémoire, observa l'avocat, avec un soupir.

Tony avait déjà entendu ce genre de soupir.

Roz insista pour qu'elles se rendent au cimetière après la cérémonie. Elle les conduisit dans la plus grosse de ses voitures.

— Je veux voir où ils la mettent, pour y emmener les chiens, dit-elle. Je les dresserai à pisser sur l'arbre.

— Ce n'est pas la faute de l'*arbre*, s'écria Charis, indignée. Tu n'es pas charitable.

— Exact, mon chou ! dit Roz en riant. C'est à ta place que je le fais !

— Roz, tu n'as pas de chiens, protesta Tony. Je me demande quelle espèce d'arbre c'est.

— J'en prendrai, juste pour l'occasion, insista Roz.

— Un mûrier, répondit Charis. Il se trouvait dans le vestibule, avec une étiquette.

— Je ne vois pas comment il pourra pousser, dit Tony. Il fait trop froid.

— Il poussera, poursuivit Charis, si les bourgeons ne sont pas sortis.

— J'espère qu'il va attraper la cloque, dit Roz. Oui, vraiment ! Elle ne mérite pas un arbre.

Les cendres de Zenia se trouvaient dans une boîte scellée en métal, comme une petite mine terrestre. Tony connaissait bien ce genre de boîtes déprimantes et leur préférait la noblesse des cercueils. Elle avait l'impression qu'à l'intérieur les gens avaient été condensés, comme du lait.

Elle croyait que les restes, selon l'expression employée par l'avocat, seraient dispersés, mais la boîte resta fermée et personne n'éparpilla les cendres. (Plus tard — après le service, comme ce matin d'octobre où elle faisait cuire ses œufs — Tony eut l'occasion de se demander ce qu'il y avait réellement à l'intérieur. Sans doute du sable, ou une chose dégoûtante, comme des crottes de chien ou des capotes usagées. Autrefois, lorsque Tony l'avait connue, Zenia aurait été capable d'accomplir ce genre de geste.)

Ils attendirent sous la bruine glacée pendant qu'on plaçait l'urne puis le mûrier. On tassa les mottes. Aucune parole finale ne fut prononcée, pas un mot de séparation. Les gouttes de pluie commençaient à geler, et les hommes en pardessus hésitèrent, avant de s'éloigner en direction de leurs voitures.

— J'ai l'impression désagréable que nous avons oublié quelque chose, dit Tony comme elles s'en allaient.

— Eh bien, personne n'a chanté, répondit Charis.

— Par exemple? demanda Roz. Lui planter un pieu dans le cœur?

— Tony veut peut-être dire que c'était un *être humain*, comme nous, hasarda Charis.

— Un être humain, mon cul, répliqua Roz. Si c'était un être humain, je suis la reine d'Angleterre.

L'idée de Tony était moins bienveillante. Elle pensait que pendant des milliers d'années, quand les gens mouraient — surtout des personnages puissants, ou redoutés —, les survivants s'étaient donné une peine énorme. Ils avaient tranché la gorge de leurs meilleurs chevaux, enterré vivants leurs esclaves et leurs femmes favorites, ils avaient répandu le sang sur la terre. Il ne s'agissait pas de deuil, mais d'apaisement. Ils avaient voulu montrer leur bonne volonté, même feinte, car ils savaient que l'esprit des morts les envierait d'être encore vivants.

J'aurais peut-être dû envoyer des fleurs, pensa Tony. Mais pour Zenia, cela n'aurait pas suffi. Elle en aurait ricané. Il lui fallait un bol de sang. Un bol de souffrance, une mort quelconque. Alors peut-être resterait-elle dans sa tombe.

Tony ne parla pas à West de la cérémonie funèbre. Il aurait été capable d'y aller, et de s'effondrer. Ou alors il se serait abstenu et en aurait éprouvé de la culpabilité, ou il aurait été perturbé qu'elle s'y soit rendue sans lui. Pourtant il savait que Zenia était morte, il l'avait vu dans le journal : un petit rectangle dissimulé au milieu d'autres articles. *Une Canadienne tuée dans un attentat terroriste*. Il n'avait rien dit à Tony, mais l'article avait été découpé dans la page. D'un accord tacite, ils ne mentionnaient jamais Zenia.

Tony présente les œufs dans deux coquetiers en céramique en forme de poulets qu'elle a trouvés en France il y a quelques années. Les Français aiment donner aux plats la forme des mets que l'on y sert. En matière de nourriture ils ne tournent pas autour du pot. Leurs menus ressemblent à un cauchemar de végétarien — cœurs de ceci, cervelle de cela. Tony apprécie cette franchise. Elle possède aussi un plat à poisson français, en forme de poisson.

De façon générale elle n'aime pas faire les boutiques, mais elle a un faible pour les souvenirs. Elle a acheté ces coquetiers près du champ de bataille où le général Marius de Rome avait anéanti cent mille Teutons — ou deux cent mille, cela dépend du chroniqueur — un siècle avant la naissance du Christ. En envoyant au-devant de l'ennemi un petit contingent de ses forces comme appât, il l'avait attiré sur le lieu du carnage. Après la bataille, trois cent mille Teutons avaient été vendus comme esclaves, et quatre-vingt-dix mille autres avaient été jetés — ou non — dans une fosse de la montagne Sainte-Victoire sous la pression d'une prophétesse — peut-être — syrienne, dont le nom aurait bien pu être Martha. Elle portait des habits pourpres, racontait-on.

Ce détail vestimentaire avait été transmis au cours des siècles avec une autorité absolue, malgré l'imprécision d'autres parties du récit. Cependant la bataille avait réellement eu lieu. Tony avait inspecté le terrain : une plaine plate bordée de montagnes sur trois côtés. Un mauvais endroit pour se battre si l'on était sur la défensive. Pourrières était le nom de la ville voisine; elle s'appelle toujours ainsi, à cause de l'odeur des cadavres en putréfaction.

Tony ne mentionne pas (elle ne l'a jamais fait) l'origine des coquetiers à West. Il en serait consterné, plus à cause d'elle que des Teutons pourrissants. Une fois elle a remarqué qu'elle comprenait les rois d'autrefois, et leur habitude de transformer les crânes de leurs ennemis en coupes à vin. C'était une erreur : West aime à penser qu'elle est bonne, bienfaisante. Et indulgente, bien sûr.

Tony a moulu elle-même les grains du café ; elle le sert avec de la crème, en dépit du cholestérol. Tôt ou tard, leurs artères se rempliront de graisse et ils devront y renoncer, mais pas tout de suite. West déguste son œuf; il est absorbé comme un enfant heureux. Les couleurs vives, fondamentales — les tasses rouges, la nappe jaune, les assiettes orange — donnent à la cuisine un air de cour de récréation. Ses cheveux gris semblent être un accident, une transformation inexplicable survenue pendant la nuit. Quand elle l'a connu, il était blond.

— Très bon l'œuf, dit-il.

Des petites choses comme les bons œufs le ravissent, mais il suffit d'un mauvais œuf pour le déprimer. Il est facile de lui faire plaisir, mais difficile de le protéger.

West, se répète Tony. Elle prononce son nom de temps en temps, en silence, comme une incantation. Il n'a pas toujours été West. Autrefois — il y a trente ? trente-deux ans ? — il s'appelait Stewart, jusqu'au jour où il lui a dit combien il détestait le nom *Stew* ; elle l'a donc inversé, et depuis il est devenu West. Pourtant elle a un peu triché : à proprement parler, il aurait dû être *Wets*. Mais voilà ce qui arrive quand on aime quelqu'un, pense Tony. On triche un peu.

— Quel est ton programme pour aujourd'hui ? demande West.

— Tu veux encore un toast ? répond Tony.

Il acquiesce et elle se lève pour surveiller le grille-pain, s'interrompant pour baiser le sommet de son crâne et respirer l'odeur familière de shampooing et de cuir chevelu. Ses cheveux sont clairsemés à cet endroit : bientôt il aura une tonsure, comme un moine. En cet instant elle est plus grande que lui : il ne lui arrive pas souvent de jouir d'une pareille perspective. West n'a pas besoin de savoir avec qui elle déjeune. Il n'aime ni Roz ni Charis. Elles le rendent nerveux. Il sent — à juste titre — qu'elles en savent trop sur lui.

— Rien de très passionnant, dit-elle.

4

Après le petit déjeuner West monte au deuxième étage pour travailler dans son bureau, et Tony retire son peignoir pour enfiler un jean et un chandail de coton, puis elle corrige encore des devoirs. Elle entend, au-dessus, un martèlement rythmé, ponctué par un tumulte qui évoque un chœur d'hyènes en rut, de vaches frappées par des maillets et d'oiseaux tropicaux blessés.

West est musicologue. Une partie de ce qu'il fait est traditionnel — influences, variantes, dérivations —, mais il est aussi impliqué dans l'un de ces projets interdisciplinaires qui sont devenus si populaires ces derniers temps. Il est associé à un groupe de neurophysiologistes de la faculté de médecine ; ensemble, ils étudient les effets de la musique sur le cerveau humain — différentes sortes de musiques, et différentes sortes de bruits, car certaines des trouvailles de West n'ont rien de musical. Ils veulent savoir quelle partie du cerveau écoute, et quelle moitié en particulier. Ils croient que cette information peut être utile aux victimes d'attaques d'apoplexie, et aux gens qui ont perdu l'usage d'une partie de leur cerveau dans des accidents de voiture. Ils branchent des électrodes sur le crâne des gens, mettent de la musique — ou un fond sonore — et observent les résultats sur un écran d'ordinateur en couleur.

Tout cela excite beaucoup West. Il lui apparaît clairement, dit-il, que le cerveau lui-même est un instrument musical, et qu'on peut l'utiliser pour composer de la musique — en se servant de celui d'un autre; du moins, si on a toute liberté d'action. Tony juge cette idée angoissante — et si les scientifiques décident de jouer quelque chose que le propriétaire du cerveau n'a pas envie d'entendre? West affirme que c'est sûrement théorique.

Mais il est très impatient de prendre Tony comme cobaye, parce qu'elle est gauchère. C'est l'une des questions qu'ils étudient. Ils veulent fixer des électrodes sur la tête de Tony, et l'inviter à jouer du piano, car c'est un instrument qui oblige à utiliser ses deux mains simultanément, mais selon des notations différentes. Jusqu'ici Tony a évité l'expérience, prétextant qu'elle a oublié le piano, ce qui est vrai en grande partie; et puis, elle ne veut pas que West examine ce qui pourrait se passer dans son cerveau.

Elle termine son tas de copies et retourne dans la chambre pour se changer avant le déjeuner. Elle regarde dans son placard : il n'y a guère de choix et, quelle que soit sa tenue, Roz plissera les yeux et lui suggérera de faire les magasins avec elle. Roz pense que Tony est trop portée sur les tissus imprimés fleuris comme une tapisserie, pourtant Tony a pris soin de lui expliquer que c'est une manière de se camoufler. En tout cas, le costume de cuir noir qui, selon son amie, exprimait sa vraie personnalité, lui donnait l'air d'un porte-parapluies italien d'avant-garde.

Finalement elle choisit un ensemble en rayonne vert olive avec des petits pois blancs qu'elle a trouvé dans le rayon enfants chez Eaton's. Elle y achète pas mal de vêtements. Pourquoi pas? Ils lui vont et sont moins chers; et, Roz ne se lasse jamais de le faire remarquer, Tony est avare, surtout quand il s'agit de se procurer des habits. Elle préfère de loin économiser l'argent et le dépenser en billets d'avion pour se rendre sur les champs de batailles.

Lors de ces pèlerinages elle collectionne des reliques : une fleur sur chaque site. Ou plutôt, quelques brins, car elle se contente de fleurs ordinaires — des marguerites, des trèfles, des coquelicots. Le genre de sensiblerie qui lui semble plutôt réservé à des gens qu'elle ne connaît pas. Elle fait sécher les fleurs entre les pages des bibles laissées par des sectes prosélytiques dans les tiroirs de coiffeuse des hôtels bon marché et des *pensions* où elle descend. Si elle ne trouve pas de bible, elle les aplatit sous les cendriers. Il y en a toujours.

Puis, quand elle rentre chez elle, elle les colle dans ses albums, par ordre alphabétique : *Azincourt. Austerlitz. Bunker Hill. Carcassonne. Dunkerque*. Elle ne prend pas parti : les batailles sont les batailles, elles contiennent du courage et impliquent la mort. Elle ne parle pas de cette coutume à ses collègues, aucun d'eux n'en comprendrait la raison. Elle n'est pas sûre de la connaître elle-même. Elle ne sait pas ce qu'elle collectionne en réalité, ni quel souvenir elle veut préserver.

Dans la salle de bains, elle arrange son visage. De la poudre sur le nez, mais pas de rouge à lèvres. Sur elle, l'effet est déplorable, artificiel, on croirait l'une de ces bouches en plastique rouge que les enfants collent sur les pommes de terre. Un coup de peigne. Elle se fait couper les cheveux à Chinatown parce que cela ne coûte pas les yeux de la tête, et qu'ils savent coiffer ses cheveux noirs et raides avec quelques mèches en désordre sur le front, toujours de la même manière. On appelait cela une coupe à la garçonne. Avec ses grosses lunettes, ses grands yeux et son cou trop maigre, elle a l'air d'un voyou croisé avec un poussin fraîchement éclos. Elle a encore une assez jolie peau; cela compense les mèches grises. Elle ressemble à une vieille personne très jeune, ou à une jeune personne très vieille; mais elle est comme cela depuis l'âge de deux ans.

Elle entasse les devoirs trimestriels dans son énorme fourre-tout en toile et monte les escaliers en courant pour dire au revoir à West. *Headwinds*, indique la pancarte sur la porte de son bureau, et c'est aussi l'annonce de son répondeur — *Deuxième étage, Headwinds*. C'est le nom qu'il donnerait à son studio d'enregistrement high-tech s'il en avait un. West a mis ses écouteurs, il est relié à la platine de son magnétophone et à son synthétiseur, mais il la voit et répond à son salut. Elle sort par la porte de devant, qu'elle referme à clé. Elle y fait toujours attention. Elle ne veut pas que des drogués entrent pendant son absence et ennuient West.

Le perron en bois a besoin d'être réparé ; il y a une planche pourrie. Elle se promet de s'en occuper au printemps ; il faudra tout ce temps pour organiser une telle entreprise. Quelqu'un a glissé un prospectus sous son paillasson : encore une publicité pour des outils. Tony se demande qui achète ces scies circulaires, perceuses sans fil, râpes et tournevis — et ce que les gens font avec. Peut-être cela leur sert-il d'armes de substitution ; peut-être les hommes y prennent-ils goût quand ils ne font pas la guerre. West ne s'intéresse pourtant pas au bricolage : l'unique marteau de la maison appartient à Tony, et dès qu'il s'agit d'autre chose que de planter un clou, elle consulte les pages jaunes. Pourquoi risquer sa vie ?

Une publicité similaire traîne sur la minuscule pelouse de devant, qui est pleine de mauvaises herbes et a besoin d'être tondue. Ce morceau de gazon dépare le quartier. Tony le sait et en est gênée de temps à autre ; elle s'est juré de faire arracher l'herbe pour la remplacer par des buissons colorés mais résistants, ou bien par du gravier. Elle n'a jamais compris l'intérêt des pelouses. Si elle avait le choix, elle opterait pour un fossé avec un pont-levis, et des crocodiles.

Charis lui rebat sans cesse les oreilles du projet de refaire la pelouse pour la transformer en une petite merveille, mais Tony l'a découragée. Charis créerait un jardin dans le style « nourrissant » des rideaux du bureau — fleurs rampantes, plantes volubiles, téguments voyants — et ce serait trop pour elle. Tony a vu ce qui est arrivé à la bande de terrain derrière chez Roz, qui a cédé aux prières de Charis. Maintenant Roz ne peut rien y changer, et une parcelle de sa cour appartiendra pour toujours à Charis.

Au coin de la rue, Tony se retourne pour regarder sa maison, et l'admirer, comme elle le fait souvent. Au bout de vingt ans elle croit toujours à un mirage, elle ne peut imaginer être propriétaire d'une pareille maison, ou d'une maison tout court. Elle est construite en brique et date de la fin de l'époque victorienne, haute et étroite, avec des bardeaux verts sur le tiers supérieur. La fenêtre de son bureau se situe dans la fausse tour, à gauche : les victoriens aimaient penser qu'ils habitaient des châteaux. Elle est plus grande qu'elle ne le paraît de la rue. Une demeure solide, rassurante; un fort, un bastion, un donjon. À l'intérieur, West, à l'abri du danger, s'absorbe dans la création d'un chaos musical. Quand elle l'a achetée, à l'époque où le quartier était moins coté et les prix plus bas, elle n'aurait jamais pensé que quelqu'un d'autre y vivrait avec elle.

Elle descend les marches du métro, glisse son jeton dans le tourniquet, monte dans le train et s'assied sur le siège en plastique, son fourre-tout sur les genoux, comme une infirmière à domicile. Il n'y a pas foule dans le wagon, son horizon n'est pas bouché par les têtes des gens et elle peut lire les publicités. *Hcnurc !* s'écrie une tablette de chocolat. *Redia suon suov-zevuop ?* supplie la Croix-Rouge. *Sedlos ! Sedlos !* Si elle prononçait ces mots à voix haute les gens croiraient qu'il s'agit d'une autre langue. C'est un autre langage, un langage archaïque, qu'elle connaît bien. Elle pourrait le parler dans son sommeil, et cela lui arrive quelquefois.

Si les fondamentalistes l'y prenaient, ils l'accuseraient de vénérer Satan. Ils jouent des airs populaires à l'envers et prétendent y trouver des blasphèmes cachés; ils croient que l'on peut invoquer le Démon en suspendant la croix la tête en bas ou en disant le Notre-Père dans le mauvais sens. Absurde. Le mal n'a pas besoin de telles invocations, ni de rituels aussi puérils et théâtraux. Rien d'aussi compliqué.

L'autre langage de Tony n'a rien de pernicieux. Il n'est dangereux que pour elle. C'est la couture de son âme, le point où elle se rassemble, et où elle pourrait se briser. Elle n'y résiste pas, néanmoins. Une nostalgie à risques. *Eiglatson*. (Un chef viking de l'âge des ténèbres ? Un laxatif haut de gamme ?)

Elle descend à St-George et prend la sortie de Bedford Road, elle dépasse les mendiants, le marchand de fleurs et le joueur de flûte à l'angle, elle évite de se faire écraser en traversant au feu vert et se dirige vers Varsity Stadium, puis franchit le cercle verdoyant du campus principal. Son bureau se trouve au coin de l'une des anciennes rues latérales, lugubres, dans un bâtiment qui s'appelle McClung Hall.

McClung Hall est un bloc solennel de brique rouge, qui a viré au brun-violet à cause de la suie et des intempéries. Elle y a vécu autrefois, comme étudiante, pendant six années d'affilée, quand c'était encore une résidence de jeunes filles. Il porte, lui avait-on dit, le nom d'une personne qui a aidé les femmes à obtenir le droit de vote, mais elle s'en moquait. Comme tout le monde, à l'époque.

Les premiers souvenirs de Tony évoquent une souricière en cas d'incendie, un lieu surchauffé mais plein de courants d'air, avec des planchers qui craquent et une quantité de bois vermoulu quoique imposant : rampes massives, lourdes banquettes près des fenêtres, épais panneaux de portes. Il y planait une odeur — qui persiste aujourd'hui encore — de garde-manger humide gagné par une pourriture sèche, avec des pommes de terre germées oubliées. À l'époque, il y avait aussi un relent de cuisine, tenace et indigeste, qui filtrait à travers le plancher : du chou tiède, des restes d'œufs brouillés, de la graisse brûlée. Elle évitait habituellement de prendre ses repas dans la salle à manger et emportait en cachette du pain et des pommes dans sa chambre.

Les gens du département de religion comparée s'en étaient emparés dans les années 70, mais depuis, on y avait installé des bureaux de fortune pour le trop-plein de différentes sections prestigieuses, mais appauvries — des personnes qui, croit-on, se servent de leur esprit et non d'un matériel rutilant, qui ne contribuent guère au progrès de l'industrie moderne, et sont censées, dans ces conditions, s'adapter naturellement à un cadre minable. La Philosophie a lancé une tête de pont au rez-de-chaussée, l'Histoire moderne a revendiqué le premier étage. Malgré quelques tentatives peu enthousiastes pour repeindre McClung (qui s'estompent déjà dans le passé), le bâtiment a conservé son apparence austère et circonspecte, vertueux comme du porridge froid en restant sur son quant-à-soi.

Son aspect miteux ne dérange pas Tony. Étudiante, elle s'y plaisait déjà — en comparaison des endroits où elle aurait pu se trouver. Une chambre louée, un studio anonyme. Certains des autres étudiants, plus blasés, l'appelaient McFungus, un nom qui lui est resté au cours des années, mais pour Tony c'était un havre de paix, et elle en demeure reconnaissante.

Son propre bureau se trouve au premier, à deux portes seulement de son ancienne chambre. Celle-ci est devenue la cafétéria, un lieu volontairement sinistre avec une table en plexiglas écaillé, plusieurs chaises dépareillées et une affiche jaunie d'Amnesty d'un homme ligoté avec des barbelés transpercé par une multitude de clous tordus. Il y a un percolateur qui crache et dégouline, et un égouttoir où tous sont censés laisser leurs tasses lavables, par respect pour l'environnement, avec leurs initiales peintes dessus de manière à ne pas attraper leurs gingivites respectives. Tony s'est donné de la peine avec sa propre tasse. Elle s'est servie de vernis à ongles, sur du noir : les mots *Rertne'd esneféd* y sont inscrits. Les gens utilisent parfois les récipients des autres, par erreur ou par paresse, mais personne ne touche au sien.

Elle s'arrête à la cafétéria, où deux de ses collègues, vêtus de joggings, prennent du lait et des biscuits. Il s'agit de Bob Ackroyd, le spécialiste de l'agriculture du XVIIIe, et de Rose Pimlott, historienne et canadianiste, qui est de toute manière une emmerdeuse.

Elle se demande si Rose et Bob ont une *liaison*, comme dirait Roz. Ils rapprochent leurs têtes très fréquemment ces dernières semaines. Mais il s'agit plutôt d'une intrigue de palais. Tout le département ressemble à une cour de la Renaissance : chuchotements, ligues, trahisons mineures, agitation, ressentiments. Tony essaie de rester en dehors mais n'y réussit pas toujours. Elle n'a pas d'alliés particuliers et elle est donc soupçonnée par tous.

Surtout par Rose. Tony continue de lui en vouloir car, il y a deux ans, elle l'a accusée de centrer l'un de ses cours de doctorat sur l'Europe.

— Bien sûr qu'il est centré sur l'Europe ! s'est-elle écriée. Quoi d'étonnant, pour un cours qui s'intitule Stratégie du siège mérovingien ?

— Je pense, a répondu Rose Pimlott, cherchant à sauver sa position, que tu pourrais présenter ton cours du point de vue des victimes. Au lieu de les marginaliser.

— Quelles victimes ? a dit Tony. C'étaient tous des victimes ! Chacun à son tour ! En réalité, ils passaient leur temps à s'efforcer de ne pas être les victimes. C'est le fondement de la guerre !

Ce que Rose Pimlott sait sur la guerre ne vaut pas tripette. Mais son ignorance est voulue : elle veut avant tout écarter la guerre de son chemin et l'empêcher d'être une telle plaie.

— Pourquoi est-ce que tu *aimes* ça ? a-t-elle récemment demandé à Tony, plissant le nez comme si c'était de la morve ou un pet : une chose mineure et dégoûtante, qu'il vaut mieux cacher.

— Est-ce que tu interroges les chercheurs sur le sida pour savoir pourquoi le sida leur plaît ? a répondu Tony. La guerre est *là*. Elle n'est pas près de disparaître. Ce n'est pas que j'aime ça. Je veux découvrir pourquoi tant d'autres gens l'aiment. Je veux découvrir comment cela fonctionne.

Mais Rose Pimlott préfère ne pas regarder, et laisser les autres creuser les fosses communes. Elle pourrait se casser un ongle.

Tony envisage de dire à Rose que Laura Secord, dont le portrait ornant les anciennes boîtes de chocolat qui portaient son nom s'est révélé, sous les rayons X, être celui d'un homme en robe, l'était aussi dans la réalité. Aucune femme, dira-t-elle à Rose, n'aurait pu manifester une telle agressivité, ou — si on veut — un tel courage. Cela la mettrait devant un vrai dilemme ! Elle serait obligée de soutenir que les femmes sont aussi capables ou incapables que les hommes de faire la guerre, ou bien que toutes sont par nature des poules mouillées et des poltronnes. Tony est très curieuse de voir quel parti prendrait Rose. Mais aujourd'hui elle n'a pas le temps.

Elle salue Rose et Bob d'un signe de tête, et ils la regardent d'un air soupçonneux, le genre de réaction auquel elle est habituée de la part de ses pairs. Les historiens estiment qu'elle envahit leur territoire, et devrait abandonner arcs, flèches, frondes, épées, fusils, avions et bombes. Ils pensent qu'elle devrait écrire de l'histoire sociale, se consacrer à l'alimentation de tel peuple à telle époque, ou à la vie de la famille féodale. Les historiennes, qui ne sont pas si nombreuses, ont le même avis, mais pour des raisons différentes. Selon elles, Tony devrait étudier la naissance, et non la mort ; et certainement pas les plans de batailles. Ni déroutes, ni débâcles, ni carnages, ni massacres. Elles pensent qu'elle dessert les femmes.

Dans l'ensemble, elle s'en tire mieux avec les hommes, s'ils parviennent à dépasser le malaise initial ; s'ils réussissent à ne pas l'appeler « ma petite dame », à ne pas s'étonner de la trouver si féminine — en d'autres termes, si petite. Seuls les plus vieux se comportent encore ainsi.

Si elle était moins menue, elle aurait la vie moins facile. Si elle mesurait un mètre quatre-vingts et ressemblait à un camionneur. Si elle avait des hanches. Elle serait alors une menace, une Amazone. C'est l'incongruité qui la rend tolérable. *Un souffle d'air suffirait à te renverser*, pensent-ils en silence, rayonnants. *Vous aimeriez bien*, songe Tony en leur souriant. *Beaucoup s'y sont trompés.*

Elle ouvre la porte de son bureau, puis la referme à clé derrière elle pour cacher sa présence ici. Ce n'est pas son heure de réception mais les étudiants en profitent. Ils la repèrent au flair, comme des chiens de chasse ; toute occasion est bonne pour lui faire de la lèche, ou gémir, ou chercher à l'impressionner, ou la mettre au défi. *Je ne suis qu'un être humain*, voudrait leur dire Tony. C'est faux, bien sûr. Elle détient un pouvoir. Il ne pèse pas bien lourd, mais c'est un pouvoir quand même.

Il y a environ un mois, l'un d'eux — un étudiant du cours d'initiation de seconde année, grand, avec un blouson de cuir et les yeux rouges — a planté un couteau à cran d'arrêt au milieu de son bureau.

— J'ai besoin d'un A ! a-t-il crié.

Tony se sentait à la fois effrayée et furieuse. *Tuez-moi et vous n'aurez pas votre examen !* voulait-elle lui répondre. Mais il avait peut-être pris quelque chose. De la drogue ; ou bien c'était une crise de folie ; ou les deux, ou encore il imitait l'un de ces étudiants fous furieux, assassins de professeurs, qu'il avait vus aux nouvelles. Par chance, ce n'était qu'un couteau.

— J'apprécie votre franchise, lui dit-elle. Asseyez-vous donc sur cette chaise en face de moi, et parlons-en.

— Je remercie les services de psychiatrie, avait-elle confié à Roz au téléphone, après son départ. Mais qu'est-ce qu'ils ont dans le sang ?

— Écoute, mon chou, dit Roz. Je veux que tu te souviennes seulement d'une chose. Tu connais ces substances chimiques qui se trouvent dans le corps des femmes avant leurs règles ? Eh bien, elles sont *tout le temps* dans le corps des hommes.

Peut-être que c'est vrai, pense Tony. Sinon, d'où viendraient les commandos ?

Le bureau de Tony est grand, plus qu'il ne le serait

dans un bâtiment moderne, avec la table éraflée classique, le panneau d'affichage en bois effrité, les stores vénitiens poussiéreux. Des générations de punaises ont détruit la peinture vert pâle ; des fragments de Scotch brillent ici et là, comme du mica dans une grotte. Le traitement de texte de Tony est sur le bureau — il est si lent et si démodé qu'elle ne craint pas qu'on le lui vole — et dans sa bibliothèque se trouvent quelques volumes fiables, qu'elle prête parfois aux étudiants : *Fifteen Decisive Battles of the World*, de Creasy, un ouvrage indispensable ; Liddell Hart ; Churchill, bien sûr ; *The Fatal Decisions* ; et l'un de ses préférés, *The Face of Battle*, de Keegan.

Sur un mur est accrochée une mauvaise reproduction de *La Mort de Wolfe*, de Benjamin West, un tableau lugubre selon Tony ; Wolfe blanc comme un ventre de morue, les yeux pieusement levés vers le ciel, et, autour de lui, un groupe de voyeurs nécrophiles déguisés. Tony le laisse dans son bureau pour garder en mémoire — et rappeler à ses étudiants — la vanité et le goût de la martyrologie qui caractérisent parfois les membres de sa profession. À côté se trouve Napoléon, traversant pensivement les Alpes.

Sur le mur opposé, elle a suspendu une caricature d'amateur à la plume, intitulée « Wolfe en train de pisser ». On voit le général de dos, et son visage au menton mou de profil. Il a une expression maussade, et dans la bulle qui sort de sa bouche sont inscrits ces mots : « Enculez ces boutons. » Le dessin est l'œuvre de l'un de ses étudiants d'il y a deux ans, et lui a été présenté par toute la classe à la fin du trimestre. En règle générale, ses étudiants sont surtout des hommes : peu de femmes sont attirées par des cours comme « Les erreurs tactiques de la fin du Moyen Âge » ou « L'histoire militaire comme artefact », qu'elle enseigne cette année au niveau du doctorat.

Quand elle a ouvert le paquet, ils l'ont tous regardée pour voir comment elle réagirait au mot *enculez*. Les hommes de cet âge semblent penser que les femmes de son âge n'ont jamais entendu de tels mots auparavant. Elle trouve cela touchant. Elle doit faire un effort conscient pour s'empêcher d'appeler ses étudiants « mes enfants ». Si elle n'y prend pas garde, elle va se transformer en une cheftaine chaleureuse et joviale; ou pis, une vieille excentrique savante et capricieuse. Elle va se mettre à cligner de l'œil, et à pincer des joues.

La caricature rend hommage à son cours sur la technologie de la fermeture des braguettes qui, a-t-elle appris, a été surnommé « Tendres boutons », et qui attire habituellement une foule énorme. *Les écrivains sur la guerre* — commence-t-elle — *tendent à se concentrer sur les rois et les généraux, sur leurs décisions, leur stratégie, et négligent des facteurs plus terre à terre, mais également importants, qui peuvent — ils l'ont fait par le passé — mettre en danger les soldats sur le terrain*. Les poux et les puces porteurs de maladies, par exemple. Les bottes défectueuses. La boue. Les microbes. Les maillots de corps. Et la fermeture des braguettes. Le cordon, le rabat, la partie boutonnée, la fermeture Éclair, ont tous joué leur rôle dans l'histoire militaire à travers les âges; sans parler du kilt dont il faut faire l'éloge, d'un certain point de vue. *Ne riez pas*, leur dit-elle. *Essayez plutôt de vous imaginer sur le champ de bataille, avec l'envie de satisfaire un besoin naturel comme cela arrive souvent en cas de stress. Maintenant imaginez-vous en train de vous battre avec ces boutons*.

Elle présente un croquis des boutons en question, un modèle du XIXe siècle exigeant sans nul doute au moins dix doigts et dix minutes chacun.

À présent imaginez un tireur isolé. C'est moins drôle?

Une armée ne se bat pas le ventre creux, mais son sort dépend aussi du système de fermeture de ses braguettes. Certes, la fermeture Éclair — qui a amélioré la rapidité d'ouverture — n'est pas entièrement innocente. *Pourquoi? Utilisez votre cerveau. — Les fermetures Éclair se coincent. Et elles font du bruit!* Et les hommes ont acquis la dangereuse habitude d'y frotter des allumettes. *Dans le noir! C'est aussi efficace qu'un signal lumineux.*

De nombreux crimes ont été commis — continue-t-elle — sur d'impuissants soldats par les créateurs de vêtements militaires. Combien de soldats britanniques sont morts inutilement à cause de leurs uniformes rouges? Et ne croyez pas que ce type d'insouciance a disparu avec le XIXe siècle. L'incapacité criminelle de Mussolini à fournir des chaussures — des chaussures! — à ses propres troupes n'est qu'un cas parmi d'autres. Et, selon Tony, celui qui a eu l'idée des caleçons en nylon pour la Corée du Nord aurait dû passer en cour martiale. On entendait le frottement des jambes à deux kilomètres. Et les sacs de couchage — ils faisaient aussi du bruit, et on ne pouvait pas les ouvrir facilement de l'intérieur, et ils se bloquaient! Pendant les raids nocturnes de l'ennemi, les hommes étaient massacrés comme des chatons au fond d'un sac.

Le tailleur meurtrier! Elle est capable de s'énerver sérieusement à ce sujet. Tout cela, sous une forme plus feutrée, avec des notes en bas de page, formera au moins un chapitre de son livre en cours: *Vêtements mortels : une histoire de l'ineptie de l'habit militaire.*

Charis dit qu'il est mauvais pour Tony de consacrer autant de temps à une chose aussi négative que la guerre. Elle affirme que c'est cancérigène.

Tony cherche la liste d'étudiants dans son fichier en accordéon, elle la trouve sous la lettre B, pour Bureaucratie, et inscrit la note de chaque devoir dans le petit carré correspondant. Quand elle a terminé, elle glisse les dissertations corrigées dans la lourde enveloppe en papier kraft punaisée à l'extérieur de sa porte, pour que les étudiants puissent les trouver plus tard dans la journée, comme promis. Ensuite elle continue jusqu'au bout du couloir pour chercher son courrier dans le sordide cagibi qui tient lieu de bureau au département, et où l'on voit parfois une secrétaire; elle trouve seulement un avis de réabonnement du *Jane's Defence Weekly** et son dernier exemplaire de *Big Guns** et les fourre dans son sac.

Ensuite elle fait une halte dans les toilettes pour dames surchauffées, qui sentent le savon liquide, le chlore, et les oignons en partie digérés. L'un des trois cabinets est bouché, selon une habitude de longue date, et les deux autres n'ont plus de papier hygiénique. Il y a un rouleau caché dans celui qui ne fonctionne pas, et Tony s'en empare. Sur le mur de la cabine qu'elle préfère — à côté de la fenêtre en verre dépoli — quelqu'un a griffonné un nouveau message, au-dessus de *femmicide et non homicide*, et *Ellustre, non illustre* : *LA DÉCONSTRUCTION FÉMINISTE EST UNE VASTE CONNERIE*. Le propos de ces graffiti, Tony le sait parfaitement, est qu'on envisage de proclamer McClung Hall bâtiment historique et d'en faire don aux études féministes. *FEMMAGE ET NON HOMMAGE*. Présages d'un combat à venir que Tony espère éviter.

Elle laisse un mot sur le bureau de la secrétaire : *Les cabinets sont bouchés. Merci. Antonia Fremont.* Elle n'ajoute pas *encore*. Il n'est pas nécessaire de se montrer désagréable. Ce mot n'aura aucun résultat, mais elle a accompli son devoir. Puis elle se hâte de sortir du bâtiment, retourne dans le métro, et prend la direction sud.

5

Le rendez-vous pour déjeuner est au Toxique, aussi Tony sort-elle à Osgoode et marche vers l'ouest où elle prend Queen Street, dépasse le Dragon Lady Comics, le Queen Mother Café, et le Bamboo Club avec son enseigne ultramoderne. Elle pourrait attendre le tramway, mais, dans la foule des voyageurs, elle est souvent bousculée, et quelquefois, on

* Journaux sur les armes de guerre. *(N.d.T.)*

la pince. Elle en a par-dessus la tête de se heurter à des boutons de chemise et à des boucles de ceinture, et c'est pourquoi elle choisit les risques plus imprévus du trottoir. De toute manière, elle n'est pas très en retard ; sûrement pas plus que Roz.

Elle reste sur le bord, à l'écart des murs et des formes en loques qui s'y appuient. En apparence, ces gens réclament quelques pièces de monnaie, mais Tony les voit sous un jour plus sinistre. Ce sont des espions qui reconnaissent le terrain avant une invasion de masse ; ou bien des réfugiés, des blessés de guerre, qui battent en retraite avant le massacre. En tout cas, elle les évite. Les désespérés l'affolent, ses parents l'étaient tous les deux. Ils sont capables d'attaquer, d'agripper n'importe quoi.

Cette partie de Queen s'est un peu assagie. Il y a plusieurs années l'atmosphère était plus violente, plus dangereuse, mais les loyers ont monté et beaucoup de ses librairies d'occasion et de ses artistes les plus débraillés ont disparu. Le mélange paraît encore d'avant-garde : épiceries fines d'Europe centrale, mobilier de bureau en gros, bars à bière ; mais à présent on voit des pâtisseries très éclairées, des boîtes de nuit branchées, des vêtements aux étiquettes éloquentes.

Pourtant la récession s'aggrave. Il y a davantage d'immeubles à vendre ; plus de boutiques en liquidation, et les vendeuses sont tapies sur le seuil des magasins encore ouverts, lançant aux passants des regards vaincus et suppliants, remplis d'une rage rentrée. *Prix cassés*, disent les vitrines : cela aurait été impensable l'an dernier à la même époque, deux mois avant Noël. Les robes scintillantes sur les mannequins à la face livide ou sans tête ne sont plus ce qu'elles semblaient être, l'incarnation du désir. Au lieu de cela, elles évoquent les lendemains de fêtes. Serviettes en papier froissées, détritus abandonnés par une foule bruyante ou une armée de pillards. Personne n'a vu les Goths ni les Vandales, personne ne sait vraiment qui ils étaient, mais ils sont passés par là.

C'est ce que pense Tony, qui de toute manière ne porterait jamais ces robes. Elles sont faites pour des femmes aux longues jambes, avec un long torse et de longs bras gracieux.

— Tu n'es pas petite, proteste Roz. Tu es *menue*. Écoute, pour une taille comme la tienne, je serais capable de n'importe quoi.

— Mais j'ai la même largeur du haut en bas, répond Tony.

— Eh bien, il nous faut un mixeur, dit Roz. Nous y mettrons ta taille et mes hanches, et nous partagerons la différence. Ça te convient ?

Si elles étaient plus jeunes ces conversations souligneraient une grave insatisfaction, ou le regret de ne pas avoir un corps différent. Mais à présent cela fait simplement partie de leur répertoire. Plus ou moins.

Voici Roz qui agite la main devant le Toxique. Tony s'approche et son amie se penche, Tony étire le cou et elles embrassent l'air de chaque côté de leur visage, car c'est devenu la mode ces derniers temps à Toronto, du moins dans certaines couches de la population. Roz parode le rituel en avalant ses joues pour transformer sa bouche en museau de poisson, et en louchant.

— Prétentieuse ? *Moi* * ? dit-elle.

Tony sourit, et elles entrent ensemble.

Le Toxique est l'un de leurs restaurants préférés : pas trop cher, et avec un bruit de fond ; bien qu'il soit un peu m'as-tu-vu et crasseux. Les assiettes arrivent avec d'étranges matières collées dessous, les serveuses ont tendance à porter des jambières et des mini-shorts en cuir. Il y a une longue glace en verre fumé d'un côté, récupérée dans un hôtel en ruine. Des affiches sur des événements démodés du théâtre alternatif décorent les murs, et des gens au teint livide, avec des chaînes suspendues à leurs vêtements sombres, cloutés, passent dans les salles inter-

* En français dans le texte. *(N.d.T.)*

dites à l'arrière ou confèrent sur les marches fendues qui conduisent aux toilettes. Les spécialités du Toxique sont un sandwich au chèvre et au poivron grillé, un gâteau à la morue de Terre-Neuve, et une salade parfois visqueuse avec beaucoup de noix et de racines déchiquetées. Il y a des baklavas et du tiramisù, et un express fort, envoûtant.

Elles ne viennent pas le soir, bien sûr, quand les groupes de rock et les décibels prennent le relais. Mais c'est agréable pour le déjeuner. Cela les égaie. Elles se sentent plus jeunes, et plus audacieuses qu'elles ne le sont en réalité.

Charis est déjà là, assise dans le coin à une table rouge en Formica à paillettes dorées, avec des pieds et des bords en aluminium, une authentique relique des années cinquante, ou une copie. Elle a déjà commandé pour elles une bouteille de vin blanc, et une autre d'eau d'Évian. Elle sourit en les voyant, et des baisers aériens volent autour de la table.

Aujourd'hui Charis porte une robe en jersey de coton mauve, avec un gilet gris en mohair, une écharpe orange et bleu-vert ornée de fleurs des champs drapée autour du cou. Ses longs cheveux raides, blond cendré, sont coiffés avec une raie au milieu ; ses lunettes de lecture sont posées sur le haut de sa tête. Son rouge à lèvres pêche est de la couleur de sa bouche. Elle ressemble à une publicité un peu passée pour du shampooing aux plantes — en bonne santé, mais légèrement antique. Ophélie aurait eu cette allure si elle avait vécu, ou la Vierge Marie si elle avait vieilli — l'air sérieux et absorbé, avec une lumière intérieure. C'est cette lumière intérieure qui lui cause des ennuis.

Roz est empaquetée dans un tailleur que Tony reconnaît pour l'avoir vu dans la vitrine de l'un des couturiers les plus chers de Bloor. Elle fait ses achats avec plaisir et magnificence, mais le plus souvent à la va-vite. La veste est bleu électrique, la jupe collante. Son visage est soigneusement retouché, et ses cheveux sont teints de frais. Cette fois ils sont auburn. Sa bouche est rouge framboise.

Son visage ne s'accorde pas avec sa tenue. Il n'est ni maigre ni insouciant, mais charnu, avec des joues roses rebondies de paysanne et des fossettes quand elle sourit. Ses yeux, intelligents, compatissants et froids, semblent appartenir à un autre visage, plus émacié ; et plus endurci.

Tony s'installe sur sa chaise, casant son énorme fourre-tout par terre pour s'en servir comme d'un tabouret. Autrefois les rois de petite taille disposaient de coussins spéciaux pour les pieds afin de ne pas laisser pendre leurs jambes quand ils s'asseyaient sur leurs trônes. Tony ne peut que sympathiser.

— Donc, dit Roz après les préliminaires, nous sommes chacune à notre place, le visage rayonnant de gaieté. Quoi de neuf ? Tony, j'ai vu un ensemble très mignon chez Holt's, il t'irait à merveille. Un col mandarin — les cols mandarins sont de retour ! — et des boutons de cuivre sur le devant.

Elle allume son habituelle cigarette, et Charis a sa petite toux habituelle. On a le droit de fumer dans cette section du Toxique.

— J'aurais l'air d'un groom, répond Tony. Et puis, cela ne m'irait pas.

— Tu n'as jamais pensé à porter des talons aiguilles ? insiste Roz. Tu gagnerais dix centimètres.

— Sois sérieuse, dit Tony. Je serais bien incapable de marcher avec.

— Tu pourrais te faire greffer un bout de jambe, suggère Roz. Te faire *rehausser* les jambes. Pourquoi pas ? On fait bien tout le reste.

— Je pense que le corps de Tony est parfait tel qu'il est, intervient Charis.

— Je ne parle pas de son corps, mais de sa garde-robe, réplique Roz.

— Comme d'habitude, commente Tony.

Elles rient toutes les trois, un peu bruyamment. La bouteille de vin est maintenant à moitié vide. Tony n'a bu que quelques gorgées, mélangées avec de l'eau d'Évian. Elle se méfie de l'alcool sous toutes ses formes.

Toutes les trois déjeunent ensemble une fois par mois. Elles en sont arrivées à compter sur cette rencontre. Elles n'ont pas grand-chose en commun, excepté la catastrophe qui les a réunies, si l'on peut qualifier Zenia de catastrophe; mais avec le temps elles ont trouvé une solidarité, un *esprit de corps**. Tony en est venue à aimer ces femmes; elle les considère comme des amies proches, ou presque. Elles ont de la bravoure, des cicatrices de guerre, elles ont subi l'épreuve du feu; et chacune sait sur les deux autres des choses que personne ne connaît.

Elles ont donc continué de se voir régulièrement, comme des veuves de guerre ou des anciens combattants, ou les épouses des portés disparus. Comme toujours dans ces groupes, il y a plus de monde autour de la table qu'il n'y paraît.

Pourtant elles ne parlent pas de Zenia. Plus maintenant, pas depuis qu'elles l'ont enterrée. Comme dit Charis, parler d'elle pourrait la retenir sur cette terre. Comme dit Tony, c'est mauvais pour la digestion. Et comme dit Roz, pourquoi lui accorder du temps d'antenne?

Elle est pourtant à notre table, pense Tony. Elle est ici, nous la retenons, nous lui donnons la parole. Nous ne pouvons la laisser partir.

La serveuse vient prendre leur commande. Aujourd'hui, c'est une fille aux cheveux couleur pissenlit, en collants léopard et bottes lacées argent. Charis choisit le délice du lapin — ou plutôt, pour les lapins — avec des carottes râpées, du cottage cheese, et de la salade de lentilles froide. Roz prend le sandwich gastronomique au fromage grillé, servi avec du pain au cumin et aux herbes, et des pickles; et Tony prend la salade spéciale Moyen-Orient, avec des falafel, du shashlik, du couscous et du hoummous.

— À propos de Moyen-Orient, dit Roz, qu'est-ce qui se passe là-bas? Cette histoire en Irak. J'imagine que c'est ta spécialité, Tony.

* En français dans le texte. *(N.d.T.)*

Elles regardent toutes les deux Tony.

— En réalité, c'est faux, répond celle-ci. Tout l'intérêt d'être historien, a-t-elle tenté de leur expliquer, c'est de réussir la plupart du temps à éviter le présent.

Mais bien entendu elle suit les événements ; elle les suit depuis des années. Une nouvelle technologie passionnante va être testée, c'est au moins une chose dont on est sûr.

— Ne fais pas la timide, insiste Roz.

— Tu veux dire : est-ce qu'il va y avoir la guerre ? demande Tony. En un mot, oui.

— C'est terrible, s'exclame Charis, consternée.

— Ne tirez pas sur le messager, proteste Tony. Ce n'est pas moi qui la fais, je vous informe simplement.

— Mais comment peux-tu le *savoir* ? dit Roz. Quelque chose peut encore changer.

— Ce n'est pas comme la Bourse, reprend Tony. C'est déjà décidé. La décision a été prise dès que Saddam a franchi cette frontière. Comme le Rubicon.

— Le quoi ? demande Charis.

— Peu importe, mon chou, c'est juste un détail historique, intervient Roz. Alors c'est vraiment grave ?

— Pas à court terme, répond Tony. À long terme — eh bien, beaucoup d'empires ont disparu pour s'être trop étendus. C'est valable pour les deux parties. Mais pour l'instant les États-Unis n'y pensent pas. L'idée leur plaît. Ils auront une chance d'essayer leurs nouveaux jouets, de relancer les affaires. N'y voyez pas une guerre, mais considérez plutôt que c'est une expansion de marché.

Charis absorbe une bouchée de carottes râpées ; un brin orange reste accroché à sa lèvre supérieure, telle une charmante moustache.

— En tout cas, *nous* n'allons pas nous en mêler, dit-elle.

— Si, réplique Tony. Notre assistance sera exigée. Si tu acceptes l'aumône du roi, tu dois lui lécher le cul. Nous serons bien là, avec nos vieux navires rouillés, des vraies ruines. Ça, c'est la *honte*.

Tony est indignée : si on envoie des hommes au combat, on se doit de les équiper décemment.

— Peut-être qu'il va reculer, dit Roz.

— Qui ? demande Tony. L'oncle Sam ?

— L'oncle Saddam, excuse-moi pour le jeu de mots, répond Roz.

— Il ne peut pas, déclare Tony. Il est allé trop loin. Sa propre famille le tuerait. On ne peut pas dire qu'ils n'aient pas essayé.

— C'est déprimant, dit Charis.

— Tu parles ! continue Tony. La soif de pouvoir sera la plus forte. Des milliers de gens mourront inutilement. Des cadavres pourriront. Des femmes et des enfants périront. Les épidémies feront rage. La famine régnera dans le pays. Des fonds de soutien seront créés. Des fonctionnaires détourneront les sommes en liquide. Tout ne sera pas mauvais, pourtant — le taux de suicide va diminuer. C'est toujours le cas pendant les guerres. Et peut-être que des femmes soldats réussiront à s'imposer dans les combats de première ligne, et à marquer un point pour le féminisme. Quoique j'en doute. Elles feront probablement des pansements, comme d'habitude. Commandons une autre bouteille d'Évian.

— Tony, tu es si *insensible*, dit Roz. Qui va gagner ?

— La bataille, ou la guerre ? demande Tony. Pour la bataille, ce sera la technologie, sans aucun doute. Celui qui aura la supériorité aérienne. Ce sera qui, à ton avis ?

— Les Irakiens possèdent une sorte de canon géant, dit Roz. J'ai lu quelque chose là-dessus.

— Un fragment seulement, explique Tony, qui en sait très long sur ce sujet parce que cela l'intéresse. Elle, et *Jane's Defence Weekly*, et quelques personnes inconnues. Le supercanon. Une percée technologique, sans aucun doute ; finis les avions de moyenne portée et les roquettes ruineuses, réduction des coûts. Devine comment ils ont appelé ça ? Le projet Babylone ! Mais le type qui le fabriquait s'est fait assassiner. Un génie fou des armes, Gerry Bull. Le meilleur spécialiste en balistique du monde — quelqu'un de chez nous, soit dit en passant. Il avait été prévenu, plus ou moins. Quand il n'était pas là, les objets se déplaçaient sans arrêt dans son appartement. L'avertissement était clair. Mais il a continué de fabriquer le canon, jusqu'au moment où bing... cinq balles dans la tête.

— C'est horrible, dit Charis. Je déteste ça.

— À toi de choisir, répond Tony. Imagine combien de gens ce supercanon aurait tués.

— En tout cas, j'ai appris qu'ils se sont planqués, dit Roz. Ils ont des bunkers en ciment, enterrés en profondeur. Blindés.

— Seulement pour les généraux, intervient Tony. Attends de voir.

— Tony, tu es tellement cynique, soupire Charis, pleine de pitié.

Elle ne cesse d'espérer le salut spirituel de Tony, qui à coup sûr consisterait en une découverte de vies antérieures, une lobotomie partielle, et un intérêt accru pour le jardinage.

Tony la regarde, assise devant son joli dessert, un assortiment de sorbets, une boule rose, une boule rouge, une boule groseille, une cuillère pleine, comme une gosse à une fête d'anniversaire. Une telle innocence peine doublement Tony. Elle veut consoler Charis, et aussi la secouer.

— Que veux-tu que je dise? Que nous devrions tous essayer d'avoir une attitude plus positive?

— Cela pourrait aider, prononce solennellement Charis. On ne sait jamais. Si tout le monde s'y mettait.

Quelquefois Tony aimerait prendre la main blanche comme neige de Charis et la conduire vers les piles de crânes, les fosses cachées remplies de corps, les enfants affamés aux bras décharnés, au ventre ballonné, les églises fermées à clé et incendiées avec leurs prisonniers hurlants, brûlés vifs, à l'intérieur, vers les croix, des rangées entières de croix. Siècle après siècle, de plus en plus loin dans le temps, aussi loin qu'il est possible de remonter.

— Maintenant dis-moi, demanderait-elle à Charis. *Que vois-tu ? — Des fleurs*, dirait Charis. Zenia n'aurait jamais répondu ainsi.

Tony sent un courant d'air. La porte a dû s'ouvrir. Elle lève les yeux, regarde dans la glace.

Zenia se tient là, derrière elle, dans la fumée, dans le miroir, dans cette salle. Pas une femme qui ressemblerait à Zenia : Zenia elle-même.

Ce n'est pas une hallucination. La serveuse à peau de léopard l'a vue elle aussi. Elle s'approche avec un hochement de tête, elle indique une table dans le fond. Tony sent son cœur se serrer comme un poing, puis flancher.

— Tony, que se passe-t-il ? demande Roz.

Elle étreint le bras de Charis.

— Tourne lentement la tête, dit Tony. Ne crie pas.

— Oh ! merde, s'exclame Roz. C'est elle.

— Qui ? demande Charis.

— Zenia, répond Tony.

— Zenia est morte, s'écrie Charis.

— Dieu, dit Roz, c'est vraiment elle. Charis, ne fais pas ces yeux, elle va nous voir.

— Après nous avoir fait supporter cette stupide cérémonie, dit Tony.

— Eh bien, *elle* n'y était pas, commente Roz. Il n'y avait que cette boîte en métal, souviens-toi.

— Et cet avocat, continue Tony.

Passé le premier choc, elle découvre qu'elle n'est pas surprise.

— Ouais, dit Roz. Avocat, mon cul.

— Il avait l'air d'un avocat, insiste Charis.

— Trop, répond Roz. Admettons-le, elle nous a eues. C'était un de ses numéros.

Elles chuchotent comme des conspiratrices. Pourquoi ? pense Tony. Nous n'avons rien à cacher. Nous devrions nous avancer et exiger — quoi ? Comment a-t-elle le culot d'être encore vivante ?

Elles devraient poursuivre leur conversation, prétendre qu'elles ne la voient pas. Au lieu de cela elles fixent le dessus de la table, où les vestiges de leur assortiment de sorbets ont fondu, et flottent sur les assiettes blanches, preuve flagrante de l'attaque d'un requin. Elles se sentent prises en défaut, piégées, coupables. C'est ce que devrait éprouver Zenia.

Mais elle dépasse leur table à grands pas comme si elles n'étaient pas là, comme si personne n'existait. Tony sent qu'elles s'éteignent dans l'éclat qui émane d'elle. Le parfum qu'elle porte est impossible à reconnaître : il est dense et ténébreux, menaçant, dangereux. L'odeur de la terre brûlée. Elle va au fond de la salle et s'assied, puis allume une cigarette et regarde par la fenêtre, au-dessus de leurs têtes.

— Tony, que fait-elle ? chuchote Roz.

Tony est la seule qui distingue nettement Zenia.

— Elle fume, répond Tony. Elle attend quelqu'un.

— Mais que fait-elle *ici* ? demande Roz.

— Elle s'encanaille, dit Tony. Comme nous.

— Je n'en crois pas mes yeux, dit plaintivement Charis. La journée avait pourtant bien commencé.

— Non, non reprend Roz. Je veux dire dans cette ville. Merde, je veux dire dans ce *pays* tout entier. Elle a brûlé tous ses vaisseaux. Que lui reste-t-il ?

— Je ne veux pas parler d'elle, dit Tony.

— Je ne veux même pas *penser* à elle, continue Charis. Je ne veux pas qu'elle me prenne la tête.

Mais il n'y a plus d'espoir de penser à autre chose.

Zenia est plus belle que jamais. Elle est en noir et porte une tenue moulante avec un profond décolleté qui découvre le haut de ses seins. Elle ressemble comme toujours à une photographie, une photo de mode prise avec des projecteurs puissants de façon à gommer les taches de rousseur et les rides et à conserver seulement les traits essentiels : dans son cas, la bouche pleine rouge vif, triste et méprisante ; les yeux profonds, énormes, les sourcils à la courbe délicate, les pommettes hautes teintées d'ocre brun. Et ses cheveux, un nuage dense animé par le vent imperceptible qui l'accompagne partout, plaque ses vêtements sur son corps, déplace d'un souffle capricieux les mèches sombres sur son front, emplit l'air d'un bruissement. Au milieu de ce vacarme silencieux elle s'assied avec indifférence, aussi immobile qu'une sculpture. Des ondes malveillantes émanent d'elle, comme des rayons cosmiques.

Du moins c'est ce que voit Tony. C'est une exagération, bien sûr; c'est excessif. Mais ce sont les émotions surtout qu'inspire Zenia : des émotions excessives.

— Partons, dit Charis.

— Ne lui permets pas de t'effrayer, conseille Tony, comme si elle se parlait à elle-même.

— Ce n'est pas de la peur, dit Charis. Elle me rend malade. Je ne me supporte plus.

— Elle produit cet effet-là, observe Roz pensivement.

Les deux autres prennent leur sac et entament le rituel du partage de l'addition. Tony regarde encore Zenia. C'est vrai qu'elle est plus belle que jamais; mais à présent Tony décèle une légère lassitude sous la poudre, qui évoque le moisi d'un grain de raisin — une contraction des pores, un rétrécissement, comme si une partie de sa substance avait été aspirée sous la peau. Tony trouve cela rassurant : Zenia est mortelle, après tout, comme elles toutes.

Zenia exhale la fumée, elle baisse les yeux. Elle fixe Tony. Elle la transperce du regard. Mais elle la voit parfaitement. Elle les voit toutes les trois. Elle sait ce qu'elles ressentent. Elle y prend plaisir.

Tony cesse de regarder. Son cœur est froid et contracté, tassé comme une boule de neige. En même temps elle est excitée, tendue, elle semble attendre un mot bref, un ordre, cassant et mortel. *En avant ! Chargez ! Tirez !* ou quelque chose de ce genre.

Mais elle est lasse aussi. Peut-être n'a-t-elle plus l'énergie de résister à Zenia. Peut-être ne sera-t-elle pas à la hauteur cette fois. Non qu'elle l'ait jamais été.

Elle se concentre sur le dessus de table rouge luisant, le cendrier noir avec ses mégots écrasés. Le nom du restaurant y est inscrit en lettres d'argent : Toxique.

Euqixot. On dirait un mot aztèque.

Quelles sont ses intentions? se demande Tony. Que veut-elle? Que fait-elle ici, de ce côté du miroir?

6

Toutes les trois sortent par la porte, l'une après l'autre. Elles battent en retraite. Tony résiste à l'envie de partir à reculons : le nombre de blessés augmente si vous tournez les talons.

Ce n'est pas comme si Zenia était armée. Pourtant, Tony sent le regard bleu outremer dédaigneux transpercer tel un laser le dos de sa petite robe légère en rayonne à pois. *Pathétique*, doit-elle penser. Elle doit être en train de rire; ou de sourire, retroussant les coins de sa bouche charnue. Toutes trois ne sont pas assez importantes pour mériter son rire. *Dépouillées*, murmure Tony tout bas. De leur armure, de leur dignité, de leur chevelure.

Tony se sentait en sécurité ce matin, relativement. Plus maintenant. Tout est remis en question. Même aux meilleurs moments, le monde quotidien lui semble précaire, c'est une peau fine, iridescente, maintenue par une tension superficielle. Elle consacre beaucoup d'efforts à le conserver entier — l'illusion voulue du confort et de la stabilité, les mots qui coulent de gauche à droite, les routines de l'amour; mais au-dessous ce sont les ténèbres. La menace, le chaos, les villes en flammes, les tours qui s'effondrent, l'anarchie des eaux profondes. Elle inspire pour retrouver son calme, et elle sent l'oxygène et les gaz d'échappement qui lui montent à la tête. Elle a les jambes molles, la façade de la rue ondule, tremblante comme un reflet sur un étang, le pâle soleil s'envole comme de la fumée.

Pourtant, lorsque Roz propose de la raccompagner chez elle, ou ailleurs, Tony répond qu'elle préfère marcher. Elle a besoin de cet intermède, elle a besoin de l'espace, elle veut se préparer à affronter West.

Cette fois elles n'embrassent pas l'air pour se saluer. Elles s'étreignent à la place. Charis frissonne, bien qu'elle cherche à paraître sereine. Roz est désinvolte et dédaigneuse, mais elle retient ses larmes. Elle pleurera une fois dans sa voiture, se tamponnant les yeux avec la manche de sa veste bleu vif, jusqu'au moment où elle sera en état de se rendre à son bureau de grand standing. De son côté, Charis se dirigera tranquillement vers le quai du ferry de l'Île, s'attardant devant les vitrines, flânant distraitement. Sur le ferry elle regardera les mouettes, s'imaginant en être une, et elle tentera de chasser Zenia de son esprit. Tony éprouve un sentiment de protection à l'égard de ses amies. Que savent-elles des choix obscurs et difficiles ? Aucune d'elles ne lui sera d'un grand secours dans le combat à venir. Bien sûr, elles n'ont rien à perdre. Rien, ni personne. Tony si.

Elle se fraye un chemin dans Queen Street, puis prend Spadina Street, vers le nord. Elle veut que ses pieds avancent, elle veut que le soleil brille. *Celui qui ne risque rien craint trop son destin, ou ses mérites sont minimes. Gagner, ou tout perdre*, se répète-t-elle mentalement. Un vers fortifiant, un succès général, apprécié des généraux. C'est de perspective qu'elle a besoin. De *evitcepsrep*. Un mot médicinal.

Peu à peu, son cœur s'apaise. C'est réconfortant d'être parmi des inconnus, qui n'exigent d'elle aucun effort, aucune explication, aucune garantie. Elle aime ce mélange dans la rue, les peaux métissées. Chinatown a absorbé presque tout le quartier, bien qu'il y ait encore des épiceries juives et, plus haut et en retrait, les boutiques portugaises et antillaises de Kensington Market. Rome au IIe siècle, Constantinople au Xe, Vienne au XIXe. Un carrefour. Ceux qui viennent d'autres pays s'efforcent d'oublier quelque chose, ceux d'ici cherchent à se souvenir. Ou peut-être est-ce l'inverse. En tout cas il y a dans les yeux une expression préoccupée, tournée vers l'intérieur, une lueur oblique. Une musique d'ailleurs.

Le trottoir est encombré de gens qui font leurs courses à l'heure du déjeuner; ils évitent de se bousculer sans lever les yeux, comme s'ils étaient couverts de moustaches de chats. Tony se faufile ici et là, elle dépasse les magasins de primeurs avec leurs caramboles, leurs lichees et leurs longs choux frisés exposés sur leurs étalages, les boutiques de linge avec leurs nappes ajourées, leurs kimonos de soie aux dragons porte-bonheur brodés dans le dos. Parmi les Chinois elle a l'impression d'avoir la bonne taille, bien qu'elle ignore de quelle manière ils peuvent la considérer. Un démon étranger blanc et poilu; pourtant elle n'est pas très poilue en comparaison, ni très démoniaque. Étrangère, oui. Étrangère ici.

C'est presque le moment de se faire couper les cheveux chez Liliane, deux rues plus haut, à l'angle. Ils sont aux petits soins pour elle, là-bas; ils admirent, ou feignent d'admirer ses petits pieds, ses mains minuscules comme des pattes de taupe, ses fesses plates, sa bouche en forme de cœur, si démodée au milieu des lèvres boudeuses et charnues des magazines féminins. Ils lui disent qu'elle est presque chinoise.

Seulement presque, pourtant. Elle s'est toujours sentie *presque*; approximative. Zenia n'a jamais été *presque*, même dans ses comédies les plus extrêmes. Son imposture était pleinement assumée, et ses déguisements les plus superficiels étaient complets.

Tony marche sans relâche, dans Spadina Street, elle dépasse l'ancien Victory Burlesque — quelle victoire? la victoire de qui? se demande-t-elle — à présent couvert d'annonces de films en chinois, puis Grossman's Tavern, elle traverse College Street où la mission Scott offre de la soupe chrétienne à des gens de plus en plus nombreux qui ont de moins en moins d'argent. Elle peut rentrer chez elle à pied, elle n'a pas cours aujourd'hui. Elle a besoin de rassembler ses forces, de méditer, de prévoir une stratégie. Mais quelle stratégie envisager sur la base d'éléments aussi minces ? Par exemple, pourquoi Zenia a-t-elle choisi de ressusciter ? D'abord, pourquoi a-t-elle pris la peine de sauter sur une bombe ? Elle avait ses raisons, peut-être ; rien à voir avec elles trois. Ou eux deux, Tony et West. Pourtant, c'est malheureux que Zenia l'ait repérée au Toxique.

Peut-être Zenia a-t-elle tout oublié de West à présent. *C'est du petit gibier*, supplie Tony en silence. *Un tout petit poisson. Pourquoi s'en soucier ?* Mais Zenia aime chasser. N'importe quoi. Elle s'en délecte.

Imaginez votre ennemi, disent les experts. *Mettez-vous à sa place. Feignez d'être lui. Apprenez à prévoir ses réactions*. Malheureusement, il n'y a pas pire que Zenia pour brouiller les pistes. C'est comme dans ce jeu d'enfants d'autrefois — des ciseaux, du papier, une pierre. Les ciseaux coupent le papier, mais se brisent sur la pierre. L'astuce est de savoir ce que votre adversaire dissimule, quel poing, quelle mauvaise surprise ou quelle arme secrète, il — ou elle — cache derrière son dos.

Le soleil décline et Tony marche dans sa propre rue paisible, traînant les pieds dans les feuilles mortes d'érable et de marronnier, en direction de sa maison. Sa forteresse. Dans la lumière faiblissante elle ne paraît plus solide, dense, incontestable. Au contraire, elle a l'air provisoire, comme si elle était sur le point d'être vendue, ou de prendre la mer. Elle vacille un peu, oscille sur ses amarres. Avant d'ouvrir la porte Tony passe la main sur les briques, s'assurant de leur existence.

West l'entend rentrer, il l'appelle. Tony se regarde dans la glace du vestibule, elle recompose son visage en espérant qu'il a son expression normale.

— Écoute ça, dit West quand elle arrive en haut des marches du deuxième étage.

Tony écoute : c'est un autre bruit, très semblable — croit-elle — à celui d'hier. Des pingouins mâles font leur cour en apportant des rochers coincés entre leurs pattes qu'on dirait bottées de caoutchouc; West, lui, apporte des sons.

— C'est merveilleux, dit-elle.

C'est l'un de ses mensonges mineurs.

West sourit, cela signifie qu'il sait qu'elle n'entend pas la même chose que lui, mais lui est reconnaissant de ne pas le préciser. Elle répond à son sourire, scrutant anxieusement son visage. Elle vérifie chaque ride, chaque tressaillement, chaque inflexion. Tout est comme d'habitude, lui semble-t-il.

Aucun d'eux n'a envie de faire la cuisine, aussi West va-t-il au coin de la rue pour acheter des plats japonais à emporter — de l'anguille grillée, du rouget, et du sushi au saumon —, et ils mangent assis sur les coussins devant le poste de télévision, dans le bureau de West au deuxième étage, en chaussettes, en se léchant les doigts.

West a installé la télé ici pour passer des vidéos où les sons apparaissent comme des couleurs et des lignes ondulées, mais ils s'en servent aussi pour regarder de vieux films et des séries B tard le soir. West préfère habituellement les films, mais ce soir c'est le tour de Tony de choisir, et ils se mettent d'accord sur la rediffusion d'un feuilleton policier, dans un style excessivement grossier et ringard, avec çà et là des explosions de violence gratuite.

Les étudiants de Tony souriraient s'ils la surprenaient à regarder une chose pareille; ils ont l'illusion que leurs aînés et professeurs ne peuvent se montrer aussi frivoles et paresseux d'esprit qu'eux. Tony regarde une femme qui brosse ses cheveux fraîchement lavés, et une autre qui chante les louanges d'une serviette hygiénique dernier modèle. Elle continue de regarder lorsque pour la centième, la millième fois, un homme s'apprête à en tuer un autre.

Ces hommes ont toujours un mot approprié à prononcer avant de planter leur couteau, de briser un cou ou d'appuyer sur la détente. C'est peut-être un phénomène du petit écran, un fantasme de scénaristes ; ou peut-être les hommes disent-ils réellement ce genre de choses, dans ces circonstances. Comment Tony le saurait-elle ? Y a-t-il une nécessité d'avertir, d'exulter, d'intimider l'ennemi, pour entrer en action ? *Dieu et mon droit**. *Nemo me impune lacessit. Dulce et decorum est pro patria mori. Ne te frotte pas à moi*. Défis, cris de guerre, épitaphes. Autocollants.

Cet homme dit : « Tu es du passé. »

Tony a dressé une liste mentale de ces synonymes télévisés de la mort. *Tu es grillé, tu es cuit, tu es fichu, tu es refroidi, tu es réduit en chair à pâté*. Il est curieux que tant d'expressions concernent la nourriture, comme si une telle comparaison était l'ultime indignité. Mais *tu es du passé* est devenue depuis longtemps l'une de ses préférées. Cela établit une équation exacte entre l'histoire — n'importe quelle partie de l'histoire, l'histoire tout entière — et un oubli mérité et mesquin. *C'est du passé*, annoncent les jeunes, avec un mépris vaniteux. *Nous sommes dans le présent*.

Gros plan sur les yeux exorbités par la peur de l'homme qui sera bientôt du passé si tout se déroule comme prévu, puis la scène se déplace et montre une vue plongeante des fosses nasales envahies par de minuscules bulles orange à tête de petit bonhomme.

— C'est horrible, dit West.

Tony ne sait pas s'il parle de la série policière ou du nez vu en contre-plongée. Elle supprime le son, et s'empare de sa grosse main, agrippant deux doigts pleins de sauce de soja.

— West, dit-elle.

Que veut-elle lui transmettre ? *Tu es si grand* ? Non. *Tu ne m'appartiens pas* ? Non. *Je t'en supplie, reste* ?

Il les appelle parfois Mutt et Jeff. *Ttum et Ffej*, répond-elle. Tais-toi, l'interrompt West. Quand ils vont se promener ensemble, ils donnent toujours l'impression que l'un d'eux est en laisse ; mais

* En français dans le texte. *(N.d.T.)*

lequel ? Un ours et son dompteur ? Un caniche et son dresseur ?

— Tu veux une bière ? propose West.

— Du jus de pommes, répond Tony, s'il te plaît, et il se déplie avant de descendre l'escalier en chaussettes.

Tony regarde une voiture neuve foncer en silence dans un désert montagneux dominé par des falaises au sommet plat. Un lieu de prédilection pour une embuscade. Elle a une décision à prendre à présent : informer West ou non. Comment lui annoncer la nouvelle ? *Zenia est en vie*. Et ensuite ? Que fera West ? Il s'enfuira de la maison sans manteau ni chaussures ? C'est possible. La tête d'une personne de haute taille est trop éloignée du sol, son centre de gravité est trop élevé. Un choc, et ils perdent l'équilibre. Comme l'a dit une fois Zenia, West est une proie facile.

Sur une intuition, elle se lève et s'approche sur la pointe des pieds du bureau de West, où se trouve son poste de téléphone. Il ne possède rien d'aussi logique qu'un bloc-notes, mais au dos d'une feuille volante de notations musicales elle trouve ce qu'elle redoute. *Z. — A. Hôtel. Poste 1409.*

Le Z flotte sur la page comme s'il était griffonné sur un mur, ou gravé sur une fenêtre, ou inscrit sur un bras. Z pour Zorro, le vengeur masqué. Z pour l'heure Zéro. Z pour Zapper.

C'est comme si Zenia était déjà venue, laissant une signature railleuse ; mais c'est l'écriture de West. Comme c'est charmant ! pense-t-elle ; il l'a laissée là, à la vue de tout le monde, il n'a même pas eu l'idée de jeter la feuille dans les cabinets. Mais il ne lui a rien dit, et c'est beaucoup moins charmant. Il est moins transparent qu'elle ne le croyait, moins franc ; plus perfide. L'ennemi se trouve déjà dans les murs.

Le domaine privé n'est pas politique, pense Tony : il est militaire. La guerre se produit lorsque le langage échoue.

Zenia, chuchote-t-elle, pour essayer. *Zenia, tu es du passé. Tu es de la viande à vers*.

7

CHARIS

Charis se lève à l'aube. Elle fait son lit avec soin, parce qu'elle le respecte. Après avoir essayé différents lits au cours des années — un matelas par terre, ou plusieurs matelas à même le sol, un sommier avec des pieds de bois vissés et pointus qui se cassaient sans arrêt, un futon désastreux pour le dos, une plaque en mousse qui empestait la chimie —, elle a finalement trouvé celui qui lui convient : ferme, mais pas trop, avec un châlit en fer forgé peint en blanc. Elle l'a acheté pour rien à Shanita, au travail, parce que celle-ci s'en débarrassait lors de l'une des transformations périodiques du magasin. Tout ce qui vient de Shanita porte chance, et ce lit aussi. Il est clair et frais comme un bonbon à la menthe.

Charis l'a recouvert d'un beau tissu imprimé, avec des feuilles, des vignes et des raisins rose foncé, sur fond blanc. Un style victorien. Trop tarabiscoté, dit sa fille Augusta, qui n'a d'yeux que pour les fauteuils de cuir lisse comme le creux des genoux, les tables basses tubulaires en chrome et verre, les canapés design en boules de coton avec des coussins gris, ivoire, et noisette : une opulence minimaliste qui évoque les cabinets d'avocats d'entreprises. Du moins Charis l'imagine ; elle ne connaît en fait aucun avocat d'entreprise. Sa fille découpe dans des revues des photos de ces fauteuils, tables et canapés intimidants, et les colle dans son album de meubles, qu'elle laisse traîner ouvert, en signe de reproche pour sa mère et ses manières négligées.

Sa fille est dure. Il est dur de lui faire plaisir, ou dur pour Charis de la satisfaire. C'est peut-être parce qu'elle n'a pas de père. Ou justement pas *pas de père* : un père invisible, un père en pointillé, que Charis a dû colorier pour elle, alors qu'elle-même ne disposait pas de tous les éléments, il n'est donc pas étonnant que ses traits soient restés un peu flous. Charis se demande s'il aurait mieux valu que sa fille ait un père. Elle n'en sait rien, puisqu'elle-même n'en a jamais eu. Peut-être Augusta traiterait-elle un peu mieux sa mère si elle avait deux parents, et non un seul, à critiquer pour leur incompétence.

Peut-être Charis le mérite-t-elle. Peut-être a-t-elle été surveillante d'orphelinat dans une vie antérieure — un orphelinat victorien, avec du gruau pour les enfants et un bon feu et un lit à baldaquin bien douillet avec un édredon en duvet pour elle ; cela expliquerait son goût pour les couvre-lits.

Elle se souvient de sa propre mère disant qu'elle était *dure*, au temps où elle était encore Karen, avant de devenir Charis. *Tu es dure, tu es dure*, pleurait-elle, frappant les jambes de Karen avec une chaussure ou un manche à balai ou ce qui lui tombait sous la main. Karen n'était pas dure, mais douce, trop douce. D'une immense douceur. Ses cheveux étaient doux, sa voix douce, son sourire empreint de douceur. Elle était si douce qu'elle n'opposait pas de résistance. Les choses dures s'enfonçaient en elle, la traversaient ; si elle faisait un réel effort, elles sortaient de l'autre côté. Alors elle n'avait pas besoin de les voir ni de les entendre, ni même de les toucher.

Cela apparaissait peut-être comme de la dureté. *Tu ne peux pas gagner cette bataille*, disait son oncle, posant sa main énorme sur son bras. Il pensait qu'elle se battait. Peut-être était-ce vrai. Finalement elle se transforma en Charis, elle disparut pour resurgir ailleurs, et depuis elle est toujours restée ailleurs. Après être devenue Charis elle s'est endurcie, elle a acquis une carapace, mais elle a continué à porter des vêtements souples : des mousselines indiennes flottantes, de longues jupes drapées, des châles fleuris, des écharpes nouées.

Tandis que sa propre fille préfère le raffinement. Les ongles vernis, les cheveux noirs figés en un casque brillant, mais rien à voir avec le style punk : efficace. Elle est trop jeune pour être aussi éclatante, elle n'a que dix-neuf ans. Elle est comme un papillon trempé dans l'émail d'une broche alors qu'il n'a pas fini de sortir de sa chrysalide. Comment se *déploiera-t-elle* jamais ? Ses tenues rigides, ses petites bottes de soldat bien astiquées, ses listes nettes imprimées avec précision sur ordinateur brisent le cœur de Charis.

Elle l'a appelée *August**, car c'est le mois où elle est née. Brises tièdes, poudre de bébé, chaleur langoureuse, parfum du foin coupé. Un nom si doux. Trop doux pour sa fille, qui a ajouté un *a*. Elle est maintenant *Augusta* — une résonance très différente. Statues de marbre, nez romains, bouches autoritaires aux lèvres serrées. Augusta est en première année d'école de commerce à Western, avec une bourse, heureusement, car Charis n'aurait jamais eu les moyens de lui payer des études ; sa notion trop vague de l'argent est une autre cause des récriminations d'Augusta.

Malgré le manque d'argent, Augusta a toujours été bien nourrie. Bien nourrie, bien soignée, et chaque fois qu'elle revient en visite Charis lui prépare un repas nutritif, avec des légumes feuillus et des protéines équilibrées. Elle offre à Augusta de petits cadeaux, des sachets remplis de pétales de roses, des biscuits aux graines de tournesol, pour qu'elle les emporte à l'université. Mais ce n'est jamais le bon choix, ce n'est jamais assez.

Augusta dit à Charis de redresser ses épaules si elle ne veut pas devenir clocharde dans son vieil âge. Elle fouille les placards et les tiroirs de Charis et jette les bouts de chandelles que sa mère conserve pour fabriquer d'autres bougies, quand elle en trouvera le temps, et les savons en partie utilisés qu'elle a l'intention de recuire pour en faire de nouveaux, et les pelotes de laine destinées aux décorations de l'arbre de Noël, et devenues mitées par mégarde. Elle demande à Charis quand elle a nettoyé les cabinets pour la dernière fois, et lui ordonne de se débarrasser du fouillis de la cuisine, c'est-à-dire des bouquets

* En français, Août. *(N.d.T.)*

d'herbes séchées assemblées avec tant d'amour par Charis chaque été, et qui pendent — un peu poussiéreuses, mais encore bonnes — aux clous de différentes tailles qui ornent le haut du cadre de la fenêtre, et le panier métallique suspendu pour les œufs et les oignons, où Charis jette ses gants et ses écharpes, et les gants isolants d'Oxfam fabriqués par des paysannes montagnardes, très loin d'ici, qui ont la forme d'un hibou rouge et d'un chat bleu marine.

Augusta considère le hibou et le chat d'un air réprobateur. Sa propre cuisine sera blanche, dit-elle à Charis, et très fonctionnelle, avec des tiroirs pour tout ranger. Elle en a déjà découpé la photographie dans *Architectural Digest*.

Charis aime Augusta, mais décide de ne pas penser à elle maintenant. Il est trop tôt. Elle préfère jouir du lever du soleil, c'est une manière plus neutre de commencer la journée.

Elle va à la fenêtre de la petite chambre et ouvre tout grand le rideau, qui est fait du même tissu que le dessus-de-lit. Elle n'a pas eu le temps de coudre l'ourlet, mais elle s'en occupera un jour. Plusieurs des punaises qui le fixent au mur sautent et s'éparpillent sur le sol. Elle devra se souvenir de ne pas marcher dessus pieds nus. Elle devrait se procurer une tringle ou autre chose, peut-être deux crochets avec un bout de ficelle : ce ne serait pas trop cher. De toute manière il faut laver le rideau avant qu'Augusta ne revienne à la maison. « Tu ne *laves* jamais ce truc ? s'est-elle exclamée lors de sa dernière visite. On dirait une culotte de pauvre. » Augusta a une manière crue de décrire les choses qui fait frémir sa mère. C'est trop tranchant, trop imagé, trop agressif : du métal en dents de scie.

Peu importe. La vue de la fenêtre de sa chambre est là pour l'apaiser. Sa maison est la dernière de la rangée, ensuite il y a de l'herbe et des arbres, des érables et des saules, et le port apparaît à travers une clairière, le soleil commence juste à effleurer l'eau d'où s'élève aujourd'hui une brume vaporeuse. Si rose, si blanche, d'un bleu si doux, avec un croissant de lune et les mouettes qui tournoient et plongent comme des âmes en fuite; sur la brume flotte la ville, une tour et encore une tour, clochers et parois de verre de différentes couleurs, noir, argent, vert et cuivre, reflétant tendrement la lumière à cette heure matinale.

De ce lieu sur l'Île, la ville est mystérieuse comme un mirage, comme la couverture d'un livre de science-fiction. Un livre de poche. C'est pareil au coucher du soleil, quand le ciel vire à l'orange foncé, puis au cramoisi, à l'indigo, et que les lumières des innombrables fenêtres transforment l'obscurité en voile; ensuite, la nuit, le néon se détache sur le ciel et un rougeoiement apparaît, comme autour d'un parc d'attractions ou sous une casserole qui chauffe doucement. Le seul moment où Charis ne s'intéresse pas à la vue de la ville se situe à midi, en pleine journée. Elle est trop nette, trop criarde et péremptoire. Elle s'avance, elle vous écrase. Elle n'est plus que poutres et blocs de béton.

Charis préférerait regarder la ville qu'y pénétrer, même au crépuscule. Une fois qu'elle s'y trouve elle ne la voit plus; ou elle n'en distingue que les détails, et la ville devient plus dure, grêlée, avec des grilles enchevêtrées, comme une photographie microscopique de la peau. Elle doit s'y rendre tous les jours, cependant; elle doit travailler. Elle aime assez son emploi en comparaison d'autres places, mais tout emploi comporte des contraintes. Un cadre strict. Elle essaie donc de prévoir un petit répit chaque jour, une petite joie, un plaisir supplémentaire.

Aujourd'hui elle déjeune au Toxique avec Roz et Tony. D'une certaine manière ce sont des amies qui ne lui conviennent guère. C'est étrange de penser qu'elle les connaît depuis si longtemps, depuis McClung Hall. Enfin, pas vraiment. À l'époque elle ne connaissait pratiquement personne, sinon de vue. Mais Tony et Roz sont maintenant des amies, sans aucun doute. Elles font partie de son paysage, pour cette vie.

Elle s'écarte de la fenêtre, et s'arrête pour retirer une punaise de son pied. C'est moins douloureux qu'elle ne l'aurait cru. L'image d'un lit à clous où elle serait couchée lui passe brièvement devant les yeux. Il faudrait du temps pour s'y habituer, mais ce serait un bon entraînement.

Elle retire sa chemise de nuit de coton blanc, boit le verre d'eau qu'elle laisse tous les soirs près de son lit pour se souvenir de boire suffisamment et fait ses exercices de yoga en petite culotte. Son collant est au sale, mais qui s'en soucie ? Personne ne la voit. Il y a des avantages à vivre seule. La pièce est fraîche, mais l'air tonifie la peau. Elle ne commence pas à travailler avant dix heures — une bonne chose dans cet emploi —, et cela lui donne une longue matinée, le temps de s'habituer lentement à sa journée.

Elle triche un peu dans les exercices parce qu'elle n'a pas envie de s'allonger sur le sol maintenant. Ensuite elle descend et prend sa douche. La salle de bains se trouve à côté de la cuisine, parce qu'elle a été ajoutée après la construction de la maison. Beaucoup de maisons de l'Île sont ainsi ; au début elles devaient avoir des resserres, car ce n'étaient alors que des résidences d'été. Charis a peint sa salle de bains d'un rose joyeux, mais cela n'a pas amélioré le sol incliné. Peut-être la salle de bains est-elle en train de se détacher du reste de la maison, ce qui expliquerait les fissures, et les courants d'air l'hiver. Peut-être devrait-elle la faire étayer.

Charis se lave avec le gel de douche acheté au Body Shop, parfumé à la mûre : les bras, le cou, les jambes — sillonnées de cicatrices presque invisibles. Elle aime être propre. Il y a la propreté du dehors et celle du dedans, disait sa grand-mère, et il vaut mieux être propre à l'intérieur. Mais Charis ne l'est pas tout à fait : des lambeaux de Zenia s'accrochent encore à elle, comme de la mousseline pailletée sale. Elle voit le nom *Zenia* en pensée, il rougeoie comme une blessure, comme un torrent de lave, elle le raye avec un gros crayon noir. Il est trop tôt dans la journée pour penser à Zenia.

Elle se frotte les cheveux sous la douche, puis elle sort, les frictionne avec une serviette et les sépare au milieu. Augusta la presse de les couper. De les teindre aussi. Elle ne veut pas d'une vieille mère délavée. Ce sont *ses propres termes*. « Je me plais telle que je suis », lui dit Charis ; mais elle se demande si c'est tout à fait vrai. Pourtant elle refuse de se teindre les cheveux, car une fois qu'on a commencé on est obligé de le faire tout le temps, et c'est une corvée de plus. Il n'y a qu'à voir Roz.

Elle se palpe les seins devant la glace de la salle de bains — elle doit le faire tous les jours, sinon elle oubliera et ne s'en occupera jamais — et ne trouve aucune grosseur suspecte. Peut-être devrait-elle commencer à porter un soutien-gorge. Peut-être aurait-elle toujours dû en porter un ; alors sa chair ne serait pas devenue aussi molle. Personne ne vous parle de vieillissement, à l'avance. Non, ce n'est pas vrai. Les gens vous préviennent, mais vous ne les écoutez pas. « Maman est sur une autre longueur d'onde », disait August à ses amis, avant d'ajouter le *a*.

Charis prend son pendule à quartz dans son sac chinois en soie bleue à coulisse — la soie conserve les vibrations, dit Shanita — et le tient au-dessus de sa tête, l'observant dans le miroir. « Cette journée sera-t-elle bonne ? » lui demande-t-elle. S'il tourne en rond, c'est oui, s'il oscille d'avant en arrière, c'est non. Le pendule hésite, il commence à se balancer : il décrit une sorte d'ellipse. Il ne parvient pas à se décider. *Normal*, pense Charis. Puis il sursaute, et s'arrête. Charis est troublée : il ne l'a jamais fait auparavant. Elle décide de demander à Shanita ; Shanita saura la réponse. Elle remet le pendule dans son étui.

Pour avoir un autre avis, elle prend la bible de sa grand-mère, ferme les yeux et pointe une épingle sur les pages. Elle n'a pas fait cela depuis un moment, mais elle n'a pas perdu la main. Elle sent une pression vers le bas, ouvre les yeux et lit : *Car maintenant nous voyons obscurément à travers le miroir; puis nous sommes face à face*. Les Corinthiens; un oracle peu secourable pour la journée.

Comme petit déjeuner elle prend du muesli avec du yaourt et une demi-pomme en morceaux. Quand Billy vivait ici ils mangeaient des œufs de leurs poules, depuis longtemps disparues, et du bacon. Du moins Billy prenait du bacon. Il en raffolait.

Charis efface rapidement de son esprit l'image de Billy et des choses qu'il aimait — *Efface tout ! Comme une vidéo !* dit Shanita. Elle se concentre plutôt sur le bacon. Elle a cessé d'en manger à l'âge de sept ans, mais d'autres sortes de viande ont suivi. Le *Save Your Life Cookbook* lui conseillait à l'époque de visualiser l'apparence de n'importe quel morceau de graisse à l'intérieur de son estomac. Une livre de beurre, une livre de lard, une tranche de bacon crue, molle et blanche et plate comme un ver solitaire. Charis excelle dans ce genre d'exercice; elle n'a jamais arrêté de penser à la graisse. Chaque fois qu'elle introduit quelque chose dans sa bouche elle l'imagine en couleurs tandis qu'il descend l'œsophage, pénètre dans l'estomac où il mijote désagréablement avant d'entrer peu à peu dans son appareil digestif, qui a la forme d'un long tuyau d'arrosage entortillé, tapissé de petits doigts en caoutchouc, comme des sandales orthopédiques. Tôt ou tard l'aliment parviendra de l'autre côté. C'est à cela qu'aboutit sa méditation sur la nourriture saine : elle voit le contenu de son assiette sous la forme d'un futur étron.

Efface le bacon, se dit-elle sévèrement. Le soleil brille dehors, à présent, c'est à cela qu'elle devrait penser. Elle s'assied à la table de la cuisine, une table ronde en chêne qu'elle possède depuis la naissance d'August et, vêtue de son kimono japonais avec des pousses de bambou, elle mange son muesli en mastiquant le nombre de fois recommandé, et elle regarde par la fenêtre. De là, elle voyait autrefois le poulailler. Billy l'avait construit lui-même et elle l'avait laissé comme une sorte de monument, bien que les poules eussent disparu, jusqu'au moment où August s'était transformée en Augusta et l'avait forcée à le démolir. Elles l'avaient fait toutes les deux avec des leviers, et ensuite elle avait pleuré sur son dessus-de-lit blanc orné de vignes. Si seulement elle avait su où il était parti. Si seulement elle avait su où on l'avait emmené. Il ne serait jamais parti comme ça, sans la prévenir, sans lui écrire...

Elle ressent une vive douleur dans le cou, juste à l'opposé de la trachée, avant de pouvoir la contrôler. *Efface la douleur*. Mais quelquefois cela lui est impossible. Elle frappe doucement son front contre le bord de la table.

— Quelquefois je ne peux pas, dit-elle tout haut.

Très bien, répond la voix de Shanita. *Laisse-la glisser. Laisse-la glisser sur toi. Ce n'est qu'une vague. C'est comme de l'eau. Pense à la couleur de la vague.*

— Rouge, répond Charis à voix haute.

Très bien, dit Shanita en souriant. *Cela peut aussi être une jolie couleur, n'est-ce pas ? Garde-la. Garde cette couleur.*

— Oui, dit humblement Charis. Mais cela fait mal.

Bien sûr que cela fait mal ! Qui a jamais affirmé que cela ne ferait pas mal ? Si tu souffres, cela signifie que tu es encore en vie ! Maintenant de quelle couleur est cette douleur ?

Charis inspire, expire, et la couleur se dissipe. Cela marche aussi avec les maux de tête. Une fois, il n'y a pas longtemps, elle a essayé de l'expliquer à Roz, quand celle-ci souffrait plus profondément que Charis. Peut-être pas plus, finalement.

— Tu peux te guérir, a-t-elle dit à Roz, la voix calme et confiante, comme Shanita. Tu peux contrôler la douleur.

— Ce sont des *foutaises*, a répondu Roz avec colère. Ça ne sert absolument à *rien* de dire qu'il faut arrêter d'*aimer* quelqu'un, les choses ne se passent pas ainsi !

— Eh bien, tu le dois, si tu sais que c'est mauvais pour toi, a répliqué Charis.

— Que ce soit mauvais pour soi n'a rien à voir, a dit Roz.

— J'aime les hamburgers, a repris Charis, mais je n'en mange pas.

— Les hamburgers ne sont pas une *émotion*, a dit Roz.

— Si, a répondu Charis.

Charis se lève pour faire chauffer la bouilloire. Elle va préparer du thé Morning Miracle, un mélange spécial de la boutique où elle travaille. Pour allumer la cuisinière à gaz elle se tient sur le côté, parce que quelquefois — et c'est le cas — elle n'aime pas tourner le dos à la porte de la cuisine.

Cette porte a un panneau vitré, à hauteur d'homme. Il y a un mois, comme elle rentrait pour le week-end, Augusta a fait une frayeur à Charis. Il bruinait, un crachin très fin; la ville et une partie du lac étaient voilées, aucune lueur n'émanait du soleil couchant invisible. Charis attendait Augusta plus tard, ou peut-être le lendemain; elle pensait qu'elle lui téléphonerait du continent, mais elle ne savait pas quand. Augusta était devenue très désinvolte au sujet de ses allées et venues.

Brusquement un visage de femme était apparu derrière la vitre de la porte. Une face blanche indistincte dans l'obscurité, dans l'air nuageux. Charis s'était détournée de la cuisinière et en l'apercevant avait senti les petits cheveux de sa nuque se hérisser.

C'était seulement Augusta, mais Charis l'avait prise pour une autre. Pour Zenia. Zenia, avec ses cheveux noirs luisants de pluie, trempée et frissonnante, debout sur le perron derrière la maison où elle avait surgi une fois, il y avait très longtemps. Zenia, qui était morte depuis cinq ans.

Le pire, songe Charis, c'est d'avoir confondu Zenia avec ma propre fille, qui ne ressemble en rien à Zenia. Quelle terrible méprise!

Non. Le pire, c'était qu'elle n'avait pas été très surprise.

8

Charis n'avait pas été surprise, parce que les gens ne meurent pas. C'est du moins ce qu'elle croit. Tony lui a demandé une fois ce qu'elle entendait par *mourir*, et Charis — que rend nerveuse la façon dont Tony la met au pied du mur, et qui s'en tire souvent en feignant de n'avoir pas entendu la question — a dû admettre que l'être humain était confronté à un processus décrit couramment comme la *mort*. Certainement, des choses tout à fait définitives arrivaient au corps, des choses sur lesquelles Charis préférait ne pas s'attarder parce qu'elle n'avait pas décidé s'il valait mieux se mêler à la terre ou à l'air — par la crémation. Chacune de ces possibilités est séduisante en tant qu'idée générale, mais elle le devient beaucoup moins si l'on considère les détails pratiques, comme le sort de ses propres doigts, de ses orteils, et de sa bouche.

Mais la mort était simplement une étape, a-t-elle tenté d'expliquer. Une sorte d'état, une transition; c'était... eh bien, une expérience instructive.

Elle n'est pas très douée pour démontrer quelque chose à Tony. Habituellement elle bégaie et s'interrompt, surtout avec les énormes yeux un peu glacés de Tony fixés sur elle, grossis par ses lunettes, et sa petite bouche aux dents nacrées légèrement entrouverte. Tony n'est certes pas bouleversée par tout ce que dit Charis. Mais — soupçonne-t-elle — il se passe autre chose dans la tête délicate de son amie. Pourtant elle ne se moque jamais d'elle ouvertement.

— Qu'est-ce que tu apprends? a demandé Tony.

— Eh bien, tu apprends... à être meilleure, la prochaine fois. Tu rejoins la lumière, a dit Charis.

Tony s'est penchée en avant, l'air intéressé, et Charis a bafouillé.

— Les gens ont des expériences après la mort, c'est ce qu'ils disent, et c'est ainsi que nous le savons. Quand ils reviennent à la vie.

— Ils reviennent à la vie? a demandé Tony, les yeux écarquillés.

— Les gens leur martèlent la poitrine. Ils leur insufflent de l'air, les réchauffent, et les ramènent à la vie, a dit Charis.

— Elle veut dire ceux qui sont *sur le point de mourir*, a dit Roz, qui explique souvent à Tony le sens des paroles de Charis. Tu as dû lire ces articles ! C'est la dernière mode. On est censé assister à une sorte de *son et lumière* *. Des tunnels, des feux d'artifice et de la musique baroque. Mon père y a eu droit, quand il a eu sa première crise cardiaque. Son ancien directeur de banque est apparu, il s'est éclairé comme un sapin de Noël, et il a dit à mon père qu'il ne pouvait pas mourir parce qu'il laissait des affaires non réglées.

— Ah ! a observé Tony. Des affaires non réglées.

Charis voulait dire qu'il s'agissait d'autre chose, et vraiment de la vie *après* la mort.

— Certaines personnes vont jusqu'à la lumière, a-t-elle repris. Elles se perdent. Dans le tunnel. Parfois elles ne savent même pas qu'elles sont mortes.

Elle n'a pas voulu ajouter que ces gens-là pouvaient devenir très dangereux parce qu'ils étaient capables de pénétrer dans votre corps, de s'y installer comme des squatters ; alors il était très difficile de les en chasser. Elle s'est gardée d'en parler, cela aurait été vain : Tony a besoin de preuves.

— C'est juste, a dit Roz, que ce genre de conversation mettait très mal à l'aise. Je connais des gens comme cela. Mon *propre* directeur de banque, par exemple. Ou le gouvernement. Ils sont complètement morts, mais le savent-ils ?

Elle a éclaté de rire, et a demandé à Charis quelle maladie pouvaient avoir ses delphiniums, qui viraient au noir.

— C'est de la rouille, a répondu Charis.

Voilà comment Roz traitait la vie après la mort : des bordures de vivaces... Et c'était le seul sujet sur lequel Charis possédait beaucoup plus de données sûres que Tony.

* En français dans le texte. *(N.d.T.)*

Mais lorsque Zenia apparut à la porte de derrière, sous la pluie, Charis pensa ceci. Elle se dit : Zenia est perdue. Elle ne peut trouver la lumière. Peut-être ne sait-elle pas qu'elle est morte. Quoi de plus naturel pour elle que de venir frapper chez Charis pour demander du secours ? C'était ce qu'elle était venue chercher, la première fois.

Ensuite, bien sûr, Charis s'aperçut que Zenia n'était pas du tout Zenia, mais seulement Augusta, en visite pour le week-end, un peu perdue parce que — soupçonna Charis — un de ses projets était tombé à l'eau, un rendez-vous avec un homme. Il y a des hommes dans la vie d'Augusta, pressent Charis ; mais ils n'apparaissent pas, on ne les lui présente pas. Sans doute suivent-ils aussi les cours de commerce, et ces entrepreneurs novices jetteraient un coup d'œil à la maison en chantier perpétuel de Charis et s'enfuiraient à toutes jambes. Sans doute Augusta les décourage-t-elle. Elle leur dit peut-être que sa mère est malade, ou est partie en Floride.

Mais Augusta ne s'est pas encore complètement figée ; elle a des moments de légère culpabilité. Cette fois, elle avait rapporté une miche de pain au son et des figues sèches en guise de rameau d'olivier. Charis l'embrassa une fois de plus et lui prépara des beignets aux courgettes et une bouillotte pour la nuit, comme lorsque Augusta était petite, tellement elle était reconnaissante finalement que sa fille ne soit pas Zenia.

Pourtant, c'est presque comme si Zenia était venue ici. Comme si elle était venue et repartie sans avoir obtenu ce qu'elle voulait. Comme si elle devait revenir.

Quand elle se matérialisera la prochaine fois, Charis sera prête. Zenia doit avoir quelque chose à dire. Ou pas. Peut-être Charis veut-elle lui parler. Peut-être est-ce la raison qui retient Zenia sur cette terre. Parce que Zenia se trouve quelque part dans les environs. Charis le sait depuis l'enterrement. Elle a regardé la boîte avec les cendres de Zenia, et elle a su. Les cendres se trouvaient peut-être à l'intérieur, mais les cendres ne sont pas une personne. Zenia ne se trouvait ni dans cette boîte, ni avec la lumière. Zenia était en liberté dans l'air mais attachée au monde des apparences, et la faute en incombait à Charis. C'est Charis qui a besoin de sa présence, Charis qui ne la délivre pas.

Zenia apparaîtra, sa face blanche en haut du rectangle de la vitre, et Charis ouvrira la porte. *Entre*, dira-t-elle, parce que les morts ne peuvent franchir votre seuil si on ne les y invite pas. *Entre*, dira-t-elle, mettant son propre corps en danger, parce que Zenia cherchera une nouvelle enveloppe de chair. *Entre*, dira-t-elle, pour la troisième fois, la plus cruciale, et Zenia glissera à l'intérieur, les yeux caves, les cheveux comme de la fumée froide. Elle se dressera dans la cuisine, la lumière s'assombrira et Charis aura peur.

Mais elle ne reculera pas, elle ne s'enfuira pas cette fois-ci. *Qu'ont-ils fait de Billy* ? lui demandera-t-elle. Zenia est la seule à savoir.

Charis remonte au premier et s'habille pour aller travailler, essayant de ne pas regarder derrière son épaule. Quelquefois elle pense que ce n'est pas une si bonne idée de vivre seule. Le reste du temps elle aime cela, pourtant. Elle peut faire ce qu'elle veut, être qui elle est, et si elle se parle tout haut personne ne la regarde de travers. Personne ne se plaint des flocons de poussière, sauf Augusta peut-être, qui prend un balai et les enlève.

Elle marche sur une autre punaise, qui lui fait plus mal, et elle enfile ses chaussures. Une fois habillée, elle part à la recherche de ses lunettes de lecture, car elle en aura besoin au magasin, pour remplir les factures, et pour lire le menu au Toxique.

Elle attend ce déjeuner avec impatience. Elle s'y oblige, malgré un tiraillement, une intuition... un sentiment de désastre imminent. Non la prescience d'un événement violent, comme une explosion ou un incendie. Autre chose. Elle éprouve souvent ces impressions, mais la plupart ne se concrétisent jamais et elle ne peut s'y fier. Shanita dit que c'est à cause de la croix de Salomon brouillée sur sa paume ; trop de lignes si fines. « Tu captes énormément de fréquences, dit Shanita. Parasites cosmiques. »

Elle trouve ses lunettes sous le cache-théière, dans la cuisine ; elle ne se souvient pas de les avoir rangées là. Les objets ont une vie autonome et, dans cette maison, ils se déplacent la nuit. Ces derniers temps cela leur arrive plus souvent. C'est sans doute la couche d'ozone. Des énergies inconnues la traversent.

Elle a vingt minutes pour marcher jusqu'au ferry. C'est largement suffisant. Elle passe par la porte de derrière, tout naturellement ; celle de devant est clouée, avec un rideau en plastique à l'intérieur pour l'isolation et, par-dessus, un dessus-de-lit indien tissé à la main, un motif vert et bleu. L'isolation sert l'hiver. L'été, elle l'enlève, sauf l'été dernier où elle n'en a pas eu le temps. Il y a toujours un tas de mouches mortes sous le plastique, et elle n'aime pas beaucoup cela.

L'air est si sain sur l'Île. Enfin, relativement. Du moins il y souffle d'habitude une brise. Elle s'arrête devant la porte de derrière, inspirant une bouffée de cet air relativement pur, elle sent la fraîcheur emplir ses poumons. Dans son potager poussent encore beaucoup de bettes, des carottes et des tomates vertes ; un chrysanthème rouille fleurit dans un coin. Le sol est riche ici ; des traces de crottes de poules restent encore, et elle prend du compost dans le tas chaque printemps et chaque automne. C'est presque le moment de s'en occuper, avant les premières gelées.

Elle aime son jardin ; elle aime s'agenouiller dans la poussière, les deux mains plongées dans la terre, fourrageant dans les racines avec des vers de terre qui glissent entre ses doigts, enveloppée dans l'odeur des mottes, de la lente fermentation, sans penser à rien. Aidant les choses à pousser. Elle n'utilise jamais de gants de jardinage, au désespoir d'Augusta.

Shanita raconte que sa grand-mère mangeait une ou deux poignées de terre tous les printemps. Elle disait que c'était bon pour la santé. (Bien que Charis ne parvienne pas à saisir exactement de quelle grand-mère il s'agit : Shanita semble en avoir plus de deux.) Mais la propre grand-mère de Charis aurait fort bien pu faire une chose pareille, car elle s'y connaissait dans ce domaine, même si elle était sale et terrifiante. Charis n'a pas encore pu se décider à essayer, mais elle y songe.

Devant sa maison il y a beaucoup à faire. Au printemps dernier, elle a retourné la pelouse, et tenté d'obtenir un gazon de cottage anglais en harmonie, croyait-elle, avec les bardeaux blancs et la façade un peu délabrée; mais elle a planté trop d'espèces de graines, omis d'éclaircir les semis, et de désherber suffisamment, il en résulte un fouillis innommable. Les gueules-de-loup ont presque tout envahi; elles sont encore en fleur, les hautes tiges retombent sur le sol (elle aurait dû leur mettre des tuteurs), avec de longs rejets. L'an prochain elle plantera des fleurs grimpantes à l'arrière, et limitera les couleurs.

Enfin, s'il doit y avoir une année prochaine. Peut-être n'aura-t-elle alors plus de maison. La guerre de l'Île contre la ville se poursuit. La ville veut abattre toutes ces habitations, niveler le terrain, et créer un parc. Beaucoup de maisons ont disparu de cette manière, il y a des années, avant que les gens n'y mettent le holà. Charis pense que c'est de la jalousie : les citadins ne sont pas capables de vivre ici, et veulent empêcher quiconque de le faire. Cela a maintenu les prix de l'immobilier à un taux très bas. Sinon, où irait Charis?

Et si personne ne vivait sur l'Île, qui pourrait regarder la ville de loin, et la trouver si belle, comme le fait Charis chaque jour au lever du soleil? Sans cette vision d'elle-même, de son charme, la ville se dégraderait, se lézarderait pour s'effondrer en un tas de débris inutiles. Elle n'est soutenue que par cette croyance ; et cette méditation de personnes qui lui ressemblent. Charis en a la certitude, mais jusqu'à présent elle n'a pas réussi à le définir en termes précis, dans ses fréquents courriers aux conseillers municipaux, dont elle n'a pour l'instant posté que deux exemplaires. Le simple fait de l'écrire l'aide. Cela permet de diffuser le message, qui pénètre peu à peu dans la tête des conseillers municipaux sans qu'ils en aient conscience. Comme les ondes de radio.

Lorsqu'elle atteint le quai, les passagers embarquent déjà dans le ferry. Les gens avancent, deux par deux ou séparément ; leur manière de quitter la terre ferme, de monter dans le bateau évoque une procession. C'est ici qu'elle a vu Billy pour la dernière fois ; et Zenia, en chair et en os. Ils étaient déjà à bord et, quand Charis est arrivée en courant pesamment, haletante, les mains nouées autour de son ventre pour le maintenir — il était dangereux pour elle de courir ainsi, elle risquait de tomber et de perdre le bébé —, les hommes remontaient la passerelle, le ferry reculait en mugissant, l'eau profonde tourbillonnait. Elle n'aurait pas pu sauter.

Billy et Zenia ne se touchaient pas. Deux inconnus se tenaient près d'eux. Des hommes en pardessus. Billy l'avait vue. Il n'avait pas agité la main pour la saluer. Il s'était détourné. Zenia n'avait pas bougé. Son aura était rouge foncé. Ses cheveux flottaient autour de sa tête. Elle était à contre-jour, elle n'avait pas de visage. Tel un tournesol noir. Le ciel était immensément bleu. Ils étaient devenus tout petits en s'éloignant.

Charis a oublié le son qui avait jailli d'elle. Elle ne veut pas s'en souvenir. Elle essaie de garder présente leur image dans le lointain, un instant immobile et vidé de son contenu, comme une carte postale sans rien d'écrit au dos.

Elle va sur le pont principal et se prépare à la transition. Elle a une croûte de pain dans la poche de son gilet ; elle la donnera aux mouettes qui tournoient déjà, les yeux fixés sur elle, criant comme des esprits affamés.

Peut-être ne pénètre-t-on pas dans la lumière par un tunnel, pense-t-elle. Peut-être un bateau vous y conduit-il, comme le disaient les anciens. On paye sa place, on traverse, on boit au fleuve de l'oubli. Puis on renaît.

9

L'endroit où travaille Charis s'appelle Radiance. On y vend des cristaux de toutes sortes, petits et grands, transformés en pendentifs, en boucles d'oreilles ou bruts, et des coquillages; des huiles essentielles importées d'Égypte et du sud de la France, de l'encens d'Inde, des crèmes corporelles naturelles et des gels de bain de Californie et d'Angleterre, des sachets d'écorce, d'herbes et de fleurs séchées, surtout de France, six modèles différents de cartes de tarots, des bijoux afghans et thaïs, des cassettes de musique New Age avec beaucoup de harpe et de flûte, des CD de bords de mer, de cascades et de cris de plongeons, des livres sur la spiritualité des Indiens d'Amérique et les secrets de santé des Aztèques, des baguettes incrustées de nacre, des bols laqués du Japon, de minuscules sculptures en jade chinois, et des cartes de vœux en papier recyclé faites main, avec des bouquets d'herbes séchées à l'intérieur, des paquets de riz sauvage, des thés sans caféine de huit pays différents, et des colliers de cauris, de graines de plantes, de pierres polies, et de perles de bois sculpté.

Charis se souvient de ce magasin dans les années soixante. Il s'appelait le Blown Mind Shoppe* à cette époque, et vendait des pipes de hasch, des posters

* Boutique de la défonce. *(N.d.T.)*

psychédéliques, des pinces à joints, des maillots de corps noués-liés-teints, et des tuniques africaines. Dans les années soixante-dix il s'appelait Okkult, et vendait des livres sur la démonologie, sur les anciennes religions de femmes, sur Wicca et les royaumes perdus d'Atlantis et de Mu, et quelques objets en os peu attrayants, des paquets malodorants — et frauduleux, selon Charis — de morceaux d'animaux pulvérisées. Il y avait dans la vitrine un alligator empaillé et pendant quelque temps on y avait même vendu des perruques pour faire peur et des trousses de maquillage d'épouvante, avec du faux sang et des cicatrices adhésives. C'était un mauvais point pour la boutique, même si les punks l'appréciaient.

Elle changea de nouveau au début des années quatre-vingt. Au moment où Shanita reprit le magasin, qui s'appelait toujours Okkult. Elle se débarrassa rapidement de l'alligator empaillé, des os et des livres de démonologie — pourquoi toujours voir tout en noir, dit-elle, et elle ne voulait pas d'incidents avec les défenseurs des droits des animaux, ni retrouver sa vitrine taguée par des fanatiques chrétiens. L'idée des cristaux et du nom Radiance venait d'elle.

Ce fut ce nom qui attira Charis. Elle commença par être simplement une cliente : elle venait acheter des tisanes. Mais quand la place de vendeuse fut vacante, et comme elle en avait assez de son emploi au ministère des Ressources naturelles, qui consistait à classer des rapports — un travail trop impersonnel, trop stressant, et qu'elle ne faisait pas très bien —, elle vint se présenter. Shanita l'engagea parce qu'elle avait le physique de l'emploi — du moins, elle le lui dit.

— Vous n'embêterez pas les clients, conseilla-t-elle. Ils n'aiment pas qu'on les harcèle. Ce qui leur plaît, c'est juste de flâner ici, vous voyez ce que je veux dire ?

Charis comprenait. Elle aime elle aussi se promener dans le magasin. Elle aime son odeur et les choses qu'il contient. Parfois elle troque son salaire contre des marchandises — à prix réduit —, au grand dégoût d'Augusta. *Encore de la camelote?* s'écrie-t-elle. Combien de bols laqués japonais et de cassettes de cris de plongeons faut-il encore à Charis? Elle ne saisit pas. Charis explique que ce n'est pas une question de besoin, matériel s'entend. C'est une nécessité spirituelle. Dans l'immédiat elle brigue une ravissante géode en améthyste, de Nova Scotia. Elle la gardera dans sa chambre, pour chasser les mauvais rêves.

Elle imagine la réaction d'Augusta devant cette géode. *Maman! Que fait ce bloc de pierre dans ton lit?* Elle imagine le scepticisme intéressé de Tony — *Ça marche vraiment?* — et l'indulgence maternelle de Roz — *Chérie, si ça te rend heureuse je suis pour!* Toute sa vie, prévoir les réactions des autres a été un problème. Elle y réussit trop bien. Elle imagine la réaction de n'importe qui — ses émotions, ses critiques, ses exigences —, mais d'une manière ou d'une autre, elle ne reçoit rien en retour. Peut-être les autres n'en sont-ils pas capables. Peut-être ne possèdent-ils pas ce don, si c'en est un.

Charis s'éloigne du quai du ferry, elle remonte King Street, puis Queen Street, reniflant l'air dense de la ville, si différent de l'air de l'Île. L'atmosphère est remplie de produits chimiques, et de respirations. Il y a trop de gens qui respirent dans cette ville. Sur cette planète; peut-être serait-il salutaire qu'un million d'entre eux fassent la transition. Mais c'est une pensée horriblement égoïste, que Charis chasse immédiatement de son esprit. Elle songe plutôt à partager. Chaque molécule absorbée par ses poumons a pénétré dans des milliers de gens, un nombre de fois incalculable. Si l'on y réfléchit, la moindre particule de son propre corps a fait partie il y a des années du corps de multiples êtres, bien avant la race humaine, à l'époque des dinosaures, et même des premiers planctons. Sans parler de la végétation. Nous faisons tous partie de quelqu'un d'autre, songe-t-elle. De l'univers.

C'est une vision cosmique, si on réussit à garder du recul. Mais, à ce moment, une idée désagréable vient à Charis. Si chacun est une partie des autres, alors elle est en Zenia. Inversement, elle est peut-être en train de respirer la substance de Zenia. C'est-à-dire la fumée qui s'est répandue dans l'air. Pas son corps astral, qui plane encore près de la terre, ni les cendres, en sécurité dans cette boîte enterrée sous le mûrier.

C'est peut-être ce que veut Zenia ! Peut-être est-elle préoccupée par cet état partiel, par le partage de son énergie entre la boîte et l'atmosphère. Peut-être veut-elle qu'on la délivre. Peut-être Charis devrait-elle se rendre une nuit au cimetière, avec une pelle et un ouvre-boîtes, la sortir de là et éparpiller ses cendres. La mêler à l'univers. Ce serait un acte généreux.

Elle arrive à Radiance à dix heures moins dix, en avance pour une fois, et entre avec sa clé, puis enfile l'une des blouses mauve et bleu-vert que Shanita a créées pour elles, afin que les clients les distinguent des autres.

Shanita est déjà là.

— Bonjour, Charis, comment allez-vous ? crie-t-elle depuis la réserve, au fond du magasin.

C'est Shanita qui fait toutes les commandes. Elle a le chic pour cela ; elle va dans des foires d'artisanat, se rend dans des endroits peu connus, et trouve des choses, de merveilleux objets qu'aucune autre boutique ne vend en ville. Elle semble savoir à l'avance ce que les gens aimeront.

Charis admire beaucoup Shanita. Elle est intelligente, elle a l'esprit pratique, et des dons de médium. Elle est forte aussi, et c'est l'une des plus belles femmes que Charis ait jamais vues. Pourtant elle n'est plus jeune — elle doit avoir largement dépassé la quarantaine. Elle refuse de dire son âge — la seule fois où Charis lui a posé la question, elle s'est contentée de rire, et de dire que l'âge était dans la tête et qu'elle avait l'impression d'avoir deux mille ans — mais elle a une mèche blanche dans les cheveux. C'est encore une chose qu'admire Charis : Shanita ne se teint pas.

La chevelure elle-même est noire, ni bouclée ni frisée mais ondulée, épaisse, brillante et appétissante, comme du sirop d'érable ou de la lave. Comme du verre noir en fusion. Shanita l'enroule, et la noue ici ou là sur sa tête : parfois au sommet du crâne, parfois sur le côté. Ou bien elle la laisse pendre dans son dos en une lourde torsade. Elle a les pommettes larges, un nez aquilin, des lèvres pleines, et de grands yeux aux cils sombres, dont la nuance varie étonnamment du brun au vert, selon la couleur qu'elle porte. Sa peau est lisse, sans une ride, d'une teinte indéterminée, ni noire ni mate, ni jaune. Beige foncé ; mais beige est un mot fade. Elle n'a pas non plus le teint noisette, ni terre de Sienne, ni ombre brûlée. C'est un autre mot.

Souvent, les gens qui viennent au magasin demandent à Shanita d'où elle vient.

— D'ici même, répond-elle avec son sourire éclatant. Je suis née dans cette ville !

Elle leur parle aimablement, mais c'est une question qui la perturbe beaucoup.

— Je crois qu'ils veulent dire : d'où viennent vos parents ? explique Charis, parce que c'est généralement l'idée des Canadiens quand ils posent cette question.

— Certainement pas, réplique Shanita. Ce qu'ils veulent savoir, c'est quand je m'en irai.

Charis ne voit pas pourquoi quelqu'un souhaiterait le départ de Shanita, mais lorsqu'elle le lui dit, celle-ci éclate de rire.

— Vous avez eu une vie drôlement protégée, s'exclame-t-elle.

Puis elle parle à Charis de la grossièreté des receveurs de tramway à son égard.

— Ils me disent *Va au fond*, comme si j'étais une clocharde !

— Les receveurs de tramway sont *tous* grossiers ! Ils disent à tout le monde d'aller au fond, à *moi* aussi ! s'écrie Charis pour consoler Shanita — bien qu'elle se montre un peu malhonnête, il s'agit seulement de quelques cas, et elle-même prend très rarement le tramway.

Shanita lui lance un regard de mépris, parce qu'elle est incapable de reconnaître le racisme de presque tout le monde, de presque tous les Blancs, et Charis se sent mal à l'aise. Parfois elle voit Shanita comme une exploratrice intrépide qui se taille un chemin à coups de hache dans la jungle. Cette jungle est faite de gens comme Charis.

Elle s'empêche donc d'être trop curieuse, d'en demander trop à Shanita, sur son milieu, sur ses *origines*. Pourtant Shanita la taquine; elle lance des allusions, transforme son histoire. Parfois elle est en partie chinoise et en partie noire, avec une grand-mère antillaise; elle peut prendre l'accent, il y a donc peut-être un fond de vérité dans cette histoire. Il s'agit peut-être de la grand-mère qui mangeait de la terre; mais elle en a bien d'autres, l'une vient des États-Unis, la deuxième de Halifax, la troisième du Pakistan, la quatrième du Nouveau-Mexique, et il y en a même une d'origine écossaise. Ce sont peut-être des grand-mères par alliance, ou peut-être Shanita a-t-elle beaucoup voyagé. Charis n'arrive pas à les distinguer. Shanita a plus de grand-mères que tous les gens qu'elle connaît. Mais quelquefois elle est en partie ojibwa, ou en partie maya, et un jour elle était même à moitié tibétaine. Elle peut être ce qu'elle veut, car qui va le vérifier?

Tandis que Charis est irrémédiablement blanche. Un lapin blanc. C'est de plus en plus épuisant d'être blanc. Tant de mauvaises vibrations s'y rattachent, vestiges du passé qui étendent leurs ramifications dans le présent, comme les rayons mortels des décharges nucléaires. Il y a tant à expier! Le simple fait d'y penser lui donne de l'anémie. Dans sa prochaine vie elle sera un mélange, une métisse pleine de vigueur, comme Shanita. Alors personne ne s'en prendra à elle.

Le magasin n'ouvre pas avant onze heures, et Charis aide à faire l'inventaire. Shanita passe les étagères en revue, et compte, tandis que Charis note les chiffres sur un bloc. Heureusement qu'elle a trouvé ses lunettes.

— Il va falloir baisser les prix, dit Shanita en fronçant les sourcils. Rien ne bouge. Nous allons devoir solder.

— Avant Noël ? demande Charis, stupéfaite.

— C'est la récession, répond Shanita en pinçant les lèvres. C'est la réalité. À cette époque de l'année, nous devons habituellement renouveler les commandes pour Noël, n'est-ce pas ? Regardez plutôt !

Charis plisse les yeux : les étagères sont pleines à craquer, c'en est affligeant.

— Vous savez ce qui se vend ? dit Shanita. Ceci.

Charis connaît ce petit livre, car elle en a beaucoup vendu ces derniers temps. C'est un livre de cuisine de l'épaisseur d'une brochure, en papier gris recyclé avec des dessins au trait, un fascicule édité maison : *À la fortune du pot : Soupes et ragoûts de fonds de tiroir*. Cela ne l'attire pas, personnellement. Les fonds de tiroir sont un concept qu'elle trouve très perturbant. C'est dur et grinçant, et *fond* est un mot douloureux. Certes, elle économise des bouts de chandelle et des pelotes de laine, mais c'est parce qu'elle en a envie, elle veut créer quelque chose avec, il s'agit d'un acte d'amour envers la terre.

— Il m'en faut plus, déclare Shanita. En fait, je songe à changer le magasin. Le nom, le concept, tout.

Charis se sent défaillir.

— Quel nom choisirez-vous ? demande-t-elle.

— Je pensais à Scrimpers, répond Shanita.

— Scrimpers ?

— Vous savez. Comme le bazar d'autrefois, avec seulement de la marchandise bon marché, poursuit Shanita. Mais en plus créatif. Ça pourrait marcher ! Il y a quelques années, on pouvait miser sur les coups de tête des acheteurs. Les coups de folie, vous voyez ? Les gens jetaient l'argent par les fenêtres. Mais la seule manière de s'en sortir pendant une récession est de pousser les gens à acheter les choses qui leur apprennent à ne pas acheter, si vous comprenez ce que je veux dire.

— Mais Radiance est si joli ! s'écrie Charis, très malheureuse.

— Je sais, dit Shanita. C'était formidable tant que ça a duré. Mais *joli* est devenu une marchandise de luxe. Combien de ces jouets si mignons les gens vont-ils acheter, à votre avis ? Quelques-uns peut-être, mais seulement si nous gardons des prix assez bas. En des temps pareils on réduit ses pertes, on réduit ses frais généraux, on fait ce qu'on doit. C'est un canot de sauvetage, vous comprenez ? C'est mon canot de sauvetage, c'est ma vie. J'ai travaillé sacrément dur, je sais de quel côté souffle le vent, et je n'ai pas l'intention de sombrer avec le bateau qui coule.

Elle est sur la défensive. Elle regarde Charis sans ciller — ses yeux sont verts aujourd'hui —, et celle-ci se rend bien compte qu'elle fait partie elle-même des frais généraux. Si la situation empire, Shanita la renverra, et s'occupera seule de la boutique, et elle se trouvera sans emploi.

Elles terminent l'inventaire et ouvrent la porte pour la journée, puis l'humeur de Shanita change. Elle est amicale à présent, presque attentionnée ; elle leur prépare du thé Morning Miracle, qu'elles boivent assises au comptoir de devant. Il n'y a pas exactement une ruée de clients, et Shanita passe le temps en posant à Charis des questions sur Augusta.

Shanita approuve Augusta, ce qui embarrasse Charis ; Shanita pense qu'Augusta a raison de suivre des cours de commerce.

— Une femme a besoin d'être préparée à faire son propre chemin, dit-elle. Il y a trop d'hommes paresseux dans les parages.

Elle approuve même l'album de meubles, que Charis juge elle-même si cupide, si matérialiste.

— Cette fille a la tête sur les épaules, poursuit Shanita, leur versant encore du thé. Je regrette de ne pas avoir été comme elle, à son âge. Cela m'aurait épargné beaucoup de difficultés.

Elle a deux filles et deux fils, tous adultes. Elle est même grand-mère; mais elle ne parle pas beaucoup de cette partie de sa vie. À présent elle en sait très long sur Charis, tandis que Charis ne sait presque rien d'elle.

— Mon pendule a fait une drôle de chose ce matin, dit Charis, pour écarter le sujet d'Augusta.

— Quoi donc? demande Shanita.

Elle vend cinq sortes de pendules dans le magasin, et elle est experte dans l'interprétation de leurs mouvements.

— Il s'est arrêté net, explique Charis. Carrément, juste au-dessus de ma tête.

— C'est un message très fort, répond Shanita. Un événement soudain, que vous n'attendiez pas. Peut-être une entité, qui cherche à transmettre un message. C'est aujourd'hui la fin du Scorpion, n'est-ce pas? C'est comme si le pendule dressait un doigt pour dire : attention!

Charis a de l'appréhension : s'agit-il d'Augusta, d'un accident? C'est la première chose à laquelle elle pense, aussi pose-t-elle la question.

— Je ne crois pas, répond Shanita d'un ton rassurant, mais regardons.

Elle prend les cartes de tarot qu'elle garde sous le comptoir, le jeu de Marseille qu'elle préfère, et Charis bat les cartes et coupe.

— La Tour, dit Shanita. Un événement soudain, comme je le disais. La Prêtresse. Une ouverture, la révélation de quelque chose de caché. Le Cavalier d'épée — eh bien, ça peut être intéressant! Tous les cavaliers apportent des messages. Maintenant, l'Impératrice. Une femme forte! Ce n'est pourtant pas vous. Quelqu'un d'autre. Mais je ne dirais pas non plus qu'il s'agit d'Augusta. L'impératrice n'est pas une jeune fille.

— C'est peut-être vous, dit Charis.

Mais Shanita rit et s'écrie :

— Forte! Je suis hors circuit!

Elle pose une autre carte.

— La Mort, dit-elle. Un changement. Peut-être un renouveau.

Elle recouvre la carte.

— Oh ! la Lune.

La Lune, avec ses chiens qui hurlent, son lac, son scorpion caché.

À ce moment la sonnerie tinte et une cliente entre dans le magasin ; elle demande à Charis deux exemplaires de *La Fortune du pot*, un pour elle, et un pour offrir. Charis reconnaît que c'est un livre très utile et pas trop cher, que les illustrations à la main sont charmantes, et elle dit que Shanita est fantastique mais ne vient de nulle part, elle est née dans ce bon vieux Toronto ; puis elle prend l'argent et enveloppe les livres, l'esprit ailleurs.

La Lune, pense-t-elle. L'illusion.

10

À midi, Charis enlève sa blouse fleurie et salue Shanita — le mardi elle ne travaille que le matin, donc elle ne reviendra pas après le déjeuner — et elle sort dans la rue, en essayant de respirer le moins possible. Elle a vu des coursiers à bicyclette avec des masques en papier blanc sur le nez, comme les infirmières. C'est une mode, pense-t-elle ; elles devraient peut-être en commander pour le magasin, mais plutôt colorés, avec de jolis dessins.

Dès qu'elle pénètre dans le Toxique, sa tête commence à crépiter. C'est comme si un orage avait éclaté dans les environs, ou comme s'il y avait un mauvais contact. Elle est bombardée par des ions, des vaguelettes d'énergie menaçante. Elle passe ses doigts sur son front, puis les secoue pour s'en débarrasser.

Elle tend le cou, cherchant l'origine de ce vacarme. Quelquefois ce sont les gens qui viennent pour vendre de la drogue sur les escaliers qui conduisent aux toilettes, mais aucun d'entre eux ne semble se trouver là pour l'instant. La serveuse s'approche, et Charis demande à être placée dans l'angle près du miroir. Les glaces deviennent les ondes.

Le Toxique est la dernière trouvaille de Roz. Roz passe son temps à découvrir des choses, en particulier des restaurants. Elle aime manger dans des endroits où aucun de ses collègues de bureau n'accepterait d'entrer, elle aime être entourée de gens portant des vêtements qu'elle ne mettrait jamais. Elle aime penser qu'elle se mêle à la vraie vie, c'est-à-dire à ceux qui sont plus pauvres qu'elle. Du moins c'est l'impression qu'éprouve parfois Charis. Elle a essayé d'expliquer à Roz que chaque vie est vraie, mais Roz ne semble pas comprendre ce qu'elle veut dire, et peut-être Charis n'a-t-elle pas été assez claire.

Elle jette un coup d'œil au collant en peau de léopard de la serveuse, plisse le nez — ces vêtements sont trop agressifs pour elle — mais s'interdit de porter des jugements trop catégoriques, commande une bouteille d'Évian et du vin blanc, et s'apprête à attendre. Elle ouvre le menu, y jette un coup d'œil, fouille dans son sac à la recherche de ses lunettes — les a-t-elle laissées au magasin ? — et les trouve finalement sur le sommet de son crâne. Elle a dû marcher dans la rue avec. Elle les pose sur son nez et étudie les spécialités du jour. Au moins ils proposent toujours un plat végétarien; mais qui sait d'où viennent les légumes ? Probablement d'une méga-ferme agro-industrielle irradiée et saturée de produits chimiques.

En vérité, elle n'aime pas beaucoup le Toxique. C'est en partie à cause de son nom : elle considère néfaste pour les neurones de passer du temps en compagnie d'un nom aussi empoisonné. Et les vêtements des serveuses lui rappellent certains des objets qu'on vendait à Okkult. À tout moment risquent d'apparaître des cicatrices en caoutchouc et du faux sang. Mais elle accepte de manger ici de temps en temps pour faire plaisir à Roz.

Quant à Tony, qui sait ce qu'elle pense de cet

endroit ? Tony est difficile à déchiffrer ; elle l'a toujours été, depuis leur première rencontre, à l'époque de McClung Hall. Mais Tony aurait vraisemblablement la même attitude si elle se trouvait au King Eddie, ou dans un McDonald : les yeux exorbités — incrédules et fascinés d'un Martien lors d'un voyage dans le temps. Collectionnant les spécimens. Les lyophilisants. Fourrant le tout dans des cartons étiquetés. Sans laisser le moindre espace pour l'indicible.

Ce n'est pas qu'elle n'aime pas Tony. C'est faux. En certaines circonstances seulement, Tony lui déplaît. Elle emploie trop de mots, elle l'agace, elle perturbe son champ magnétique. Pourtant elle l'aime bien. Si Charis entend des voix lui conseillant de se trancher les veines, c'est Tony qu'elle appellera pour lui demander de prendre le ferry de l'Île et de s'occuper d'elle ; Tony saura désamorcer son élan et lui dire de ne pas se conduire comme une idiote. Elle saura quoi faire, étape par étape, une chose à la fois, dans l'ordre.

Elle n'appellerait pas Roz en premier, parce que celle-ci paniquerait, se mettrait à pleurer, à la plaindre, à reconnaître la nature intolérable de la vie, et qu'elle arriverait trop tard pour le ferry. Mais quand Charis se sentirait de nouveau en sécurité, elle irait se blottir dans les bras de Roz.

Roz et Tony entrent ensemble, et Charis les salue de la main ; après l'agitation habituelle qui accompagne l'entrée de Roz dans un restaurant, elles s'asseyent toutes les deux, Roz allume une cigarette et elles se mettent tout de suite à parler. Charis n'écoute pas parce que leur conversation ne l'intéresse pas, elle se laisse simplement envahir par leurs présences. C'est pour elle plus important que les mots qui sortent de leurs bouches. Les paroles sont si souvent comme des rideaux de fenêtre, un écran décoratif qui permet de maintenir les voisins à distance. Mais les auras ne mentent pas. Charis n'en voit plus aussi souvent qu'auparavant. Quand elle était petite et s'appelait Karen, elle les voyait sans effort ; à présent, cela n'arrive que dans les moments de stress. Mais elle les perçoit, à la manière des aveugles qui devinent la couleur avec le bout de leurs doigts. Aujourd'hui elle sent de la froideur autour de Tony. Une froideur transparente. Tony lui rappelle un flocon de neige, minuscule, pâle et délicat, mais glacé ; un esprit comme un cube, net et carré ; du cristal taillé, dur et tranchant. Ou de la glace, parce qu'elle peut fondre. Dans la pièce de théâtre de l'école, Tony aurait été un flocon de neige : l'un des enfants les plus petits, trop pour un rôle avec du texte mais qui écoutent de toutes leurs oreilles. Charis était habituellement un arbre ou un buisson. On ne lui donnait aucun rôle l'obligeant à se déplacer parce qu'elle se cognait dans les objets, du moins les professeurs le disaient. Ils ne se rendaient pas compte que sa maladresse n'était pas due à une cause ordinaire, comme une mauvaise coordination. C'était simplement parce qu'elle ne savait pas avec certitude où finissait son corps et où commençait le reste du monde.

Qu'aurait été Roz ? Charis imagine l'aura de Roz — si dorée, pleine de couleurs, épicée — et son air d'autorité, mais aussi ce courant intérieur d'exil, et elle lui donne le rôle de l'un des trois Rois, couvert de brocart et de bijoux, apportant une superbe offrande. Mais Roz aurait-elle jamais participé à ce genre de pièce ? Sa petite enfance a été un tel fouillis, avec tous ces rabbins et ces bonnes sœurs. Peut-être ne l'y aurait-on pas autorisée.

Charis elle-même a renoncé depuis longtemps au christianisme. D'abord, la Bible est pleine de viande : sacrifices d'animaux, d'agneaux, de bouvillons, de colombes. Caïn avait eu raison d'offrir des légumes, et Dieu avait eu tort de les refuser. Et il y a trop de sang : dans la Bible, les gens sont tout le temps en train de verser leur sang, ils ont du sang sur les mains, des chiens le lèchent. Il y a trop de massacres, trop de souffrance, trop de larmes.

Elle avait cru que les religions orientales étaient plus sereines ; elle a été bouddhiste quelque temps, avant de découvrir combien d'enfers ils avaient. La plupart des religions sont si obsédées par le châtiment.

Elle se rend compte qu'elle a mangé la moitié de son déjeuner sans l'avoir remarqué. Elle a pris la salade de carottes râpées et de cottage cheese, un choix sage ; elle ne se souvient pas l'avoir commandée, mais parfois c'est utile d'avoir un pilote automatique qui se charge des choses courantes. Elle observe un moment Roz en train de manger un morceau de baguette ; elle aime la voir ouvrir sa tranche, et y fourrer son nez — *c'est si bon, c'est si bon !* — avant d'y planter ses belles dents blanches. C'est comme une petite prière, une grâce en miniature, cet hommage au pain.

— Tony, dit Charis, je pourrais vraiment faire quelque chose de bien, avec ton jardin.

Tony a un grand espace derrière sa maison, mais il n'y a là que des plaques de gazon et quelques arbres malades. Charis a l'intention de soigner les arbres, et de créer une sorte de sous-bois, avec des arums, des violettes, du podophyllum en bouclier, du sceau-de-Salomon, des plantes qui donnent de l'ombre en grandissant. Des fougères. Rien qui exige d'être désherbé, ce dont Tony serait incapable. Ce serait spécial ! Avec peut-être une fontaine ? Mais Tony ne lui répond pas, et au bout d'un moment Charis comprend qu'elle n'a pas suffisamment élevé la voix. Quelquefois elle a de la peine à se souvenir si elle a ou non dit quelque chose. Augusta se plaint entre autres de cette manie chez elle.

Elle se concentre sur la conversation : elles parlent d'une guerre. Charis aimerait qu'elles n'évoquent plus ce sujet, mais ces temps-ci elles n'arrêtent pas. On dirait que quelque chose se prépare après une longue période presque calme. Roz commence ; elle pose des questions à Tony, car elle aime interroger les gens sur les sujets qu'ils sont censés connaître.

Lors de l'un de leurs déjeuners, il y a quelques mois, elles avaient parlé constamment de génocide, et Roz voulait aborder le sujet de l'Holocauste, alors Tony s'était lancée dans un récit détaillé sur les génocides à travers les âges, Genghis Khan, et les Cathares en France, ensuite les Arméniens massacrés par les Turcs, puis les Irlandais et les Écossais et ce que les Anglais leur ont fait, des morts plus horribles les unes que les autres, jusqu'au moment où Charis avait cru qu'elle allait vomir.

Tony peut parler de tout cela, elle maîtrise ces informations, ce ne sont peut-être que des mots pour elle, mais pour Charis les mots sont des images, des cris et des gémissements, une odeur de chair pourrie, de chair brûlée, de souffrance physique ; si on en parle trop, on finit par le faire arriver. Elle ne peut jamais l'expliquer à Tony de manière que celle-ci le comprenne, elle a peur aussi que ses amies ne décident qu'elle est idiote. Une hystérique, une demeurée, une fofolle. Elle sait qu'elles le pensent toutes les deux quelquefois.

Alors elle s'était levée et avait descendu les sombres marches à échardes jusqu'aux toilettes, où est accrochée au mur une affiche de Renoir, une femme ronde et rose en train de se sécher tranquillement après le bain, avec des reflets bleus et mauves sur le corps, et la paix l'avait envahie ; mais quand elle était remontée dans la salle Tony était toujours en Écosse, avec les femmes et les enfants des Highlands pourchassés dans les collines, embrochés comme des porcs et abattus comme des cerfs.

— Les Écossais ! disait Roz, qui voulait revenir à l'Holocauste. Ils s'en sont très bien tirés, regarde tous ces banquiers ! On s'en fout d'eux !

— Pas moi, répondait Charis, se surprenant autant qu'elle surprenait les deux autres. Je m'en fous pas.

Elles la regardaient avec stupéfaction, parce qu'elles sont habituées à ce qu'elle décroche pendant les conversations sur la guerre. Elles pensaient que cela ne l'intéressait pas.

— Vraiment ? disait Roz, haussant les sourcils. Pourquoi, Charis ?

— Personne ne doit nous laisser indifférent, avait répondu Charis. Ou bien c'est peut-être parce que je suis en partie écossaise. Moitié écossaise, moitié anglaise. Tous ces gens qui s'entretuaient.

Elle laisse de côté les Mennonites parce qu'elle ne veut pas perturber Roz, bien qu'ils ne comptent pas pour de vrais Allemands. Et qu'ils ne tuent jamais les gens ; ils se font seulement tuer eux-mêmes.

— Mon chou, je suis désolée, avait dit Roz, contrite. Bien sûr ! J'oublie toujours. Comme je suis stupide, d'avoir cru que tu faisais partie de la crème de la WASP.

Elle avait tapoté la main de Charis.

— Personne ne les a massacrés récemment, pourtant, avait rajouté Charis. Pas tous en même temps. Mais je suppose que c'est ainsi que nous avons atterri ici.

— *Ici ?* avait demandé Tony, regardant autour d'elle. Au Toxique, ou quoi ?

— À cause des guerres, avait repris Charis, malheureuse.

C'est une idée qui ne lui plaît guère, maintenant qu'elle l'a eue.

— Dans ce pays. Des guerres d'une sorte ou d'une autre. Mais c'était autrefois. Nous devrions essayer de vivre dans le présent, vous ne croyez pas ? Du moins, c'est ce que j'essaie de faire.

Tony avait souri à Charis, s'efforçant de paraître affectueuse.

— Elle a absolument raison, avait-elle dit à Roz, comme si c'était un événement digne d'attention.

Raison à quel propos ? se demande Charis. Sur les guerres, ou le *présent* ? La réponse classique de Tony au *moment présent* serait de dire à Charis combien de bébés naissent par minute, dans ce *présent* qu'elle aime tant, et comment tout cet excès de naissances conduira inévitablement à d'autres guerres. Ensuite elle ajouterait une note sur le comportement détraqué des rats en surnombre. Charis est reconnaissante qu'elle s'en abstienne aujourd'hui.

Mais elle a enfin retrouvé le fil de la discussion : il s'agit de Saddam Hussein et de l'invasion du Koweït, et de ce qui va suivre.

— C'est déjà décidé, dit Tony, comme le Rubicon.

Et Charis demande :

— Le quoi ?

— Ça ne fait rien, mon chou, un détail historique, répond Roz, parce qu'elle comprend aussitôt que ce n'est pas le genre de conversation préféré de Charis, et lui donne la permission de rêvasser.

Alors Charis se souvient de ce qu'est le Rubicon. C'est en rapport avec Jules César, elle a appris cela au lycée. Il traversait les Alpes avec des éléphants ; encore un de ces hommes devenus célèbres en tuant des gens. S'ils arrêtaient de donner des médailles à ces assassins, pense Charis, s'ils cessaient d'organiser des défilés en leur honneur et de leur ériger des statues, alors ils ne le feraient plus. Ils interrompraient le massacre. Ils tuent pour attirer l'attention.

Peut-être Tony était-elle Jules César, dans une vie antérieure. Peut-être Jules César a-t-il été renvoyé sur terre dans le corps d'une femme, comme punition. Une très petite femme, pour qu'il comprenne ce qu'est l'impuissance. Peut-être que les choses fonctionnent de cette manière.

La porte s'ouvre, et Zenia apparaît sur le seuil. Le sang de Charis se glace, puis elle reprend son souffle. Elle est prête, elle s'est préparée ; pourtant le Toxique au moment du déjeuner est le dernier endroit qu'elle ait imaginé pour cette apparition, ce retour. *La Tour*, pense-t-elle. *Un événement soudain. Une chose à laquelle vous ne vous attendiez pas*. Rien d'étonnant à ce que le pendule se soit arrêté net au-dessus de sa tête ! Mais pourquoi Zenia prend-elle la peine d'ouvrir cette porte ? Elle aurait pu la traverser.

Zenia est en noir, ce qui n'est pas une surprise, le noir était sa couleur. Mais, chose étrange, elle est plus grosse. La mort lui a donné des formes, ce qui n'est pas courant. Les esprits sont censés être plus minces, avec un air affamé, desséché, et Zenia paraît très épanouie. Ses seins, en particulier, sont plus gros. La dernière fois que Charis l'a vue en chair et en os, elle était maigre comme un clou, l'ombre d'elle-même, les seins presque plats, comme des cercles de carton collés sur sa poitrine, vissés par les tétons. À présent elle est ce qu'on pourrait appeler voluptueuse.

Elle est en colère, pourtant. Une aura sombre tourbillonne autour d'elle, comme la couronne du soleil en éclipse, en négatif; une couronne d'obscurité et non de lumière. C'est un vert boueux turbulent, traversé de lignes rouge sang et gris-noir — les pires couleurs, les plus destructrices, une auréole mortelle, une infection visible. Charis devra faire appel à toute sa lumière, la lumière blanche qu'elle s'est efforcée si péniblement d'emmagasiner depuis des années et des années. Elle doit entrer en méditation sur-le-champ, et dans un tel lieu ! Zenia a bien choisi le terrain de cette rencontre : le Toxique, les voix jacassantes, la fumée de cigarette et les vapeurs d'alcool, l'air plein de respirations de la ville, tous ces éléments travaillent pour Zenia. Elle se tient sur le seuil, promenant sur la salle un regard méprisant et rancunier, elle retire un gant, Charis ferme les yeux et se répète : *Pense à la lumière.*

— Tony, que se passe-t-il? dit Roz, et Charis rouvre les yeux.

La serveuse approche de Zenia.

— Tourne lentement la tête, répond Tony. Ne crie pas.

Charis observe la scène avec intérêt, pour voir si la serveuse va marcher à travers Zenia; mais non, elle s'arrête net. Elle doit sentir quelque chose. Du froid.

— Oh, merde! dit Roz. C'est elle.

— Qui ? demande Charis, commençant à avoir des doutes.

Roz ne dit pratiquement jamais : « Oh, merde! » Ce doit être important.

— Zenia, répond Tony.

Elles peuvent donc aussi la voir! Eh bien, pourquoi pas ? Elles ont chacune pas mal de choses à lui dire. Pas seulement Charis.

— Zenia est morte, déclare Charis.

Je me demande pourquoi elle est revenue, pense-t-elle. Pour *qui* elle est revenue. À présent l'aura de Zenia s'est dissipée, ou alors Charis ne la distingue plus : Zenia paraît solide, substantielle, matérielle, vivante à un point déconcertant.

— Il avait l'air d'un avocat, dit Charis.

Zenia vient vers elle, et elle concentre toutes ses forces pour le moment de l'impact ; mais Zenia les dépasse à grands pas dans sa robe à la riche texture, avec ses longues jambes, ses nouveaux seins stupéfiants, sa chevelure brillante et nébuleuse sur ses épaules, sa bouche pourpre en colère, son sillage de parfum au musc. Elle refuse de remarquer Charis, délibérément ; elle la plonge dans l'obscurité, l'absorbe, l'efface.

Ébranlée, gagnée par la nausée, Charis ferme les yeux, luttant pour reprendre possession de son corps. *Mon corps, le mien*, répète-t-elle. *Je suis une bonne personne. J'existe*. Dans la nuit lunaire de son cerveau elle voit une image : une haute structure, un immeuble, quelque chose qui bascule, qui tombe dans les airs, tournoyant sans fin. Pour se disloquer.

11

Elles sont toutes les trois devant le Toxique, elles se disent au revoir. Charis ne sait plus tout à fait comment elle est parvenue jusqu'ici. Son corps l'y a conduite, de sa propre volonté, il l'a prise en charge. Elle frissonne malgré le soleil, elle a froid et se sent plus mince — plus légère et plus poreuse. C'est comme si l'énergie s'était retirée d'elle, l'énergie et la substance, pour permettre à Zenia de se matérialiser. Zenia a réussi à revenir de l'autre côté, elle a franchi la rivière ; elle est ici à présent, dans un corps neuf, et elle a pris un morceau du corps de Charis pour l'absorber dans le sien.

Pourtant c'est faux. Zenia doit être vivante, puisque d'autres gens l'ont vue. Elle s'est assise sur une chaise, elle a commandé un verre, fumé une cigarette. Mais ce ne sont pas nécessairement des signes de vie.

Roz l'étreint et dit : « Prends soin de toi, mon chou, je t'appelle, d'accord ? », puis part en direction de sa voiture. Tony lui a déjà souri et elle s'en va, la voilà partie, elle descend la rue, avançant régulièrement avec ses petites jambes, comme un jouet à ressort. Charis reste devant le Toxique, perdue. Elle ne sait pas où aller. Elle pourrait faire demi-tour et rentrer dans le restaurant, s'avancer vers Zenia, se planter devant elle ; mais les choses qu'elle voulait lui dire se sont évaporées, elles lui sont sorties de la tête. Il ne reste plus qu'un vrombissement.

Elle pourrait retourner au magasin, à Radiance, bien que ce soit son après-midi de congé et que Shanita ne l'attende pas. Elle pourrait lui raconter ce qui s'est passé ; Shanita est professeur, elle est peut-être en mesure de l'aider. Mais elle ne sympathisera pas forcément. *Une femme comme celle-là,* dira-t-elle. *Elle n'est rien. Pourquoi vous souciez-vous d'elle ? Vous lui donnez le pouvoir, vous êtes plus intelligente que ça ! De quelle couleur est-elle ? De quelle couleur est la douleur ? Effacez la bande !*

Shanita n'a jamais eu à subir Zenia. Elle ne se rendra pas compte, elle ne peut pas comprendre qu'il ne suffit pas de méditer pour chasser Zenia de son existence. Si cela avait été possible, Charis l'aurait fait depuis longtemps.

Elle décide de rentrer. Elle va remplir la baignoire, y mettre des écorces d'orange, de l'huile de rose, quelques clous de girofle ; elle relèvera ses cheveux, entrera dans l'eau et laissera ses bras flotter dans le bain parfumé. Cette décision prise, elle descend la pente en direction du lac et du ferry. Mais un peu plus loin elle tourne à gauche et rejoint la rue suivante par une étroite allée, pour se retrouver dans Queen Street.

Son corps ne souhaite pas qu'elle rentre immédiatement chez elle. Son corps la presse de boire une tasse de café ; pis encore, un express. C'est si inhabituel — les envies de cette sorte se limitent normalement aux jus de fruits et aux verres d'eau — qu'elle se sent obligée d'obéir à cette impulsion.

Il y a un café, juste en face du Toxique. Il s'appelle le Kafay Nwar, avec une enseigne au néon rose vif en lettres des années quarante. Charis entre et s'assied à l'une des petites tables rondes chromées près de la fenêtre, elle retire son gilet, et lorsque le serveur approche, portant une chemise de soirée plissée, un nœud papillon noir, et un jean, elle commande un expresso esperanto — toutes les consommations du menu ont des noms compliqués, cappuccino cappriccio, notre malicious mud-cake — et surveille la porte du Toxique. Il est clair à présent que son corps n'exige pas un express avant toute chose. Son corps veut qu'elle espionne Zenia.

Pour se faire moins remarquer elle prend son carnet dans son fourre-tout, un ravissant calepin qu'elle a troqué contre des heures de travail. Il a une couverture reliée à la main en papier marbré avec un dos en daim bordeaux, et des pages d'un bleu lavande subtil. Le stylo qu'elle a acheté pour aller avec est gris perle, et rempli d'encre gris-vert. Elle a aussi trouvé le stylo et l'encre à Radiance. Elle est triste de penser à la disparition de Radiance. De tous ces cadeaux.

Le carnet doit lui servir à noter ses pensées, mais jusqu'à ce jour elle n'a rien écrit. Elle déteste l'idée de gâcher la beauté des pages vierges, leur potentiel ; elle ne veut pas les utiliser. Pourtant elle dévisse le capuchon du stylo gris perle, et inscrit : *Zenia doit repartir*. Autrefois elle a pris un cours d'écriture italique, et le message a un air élégant, presque comme une mélodie. Elle forme une lettre à la fois, levant les yeux entre les mots, par-dessus ses lunettes, ainsi rien de ce qui se passe dans la rue ne lui échappe.

D'abord, il y a plus de gens qui entrent que de gens qui sortent, et ensuite c'est le contraire. Aucun des hommes n'est Billy : bien sûr elle ne s'attendait pas réellement à le voir, mais on ne sait jamais. Aucune des femmes n'est Zenia.

Son café arrive, son corps lui ordonne d'y mettre deux morceaux de sucre, elle obéit donc, puis elle boit rapidement le contenu de sa tasse et sent le choc de la caféine et de la saccharose qui lui montent à la tête. Elle est concentrée maintenant, elle voit comme avec des rayons X, elle sait ce qu'elle doit faire. Ni Tony ni Roz ne peuvent l'aider, elles n'ont pas besoin de s'en occuper, parce que leurs histoires, celles où Zenia est impliquée, ont une fin. Du moins elles savent ce qu'il s'est passé. Charis, elle, l'ignore, l'a toujours ignoré. C'est comme si son histoire, là où interviennent Billy et Zenia, suivait un chemin où les empreintes ont brusquement disparu.

Enfin, lorsque Charis commence à penser que Zenia a dû passer par-derrière, ou s'est volatilisée, la porte s'ouvre et elle sort. Charis baisse légèrement les yeux ; elle ne veut pas fusiller Zenia de toute la force de son regard, elle ne veut pas se trahir. Mais Zenia ne lance pas même un coup d'œil dans sa direction. Elle se trouve avec quelqu'un que Charis ne reconnaît pas. Un jeune homme blond. Ce n'est pas Billy. Il est trop frêle pour être Billy.

Si c'était lui, il ne serait plus très jeune aujourd'hui. Il serait peut-être même gras, ou chauve. Mais dans son imagination il a gardé l'âge du jour où elle l'a vu pour la dernière fois. Le même âge, la même taille, rien n'a changé. Le sentiment de perte s'ouvre de nouveau sous elle, la fosse, la trappe familière. Si elle était seule, si elle ne se trouvait pas au Kafay Nwar mais chez elle, dans sa cuisine, elle se cognerait doucement le front contre le bord de la table. La douleur est rouge et elle fait mal, elle ne peut tout simplement la chasser.

Zenia n'est pas heureuse, pense Charis. Ce n'est pas une idée raisonnée, mais plutôt un sortilège, une incantation. Elle ne peut être heureuse. Si elle y était autorisée, ce serait totalement injuste : il doit y avoir un équilibre dans l'univers. Mais Zenia sourit à l'homme, dont Charis ne distingue pas vraiment le visage, maintenant elle lui prend le bras, ils marchent dans la rue, et à cette distance, du moins, elle paraît assez heureuse.

La compassion pour toute chose vivante, se remémore Charis. Zenia est en vie, il faut donc éprouver pour elle de la compassion.

C'est bien le sens de la phrase, mais Charis prend conscience, en faisant le point, qu'à ce moment elle ne ressent aucune sorte de compassion pour Zenia. Au contraire, elle se voit distinctement en train de pousser Zenia du haut d'une falaise, ou de quelque promontoire.

Retiens l'émotion, se dit-elle, car, bien qu'elle soit parfaitement indigne, il faut la reconnaître dans son intégrité avant de la rejeter. Elle se concentre sur l'image, elle la rapproche, elle sent le vent sur son visage, perçoit l'altitude, entend le relâchement des muscles de ses bras à l'intérieur de son corps, guette le hurlement. Mais Zenia n'émet aucun son. Elle tombe simplement, ses cheveux flottant derrière elle comme une comète sombre. Charis enveloppe cette image dans un mouchoir en papier et l'expulse de son corps, avec un effort. Tout ce que je veux, c'est lui parler, se dit-elle. C'est tout.

Il y a une confusion, un bruissement d'ailes desséchées. Zenia a quitté le rectangle de la fenêtre du Kafay Nwar. Charis ramasse son stylo gris, son gilet, ses lunettes pour lire, son fourre-tout, et s'apprête à la suivre.

12

ROZ

Dans son rêve, Roz ouvre des portes. Rien ici, et rien là, elle est pressée, la limousine de l'aéroport attend et elle n'est pas habillée, son grand corps nu et mou, si embarrassant, est entièrement dévêtu. Finalement elle trouve la bonne porte. Derrière laquelle il y a effectivement des habits, de longs manteaux qui ressemblent à des pardessus d'hommes, mais le plafonnier ne s'allume pas et le premier manteau qu'elle décroche de son cintre est humide et couvert d'escargots vivants.

Le réveil se déclenche, il était temps.

— Sacrebleu, mère de Dieu, murmure faiblement Roz.

Elle déteste les rêves de vêtements. C'est comme faire les magasins, sauf qu'elle ne trouve jamais ce qu'elle veut. Mais elle préfère rêver de manteaux couverts d'escargots que de Mitch.

Ou de Zenia. Spécialement de Zenia. Parfois elle rêve d'elle, Zenia prend forme dans un coin de sa chambre, elle se reconstitue avec les fragments de son corps après l'explosion de la bombe : une main, une jambe, un œil. Roz se demande si Zenia s'est effectivement déjà trouvée dans cette chambre, lorsqu'elle n'y était pas. En compagnie de Mitch.

Sa gorge a un goût de fumée. Elle tend le bras pour attraper le réveil, et fait tomber de la table de nuit son dernier roman policier. Meurtres sexuels, meurtres sexuels ; il n'y a que ça cette année. Parfois elle aimerait retourner dans les maisons de campagne anglaises si paisibles de sa jeunesse, où la victime était toujours un vieil avare venimeux qui méritait son sort, plutôt qu'un innocent pris au hasard dans la rue. Les avares étaient empoisonnés ou abattus d'une balle, les cadavres ne saignaient pas. Les détectives étaient des vieilles dames distinguées aux cheveux gris, qui tricotaient beaucoup, ou des excentriques géniaux désincarnés ; ils se concentraient sur des preuves minuscules à l'air inoffensif : des boutons de manchettes, des bouts de chandelles, des brins de persil. C'étaient les meubles qui lui plaisaient vraiment : il y en avait des pièces entières, et quel exotisme ! Des choses dont elle ignorait l'existence. Des tables roulantes. Des billards. Des lustres. Des chaises longues. Elle voulait vivre dans des maisons comme celles-là ! Mais, quand elle rouvre ces livres, ils ne l'intéressent plus ; même le décor ne parvient pas à retenir son attention. Peut-être que je ne peux plus me passer de sang, pense-t-elle. Le sang, la violence et la rage, comme tout le monde.

Elle roule les jambes sur le côté de son énorme lit à baldaquin — une erreur, elle manque se briser le cou chaque fois qu'elle doit descendre de cette maudite chose — et fourre ses pieds dans ses pantoufles en tissu éponge. Ses pantoufles de logeuse, disent les jumelles, sans se rendre compte à quel point ce mot a un écho troublant pour elle. Elles n'ont jamais vu de logeuse de leur vie. Elle a encore de la peine à déterminer si ses filles ont chacune une existence propre, ou seulement une vie partagée. Mais elle se sent tenue de porter de jolies chaussures toute la journée, des hauts talons assortis avec ses ensembles, aussi mérite-t-elle quelque chose de plus confortable pour ses pauvres pieds comprimés quand elle est à la maison, même si les jumelles font des commentaires.

Tout ce blanc dans sa chambre est une erreur — les rideaux, le tapis, les volants du lit. Elle ne sait pas ce qui lui a pris. Une envie de décor de jeune fille, peut-être ; un désir de revenir en arrière, de créer la parfaite chambre d'adolescente dont elle a toujours rêvé, mais qu'elle n'a jamais eue. C'était après le départ de Mitch, après qu'il a filé, décampé, réglé sa note ; il avait toujours traité cet endroit comme un hôtel, il *la* traitait comme un hôtel, elle a eu besoin de se débarrasser de tout ce qui avait accompagné sa présence ; de se réaffirmer. Pourtant ce n'est sûrement pas elle ! Le lit ressemble à un berceau ou à un gâteau de mariage, ou pis, à l'un de ces énormes autels vaporeux qu'on construit au Mexique pour le Jour des Morts. Elle n'a jamais découvert (la fois où elle y est allée avec Mitch, pour leur lune de miel, quand ils étaient si heureux) si tous les morts revenaient, ou seulement ceux qu'on invitait.

Elle pense à un ou deux d'entre eux, dont elle préférerait se passer. Il ne lui manque plus que ça, des morts qui s'invitent chez elle pour le dîner ! Avec elle couchée dans le lit comme une grosse part de cake ! Elle va refaire toute la chambre, ajouter de la lumière, de la matière. Elle en a assez du blanc.

Elle se traîne dans la salle de bains, boit deux verres d'eau pour réhydrater ses cellules, prend sa pilule de vitamines, se brosse les dents, enduit de crème, essuie, vivifie, reconstitue sa peau, et se considère avec une grimace dans le miroir. Son visage s'embourbe, comme un étang ; les couches s'accumulent. Parfois, lorsqu'elle en trouve le temps elle passe quelques jours dans un établissement de cure de rajeunissement au nord de la ville, à boire du jus de légumes et à faire des traitements aux ultrasons, en quête de son visage d'origine qui se dissimule sous ses traits, elle en est sûre ; quand elle revient, elle se sent tonifiée, vertueuse et affamée. Énervée aussi, contre elle-même. Elle a tout de même renoncé à essayer ; elle ne cherche plus à plaire aux hommes, désormais. Elle a tourné la page. *Je le fais pour moi*, dit-elle à Tony.

— Va te faire foutre, Mitch, dit-elle à la glace.

Sans lui elle pourrait se détendre, porter son âge. Mais s'il était resté elle s'efforcerait encore de lui plaire. Le mot d'ordre est *essayer*.

Elle doit pourtant changer la couleur de ses cheveux. Ils sont trop rouges cette fois-ci. Cela lui donne l'air ravagé, un mot qu'elle a toujours admiré. *Vieille harpie ravagée*, lisait-elle dans ces romans policiers anglais, accroupie sur la malle de bateau qui servait de banquette dans sa mansarde, les pieds recroquevillés sous elle, la lampe éteinte pour ne pas attirer l'attention, comme au moment des raids aériens, orientant le livre de manière à recevoir la clarté du réverbère, au crépuscule, dans la pension de Huron Street avec son marronnier devant. *Roz ! Tu es encore debout ? Mets-toi immédiatement au lit, ne fais pas l'idiote ! Sale cachottière !*

Comment pouvait-elle entendre Roz lire dans le noir ? Sa mère, la propriétaire, la martyre improbable, debout au pied de l'escalier du grenier, hurlant de sa voix rauque de blanchisseuse, et Roz, mortifiée parce que les locataires pouvaient l'entendre. Roz la nettoyeuse de cabinets, Roz la Cendrillon de bas de gamme, en train de frotter avec humeur. *Tu manges ici*, disait sa mère, *alors tu dois donner un coup de main*. C'était avant que son héros de père n'ait transformé la misère en richesse. *Vieille harpie ravagée*, marmonnait Roz, sans se douter qu'elle en deviendrait peut-être une un jour. Ce n'était pas si facile, de grandir avec un héros et une martyre. Il ne lui restait plus vraiment de rôle à jouer.

Cette maison a maintenant disparu. Non : elle est devenue chinoise. Les Chinois n'aiment pas les arbres, a-t-elle appris. Ils pensent que les branches retiennent les mauvais esprits, les événements pénibles qui sont arrivés à tous les êtres ayant vécu là auparavant. Peut-être une partie de la Roz d'alors se trouve-t-elle encore accrochée dans les rameaux de ce marronnier, s'il existe encore. Flottant au gré du vent.

Elle se demande si ce serait difficile de faire teindre ses cheveux en gris, leur couleur si elle n'y avait jamais touché. Avec des cheveux gris elle obtiendrait plus de respect. Elle se montrerait plus ferme. Moins molle. Une dame de fer ! Tu parles.

Le plus récent peignoir de Roz est suspendu derrière la porte de la salle de bains. En velours orange. C'est la nouvelle couleur cette année ; l'an dernier, c'était un jaune acide qu'elle ne pouvait vraiment pas porter, malgré tous ses efforts. Cela lui donnait l'air d'une sucette au citron. Mais l'orange ajoute de l'éclat à son teint, ou du moins elle le croyait en achetant ce fichu truc. Elle a foi en la petite voix intérieure qui dit : C'est toi ! *C'est parfait pour toi ! Précipite-toi dessus, ou il va disparaître* ! Mais la petite voix intérieure est de moins en moins fiable, et cette fois elle devait s'adresser à quelqu'un d'autre.

Elle enfile le peignoir sur sa chemise de nuit en batiste brodée à la main blanc sur blanc, assortie au lit, pour plaire à qui, je vous le demande ? Elle trouve son sac, et glisse le paquet de cigarettes à moitié plein dans sa poche. *Pas* avant le petit déjeuner ! Puis elle se dirige vers le bas des escaliers de service, autrefois réservés aux bonnes, cramponnée à la rampe pour ne pas tomber. Elle arrive directement dans la cuisine, entièrement blanche, austère et étincelante (il est temps de tout changer !), où les jumelles sont perchées sur de hauts tabourets devant le comptoir carrelé, vêtues de longs T-shirts, de collants rayés et de chaussettes de tennis. C'est le costume avec lequel elles jugent élégant de dormir, en ce moment. C'était si amusant de les habiller quand elles étaient petites : les collerettes, les minuscules chapeaux qui la faisaient mourir d'envie ! Disparus, les pyjamas à pieds avec des semelles en plastique, disparues aussi les coûteuses chemises de nuit anglaises en flanelle avec leurs rangées de Mère l'Oie en bonnet et tablier. Disparus, les livres que Roz leur lisait à toutes les deux lorsqu'elles portaient ces chemises de nuit, blotties tout contre elle, une sous chaque bras — *Alice au pays des merveilles, Peter Pan, Les Mille et Une Nuits*, les rééditions des somptueux contes de fées de la fin du siècle, avec les illustrations d'Arthur Rackham. Non, pas totalement disparus : entassés dans la cave. Disparus, les joggings roses, les pantoufles en raton laveur, les tenues de soirée en velours, les fanfreluches et les fantaisies. À présent elles ne lui permettent plus de leur acheter la moindre chose. Si Roz rapporte le moindre haut noir, la moindre culotte, elles roulent des yeux.

Elles sont en train de boire le milk-shake à base de yaourt, de lait écrémé et de myrtilles qu'elles viennent de préparer au mixeur. Roz voit le paquet de myrtilles congelées en train de fondre et, sur le comptoir, la mare de lait bleu comme de l'encre délavée.

— Soyez gentilles, mettez ça dans le lave-vaisselle, pour une fois, ne peut-elle s'empêcher de dire.

Elles tournent vers elle leurs yeux identiques : des yeux mordorés comme ceux des chats sauvages, avec sur les lèvres, le même sourire cruel, briseur de cœurs, découvrant leurs dents de fauves un peu féroces, bleues en cet instant, et elles secouent leurs crinières mousseuses et ébouriffées; Roz reprend haleine, comme chaque fois qu'elle les voit, parce qu'elles sont si immenses, si magnifiques — elle se demande comment elle a réussi à les mettre au monde. La venue d'une telle créature paraissait assez improbable, mais deux d'un coup!

Elles éclatent de rire.

— C'est notre grosse maman! crie l'une d'elles, celle de droite. La grosse maman! On va lui faire un bisou!

D'un bond, elles sautent de leurs tabourets, l'attrapent, et la serrent de toutes leurs forces. Ses pieds quittent le sol, et elle s'élève dangereusement dans les airs.

— Remettez-moi par terre! crie-t-elle.

Elles savent qu'elle n'aime pas ça, car elle craint qu'elles ne la laissent tomber. Elles vont la lâcher, et elle va se briser. Parfois elles n'en ont absolument pas conscience; elles imaginent qu'elle est incassable. Roz, solide comme un roc. Puis elles se souviennent.

— On va la poser sur un tabouret, disent-elles.

Elles la transportent, la déposent, puis grimpent sur leurs propres sièges, comme des animaux de cirque après leur numéro.

— Maman, tu ressembles à une citrouille là-dedans, dit l'une.

C'est Erin. Roz a toujours su les distinguer, ou du moins elle le prétend. Une chance sur deux, et chaque fois elle tombe juste. Mitch avait des difficultés. Mais il ne les voyait jamais plus d'un quart d'heure par jour.

— La citrouille, c'est tout moi, dit Roz, avec une jovialité excessive. Grosse, orange, large sourire chaleureux, creuse à l'intérieur et lumineuse dans le noir.

Elle a besoin d'un café, tout de suite! Elle ouvre la porte du congélateur, y fourre le paquet de myrtilles, trouve le sachet de grains magiques, et fouille dans l'un des tiroirs roulants, à la recherche du moulin électrique. Tout ranger dans des tiroirs n'était pas une idée tellement géniale, elle ne trouve jamais rien. En particulier les couvercles de casseroles. Le *style dépouillé*, a dit cet imbécile de designer. Ils l'intimident toujours.

— Oooooh, dit l'autre.

Paula. Entre elles, elles s'appellent Errie et Pollie, ou bien Er et La, ou, lorsqu'elles parlent d'une manière collective, Erla. Quand elles s'y mettent, Roz en a la chair de poule. *Erla sort ce soir*. C'est-à-dire, toutes les deux.

— Ooooooh ! jumelle pourrie ! tu fais de la peine à maman ! Tu es pourrie, pourrie jusqu'à l'os !

C'est une imitation de Roz imitant sa propre mère, qui s'exprimait ainsi. Roz a brusquement besoin d'elle, de cette mère dure, aguerrie, autrefois méprisée, morte depuis longtemps. Elle est lasse d'être mère, elle veut être un enfant pour changer. Elle a manqué cette expérience. Cela paraît tellement plus amusant.

Les jumelles rient avec délice.

— Chiotte, pourrie, égoïste, dit l'une à sa sœur.

— Aisselle poilue !

— Tampon plein de pus !

— Protège-slip usagé !

Elles peuvent continuer ainsi pendant des heures, imaginant des insultes de plus en plus injurieuses, riant si fort qu'elles roulent par terre et agitent leurs pieds en l'air, emballées par leur humour scabreux. Roz est troublée de constater que tant de ces injures sont... aussi sexistes. *Pute* et *traînée* sont les plus modérées ; elle se demande si les jumelles permettent aux garçons de les traiter de ces noms-là. Quand elles croient que leur mère n'entend pas, elles deviennent encore plus obscènes, du moins à ses yeux. *Gélatine de con*. Personne n'y aurait même pensé, dans l'adolescence de Roz. Et elles n'ont que quinze ans !

Les gens transportent leur vocabulaire toute leur vie, pense-t-elle, comme une carapace de tortue. Elle a brusquement une vision des jumelles à quatre-vingts ans, leurs beaux visages ravagés, leurs jambes décharnées toujours enfermées dans des collants de couleurs vives, leurs pieds couverts d'oignons dans des chaussettes de tennis, en train de répéter *gélatine de con*. Elle frissonne.

Touchons du bois, se reprend-elle. Puissent-elles vivre aussi longtemps.

Le moulin à café n'est pas là ; pas à l'endroit où elle l'a mis hier.

— Zut à la fin, les gosses, dit-elle. Vous avez changé mon moulin de place.

C'est peut-être Maria. Hier elle travaillait.

— Zut, zut, zut ! dit Paula. Oh ! mon fichu *moulin*. Oh ! mince alors, zut, nom d'un chien !

— Bon sang de bon sang, mille sabords, dit Erin.

Elles trouvent tordant que Roz ne parvienne pas à jurer vraiment. Mais elle en est incapable. Les mots sont dans sa tête, pourtant ils ne sortent pas. *Tu veux que les gens te prennent pour une moins-que-rien ?*

Elle doit leur paraître si archaïque. Si dépassée, si étrangère. Elle a passé la première moitié de sa vie à se sentir de moins en moins comme une immigrante, et elle a de plus en plus l'impression d'en être une dans la seconde moitié. Une réfugiée du pays de l'âge mûr, égarée sur la terre des jeunes.

— Où est votre grand frère ? demande-t-elle.

Cela les calme.

— Là où il se trouve habituellement à ce moment de la journée, répond Erin avec une nuance de mépris. Il recharge son énergie.

— Il bourdonne, dit Paula, comme si elle voulait les ramener sur le terrain de la plaisanterie.

— Pays des rêves, dit pensivement Erin.

— Larryland, poursuit Paula. Bonjour, Terre chérie, j'arrive d'une planète lointaine.

Roz se demande si elle doit réveiller Larry, et décide que non. Elle se sent plus en sécurité lorsqu'il dort. C'est le premier né, le premier fils. Plutôt une mauvaise place. Autrefois, il aurait été désigné pour le sacrifice. C'est très malheureux qu'il porte les prénoms de Mitch. Laurence Charles Mitchell, un mélange si pesant et pompeux pour un petit garçon aussi vulnérable. Bien qu'il ait vingt-deux ans et une moustache, elle ne peut s'empêcher de le considérer ainsi.

Roz trouve le moulin à café, dans le tiroir roulant situé sous le four à convexion, au milieu des cocottes. Il faudra qu'elle dise deux mots à Maria. Elle moud son café, mesure sa dose, branche sa ravissante cafetière italienne. En attendant elle se pèle une orange.

— Je crois qu'il y a quelque chose dans l'air, dit Erin. Une histoire d'amour.

Paula s'est fabriqué des fausses dents avec la peau d'orange de Roz.

— *Pouf, qui sait, c'est con ça, je m'en fiche**, dit-elle avec des haussements d'épaule recherchés, crachotant et zézayant.

C'est à peu près tout ce qu'elles ont retenu des cours intensifs de français : des grossièretés. Roz ne connaît pas la plupart de ces mots et s'en trouve beaucoup mieux.

— Je pense que je vous ai trop gâtées, leur dit-elle.

— Gâtée, *moi ?* répète Erin.

— Erla n'est *pas* gâtée, déclare Paula avec une fausse innocence, retirant ses dents en peau d'orange d'un air boudeur. Qu'en penses-tu, Erla ?

— Tonnerre de tonnerre, mille sabords, maman, non ! s'écrie Erin.

Elles l'étudient à travers la broussaille de leur chevelure, elles la jaugent de leur œil perçant. Cinéma, imitations, idioties, rires, tout cela est une mise en scène inventée à son intention. Elles la taquinent, mais pas trop : elles connaissent la limite à ne pas franchir. Par exemple, elles ne mentionnent jamais Mitch. Elles font comme s'il n'avait jamais existé. Leur manque-t-il, l'aimaient-elles, lui en veulent-elles, l'ont-elles haï ? Roz n'en sait rien. Elles ne lui

* En français dans le texte. *(N.d.T.)*

en soufflent pas mot. D'une certaine manière, c'est plus dur.

Elles sont si merveilleuses ! Elle les contemple avec un amour féroce. Zenia, pense-t-elle, *sale garce ! Tu avais peut-être autre chose, mais tu n'as jamais connu un tel bonheur. Tu n'as jamais eu de filles.*

Elle se met à pleurer, la tête dans les mains, les coudes posés sur les carreaux blancs et froids du comptoir de la cuisine, les larmes coulent sur ses joues, impuissantes.

Les jumelles l'entourent, plus petites qu'avant, inquiètes, timides, elles lui tapotent le dos, caressent le velours orange.

— Tout va bien, maman, tout va bien, disent-elles.

— Regardez, répond-elle, j'ai fourré mon coude dans votre saleté de lait bleu !

— Mince alors ! s'écrient-elles. Zut, zut, zut !

Elles lui sourient, soulagées.

13

Les jumelles placent avec ostentation leurs grands verres à milk-shake dans le lave-vaisselle, elles se dirigent vers l'escalier de derrière, oublient le mixeur, s'en souviennent et rebroussent chemin, pour le ranger aussi, mais laissent la flaque de lait bleu. Roz l'essuie tandis qu'elles montent au premier quatre à quatre, et galopent dans le couloir jusqu'à leurs chambres, pour se préparer avant l'école. Pourtant, elles sont plus discrètes que d'habitude ; normalement, c'est une ruée d'éléphants. En haut, deux stéréos se déclenchent en même temps, deux battements de tambour concurrents.

Dans deux ans elles seront à l'université, dans une autre ville. La maison sera silencieuse. Roz ne veut pas y penser. Peut-être vendra-t-elle cette ferme. Elle prendra un appartement en copropriété dans un immeuble de luxe, avec vue sur le lac. Elle flirtera avec le portier.

Elle s'assied devant le comptoir blanc, pour boire enfin son café, et prendre son petit déjeuner. Deux biscottes. Juste une orange et deux biscottes, parce qu'elle est au régime. En quelque sorte. Un mini-régime.

Elle a fait toutes sortes de régimes. Avec des pamplemousses, du son dans tous les aliments, des protéines uniquement. Elle s'épilait à la cire et déclinait comme la lune, essayant de se débarrasser des dix kilos pris à la naissance des jumelles. Mais elle n'est plus aussi draconienne à présent. Elle sait que les régimes bizarres sont mauvais pour la santé, les magazines ne parlent que de ça. Le corps est comme une forteresse assiégée, disent-ils ; il emmagasine des réserves de nourriture dans ses cellules de graisse, il stocke en cas de nécessité, et si vous faites un régime il redoute de mourir de faim et accumule encore plus de provisions, et vous vous transformez en vieille culotte de peau. Mais une petite privation ici et là ne peut pas faire de mal. Manger un peu moins, ce n'est pas un vrai régime.

Ce n'est pas qu'elle soit grosse, de toute manière. Elle est juste solide. Un beau corps de paysanne, du temps où les femmes devaient tirer les charrues.

Pourtant elle ne devrait peut-être pas se priver autant, surtout le matin. Le petit déjeuner est le repas le plus important de la journée, et à cet âge, on dit que le corps mincit au détriment du visage. La graisse part des hanches, mais d'abord du cou. Et on ressemble alors à un poulet. Elle n'a nullement l'intention de se transformer en l'une de ces dindes taille 36 avec une figure comme un tas de ferraille et de ficelles, et tous ces os et ces tendons qui sortent. Bien que *dinde* ne soit pas le mot juste pour une femme de cet âge. *Dondon*, peut-être. C'est ce que Zenia aurait été, si elle avait vécu. Une dondon.

Roz sourit, et glisse deux tranches de pain complet au froment dans le toasteur. Elle trouve utile de traiter Zenia de tous les noms ; utile et rassurant ; qui cela blesserait-il à présent ?

Qui cela blessait-il alors ? se demande-t-elle amèrement. Certainement pas Zenia, qui s'est toujours fichée de ce que Roz pensait d'elle. Ou ce qu'elle disait à son sujet, même à Mitch. Cependant elle avait eu assez de bon sens pour ne pas dire certaines choses. *Tu ne vois pas que ces nichons ne sont pas des vrais ? Elle s'est fait opérer, je te le garantis ; elle faisait du 85. Tu es amoureux de deux sacs de silicone.* Non, Mitch aurait très mal reçu ce genre de réflexion, surtout dans sa phase de folle passion. Et après cela il était trop tard.

Ces trucs ne brûlent pas non plus quand on vous incinère ; c'est le bruit qui court, à propos des seins artificiels. Ils fondent simplement. Le reste de votre personne se transforme en cendres, mais vos nichons deviennent de la guimauve ; il faut les gratter au fond du fourneau. C'est peut-être pour cela qu'ils n'ont pas éparpillé les cendres à la cérémonie funèbre de Zenia. Peut-être ne le pouvaient-ils pas. Peut-être la boîte scellée en métal contenait-elle des nichons fondus.

Roz beurre ses deux tartines grillées, y étale du miel, et les mange lentement, avec délice, en se léchant les doigts. Si Zenia était en vie elle ferait sûrement un régime ; on n'acquiert pas une taille comme celle de Zenia sans de durs efforts. Elle aurait donc à présent un cou d'oie. Ou bien elle se ferait opérer de beaucoup de choses. Une entaille ici, un repli là ; un rehaussement des paupières, un gonflement des lèvres. Ce n'est pas pour Roz, elle ne supporte pas l'idée d'un inconnu penché sur elle avec un couteau tandis qu'elle est allongée sur une table, glacée comme un macchabée. Elle a lu trop de polars pour cela, trop d'histoires de meurtres sexuels. Ce pourrait être un cinglé, un dépravé dans une blouse volée de médecin. Cela arrive. S'ils font une erreur, vous vous réveillez couvert de pansements, et vous passez six semaines avec l'air d'un raton laveur écrasé sur la route, pour émerger finalement sous la forme d'un figurant de film d'horreur saboté ! Non, elle préfère vieillir tranquillement, comme le bon vin.

Elle se fait une autre tartine, avec de la confiture de fraises et de rhubarbe cette fois-ci. Pourquoi punir la chair ? Pourquoi priver le corps ? Pourquoi attirer son ressentiment, ses obscures vengeances, ses maux de tête, ses crampes d'estomac et grognements de protestation ? Elle mange son toast dégoulinant de confiture ; puis, après avoir jeté un coup d'œil derrière elle pour s'assurer que personne ne la regarde — mais qui donc le ferait —, elle lèche l'assiette. À présent, elle se sent mieux. Il est temps de fumer une cigarette, sa récompense matinale. Pour quoi ? Ne posez pas la question.

Les jumelles dévalent l'escalier, affublées de leurs uniformes d'école, ces tenues que Roz n'a jamais tout à fait comprises — les kilts et les cravates censés les transformer en Écossais. Laisser sa chemise sortie jusqu'à la dernière minute est le style du jour, devine-t-elle. Elles l'embrassent sur la joue, de gros baisers distraits, exagérés, partent au galop par la porte de derrière, et Roz voit passer leurs deux têtes lumineuses devant la fenêtre de la cuisine.

Peut-être piétinent-elles la plate-bande fleurie que Charis a tenu à planter l'an dernier — un acte d'amour, aussi Roz n'a-t-elle pas le droit d'y toucher, bien que cela ressemble à un édredon en patchwork mité et que son jardinier habituel, un élégant minimaliste japonais, la considère comme un affront à son standing professionnel. Peut-être les jumelles vont-elles l'abîmer de manière irréversible, il faut l'espérer. Roz consulte sa montre : elles sont en retard, mais pas trop. Elles tiennent d'elle : son sens du temps a toujours été élastique.

Roz boit son café jusqu'à la dernière goutte et écrase sa cigarette, puis elle monte l'escalier à son tour, et se dirige vers la salle de bains pour prendre une douche. Elle ne peut s'empêcher au passage de jeter un coup d'œil dans la chambre des jumelles, bien que l'accès lui en soit interdit. Celle d'Erin ressemble à une explosion de vêtements, et Paula a encore laissé la lumière allumée. Elles font tellement d'histoires à propos de l'environnement, elles hurlent après leur mère à cause de ses produits de nettoyage empoisonnés, elles l'obligent à acheter du papier à lettres recyclé, mais semblent incapables d'éteindre leurs fichues lampes.

Roz appuie sur l'interrupteur, sachant qu'elle s'est trahie. (*Maman ! Qui est entré dans ma chambre ? Je peux y pénétrer, mon chou, je suis ta mère ! Tu ne respectes pas ma vie privée, et maman, ne sois pas si nunuche, ne m'appelle pas mon chou ! J'en ai le droit ! Qui paie les notes d'électricité ?* et ainsi de suite), puis elle continue d'avancer dans le couloir.

La chambre de Larry se trouve tout au bout, après la sienne. Peut-être devrait-elle le réveiller. Mais s'il l'avait souhaité, il lui aurait laissé un mot. Pas forcément, cependant. Parfois il s'attend qu'elle déchiffre ses pensées. Eh bien, pourquoi pas ? Elle y parvenait auparavant. Plus maintenant. Avec les jumelles, elle saurait si ça n'allait pas, mais pas nécessairement pour quelle raison. Pas avec Larry. Larry est devenu opaque pour elle. *Comment vont les choses ?* demande-t-elle, et il répond : *Bien*, ce qui veut tout dire. Elle ne sait même plus ce que représentent ces *choses*, ni ce qui est censé aller si bien.

C'était un gosse tenace. Pendant tout ce tumulte avec Mitch, alors que les jumelles s'exprimaient en chapardant au supermarché et en séchant l'école, il avait enduré fidèlement. Il avait pris soin de Roz, à la manière respectueuse d'un fils. Il avait vidé les ordures, lavé la voiture, la sienne, le samedi, comme un homme d'âge mûr. *Tu n'as pas besoin de le faire*, lui disait-elle. *Tu n'as jamais entendu parler de lavage automatique ? J'aime ça*, répondait-il, *ça me détend*.

Il a réussi son permis de conduire, son examen de fin d'études au lycée, ses examens d'université. Il a acquis une petite ride soucieuse entre les yeux. Il a fait ce qu'on attendait de lui, croyait-il, ramenant les diplômes à la maison comme un chat des souris mortes. Maintenant il semble avoir renoncé, comme s'il ne savait plus quoi présenter ; il n'a plus d'idées. Il dit qu'il est en train de réfléchir à ce qu'il va faire, mais elle ne voit aucun signe de décision. Il passe la nuit dehors et elle ne sait pas où. S'il s'agissait des jumelles elle leur poserait la question, et elles répondraient que cela ne la regarde pas. Avec lui, elle ne demande même pas. Elle en a peur, parce qu'il pourrait le lui dire. Il n'a jamais été un très bon menteur. Un gosse sérieux, trop peut-être. Il y a en lui une absence de joie qui la préoccupe. Elle regrette qu'il ait renoncé à la batterie, sur laquelle il s'exerçait dans la cave ; pourtant cela la rendait folle à l'époque. Mais au moins il pouvait taper sur quelque chose.

Il dort tard. Il ne lui demande pas d'argent ; il n'en a pas besoin, à cause de ce qu'il a reçu, de ce qui lui appartient. Il aurait les moyens de quitter la maison, de prendre un appartement quelque part, mais il n'en fait rien. Il manifeste si peu d'initiatives ; quand elle avait son âge elle était terriblement impatiente de secouer la poussière ancestrale de ses sandales. C'est vrai, elle n'y a pas très bien réussi.

Il est peut-être drogué, pense-t-elle. Elle ne décèle aucun signe non plus, mais qu'en sait-elle ? Elle a trouvé un paquet une fois, une petite enveloppe de plastique pleine de ce qui ressemblait à de la levure, mais elle a décidé de ne pas chercher plus loin, car que pouvait-elle faire ? On ne dit pas à son fils de vingt-deux ans qu'on a fouillé par hasard dans ses poches de pantalon. Plus aujourd'hui.

Il a un réveil. Mais il l'arrête en dormant, comme Mitch autrefois. Peut-être devrait-elle juste entrer sur la pointe des pieds, jeter un rapide coup d'œil au réveil, et voir à quelle heure il est mis. Elle saura alors s'il l'a débranché ou pas, et cessera d'y penser.

Elle entrouvre sa porte. Un chemin de vêtements conduit jusqu'au lit, comme un cocon abandonné, déposé là : des bottes de cow-boy faites main, des chaussettes, une veste de daim fauve, un jean, un T-shirt noir. Ses mains la démangent, mais ce n'est plus à elle de ramasser ce qui traîne sur leurs planchers, et elle a dit à Maria de ne pas s'en occuper non plus. *Si c'est dans votre panier de linge sale on le lavera*, leur a-t-elle dit à tous. *Autrement, non.*

C'est encore une chambre d'enfant. Pas une chambre d'homme. Les rayonnages pleins de manuels scolaires; deux gravures de voiliers du XVIIIe, choisies par Mitch; leur premier bateau, le *Rosalind*, où ils sont à bord tous les trois, elle, Mitch et Larry à six ans, avant la naissance des jumelles; le trophée de son équipe de hockey en première; un dessin de poisson qu'il avait fait à neuf ans, et que Mitch aimait particulièrement. Ou, du moins, dont il avait chanté les louanges. Larry avait plus profité de son père que les jumelles, peut-être parce qu'il était le premier, un garçon, et qu'il était seul. Mais Mitch n'était jamais vraiment à l'aise avec lui, ni avec les autres. Il avait toujours un pied dehors. Il jouait au père : trop direct, trop chaleureux, trop conscient de l'heure. Il faisait des plaisanteries qui passaient largement au-dessus de la tête de Larry, et l'enfant le fixait de ses yeux intrigués et soupçonneux, lisant dans ses pensées. Les gosses en sont capables.

Pourtant, la vie a été dure pour Larry. Il manque quelque chose. Roz est gagnée par le découragement, par une impression d'échec familière. C'est Larry qu'elle a le plus négligé. Si seulement elle avait été — quoi? — plus jolie, plus élégante, plus sexy même, mieux, autre; ou bien pire, plus calculatrice, sans scrupules, un membre de guérilla — Mitch serait encore ici, peut-être. Roz se demande combien de temps il faudra à ses enfants pour lui pardonner, quand ils auront saisi exactement tout ce qu'ils doivent lui pardonner.

Larry dort dans son lit à une place, un bras posé sur les yeux. Ses cheveux soyeux s'étalent sur l'oreiller, plus clairs que ceux des jumelles, plus raides, comme ceux de Mitch. Il les laisse pousser, avec une petite queue de rat nattée sur la nuque. Roz trouve cela affreux, mais elle n'en a pas soufflé mot.

Elle reste plantée comme un piquet, à écouter sa respiration. Elle l'a toujours fait, depuis sa naissance; elle voulait s'assurer qu'il était encore vivant. Enfant, il avait les poumons fragiles et souffrait d'asthme. Elle n'écoutait pas les jumelles parce que cela ne semblait pas nécessaire. Elles étaient si robustes.

Larry respire, pousse un long soupir, et le cœur de Roz chavire. Son amour pour lui diffère de celui qu'elle porte aux filles. Elles sont dures, nerveuses, elles ont du ressort; cela ne veut pas dire qu'elles n'aient pas de blessures, mais elles sont capables de lécher leurs plaies et de se remettre très vite. Aussi, elles sont deux. Mais Larry a cet air d'exilé, de voyageur égaré, comme s'il était bloqué dans un no man's land, sans passeport. En train d'essayer de déchiffrer des panneaux routiers, désireux de faire ce qui convient.

Sous la moustache naissante, la bouche est droite, douce aussi. C'est ce qui l'inquiète le plus. C'est la bouche d'un homme qui peut être détruit par les femmes : par une quantité de femmes successives. Ou par une seule : si elle était assez méchante, une suffirait. Une femme vraiment cruelle et superficielle, et le pauvre Larry tombera amoureux sérieusement, il trottera derrière elle langue pendante, comme un gentil chien propre et fidèle, il lui donnera son cœur — puis elle l'écartera sèchement, d'un geste de son poignet osseux encerclé d'or, et il ne sera plus qu'une coquille vidée de son contenu.

Elle passera d'abord sur mon cadavre, pense Roz, mais que faire? Contre cette inconnue future, elle sera impuissante. Elle connaît les belles-mères, elle connaît ces femmes qui croient leurs fils parfaits, et pensent qu'aucune autre ne sera assez bien pour eux. Elle l'a vu, elle sait combien cela peut être destructeur, elle a juré de ne jamais devenir ainsi.

Elle a déjà échappé à plusieurs de ses petites amies — celle du lycée, avec une frange crêpée et des minuscules yeux fous de pit-bull, qui prétendait jouer de la guitare, et avait laissé dans sa chambre son soutien-gorge français renforcé; la fille myope d'un agent de change rencontrée en colonie de vacances, avec ses jambes agressivement poilues et ses cheveux qui sentaient mauvais — elle avait fait un séjour artistique en Italie et pensait que cela l'autorisait à traiter avec condescendance les meubles du salon de Roz; la fille potelée à la bouche maligne de l'université, avec ses cheveux coiffés comme un postiche d'homme, teints en noir, d'une couleur artificielle et sans vie, les tempes rasées, qui portait trois anneaux à chaque oreille et des mini-jupes en cuir remontées jusqu'aux aisselles, se perchait devant le comptoir de la cuisine, croisant ses grosses cuisses, allumait une cigarette sans en offrir une à Roz, jetant ses cendres dans sa tasse, et lui demandait si elle avait lu *Ainsi parlait Zarathoustra*.

C'était la pire; Roz l'avait surprise en train de regarder dans le coffret victorien en argent et bois de rose de la salle à manger; elle voulait sans doute mettre au clou un petit objet et se fourrer la somme dans le nez. Elle avait aussi eu le tact d'informer Roz que sa mère avait connu Mitch, quelques années auparavant, et avait paru surprise lorsque Roz avait affirmé ignorer son existence. (Faux. Elle possédait toutes les données sur cette femme. Deux fois divorcée, agente immobilière, collectionneuse d'hommes, une salope. C'était pendant la période où Mitch utilisait les femmes comme des Kleenex, et elle avait seulement duré un mois.)

Larry était complètement dépassé par cette créature. *Ainsi parlait Zarathoustra*, en effet! Prétentieuse petite conne! Roz l'avait entendue dire aux jumelles (alors âgées de treize ans) que leur frère avait un cul génial. Son fils! Un cul génial! Cette garce tapageuse se servait de lui, c'était tout, mais comment le dire à Larry?

Ce n'est pas qu'elle voie beaucoup ses petites amies. Il les garde bien cachées. *Est-ce qu'elle est gentille?* interroge-t-elle. *Invite-la à dîner à la maison!* Tu parles. Des pinces chauffées à blanc ne lui arracheraient aucune information. Pourtant, elle sait voir les mauvaises intentions de ces filles. Elle les rencontre dans la rue, cramponnées à Larry avec leurs mâchoires et leurs griffes minuscules, et Larry la présente, et elle lit dans leurs petits yeux fuyants incrustés de mascara. Qui sait quel mal se love dans le cœur des femmes ? Une mère le sait.

Elle a patienté, se mordant la langue pour ne rien dire, priant pour qu'aucune de ces histoires ne devienne sérieuse. Aujourd'hui, selon les jumelles, elle doit en affronter une nouvelle. À genoux, Roz, se dit-elle. Expie tes péchés. *Mon Dieu, envoyez-moi une fille gentille et compréhensive, pas trop riche, pas trop pauvre, pas trop jolie mais pas trop laide non plus, pas trop brillante, il n'a pas besoin de cela, une fille généreuse, chaleureuse, douce, sensible, qui appréciera ses qualités, qui s'intéressera à son travail, quel qu'il soit au bout du compte, qui ne parle pas trop, et surtout, qui aime les enfants. Et, mon Dieu, je vous en supplie : faites qu'elle ait des cheveux normaux.*

Larry soupire et bouge dans son lit, Roz bat en retraite. Elle a renoncé à son intention de contrôler le réveil. Laissons-le dormir. La vraie vie l'agrippera assez vite, avec ses ongles rouges pointus, brillants et avides.

Pieds nus, rose, fumante, enveloppée dans une serviette de bain rose flamant, de la plus belle qualité britannique, Roz passe en revue sa penderie aux portes en miroirs, qui s'étend sur toute la longueur de la pièce. Il y a une profusion de vêtements, mais rien qu'elle ait envie de porter. Elle se décide pour l'ensemble qu'elle a acheté dans ce magasin italien de Bloor : elle a une réunion, ensuite elle doit déjeuner avec Tony et Charis au Toxique, et cette tenue n'est pas trop informelle, ni trop formelle non plus. Et elle ne ressemble pas à un sarcophage au niveau des épaules. Les épaulettes passent de mode, Dieu merci, bien que Roz les enlève automatiquement de toute manière, elle a assez d'épaules pour deux. Les jumelles ont recyclé quelques-unes de ses épaulettes jetées : elles se sont récemment converties aux stylos à encre parce que les stylos à bille en plastique sont du gaspillage, et d'après elles les épaulettes sont de formidables essuie-plumes. En tout cas, seules les grandes femmes élancées pouvaient porter ces maudits trucs ; Roz est grande, mais certainement pas élancée.

Les épaules se rétrécissent, mais les poitrines s'amplifient. Non sans aide. Roz ajoute à la liste de ses souhaits : *Mon Dieu, je vous en supplie, faites qu'elle n'ait pas de prothèses mammaires*. Zenia était en avance sur son temps.

14

Roz prend la Benz, elle sait qu'elle devra se garer dans Queen, à l'heure du déjeuner, et que les Rolls attirent trop l'attention. Qui a besoin de pneus crevés ?

De toute manière elle ne conduit presque jamais la Rolls, c'est comme piloter un bateau. L'un de ces anciens moteurs fixes, si lourds, avec des accessoires en acajou et un moteur qui chuchote *vieille fortune, vieille fortune*. La vieille fortune chuchote, la nouvelle crie : c'est l'une des leçons que Roz a cru devoir apprendre autrefois. *Baisse le ton, Roz,* lui dictait sa conscience. La voix mesurée, le profil bas, les vêtements beiges, tout pour éviter d'être repérée, retrouvée dans la horde pressée des nouveaux riches, plissant les yeux, nerveux, criards, aigris. N'importe quoi pour éviter de s'attirer le regard amusé, innocent, limpide, exaspérant de ceux qui n'ont jamais dû économiser, commettre des irrégularités, tordre des bras, arracher des yeux, pour prouver quelque chose. La plupart des nouvelles riches étaient désespérées, élégantes, se sentaient menacées de partout, ce qui les rendait terriblement nerveuses, et les hommes étaient des cons. Roz connaît le désespoir, et les cons. Elle apprend vite, et négocie âprement. Elle fait partie des meilleurs.

Pourtant, à présent, elle est une nouvelle riche depuis si longtemps qu'elle a gagné son ancienneté.

Dans ce pays cela ne prend pas longtemps. Maintenant elle peut porter de l'orange, maintenant elle peut crier. Et s'en tirer à bon compte ; elle peut faire passer cela comme de charmantes excentricités, et envoyer se faire foutre ceux à qui elles déplaisent.

Pourtant elle n'aurait pas, d'elle-même, acheté la Rolls. Trop ostentatoire, à son avis. Elle date de l'époque de Mitch ; c'est lui qui l'a convaincue, elle l'a fait pour lui être agréable, et c'est l'une des rares choses liées à lui dont elle soit incapable de se débarrasser. Il en était si fier.

La plupart du temps elle reste au garage, mais Roz l'a prise pour se rendre à la cérémonie funèbre de Zenia, par dépit. *Voilà*, a-t-elle pensé. *Tu as emporté un tas de choses, salope, mais tu n'as jamais mis la main sur cette voiture*. Bien sûr, Zenia n'était pas là pour la voir, mais Roz en avait éprouvé un indéniable plaisir.

Charis avait désapprouvé la Rolls, cela se voyait à sa manière de s'y asseoir, inquiète et recroquevillée. Mais Tony l'avait à peine remarquée. *C'est ta grosse voiture ?* avait-elle dit. Tony est si mignonne quand il s'agit de voitures, elle sait tout sur les événements historiques et les armes et le reste, mais elle est incapable de distinguer un véhicule d'un autre. *Ta grosse voiture, ton autre voiture*, telles sont ses catégories. C'est comme cette horrible plaisanterie sur les Terre-Neuviens en train de compter le poisson : *un poisson, deux poissons, un autre poisson, un autre poisson...* Roz sait qu'elle ne devrait pas rire de ce genre de plaisanterie, ce n'est pas juste, mais elle le fait quand même. Entre amis ? Quel mal cela cause-t-il aux Terre-Neuviens, de faire baisser la tension de Roz, de lui remonter le moral un mauvais jour ? Qui sait ? Du moins personne n'a tenté de les exterminer. Pas encore. Et ils sont censés avoir la vie sexuelle la plus formidable de tout le Canada, ce qui est un grand avantage sur Roz, malheureusement.

Elle prend l'avenue Rosedale vers le sud, dépasse les fausses tourelles gothiques, les fausses façades georgiennes, les faux pignons hollandais, tous confondus à présent dans leur curieuse authenticité : celle de l'argent banal. D'un regard, elle les évalue : un million cinq, deux millions, trois, les prix ont baissé mais ces petites merveilles se maintiennent plus ou moins ; tant mieux, il faut bien que quelque chose résiste au milieu de toutes ces fluctuations. À quoi peut-on se fier aujourd'hui ? (Pas à la Bourse, aucun doute là-dessus, et par chance elle a réorganisé à temps son portefeuille.) Autrefois elle n'appréciait guère ces demeures guindées, arrogantes, typiquement WASP, mais avec les années elle s'est mise à les affectionner. En posséder une, c'est ce qui compte. Cela, et le fait de savoir que beaucoup de gens qui y vivent ne sont pas mieux qu'ils ne devraient l'être. Pas mieux qu'elle.

Elle descend Jarvis, l'ancienne rue du gratin de la société, devenue le quartier des prostituées, et maintenant rénovée d'une manière peu convaincante, puis elle coupe à l'ouest par Wellesley, et par le campus de l'université, où elle dit au gardien qu'elle doit juste prendre quelqu'un à la bibliothèque. Il lui fait signe de passer — elle est convaincante ou du moins sa voiture l'est — elle contourne le rond-point et dépasse McClung Hall, décor de souvenirs tumultueux. C'est drôle de penser qu'elle y a vécu autrefois, quand elle était jeune, inexpérimentée, bondissante d'enthousiasme comme un jeune chien. Ses grosses pattes sur les meubles, une énorme langue pendante manifestant un espoir bruyant devant chaque visage disponible. *Aimez-moi ! Aimez-moi !* Plus maintenant. Les temps ont changé.

Elle tourne dans College, et prend à droite, dans University. Quel fiasco architectural ! Un bloc stupide de brique stérile et de verre après l'autre, aucun souci des trottoirs, bien qu'ils s'obstinent à enjoliver l'ensemble avec ces petits parterres constipés. Que ferait Roz, si elle avait ce contrat ? Elle n'en sait rien. Peut-être des tonnelles de vignes, ou bien des kiosques ronds, comme à Paris ; mais quoi qu'on fasse, le résultat donnerait l'impression d'une pièce rapportée d'un parc à thème. C'est le cas pour tout, aujourd'hui. Même l'authentique a l'air fabriqué. Lorsque Roz a vu les Alpes pour la première fois, elle a pensé : Faites venir les choristes en jupe froncée et corsage, et chantons tous une tyrolienne.

C'est peut-être ce qu'on entend par l'identité nationale. Les domestiques costumés. Les toiles de fond. Les accessoires.

Le bureau principal de Roz se trouve dans une brasserie du XIXe aménagée. Des briques rouges, des fenêtres d'usine et une tête de lion sculptée au-dessus de l'entrée, une note de distinction. L'une des idées astucieuses de son père avait été sa rénovation ; sinon elle aurait été détruite. C'était sa première décision vraiment importante, sa première faiblesse ; le moment où il avait enfin commencé à jouer avec son argent, au lieu de simplement l'accumuler.

Elle se gare dans le parking de la société, *Enlèvement des véhicules non autorisés*, à sa propre place portant, en lettres d'or, l'inscription *Mme la Présidente* — si vous avez le pouvoir, affichez-le ; pourtant Roz doit constamment se souvenir qu'elle n'est pas aussi follement importante qu'elle aurait tendance à le penser. Certes, on la reconnaît à l'occasion dans les restaurants, en particulier lorsqu'elle s'est trouvée sur la liste annuelle des cinquante personnalités les plus influentes de Toronto dans *Toronto Life*. Mais si ce genre de reconnaissance est la mesure du pouvoir, alors Mickey Mouse est un million de fois plus puissant qu'elle, et il n'existe même pas.

Elle regarde dans le rétroviseur pour s'assurer qu'il n'y a aucune trace de rouge à lèvres sur ses dents — ces choses-là comptent — et se dirige d'un pas vif — elle l'espère — vers la réception. Il est temps de changer la décoration murale, elle est lasse de ces stupides carrés de couleur, on dirait une nappe, bien que cela ait coûté une fortune. Déductible de l'impôt sur les sociétés, fort heureusement. De l'art canadien.

— Bonjour, Nicki, dit-elle à la réceptionniste.

Il est important de se souvenir de leurs noms. Il est arrivé à Roz d'inscrire les noms des nouvelles employées et secrétaires sur son poignet, au stylobille, comme une antisèche de lycée. Si elle était un homme, un hochement de tête suffirait; mais elle ne l'est pas, et elle a l'intelligence de se comporter autrement.

Nicki cligne des yeux et continue de parler au téléphone, sans lui sourire, ravissante idiote au visage impassible. Nicki ne fera pas long feu.

C'est compliqué, d'être patronne. Les femmes ne pensent pas *Patron* en vous regardant, mais : *Voilà une femme*, comme pour dire : *Encore une comme moi, qu'est-ce qui lui en donne le droit ?* Aucune de leurs petites ruses sexy n'a d'effet sur vous, et inversement; les grands yeux bleus ne sont pas un avantage. Si vous oubliez leur anniversaire, vous êtes une garce; si vous les engueulez, elles se mettent à pleurer, elles ne vont même pas se cacher dans la salle de bains comme pour un homme, elles le font sous votre nez, vous balancent leurs malheurs et attendent votre sympathie, et vous pouvez toujours essayer d'obtenir une tasse de café. *Collez vos propres timbres, madame*. Bien sûr, elles vous l'apportent, mais il est déjà froid et elles vous détestent une bonne fois pour toutes. *Qui était ton esclave l'an dernier ?* a dit Roz à sa propre mère, lorsqu'elle a été en âge de la défier. Exactement.

Les mêmes femmes feront les quatre volontés d'un patron homme, aucun doute là-dessus. Elles achèteront un cadeau d'anniversaire pour l'épouse, pour la maîtresse, prépareront le café, lui apporteront ses pantoufles entre leurs dents, accumuleront les heures supplémentaires.

Roz se montre-t-elle trop négative ? Peut-être. Mais elle a eu de mauvaises expériences.

Peut-être a-t-elle mal géré certaines situations. Elle était plus naïve alors. Elle faisait l'importante, se comportait normalement. Piquait quelques colères. *Je n'ai pas dit demain, j'ai dit maintenant !*

J'aimerais bien un peu de professionnalisme ici! À présent elle sait que si on est une femme et si on engage d'autres femmes, il faut en faire des amies, des copines; prétendre que vous êtes des égales, ce qui est difficile quand vous avez deux fois leur âge. Ou bien il faut les materner. Les cajoler, prendre soin d'elles. Roz a suffisamment de gens à materner dans sa vie, et qui est là pour la dorloter et s'occuper d'elle? Personne; c'est pourquoi elle a engagé Boyce.

Elle prend l'ascenseur, et sort au dernier étage.

— Bonjour, Suzy, dit-elle à la réceptionniste. Comment ça va?

— Très bien, madame Andrews, répond Suzy avec un sourire respectueux.

Elle est là depuis plus longtemps que Nicki.

Boyce est dans son bureau, qui se trouve juste à côté du sien et a un titre en lettres d'or : *Assistant de Mme la Présidente*. Boyce est toujours là quand elle arrive.

— Bonjour, Boyce, lui dit-elle.

— Bonjour, madame Andrews, répond-il gravement, se levant derrière son bureau.

Boyce est cérémonieux d'une manière calculée. Chacun de ses fins cheveux châtains est en ordre, son col de chemise est impeccable, son complet est un chef-d'œuvre de discrétion.

— Faisons le point, dit Roz, et Boyce hoche la tête.

— Du café? demande-t-il.

— Boyce, vous êtes un ange, s'écrie Roz.

Boyce disparaît et revient avec une tasse de café fumant, il vient juste de le préparer. Roz est restée debout pour permettre à Boyce de lui approcher son siège, ce qui lui procure un grand plaisir. Elle s'assied le plus gracieusement possible avec cette jupe — Boyce éveille, en réalité, ses instincts de grande dame —, et il dit, comme il ne manque jamais de le faire :

— Je dois avouer, madame Andrews, que vous avez une mine radieuse ce matin, et que l'ensemble que vous portez est très joli.

— Boyce, j'adore votre cravate, répond Roz, elle est nouvelle, n'est-ce pas ?

Et Boyce rayonne de joie. Ou plutôt, son visage s'illumine en silence. Boyce montre rarement ses dents.

Elle est folle de lui ! Il est délicieux ! Il la stimule tant qu'elle pourrait l'embrasser, mais jamais elle n'oserait faire une chose pareille. Elle pense qu'il n'apprécierait pas. Boyce est extrêmement réservé.

Il a vingt-huit ans, est avocat de formation, intelligent, brillant, et homosexuel. Il a traité de cette question ouvertement, lors de la première entrevue. Autant vous le dire immédiatement, lui a-t-il déclaré, cela vous évitera de perdre du temps en hypothèses. Je suis gay, mais je ne vous embarrasserai pas en public. Je me comporte parfaitement.

— Merci, a dit Roz, s'apercevant qu'elle ignorait tout des gays ; elle croyait qu'il s'agissait d'une insulte ethnique, comme *rital*. Elle a vu immédiatement que Boyce serait capable de combler ses lacunes sans qu'elle le lui demande.

— Boyce, vous êtes engagé.

— De la crème ? propose Boyce.

Il pose toujours la question, car il tient compte des régimes intermittents de Roz. Il est si courtois !

— S'il vous plaît, dit Roz.

Il lui en verse un peu, puis allume sa cigarette. C'est stupéfiant, pense-t-elle, de voir à quoi il faut en arriver pour être traitée comme une femme dans cette ville. Non, pas comme une femme. Comme une dame. Une présidente de société. Boyce a du style, voilà tout, et il a aussi le sens des convenances. Il respecte les hiérarchies, il apprécie la belle porcelaine, il lit entre les lignes. Il est heureux qu'il existe une échelle, avec des barreaux, car il souhaite les gravir. Et c'est ce qu'il va faire, si Roz a le pouvoir de l'y encourager, car il a un réel talent et elle est parfaitement disposée à l'aider. En échange de sa loyauté, cela va sans dire.

Quant à ce qu'il pense d'elle, elle n'en a pas la

moindre idée. Bien qu'elle espère, à Dieu ne plaise, ne pas lui rappeler sa mère. Peut-être la voit-il comme un homme au corps ample et confortable, en travesti. Peut-être déteste-t-il les femmes, peut-être désire-t-il en être une. Qui s'en soucie, tant qu'il fait son travail ?

À la vérité, Roz s'en soucie, mais elle ne peut se le permettre.

Boyce ferme la porte du bureau pour montrer au reste du monde que Roz est occupée. Il se verse une tasse de café, appelle Suzy par l'interphone pour lui demander de bloquer toutes les communications, et indique à Roz ce qu'elle souhaite savoir en premier lieu chaque matin, c'est-à-dire l'état de ses actions.

— Qu'en pensez-vous, Boyce ? dit Roz.

— Une demi-lieue, une demi-lieue et encore une demi-lieue, dans la Vallée de la mort galopaient les cinq cents sociétés de *Fortune**, répond Boyce, qui aime lire et faire des citations. Tennyson, ajoute-t-il à l'intention de Roz.

— J'ai compris, dit-elle. Alors ça va mal, hein ?

— Les choses s'effondrent, le centre ne résiste plus, poursuit Boyce. Yeats.

— Vendre, ou tenir bon ? demande Roz.

— La voie qui descend est celle qui monte. Eliot, répond Boyce. Combien de temps pouvez-vous attendre ?

— Pas de problème, dit Roz.

— J'attendrais, conseille Boyce.

Que ferait Roz sans lui ? Il lui devient indispensable. Parfois elle pense que c'est un fils de substitution ; en un sens, ce pourrait être une fille de substitution. En de rares occasions, elle l'a même convaincu de faire des courses avec elle — il a si bon goût en matière de vêtements — bien qu'elle le soupçonne de l'inciter à commettre des bêtises, juste un peu, pour son petit plaisir secret et sardonique. Il était impliqué, par exemple, dans l'achat du peignoir orange.

* Revue d'affaires américaine. *(N.d.T.)*

— Madame Andrews, il est temps de vous libérer, a-t-il dit. *Carpe diem.*

— Ce qui signifie ? a demandé Roz.

— Saisissez le jour. Cueillons les roses quand nous le pouvons encore. Quant à moi, j'aimerais mieux être cueilli.

Cela a surpris Roz, car Boyce ne se montre jamais aussi explicite à l'intérieur du bureau. Il doit avoir, bien sûr, une autre vie — une vie nocturne, dont elle ne sait rien. Une vie privée, dont elle est aimablement mais fermement tenue à l'écart.

— Que faites-vous ce soir ? a-t-elle eu l'imprudence de lui demander une fois. (Espérant quoi ? Qu'il viendrait au cinéma avec elle, ou quelque chose dans ce genre. Elle se sent seule, pourquoi le nier ? Elle se sent infiniment, profondément seule, et alors elle mange. Elle mange, elle boit et elle fume, comblant ses vides intérieurs. Le mieux qu'elle peut.)

— Nous allons voir les Clichettes à plusieurs, a répondu Boyce. Vous savez. Ils parodient des chansons en play-back, ils s'habillent en femmes.

— Boyce, a protesté Roz, ce *sont* des femmes.

— Oh ! vous savez de quoi je parle, a dit Boyce.

Qui était ce *plusieurs* ? Un groupe d'hommes, probablement. Des jeunes gens, homosexuels. Elle s'inquiète pour la santé de Boyce. Plus spécifiquement, soyons francs : pourrait-il avoir le sida ? Il est assez jeune pour y avoir échappé, pour en avoir découvert l'existence à temps. Elle ne savait pas comment poser la question, mais comme d'habitude, Boyce a deviné sa pensée. Lorsqu'elle a commenté, une fois de trop, le mal qu'il avait à se débarrasser de sa grippe au printemps dernier, il a dit :

— Ne vous tourmentez pas autant, madame Andrews ; le temps ne me flétrira pas, et le syndrome immuno-déficitaire acquis ne me desséchera pas. Ce petit cochon n'a qu'à se débrouiller tout seul.

Ce qui est une moitié de réponse, mais elle n'en aura pas d'autre.

Après avoir passé en revue les actions, Roz et

Boyce se penchent sur le paquet de lettres du mois, admirablement tapées, avec des en-têtes gravés et des signatures à l'encre (Roz vérifie toujours, en léchant son doigt ; il vaut mieux savoir qui triche, et qui est vraiment prétentieux). Celui-ci lui demande d'être parrain d'un comité de bienfaisance, un titre qu'elle déteste, car comment être parrain sans être paternaliste, et de toute manière elle devrait être une *marraine*, ce qui est une autre histoire. Celui-là veut lui soutirer mille dollars pour qu'elle assiste à un bal organisé pour collecter des fonds destinés à soigner les parties du corps. Les cœurs, les poumons et les foies, les yeux, les oreilles et les reins, tous ont leurs partisans ; certains, sachant que les Torontoniens feraient n'importe quoi pour se déguiser, vont même dans des bals masqués. Roz guette, quant à elle, la société des Testicules. Le bal masqué de la Couille. Elle aimait beaucoup les mascarades autrefois ; peut-être cela lui remonterait-il le moral de venir déguisée en scrotum. Ou en kyste ovarien : rien que pour cela, elle ferait un effort.

Roz a sa propre liste. Elle s'occupe encore des Femmes battues, des Victimes de viols, des Mamans sans abri. À quel degré de compassion s'arrête-t-on ? Elle ne l'a jamais su, et il faut tirer un trait quelque part, mais elle s'occupe encore des grand-mères abandonnées. Cependant, elle n'assiste plus aux dîners dansants officiels. Elle peut difficilement s'y rendre seule, et c'est trop déprimant de récolter une sorte de partenaire. Elle trouverait preneur, mais que voudrait-il en échange ? Elle se souvient de la période décourageante après le départ de Mitch, lorsqu'elle était brusquement devenue une proie rêvée et que tous les maris intéressés étaient apparus comme par miracle, une main sur sa hanche, l'œil rivé sur son compte en banque. Quelques verres qu'elle aurait mieux fait de ne pas boire, quelques liaisons qui ne lui avaient fait aucun bien, et comment les faire sortir le matin de sa chambre à coucher immaculée comme un os blanchi sans que les gosses les voient ? Merci beaucoup, pense-t-elle, non merci.

— Le B'nai Brith? demande Boyce. La Marian Society?

— Rien de religieux, Boyce, répond Roz. Vous connaissez la règle.

Dieu est assez compliqué sans qu'on l'utilise pour collecter des fonds.

À onze heures ils se réunissent dans la salle de conférences, avec une nouvelle société, un petit quelque chose dans lequel Roz envisage d'investir. Boyce prend son air d'homme d'affaires, solennel et terne, conservateur en diable, Roz voudrait le serrer dans ses bras de toutes ses forces et elle espère que sa propre mère l'apprécie. Elle se souvient ainsi de sa première réunion : elle avait grandi en pensant que les affaires étaient une chose mystérieuse qui la dépassait largement, et que son père traitait derrière des portes closes. Une chose réservée uniquement aux pères, que les filles étaient éternellement trop bornées pour comprendre. Mais elle n'avait trouvé qu'un groupe d'hommes assis dans une pièce, en train de froncer les sourcils, de réfléchir et de tripoter leurs stylos en plaqué or, en essayant de se duper mutuellement. Elle était restée là à les regarder, s'efforçant de ne pas béer de stupéfaction. *Hé! c'est tout ce qu'il se passe? Tonnerre de tonnerre, je suis capable de le faire!* Et elle le peut, elle peut mieux y réussir même. Mieux que la plupart. La plupart du temps.

Les hommes d'affaires canadiens sont dans l'ensemble de tels geignards... Ils pensent que s'ils gardent leur argent sous l'oreiller les *nickels* vont se marier avec les *dimes* et mettre au monde des *quarters*. Tout ce cinéma qu'ils ont fait à propos de l'affaire du libre-échange! *Nous devons nous montrer agressifs*, ont-ils dit, et à présent ils gémissent, se sucent le pouce et réclament des réductions d'impôts. Ou bien ils s'installent au sud de la frontière. *Agressivement canadiens*, quelle contradiction, c'est à mourir de rire! Roz elle-même est joueuse. Elle ne joue pas imprudemment — elle s'informe d'abord; mais elle court des risques. Sinon, à quoi bon jouer?

Ce groupe fait partie de Lookmakers : des produits de beauté bon marché mais de qualité, testés sans torturer les petits lapins, cela va sans dire. Ils ont commencé avec un système de vente à domicile, comme Tupperware, puis ils se sont agrandis avec une ligne spéciale pour les actrices et les mannequins; à présent ils se développent à un rythme fou et ils veulent un débouché en boutique, avec une possibilité de franchise. Roz pense qu'il y a quelque chose à en tirer. Elle a fait son travail, ou plutôt Boyce s'en est chargé, et dans une récession... ne ménageons pas les mots, une dépression... les femmes achètent plus de rouge à lèvres. Un petit cadeau pour soi-même, une petite récompense, pas très coûteuse, et qui vous met de bonne humeur. Roz sait tout à ce sujet. Elle est peut-être riche mais elle est encore capable de penser comme une pauvre, c'est un avantage. Le nom lui plaît aussi : *Lookmakers*. C'est vivifiant, cela implique un effort, un élan, une volonté de retrousser ses manches. Un goût du risque.

Lookmakers se compose de deux hommes et de deux femmes, d'une trentaine d'années, obséquieux à vous fendre le cœur, avec une quantité de schémas, de photos, d'échantillons et de graphiques. Ces pauvres chéris se sont donné un mal de chien pour cette réunion, et bien que Roz ait déjà pris sa décision elle les laisse faire leur numéro, calée dans son fauteuil, tout en prenant mentalement des notes sur une nouvelle ligne de produits. Elle en a assez de déplacer simplement de l'argent sur la carte, elle est prête à se lancer dans une expérience plus risquée. Cela pourrait être très excitant! Elle les poussera à créer des noms différents, à s'éloigner de la langueur, de la toxicité et de la lourdeur musquée qui faisaient rage il y a quelques années. Elle a du flair.

— Qu'en pensez-vous, Boyce? dit-elle une fois que le quatuor s'est retiré avec force courbettes et salamalecs et que Boyce a promis de les appeler demain.

Ne jamais conclure une affaire le jour même, telle est la devise de Roz. Laissons-les refroidir leurs moteurs, cela fait baisser les prix.

— Allons-nous risquer un peu d'argent ?

— Mes yeux, mes yeux anciens et brillants, sont pleins de gaieté, dit Boyce. Yeats.

— Les miens aussi, répond Roz. Une participation majoritaire, comme d'habitude ?

Roz s'est brûlé les doigts plusieurs fois, elle n'achète rien désormais qu'elle ne puisse contrôler.

— Je dois dire, madame Andrews, observe Boyce avec admiration, que vous avez un goût de gourmet pour les jugulaires.

— La barbe, Boyce, dit Roz, ne me rendez pas sanguinaire. C'est une bonne façon de gérer les affaires, c'est tout.

Roz retourne dans son bureau et feuillette les fiches roses de ses messages téléphoniques, les battant comme des cartes : les unes pour Boyce, les autres pour Suzy, celles-ci pour elle. Elle griffonne des instructions, des commentaires. Elle se sent bien, prête à se lancer dans l'innovation.

À présent elle fait une pause ; juste le temps de fumer une cigarette. Elle s'installe dans son fauteuil de cuir coûteux, derrière son bureau lisse, moderne, fait main, qui ne la satisfait plus. Il est temps d'en changer ; elle voudrait un meuble ancien, avec plein de jolis petits tiroirs cachés. Les jumelles âgées de neuf ans la regardent sur leur photo, dans leur tenue d'anniversaire rose, et malmènent un chat depuis longtemps disparu. Puis, plus tard, habillées en robe du soir, au bal annuel père-fille organisé par l'école, un curieux événement étant donné la pénurie de pères. Roz avait obligé Larry à venir, et forcé Boyce à les accompagner. Les jumelles avaient dit qu'il était un super-danseur. À côté d'eux quatre, à l'intérieur du cadre d'argent, se trouve Larry tout seul, dans sa robe de diplômé, l'air si sérieux. Quel souci !

À côté de lui, il y a Mitch.

La culpabilité s'abat sur elle, se gonflant doucement comme un énorme parachute gris, sans passager, le harnais vide. Son alliance en or pèse sur sa main comme du plomb. Elle devrait jeter cette photo de lui, qui lui sourit avec une expression si désinvolte dans le cadre de cuivre *Art nouveau*, avec cette incertitude dans le regard. Elle était toujours présente, mais Roz ne la voyait pas. *Ce n'est pas de ma faute*, lui dit-elle. Zenia est encore là, dans ce bâtiment, dans cette pièce ; de minuscules fragments de son âme brûlée et brisée infestent les vieilles boiseries comme des termites, les grignotant de l'intérieur. Roz devrait faire désinfecter l'endroit par fumigation. Comment s'appellent ces gens ? Des exorcistes. Mais elle n'y croit pas.

Sur une impulsion elle fouille dans le tiroir de son bureau, trouve le dossier empoisonné, et appelle Boyce par l'interphone. Elle ne lui a jamais rien dit de cette histoire, elle n'en a jamais discuté, et il travaille pour elle depuis seulement deux ans ; peut-être n'est-il pas au courant. Pourtant tout le monde le sait, sans doute ; c'est une ville de ragots.

— Boyce, donnez-moi honnêtement votre opinion. Qu'en pensez-vous ?

Elle lui tend une photographie en couleurs de Zenia en 13 × 18, un portrait, celui qu'ils ont utilisé pour *Wise Woman World* quand Zenia en était la directrice, et que Roz elle-même a transmis au détective privé quand elle s'est mise à l'espionner, à sa grande humiliation. Une robe noire d'une matière duveteuse, avec un décolleté en V, bien entendu — si vous en avez, montrez-les, même si c'est du polystyrène ; la longue gorge blanche, les cheveux noirs électriques, le sourcil gauche en épi, la bouche couleur de mûre aux coins relevés, ce sourire secret, exaspérant.

Mon propre monstre, pense Roz. Je croyais pouvoir la contrôler. Et puis elle s'est libérée.

Boyce suppose, ou feint de supposer, que Roz envisage d'engager Zenia comme mannequin pour Lookmakers. Il tient la photographie entre le pouce et l'index comme si elle était pleine de microbes, il fait la moue.

— Le fauteuil sur lequel elle s'assoit, comme un trône poli, etc., dit-il. La brigade des porte-jarretelles en cuir, dirais-je. Fouets et chaînes, et on en rajoute. Vraiment, elle a l'air de porter une perruque. Ce n'est pas une femme des années quatre-vingt-dix, madame Andrews. *Vieux jeu*, et ne croyez-vous pas qu'elle soit un peu vieille pour la cible de notre marché ?

Roz pourrait pleurer de soulagement. Il se trompe, bien sûr; Zenia surpassait l'image du mois, quelle qu'ait été son apparence ou sa magie. Mais elle est enchantée de ce qu'il vient de lui dire.

— Boyce, s'écrie-t-elle, vous êtes une vraie perle.

— Je m'efforce d'en être une, sourit-il.

15

Roz gare la Benz dans un parking en plein air de Queen, espérant que pendant qu'elle déjeune personne ne crèvera ses pneus, ne défoncera son coffre, ni n'éraflera sa peinture bleu marine récemment astiquée. C'est vrai, il fait grand jour, la voiture se trouve dans un lieu surveillé, et ce n'est pas New York. Mais la situation se dégrade, et même lorsqu'elle ferme la portière à clé elle sent la présence d'une douzaine d'ombres étalées sur le trottoir, des formes recroquevillées, couvertes de chiffons, dont les yeux rougis la jaugent, calculant si elle va se laisser taper.

Ce sont les cœurs, les yeux, les reins, et les foies, mais à un niveau plus fondamental. Elle a dans sa poche une poignée de billets roses de deux dollars, afin de ne pas avoir à ralentir pour ouvrir son sac. Elle les distribuera à droite et à gauche tout en fonçant d'ici au Toxique. Donner est une bénédiction, disait son père. Roz est-elle d'accord? Les poules ont-elles des dents? Donner est une affreuse corvée aujourd'hui, parce que cela ne vous apporte rien, cela ne protège même pas votre voiture des éraflures, et pour quelle raison ? Parce que ceux à qui vous donnez vous détestent. Ils vous détestent parce qu'ils doivent demander, et que vous pouvez leur donner. Ou bien ce sont des professionnels et ils vous méprisent de les croire, d'avoir pitié d'eux, d'être un imbécile aussi crédule. Qu'est-il arrivé, après, au bon Samaritain ? Après qu'il a sauvé l'homme tombé au milieu des voleurs, qu'il l'a traîné hors du fossé, transporté chez lui, nourri avec de la soupe, hébergé dans la chambre d'amis ? Le malheureux et stupide Samaritain s'est réveillé le lendemain matin pour trouver son coffre-fort brisé, son chien étranglé, sa femme violée, ses bougeoirs en or envolés, et un tas de merde sur le tapis, parce que les blessures et le sang avaient été simulés au départ. Un coup monté.

Roz a une brève vision de Zenia debout sur le perron, le sien et celui de Mitch, après l'un de ces dîners au début des années quatre-vingt, au temps où elle était encore sensible au numéro de Zenia, où elle la soutenait, l'invitait. Zenia, dans un tailleur rouge moulant aux épaules saillantes, la veste au dos évasé soulignant la courbe de son derrière bien moulé ; Zenia en talons aiguilles, une hanche en avant, la main posée sur le flanc. Elle était à peine ivre ; Roz aussi. Zenia avait embrassé Roz sur la joue, parce qu'elles étaient de si grandes amies, copines et associées, et elle avait souri malicieusement au misérable Mitch, dont, stupidement, Roz n'avait pas su reconnaître la mesquinerie. Puis elle s'était tournée pour descendre les marches, levant la main d'un geste qui évoquait étrangement le salut d'un général à ses troupes, aux actualités, et qu'avait-elle dit ? *Merde au tiers monde ! J'en ai marre !*

Voilà pour les convenances. Voilà pour cette vieille Roz si sérieuse et ses assommantes œuvres de bienfaisance, si étriquées, ses aumônes aux mamans violées, grand-mères battues, et, à cette époque, aux baleines, aux victimes de la famine, et aux groupes d'entraide des villages. Voilà pour maman Roz, grassouillette et mal fagotée, enchaînée à sa chère et ennuyeuse conscience. C'était une remarque égoïste, insouciante, audacieuse, libérée — au diable la culpabilité ! C'était comme accélérer dans une décapotable, coller au pare-chocs de la voiture de devant, se faufiler dans la circulation sans mettre son clignotant, la stéréo à fond — et que les voisins aillent se faire foutre —, comme jeter ses restes par la fenêtre, les rubans, le papier d'emballage, les pâtisseries orientales à demi mangées et les truffes au champagne, les choses que vous avez usées simplement en les regardant.

Le pire avait été que Roz — choquée certes, balbutiant : *Oh ! Zenia, tu ne le penses sûrement pas !* — avait approuvé l'espace d'une seconde. En écho à ce désir d'accélérer, librement, avec une folle avidité. *Eh bien, pourquoi pas ? Tu crois qu'ils lèveraient le petit doigt pour toi, au tiers monde ?* C'était comme cette publicité pour une voiture, si elle s'en souvient bien : *Faites de la poussière ou mordez-la*. Tels étaient les choix qui se présentaient alors.

Roz avait donc fabriqué une quantité de poussière, de la poudre d'or, et Zenia aussi, mais différemment. Maintenant elle-même est devenue poussière. Elle est en cendres, et Mitch aussi. C'est le goût que Roz a dans la bouche.

Roz vacille sur le gravier, heurte le trottoir, et se hâte en direction du Toxique, aussi vite que le lui permet sa jupe étroite. Des mains voltigent au hasard, de frêles murmures s'élèvent, des voix pâles et malheureuses, comme au bord du sommeil. Elle glisse des billets froissés dans les doigts tremblants, les gants usés, sans regarder, car par-dessus tout ils n'admettent pas votre curiosité. Elle réagirait de la même façon à leur place. Devant elle, elle repère Tony qui avance de son pas régulier de poney. Roz agite le bras et l'appelle. Tony s'arrête et lui sourit, et une bouffée de joie envahit Roz. Quel réconfort !

Charis en est un autre, déjà assise à la table,

secouant la main pour les saluer. *Bisou bisou*, chuchote Roz à chaque joue, et elle se laisse tomber sur une chaise, cherchant des cigarettes dans son sac. Elle a l'intention de profiter de ce déjeuner, parce que ces deux femmes sont sûres : de tous les gens qu'elle connaît, y compris ses gosses, ce sont les seules à ne rien attendre d'elle. Elle peut retirer ses chaussures sous la table, pérorer, rire, et dire ce qui lui plaît, parce que rien n'est décidé, rien n'est exigé ; rien n'est caché non plus, parce que toutes deux savent déjà tout. Elles savent le pire. Avec elles, et seulement avec elles, elle n'a pas de pouvoir.

La serveuse approche — où trouvent-elles des vêtements pareils ? Roz admire sincèrement cette audace, et aimerait en avoir un peu elle-même. Un collant en peau de léopard et des bottes d'argent ! Ce n'est pas une tenue, mais un costume, et de quelle sorte ? Un costume d'officiant. De quelle étrange religion ? Roz trouve fascinants les habitants du Toxique, mais un peu effrayants aussi. Chaque fois qu'elle va aux toilettes elle craint d'ouvrir la mauvaise porte, par erreur, et de surprendre quelque rite profane. Une orgie ! Un sacrifice humain ! Non, c'est aller trop loin. Mais quelque chose qu'elle ne devrait pas savoir, qui lui apporterait des ennuis. Un film horrible.

Ce n'est pas la véritable raison qui l'amène au Toxique, cependant. En réalité, elle ne peut s'empêcher de fouiller le linge, malgré ses efforts. Elle arpente les chambres de ses enfants comme un poisson en chasse dans les grands fonds, récupérant ici une chaussette, là une culotte, et elle a trouvé une pochette d'allumettes du Toxique dans la chemise froissée de Larry, deux semaines de suite. Est-ce si bizarre de vouloir savoir où votre fils passe son temps ? Le soir, bien sûr ; il ne serait pas ici à l'heure du déjeuner. Mais elle est obligée de surveiller l'endroit, d'y faire un tour de temps en temps. Cela lui donne plus de marge de manœuvre : du moins il va quelque part, il ne disparaît pas simplement comme par magie. Mais que fait-il ici, et avec qui ?

Peut-être ne fait-il rien, ne voit-il personne, peut-être. Peut-être mange-t-il seulement ici, comme elle.

À propos. Elle glisse un doigt sur le menu — elle a si faim qu'elle pourrait dévorer un bœuf, bien qu'elle se garde d'employer cette expression devant Charis. Elle se décide pour le sandwich gastronomique au fromage grillé, servi avec du pain au cumin et aux herbes, et des pickles. De la solide nourriture paysanne, ou une imitation. Les Polonais doivent faire fortune, ils sont probablement en train d'exporter tous leurs pickles en échange de devises fortes. Elle commande son déjeuner à la serveuse aux cheveux ébouriffés — cela suffirait-il à attirer Larry ? une jeune serveuse — et elle entreprend de questionner Tony sur le Moyen-Orient. Chaque fois qu'un événement majeur se produit là-bas, le monde des affaires s'ébranle.

Et puis Tony est si satisfaisante, car si Roz se montre pessimiste à propos des questions d'actualité, Tony est bien pire. Elle donne à Roz l'impression d'être une jeune écervelée, un changement reposant ! Au cours des années elles se sont lamentées sur la présidence des États-Unis, elles ont secoué la tête quand les tories ont mis en pièces le pays, ont vu de sinistres présages dans la coiffure de Margaret Thatcher, au style plus militariste que jamais, selon l'analyse de Tony. Quand le Mur est tombé, Tony a prédit des vagues d'immigrants du bloc de l'Est, et les réactions hostiles des gens à l'Occident, et Roz s'est écriée : *Ce n'est pas possible*, parce que cette idée la dérange infiniment. *C'est déjà trop de n'en avoir aucun*, avait dit un abruti du gouvernement canadien à propos des Juifs, pendant la guerre.

Mais les choses s'embrouillent : par exemple, combien d'immigrants peut-on accueillir ? Combien peut-on en recevoir d'une façon réaliste, et qui sont-*ils*, et où tire-t-on un trait ? Le simple fait que Roz pense ainsi indique l'étendue du problème, car elle sait parfaitement ce que c'est que d'être un *immigrant*. Pourtant elle est devenue *nous*, à présent. Cela fait une différence. Elle déteste être un empêcheur de tourner en rond, mais elle doit admettre que Tony a eu raison à propos de l'argent — même si elle s'est montrée décourageante. Roz l'admire. Si seulement Tony pouvait utiliser ses talents prophétiques dans un but plus lucratif, comme la Bourse.

Tony est toujours si calme, pourtant. Si pratique. *Que croyais-tu?* demande-t-elle, avec ses yeux ronds d'étonnement. Elle s'étonne de l'espoir des autres gens, de leur innocence, de leur désir confus que tout s'arrange d'une manière ou d'une autre.

Pendant ce temps Charis, qui ne croit pas aux morts, mais seulement aux transitions, se laisse troubler à l'idée de toutes les émeutes, les guerres et les famines dont parle Tony, parce que tant de gens seront tués. Ce n'est pas la mort en soi, explique-t-elle — mais la nature de cette mort. Ce ne sont pas de *bonnes* morts, elles sont violentes et cruelles, incomplètes et abîmées, et leurs effets nocifs persisteront sous forme de pollution spirituelle pendant des années et des années. Selon Charis, le simple fait de penser à ces histoires provoque une contamination.

— C'est déjà décidé, dit Tony. Ils l'ont décidé dès que Saddam a franchi cette frontière. Comme le Rubicon.

Le Rubicon, le Rubicon. Roz sait qu'elle a déjà entendu ce nom. Une rivière; quelqu'un l'a traversée. Tony a toute une liste des fleuves que les gens ont franchis, et cela avec des répercussions d'une importance mondiale, à une époque ou à une autre. Le Delaware, c'était Washington. Le Rhin, les tribus germaniques pour renverser l'Empire romain. Mais le Rubicon? Oh! comme Roz est stupide! Jules César, dix sur dix!

Alors vient à Roz une idée lumineuse : quel formidable nom de rouge à lèvres! Une grande série de noms, les noms de fleuves franchis dans un but fatidique; un mélange d'interdit, de courage, d'audace, une pointe de karma. *Rubicon*, une baie de houx brillante. *Jourdain*, un rouge riche nuancé comme un grain de raisin. *Delaware*, une cerise avec un soupçon de bleu — quoique le mot soit peut-être trop affecté. *Saint Lawrence* — un rose vif de feu et de glace — non, hors de question, il ne faut pas de saints. *Gange*, un orange éclatant. *Zambezi ?* un marron succulent. *Volga*, ce violet sinistre, le seul ton de rouge à lèvres qu'ont pu trouver ces malheureuses femmes russes démunies, pendant des dizaines d'années — Roz lui a trouvé un avenir, cela deviendra une teinte « *avant-rétro* », un article de collectionneur comme les statues de Staline.

Roz poursuit la conversation, mais réfléchit à une folle allure en même temps. Elle voit les photos des mannequins, l'expression qu'elle veut leur donner : séduisantes, naturellement, mais aussi pleines de défi, une sorte de face à face avec le destin. Et Napoléon, qu'a-t-il traversé ? Seulement les Alpes, aucun fleuve mémorable, dommage. Peut-être quelques fragments de tableaux historiques dans le fond, un drapeau déchiré qu'on agite dans le vent, au sommet d'une colline — il y a toujours une colline, mais jamais de marécage, par exemple — avec tout autour de la fumée et des flammes.

Oui ! C'est juste ! Ils se vendront comme des petits pains ! Et il faut une note finale, pour compléter la palette : un brun sensuel, avec une nuance troublée de volcan. Quel est le fleuve qui correspond à cela ?

Le *Styx*. Ce ne peut rien être d'autre.

À ce moment, Roz surprend l'expression de Tony. Ce n'est pas exactement de la peur : mais une intensité, une concentration, un grognement silencieux. Si Tony avait des plumes elles se dresseraient, si elle avait des crocs elle les montrerait. Cela ressemble si peu à la Tony habituelle que Roz en a froid dans le dos.

— Tony, qu'est-ce qui ne va pas ? demande-t-elle.

— Tourne lentement la tête, répond Tony. Ne crie pas.

Oh ! merde. C'est elle. En chair et en os.

Roz n'a pas l'ombre d'un doute, pas un seul instant. Si quelqu'un peut revenir de chez les morts, ou être assez déterminé pour le faire, c'est bien Zenia. Et elle est de retour, absolument. Elle est *revenue en ville*, comme le type au chapeau noir dans les westerns. Sa façon d'avancer à grands pas dans la salle proclame son retour, sa volonté de marquer son territoire : un petit sourire narquois et méprisant, une manière d'osciller du bassin, comme si elle portait deux revolvers à crosse de nacre sur les hanches et guettait le moindre prétexte pour s'en servir. Son parfum laisse un sillage derrière elle, comme la fumée d'un cigare insolent. Toutes les trois se recroquevillent à leur table, lâchement, feignant de ne pas la remarquer, elles évitent de se regarder et se comportent comme les passants de Main Street qui plongent derrière le comptoir de la mercerie pour ne pas se trouver dans la ligne de tir.

Roz se baisse pour prendre son sac, lançant un coup d'œil à Zenia par-dessus son épaule, pour la jauger, tandis que celle-ci se glisse avec grâce sur un siège. Zenia est toujours magnifique. Certes, Roz sait tout ce qu'elle doit à la chirurgie esthétique, mais cela ne change rien. Lorsque vous transformez votre personne, les retouches deviennent la vérité : Roz le sait mieux que n'importe qui, elle qui change tous les mois de teinte de cheveux. Ces choses ne sont pas des illusions, ce sont des modifications. Zenia n'est plus une femme à petits seins avec deux implants, c'est une nana sensationnelle avec une énorme poitrine. C'est pareil pour le nez, et si les cheveux de Zenia grisonnent c'est invisible, elle doit avoir un coloriste excellent. On est ce que voient les autres. Comme un immeuble rénové, Zenia n'est plus l'original, mais le résultat final.

Pourtant, Roz imagine les marques des points, les coutures, laissées par l'œuvre des médecins de Frankenstein. Elle sait où se trouvent les fissures qui pourraient s'ouvrir. Elle aimerait prononcer un mot magique — *Shazam !* — qui ferait reculer le temps, sauter les couronnes des dents de Zenia pour exposer les chicots morts, fondre le vernis de céramique, blanchir ses cheveux, flétrir sa peau nourrie avec des œstrogènes de substitution et des acides aminés, éclater ses seins comme des grains de raisin pour que les boules de silicone giclent dans la pièce et s'écrasent contre le mur.

Que serait alors Zenia ? Un être humain, comme tout le monde. Cela lui ferait du bien. Ou plutôt, cela ferait du bien à Roz, parce que les chances seraient alors égales. À présent, Roz part en guerre armée seulement d'un panier de vilains adjectifs, d'une poignée de cailloux inefficaces. Que peut-elle exactement faire à Zenia ? Pas grand-chose, parce que Zenia ne veut sans doute rien lui prendre. Plus maintenant.

Au milieu de ses méditations vengeresses et fatalistes, il lui vient à l'esprit que Zenia n'attend pas simplement qu'elle l'attaque. Elle doit avoir une raison d'être là. Elle doit être à l'affût de quelque chose. Cachons l'argenterie ! Que veut-elle ? que cherche-t-elle ? À la pensée qu'elle est peut-être sa cible — comment et pourquoi ? — Roz frissonne.

16

Comment Roz a-t-elle réussi à sortir du Toxique ? Sur ses jambes, sans doute, mais elle ne se souvient pas d'avoir pris son sac, ni de s'être levée courageusement, tournant bêtement le dos à Zenia, ni d'avoir marché ; elle a été téléportée, comme dans les films de science-fiction des années cinquante, réduite à un tourbillon de points noirs et blancs, puis s'est reconstituée devant la porte. Elle serre Tony dans ses bras, puis Charis. Elle ne les embrasse pas sur la joue. Les baisers sont du cinéma, mais les étreintes sont du sérieux.

Tony est si petite, Charis si frêle, toutes deux sont tremblantes. Elle a l'impression de tenir les jumelles dans ses bras, l'une après l'autre, le matin de leur premier jour de classe. Elle veut déployer ses ailes de mère poule, les rassurer, leur dire que tout ira bien, elles doivent juste se montrer courageuses ; mais elle se trouve face à des adultes, chacune plus intelligente qu'elle à sa manière, et elle sait qu'elles n'en croiraient pas un traître mot.

Elle les regarde s'éloigner. Tony courant vers sa trajectoire invisible, Charis avançant de son long pas hésitant. Toutes les deux sont plus intelligentes qu'elle, c'est vrai ; Tony a un esprit brillant, dans une certaine mesure, et Charis a autre chose, une qualité plus difficile à définir, mais mystérieuse ; quelquefois elle donne la chair de poule à Roz parce qu'elle sait des choses qu'elle n'a aucun moyen de connaître. Mais aucune d'elles n'est capable de se débrouiller dans la rue. Roz s'attend toujours à les voir errer au milieu de la circulation et se faire écraser par un camion, ou être agressées sous ses propres yeux. *Excusez-moi, madame, c'est une agression. Pardon ? Une quoi ? De quoi s'agit-il ? Est-ce que je peux vous aider ?*

Elles sont totalement incompétentes dans ce domaine, tandis que Zenia est une bagarreuse des rues. Elle frappe avec violence, elle lance des coups bas, et la seule contre-attaque possible est de cogner la première, avec des bottes cloutées. Si elle sort son couteau, Roz préfère compter sur ses propres moyens. Elle n'a pas besoin de l'analyse de Tony sur les couteaux à travers les âges, ni du désir de Charis de ne pas discuter d'un sujet aussi négatif que les couverts coupants. Roz a seulement besoin de savoir où est la jugulaire, pour la trancher immédiatement.

Le problème, c'est que Zenia n'en a pas. Ou si elle en a une, Roz n'a jamais été capable de savoir où, ni comment l'atteindre. La Zenia d'autrefois n'avait pas de cœur visible, et à présent elle n'a peut-être même pas de sang. Un pur latex coule dans ses veines. Ou de l'acier fondu. À moins qu'elle n'ait changé, et c'est peu probable. En tout cas c'est le second round : Roz est prête, et beaucoup moins vulnérable, parce que cette fois il n'y a plus Mitch.

Toute cette résolution et cette bravoure sont formidables, mais quand Roz revient à sa voiture elle trouve un petit message gravé sur la peinture de la portière du conducteur. *Salope friquée*. Un message inscrit avec soin, relativement poli — aux États-Unis ils auraient écrit *Connasse* — et en temps ordinaire Roz aurait simplement calculé le coût de la réparation, le temps qu'elle prendra, et si elle est déductible. Elle se serait aussi défoulée en faisant une scène au gardien du parking. *Qui a fait ça? Comment, vous n'en savez rien? Enfin, vous dormiez? Nom d'une pipe, on vous paye pour quoi?*

Mais aujourd'hui elle n'est pas d'humeur. Elle ouvre sa voiture, contrôle le siège arrière pour s'assurer qu'il n'y a personne — elle n'a pas lu pour rien tous ces polars sur les crimes sexuels —, entre, verrouille la portière, et a sa petite crise de larmes dans sa position habituelle, le front posé sur le volant, son mouchoir neuf en coton à portée de la main. (Les jumelles ont banni les mouchoirs en papier. Elles sont inflexibles, et se moquent du travail de repassage supplémentaire de Maria. Bientôt elles interdiront même le papier hygiénique et forceront Roz à utiliser de vieux T-shirts. Ou autre chose.)

Ce ne sont pas des larmes de regret, ni de désespoir. Mais des larmes de rage. Roz en connaît le goût. À son âge, la rage pure est de moins en moins rentable, parce que chaque fois que vous grincez des dents, quelques-unes se brisent. Aussi elle se tamponne le visage, finissant avec sa manche parce que son mouchoir est trempé, elle remet du rouge à lèvres *(Rubicon, me voici!)*, retouche son mascara et appuie sur l'accélérateur, envoyant le gravier jaillir entre ses roues. Elle espère presque érafler une aile au passage, pour passer sa colère — *Hop-là! je suis dééésolée!* Ce serait une solution de remplacement, presque aussi bien que d'étrangler Zenia. Mais aucune voiture n'est en première position, et le gardien regarde. Oh! peu importe! c'est l'intention qui compte.

Roz monte dans son bureau — *Bonjour Nicki.*

Bonjour Suzy. Comment ça va. Boyce, rien d'important. Y a-t-il encore du café, ne me passez aucune communication, dites que je suis en réunion — et elle ferme la porte. Elle s'installe dans son fauteuil en cuir et allume une cigarette, cherche un chocolat dans la corbeille de courrier, l'une de ces friandises viennoises avec des portraits de Mozart, les gosses appellent cela des couilles de Mozart, elle mâche et avale, et tambourine sur son bureau si peu satisfaisant. Mitch la fixe et cela la perturbe, aussi se lève-t-elle et retourne-t-elle la photo, évitant son regard. *Ça ne va pas te plaire,* dit-elle. La dernière fois non plus, il n'a pas aimé. Quand il a découvert ce qu'elle avait fait.

Elle ouvre son fichier et prend le dossier Z, celui avec la photographie, et tourne quelques pages. Tout est là, le squelette dans le placard : les jours, les heures, les endroits. Cela fait encore mal.

Pourquoi ne pas faire appel à la même détective, il y aura moins de choses à expliquer, et elle était formidable, Harriet, Harriet Truc, une Hongroise, mais elle a raccourci son nom — Harriet Bridges. Elle racontait qu'elle était devenue détective parce qu'une Hongroise doit l'être de toute manière, si elle a affaire à des Hongrois. Roz trouve le numéro, décroche le téléphone. Elle doit franchir un barrage pour parler à Harriet — celle-ci a dû réussir si elle a une secrétaire, mais c'est probablement l'un de ces bureaux qui partagent un employé —, elle insiste et fait du charme, et finalement Harriet n'est plus en réunion, mais au bout de la ligne.

— Bonjour Harriet, c'est Roz Andrews. Oui, je sais, il y a des années. Écoutez, je voudrais que vous fassiez un travail pour moi. En réalité, la même chose qu'avant, en quelque sorte. La même femme. Oui, je sais qu'elle est morte. Je veux dire, elle *l'était*, mais elle ne l'est plus. Je l'ai vue ! Au Toxique...

— ...

— Je n'en ai pas la moindre idée. C'est là où vous intervenez !

— ...

— Si j'étais vous je commencerais par les hôtels, mais ne vous attendez pas à ce qu'elle utilise le même nom. Ne l'oubliez pas.

— ...

— Je vous envoie la photo par coursier. Trouvez-la, c'est tout. Trouvez ce qu'elle fait. Qui elle voit. Téléphonez-moi dès que vous savez quelque chose. N'importe quoi ! Ce qu'elle prend au petit déjeuner. Vous savez combien je suis méticuleuse.

— ...

— Indiquez Personnel sur votre note. Merci. Vous êtes adorable. Nous déjeunerons ensemble !

Roz raccroche. Elle devrait se sentir mieux mais ce n'est pas le cas, elle est trop tendue. Maintenant qu'elle a mis l'affaire en route elle est follement impatiente d'en connaître le résultat, car jusqu'au moment où elle saura précisément où se trouve Zenia, Zenia peut se trouver n'importe où. Elle peut être en ce moment même devant la maison de Roz, et s'introduire par la fenêtre avec un sac de jute sur l'épaule, pour emporter son butin. Quel butin ? Voilà la question ! Roz est prête à aller faire les rondes elle-même, à aller d'hôtel en hôtel avec sa précieuse photographie glacée sous le bras, à mentir, à insinuer, à corrompre les employés de la réception. Elle est impatiente, irritable, avide, elle est si curieuse qu'elle en a la chair de poule.

C'est peut-être la ménopause, ne serait-ce pas agréable pour changer ? Peut-être éprouvera-t-elle cette vague d'énergie et de *joie de vivre** dont on parle toujours. Il est grand temps.

Peut-être n'est-ce pas une question d'hormones déchaînées. Peut-être s'agit-il de péché. L'un des sept péchés mortels, ou plutôt deux. Les nonnes aimaient particulièrement la luxure, et Roz a pensé récemment que la cupidité lui était sans doute réservée. Puis vient la colère, qu'elle n'a pas vue venir, et l'envie, le pire péché, qui lui est si familier, sous la forme de Zenia souriante et triomphante, Vénus

* En français dans le texte. *(N.d.T.)*

incandescente, jaillissant non d'un coquillage, mais d'un chaudron bouillonnant.

Avoue-le, Roz, tu envies Zenia. Tu l'as toujours enviée. Tu es une envieuse. Oui, mon Dieu, et alors ? Prêtre Judas, que dois-je faire ? À genoux ! Humilie-toi ! Mortifie ton âme ! Nettoie les cabinets !

Combien de temps devrai-je vivre pour me débarrasser de cette saloperie ? pense Roz. La braderie de l'âme. Elle va rentrer tôt, manger un petit quelque chose, se verser un verre, se faire couler un bain, avec un peu de ces produits dont Charis ne cesse de l'inonder, et qu'elle trouve dans son magasin pour drogués. Des feuilles pilées, des fleurs séchées, des racines exotiques, des arômes de champ de foin moisi, de l'huile de serpent, d'os de taupe, des recettes séculaires préparées par des vieilles biques. Bien sûr, Roz n'a rien contre les vieilles biques, car au rythme où vont les choses elle ne tardera pas à en être une.

— Cela va te détendre, dit Charis, Roz, tu dois y mettre du tien ! Ne résiste pas ! Laisse-toi aller. Détends-toi. Flotte. Imagine un océan tiède.

Chaque fois que Roz essaie, il y a des requins.

ÉMAIL NOIR

17

Toute histoire s'écrit à l'envers, écrit Tony, à l'envers. Nous choisissons un événement significatif, nous examinons ses causes et ses conséquences, mais qui décide de son réel impact ? Nous, et nous sommes ici ; l'événement et ses participants sont là-bas. Ils ont disparu depuis longtemps ; en même temps, ils sont entre nos mains. Sous notre pouce, comme les gladiateurs romains. Nous les obligeons à recommencer leurs combats pour notre plaisir et notre information, alors qu'ils les ont menés pour des raisons entièrement différentes.

Pourtant, pense Tony, l'histoire n'est pas un véritable palindrome. Nous ne pouvons réellement la faire reculer, ni l'achever en un point précis. Trop de morceaux du puzzle ont disparu ; et nous en savons trop, nous connaissons le dénouement. Les historiens sont des voyeurs quintessentiels ; ils pressent le nez contre la vitre du Temps. Ils ne peuvent jamais se trouver réellement sur le champ de bataille, ni éprouver ces instants d'exaltation suprême, ou de chagrin intense. Leurs récréations sont au mieux des personnages en cire inégale. Qui choisirait d'être Dieu ? Pour connaître toute l'histoire, ses violents affrontements, ses mêlées, ses conclusions mortelles, avant même qu'elle n'ait commencé ? C'est trop triste. Trop démoralisant. Pour un soldat à la veille de la bataille, l'ignorance vaut l'espoir. Mais ni l'un ni l'autre ne sont le bonheur.

Tony pose son stylo. De telles pensées sont encore trop nébuleuses pour être formulées dans son travail actuel, une conférence qu'elle a promis de donner à la Société des historiographes militaires dans deux mois. Son thème est la défaite d'Otton le Roux face aux Sarrasins le 13 juillet 982 et son inscription à titre d'exemple moral par les chroniqueurs ultérieurs. Ce sera une bonne conférence — toutes les siennes le sont — mais elle a de plus en plus l'impression d'être un chien savant, en ces occasions. Astucieux, sans nul doute ; rusé, intelligent ; *gentil* ; mais un chien. Avant, elle croyait que son travail était accepté ou rejeté en fonction de ses mérites, mais elle s'est mise à soupçonner que la qualité de ses conférences n'était pas prise en compte. À la différence de sa tenue vestimentaire. On lui tapote les cheveux, on la félicite, on lui donne quelques biscuits pour chien d'élite, et on la congédie, tandis que dans la salle du fond les hommes abordent le vrai problème : qui, parmi eux, sera le prochain président de la société ?

Quelle paranoïa ! Tony chasse ce sentiment, et va chercher un verre d'eau.

Elle est dans la cave au milieu de la nuit, vêtue de son peignoir, chaussée de ses pantoufles en raton laveur. Elle n'arrivait pas à dormir, et ne voulait pas déranger West en travaillant dans son bureau, qui se trouve au bout du couloir qui conduit à la chambre. Son ordinateur émet des bips, et la lumière aurait pu le réveiller. Quand elle s'est glissée hors du lit et a quitté la pièce sur la pointe des pieds, il dormait comme un innocent et ronflait, d'un ronflement doux, régulier, exaspérant.

Perfide West. Indispensable West.

La vraie raison de sa présence en bas est qu'elle voulait consulter l'annuaire, les Pages jaunes, à la rubrique Hôtels, sans être surprise. Elle ne voulait pas qu'il se rende compte qu'elle l'avait espionné, ainsi que Zenia, et avait consulté ses gribouillages près du téléphone. Elle ne voulait pas le décevoir, pis, l'inquiéter. Elle a cherché tous les hôtels de la ville commençant par A. Elle en a fait une liste : l'Alexandra, l'Annex, l'Arnold Garden, l'Arrival, l'Avenue Park. Elle pourrait leur téléphoner à tous, demander le numéro de la chambre, déguiser sa voix — ou bien ne rien dire, respirer bruyamment et se faire passer pour un pervers — et savoir si c'est Zenia qui répond.

Il y a un téléphone dans la chambre, à côté du lit. Comment empêcher West d'entendre le minuscule déclic qui se produit lorsqu'on décroche, et d'écouter ? Elle pourrait utiliser son poste à lui, la ligne de Headwinds ; mais il se trouve juste au-dessus de la chambre, et comment s'expliquer si elle est prise sur le fait ? Mieux vaut attendre. Si Zenia doit être neutralisée — et en ce moment même Tony ne sait absolument pas comment y parvenir —, il faut tenir West le plus possible à l'écart. Il faut l'isoler. Il a déjà assez souffert. Pour des âmes bonnes et sensibles comme celle de West, le monde réel, en particulier celui des femmes, est beaucoup trop violent.

La pièce où écrit Tony est la salle de jeux ; c'est ainsi que West et elle l'ont appelée. Elle occupe la plus grande partie de la cave, entre la chaufferie et la buanderie, et au contraire des deux autres pièces, une moquette en recouvre le sol. Le jeu de West est une table de billard, qui prend une certaine place et peut se compléter d'un revêtement en contre-plaqué pour jouer au ping-pong ; c'est là-dessus qu'écrit Tony. Elle n'est pas très bonne au billard — elle comprend la stratégie, mais elle pousse trop fort, elle n'a pas de finesse ; cependant, elle est excellente au ping-pong. West est l'opposé — malgré son extraordinaire allonge de singe araignée, il est maladroit dans un sport de grande vitesse. Quelquefois, pour se trouver un handicap, Tony joue une partie avec la main droite, qui n'est pas tout à fait aussi bonne que la gauche, bien qu'elle puisse aussi le battre de cette manière. Quand Tony a trop perdu au billard, West suggère une partie de ping-pong, bien qu'il se sache battu d'avance. Il a toujours soigneusement veillé à lui laisser cette revanche. C'est une forme de galanterie.

Ce qui donne une idée de tout ce que Tony risque de perdre, en ce moment même.

Mais le ping-pong est un divertissement. Le vrai jeu de Tony se trouve dans un coin, à côté du minuscule réfrigérateur qu'ils gardent ici pour l'eau glacée et la bière de West. C'est un grand bac à sable, acheté dans une vente de crèche il y a des années, mais il n'y a pas de sable à l'intérieur. À la place, se trouve une carte en trois dimensions de l'Europe et de la Méditerranée, faite d'une pâte durcie de farine et de sel, avec les chaînes montagneuses en relief et les principales masses d'eau en pâte à modeler bleue. Tony s'est servie de cette carte de multiples fois, ajoutant et retirant des canaux, supprimant des marécages, transformant les lignes côtières, construisant et démolissant routes, ponts, villes et cités, détournant les fleuves, selon l'exigence du moment. À présent, nous sommes au xe siècle : plus précisément, le jour de la bataille fatale d'Otton le Roux.

Pour les armées et les populations, Tony n'utilise pas d'épingles ni de drapeaux, de façon générale. Elle se sert plutôt d'épices, une par tribu ou groupe ethnique : des clous de girofle pour les tribus germaniques, des grains de poivre rouge pour les Vikings, des grains de poivre vert pour les Sarrasins, et de poivre blanc pour les Slaves. Les Celtes sont des graines de coriandre, les Anglo-Saxons de l'aneth. Des paillettes de chocolat, des graines de cardamome, quatre espèces de lentilles, et des petites boules d'argent indiquent les Magyars, les Grecs, les royaumes d'Afrique du Nord, et les Égyptiens. Pour chaque roi important, chef, empereur ou pape, il y a un pion de Monopoly; les zones sur lesquelles chacun exerce sa souveraineté, réelle ou nominale, sont délimitées par des baguettes en plastique de couleur assortie, plantées dans des carrés de gomme.

C'est un système complexe, mais elle le préfère aux

représentations plus schématiques ou à ceux qui montrent seulement les armées et les forteresses. Elle peut ainsi se représenter les croisements et l'hybridation, par la conquête ou la traite d'esclaves, parce que en réalité les populations ne sont pas des blocs homogènes, mais des mélanges. Il y a des grains de poivre blanc à Constantinople et à Rome, réduits à l'esclavage par les grains de poivre rouge, qui les gouvernent; les grains de poivre vert font leur commerce du sud au nord, et aussi de l'est à l'ouest, puis ils reviennent, en se servant des lentilles. Les chefs francs sont réellement des clous de girofle, les grains de poivre vert se sont infiltrés dans les coriandres celto-liguriens. Il y a un flux et un reflux continuels, un métissage, un déplacement de territoires.

Pour empêcher les épices les plus légères de tomber, elle utilise un peu de laque. Très doucement; sinon elles s'envolent. Quand elle veut changer d'année ou de siècle, elle enlève telle ou telle population et recommence. Elle se sert de pinces; sinon ses doigts sont couverts de graines. L'histoire n'est pas sèche, mais collante, elle peut même recouvrir toutes vos mains.

Tony tire une chaise jusqu'à son bac à sable et s'assied pour l'étudier. Sur la côte ouest de l'Italie, près de Sorrento, un groupe de clous de girofle poursuit un groupe plus petit de grains de poivre vert en fuite : les Teutons vont attraper les Sarrasins, ou du moins c'est leur intention. Le pion de Monopoly au milieu des clous de girofle est Otton le Roux — impétueux, brillant Otton, Otton le second, l'empereur germanique de Rome. Otton et les clous de girofle galopent entre la mer indifférente et les montagnes arides, ratatinées, transpirant sous le soleil accablant; l'adrénaline les remplit d'enthousiasme, et la perspective du sang versé et du pillage, de leur victoire imminente leur donne le vertige. Ils sont bien ignorants.

Tony en sait plus long. Derrière les replis de la

terre sèche et des pierres, hors de leur vue, une force importante de grains de poivre sarrasins se tient en embuscade. La bande de grains de poivre vert en fuite devant eux est seulement un appât. C'est la ruse la plus ancienne de la Bible, et Otton s'y est laissé prendre. Bientôt ses hommes seront attaqués de trois côtés, et le quatrième est la mer. Ils seront tous tués, ou presque ; ou bien ils seront jetés à la mer, où ils se noieront, ou encore ils ramperont plus loin, blessés, et mourront de soif. Certains seront capturés et vendus comme esclaves. Otton lui-même en réchappera de justesse.

Reviens, Otton, pense Tony. Elle aime bien Otton, c'est l'un de ses préférés ; elle a pitié de lui parce qu'il s'est disputé avec sa femme ce matin, avant de partir pour cette expédition néfaste, ce qui peut expliquer son imprudence. Se mettre en colère n'est pas favorable à la guerre. *Otton, reviens !* Mais Otton ne peut pas l'entendre, ni voir le monde d'en haut, comme elle. Si seulement il avait envoyé des éclaireurs, si seulement il avait attendu ! Mais l'attente peut être fatale elle aussi. Comme le retour en arrière. Celui qui se bat et s'enfuit peut se battre le lendemain, ou être poignardé dans le dos.

Otton est déjà allé trop loin. Déjà les grandes pinces descendent du ciel, et les grains de poivre vert surgissent derrière les rochers brûlants, galopent hors de leur cachette, et lui font la chasse le long de la côte aride. Tony est vraiment désolée, mais que peut-elle faire ? Elle est impuissante. Il est trop tard. Il y a mille ans, il était déjà trop tard. Elle peut seulement visiter la plage. Elle l'a fait, elle a vu les montagnes brûlantes, desséchées, elle a conservé une petite fleur pointue pour son album. Elle a acheté un souvenir : des couverts à salade sculptés en bois d'olivier.

Distraitement, elle ramasse l'un des clous de girofle tombés d'Otton, le trempe dans son verre d'eau pour en enlever la laque, et le met dans sa bouche. C'est une de ses mauvaises habitudes, de manger une partie des armées de sa carte ; par chance elle trouve toujours à les remplacer dans les flacons d'épices sur les étagères de la cuisine. Mais les soldats morts auraient aussi été mangés, d'une façon ou d'une autre; ou du moins démembrés, leurs biens dispersés. C'est le problème avec la guerre : les formalités polies sont oubliées, et la proportion d'enterrements est minime par rapport au nombre réel de morts. Les Sarrasins sont déjà en train d'achever les blessés, un acte miséricordieux étant donné les circonstances (le manque d'eau et de soins), et ils les dépouillent de leurs armes et de leur armure. Déjà les paysans attendent leur tour pour piller les morts. Déjà les vautours se rassemblent.

Il est trop tard pour Otton, mais pour Tony? Si elle avait une autre chance, un second tour, un nouveau début, avec Zenia, agirait-elle différemment? Elle n'en sait rien, parce qu'elle en sait trop pour savoir.

18

Tony a été la première d'entre elles à offrir son amitié à Zenia; ou plutôt, à l'accueillir, parce que des gens comme Zenia ne franchissent pas votre seuil, ne peuvent entrer ni s'impliquer dans votre vie si vous ne les y invitez pas. Il doit y avoir une reconnaissance, une offre d'hospitalité, un mot chaleureux. Tony a fini par s'en rendre compte, bien qu'elle n'en ait pas eu conscience sur le moment. Maintenant elle se pose simplement cette question : pourquoi l'a-t-elle fait? Qu'y avait-il en elle, et aussi en Zenia, qui ait rendu une pareille chose non seulement possible, mais nécessaire?

Parce qu'elle a formulé cette invitation, il n'y a aucun doute là-dessus. Elle ignorait qu'elle le faisait, mais dans ce genre de questions ce n'est pas un argument de défense. Elle a ouvert sa porte toute grande, et Zenia est entrée, comme une amie perdue depuis longtemps, une sœur, un souffle du vent, et Tony l'a accueillie.

C'était il y a longtemps, au début des années soixante, quand Tony avait dix-neuf ans; c'est une période dont elle n'a pas gardé un souvenir très agréable, avant l'avènement de Zenia. Rétrospectivement, cette époque lui semble vide, grise, dénuée de joies; pourtant, lorsqu'elle la traversait, elle avait l'impression de bien la vivre. Elle étudiait beaucoup, elle mangeait et dormait, elle rinçait ses bas dans le lavabo du premier étage de McClung Hall, les essorait dans une serviette et les suspendait soigneusement au-dessus du radiateur cliquetant de sa chambre, sur un cintre accroché à la tringle du rideau par une ficelle. Elle avait différentes petites routines qui la conduisaient de semaine en semaine, comme des souris dans un champ; tant qu'elle s'y tenait elle était en sécurité. Elle était tenace, elle poursuivait son chemin, le nez au sol, enveloppée dans un engourdissement protecteur.

Elle s'en souvient, c'était le mois de novembre. (Elle avait un calendrier mural sur lequel elle rayait les jours, sans pourtant attendre, ni espérer une date spéciale; cela lui donnait l'impression d'avancer.) Elle vivait à McClung Hall depuis trois ans, c'est-à-dire depuis la mort de son père. Sa mère était morte avant et se trouvait dans une urne métallique de la forme d'une grenade sous-marine en miniature, qu'elle gardait sur une étagère de son placard, entre ses chandails pliés. Son père était au Necropolis, mais son revolver allemand des années quarante était rangé dans un carton de décorations d'arbre de Noël — tout ce qu'elle avait conservé, ou presque, de la maison familiale. Elle avait eu l'intention de réunir ses parents — de prendre un jour une bêche et de planter sa mère à côté de son père comme un bulbe de tulipe dans du papier d'aluminium — mais quelque chose la retenait : sa mère, du moins, aurait fait des pieds et des mains pour l'éviter. De toute manière, elle n'était absolument pas incommodée par sa présence dans sa chambre, sur son étagère, où elle pouvait la surveiller. (Lui attribuer un lieu. La tenir en laisse. L'obliger à rester tranquille.)

Tony avait une chambre pour elle parce que la fille qui était censée la partager avait pris une overdose de somnifères, subi un lavage d'estomac, et disparu. Les gens tendaient à disparaître, d'après l'expérience de Tony. Les semaines avant son départ, sa compagne de chambre avait passé ses journées au lit, tout habillée, à lire des romans en poche et à pleurer sans bruit. Tony détestait cela. Cela la dérangeait plus que les somnifères.

Elle avait la sensation de vivre seule, mais bien sûr elle était entourée par les autres ; d'autres filles, ou peut-être des femmes ? McClung Hall était une « résidence de femmes », mais entre elles, elles parlaient des *filles*. *Hé, les filles*, criaient-elles en montant les escaliers au pas de course. *Devinez quoi !*

Tony ne se sentait pas grand-chose de commun avec ces autres filles. Des groupes passaient entre elles leurs soirées — quand elles n'avaient pas de rendez-vous — dans la salle commune, affalées sur le canapé défoncé brun-rouge et les trois fauteuils rembourrés percés, en pyjama, peignoir et gros rouleaux, à jouer au bridge, à fumer et boire du café, et à disséquer leurs petits amis.

Tony, elle, ne sortait pas avec des garçons ; elle n'avait personne avec qui sortir. Cela ne la dérangeait pas ; en tout cas, elle était plus heureuse en compagnie de gens disparus depuis longtemps. De cette manière il n'y avait ni attente douloureuse, ni déception. Rien à perdre.

Roz était l'une des filles de la salle commune. Elle avait une grosse voix, et appelait Tony Toinette, ou pire, Tonikins ; même alors elle voulait habiller Tony, comme une poupée. Tony ne l'aimait pas, à cette époque. Elle la jugeait indiscrète, grossière et étouffante.

En général les filles trouvaient Tony bizarre, mais n'étaient pas hostiles à son égard. Au lieu de cela, elles en avaient fait un animal domestique. Elles aimaient lui donner des bouchées de nourriture qu'elles cachaient dans leurs chambres — des barres de chocolat, des biscuits, des chips. (Les provisions personnelles étaient officiellement interdites, à cause des cafards et des souris.) Elles aimaient lui ébouriffer les cheveux, la pincer doucement. Les gens ont de la peine à ne pas toucher les petits — comme les chatons, ou les bébés. *Menue Tony*.

Elles l'appelaient quand elle les dépassait, se hâtant en direction de sa chambre : *Tony ! hé ! hé, Tone ! comment ça va ?* Souvent Tony leur résistait, ou les évitait carrément. Mais quelquefois elle se rendait dans la salle commune et buvait leur café calcaire en grignotant leurs biscuits sablonneux. Alors elles lui demandaient d'écrire leurs noms, à la fois à l'envers et à l'endroit, avec les deux mains ; elles l'entouraient, s'émerveillant de ce qu'elle trouvait elle-même évident, d'une magie fausse, insignifiante.

Tony n'était pas la seule fille avec une spécialité. L'une d'elles pouvait imiter le bruit d'un canot à moteur en train de démarrer, plusieurs — dont Roz — avaient l'habitude de dessiner des visages sur leur estomac avec des crayons à sourcils et des rouges à lèvres, puis d'exécuter une danse de ventre qui faisait s'ouvrir et se fermer les bouches peintes d'une manière grotesque, et une autre connaissait un tour de magie avec un verre d'eau, un rouleau de papier hygiénique vide, un manche à balai, un plat à gâteau en aluminium, et un œuf. Tony jugeait ces performances beaucoup plus valables que la sienne. Elle n'avait besoin d'aucun talent, d'aucune pratique ; c'était comme d'être désarticulé, ou d'être capable de remuer les oreilles.

Parfois elles la suppliaient de chanter à l'envers pour elles, et si elles insistaient suffisamment, si Tony se sentait assez forte, elle acceptait. De sa voix au timbre faux, étonnamment grinçant, une voix d'enfant de chœur enrhumé, elle chantait :

Eiréhc am ho,
Eiréhc am ho,
Eiréhc am ho,
Enitnemelc,
Siamaj à eurapsid te eudrep se ut,
Tnaloséd tse'c,
Enitnemelc.

Pour que les rimes soient justes elle affirmait que trois des voyelles étaient muettes, et que *se ut* était une diphtongue. Pourquoi pas? Toutes les langues ont ce genre de tics, et c'était la sienne propre; ses règles et ses irrégularités étaient donc à sa merci.

Les autres filles trouvaient cette chanson hilarante, surtout parce que Tony n'ébauchait pas un sourire, ne clignait pas de l'œil, et ne tressaillait pas non plus. Elle chantait d'une traite. En vérité elle ne trouvait pas drôle du tout cette histoire d'une femme qui s'était noyée d'une façon ridicule, que personne ne pleurait, et qu'on oubliait finalement. Elle la jugeait triste. *Disparue et perdue à tout jamais*. Pourquoi riaient-elles?

Quand elle n'était pas avec ces filles elle ne pensait pas beaucoup à elles — à leurs plaisanteries crispées, à leur odeur collective de pyjama, de gel pour les cheveux, de chair moite et de talc, à leurs gazouillis et gloussements de bienvenue, à leurs sourires narquois et indulgents dans son dos : *drôle de Tony*. Au lieu de cela, elle pensait aux guerres.

Les guerres, et aussi les batailles, ce qui n'était pas la même chose.

Elle aimait rejouer les batailles décisives, pour voir si la partie perdante aurait pu les gagner, en théorie. Elle étudiait les cartes et les récits, la disposition des troupes, les technologies. Un choix différent du terrain aurait pu faire pencher la balance, ou bien une autre manière de penser, car la pensée pouvait être une technologie. Une forte foi religieuse, car Dieu aussi était une arme militaire. Ou bien un temps différent, une autre saison. La pluie était cruciale; la neige aussi. Et la chance.

Elle n'avait pas de parti pris, elle ne défendait jamais un côté contre l'autre. Les batailles étaient des problèmes qui auraient pu être résolus d'une autre manière. Certaines auraient été impossibles à gagner, en toutes circonstances ; d'autres pas. Elle conservait un carnet de bataille, avec ses solutions alternatives et les résultats. C'est-à-dire les pertes humaines. Les « pertes », comme si les hommes avaient été égarés par négligence et devaient être retrouvés par la suite. En réalité ils étaient morts. Disparus et perdus à jamais. *Désolés*, disaient après les généraux, s'ils avaient eux-mêmes survécu.

Elle était assez maligne pour ne pas mentionner cette préoccupation aux autres filles. Cela aurait suffi à la faire basculer de l'autre côté : non plus mignonne, bien qu'étrange, mais vraiment pathologique. Elle voulait conserver l'option des petits gâteaux.

Plusieurs autres étudiantes ressemblaient à Tony, elles fuyaient les joueuses de bridge en peignoir et évitaient les repas en commun. Ces filles ne se regroupaient pas ; elles ne se parlaient pas entre elles, en dehors d'un hochement de tête et d'un bonjour. Tony les soupçonnait d'avoir des intérêts secrets, des ambitions risibles et inacceptables, comme elle.

L'une de ces solitaires était Charis. Elle ne s'appelait pas Charis alors, mais simplement Karen. (Son nom avait changé à un moment donné, dans les années soixante, où il y avait eu beaucoup de mutations de nomenclature.) Charis-Karen était une fille mince ; *élancée* était le mot qui venait à l'esprit, tel un saule aux branches qui ondulent, avec leurs fontaines frissonnantes de feuilles blondes. L'autre mot était amnésique.

Charis se promenait au hasard : Tony la voyait quelquefois, avant ou après les cours, errant obliquement dans la rue, toujours — semblait-il — en danger d'être écrasée. Elle portait de longues jupes froncées avec des morceaux de combinaison qui apparaissaient dessous ; des objets tombaient de ses sacs tissés, effilochés et brodés. Lorsqu'elle s'égarait dans la salle commune, c'était toujours pour demander si quelqu'un avait vu son autre gant, son écharpe mauve, ou son stylo. En général, on n'avait rien trouvé.

Un soir où Tony revenait de la bibliothèque elle avait vu Charis descendre de l'échelle d'incendie, sur le côté du bâtiment. Elle portait une sorte de chemise de nuit ; une robe longue, blanche et gonflante. Elle atteignit la plate-forme du bas, suspendue un instant par les mains, puis sauta les derniers mètres et se mit à marcher vers Tony. Elle était pieds nus.

Elle avait une crise de somnambulisme, décida Tony. Elle se demanda quoi faire. Elle savait qu'on n'était pas censé réveiller les somnambules, mais avait oublié pour quelle raison. Charis n'était pas son problème, elle n'avait jamais échangé plus de deux paroles avec elle, mais elle se sentit tenue de la suivre pour s'assurer qu'aucun véhicule ne la heurtait. (Si cet événement se produisait aujourd'hui Tony ajouterait l'éventualité d'un viol : une jeune femme en chemise de nuit, dans le noir, en plein centre de Toronto, courrait un grave danger. Charis était peut-être en danger alors, mais le viol n'appartenait, à l'époque, à aucune des catégories de la vie quotidienne de Tony. Le viol accompagnait le pillage, et était historique.)

Charis n'alla pas loin. Elle traversa plusieurs tas de feuilles mortes d'érables et de marronniers, ratissées sur la pelouse ; puis elle fit demi-tour et les franchit de nouveau, avec Tony qui se glissait derrière elle comme un collectionneur de papillons. Ensuite, elle s'assit sous l'un des arbres.

Tony se demandait combien de temps elle allait rester là. Il commençait à faire froid, et elle voulait rentrer ; mais elle ne pouvait abandonner Charis sur la pelouse, assise en chemise de nuit sous un arbre. Aussi s'installa-t-elle sous l'érable voisin. Le sol était humide. Tony espérait que personne ne la verrait, mais par chance il faisait très sombre et elle portait un manteau gris. Contrairement à Charis, dont le vêtement miroitait faiblement.

Au bout d'un moment une voix parla à Tony dans l'obscurité.

— Je ne dors pas, dit-elle, mais merci tout de même.

Tony en fut irritée. Elle eut l'impression d'avoir été dupée. Elle ne trouvait pas du tout le comportement de Charis — cette manière de déambuler pieds nus, en chemise de nuit — mystérieux ni intrigant. Elle le jugeait théâtral et bizarre. Roz et les filles de la salle commune étaient peut-être caustiques, mais du moins elles étaient solides et dénuées de complications, on savait ce qu'elles valaient. D'un autre côté, Charis était insaisissable, translucide, et pouvait devenir collante comme une pellicule de savon, de gélatine, ou les tentacules préhensiles des anémones de mer. Si vous la touchiez, une partie de sa chair vous restait sur les mains. Elle était contagieuse, et il valait mieux la laisser à l'écart.

19

Aucune des filles de McClung Hall n'avait de rapport avec Zenia. Et Zenia refusait d'avoir affaire à elles. Même sous la menace d'un revolver elle n'aurait jamais vécu dans une résidence de femmes, dit-elle à Tony la première fois qu'elle y mit les pieds. Elle appelait cela *le dépotoir*.

(Pourquoi était-elle venue ? Pour emprunter quelque chose. Quoi ? Tony ne souhaite pas s'en souvenir, mais elle s'en souvient quand même : de l'argent. Zenia était toujours à court. Tony était gênée par sa requête, mais elle eût été encore plus embarrassée de refuser. À présent, elle trouve gênant d'avoir casqué si naïvement, si docilement, avec une telle complaisance.)

— Une résidence est faite pour les petites gens, dit Zenia, regardant avec mépris autour d'elle les peintures impersonnelles, les fauteuils de mauvaise qualité de la salle commune, les bandes dessinées découpées dans les journaux et scotchées sur les portes des filles.

— C'est juste, répondit Tony avec insistance.

Zenia baissa les yeux vers elle, souriante, et se reprit :

— Petites dans leur imagination. Je ne parle pas de *toi*.

Tony fut soulagée, car le mépris de Zenia était une œuvre d'art. Il était si proche de l'absolu ; c'était un grand privilège de s'en trouver exclue. On se sentait en sursis, justifié, reconnaissant ; du moins Tony eut cette sensation, trottinant dans la chambre pour trouver son chéquier et remplir son chèque. Et l'offrir. Zenia le prit négligemment, le plia deux fois, et le glissa dans sa manche. Toutes les deux essayèrent de prétendre qu'il ne s'était rien passé ; comme si rien n'avait changé de mains, comme si rien n'était dû.

Elle a dû me haïr pour cela, pense Tony.

Tony ne rencontra pas Zenia parmi les filles de McClung Hall. Elle fit sa connaissance par l'intermédiaire de son ami West.

Elle ne savait pas exactement comment West était devenu son ami. Il était apparu, d'une manière ou d'une autre. Il avait commencé par s'asseoir près d'elle en cours et par lui emprunter ses notes d'histoire moderne parce qu'il avait manqué le cours précédent, et d'un seul coup il s'était mis à faire partie de ses habitudes.

West était la seule personne à laquelle elle pouvait parler de son intérêt pour la guerre. Elle ne l'avait pas encore fait, mais elle s'y préparait peu à peu. Une telle entreprise pouvait prendre des années, et il n'était son ami que depuis un mois. Les deux premières semaines de cette période, elle l'avait appelé Stewart, comme ses amis hommes, qui lui donnaient une claque sur l'épaule, des petits coups de poing sur le bras, et disaient : *Hé ! Stew, quoi de neuf ?* Alors il avait découvert quelques-uns des commentaires sibyllins inscrits en marge de ses notes — *esitêb elleuq, tnammossa uayut xueiv* — et elle avait dû les expliquer. Il était impressionné par son habileté à écrire à l'envers — *C'est quelque chose*, avait-il dit — et il avait voulu voir son propre nom à l'envers. Il avait affirmé que son nouveau nom lui plaisait mieux.

Les filles de la résidence se mirent à parler de West comme du petit ami de Tony, tout en sachant qu'il ne l'était pas. Elles le faisaient pour la taquiner.

— Comment va ton petit ami ? hurlait Roz, souriant à Tony des profondeurs du canapé orange défoncé, qui s'affaissait encore lorsqu'elle s'y asseyait. Hé, Tonikins ! Où en est ta vie secrète ? Comment va M. Laperche ? Pauvre de moi ! Les grands types préfèrent toujours les crevettes !

West était assez grand, mais il le paraissait encore plus lorsqu'il marchait à côté de Tony. Il était dénué de la solidité qu'évoquait le mot *géant* ; maigre, dégingandé. Ses bras et ses jambes semblaient provisoirement rattachés au reste de sa personne, et ses pieds et ses mains paraissaient plus larges que dans la réalité parce que ses jambes de pantalon et ses manches étaient toujours trop courtes de quelques centimètres. Il était beau d'une manière anguleuse et émoussée, comme un saint médiéval en pierre ou un homme ordinaire, étiré comme du caoutchouc.

Il avait alors des cheveux blonds hirsutes et portait des vêtements sombres, ternes. C'était inhabituel pour l'époque : à l'université la plupart des hommes portaient encore des cravates, ou du moins des vestes. Ses habits étaient un symbole de marginalité, et lui donnaient l'éclat d'un hors-la-loi. Lorsque Tony et West prenaient un café après leur cours d'histoire moderne, dans l'un des bistrots d'étudiants qu'ils fréquentaient, les filles regardaient West. Puis elles baissaient les yeux et apercevaient Tony, avec sa coupe au carré de gamine, ses lunettes à monture de corne, sa jupe écossaise et ses mocassins. Alors elles étaient intriguées.

Avec West, Tony ne faisait rien d'autre que de boire du café. Pendant ce temps, ils parlaient; pourtant aucun des deux n'était ce qu'on appellerait loquace. Il y avait surtout des silences tranquilles. Parfois ils buvaient de la bière, dans différents bars obscurs, ou plutôt West buvait. Tony s'asseyait au bord de sa chaise, ses orteils touchant à peine le sol, et léchait la mousse de son breuvage, l'explorant pensivement de la langue, comme un chat. Puis West vidait son verre et en commandait deux autres. Quatre étaient sa limite. Au soulagement de Tony, il ne buvait jamais plus. Il était surprenant que les bars laissent entrer Tony, car elle paraissait si jeune. Elle *était* mineure. Ils devaient penser qu'elle n'aurait jamais osé mettre les pieds dans ce genre d'endroits si elle n'avait pas vraiment eu vingt-deux ans. Mais elle était déguisée en elle-même, l'un de ses déguisements les plus réussis. Si elle avait essayé de paraître plus âgée, cela n'aurait pas marché.

West disait que personne ne prenait de meilleures notes en histoire que Tony. Cela lui donnait l'impression d'être utile — mieux, indispensable. Admirée.

West étudiait l'histoire moderne — qui n'était pas du tout moderne : simplement, il ne s'agissait pas de l'histoire de l'Antiquité, qui se terminait avec la chute de Rome — parce qu'il s'intéressait aux chansons populaires et aux ballades, et aux instruments de musique anciens. Il jouait du luth, ou du moins il le disait. Tony n'avait jamais vu son luth. Elle n'était jamais entrée dans sa chambre, s'il habitait réellement dans une chambre. Elle ne savait pas où il vivait, ni ce qu'il faisait le soir. Elle pensait que cela ne l'intéressait pas : leur amitié se limitait à l'après-midi.

À mesure que le temps passait, elle se mit pourtant à songer au reste de sa vie. Elle se surprit à se demander ce qu'il mangeait au dîner, et même au petit déjeuner. Elle supposait qu'il vivait avec d'autres hommes, ou des garçons, parce qu'il lui avait parlé d'un type qui était capable d'enflammer ses propres pets. Il ne le lui avait pas raconté en ricanant, mais sur un ton de regret. « Imagine qu'on grave cela sur ta tombe », avait-il dit. Tony considéra cet exploit comme une variante des farces plus paisibles de McClung Hall et en conclut qu'il habitait dans une résidence d'étudiants. Mais elle ne posa pas la question.

Lorsque West apparaissait, il disait *Salut*. Quand il disparaissait, il disait *Salut*. Tony ne savait jamais à quel moment allait se produire l'un de ces événements.

Ils atteignirent ainsi le mois de novembre. Tony et West se trouvaient dans un bar du nom de Lundy's Lane, comme l'une des batailles de la Rébellion de 1837 dans le nord du Canada — bataille qui, selon Tony, aurait dû se terminer autrement, mais avait été perdue sous l'effet de la stupidité, et de la panique. Tony léchait l'écume de sa bière pression, comme d'habitude, lorsque West dit une chose surprenante. Il déclara qu'il donnait une fête.

Plus précisément, il parla de *nous*. Et il n'utilisa pas le mot *fête*, mais *surboum*.

Surboum était un mot bizarre, venant de lui. Tony ne le voyait pas comme un être violent, et *surboum* avait une connotation physique, brutale. Il avait l'air de citer quelqu'un.

— Une boum ? dit Tony, incertaine. Je ne sais pas.

Elle avait entendu les filles de la résidence parler de ces choses. Elles avaient lieu dans des confréries d'étudiants, et se terminaient fréquemment par des séances de vomissements — surtout pour les hommes, mais parfois aussi pour les filles, sur place ou plus tard, dans les toilettes de McClung Hall.

— Je pense que tu devrais venir, dit West, la fixant de ses yeux bleus bienveillants. Je te trouve pâle.

— C'est mon teint habituel, répondit Tony, sur la défensive.

Elle était décontenancée par le soudain intérêt de West pour sa santé. Cela semblait trop poli ; pourtant, en contradiction avec son habillement terne et désinvolte, il lui ouvrait toujours la porte. Elle n'était pas habituée à une telle attention de sa part, ni de quiconque. Elle trouvait cela inquiétant, comme s'il l'avait touchée.

— En bien, dit West, je pense que tu devrais sortir plus.

— Sortir? répéta Tony.

Elle était désorientée : que voulait-il dire par là?

— Tu sais, reprit West. Voir des gens.

Il y avait un accent sournois dans sa manière de dire cela, comme s'il dissimulait un dessein plus tortueux. Il lui vint à l'esprit qu'il cherchait à la pousser dans les bras d'un autre homme, par une sollicitude déplacée, comme Roz. *Toinette! Je veux te présenter quelqu'un!* s'écriait Roz, et Tony éludait et puis s'échappait.

Elle dit alors :

— Mais je ne connaîtrai personne là-bas.

— Je serai là, répondit West. Tu pourras rencontrer les autres.

Tony s'abstint de remarquer qu'elle ne tenait pas à faire la connaissance d'autres gens. Cela aurait paru trop curieux. Elle laissa West inscrire l'adresse, pour elle, sur un bout de papier arraché à son manuel sur l'*Avènement de la Renaissance*. Il ne dit pas qu'il viendrait la chercher, aussi, du moins, n'était-ce pas un rendez-vous. Tony était incapable de gérer ce type de situation avec quiconque, et encore moins avec West. Elle ne se sentait pas en mesure d'affronter les conséquences, ni l'espoir. Un espoir de cette sorte pourrait la déséquilibrer. Elle ne voulait s'engager avec personne, point final.

La boum a lieu dans le centre au deuxième étage d'un étroit bâtiment en bardeaux goudronnés, qui fait partie d'une rangée de magasins de surplus de l'armée à prix réduit, et donne sur les voies de chemin de fer. L'escalier est raide; Tony escalade une marche à la fois, en s'aidant de la rampe. La porte du haut est ouverte; des vagues de bruit et de fumée s'en déversent. Tony se demande si elle doit frapper, décide que personne ne l'entendrait, et entre.

Elle le regrette immédiatement, parce que la pièce est remplie de gens qui, en groupe, ont tendance à l'effrayer, ou du moins, la mettent très mal à l'aise. La plupart des femmes ont les cheveux raides, attachés en queue de cheval de ballerine ou noués en un chignon austère. Elles portent des bas noirs, des jupes noires, des hauts noirs, et pas de rouge à lèvres ; leurs yeux sont très maquillés. Certains des hommes ont une barbe. Ils sont habillés de la même manière que West — une chemise de travail, un col roulé, une veste en jean — mais n'ont pas sa candeur, sa douceur, son aspect imberbe. Au lieu de cela ils sont compacts, enchevêtrés, remplis d'une matière explosive. Ils sont massifs, menaçants, ils crépitent d'électricité statique.

Les hommes parlent surtout entre eux. Les femmes ne disent rien du tout. Elles sont appuyées contre le mur, ou debout, les bras croisés sous les seins, une cigarette à la main, laissant négligemment tomber les cendres sur le sol, avec l'air de s'ennuyer et de s'apprêter à partir pour une autre fête, plus intéressante ; ou bien elles fixent les hommes sans expression, ou regardent entre leurs épaules comme pour chercher intensément un autre homme, plus important.

Deux des femmes jettent un coup d'œil à Tony quand elle entre, puis détournent rapidement le regard. Tony porte ses vêtements habituels, une robe chasuble en velours côtelé vert avec, dessous, un chemisier blanc, un bandeau vert dans les cheveux, des chaussettes au genou et des mocassins. Elle a conservé beaucoup d'habits du lycée, parce qu'ils lui vont toujours. Elle comprend à cet instant qu'elle devra acquérir d'autres vêtements. Elle ne sait pas comment.

Elle se dresse sur la pointe des pieds et cherche à distinguer quelque chose à travers la haie de bras, d'épaules et de têtes entrelacés, de seins moulés dans de la laine noire tricotée, et de torses en toile de jean. Mais West est invisible.

Peut-être est-ce parce que la pièce est si sombre ;

c'est pour cette raison qu'elle n'arrive pas à le voir. Puis elle se rend compte que la pièce n'est pas seulement obscure, mais noire. Les murs, le plafond, le sol même sont laqués de noir. Même les fenêtres ont été peintes ; même les installations électriques. À la place de lampes il y a des bougies plantées dans des bouteilles de chianti. Et dans toute la pièce il y a d'énormes boîtes argentées de jus de fruits, dépouillées de leurs étiquettes et remplies de bouquets de chrysanthèmes qui brillent à la lueur vacillante des bougies.

Tony veut s'en aller, mais elle voudrait voir West d'abord. Il pourrait penser qu'elle a refusé son invitation, et n'est pas venue ; ou qu'elle est snob. Elle veut aussi être apaisée, rassurée : avec lui, elle ne se sentira pas aussi déplacée. Elle part à sa recherche, au bout d'un couloir qui part vers la gauche, et aboutit dans une salle de bains. Une porte s'ouvre, il y a un bruit de chasse d'eau, et un grand homme chevelu en sort. Il lance à Tony un regard flou.

— Merde, les éclaireuses, dit-il.

Tony a l'impression de mesurer cinq centimètres. Elle s'engouffre dans la salle de bains, qui du moins sera un refuge. Elle a aussi été peinte en noir, même la baignoire, même le lavabo, même la glace. Elle verrouille la porte et s'assied sur les cabinets noirs, touchant d'abord pour s'assurer que la peinture est sèche.

Elle n'est pas certaine d'être au bon endroit. Peut-être West ne vit-il pas du tout ici. Peut-être a-t-elle la mauvaise adresse ; peut-être s'agit-il d'une autre surboum. Mais elle a vérifié le morceau de papier avant de monter les escaliers. Peut-être n'est-ce pas la bonne heure — trop tôt pour West, ou trop tard. Elle n'a aucun moyen de le savoir, puisque ses allées et venues ont toujours été aussi imprévisibles.

Elle pourrait sortir de la salle de bains et demander à quelqu'un — l'un de ces énormes hommes poilus, l'une des grandes femmes dédaigneuses — où il pourrait être, mais elle redoute de le faire. Et si personne ne le connaissait ? Il serait plus sûr de rester ici, de rejouer la bataille de Culloden, en calculant les chances des adversaires. Elle organise le terrain — la colline qui descend, la ligne du mur de pierre avec les soldats britanniques armés de fusils alignés derrière en bon ordre. Les clans en haillons qui chargent, fonçant en bas de la colline avec des hurlements, avec seulement leurs lourds sabres désuets et leurs boucliers. Tombant en petits tas nobles, pittoresques. Un abattoir. Le courage est utile lorsque les technologies sont également réparties. Bonnie Prince Charlie était un imbécile.

La victoire était impossible, pense-t-elle. Le seul espoir aurait été d'éviter totalement le combat. De rejeter les termes du conflit, les conventions. De frapper la nuit, puis de se disperser dans les collines. De se déguiser en paysans. Le combat n'aurait pas été égal, mais quel combat l'est ? Elle ne l'a pas encore découvert.

Quelqu'un frappe à la porte. Tony se lève, tire la chasse d'eau, se rince les mains dans le lavabo noir. Il n'y a pas de serviette, aussi s'essuie-t-elle les mains sur sa robe de velours. Elle ouvre : c'est l'une des ballerines.

— Désolée, lui dit Tony.

La femme la regarde froidement.

Tony revient dans la grande pièce, avec l'intention de s'en aller. Sans West, cela n'a pas de sens. Mais Zenia est là, au milieu de la pièce.

Tony ne connaît pas encore le nom de Zenia, mais elle semble ne pas en avoir besoin. Elle n'est pas vêtue de noir comme la plupart des autres. Elle porte une sorte de blouse de berger blanche qui tombe à mi-cuisses sur les longues jambes de son jean moulant. Le tissu n'est pas fin mais évoque la lingerie, peut-être parce que les boutons de devant sont défaits au niveau de ses tétons. Dans le décolleté en V, apparaissent de petits seins fermes, comme deux parenthèses dos à dos.

Toutes les autres, en noir, se fondent dans l'émail noir des murs. Zenia se détache du reste : son visage, ses mains et son torse évoluent dans les ténèbres, au milieu des chrysanthèmes blancs, désincarnés, sans jambes. Elle a dû tout prévoir à l'avance, comprend Tony — elle savait qu'elle brillerait dans le noir comme une station-service ouverte toute la nuit, ou — soyons honnêtes — comme la lune.

Tony se sent engloutie, noyée dans l'émail noir des murs. Les gens très beaux produisent cet effet, pense-t-elle : ils vous effacent. En présence de Zenia elle ne se sent pas seulement petite et absurde : elle a l'impression de ne plus exister.

Elle plonge dans la cuisine. Tout est noir aussi, même la cuisinière, même le réfrigérateur. La peinture scintille comme de la rosée à la lueur des bougies.

West est debout, contre le réfrigérateur. Il est très saoul. Tony s'en aperçoit immédiatement, elle a l'habitude. Quelque chose se brise en elle et l'abandonne.

— Salut, Tony, dit-il. Comment va ma petite copine ?

West n'a jamais appelé Tony sa petite copine. Il n'a jamais dit qu'elle était *petite*. C'est comme un viol.

— Je dois m'en aller, dit-elle.

— On a toute la nuit devant nous, répond-il. Prends une bière.

Il ouvre le réfrigérateur noir, qui est encore blanc à l'intérieur, et attrape deux Molson's Ex.

— Où est-ce que j'ai fourré ce connard ? dit-il en se palpant.

Tony ne sait pas de quoi il parle ni ce qu'il fait, ni même qui il est, exactement. Pas celui qu'elle croyait, c'est certain. D'habitude il ne jure pas. Elle bat en retraite.

— Il est dans ta poche, dit une voix derrière elle.

Tony regarde : c'est la fille en blouse blanche. Elle sourit à West, pointe son index vers lui.

— Mains en l'air.

West s'exécute en riant. La fille s'agenouille et fouille dans ses poches, appuyant la tête contre ses cuisses, et au bout d'un très long moment — pendant lequel Tony a l'impression d'être forcée à lorgner par le trou de la serrure une scène beaucoup trop intime pour être supportable — elle brandit un ouvre-bouteille. Elle ouvre les deux bières avec, faisant habilement sauter les capsules, en tend une à Tony, incline l'autre et boit au goulot. Tony regarde sa gorge onduler pendant qu'elle avale le liquide. Elle a un long cou.

— Et moi ? dit West, et la fille lui tend la bouteille.

— Alors, nos fleurs vous plaisent-elles ? demande-t-elle à Tony. Nous les avons fauchées au cimetière de Mount Hope. Un gros bonnet a claqué. Elles sont un peu fanées, malgré tout : nous avons dû attendre que tout le monde ait foutu le camp. Tony remarque les mots — *faucher, claquer, foutre le camp* — et se sent timide, dépourvue de style.

— Voici Zenia, dit West.

Il y a dans sa voix un respect de propriétaire, et un enrouement que Tony n'aime pas du tout. *À moi*, voilà ce qu'il veut dire. Tout cela *m'appartient*.

Tony voit à quel point elle s'est trompée sur le *nous*. *Nous* n'avait aucun rapport avec des compagnons de chambre. *Nous* comprenait Zenia. Elle s'appuie à présent contre West, comme s'il était un réverbère. Il lui enlace la taille, sous sa blouse ; son visage est à demi caché par ses cheveux vaporeux.

— Elles sont superbes, dit Tony.

Elle essaie d'avoir l'air enthousiaste. Elle avale maladroitement une gorgée de la bouteille que lui a donnée West, et se concentre pour ne pas cracher. Les yeux lui piquent, son visage rougit, son nez fourmille de picotements.

— Et voici Tony, dit la voix de West.

Sa bouche est cachée par les cheveux de Zenia, on dirait que ce sont eux qui parlent. Tony a envie de s'enfuir en courant : par la porte de la cuisine, entre les jambes couvertes de toile de jean dans la grande salle, en bas des escaliers. Une souris en déroute.

— Ah ! *c'est* Tony, dit Zenia.

Elle paraît amusée.

— Salut, Tony. Nos murs noirs vous plaisent ? S'il te plaît, enlève tes mains glacées de mon ventre, ajoute-t-elle à l'intention de West.

— Les mains glacées, le cœur brûlant, murmure-t-il.

— Qui se soucie de ton *cœur* ? s'exclame Zenia. Ce n'est pas la partie de ton corps la plus utile.

Elle soulève le bas de sa blouse, trouve ses deux grosses mains, les retire puis les garde dans les siennes, les caressant sans cesser de sourire à Tony.

— C'est une vengeance, explique-t-elle. Ses yeux ne sont pas noirs, comme l'avait cru Tony au début : ils sont bleu marine. C'est une fête de vengeance. Le propriétaire nous fiche dehors, alors nous avons pensé laisser un petit souvenir à ce vieux con. Il faudra plus de deux couches pour recouvrir *ça*. Le bail disait qu'on avait le droit de peindre, mais ne précisait pas la couleur. Vous avez vu les cabinets ?

— Oui, répond Tony. Ils sont très glissants.

Elle ne voulait pas être drôle, mais Zenia éclate de rire.

— Tu as raison, dit-elle à West. Tony est impayable.

Tony déteste qu'on parle d'elle à la troisième personne. Elle a toujours détesté cela ; sa mère faisait la même chose. West a discuté d'elle avec Zenia, ils l'ont tous les deux analysée dans son dos, lui collant des adjectifs comme à un enfant, comme si elle n'existait pas, ou était simplement un sujet de conversation. Il lui vient aussi à l'esprit que West l'a invitée uniquement sur le conseil de Zenia. Elle repose la bouteille de bière sur la cuisinière noire, remarquant qu'elle est à moitié vide. Elle a dû boire le reste. Comment est-ce possible ?

— Je dois m'en aller, dit-elle, avec, espère-t-elle, de la dignité.

Zenia ne semble pas l'avoir entendue. Ni West. Il a les yeux perdus dans la chevelure de Zenia ; elle les voit briller à la lueur des bougies.

Tony a l'impression que ses bras et ses jambes se détachent de son corps, et que les sons ralentissent. C'est la bière, elle n'en boit pas d'ordinaire, elle n'y est pas habituée. Une vague de nostalgie l'envahit. Elle aimerait connaître quelqu'un qui enfouisse son visage dans ses cheveux comme cela. Elle voudrait que ce soit West. Mais elle n'a pas assez de cheveux pour ça. Il se cognerait à son cuir chevelu.

Elle a perdu quelque chose, elle a perdu West. *Udrep. Ruop sruojuot*. C'est une pensée idiote : comment perdre ce qu'on n'a jamais possédé ?

— Alors, Tony, dit Zenia.

Elle prononce *Tony* comme si c'était un mot étranger, entre guillemets.

— West affirme que vous êtes brillante. Quelle est votre direction ?

Tony pense que Zenia lui demande où elle a l'intention d'aller ensuite. Elle pourrait prétendre qu'il y a une autre fête, plus intéressante, à laquelle Zenia n'a pas été invitée. Mais il est peu vraisemblable qu'on la croie.

— Je suppose que je vais prendre le métro, répond-elle. J'ai du travail.

— Elle travaille toujours, dit West.

— Non, reprend Zenia, avec une certaine impatience. Je veux dire : que voulez-vous faire de votre vie ? Quelle est votre obsession ?

Obsession. Tony ne connaît personne qui parle de cette manière. Seuls les criminels et les cinglés ont des obsessions, et si on en a une soi-même on n'est pas censé l'admettre. Je n'ai pas besoin de répondre, se dit-elle. Elle imagine les filles dans la salle commune, et leur opinion sur les obsessions ; et sur Zenia, admettons-le. Elles la jugeraient imbue d'elle-même, et légère, avec ses boutons ainsi défaits. Elles n'approuveraient pas sa coiffure ébouriffée. D'ordinaire Tony considère leur point de vue sur les autres femmes méchant et superficiel, mais en cet instant elle le trouve réconfortant.

Elle devrait arborer un sourire ennuyé et dédaigneux. Et dire : « Ma quoi ? » avec un rire, et prendre un air perturbé, comme si c'était une question stupide. Elle sait le faire, elle a observé et écouté les autres.

Mais ce n'est pas une question stupide, et elle connaît la réponse.

— Erreug, dit-elle.

— Quoi ? demande Zenia.

Elle se concentre sur Tony à présent, comme si elle la trouvait intéressante finalement. Digne d'attention.

— Vous avez dit berk ?

Tony s'aperçoit qu'elle a commis une erreur, que sa langue a fourché. Elle a inversé le mot. Ce doit être l'alcool.

— Je veux dire la *guerre*, reprend-elle, articulant avec soin cette fois-ci. C'est ce que je veux faire de ma vie. Je veux étudier la guerre.

Elle n'aurait pas dû le dire, ni dévoiler autant de choses sur elle-même, elle s'est mise dans une position difficile. Elle s'est couverte de ridicule.

Zenia rit, mais ce n'est pas un rire moqueur. C'est un rire enchanté. Elle effleure le bras de Tony avec légèreté, comme si elle jouait à chat avec des toiles d'araignées.

— Prenons un café, propose-t-elle.

Et Tony sourit.

20

Ce fut le moment décisif. Le Rubicon ! Les dés étaient jetés, mais qui pouvait le savoir à l'époque ? Certainement pas Tony, bien qu'elle se souvienne d'une sensation, celle d'avoir perdu pied, d'avoir été emportée par un courant puissant. Comment s'était précisée l'invitation à proprement parler ? Quel signe avait décelé Zenia, quelle faille dans la petite carapace de scarabée de Tony ? Quel avait été le mot magique, *berk* ou *guerre* ? Probablement les deux ; la dualité. Qui avait dû séduire infiniment Zenia.

Mais peut-être est-ce là un excès de complication, ou bien de la masturbation intellectuelle, fréquents chez Tony. Il y a certainement quelque chose de plus simple, de plus évident : la confusion de Tony, son manque de moyens de défense dans ces circonstances, c'est-à-dire compte tenu de l'existence de West ; West, et le fait que Tony l'aimait. Zenia avait dû le deviner avant Tony, et comprendre que la jeune fille n'était pas une menace, et qu'il valait aussi la peine de la dépouiller de quelques plumes.

Et pour Tony elle-même ? Que lui offrait Zenia, ou paraissait-elle lui offrir, debout dans sa cuisine noire, souriante, les doigts posés légèrement sur son bras, scintillant à la lueur des bougies tel un mirage ?

La nature déteste le vide, pense Tony. Comme c'est peu pratique. Autrement, nous autres, les vides, pourrions mener notre vie dans une relative sécurité.

Non que Tony soit vide à présent. Absolument pas. À présent elle est comblée, elle se vautre dans la plénitude, elle veille sur un château rempli de trésors, elle est directement concernée. Elle doit renforcer sa position.

Tony arpente le sous-sol, son crayon et son carnet abandonnés sur la table de ping-pong, elle pense à West qui dort en haut, à l'air qu'il inspire et expire profondément ; West, qui remue en grognant, avec des soupirs mélancoliques, qui évoquent un immense chagrin. Elle écoute les cris des mourants, les hurlements de joie des Sarrasins sur la côte désolée, le bourdonnement du réfrigérateur, le déclic de la chaudière qui s'allume et s'éteint, et la voix de Zenia.

Une voix traînante, avec une légère hésitation, une légère note étrangère, un subtil zézaiement ; basse, exquise, mais avec une surface dure. Un chocolat glacé, avec un centre crémeux, mou, trompeur. Sucré, et mauvais pour la santé.

— Qu'est-ce qui te pousserait à te suicider ? demande Zenia.

— Me suicider ? répète Tony d'un air interrogateur, comme si elle n'avait jamais envisagé une chose pareille. Je ne sais pas. Rien, je suppose.

— Et si tu avais le cancer? insiste Zenia. Si tu savais que tu allais mourir lentement, dans des souffrances intolérables? Et si tu savais où était le microfilm, et que l'autre camp savait que tu sais, et devait te torturer pour te faire avouer, et ensuite te tuer de toute manière? Et si tu avais une capsule de cyanure? T'en servirais-tu?

Zenia aime ce genre d'interrogations. D'habitude elles se fondent sur des scénarios extrêmes : et si tu t'étais trouvée sur le *Titanic*? Te serais-tu battue de toutes tes forces pour survivre, ou bien serais-tu restée en arrière pour te noyer poliment? Et si tu mourais de faim sur un radeau ouvert, et si l'un des passagers venait à rendre l'âme? Le mangerais-tu? Pousserais-tu les autres par-dessus bord pour le garder pour toi seule? Elle semble avoir des réponses tout à fait sûres, bien qu'elle ne les révèle pas toujours.

Malgré les cadavres immatériels qui jonchent son cerveau, malgré ses guerres de papier quadrillé et les gigantesques effusions de sang qu'elle considère tous les jours, Tony est prise au dépourvu par ce genre de questions. Ce ne sont pas des problèmes abstraits — ils sont trop personnels pour cela — et aucune solution ne peut les résoudre correctement. Mais ce serait une erreur tactique de montrer sa consternation.

— Eh bien, comment savoir? répond-elle. Tant que cela n'arrive pas.

— Juste, reconnaît Zenia. Bon, quelle raison te pousserait à tuer quelqu'un?

Tony et Zenia prennent un café, comme elles l'ont fait un jour sur trois, ou presque, ce dernier mois, depuis leur rencontre. Ou plutôt, un soir sur trois; il est déjà onze heures du soir, l'heure de se coucher pour Tony, et elle est encore debout. Elle n'a même pas sommeil.

Elles ne sont pas non plus dans l'un des cafés familiers du campus; mais dans un vrai café, près du nouvel appartement de Zenia. De Zenia et de West.

Un *café louche*, dit Zenia. L'endroit s'appelle Christie's, et reste ouvert toute la nuit. En ce moment, s'y trouvent trois hommes, deux en trench-coat, un en veste de tweed graisseuse en train de dessoûler, dit Zenia ; et deux femmes, assises dans un box, parlant à voix basse.

Zenia dit que ce sont des prostituées ; elle les appelle des *putes*. Elle dit qu'elle ne se trompe jamais. Tony ne les trouve pas particulièrement excitantes : elles ne sont pas jeunes, elles sont plâtrées de fond de teint, et portent leurs cheveux mi-longs, raidis par la laque, avec une raie blanche sur le côté, comme dans les années quarante. L'une d'elles a retiré son escarpin à bride, et balance son pied chaussé de nylon au-dessus de l'allée. L'endroit tout entier, avec son lino sale, son juke-box en panne et ses épaisses tasses ébréchées a un aspect désolé, un air clinquant et canaille, qui répugne à Tony et l'émeut profondément.

Elle signe le registre de McClung Hall pour des heures de plus en plus tardives. Elle prétend qu'elle aide à peindre les décors d'une pièce : *Les Troyennes*. Zenia a lu le rôle d'Hélène mais elle joue Andromaque.

— Tous ces gémissements, dit-elle. Ces plaintes de femmes. Je déteste vraiment ça.

Elle dit qu'elle voulait être actrice, mais plus maintenant.

— Ces putains de metteurs en scène se prennent pour Dieu, dit-elle. Pour eux, tu n'es que de la nourriture pour chien. Et leur manière de s'extasier devant toi et de te tripoter !

Elle songe à laisser tomber.

S'extasier et tripoter sont un nouveau concept, pour Tony. Cela ne lui est jamais arrivé. Elle aimerait demander comment on fait, mais elle se retient.

Quelquefois elles peignent réellement des décors toutes les deux. Non que Tony soit très douée — elle n'a jamais rien peint de sa vie — mais les autres lui donnent un pinceau et de la peinture et lui montrent où commencer et elle applique les couleurs de base.

Elle se tache le visage et les cheveux et souille la chemise d'homme qu'ils lui ont fournie, et qui lui descend jusqu'aux genoux. Elle a l'impression d'être baptisée.

Par les autres — les femmes maigres à l'air méprisant, à la crinière raide, les hommes ironiques — elle est presque acceptée, ce qui est naturellement l'œuvre de Zenia. Pour une raison qu'aucune de ces personnes ne peut imaginer, Zenia et Tony s'entendent comme larrons en foire. Même les filles de la résidence l'ont remarqué. Elles n'appellent plus Tony Tonikins, ni ne lui offrent des morceaux de biscuits, ni ne la prient de chanter « Clémentine chérie » à l'envers. Elles ont battu en retraite.

Tony ne sait pas si c'est par antipathie ou par respect ; ou peut-être par peur, parce que Zenia, semble-t-il, a une certaine réputation parmi elles. Bien qu'aucune ne la connaisse personnellement, elle fait partie des gens qu'on remarque — remarqués de tous, mais non de Tony, car jusqu'à présent elle ne regardait pas. C'est en partie son apparence : Zenia est l'incarnation de ce que voudraient être les femmes plus ordinaires, plus allongées : elles ont la conviction que l'apparence peut déteindre sur l'intérieur. On la croit aussi brillante, et elle a des notes formidables — bien qu'elle ne fasse pas d'effort, et n'assiste pratiquement jamais aux cours, comment fait-elle ? Brillante, et terrifiante. Vorace, sauvage, inacceptable.

Tony apprend une partie de ces choses par Roz, qui fait irruption un matin dans sa chambre alors qu'elle est en train d'étudier, essayant de rattraper le temps qui lui a manqué la nuit précédente. La maternelle Roz atterrit avec des gloussements et battements d'ailes, et entreprend d'éclairer la petite Tony pour laquelle elle éprouve un sentiment protecteur. Tony écoute en silence, le regard dur, les oreilles fermées. Elle refuse d'entendre un seul mot contre Zenia. *Garce jalouse*, pense-t-elle. *Ecrag esuolaj*.

Elle porte des vêtements différents à présent, parce que Zenia l'a remodelée. Elle a des jeans de velours noir, et un chandail avec un énorme col roulé dans lequel sa tête repose tel un œuf sur son nid, et une gigantesque écharpe verte drapée autour d'elle. Ce n'est pas comme si tu ne pouvais pas te le permettre, dit Zenia en la propulsant dans les magasins. La robe chasuble et le bandeau de velours vert ont disparu ; les cheveux de Tony sont coupés court, ébouriffés au sommet, avec des mèches artistiques. Certains jours Tony pense qu'elle ressemble un peu à Audrey Hepburn ; d'autres jours, à une lavette électrocutée. Beaucoup plus sophistiquée, a déclaré Zenia. Elle a aussi obligé Tony à remplacer ses lunettes normales à monture de corne par d'autres, absolument énormes.

— Mais c'est exagéré, a protesté Tony. Déséquilibré.

— C'est ça, la beauté, a dit Zenia. L'exagération. Le déséquilibre. Fais plus attention et tu verras.

C'est la théorie qui justifie aussi les pulls trop grands, les écharpes couvertures : Tony, qui nage à l'intérieur, paraît plus décharnée encore.

— J'ai l'air d'un bout de bois, se plaint-elle. J'ai l'air d'avoir dix ans !

— Menue, dit Zenia. Certains hommes aiment ça.

— Alors ils sont tordus, s'exclame Tony.

— Écoute-moi, Antonia, dit Zenia avec sérieux. *Tous* les hommes sont tordus. C'est une chose que tu ne dois jamais oublier.

La serveuse approche, des bourrelets de graisse sous le menton, elle porte des bas à varices, des chaussures pesantes et un plastron gris avec une grosse tache de Ketchup sur la poitrine. Elle remplit leurs tasses avec indifférence.

— C'en est aussi une, dit Zenia dès qu'elle a le dos tourné. Une pute. À ses moments perdus.

Tony promène son regard sur la croupe massive, la courbe morne des épaules, le chignon hirsute de cheveux couleur d'écureuil mort.

— Non ! dit-elle. Qui en voudrait ?

— On parie n'importe quoi, répond Zenia. Vas-y !

Elle veut que Tony poursuive l'histoire qu'elle était en train de raconter, mais celle-ci ne sait plus où elle en était. Cette amitié avec Zenia a été très soudaine. Elle a l'impression d'être tirée par une corde derrière un canot à moteur qui accélère, avec les vagues qui déferlent sur elle et les applaudissements qui retentissent ; ou bien de descendre une colline à toute allure, sur un vélo sans guidon ni freins. Elle a perdu le contrôle ; en même temps, elle est attentive à un point inhabituel, comme si les petits poils de ses bras et de sa nuque se hérissaient. Ce sont des eaux dangereuses. Mais pourquoi ? Elles ne font que parler.

Pourtant tout ce verbiage insouciant donne le vertige à Tony. Elle n'a jamais écouté autant une personne ; elle n'en a jamais dit autant, aussi étourdiment. Dans sa vie antérieure, elle n'a jamais révélé grand-chose d'elle-même. À qui l'aurait-elle raconté ? Elle n'a aucune idée de ce qui va encore jaillir la prochaine fois qu'elle ouvrira la bouche.

— Continue, dit encore Zenia, se penchant en avant sur la table mouchetée de marron, les tasses à moitié vides, les mégots dans le cendrier en métal marron.

Et Tony s'exécute.

21

Tony parle de sa mère. C'est la première fois qu'elle aborde ce sujet avec quelqu'un, sans se limiter aux événements de base. *Perdue et disparue*, dit Tony, et *Désolée*, répond l'autre. Pourquoi en raconter plus ? Qui cela intéresse-t-il ?

Zenia, semble-t-il. Elle voit que c'est douloureux pour Tony, mais cela ne la dissuade pas pour autant ;

au contraire, elle en est stimulée. Elle pousse, aiguillonne, et émet tous les sons qui conviennent, curieuse et stupéfaite, horrifiée, indulgente, impitoyable, retournant Tony comme un gant.

Cela prend du temps, parce que Tony n'a gardé aucune image distincte de sa mère. Son souvenir se compose de fragments brillants, comme une mosaïque saccagée; ou un objet fragile tombé sur le sol. De temps en temps Tony ramasse les morceaux et les dispose de nouveau, essayant de les ajuster. (Elle n'est pas encore très entraînée. Le désastre est trop immédiat.)

Zenia ne peut donc lui arracher plus qu'une poignée de tessons. Pourquoi veut-elle une chose pareille? C'est à elle de le savoir et à Tony de le découvrir. Sur le moment Tony, envoûtée et volubile, n'a même pas l'idée de poser la question.

Tony s'est endurcie très tôt. C'est ainsi qu'elle le note, avec regret, dans sa cave, à trois heures du matin, avec les ruines de l'armée de clous de girofle d'Otton le Roux éparpillés dans le bac à sable derrière elle, et West qui dort du sommeil de l'injuste en haut, et Zenia qui se déchaîne librement en quelque endroit de la ville. « Endurcissement » est un terme emprunté à Charis, qui lui a expliqué qu'on traite ainsi les semis, pour les rendre plus solides, plus résistants au gel, et les aider à mieux supporter les transplantations. On ne les arrose pas beaucoup, et on les laisse dehors dans le froid. C'est ce qui est arrivé à Tony. Elle est née prématurément, aimait lui raconter sa mère, et a vécu dans une cage de verre. (Y avait-il un accent de regret dans sa voix, déplorant qu'elle en fût finalement sortie?) Tony a donc passé ses premiers jours sans mère. Et à long terme, la situation ne s'est pas améliorée.

Par exemple :

Quand Tony avait cinq ans, sa mère décida de l'emmener faire de la luge. Tony savait ce que c'était, mais n'en avait jamais fait. Sa mère en avait seulement une vague idée, inspirée des cartes de Noël. Mais c'était l'une de ses images anglaises, romantiques du Canada.

Où avait-elle trouvé la luge ? Sans doute l'avait-elle empruntée à l'une de ses amies du club de bridge. Elle referma la fermeture Éclair de la combinaison de ski de Tony et l'emmena en taxi sur la colline du toboggan. La luge était petite, et tenait sur le siège arrière, obliquement, à côté de Tony. Sa mère était assise devant. Le père de Tony avait pris la voiture ce jour-là, comme la plupart du temps. Cela valait mieux, car les rues étaient verglacées et la mère de Tony, une conductrice imprudente.

Lorsqu'elles arrivèrent sur la colline le soleil était bas, énorme, à peine rose dans le ciel gris d'hiver, et les ombres bleutées. La colline était très haute. Elle se trouvait sur le flanc d'un ravin, couverte d'une neige tassée et glacée. Des groupes d'enfants hurlant et quelques adultes la descendaient à toute allure sur des traîneaux et des luges et de larges panneaux de carton. Certains s'étaient retournés, et il y avait des carambolages. Ceux qui parvenaient en bas disparaissaient derrière un bosquet de pins sombres.

La mère de Tony se tenait en haut de la colline et regardait en bas, agrippée à la corde de la luge comme pour la contrôler.

— Voilà, dit-elle. Est-ce que ce n'est pas joli ?

Elle plissait les lèvres comme lorsqu'elle mettait du rouge, et Tony voyait que la scène qui se déroulait devant elle ne correspondait pas exactement à ce que sa mère avait prévu. Elle portait son manteau et son sac de ville, des bas nylon et de petites bottes de fourrure avec des hauts talons. Elle n'avait pas de pantalon ni d'anorak, ni de serre-tête comme les autres adultes, et Tony comprit qu'elle avait l'intention de l'envoyer sur la pente toute seule sur sa luge.

Tony avait très envie de faire pipi. Elle savait combien ce serait difficile, avec sa tenue de ski en deux parties et les bretelles élastiques sur les épaules, et quel ennui cela causerait à sa mère — il n'y avait pas de toilettes en vue — aussi préféra-t-elle se taire. Puis elle dit :

— Je ne veux pas y aller.

Elle savait que si elle descendait cette pente elle se renverserait, se heurterait à un obstacle, serait écrasée. On était en train de reconduire en haut de la colline un petit enfant hurlant qui saignait du nez.

La mère de Tony détestait qu'on contrarie ses scénarios. Les gens devaient s'amuser quand elle l'avait décidé.

— *Allons*, dit-elle. Je vais te pousser. Ça va être formidable !

Tony s'assit par terre, ce qui était sa manière habituelle de protester. Cela ne servait à rien de pleurer, surtout avec sa mère. Elle risquait de recevoir une gifle, ou, au mieux, une tape. Elle n'avait jamais beaucoup pleuré.

Sa mère lui jeta un regard dégoûté.

— Je vais te montrer ! cria-t-elle.

Ses yeux lançaient des étincelles, elle serrait les dents : c'était son expression quand elle voulait se montrer courageuse, quand elle refusait de s'avouer vaincue. Avant que Tony n'ait compris ce qui se passait sa mère avait pris la luge et courait vers le bord de la colline. Elle se jeta sur la luge et dévala la pente enneigée à plat ventre, avec ses jambes gainées de nylon beige et ses bottes en fourrure dressées derrière elle. Presque tout de suite, son chapeau s'envola.

Elle allait à une vitesse stupéfiante. Tandis que sa forme diminuait dans la pente, et l'ombre du crépuscule, Tony se releva péniblement. Sa mère s'éloignait d'elle et disparaissait, elle se retrouvait abandonnée sur la colline glacée.

— Non ! non ! hurla-t-elle. (C'était très inhabituel de sa part : elle devait être terrifiée.)

Mais à l'intérieur d'elle-même elle entendait une autre voix, toujours la sienne, qui criait sans peur, avec une joie féroce :

— *Vas-y ! Vas-y !*

Enfant, Tony tenait un journal. Chaque mois de janvier, elle y inscrivait son nom, en majuscules :

TONY FREMONT

Au-dessous, elle écrivait son autre nom :

TNOMERF YNOT

Ce nom avait une consonance russe ou martienne, qui lui plaisait. C'était le nom d'une étrangère, d'une espionne. Quelquefois, le nom d'une jumelle invisible ; lorsque Tony grandit et s'informa sur les gauchers, elle envisagea la possibilité d'avoir été réellement une jumelle, la moitié gauchère d'un œuf divisé, dont l'autre partie était morte. Mais quand elle était petite la jumelle était simplement une invention, incarnant l'impression qu'une partie d'elle-même manquait. Bien qu'elle fût sa jumelle, Tnomerf Ynot était beaucoup plus grande que Tony. Plus forte aussi, plus téméraire.

Tony écrivait son nom du dehors avec la main droite et l'autre, son nom de l'intérieur, avec la gauche ; pourtant, officiellement, il lui était interdit d'écrire avec la main gauche, et de l'utiliser pour toute activité importante. Personne ne lui avait dit pourquoi. La seule forme d'explication qu'elle avait obtenue était un discours d'Anthea — sa mère — disant que le monde n'était pas construit pour les gauchers. Elle avait dit aussi que Tony comprendrait mieux, en grandissant, l'une des affirmations d'Anthea qui ne devaient jamais se vérifier.

Lorsque Tony était plus jeune, les instituteurs frappaient sa main gauche ou lui donnaient des coups de règle, comme s'ils l'avaient surprise en train de se curer le nez. L'un d'eux l'avait attachée au bord de son bureau. Les autres enfants auraient pu se moquer d'elle, mais ils ne le faisaient pas. Ils ne voyaient pas plus qu'elle la logique de cette brimade.

Tony avait été retirée rapidement de cette école. Habituellement, il fallait à Anthea huit mois ou plus pour se lasser d'une école. Certes, Tony ne savait pas très bien écrire, du moins selon les professeurs. Ils disaient qu'elle inversait les lettres. Qu'elle avait des problèmes avec les chiffres. Ils le déclaraient à Anthea, et elle protestait, disant que sa fille était très douée ; alors Tony savait qu'il serait bientôt temps de changer d'école car sa mère se mettait en colère et insultait les maîtres. Débiles était l'un des noms les plus agréables qu'elle leur attribuait. Elle voulait que Tony change, s'arrange, évolue dans le bon sens, et que ce miracle se produise en un jour.

Tony pouvait facilement faire les choses de la main gauche, des choses que sa main droite ne parvenait pas à accomplir. Dans sa vie de droitière elle était maladroite, son écriture était grossière et informe. Mais cela ne faisait aucune différence : malgré ses performances, la main gauche était méprisée, mais la droite flattée et encouragée. Ce n'était pas juste, mais Anthea disait que la vie ne l'était pas.

En secret, Tony continuait d'écrire de la main gauche ; mais elle en éprouvait un sentiment de culpabilité. Elle savait que la honte pesait sur sa main gauche, sinon elle n'aurait pas été humiliée de cette manière. C'était pourtant sa main préférée.

C'est le mois de novembre, et l'après-midi s'assombrit déjà. Plus tôt dans la journée, une neige fine s'est mise à tomber, mais à présent c'est de la bruine. Elle forme des filets sinueux et glacés sur les fenêtres du séjour ; quelques feuilles marron collent à la vitre extérieure comme des langues de cuir.

Tony s'agenouille sur le canapé, le nez contre la fenêtre, faisant des taches de buée avec sa respiration. Quand la plaque est assez grosse elle écrit avec son index, provoquant un petit grincement. *Niatup*. C'est un mot trop mauvais même pour son journal. *Edrem*. Elle écrit ces mots avec de la peur, de la terreur, mais aussi avec une joie superstitieuse. Ce sont les mots de Tnomerf Ynot. Ils lui donnent l'impression d'être puissante, responsable de quelque chose.

Elle respire, écrit et efface, respire et écrit. L'air sent le renfermé, il est plein de l'odeur sèche de roussi des rideaux de chintz. Pendant tout le temps où elle écrit, elle écoute le silence de la maison, derrière elle. Elle est habituée aux silences : elle sait distinguer les silences pleins et les silences vides, ceux qui viennent avant, et ceux qui viennent après. Le silence ne signifie pas qu'il ne se passe rien.

Tony reste agenouillée à la fenêtre aussi longtemps qu'elle l'ose. Elle voit enfin sa mère arriver d'un pas rapide au coin de la rue, tête baissée sous la pluie, son col de fourrure remonté, le visage caché par son chapeau marron. Elle porte un paquet emballé.

C'est sans doute une robe, car les vêtements sont une consolation pour Anthea; lorsqu'elle a le « cafard », comme elle dit, elle fait les magasins. Elle a souvent traîné Tony avec elle lors de ces expéditions dans le centre, quand elle ne trouvait pas d'endroit où la laisser. Tony a attendu devant les cabines d'essayage, transpirant dans son manteau d'hiver, tandis qu'Anthea enfilait des habits, et encore d'autres habits, et sortait pour faire une pirouette devant la glace en pied, lissant le tissu sur ses hanches. Anthea n'achète pas souvent de vêtements pour sa fille; elle dit qu'elle pourrait lui mettre un sac de pommes de terre sur le dos et qu'elle ne s'en apercevrait même pas. Mais Tony s'en aperçoit, elle s'en aperçoit parfaitement. Elle pense seulement que cela ne changerait pas grand-chose. Aux yeux d'Anthea, bien sûr.

Tony se lève du canapé et commence ses exercices de piano. Jouer du piano est censé renforcer sa main droite, bien que tout le monde, elle y compris, sache qu'elle n'est pas musicienne et que ces leçons ne mèneront nulle part. Comment le pourraient-elles? Tony, avec ses petites pattes de rongeur, n'est même pas capable d'atteindre une octave.

Elle joue avec persévérance, s'efforçant de respecter le tic-tac du métronome, plissant les yeux pour lire la partition parce qu'elle a oublié d'allumer la lampe du piano et qu'à son insu elle est en train de devenir myope. Le morceau qu'elle joue s'appelle « Gavotte ». *Ettovag*. C'est un bon mot; elle lui trouvera un usage, plus tard. Le piano empeste l'huile de lin citronnée. Ethel, qui fait le ménage, a été priée de ne pas astiquer les touches avec — et de se servir uniquement d'un chiffon humide — mais elle n'en tient pas compte, et les doigts de Tony vont garder cette odeur pendant des heures. C'est une odeur cérémonieuse, adulte, inquiétante. On la sent avant les réceptions.

Elle entend la porte de devant s'ouvrir et se refermer, et un courant d'air froid enveloppe ses jambes. Au bout de quelques minutes sa mère entre dans le séjour. Tony entend le bruit de ses hauts talons sur le plancher, assourdi ensuite par le tapis. Elle continue de jouer, appuyant très fort sur les touches pour montrer à sa mère combien elle est studieuse.

— Cela suffit pour aujourd'hui, tu ne crois pas, Tony ? dit gaiement sa mère.

Tony est déconcertée : d'habitude, Anthea veut qu'elle travaille le plus longtemps possible. Elle désire la savoir occupée à une saine activité hors de sa vue.

Tony cesse de jouer et se tourne vers elle pour la regarder. Anthea a retiré son manteau, mais elle a gardé son chapeau et, bizarrement, ses gants marron assortis. Une demi-voilette mouchetée cache ses yeux et une partie de son nez. Au-dessous se trouve la bouche au contour un peu brouillé, comme si son rouge à lèvres avait coulé à cause de la pluie. Elle pose les mains derrière sa tête, pour enlever les épingles de son chapeau.

— Je n'ai pas encore fait ma demi-heure, dit Tony.

Elle croit encore que l'exécution scrupuleuse de tâches préétablies lui apportera de l'amour, bien qu'elle sache confusément que cela ne s'est pas encore produit et ne se produira sans doute jamais.

Anthea baisse les mains, laissant son chapeau en place.

— Tu ne crois pas que tu mérites un peu de vacances aujourd'hui ? demande-t-elle en souriant à Tony.

Ses dents paraissent très blanches dans la pièce obscure.

— Pourquoi ? dit Tony.

Elle ne voit rien de spécial dans cette journée. Ce n'est pas son anniversaire.

Anthea s'assied auprès d'elle sur le banc du piano et glisse sa main gauche gantée de cuir sur ses épaules. Elle la serre légèrement.

— Pauvre petite, dit-elle.

Elle lui prend le menton de son autre main et l'oblige à lever la tête. La main de cuir est froide et sans vie, comme une main de poupée.

— Je veux que tu saches, dit-elle, que maman t'aime beaucoup, beaucoup.

Tony rentre en elle-même. Anthea a déjà prononcé ces mots. Quand elle le fait, son haleine a la même odeur qu'en ce moment, elle sent le tabac et les verres vides abandonnés sur le comptoir de la cuisine les lendemains de fête, et aussi les autres matins. Des verres avec au fond des mégots humides, et des verres vides sur le sol.

Jamais elle ne dit : « Je t'aime beaucoup, beaucoup. » C'est toujours *maman*, comme s'il s'agissait de quelqu'un d'autre.

Namam, pense Tony. Le métronome continue de tictaquer.

Anthea la considère, tout en la tenant de ses deux mains gantées. Dans la pénombre, ses yeux sont noirs comme du jais, insondables derrière la voilette mouchetée; sa bouche tremble. Elle se penche et presse sa joue contre celle de Tony, qui sent le tissu rugueux et la peau moite, enduite de crème; elle respire son parfum de violette et son odeur d'aisselles mêlée au lainage de la robe, et une odeur salée d'œuf, comme une mayonnaise tournée. Elle ignore pourquoi Anthea se conduit ainsi, et elle est gênée. Normalement sa mère se contente de l'embrasser le soir, un petit baiser rapide; elle tremble de tous ses membres, et Tony pense — espère — un instant qu'elle rit.

Puis elle la lâche, se lève et s'approche de la fenêtre; le dos tourné, elle enlève cette fois les épingles de son chapeau. Elle le retire et le jette sur le canapé, et fait gonfler ses cheveux noirs sur sa nuque. Au bout d'un moment elle s'agenouille et regarde au-dehors.

— Qui a fait toutes ces traces? demande-t-elle d'une voix tendue, plus aiguë.

C'est la voix qu'elle prend pour simuler le bonheur, lorsqu'elle est en colère contre le père de Tony et veut lui montrer qu'elle s'en moque. Elle sait que les traces sont l'œuvre de Tony. D'ordinaire elle serait irritée, elle observerait que cela coûte cher de faire nettoyer les vitres par Ethel, mais cette fois elle rit à perdre haleine, comme si elle venait de courir.

— Des empreintes de nez, comme un chien. Guppy, tu es une drôle de petite fille.

Guppy est un nom d'il y a longtemps. Anthea raconte qu'elle a appelé Tony ainsi tout de suite après sa naissance, à cause de ses semaines passées en couveuse. Anthea venait regarder le bébé à travers la vitre, et la bouche de Tony s'ouvrait et se refermait sans émettre aucun son. En tout cas Anthea n'en entendait aucun. Elle a gardé ce nom parce que ensuite, quand Tony s'est trouvée hors de danger et qu'elle l'a ramenée à la maison, Tony pleurait rarement; elle se contentait d'ouvrir et de fermer la bouche. Anthea raconte cette histoire comme si c'était drôle.

Ce surnom — entre guillemets — est inscrit au crayon sous les photographies de Tony bébé, dans l'album en cuir blanc d'Anthea, intitulé *Mon bébé* : « Guppy, dix-huit mois » ; « Guppy et moi » ; « Guppy et son papa ». Au bout d'un moment elle a dû cesser de prendre des photos, ou de les coller, parce qu'il ne reste que des pages vides.

Tony éprouve un élan de nostalgie pour ce qui a pu exister autrefois entre elle et sa mère, dans l'album de photos; mais elle est irritée aussi, parce que le nom même est un piège. Elle s'était imaginée qu'un guppy était quelque chose de chaud et de doux, comme un chiot, et s'était sentie blessée, insultée en découvrant qu'il s'agissait d'un poisson.

Aussi, elle ne répond pas à sa mère. Elle reste assise sur le banc du piano, attendant de voir ce qu'Anthea va faire ensuite.

— Il est là ? demande sa mère.

Elle doit connaître la réponse : le père de Tony ne la laisserait jamais seule dans la maison.

— Oui, répond Tony.

Son père se trouve dans son bureau, au fond de la maison. Il était là tout le temps. Il a dû remarquer le silence, quand Tony ne jouait pas de piano. Il se moque qu'elle s'exerce ou pas. Le piano, dit-il, est l'idée brillante de ta mère.

22

La mère de Tony prépare le dîner comme d'habitude. Elle n'enlève pas sa belle robe du club de bridge, mais met son plus beau tablier par-dessus, le blanc avec de la dentelle sur les épaules. Elle a rectifié son maquillage : sa bouche brille comme une pomme en cire. Tony s'assied sur le tabouret de la cuisine pour la regarder, jusqu'à ce qu'Anthea lui dise d'arrêter de faire des yeux ronds : si elle veut se rendre utile, elle peut mettre la table. Et ensuite, aller déterrer son père. Anthea emploie souvent ces mots : *déterrer*, comme si c'était une patate. Quelquefois elle dit *extirper*.

Tony n'a aucun désir particulier de se montrer utile, mais elle est soulagée que sa mère se comporte plus normalement. Elle dispose les assiettes, puis les fourchettes, les couteaux, et les cuillères, gauche droite droite, gauche droite droite, puis elle va dans le bureau de son père, en frappant d'abord, et elle s'installe en tailleur sur le sol. Elle peut toujours rester là, tant qu'elle se tient tranquille.

Son père travaille à son bureau. Il a allumé la lampe à l'abat-jour vert, et son visage a un reflet verdâtre. C'est un homme massif avec une petite écriture nette qui évoque un travail minutieux de fourmi. À côté, Tony écrit comme un géant à trois doigts. Le long nez pointu de son père est penché droit sur les papiers qu'il étudie ; ses cheveux gris-jaune sont peignés en arrière, et l'effet produit par le nez et la chevelure donne l'impression qu'il vole contre le vent, s'élançant de toutes ses forces en direction de la cible de ce document. Il fronce les sourcils, prêt au choc. Tony se rend compte confusément qu'il n'est pas heureux ; mais elle ne s'attend pas à voir des hommes se préoccuper de bonheur. Il ne se plaint jamais ; contrairement à sa mère.

Son crayon jaune tourne entre ses doigts. Il a sur son bureau un pot rempli de ces crayons, taillés finement. Parfois il demande à Tony de le faire pour lui ; elle les tourne l'un après l'autre dans le taille-crayons efficace vissé au rebord de la fenêtre, avec l'impression d'aiguiser ses flèches. Ce qu'il fait avec ces crayons lui échappe, mais elle sait qu'il s'agit d'une chose infiniment importante. Plus qu'elle, par exemple.

Son père s'appelle Griff, mais elle ne pense pas à lui sous ce nom, *Griff*, comme à sa mère *Anthea*. Il ressemble plus aux autres pères, alors qu'Anthea n'est pas comme les autres mères bien qu'elle essaie parfois de l'être. (Pourtant Griff n'est pas son papa. Griff n'est pas un *papa*.)

Griff a fait la guerre. Anthea dit qu'il ne l'a pas *vécue* cependant, de la même manière qu'elle. La maison de ses parents à Londres a été détruite par une bombe pendant le blitzkrieg, et ses parents ont été tués tous les deux. Elle est rentrée — d'où ? elle ne l'a jamais dit — pour ne trouver qu'un cratère, un mur encore debout, et un tas de décombres ; et la chaussure de sa mère, avec un pied à l'intérieur.

Griff a manqué tout cela. Il est seulement arrivé le jour J. (Au milieu du danger, des morts ; il n'a pas connu l'entraînement, l'attente, le temps perdu.) Il se trouvait là pour le débarquement, l'avance des troupes, la partie la plus facile, selon Anthea. La victoire.

Tony aime l'imaginer ainsi — victorieux — comme le vainqueur d'une course. Ces derniers temps il ne s'est pas montré particulièrement victorieux. Anthea évoque cet épisode devant les gens, les amis qui viennent prendre un verre tandis que Tony les observe depuis la porte : Anthea répète l'histoire en regardant Griff bien en face, le menton en l'air, et il rougit.

— Je ne veux pas en parler, dit-il.

— C'est toujours comme ça, s'écrie Anthea avec un faux désespoir, haussant les épaules.

Elle fait le même geste lorsque Tony refuse de jouer du piano pour le club de bridge.

— À la fin il n'y avait que des enfants, dit Griff. Des enfants en uniforme. Nous avons massacré des enfants.

— Tant mieux pour vous, dit Anthea d'un ton léger. Cela a dû vous rendre la tâche plus facile.

— Pas du tout, réplique le père de Tony.

Ils se dévisagent comme s'il n'y avait personne d'autre dans la pièce : tendus, jaugeant l'adversaire.

— Il a « libéré » un revolver, dit Anthea. N'est-ce pas, chéri ? Il l'a gardé dans son bureau. Je me demande si le revolver se sent *libéré*.

Elle rit pour clore la discussion, et se détourne. Un silence s'installe derrière elle.

Anthea et Griff se sont rencontrés pendant la guerre, alors qu'il se trouvait en Angleterre. En garnison, disait Anthea ; Tony les imagine tous les deux dans une gare de chemin de fer, attendant le départ. Ce devait être l'hiver ; ils portaient leur manteau et sa mère avait un chapeau, et l'air qui s'échappait de leurs bouches se transformait en brouillard. S'embrassaient-ils, comme sur les photos ? Ce n'est pas sûr. Peut-être prenaient-ils le train ensemble, peut-être pas. Ils avaient beaucoup de valises. Il y en a toujours beaucoup dans l'histoire des parents de Tony.

— J'étais une mariée de guerre, dit Anthea.

Elle a un sourire de dénigrement, puis elle soupire. Elle prononce *mariée de guerre* comme si elle se moquait — en aparté, piteusement. Qu'entend-elle par là ? Qu'elle a été la proie d'une vieille ruse, que sa confiance a été abusée — qu'elle le sait et le déplore ? Que le père de Tony a profité d'elle, d'une certaine manière ? Que c'était la faute de la guerre ?

La *erreug. Une mariée blessée*, pense Tony. Pas légèrement. Plutôt : *à vif*, comme ses poignets blessés par le tissu gelé de sa combinaison de ski.

— J'étais un mari de guerre, dit son père : disait plutôt, au temps où il faisait encore des plaisanteries. Il disait aussi qu'il avait ramassé Anthea dans un dancing. Cela ne plaisait pas à sa femme.

— Griff, ne sois pas vulgaire, disait-elle.

— Les hommes manquaient, ajoutait-il à l'intention du public. (Il y en avait un, habituellement. Ils avaient rarement ce genre de conversation en privé.) Elle a pris ce qu'elle a trouvé.

Anthea riait alors.

— Les hommes corrects n'étaient pas nombreux, et qui a ramassé l'autre ? D'ailleurs ce n'était pas un dancing, mais un bal.

— Eh bien, tu ne peux pas t'attendre à ce que nous autres barbares connaissions la différence.

Que s'est-il passé ensuite ? Après le bal ? Ce n'est pas clair. Pour une raison obscure, Anthea a décidé d'épouser Griff. Le père de Tony soulignait souvent le fait qu'elle avait pris elle-même la décision : *Eh bien, personne ne t'a forcée*. Sa mère l'avait été cependant, d'une manière ou d'une autre. Forcée, contrainte, emmenée par ce rustre, ce voleur, ce grossier personnage qu'était le père de Tony, dans cette maison trop étroite à un étage, un faux Tudor à colombage garni de brique, dans ce quartier assommant, dans cette ville provinciale à l'esprit borné, dans ce pays trop grand, trop petit, trop froid, trop chaud qu'elle déteste avec une fureur étrange, déconcertée, prisonnière. *Ne parle pas comme cela*, chuchote-t-elle à Tony. Elle fait allusion à son accent. Plat, dit-elle. Mais comment Tony pourrait-elle s'exprimer de la même manière que sa mère ?

Comme la radio, à midi. Les enfants se moqueraient d'elle à l'école.

Tony est donc une étrangère pour sa propre mère; et pour son père aussi, car, bien qu'elle parle comme lui, elle n'est pas — il l'a clairement exprimé — un garçon. Telle une étrangère, elle écoute attentivement, elle interprète. Telle une étrangère, elle guette les gestes brusques, hostiles. Telle une étrangère, elle commet des erreurs.

Tony, assise par terre, regarde son père et s'interroge sur la guerre, qui est un tel mystère pour elle mais qui semble avoir joué dans sa vie un rôle décisif. Elle aimerait le questionner sur les batailles, et demander à voir le fusil; mais elle sait déjà qu'il évitera de répondre, comme s'il devait protéger une partie douloureuse de son être. Un endroit à vif. Il l'empêchera de mettre le doigt dessus.

Quelquefois elle se demande ce qu'il a fait avant la guerre, mais il refuse aussi d'en parler. Il a seulement raconté une histoire. Quand il était petit, il vivait dans une ferme, et son père l'avait emmené dans la forêt, en hiver. Son père avait l'intention de couper du bois de chauffage, mais l'arbre était si gelé que la hache avait rebondi et lui avait entaillé la jambe. Il l'avait jetée et il était parti, abandonnant Griff dans la forêt. L'enfant avait suivi les traces de pas dans la neige, jusqu'à la maison : une empreinte rouge, une blanche, une rouge.

S'il n'y avait pas eu la guerre, Griff n'aurait pas eu d'éducation. C'est ce qu'il dit. Il serait encore à la ferme. Et alors, où serait Tony?

Son père continue de vaquer à ses occupations. Il travaille pour une compagnie d'assurances. Des assurances sur la vie.

— Alors, Tony, dit son père sans lever les yeux. Qu'est-ce que je peux faire pour toi?

— Anthea dit que le dîner est presque prêt, répond-elle.

— Presque prêt? répète-t-il. Ou vraiment prêt?

— Je ne sais pas, dit Tony.

— Alors va voir, conclut son père.

Il y a des saucisses pour le dîner, comme souvent quand Anthea est sortie l'après-midi. Des saucisses et des patates bouillies, et des haricots verts en conserve. Les saucisses sont un peu brûlées, mais le père de Tony ne fait pas de commentaire. Anthea dit que Tony et son père sont de la même espèce. Deux animaux à sang froid.

Elle apporte les plats de la cuisine, et s'assied sur sa chaise, sans enlever son tablier. D'habitude elle ne le garde pas.

— Eh bien, dit-elle gaiement. Comment allons-nous aujourd'hui ?

— Bien, répond le père de Tony.

— Parfait, commente sa mère.

— Tu es toute belle, observe son père. Une occasion spéciale ?

— Ça ne risque pas, hein ? répond sa mère.

Après cela il y a un silence, comblé par les bruits de mastication. Tony a passé une bonne partie de sa vie à écouter ses parents mastiquer. Les bruits que font leurs bouches, le grincement de leurs dents quand ils mordent dans la nourriture, lui paraissent déconcertants. C'est comme de voir quelqu'un en train de se déshabiller par une fenêtre de salle de bains, à son insu. Sa mère mange nerveusement, par petites bouchées ; son père rumine. Ses yeux sont fixés sur Anthea, un point éloigné dans l'espace ; elle plisse les siens, semblant viser une cible.

Rien ne bouge, bien qu'une grande énergie soit déployée. Rien ne bouge encore. Tony a l'impression qu'un épais élastique, relié à chacun d'eux, est tendu dans son propre crâne : une pression suffirait pour le faire craquer.

— Comment était le club de bridge ? demande finalement son père.

— Bien, répond sa mère.

— Tu as gagné ?

— Non. Nous étions en deuxième position.

— Qui a gagné, alors ?

Sa mère réfléchit un moment.
— Rhonda et Bev.
— Rhonda était là ? dit son père.
— Ce n'est pas l'Inquisition espagnole, réplique sa mère. Je viens de dire qu'elle y était.
— C'est drôle, reprend son père. Je suis tombé sur elle, dans le centre.
— Rhonda est partie tôt, dit sa mère.
Elle pose soigneusement sa fourchette sur l'assiette.
— Ce n'est pas ce qu'elle m'a dit, répond son père.
Sa mère repousse sa chaise et se lève. Elle froisse sa serviette en papier et la jette sur les bouts de saucisse de son assiette.
— Je refuse de discuter de ça devant Tony, dit-elle.
— Discuter de quoi ? poursuit son père.
Il continue de mâcher.
— Tony, tu es excusée.
— Reste où tu es, ordonne Anthea. Alors tu me traites de menteuse.
Sa voix est basse, frémissante, elle a l'air sur le point de fondre en larmes.
— Vraiment ? dit le père de Tony.
Il semble stupéfait, et curieux de connaître la réponse.
— Antonia, dit sa mère sur un ton d'avertissement, comme si Tony était sur le point de commettre une faute, ou un acte dangereux. Tu n'aurais pas pu attendre le dessert ? J'essaie chaque jour de lui faire prendre un repas convenable.
— Très bien, c'est de ma faute, dit le père de Tony.
Il y a du riz au lait pour le dessert. Il reste dans le frigo, Tony n'en veut pas. Elle n'a plus faim, dit-elle. Elle monte dans sa chambre, se glisse dans son lit aux draps de finette, et elle essaie de ne pas entendre ni d'imaginer ce qu'ils se disent.
Bulc ed egdirb, se murmure-t-elle dans le noir. Les Barbares galopent dans les plaines. Tnomerf Ynot se trouve en tête, ses longs cheveux emmêlés volent dans le vent, elle brandit un sabre dans chaque

main. *Bulc ed egdirb!* crie-t-elle, les pressant d'avancer. C'est un cri de guerre, et ils se déchaînent. Ils balayent tout devant eux, piétinent les récoltes, brûlent les villages. Ils pillent, mettent à sac, brisent des pianos, tuent des enfants. Le soir ils montent leurs tentes et mangent leur dîner avec les mains, des vaches entières rôties sur le feu. Ils essuient leurs doigts graisseux sur leurs vêtements de cuir. Ils n'ont pas de manières du tout.

Tnomerf Ynot boit dans un crâne, avec des anses en argent à la place des oreilles. Elle lève très haut le crâne pour un toast à la victoire, et au dieu de la guerre des Barbares : *Ettovag!* hurle-t-elle, et les hordes répondent avec des acclamations : *Ettovag! Ettovag!*

Demain matin il y aura des verres brisés.

Tony se réveille brusquement au milieu de la nuit. Elle sort du lit, cherche ses pantoufles en forme de lapins sous la table de nuit, et se dirige vers la porte sur la pointe des pieds. Elle ouvre sans peine.

Tony longe le couloir jusqu'à la chambre de ses parents, mais la porte est fermée et elle n'entend rien. Peut-être sont-ils là, peut-être pas. Sans doute que si. Lorsqu'elle était plus jeune, elle craignait — ou bien était-ce un rêve ? — de rentrer de l'école pour trouver seulement un trou béant dans le sol, et leurs chaussures avec les pieds encore à l'intérieur.

Elle continue jusqu'à l'escalier et descend les marches, se guidant avec une main posée sur la rampe. Elle se lève souvent ainsi en pleine nuit ; elle fait des rondes, contrôlant les dégâts.

Elle se fraie un chemin dans l'obscurité floue du séjour silencieux. Des objets brillent ici et là à la clarté terne des réverbères de la rue : la glace au-dessus de la cheminée, les deux chiens de porcelaine. Ses yeux s'ouvrent tout grands, ses pantoufles ne font aucun bruit sur le tapis.

Elle n'allume qu'une fois dans la cuisine. Il n'y a rien sur le comptoir ni sur le sol, rien de cassé. Elle ouvre la porte du réfrigérateur : le riz au lait est là, intact, donc elle ne peut en manger sans que cela se remarque. Elle se fait plutôt une tartine de pain et de confiture. Anthea dit que le pain canadien est scandaleusement mauvais, rien que de l'air et de la sciure, mais il convient à Tony. Le pain fait partie de tout ce que déteste Anthea — Tony ne comprend pas. Pourquoi le pays est-il trop grand, ou trop petit ? Où se situe le « juste milieu » ? Qu'y a-t-il de mal dans sa manière de parler ? De toute façon. *De toute façon*. Elle essuie soigneusement les miettes, et retourne se coucher.

Lorsqu'elle se lève le lendemain matin elle n'a pas la possibilité de faire du thé — son unique espoir de se faire pardonner par sa mère de n'être pas anglaise — car Anthea est déjà dans la cuisine, en train de préparer le petit déjeuner. Elle porte son tablier de tous les jours, avec des carreaux bleus et blancs ; elle fait frire quelque chose sur la cuisinière. (C'est une activité sporadique, pour elle. Tony s'occupe souvent de son propre petit déjeuner, et aussi de ses sandwiches pour midi, à l'école.)

Tony se glisse sur le siège capitonné du coin repas. Son père est déjà là, et lit le journal. Tony se verse des céréales froides et les mange avec une cuillère qu'elle tient de la main gauche, parce que personne ne regarde. De la main droite elle tient la boîte de céréales près de ses yeux. *Snocolf ed nos. Etiralugér*, se chuchote Tony. Jamais ils ne disent clairement « constipation ». *Noitapitsnoc* : un mot beaucoup plus satisfaisant.

Elle a une collection de palindromes — *Trace l'écart, madame je suis Adam, Etna : lave dévalante* — mais les phrases qu'elle préfère sont différentes à l'envers : déformées, étranges, mélodieuses. Elles appartiennent à un autre monde, où Tony se sent chez elle parce qu'elle peut parler la langue. *Erffo etiutarg ! Setiaf sed seimonocé ! Niap xau xion te à egnaro'l*. Deux Barbares se tiennent sur un pont étroit, hurlant des insultes, défiant leurs ennemis de traverser...

— Tony, pose ça, dit son père d'une voix sans timbre. Tu ne dois pas lire à table.

Il répète cela tous les matins, une fois qu'il a fini son journal.

Anthea approche avec deux assiettes pleines, des œufs au bacon et un toast, qu'elle pose sur la table d'un geste cérémonieux, comme au restaurant. Tony ouvre son œuf et regarde le jaune couler comme de la colle sur son toast. Puis elle fixe la pomme d'Adam de son père qui monte et descend pendant qu'il avale son café. On dirait un morceau de nourriture coincé dans sa gorge. *Madame je suis la pomme d'Adam.*

Anthea a une gaieté brillante comme de l'émail ce matin, elle semble recouverte de vernis à ongles. Elle vide le fond des bols de céréales dans la poubelle, en chantant : « *Pack up your troubles in your old kit bag, and smile, smile, smile...* »

— Tu aurais dû faire du théâtre, dit le père de Tony.

— Oui, c'est vrai... répond sa mère.

Sa voix est légère, insouciante.

Rien n'a été déplacé, rien de visible; cependant, lorsque Tony rentre de l'école cet après-midi-là, sa mère n'est pas à la maison. Elle n'est pas simplement sortie, elle est partie. Elle a laissé un paquet emballé pour Tony, sur son lit, et un mot dans une enveloppe. Dès que Tony voit le paquet et la lettre elle sent son sang se glacer. Elle a peur, mais n'est pas vraiment surprise.

Le mot est écrit à l'encre marron qu'affectionne Anthea, sur son papier crème marqué à ses initiales. De son écriture arrondie aux majuscules fleuries, elle a inscrit :

Ma chérie, tu sais que je voudrais t'emmener avec moi, mais ce n'est pas possible tout de suite. Quand tu seras plus grande tu comprendras pourquoi. Sois une bonne fille, et travaille bien à l'école. Je t'écrirai beaucoup. Ta maman qui t'aime tant.

P.S. À très bientôt !

(Tony a conservé ce mot, et s'en est émerveillée plus tard, devenue adulte. C'était bien entendu une explication tout à fait insuffisante. Et puis, rien n'était vrai. D'abord, Tony n'était pas sa *chérie*. Les seuls êtres *chéris*, pour Anthea, étaient des hommes, et parfois des femmes si elle était énervée contre elles. Elle n'avait aucune envie d'emmener Tony avec elle : si elle l'avait voulu elle l'aurait fait, parce que en général elle agissait à sa guise. Elle n'avait pas écrit des tas de lettres à Tony, elle ne l'aimait pas beaucoup, et elle ne l'avait pas revue de sitôt. Tony avait grandi, mais n'avait toujours pas compris pourquoi.)

Au moment où elle découvre cette lettre, pourtant, Tony veut en croire le moindre mot et, par un effort de volonté, elle y parvient. Elle réussit même à y lire ce qui ne s'y trouve pas. Elle pense que sa mère l'enverra chercher, ou reviendra. Elle ne sait pas exactement.

Elle ouvre le paquet ; c'est celui qu'Anthea portait hier sous la pluie, en revenant du club de bridge, ce qui signifie que tout était prévu à l'avance. Ce n'est pas comme les autres fois où elle s'enfuyait de la maison en claquant la porte, ou s'enfermait dans la salle de bains et ouvrait les robinets, faisant déborder la baignoire dans le couloir et les escaliers ; l'eau traversait le plafond, et Griff devait appeler les pompiers pour forcer la porte. Ce n'est pas une crise, ni un caprice.

À l'intérieur du paquet se trouve une boîte, qui contient une robe. Elle est bleu marine, avec un col marin garni de blanc. Comme elle ne sait pas quoi faire d'autre, Tony l'essaie. Elle est trop grande de deux tailles. On dirait une robe de chambre.

Tony s'assied par terre et relève les genoux, elle plonge le nez dans la jupe, respirant son odeur, une odeur chimique et grossière de drap et d'amidon. L'odeur de la nouveauté, de la futilité, du chagrin silencieux.

Tout est de sa faute, d'une certaine manière. Elle n'a pas préparé assez de tasses de thé, elle n'a pas su déchiffrer les signaux, elle a lâché la ficelle, la corde, la chaîne ou le lien qui retenait sa mère à cette maison, la maintenant en place, et comme un voilier ou un dirigeable en perdition sa mère est partie à la dérive. Elle est quelque part dans la nature, elle vole au gré du vent, elle est perdue.

23

C'est l'histoire que raconte Tony à Zenia ; elles sont assises chez Christie's, leurs têtes rapprochées audessus de la table, buvant un café âpre au cœur de la nuit. Le récit paraît plus sinistre encore dans sa bouche — plus affreux et plus terrible que lorsqu'elle vivait ces événements. Peut-être parce qu'elle y croit à présent. À l'époque cela paraissait provisoire — cette absence de mère. Aujourd'hui elle sait que c'était permanent.

— Alors elle a fichu le camp, et hop ! Où est-elle allée ? demande Zenia avec intérêt.

Tony soupire.

— Elle s'est enfuie avec un homme. Un employé de l'assurance-vie, du bureau de mon père. Il s'appelait Perry. Il était marié à une femme du nom de Rhonda, qui faisait partie du club de bridge de ma mère. Ils sont partis en Californie.

— Un bon choix, commente Zenia en riant.

Tony ne le croit pas, bien au contraire. C'était une faute de goût, et aussi un manque de logique : si Anthea devait s'en aller quelque part, pourquoi n'avait-elle pas choisi l'Angleterre, son *pays*, comme elle le disait toujours ? Pourquoi partir en Californie, où le pain est encore plus léger, l'accent plus plat, la grammaire plus fallacieuse, que dans cette partie du continent ?

Tony ne trouve pas cela drôle du tout, Zenia saisit cette restriction, et change immédiatement de visage.

— Tu n'étais pas furieuse ?

— Non, dit Tony. Je ne crois pas.

Elle cherche en elle-même, elle palpe la surface, fouille les poches. Elle ne découvre aucun signe de fureur.

— Je l'aurais été, s'écrie Zenia. J'aurais été folle de rage.

Tony ne sait pas très bien ce que c'est que d'être fou de rage. Peut-être une sensation trop dangereuse. Ou bien un soulagement.

Pas de rage, à l'époque : seulement une panique glacée, la désolation ; et la peur de ce que son père allait faire, ou dire : allait-il la blâmer ?

Le père de Tony n'était pas encore rentré du travail. Il n'y avait personne d'autre dans la maison, à part Ethel qui nettoyait le carrelage de la cuisine. Anthea lui demandait de rester tard l'après-midi quand elle était dehors, pour qu'il y ait quelqu'un à la maison au moment où Tony rentrait de l'école.

Ethel était une femme à la forte ossature, au visage taillé à coups de serpe, avec des rides qui ressemblaient aux plis de certaines mains, et des cheveux secs à l'allure de perruque. Elle avait six enfants. Quatre seulement étaient encore en vie — la diphtérie avait tué les autres — mais si on lui demandait combien d'enfants elle avait elle répondait six. Anthea le racontait comme une bonne blague, comme si Ethel n'était pas capable de compter correctement. Ethel avait l'habitude de grogner en travaillant, et de se parler à elle-même : elle avait l'air de dire : « Oh non, oh non » et « Pissepissepisse ». Tony avait pour règle de l'éviter.

Tony alla dans la chambre de ses parents et ouvrit la porte du placard de sa mère. Une bouffée d'air parfumé s'en échappa : des petits sachets de satin remplis de lavande étaient attachés à chaque cintre avec des rubans mauves. La plupart des tailleurs et des robes d'Anthea étaient encore là, avec les chaussures assorties, garnies d'embauchoirs, rangées au-dessous. Ces vêtements étaient comme des otages. Anthea ne les laisserait jamais, en tout cas pas éternellement. Elle devrait revenir pour les récupérer.

Ethel montait les escaliers ; Tony l'entendait grogner et marmonner. Elle atteignit la porte de la chambre, tirant l'aspirateur par son tuyau. Elle s'immobilisa et regarda Tony.

— Ta mère s'est enfuie, dit-elle.

Elle parlait normalement quand quelqu'un était là. Tony perçut le mépris dans sa voix. Les chiens s'enfuyaient, les chats, les chevaux. Pas les mères.

Ici la mémoire de Tony se divise, entre ce qu'elle souhaitait voir arriver et ce qui s'est réellement passé. Elle avait envie qu'Ethel la prenne dans ses bras noueux, lui caresse les cheveux en la berçant, et lui dise que tout allait s'arranger. Ethel, qui avait les veines des jambes bleues et gonflées, qui sentait la sueur et la Javel, et qu'elle n'aimait même pas ! Mais elle aurait peut-être été capable de lui apporter une sorte de réconfort.

En réalité il ne s'était rien passé. Ethel avait continué de passer l'aspirateur, Tony était retournée dans sa chambre, elle avait retiré la robe à col marin trop large, puis l'avait pliée et rangée dans sa boîte.

Au bout d'un moment son père était rentré à la maison, il avait parlé avec Ethel dans le vestibule, Ethel était partie et ils avaient dîné tous les deux. Le repas consistait en une boîte de soupe à la tomate ; son père l'avait réchauffée dans une casserole, et Tony avait mis des crackers et du cheddar sur une assiette. Ils se sentaient tous deux embarrassés, comme si les lacunes de ce repas ne pouvaient être comblées parce qu'ils ne pouvaient les identifier. Il s'était produit un événement si important, si inédit, qu'il était encore impossible de le mentionner.

Le père de Tony mangeait en silence. Les petits bruits de déglutition qu'il faisait lui procuraient une sensation d'irritation. Il la regardait sournoisement, d'une manière spéculative ; elle avait vu la même expression chez des démarcheurs, des mendiants des rues, et d'autres enfants sur le point de prononcer des mensonges scandaleux et transparents. Ils formaient un complot à présent, sous-entendait-il :

ils allaient se liguer ensemble, partager des secrets. Des secrets sur Anthea, bien sûr. Qui d'autre ? Elle était partie et pourtant elle était encore là, assise avec eux à la table. Elle était plus que jamais là.

Au bout d'un moment le père de Tony reposa sa cuillère ; elle cliqueta contre l'assiette.

— On s'en sortira, dit-il. N'est-ce pas ?

Tony n'en était pas convaincue, mais elle se sentit contrainte de le rassurer.

— Oui, répondit-elle.

Tomate, se chuchota-t-elle. *Etamot*. L'un des Grands Lacs. Un marteau de guerre en pierre utilisé par une ancienne tribu. Quand on prononçait un mot à l'envers, il se vidait de sa signification et devenait disponible. Prêt à s'imprégner d'un nouveau sens. *Anthea. Aehtna*. C'était presque le même mot dans les deux sens, comme *décédée*.

Et ensuite, et ensuite ? veut savoir Zenia. Mais Tony est désemparée : comment décrire le vide ? Des kilomètres de vide, qu'elle avait remplis avec ce qu'elle trouvait, des connaissances, des dates et des faits, de plus en plus nombreux, se les déversant dans sa tête pour couvrir les échos. Il y avait eu des manques au temps où Anthea vivait avec eux, mais à présent qu'elle était partie, c'était bien pire.

Anthea était sa propre absence. Elle planait, hors de portée, telle une apparition tentatrice, *presque* réelle, présence éthérée à laquelle s'accrochait Tony dans sa nostalgie. Si elle l'avait plus aimée, elle ne l'aurait pas quittée. Ou bien Tony serait ailleurs, avec elle, là où elle se trouvait.

Bien sûr, Anthea écrivait. Elle envoya une carte postale représentant la mer et les palmiers, et dit qu'elle regrettait de ne pas avoir Tony auprès d'elle. Elle lui envoya des paquets remplis de vêtements qui ne lui allaient jamais : des bains de soleil, des shorts, des robes d'été, trop grands ou quelquefois — au bout de quelque temps — trop petits. Elle envoyait des cartes d'anniversaire en retard. Des photographies prises toujours en plein soleil, semblait-il ; des photos d'elle en blanc, où elle avait l'air plus grosse que dans le souvenir de Tony, le visage bronzé et brillant, huilé, avec une petite moustache d'ombre projetée par son nez. Sur certaines, Perry, le coupable fuyard, se tenait à ses côtés, un bras autour de sa taille : un homme flasque avec des genoux plissés et des poches sous les yeux, et un sourire de travers, piteux. Au bout de quelque temps un autre le remplaça sur les photos; puis un autre. Les épaules des robes de la mère de Tony rétrécirent, les jupes s'allongèrent et prirent de l'ampleur, les décolletés se creusèrent; des volants de danseuse espagnole apparurent sur les manches. Il fut question d'inviter Tony pendant les vacances de Pâques, puis celles d'été, mais le projet n'aboutit pas.

(Quant aux autres vêtements d'Anthea, ceux qu'elle avait laissés dans son placard, le père de Tony les fit emballer par Ethel, qui les porta à l'Armée du Salut. Il ne prévint pas sa fille. Elle avait l'habitude de vérifier le contenu de la penderie tous les deux ou trois jours, en rentrant de l'école, et un jour elle la trouva vide. Elle ne dit rien, mais elle avait compris. Anthea ne reviendrait pas.)

Les années passèrent, remplacées par d'autres. À l'école, la myopie de Tony fut diagnostiquée et on lui procura des lunettes, qui ne lui posèrent pas de problème particulier. C'était une sorte de barrière, et elle pouvait à présent voir le tableau. Au dîner elle mangeait des ragoûts préparés à l'avance par Ethel, et laissés sur le comptoir de la cuisine pour être réchauffés. Elle faisait ses sandwiches pour l'école comme d'habitude; et aussi des flans au caramel et des gâteaux tout prêts, pour impressionner son père, mais sans succès.

Son père lui donnait des billets de vingt dollars pour Noël et lui disait d'acheter elle-même ses cadeaux. Elle lui préparait des tasses de thé, qu'il ne buvait pas plus que sa mère autrefois. Il était souvent absent. Une année il eut une petite amie, une secrétaire de sa société, qui portait des bracelets bruyants et sentait la violette et le caoutchouc chaud, se répandait en compliments sur Tony, la trouvait jolie comme un cœur et voulait la conduire dans les magasins ou au cinéma. *Des trucs de fille,* disait-elle. *On n'emmènera pas ce vieux Griff! Je veux qu'on soit copines.* Tony la méprisait.

Après s'être débarrassé de sa petite amie, Griff se mit à boire plus que jamais. Il venait dans la chambre de Tony et la regardait faire ses devoirs; il semblait attendre qu'elle lui dise quelque chose. Mais elle était maintenant plus âgée, endurcie, et elle n'espérait plus grand-chose de lui. Elle avait cessé de se considérer comme responsable de lui; elle jugeait qu'il était simplement un gêneur déplaisant. Il l'intéressait beaucoup moins que les techniques de siège de Jules César, qu'elle étudiait en latin. La souffrance de son père l'épuisait : trop monotone, trop muette, trop impuissante, elle ressemblait trop à la sienne.

Une ou deux fois, alors qu'il avait bu plus que de coutume, il l'avait pourchassée dans la maison, trébuchant et criant, renversant les meubles. En d'autres occasions il devenait affectueux; il voulait lui caresser les cheveux, la serrer dans ses bras comme une enfant, bien qu'il ne se fût jamais comporté de la sorte quand elle était petite. Elle rampait sous la table de la salle à manger pour lui échapper : elle était beaucoup plus petite que lui, mais aussi infiniment plus agile. Le pire était que le lendemain matin il avait tout oublié de ces épisodes.

Tony prit l'habitude de l'éviter quand elle le pouvait. Au cours de la soirée elle surveillait son degré d'ivresse — elle en jugeait en partie à l'odeur, un peu comme du vernis sucré — et préparait ses itinéraires de fuite : dans la salle de bains, par la porte de la cuisine, dans sa chambre. L'essentiel était de ne pas se laisser coincer. Sa chambre avait un verrou, mais elle poussait aussi sa commode contre la porte, retirant tous les tiroirs pour les remettre ensuite à leur place; sinon elle aurait été trop lourde. Ensuite elle s'y adossait, assise par terre, un livre ouvert sur les genoux, essayant de ne pas entendre le bruit de la poignée qui tournait ni la voix brisée, étouffée, qui nasillait de l'autre côté : *Je veux juste te parler ! C'est tout ! Je veux juste...*

Une fois elle tenta une expérience : elle vida tout l'alcool des bouteilles pour qu'il ne reste plus rien à son retour du travail — il avait changé d'emploi, encore et encore — mais il avait jeté tous les verres à vin, et les verres de toutes sortes contre le mur de la cuisine, et le matin elle avait trouvé beaucoup de débris sur le carrelage. Elle avait constaté avec intérêt que ce signe de chaos ne l'effrayait plus. Elle avait toujours pensé qu'Anthea était la briseuse de vaisselle de la famille ; peut-être l'avait-elle été autrefois. Ils durent boire leur jus d'orange dans des tasses à thé toute une semaine, jusqu'au jour où Ethel put racheter des verres neufs.

Quand Tony eut ses premières règles, Ethel s'en chargea. Elle expliqua que les taches de sang partaient plus facilement si on les faisait d'abord tremper dans l'eau froide. C'était une autorité en matière de taches. « Ce sont les règles, rien de plus », dit-elle, et cela plut à Tony. C'étaient des règles, mais *rien que* des règles. La douleur et l'inquiétude avaient en réalité une importance minime. On pouvait les ignorer.

La mère de Tony mourut noyée. Elle plongea d'un yacht une nuit, à proximité de la côte de Baja California, et ne remonta pas à la surface. Elle avait dû perdre le sens de l'orientation sous l'eau, revenir au mauvais endroit, se cogner contre la coque et s'assommer. Ou bien était-ce la version de Roger, l'homme avec lequel elle vivait à l'époque. Roger était tout à fait désolé, comme lorsqu'on a égaré les clés de voiture de quelqu'un ou cassé son plus beau plat en porcelaine. Il avait l'air de vouloir acheter quelque chose pour la remplacer, et de ne pas savoir comment s'y prendre. Il paraissait aussi avoir bu.

Tony décrocha elle-même le téléphone, parce que ni son père ni Ethel n'étaient là. Roger ne semblait pas savoir qui elle était.

— Je suis sa fille, dit-elle.

— Qui ? demanda-t-il. Elle n'avait pas de fille.
— Que portait-elle ? dit Tony.
— Quoi ?
— Elle avait un maillot de bain, ou une robe ?
— Qu'est-ce que c'est que cette question stupide ? cria Roger.

Il hurlait à présent, depuis la Californie.

Tony ne comprenait pas pourquoi il était en colère. Elle voulait juste reconstituer la scène. Anthea avait-elle plongé en maillot pour un bain de minuit, ou bien avait-elle sauté, vêtue d'une jupe longue et encombrante, dans un accès de colère ? L'équivalent d'une porte claquée ? La seconde version paraissait plus probable. Ou peut-être Roger l'avait-il poussée. Cette possibilité n'était pas à exclure. Tony ne se souciait pas de vengeance, ni même de justice. Simplement de précision.

Malgré ses divagations et sa confusion, Roger organisa l'incinération et expédia les cendres dans un cylindre métallique. Tony pensa qu'il fallait un service religieux; mais qui, à part elle, y aurait assisté ?

Peu après son arrivée, le cylindre disparut. Elle le retrouva quelques années plus tard, après la mort de son père, en nettoyant la maison avec Ethel. Il se trouvait dans la cave, avec quelques vieilles raquettes de tennis. Cela le situait bien dans l'atmosphère du moment : sur la plupart de ses photographies, sa mère était apparue en tenue de tennis.

Après la mort de sa mère Tony alla en pension, selon son propre souhait. Elle voulait quitter la maison, qu'elle ne considérait pas comme un foyer, et où son père rôdait, buvait et la suivait, se raclant la gorge comme pour entamer une conversation. Elle ne voulait pas entendre ce qu'il avait à dire. Elle savait que ce serait une sorte d'excuse, une manière d'implorer son pardon, de larmoyer. Ou bien une accusation : sans Tony il n'aurait jamais épousé sa mère, et sans lui Tony ne serait jamais née. Tony avait été la catastrophe de sa vie. C'était pour elle qu'il avait sacrifié — quoi, exactement ? Même lui ne semblait pas le savoir. Tout de même, ne lui devait-elle pas quelque chose ?

À force de reconstituer les faits, de vérifier les dates, à partir de commentaires épars, surpris auparavant, Tony en était venue à soupçonner une histoire de ce genre : une grossesse, un mariage précipité en temps de guerre. Sa mère avait été une mariée de guerre, son père un mari de guerre, et elle était un enfant de la guerre. Un accident. Et alors ? Elle ne voulait pas le savoir.

Ce qu'il voulait lui dire fut englouti à jamais. Ethel le trouva allongé sur le plancher de son bureau bien en ordre, avec ses crayons taillés alignés sur la table. Dans sa lettre, il écrivait qu'il avait seulement attendu la remise du diplôme de fin d'études de Tony. Il était même venu assister à la cérémonie dans l'après-midi, s'asseyant dans la salle en compagnie des autres parents, et il avait ensuite offert un bracelet-montre en or à sa fille. Il l'avait embrassée sur la joue. « Tu t'en sortiras », avait-il dit. Après cela il était rentré chez lui pour se tirer une balle dans la tête avec son revolver « libéré ». C'était un Luger, Tony le sait à présent, puisqu'elle en a hérité. Il avait posé des journaux par terre à cause du tapis.

Ethel dit que c'était sa manière d'être : attentionné, un vrai gentleman. Elle pleura à l'enterrement, contrairement à Tony, et se parla à elle-même pendant les prières. Tony crut d'abord qu'elle disait *Pissepisse*, mais en fait c'était *Pleaseplease*. Peut-être était-ce ce qu'elle avait toujours dit. Peut-être ne pleurait-elle pas Griff mais ses deux enfants morts. Ou la vie en général. Tony était prête à envisager toutes les possibilités, elle avait l'esprit ouvert.

L'assurance-vie de Griff ne servit à rien, bien entendu. Elle ne couvrait pas le suicide. Mais Tony eut l'argent de la maison, après avoir remboursé l'emprunt, et les économies de sa mère, qui lui avaient été léguées par testament, et ce qui restait à la banque. Peut-être était-ce ce que son père avait voulu dire en déclarant qu'elle s'en sortirait.

C'est tout, dit Tony à Zenia. Et c'est vrai, autant qu'elle le sache. Elle ne pense pas beaucoup à ses parents. Elle n'a pas de cauchemars où son père apparaît avec la moitié du crâne emportée, et veut encore lui parler ; où sa mère traîne ses jupes trempées d'eau de mer, les cheveux pendant sur son visage comme des algues. Peut-être devrait-elle avoir ce genre de cauchemars, mais ce n'est pas le cas. L'étude de l'histoire l'a rendue insensible à la mort violente ; elle est bien armée.

— Tu as toujours les cendres ? demande Zenia. De ta mère ?

— Elles sont sur l'étagère de mes chandails, répond Tony.

— Tu es une horrible petite créature, dit Zenia en riant.

Tony prend cela pour un compliment : Zenia a dit la même chose lorsqu'elle lui a montré les carnets de bataille avec les chiffres des pertes humaines.

— Qu'est-ce que tu as d'autre ? Le revolver ?

Puis elle devient sérieuse.

— Tu dois te débarrasser de ces cendres tout de suite ! Elles portent malheur, elles ne te causeront que du mal.

C'est un nouvel aspect de Zenia : elle est superstitieuse. Tony ne s'en serait pas doutée, et la haute estime dans laquelle elle la tient baisse d'un cran.

— Ce ne sont que des cendres, dit-elle.

— Tu sais que c'est faux, protesta Zenia. Tu le *sais*. Garde-les, et elle aura toujours une emprise sur toi.

Le lendemain soir, au crépuscule, elles prennent le ferry pour l'Île. C'est le mois de décembre, un vent glacial souffle, mais il n'y a pas encore de glace sur le lac, et le ferry fonctionne encore. Au milieu de la traversée Tony jette la boîte avec les cendres de sa mère de l'arrière du ferry, dans l'eau noire qui clapote. D'elle-même, elle ne l'aurait pas fait ; c'est juste pour faire plaisir à Zenia.

— Repose en paix, dit Zenia.

Elle n'a pas l'air vraiment convaincue. Pis, le

cylindre de métal ne sombre pas. Il flotte et rebondit dans le sillage du ferry. Tony se rend compte qu'elle aurait dû ouvrir la boîte et verser son contenu. Si elle avait un fusil elle tirerait deux balles dedans. Si elle savait tirer.

24

Décembre s'assombrit, les rues s'ornent de guirlandes de Noël, la fanfare de l'Armée du Salut chante des hymnes, agite ses clochettes et son chaudron plein de pièces, la solitude vole avec les flocons de neige, les autres filles de McClung Hall partent rejoindre leurs familles, dans des maisons chaudes et accueillantes, mais Tony reste. Cela lui est déjà arrivé; cette fois c'est mieux, elle n'a pas cette sensation glacée dans le ventre, parce que Zenia est là, avec ses moqueries réconfortantes. « Noël est une saloperie, dit-elle. Merde pour Noël, c'est si bourgeois », et Tony se sent rassérénée et parle à Zenia de la controverse à propos de la date de la naissance du Christ, à l'âge des ténèbres, elle lui raconte que des adultes étaient prêts à s'entre-tuer à cause de cela, du moment précis de *Paix sur la terre, aux hommes de bonne volonté*, et Zenia éclate de rire.

— Ta tête est un vrai fichier, dit-elle. Mangeons, je vais préparer quelque chose.

Et Tony s'assied, satisfaite, à la table de la cuisine de Zenia, la regardant mesurer, mélanger et remuer.

Où est West dans tout cela? Tony a renoncé à lui, car comment pourrait-elle faire concurrence à Zenia? Et même si elle en avait la possibilité, elle n'y songerait même pas. Ce serait déshonorant: Zenia est son amie. Sa meilleure amie. Sa seule amie, si elle y réfléchit. Tony n'a pas l'habitude d'avoir des amies.

Peut-être la situation est-elle différente; peut-être

n'y a-t-il plus de place pour West, entre elles deux. Elles sont trop proches.

Il y a donc à présent Zenia et Tony, et Zenia et West; non plus West et Tony.

Parfois ils sont tous les trois ensemble. Tony accompagne Zenia et West chez eux, dans l'appartement où ils se sont installés après avoir peint l'autre en noir. Ce n'est pas un appartement neuf, mais miteux, bon marché, en mauvais état, dans un immeuble sans ascenseur, au-dessus d'un magasin, côté est de Queen Street. Il y a un long séjour avec une fenêtre dont les vitres vibrent au passage des tramways; une grande cuisine criarde avec du papier orange déchiré sur les murs, une table en bois recouverte d'une peinture bleue craquelée, et quatre chaises dépareillées; et une chambre, où Zenia et West dorment ensemble sur un matelas par terre.

Zenia leur prépare des œufs brouillés, et un café fort, étrange, et West joue du luth pour elles : il en possède un, finalement. Il s'assied sur un coussin par terre, ses longues jambes repliées au niveau des genoux, dressées comme les pattes arrière d'une sauterelle, les doigts agiles, et il chante de vieilles ballades.

L'eau est trop large, je ne peux pas traverser,
Je n'ai pas d'ailes pour voler,
Construis-moi un bateau pour deux,
Et nous ramerons ensemble, mon amour et moi,

chante-t-il.

— Il y a aussi une version irlandaise, ajoute-t-il, avec un batelier.

En réalité il chante pour Zenia, pas du tout pour Tony. Il est profondément amoureux de Zenia; elle le lui a expliqué, et c'est évident. Zenia doit éprouver la même chose pour West, car elle le couvre d'éloges, le porte aux nues, le caresse du regard. C'est un homme si doux, a-t-elle dit à Tony pendant leurs conversations au café; si attentionné, contrairement à la plupart des hommes, qui sont des brutes baveuses. Il l'estime pour ce qu'elle est vraiment. Il lui voue un culte ! Elle a beaucoup de chance d'avoir trouvé un homme si adorable. Bien sûr, il est aussi génial au pieu.

Le pieu ? s'interroge Tony. De quoi s'agit-il ? Elle ne comprend pas tout de suite. Auparavant, elle ne s'est jamais trouvée en présence de deux personnes amoureuses. Elle a l'impression d'être un enfant abandonné, glacé, en haillons, le nez écrasé contre une fenêtre éclairée. Une vitrine de magasin de jouets, une vitrine de boulangerie, avec des gâteaux recherchés et des biscuits décorés. La pauvreté l'empêche d'entrer. Ces choses sont pour les autres gens ; pour elle, il n'y a rien.

Zenia semble être consciente aussi — de la solitude de Tony, de sa mélancolie désespérée — et elle adoucit les choses. Elle se montre pleine d'égards. Elle détourne l'attention, joue la comédie, parle gaiement d'autres sujets. Des recettes, des coupes de cheveux, des rides, et des trucs : elle n'a pas vécu au jour le jour pour rien, elle a toute une réserve d'astuces pratiques. Le secret des œufs brouillés, par exemple, est le cerfeuil frais et la ciboulette — elle a plusieurs pots d'herbes sur le rebord de sa fenêtre — et un peu d'eau, et un feu assez doux ; le secret du café est le moulin en bois avec une poignée, et un tiroir enchanteur.

Zenia est pleine de secrets. Elle rit, et les livre au hasard, les dents éclatantes de blancheur ; elle en tire d'autres de ses manches et les déploie derrière son dos, elle les déroule comme des coupons de tissu rare, les exhibe, les faisant tourbillonner comme des écharpes de gitans, les brandissant comme des étendards, les empilant les uns sur les autres en un désordre chatoyant. Quand elle se trouve dans la pièce, comment regarder autre chose ?

Mais Tony et West le font — l'espace d'un instant — lorsque Zenia a le dos tourné. Ils se dévisagent tristement, un peu honteux. Ils sont *en esclavage*, voilà tout. Ils savent qu'ils ne peuvent plus boire de bière tranquillement l'après-midi. À présent, c'est Zenia qui emprunte les notes d'histoire moderne de Tony. West en profite aussi, bien sûr, mais seulement en seconde main.

Une fois Tony a oublié de signer le registre de McClung Hall et est ensuite restée trop tard chez Zenia. Elle a finalement passé la nuit sur le plancher du séjour, enveloppée dans une couverture, couchée sur le manteau de Zenia, celui de West et le sien. Le matin, très tôt, West est revenu avec elle à McClung Hall et l'a soulevée pour la déposer sur la plateforme inférieure de l'échelle d'incendie, qu'elle n'aurait pas pu atteindre autrement.

C'était audacieux de passer la nuit dehors, mais elle ne veut pas recommencer. D'abord c'était trop humiliant de rentrer avec West en tramway, puis en métro, sans savoir quoi lui dire, puis d'être transportée en l'air et posée comme un paquet. Ensuite, dormir à côté de la chambre où ils étaient couchés ensemble l'avait rendue trop malheureuse.

De toute manière, elle n'avait pas fermé l'œil. Elle ne le pouvait pas, à cause des bruits. Des bruits denses, inconnus, profonds, pleins de cheveux et de respiration, filandreux comme des racines, boueux et brûlants, des bruits d'eau souterrains venus du tréfonds du monde.

— Je pense que ta mère était une romantique, dit Zenia, de but en blanc.

Elle mélange de la pâte pour les *langues de chat** qu'elle prépare; Tony est assise à la table, en train de recopier ses propres notes d'histoire pour Zenia, qui est comme d'habitude à court de temps.

— Je pense qu'elle était en quête de l'homme parfait.

— Je ne le crois pas, répond Tony.

Elle est un peu prise au dépourvu : elle croyait que le dossier de sa mère était refermé.

— Elle m'a l'air d'une femme qui aimait s'amuser, insiste Zenia. D'une femme pleine de vie.

* En français dans le texte. *(N.d.T.)*

Tony ne comprend pas vraiment pourquoi Zenia veut excuser sa mère. Elle-même ne l'a pas fait, se rend-elle compte à présent.

— Elle aimait les fêtes, dit-elle brièvement.

— Je parie qu'elle a essayé de se faire avorter, et que ça n'a pas marché, reprend gaiement Zenia. Avant d'épouser ton père. Je parie qu'elle a rempli la baignoire d'eau bouillante et a bu plein de gin. C'est ce que les femmes faisaient.

Tony elle-même n'a jamais imaginé sa mère sous un jour aussi sombre.

— Oh! non, murmure-t-elle. Elle n'aurait jamais fait une chose pareille!

Pourtant, ce pourrait être vrai. Peut-être est-ce pour cela que Tony est si petite. Aucun de ses parents n'était particulièrement minuscule. Sa croissance a peut-être été arrêtée par le gin. Mais, dans ce cas, ne serait-elle pas aussi idiote?

Zenia remplit les moules peu profonds et les glisse dans le four.

— La guerre était une drôle d'époque, dit-elle. Tout le monde baisait tout le monde, les gens étaient déchaînés! Les hommes croyaient qu'ils allaient mourir, et les femmes aussi. Ensuite les gens ne savaient plus se comporter normalement.

Les guerres sont le territoire de Tony. Elle sait tout cela, elle a lu des livres à ce sujet. Les épidémies ont le même effet : la panique, le bouillonnement, l'avidité, l'hystérie. Mais il semble injuste que ces conditions se soient appliquées à ses parents. Ils auraient dû y échapper. (Son père, le Noël qui avait suivi la fuite de sa mère, debout comme paralysé au milieu du séjour avec une brassée de décorations en verre, devant le sapin dépouillé, ignorant ce qu'il devait faire. Tony était allée chercher l'escabeau, reprenant doucement les boules de Noël. *Voilà. Je peux les suspendre!* Autrement il les aurait jetées contre le mur. Quelquefois il s'immobilisait ainsi, au milieu d'un geste anodin, comme s'il était devenu aveugle ou avait perdu la mémoire. Ou venait brusquement de la retrouver. Il vivait dans deux époques à la fois : il accrochait les décorations de Noël, et tirait des balles sur les enfants des ennemis. Rien d'étonnant alors, pense Tony. Malgré son comportement des dernières années, de plus en plus chaotique, violent, effrayant, alcoolique, elle lui a plus ou moins pardonné. Et si Anthea ne s'était pas enfuie, aurait-il fini sur le plancher, imprégnant de son sang le journal du matin ? Sans doute que non.)

— Elle m'a abandonnée, dit Tony.

— Ma propre mère m'a *vendue*, soupire Zenia.

— Comment ? demande Tony.

— Bon, elle m'a louée, rectifie Zenia. Pour de l'argent. Il fallait bien manger. Nous étions des réfugiées. Elle est arrivée jusqu'en Pologne avant la guerre et elle a vu ce qui se passait ; elle a réussi à sortir, en versant des pots-de-vin, en achetant des faux passeports, ou bien elle s'est fait sauter par une bande de chefs de train, qui sait ? En tout cas, elle est arrivée à Paris ; c'est là que j'ai grandi. Les gens mangeaient des ordures, des chats ! Que pouvait-elle faire ? Elle ne pouvait pas trouver de travail, Dieu sait qu'elle n'avait aucune compétence ! Il fallait bien qu'elle se procure de l'argent.

— Elle t'a louée à qui ? demande Tony.

— À des hommes, répond Zenia. Oh ! pas dans la rue ! Pas n'importe qui ! Des vieux généraux et ainsi de suite. C'était une Russe blanche ; j'imagine que la famille avait eu de l'argent autrefois — en Russie. Elle prétendait être une sorte de comtesse, mais Dieu sait qu'il y avait des comtesses russes à la pelle. Il y en avait toute une flopée à Paris ; elles étaient là depuis la révolution. Elle aimait dire qu'elle était habituée aux bonnes choses, bien que je me demande depuis quand.

Tony ignorait que la mère de Zenia était russe. Elle connaît seulement son histoire des années récentes : son contexte actuel. Sa vie à l'université, sa vie avec West, avec l'homme d'avant, et celui qui l'a précédé. Des brutes tous les deux, qui portaient des vestes en cuir, buvaient, et la battaient.

Elle examine les hautes pommettes de Zenia ;

slaves, sans doute. Et puis il y a son léger accent, son air de supériorité méprisante, son côté superstitieux. Les Russes croient aux icônes et à ces choses-là. Cela semble logique.

— Louée ? répète-t-elle. Mais quel âge avais-tu ?

— Va savoir ! Qui sait ? répond Zenia. Cela a dû commencer quand j'avais cinq, six ans, peut-être moins. Je ne m'en souviens vraiment pas. J'ai l'impression d'avoir toujours eu la main d'un homme dans ma culotte.

Tony ouvre la bouche.

— Cinq ans ? s'exclame-t-elle.

Elle est horrifiée. En même temps, elle admire la sincérité de Zenia. Rien ne semble la gêner. Contrairement à Tony, elle n'est pas prude.

Zenia éclate de rire.

— Oh ! ce n'était pas visible, au début, dit-elle. Tout était très poli ! Ils venaient s'asseoir sur le canapé — Dieu, qu'elle était fière de ce canapé, elle le drapait d'un châle de soie avec des roses brodées —, et elle me disait de m'asseoir près du gentil monsieur, puis au bout d'un moment, elle sortait de la pièce. Ce n'était pas vraiment un rapport sexuel, pour commencer. Juste du pelotage. Les doigts collants. Elle a attendu que je sois grande, comme elle disait, pour faire le grand saut. Onze, douze ans... Je pense qu'elle a gagné un paquet là-dessus, pourtant peu de ces hommes étaient pleins aux as. Pauvres mais dignes, avec des économies de bouts de chandelles, un peu d'argent de côté ou une affaire louche. Ils étaient tous dans le marché noir, ils se débrouillaient, ils vivaient entre quatre murs, tu vois ? Comme des rats. Elle m'a acheté une robe neuve pour l'occasion, au marché noir aussi, je suppose. J'ai fait mes débuts sur le tapis du salon — elle ne leur permettait jamais de se servir du lit. Il s'appelait le commandant Popov, tu imagines, comme dans un roman de Dostoïevski, avec des croûtes marron de tabac à priser dans le nez. Il n'a même pas enlevé son pantalon, tellement il était pressé. Je n'ai pas arrêté de regarder les roses brodées sur ce putain de châle.

J'ai offert ma douleur à Dieu. Ce n'est pas comme si j'avais péché pour m'amuser ! J'étais très religieuse, à l'époque ; orthodoxe, bien sûr. Ils ont encore les meilleures églises, tu ne crois pas ? J'espère qu'elle a tiré un joli paquet du vieux Popov. Certains hommes renonceraient à un tas de déjeuners, pour une vierge.

Zenia raconte cette histoire comme un potin banal, et Tony l'écoute, galvanisée. Elle n'a jamais entendu une histoire pareille. Ou plutôt : elle sait que cela a existé, plus ou moins, mais elle ne l'a lu que dans les livres. Ces aventures européennes si baroques, si compliquées n'arrivent pas à de vraies personnes, ou à des gens qu'elle pourrait rencontrer. Comment le saurait-elle pourtant ? Ces choses se produisent peut-être autour d'elle, mais elle ne les voit pas parce qu'elle ne saurait pas où regarder. Zenia le sait. Zenia est plus âgée que Tony, de quelques années à peine, et surtout de bien d'autres manières. À côté de Zenia, Tony est une enfant, ignorante comme un poussin.

— Tu as dû la détester, dit Tony.

— Oh ! non, répond Zenia avec sérieux. C'est arrivé plus tard. Elle était très gentille avec moi ! Quand j'étais petite elle me préparait des repas spéciaux. Elle n'élevait jamais la voix. Elle était belle à regarder, elle avait de longs cheveux noirs nattés, enroulés autour de sa tête comme une auréole, et des grands yeux tristes. Je dormais avec elle dans son grand lit de plumes blanches. Je l'aimais, je l'adorais, j'aurais fait n'importe quoi pour elle ! Je ne voulais pas qu'elle soit triste. C'est ainsi qu'elle a pu s'en tirer.

— C'est terrible, dit Tony.

— Oh ! répond Zenia, qu'est-ce que ça peut foutre ? De toute manière il n'y avait pas que moi — elle se louait aussi. C'était une bonne affaire, je suppose. Pour des messieurs traversant une mauvaise passe. Seulement des Russes, et jamais au-dessous du grade de commandant. Elle avait ses critères. Elle les aidait à satisfaire leurs prétentions, et ils le lui rendaient. Mais elle n'avait pas beaucoup de succès au lit, peut-être parce qu'elle n'aimait pas vraiment ça. Elle préférait la souffrance. Les hommes défilaient dans la maison. Et puis elle était malade la plupart du temps. Elle toussait, comme à l'opéra ! Il y avait du sang sur son mouchoir. Son haleine sentait de plus en plus mauvais, elle portait beaucoup de parfum quand elle pouvait s'en procurer. Je suppose que c'était la tuberculose, et c'est ce qui l'a tuée. Quelle mort bébête !

— Tu as eu beaucoup de chance de ne pas l'attraper toi-même, dit Tony.

Tout cela paraît si archaïque. Personne n'attrape plus la tuberculose. C'est une maladie disparue, comme la variole.

— Oui, c'est vrai, répond Zenia. Mais j'étais partie depuis longtemps quand elle a finalement claqué. En vieillissant j'ai cessé de l'aimer. Je faisais le plus gros du travail, elle gardait la plus grande partie du fric, et ce n'était pas juste ! Et je ne supportais pas de l'entendre tousser et pleurer toute seule la nuit. Elle était si désespérée ; je pense qu'elle était stupide aussi. Je me suis donc enfuie. C'était méchant de ma part, je suppose ; elle n'avait plus personne à l'époque, plus un seul homme ; seulement moi. Mais c'était elle ou moi. J'ai dû choisir.

— Et ton père ? demande Tony.

Zenia rit :

— Quel père ?

— Eh bien, tu as bien dû en avoir un, insiste Tony.

— J'ai fait mieux, répond Zenia. J'en ai eu trois ! Ma mère avait plusieurs versions — un petit roi grec, un général de cavalerie polonais, un Anglais de bonne famille. Elle avait une photographie de lui, du même homme — mais trois histoires différentes. Le récit changeait, selon son humeur ; mais dans les trois histoires il mourait à la guerre. Elle me montrait où sur la carte : un endroit différent, une mort différente pour chacun. Attaquant les chars allemands à cheval, en parachute derrière les lignes françaises, fusillé dans un palais. Quand elle pouvait se le permettre elle mettait une rose, une seule, devant la photographie, parfois elle allumait une bougie. Dieu sait qui était en réalité l'homme de la photo ! Un jeune homme en veste, avec un sac à dos, un peu flou, qui regardait par-dessus son épaule ; même pas en uniforme. L'avant-guerre. Peut-être avait-elle acheté la photo. Moi, je pense qu'elle a été violée, par une bande de soldats ou quelque chose de ce genre, mais elle n'a pas voulu me le dire. Ç'aurait été trop fort — de découvrir que mon père était un type comme ceux-là. Mais ça cadrait dans le tableau, non ? Une femme sans argent, fuyant d'un endroit à l'autre, sans protection... seule. Les femmes de ce genre étaient une proie rêvée ! Ou bien elle avait un amant nazi, un gangster allemand. Qui sait ? C'était une menteuse, et je ne le saurai donc jamais. De toute manière, elle est morte à présent.

La petite histoire de Tony a rétréci considérablement. À côté de celle de Zenia, ce n'est plus qu'un incident mineur, gris, suburbain ; une anecdote paisible, paroissiale ; une note de bas de page. Tandis que la vie de Zenia étincelle — non, elle brille de tous ses feux, à la lumière rougeoyante quoique incertaine d'événements mondiaux prodigieux. (Les Russes blancs !)

Jusqu'à présent Tony a considéré Zenia comme un être très différent d'elle, mais à présent elle voit qu'elle lui ressemble aussi, car ne sont-elles pas toutes deux orphelines ? Privées de mères, des bébés de la guerre, se frayant un chemin seules dans le monde, avançant péniblement avec sur le bras un panier rempli de leurs maigres et uniques possessions — un cerveau chacune, car à quoi d'autre se fier ? Elle admire énormément Zenia, en particulier parce qu'elle garde son sang-froid. En ce moment, par exemple, alors que d'autres femmes seraient en train de pleurer, Zenia sourit — elle sourit à Tony, avec peut-être une nuance d'ironie, que son amie choisit d'interpréter comme un courage touchant, une manière d'affronter un destin défavorable. Zenia a connu des atrocités, et elle est sortie victorieuse.

Tony l'imagine à cheval, sa cape au vent, son sabre brandi ; ou tel un oiseau d'argent, miraculeux, s'élevant triomphal et indemne des cendres de l'Europe pillée en flammes.

— Être orpheline a tout de même du bon, dit pensivement Zenia. Deux jets de fumée sortent de ses narines parfaites : Cela n'oblige pas à se montrer digne des espérances de ses parents. Elle boit son café jusqu'à la dernière goutte, écrase sa cigarette : Tu peux être qui tu veux.

Tony la regarde, elle fixe ses yeux bleu-noir, et voit son propre reflet : elle-même, telle qu'elle voudrait être. *Tnomerf Ynot*. Tony à l'envers.

25

Dans ces circonstances, que peut refuser Tony ? Pas grand-chose.

Certainement pas de l'argent. Zenia doit manger — Zenia, et West aussi, bien sûr — et comment s'en sortiront-ils si Tony, enrichie par les morts, ne prête pas de temps en temps à son amie quelques billets de vingt, cinquante, ou cent dollars ? Et comment Zenia la rembourserait-elle, les temps étant ce qu'ils sont ? Elle a une sorte de bourse, a-t-elle laissé entendre, mais cela ne couvre pas toutes les dépenses. Dans un passé lointain elle a fait la manche et le trottoir, plus ou moins, pour traverser l'Europe, puis l'océan ; bien sûr — dit-elle à Tony qui écarquille et cligne les yeux — elle préfère de beaucoup dépouiller un gentil bourgeois bien saoul, c'est plus rapide et infiniment plus propre. Plus récemment elle a gagné un peu d'argent en servant à table et en nettoyant les toilettes d'hôtels de seconde catégorie — le sale travail est la rançon de la vertu — mais quand elle le fait elle est trop fatiguée pour étudier.

Elle est trop fatiguée de toute manière. L'amour

épuise, et un nid d'amour a besoin de soins, et qui fait la cuisine, la vaisselle et le ménage dans l'appartement de Zenia ? Certainement pas West, le pauvre ange ; comme tout homme, il est incapable de faire cuire un œuf ou de se préparer une tasse de thé. (Ah ! pense Tony, je pourrais m'en charger ! Elle désire ardemment s'acquitter de tâches domestiques aussi simples, pour les apporter en offrande à West. Mais elle censure immédiatement cette idée. Le seul fait de mettre à chauffer l'eau du thé de West serait trahir Zenia.)

Zenia mentionne aussi que cela coûte cher de défier l'ordre social : la liberté n'est pas gratuite, elle a son prix. Les premières lignes sont les plus exposées aux balles. Zenia et West paient déjà plus qu'ils ne devraient pour ce trou à rats parce que ce salopard d'hypocrite de propriétaire s'est mis à les soupçonner de n'être pas mariés. Toronto est si puritain !

Comment Tony peut-elle donc refuser lorsque Zenia arrive un soir dans sa chambre en larmes — elle n'a pas fait son devoir trimestriel en histoire moderne et n'a pas une minute à elle.

— Si j'échoue dans cette matière c'est fini pour moi, dit-elle. Je devrai quitter l'université, et retourner dans la rue. Merde, tu ne sais pas ce que c'est, Tony — tu ne le *sais* pas ! C'est l'enfer, c'est dégradant, je ne peux pas retomber aussi bas !

Tony est stupéfaite par ses larmes ; elle croyait Zenia insensible, plus encore qu'elle-même. Et à présent un flot de larmes se déverse sur le visage étrangement immobile de Zenia, qui semble toujours maquillé même lorsqu'il ne l'est pas. Sur une autre femme le mascara coulerait ; mais ce n'est pas du mascara, ce sont les vrais cils de Zenia.

Tony finit par écrire deux dissertations, une pour elle et une pour Zenia. Elle se sent nerveuse ; elle sait que c'est très risqué. Elle franchit une ligne qu'elle respecte. Mais Zenia éveille son sentiment de rébellion, il est donc juste qu'elle écrive son devoir à sa place. Ou bien est-ce l'équation qu'elle réalise, sans l'exprimer par des mots. Tony sera la main droite de

Zenia, parce que Zenia est certainement sa main gauche.

Aucune des dissertations ne concerne les batailles. Le professeur d'histoire moderne, M. Welch, un homme chauve qui louche et porte des pièces de cuir aux coudes, s'intéresse plus à l'économie qu'aux effusions de sang, et il a clairement expliqué à Tony — qui a proposé le pillage déchaîné de Constantinople par les Croisés — qu'il considérait que la guerre n'était pas un sujet convenable pour les filles. Les deux devoirs concernent donc l'argent. Celui de Zenia, le marché slave d'esclaves avec l'Empire byzantin — Tony a choisi ce thème à cause des ancêtres russes de Zenia — et celui de Tony, le monopole byzantin de la soie au xe siècle.

Byzance intéresse Tony. Beaucoup de gens y sont morts d'une manière déplaisante, le plus souvent pour des raisons dérisoires ; on pouvait être mis en pièces pour une tenue incorrecte, éventré pour un sourire narquois. Vingt-neuf empereurs byzantins ont été assassinés par leurs rivaux. L'aveuglement était une méthode privilégiée ; le démembrement, articulation par articulation, et l'inanition à petit feu.

Si le professeur avait été moins délicat Tony aurait choisi d'écrire sur l'assassinat de l'empereur byzantin Nicéphore Phocas par sa belle épouse, l'impératrice Theophano. Celle-ci avait commencé comme concubine et gravi les échelons. Quand son mari autocratique devint trop vieux et trop laid pour elle, elle le fit tuer. Mieux, elle participa au meurtre. Le 1er décembre 969, elle le persuada de laisser ouverte la porte de sa chambre, promettant ses faveurs, sans nul doute, et au milieu de la nuit elle entra avec son jeune et bel amant, Jean Tzimiskès — qui l'emprisonna par la suite dans un couvent — et une bande de mercenaires. Ils réveillèrent Nicéphore — il dormait sur une peau de panthère, détail charmant — et Tzimiskès lui fendit alors le crâne d'un coup de sabre. Il riait.

Comment le savons-nous ? se demande Tony. Qui

était présent pour le rapporter ? Theophano riait-elle aussi ? Elle fait des hypothèses sur la manière dont ils l'ont réveillé. Une note sadique ; ou peut-être une forme de vengeance. Au dire de tous, Nicéphore était un tyran : fier, capricieux, cruel. Elle imagine Theophano avant l'assassinat, une cape de soie pourpre sur les épaules, chaussée de sandales en or. Sa chevelure noire tourbillonne autour de sa tête ; son visage pâle brille à la lueur d'une torche. Elle avance la première, d'un pas rapide, parce que l'élément essentiel d'un acte de traîtrise est l'effet de surprise. Derrière elle suivent les hommes armés d'épées.

Theophano sourit, mais Tony ne voit rien de sinistre dans ce sourire. Au lieu de cela il est plein de joie : c'est le sourire d'un enfant sur le point de poser ses mains sur les yeux de quelqu'un qui ne s'y attend pas. *Devine qui c'est ?*

Il y a dans l'histoire un élément de pure méchanceté, pense Tony. Une joie perverse. Le scandale pour le goût du scandale. Qu'est-ce qu'une embuscade, en réalité, sinon une sorte de farce militaire ? On se cache, puis on bondit en hurlant *Surprise !* Mais aucun historien ne mentionne jamais cette dimension de jeu de cache-cache futile. Ils veulent que le passé soit sérieux. Mortellement sérieux. Elle médite l'expression : si la *mort* est sérieuse, la *vie* est-elle frivole ? Ainsi le définiraient les marqueurs syntagmatiques.

Peut-être Theophano avait-elle réveillé Nicéphore parce qu'elle voulait qu'il apprécie son intelligence avant de mourir. Elle voulait lui montrer combien elle était hypocrite, et combien il s'était trompé à son sujet. Elle voulait qu'il saisisse la plaisanterie.

Les deux dissertations sont à la hauteur du travail habituel de Tony ; celle sur le monopole de la soie est même la meilleure. Mais Zenia obtient un A et Tony un simple A-. Il semble que la réputation brillante de Zenia ait affecté même le professeur Welch. Ou peut-être son apparence. Cela dérange-t-il Tony ? Pas particulièrement. Mais elle le remarque.

Elle éprouve aussi des remords. Jusqu'à ce jour elle a toujours accordé la plus stricte attention au décorum universitaire. Elle n'emprunte jamais les notes des autres, bien qu'elle prête les siennes ; ses notes sont impeccables ; et elle sait parfaitement qu'écrire la dissertation d'un autre étudiant est de la fraude. Mais ce n'est pas comme si elle en tirait un avantage personnel. Ses motifs sont honorables : comment pouvait-elle dire non à son amie ? Comment condamner Zenia à une vie d'esclavage sexuel ? Ce n'est pas dans son tempérament. Cependant sa conscience la trouble ; peut-être mérite-t-elle d'avoir obtenu simplement un A-. Si c'est le seul châtiment qu'on lui réserve, elle s'en tire à peu de frais.

Tony composa ses deux dissertations trimestrielles en mars ; la neige fondait, le soleil devenait plus chaud, les perce-neige apparaissaient à travers la boue, les vieux journaux et les feuilles pourries des pelouses, et les gens s'impatientaient dans leur manteau d'hiver. Zenia devenait elle aussi impatiente. Elle ne passait plus ses soirées à boire du café avec Tony dans Christie's Coffee Shop, du côté est de Queen ; elles ne parlaient plus intensément, très tard dans la nuit (selon Tony). Tony n'avait pas beaucoup de temps, parce que les examens finaux approchaient et qu'elle devait s'employer à rester brillante. Mais aussi, Zenia semblait avoir appris tout ce qu'elle avait besoin de savoir sur Tony.

L'inverse était loin d'être vrai : Tony était encore curieuse, fascinée, avide de détails ; mais lorsqu'elle posait des questions, les réponses de Zenia — bien qu'assez aimables — étaient brèves, et ses yeux vagabondaient. Elle avait maintenant envers West la même attitude affable et distraite. Bien sûr, elle le touchait encore chaque fois qu'il entrait dans la pièce, elle lui accordait des petites flatteries, des petits compliments, mais elle n'était plus concentrée sur lui. Elle pensait à autre chose.

Un vendredi du début avril, Zenia pénètre en

pleine nuit dans la chambre de Tony, en passant par la fenêtre. Tony ne la voit pas faire, parce qu'elle dort; soudain ses yeux s'ouvrent et elle se redresse dans son lit, une femme se tient debout dans l'obscurité de la pièce, sa tête se détache contre le rectangle gris-jaune de la fenêtre. Un instant, Tony pense que c'est sa mère. On ne peut se débarrasser aussi facilement d'Anthea, semble-t-il : comprimée dans un cylindre, jetée dans le lac, oubliée, elle est revenue pour exiger une compensation, mais en échange de quoi? Ou peut-être est-elle revenue, beaucoup trop tard, pour chercher Tony et l'emmener enfin au fond de la mer bleue où la jeune fille n'a aucune envie d'aller, et à quoi ressemblerait-elle si Tony allumait la lumière? À elle-même, ou à une aquarelle gondolée?

Tony se glace des pieds à la tête. *Où sont mes vêtements?* va demander Anthea, de sa face sans visage. Elle parle de son corps, celui qui a été brûlé, noyé. Que peut répondre Tony? *Je suis désolée, je suis désolée*.

Tout cela se passe silencieusement. Tony se sent gagnée par une vague de sentiments complexes, la reconnaissance et la terreur, le choc et l'absence de choc : un paquet intact qui surgit chaque fois que se réalisent des souhaits inexprimés. Elle est trop pétrifiée de peur pour crier. Elle suffoque, et met les deux mains sur sa bouche.

— Salut, dit tranquillement Zenia. C'est moi.

Il y a une pause pendant que Tony retrouve ses esprits.

— Comment es-tu entrée? demande-t-elle quand son cœur bat plus normalement.

— Par la fenêtre, répond Zenia. J'ai pris l'échelle d'incendie.

— Mais elle est trop haute, proteste Tony.

Zenia est grande, mais pas assez pour atteindre la plate-forme du bas. West est-il venu pour l'aider à sauter? Tony veut allumer la lampe de chevet, puis elle se ravise. Elle n'est pas censée avoir une visite à une heure pareille, et les petits chefs et les mouches du coche rôdent dans les couloirs pour repérer la fumée de cigarette et les ébats clandestins.

— Je suis montée sur cet arbre et j'ai sauté depuis la branche, explique Zenia. N'importe quel cinglé en serait capable. Tu devrais vraiment fixer un verrou à ta fenêtre.

Elle s'assied en tailleur sur le plancher.

— Que se passe-t-il ? demande Tony.

Il est arrivé quelque chose : même Zenia ne grimperait pas par la fenêtre de quelqu'un en pleine nuit sur un caprice passager.

— Je ne pouvais pas dormir, explique Zenia.

Elles chuchotent presque.

— J'avais besoin de te parler. Je suis si désolée pour ce pauvre professeur Welch.

— Quoi ? demande Tony.

Elle ne comprend pas.

— À cause de la façon dont nous l'avons trompé. Je pense que nous devrions avouer. C'était de la fraude, après tout, dit pensivement Zenia.

Elle parle de la dissertation trimestrielle, qui a pris tant de temps à Tony, et lui a demandé une si belle générosité. Le devoir en soi n'avait rien de malhonnête : simplement, le nom qu'il portait était celui de Zenia.

Maintenant Zenia veut tout raconter, et détruire la vie de Tony. De nombreuses mais obscures possibilités s'ouvrent à Zenia — le journalisme, la haute finance, la politique même ont été mentionnées — mais jamais l'enseignement universitaire ; tandis que pour Tony c'est l'unique avenir. C'est sa vocation ; sans cela elle serait inutile comme une main amputée. Que peut-elle faire d'autre ? En quel autre lieu pourrait-elle échanger contre une vie honnête son sac de camelot bourré de savoir, les bidules, les colifichets et les fragments épars qu'elle accumule comme des peluches ? L'*honnêteté* en est la clé. Dépouillée de son honnêteté intellectuelle, de sa réputation, de son intégrité, elle sera exilée. Et Zenia est en position de la dépouiller.

— Mais je l'ai fait pour t'aider ! dit Tony,

consciente même en prononçant ces mots que ses propres motivations n'impressionneront nullement les autorités. (Elle se dit un instant : je pourrais simplement nier que je suis l'auteur du devoir. Mais Zenia possède l'original, avec l'écriture penchée en arrière de Tony. Naturellement elle a dû le recopier elle-même.)

— Je sais, dit Zenia. Mais tout de même. Oh! peut-être que je penserai différemment demain matin. Je suis seulement déprimée, je m'en veux à moi-même; il y a des moments où je me sens si mal que j'ai envie de me jeter du haut d'un pont, tu sais? J'ai quelquefois l'impression d'être un imposteur. Ma place n'est pas ici, je ne suis pas assez bonne. C'est pareil pour West. Il est si pur; blanc comme neige. Quelquefois j'ai peur de le salir, ou de le briser... Tu sais le pire? J'en ai parfois *envie*. Quand... tu sais. Quand je suis très stressée.

Donc Tony n'est pas la seule menacée, West l'est lui aussi. D'après ce qu'elle a vu de lui et de son dévouement aveugle, Tony est convaincue que Zenia pourrait causer des ravages. Un geste méprisant de sa main suffirait à l'envoyer s'écraser sur le trottoir. Comment Zenia a-t-elle pu acquérir autant de pouvoir sans que Tony s'en aperçoive? En ce qui concerne West, Tony l'a remarqué. Mais elle pensait que Zenia savait utiliser son pouvoir à bon escient. Elle avait confiance en elle. À présent Tony et West sont tous les deux en danger, et c'est elle qui doit les sauver.

— Stressée? répète-t-elle faiblement.

— Oh! à cause de l'argent. Tony, tu ne peux pas le savoir, tu n'as jamais eu ce genre de problème. Nous avons plusieurs mois de retard pour payer ce fichu loyer et ce salaud de propriétaire menace de nous faire expulser; il dit qu'il va téléphoner à l'université et provoquer un esclandre. C'est inutile d'ennuyer West avec ces histoires — c'est un bébé, il me laisse m'occuper de toutes les choses pratiques. Si je lui disais combien nous devons il vendrait son luth, il n'en est pas question; je veux dire : que lui resterait-il ? Il ferait n'importe quoi pour moi, mais ça ne suffirait pas, pauvre agneau ; il aime les gestes de sacrifice. Je ne sais plus quoi faire. C'est un tel *fardeau*, Tony. C'est à ces moments-là que je me sens aussi salement déprimée !

Tony a donné à Zenia l'argent du loyer à plusieurs reprises déjà. Elle sait cependant ce que répondra Zenia si elle le mentionne. *Mais Tony ! Il fallait bien manger ! Tu ne sais pas ce que c'est que d'avoir faim. Tu ne saisis pas ! Tu ne sais pas ce que c'est de n'avoir pas du tout d'argent !*

— Combien ? demande-t-elle d'une voix glacée, méticuleuse.

C'est une jolie scène de chantage. On est en train de lui tendre une embuscade.

— Mille dollars nous tireront d'affaire, dit doucement Zenia.

Mille dollars, c'est une grosse somme, une brique. Cela grèvera sérieusement le pécule de Tony. C'est aussi beaucoup plus que ce qui est nécessaire pour un retard de loyer. Mais Zenia ne mendie pas, elle ne supplie pas. Elle sait que la réponse de Tony était courue d'avance.

Tony sort du lit dans son pyjama orné de souris bleues en costume de clown que sa mère lui avait envoyé de Californie, et qu'elle a conservé depuis l'âge de quatorze ans — sa garde-robe nocturne n'a pas été renouvelée, car qui la verrait, et l'une des choses qui la préoccupent le plus ce soir-là, rétrospectivement, est de savoir que Zenia a pu examiner tout à loisir son absurde tenue — elle s'approche de son bureau, allume brièvement la lampe, et rédige le chèque.

— Tiens, dit-elle, le fourrant dans la main de Zenia.

— Tony, tu es chic, dit Zenia. Je te le rendrai plus tard !

Elles savent toutes les deux que c'est faux.

Zenia ressort par la fenêtre, et Tony va se recoucher. Une brique : un objet dur, carré, l'arme potentielle d'un meurtre. On pourrait briser quelques crânes avec une brique. Zenia reviendra certainement pour réclamer plus d'argent, encore et encore. Tony n'a gagné que du temps.

26

Deux jours plus tard West vient à McClung Hall, à la recherche de Tony, et lui demande si elle a vu Zenia, qui a disparu. Elle a disparu de l'appartement, des environs de l'université, de la ville tout entière, parce que personne — ni les barbus de la troupe de théâtre, ni les femmes minces au visage de danseuse de ballet, à la crinière chevaline, ni la police, que West s'est finalement décidé à appeler — ne sait où elle est. Personne ne l'a vue partir. Simplement, elle n'est plus là.

Disparus avec elle, les mille dollars que Tony lui a donnés, plus le contenu de son compte joint avec West — deux cents dollars, à prendre ou à laisser. La somme aurait dû être plus importante, mais Zenia en avait pris une partie auparavant, prétextant que leur bonne amie Tony, qui était moins riche qu'ils ne l'avaient cru, trop timide pour en parler à West, lui avait demandé un prêt temporaire. Disparu aussi, le luth de West, que Tony retrouve plusieurs semaines plus tard après une enquête diligente et inspirée auprès des boutiques d'occasion, et qu'elle rachète sur-le-champ. Elle l'apporte elle-même à l'appartement et le tend à West comme une sucette, espérant apaiser son malheur. Mais cela ne produit pratiquement aucun effet sur lui, qui est assis tout seul au milieu de la pièce, sur un immense coussin râpé, en train de boire de la bière, les yeux fixés sur le mur.

Zenia a laissé une lettre pour West. Elle a eu cette attention ou — pense Tony, qui a un nouvel aperçu des méandres de son âme — ce réflexe calculateur. *Mon chéri, je ne suis pas digne de toi. Un jour tu me pardonneras. Je t'aimerai jusqu'à ma mort. Ta Zenia qui t'aime.* Tony, qui a reçu un mot similaire, sait ce que valent ces aveux, c'est-à-dire rien du tout. Elle sait qu'on peut se suspendre au cou ces lettres-là comme des médaillons de plomb, des souvenirs pesants qui vous minent pendant des années. Mais elle comprend aussi le besoin qu'a West de croire aux serments de Zenia. Ils lui sont aussi indispensables que l'air qu'il respire, l'eau qu'il boit. Il préfère croire que Zenia a renoncé à lui par une grandeur d'âme déplacée, et ignorer qu'elle l'a mené en bateau. Les femmes peuvent duper les hommes, pense Tony, désabusée par cette récente expérience, même s'ils n'étaient pas dupes au départ.

La désolation de West est palpable. Elle l'enveloppe comme un nuage de moucherons, elle le marque comme le poignet entaillé qu'il tend à Tony (en silence, sans bouger) pour qu'elle le panse. Si elle avait eu le choix, elle aurait évité ce rôle d'infirmière et de consolatrice, si mal rempli auprès de son propre père. Mais elle n'a pas grand-chose d'autre à proposer, aussi prépare-t-elle des tasses de thé à West, l'arrache-t-elle à son coussin, et — ne sachant que faire d'autre — l'emmène se promener, comme un chien ou un invalide. Ensemble, ils errent dans les parcs, traversent la rue dans les clous, se tenant la main comme des enfants perdus dans les bois. Ensemble ils se lamentent en silence.

West est en deuil, mais Tony l'est aussi. Ils ont tous les deux perdu Zenia, bien que Tony l'ait perdue plus complètement. West croit encore en la Zenia disparue : il croit que si elle revenait, et se laissait pardonner, chérir et aimer, tout reprendrait comme avant. Tony est plus avisée. Elle sait que la personne qu'elle a perdue n'a jamais réellement existé. Elle ne remet pas encore en question l'histoire de Zenia, le récit de sa vie; en vérité, elle s'en sert pour expliquer son comportement : que peut-on attendre d'une femme qui a eu une enfance aussi déchirée? C'est la bonne volonté de Zenia qu'elle remet en cause. Zenia l'a mise à nu, retournée comme une poche. Mais

Tony n'a guère le temps de pleurer sur elle-même parce qu'elle est trop occupée à s'inquiéter pour West.

La main de West repose, passive, dans celle de Tony. C'est comme s'il était aveugle : il suit Tony là où elle va, dénué de toute volonté propre, indifférent à l'endroit où on le conduit. Précipice ou havre de paix, tout se ressemble pour lui. Une fois de temps en temps il semble se réveiller; il regarde autour de lui, désorienté : « Comment sommes-nous arrivés là ? » demande-t-il, et le petit cœur attendri de Tony se serre.

Elle voit qu'il boit, et c'est ce qui l'inquiète le plus. Ce n'est que de la bière, certes, mais il l'absorbe en quantité beaucoup plus grande qu'autrefois. Peut-être n'est-il jamais entièrement sobre. L'absence de Zenia est comme un sentier que Tony reconnaît pour l'avoir déjà parcouru. Il conduit vers le bas et s'interrompt brusquement dans un carré de journal taché de sang, et West trébuche comme s'il était somnambule. Elle est impuissante à l'arrêter, à le réveiller aussi. Comment la minuscule Tony si maladroite, si stupide, avec ses énormes lunettes, ses promenades dans le parc et ses tasses de thé, peut-elle se mesurer au souvenir chatoyant de Zenia que West porte dans son cœur, ou même à la place du cœur?

Tony est malade d'inquiétude pour lui. Elle en perd le sommeil. Des cernes foncés apparaissent sous ses yeux, elle a un teint de papier mâché. Elle passe ses examens finaux dans une transe frénétique, et non plus avec son habituelle froideur rationnelle, faisant appel à des réserves de connaissances cachées dont elle ignorait même l'existence.

De son côté, West ne se présente même pas, du moins à l'examen d'histoire moderne. Il est englouti par le tourbillon.

Roz dépasse Tony dans le couloir de McClung et remarque sa mine épouvantable.

— Hé, Tone, appelle-t-elle. (Elle est revenue à ce surnom depuis la défection de Zenia, qu'elle a bien entendu apprise. Le téléphone arabe a bien fonctionné. Sans Zenia, Tony n'est plus considérée avec inquiétude, et on peut la traiter de nouveau comme une petite chose.) Hé, Tone, comment ça va ? Nom d'une pipe, tu as une mine de déterrée.

Elle enveloppe l'épaule pointue d'oiseau de Tony de sa grande main chaude.

— Ça ne peut pas être aussi grave. Que se passe-t-il ?

À qui d'autre Tony peut-elle parler ? Elle ne peut confier à West ses tourments à son sujet, et Zenia est absente. Autrefois elle n'aurait parlé à personne, mais depuis ses soirées à Christie's Coffee Shop elle a acquis le goût des confidences. Elles vont donc dans la chambre encombrée de Roz et s'asseyent sur son lit envahi de coussins, et Tony vide son sac.

Elle ne parle pas à Roz de la dissertation frauduleuse ni des mille dollars. De toute façon ce n'est pas le sujet. Il s'agit de West. Zenia est partie, avec l'âme de West au fond de son sac en bandoulière, et sans elle West va mourir. Il va se tuer, et que fera alors Tony ? Comment se supportera-t-elle ?

Elle n'explique pas la situation en ces termes, cependant. Elle souligne les faits, car ce sont des faits. Elle ne fait pas de mélodrame. Elle est simplement objective.

— Écoute, mon chou, dit Roz quand Tony se tait. Je sais que tu l'aimes bien, enfin, il a l'air d'un type assez gentil, mais est-ce qu'il en vaut la peine ?

— Oui, répond Tony.

Oui, absolument, mais elle n'a aucun espoir. (Il va dépérir et disparaître, comme dans les ballades. Il va languir et s'évanouir. Ensuite il se fera sauter la cervelle.)

— Il me semble qu'il se comporte comme un pauvre type ! Zenia est une pouffiasse, tout le monde le savait. Il y a deux ans elle a couché avec la moitié des confréries... plus de la moitié ! Tu n'as jamais entendu ce poème sur elle : « Des ennuis avec ton *pénia* ? Essaye *Zenia* ! » Il devrait se réveiller, hein ? dit Roz, qui ne connaît pas l'amour, et n'a pas encore rencontré Mitch.

Cependant elle vient de découvrir le sexe et pense que c'est le nouveau remède miracle, et elle a toujours eu de la difficulté à garder un secret. Elle baisse la voix.

— Tu devrais l'emmener au lit, conseille-t-elle en hochant sagement la tête.

Elle aime le rôle de la femme avisée, qui vient en aide aux affligés. Cela aide à ne pas l'être soi-même.

— Moi ? répond Tony.

Les filles de McClung Hall parlent sans fin de leurs petits amis, mais restent assez vagues sur ce qu'elles font vraiment. Si elles couchent avec eux elles n'en disent rien. Zenia est la seule personne que Tony ait connue jusqu'à présent qui s'exprime ouvertement sur le sexe.

— Et qui d'autre ? demande Roz. Tu dois lui donner l'impression d'être désiré. Donne-lui un intérêt dans la vie.

— Oh ! je ne crois pas en être capable, s'exclame Tony.

L'idée de simplement coucher avec quelqu'un est terrifiante. Et si l'homme roulait sur elle par erreur, et l'écrasait ? L'idée d'accorder tant de pouvoir sur elle à une autre personne la fait reculer. Sans parler de sa répugnance à être tripotée et adulée. Zenia était franche à propos du sexe, mais elle ne le rendait pas très attirant.

Pourtant, si elle y réfléchit bien, Tony doit admettre que la seule personne susceptible de trouver grâce à ses yeux serait West. Elle lui tient déjà la main pendant leurs promenades ; c'est agréable. Mais les détails pratiques la découragent. Comment attirer West dans un lit, et quel lit ? Sûrement pas son étroite couche à McClung Hall — c'est hors de question, trop d'yeux vous surveillent, on ne peut même pas manger de biscuits dans sa chambre sans que tout le monde s'en aperçoive — et sûrement pas le lit où il dormait avec Zenia. Ce ne serait pas bien ! Et puis, elle ne sait pas comment se font ces choses-là. L'un des obstacles est la conversation : que dira-t-elle ? Et même si elle réussit à orienter

West vers le bon endroit, que se passera-t-il alors ? Elle est trop petite, et West est trop grand. Il va la déchirer.

Pourtant elle aime West. Cela, du moins, lui apparaît clairement. Et ne s'agit-il pas de lui sauver la vie ? Si bien sûr. La situation exige donc de l'héroïsme et de l'abnégation.

Tony serre les dents et se prépare à séduire West. Elle se révèle aussi inepte dans cette entreprise qu'elle l'avait redouté. Elle tente d'apporter des bougies dans l'appartement de West et de faire un dîner aux chandelles, mais son activité dans la cuisine semble le déprimer, parce que Zenia était si merveilleuse et inventive dans ce domaine ; mieux, Tony brûle le ragoût de thon. Elle l'emmène au cinéma voir des films d'horreur stupides et bon marché qui lui donnent l'occasion de lui étreindre la main dans le noir quand les vampires montrent leurs crocs et que la tête en caoutchouc roule en bas de l'escalier. Mais West choisit de considérer le moindre de ses actes comme une simple manifestation d'amitié. Du moins, c'est son impression. À son désespoir, mais aussi — en partie — à son soulagement, il la voit comme une fidèle copine, rien de plus.

C'est le mois de juin, il fait chaud, le trimestre universitaire est terminé mais Tony s'est inscrite à un cours d'été, pour ne pas avoir à quitter sa chambre de McClung Hall. Un après-midi elle va chez West pour laver la vaisselle qui s'accumule et moisit, l'emmener se promener, et elle le trouve endormi sur son lit. La courbe de ses paupières est pure comme le visage des saints sculptés sur les pierres tombales : il a un bras posé derrière la tête. Il inspire, puis expire : elle est si reconnaissante qu'il soit encore vivant. Ses cheveux — qui n'ont pas été coupés depuis des semaines — sont emmêlés sur son crâne. Il a l'air si triste, si abandonné, si inoffensif, qu'elle s'assied prudemment à côté de lui, se penche avec précaution, pour déposer un baiser sur son front.

West n'ouvre pas les yeux, mais il l'entoure de ses bras.

— Tu es si douce, murmure-t-il dans ses cheveux, tu es si bonne pour moi.

Personne n'a jamais dit avant à Tony qu'elle était douce et bonne. Aucun homme ne l'a jamais prise dans ses bras. Elle commence à s'y habituer, et West se met à l'embrasser. Il lui donne de petits baisers sur le visage. Il a toujours les yeux fermés.

— Ne t'en va pas, chuchote-t-il. Ne bouge pas.

Tony ne peut pas s'en aller, parce qu'elle est paralysée par l'appréhension. Elle est consternée par son manque de courage, et aussi par l'extraordinaire ampleur du corps de West, maintenant qu'elle en est proche. Elle distingue les poils de sa barbe sur son menton ! D'habitude ils sont beaucoup trop éloignés pour qu'elle les voie. C'est comme les fourmis qu'on aperçoit sur un bloc au moment précis où il vous roule dessus ! Elle se sent intensément menacée.

Mais West y va tout doucement. Il lui enlève ses lunettes ; puis il défait les boutons un par un, tâtonnant comme si ses doigts étaient engourdis, il tire la couverture râpeuse sur elle et la caresse comme si elle était un coussin de velours ; bien que la chose soit douloureuse, ainsi qu'on le lit dans les livres, elle évoque moins un festin de bêtes féroces que Tony ne l'avait imaginé en entendant tous les grognements de Zenia ; elle a l'impression de s'enfoncer dans l'eau, West est profond comme un lac et Tony a soif, elle est si desséchée, elle erre dans le désert depuis tant d'années, enfin quelqu'un a vraiment besoin d'elle, et elle découvre finalement ce qu'elle a toujours voulu savoir : elle est plus grande dedans que dehors.

Fière d'elle-même et remplie de la joie de donner, Tony entraîne alors West hors du champ de défaite et le traîne derrière les lignes pour panser ses plaies, et le guérir. Il a été brisé, mais au bout d'un moment il se redresse. Pas complètement, cependant. Tony décèle la cicatrice, qui prend la forme d'une anxiété sous-jacente : il est convaincu d'avoir déçu Zenia. Il pense qu'elle a atterri dans les bas-fonds du monde et doit se débrouiller (mal) toute seule, parce qu'il ne s'est pas montré assez capable, assez intelligent, ni, simplement, à sa hauteur. Il pense qu'elle a besoin de sa protection, mais Tony doit garder son sarcasme pour elle. Une rivale absente est intouchable. Zenia n'est pas ici pour se défendre, et pour cette raison, Tony ne peut l'attaquer. Elle a les mains liées par les règles de la chevalerie, et de la sagesse aussi.

West retourne à l'université à l'automne et rattrape les cours qu'il a manqués. Tony est à présent en troisième cycle. Ils louent un appartement ensemble, partagent des petits déjeuners coquets et de douces nuits aimables, et Tony est plus heureuse qu'elle ne l'a jamais été.

Le temps passe, ils obtiennent tous les deux leurs premiers diplômes après la licence, et trouvent chacun un poste d'assistant. Au bout d'un moment ils se marient à la mairie; il y a ensuite une petite réception, très intellectuelle, bien que Roz soit présente, déjà mariée elle-même. Mitch, son mari, n'a pas pu venir, explique-t-elle, il est en voyage d'affaires. Elle serre Tony très fort dans ses bras et lui donne une housse de téléphone argentée, puis s'en va (tôt), et les collègues historiens et musiciens de Tony et de West demandent en haussant des sourcils ironiques qui était cette femme. Pourtant sa présence a rassuré Tony : bien que le mariage de ses parents ait été un désastre, le mariage en soi doit être possible et même normal si Roz en fait l'expérience.

West et Tony emménagent dans un appartement plus grand, et West achète une épinette, pour accompagner le luth. Il a maintenant un costume, plusieurs cravates, et des lunettes. Tony achète un moulin à café et une cocotte, et un exemplaire de *The Joy of Cooking*, où elle cherche des recettes ésotériques. Elle fait un gâteau aux noisettes et achète un plat à fondue avec de longues fourchettes, et des brochettes pour faire du chich kebab.

Les mois passent. Tony pense à avoir des bébés, mais n'aborde pas le sujet parce que West n'en a jamais parlé. À présent il y a des marches pour la paix dans les rues, et des sit-ins confus à l'université.

West apporte de la marijuana à la maison, ils en fument ensemble, sont effrayés par les bruits de la rue, et ne recommencent pas.

Leur amour est doux et discret. Si c'était une plante, ce serait une fougère, vert clair, duveteuse et délicate ; ou une flûte, s'il fallait le comparer à un instrument de musique. Ou, si c'était un tableau, un nymphéa de Monet, l'une des variantes pastel, avec ses profondeurs liquides, ses reflets, ses différentes nuances de lumière.

— Tu es ma meilleure amie, dit West à Tony, balayant sa frange vers l'arrière. Je te dois beaucoup.

Tony est touchée par sa reconnaissance, et trop jeune pour s'en méfier.

Jamais ils ne mentionnent Zenia, Tony parce qu'elle craint de perturber West, et West pour ne pas perturber Tony. Cependant Zenia ne disparaît pas. Elle rôde parmi eux, plus floue certes, mais encore présente, comme le nuage de fumée bleue dans une pièce une fois que la cigarette est éteinte. Tony le sent.

Un soir, Zenia apparaît à la porte. Elle frappe comme n'importe qui et Tony ouvre, pensant que c'est une petite éclaireuse qui vend des biscuits, ou bien un témoin de Jéhovah. Lorsqu'elle voit Zenia elle ne sait que dire. Elle tient une brochette d'agneau, de tomate et de poivron vert, et se voit une seconde en train de la plonger dans le cœur de Zenia, mais elle ne le fait pas. Elle reste là, la bouche ouverte, et Zenia lui sourit en disant :

— Tony chérie, j'ai eu tant de peine à vous retrouver !

Et elle rit de ses dents blanches. Elle est plus maigre à présent, et plus sophistiquée encore. Elle porte une mini-jupe noire, un châle noir avec des perles de jais et de longues franges soyeuses, des collants en résille, et des bottes lacées au genou, à talons hauts.

— Entre, dit Tony en agitant la brochette.

Du sang d'agneau coule sur le sol.

— Qui est-ce ? demande West dans le séjour, où il joue du Purcell sur l'épinette.

Il aime jouer pendant que Tony prépare le dîner : c'est l'un de leurs petits rituels.

Personne, veut répondre Tony. *Ils se sont trompés d'adresse. Ils sont repartis*. Elle veut se jeter sur Zenia, la repousser, claquer la porte. Mais Zenia a déjà franchi le seuil.

— West ! Mon Dieu ! s'écrie-t-elle, s'élançant les bras tendus dans le séjour. Il y a si longtemps !

West n'en croit pas ses yeux. Derrière ses lunettes à monture invisible, son regard est celui d'un bébé brûlé en état de choc, d'un voyageur interstellaire. Il ne se lève pas, il ne bouge pas. Zenia lui prend le visage des deux mains et l'embrasse sur les joues, puis sur le front. Les franges de son châle le caressent, sa bouche est au niveau de sa poitrine.

— C'est si bon de revoir de vieux amis, dit Zenia en inspirant profondément.

Elle finit par rester pour le dîner, Tony et West ne se permettraient pas de lui en vouloir et, de toute manière, pourquoi lui en voudraient-ils ? Après tout, le départ de Zenia ne les a-t-il pas rapprochés ? Et leur bonheur n'est-il pas touchant ? Zenia leur dit que si. Ils ressemblent à un couple de gosses, partis pour un long pique-nique, qui font des gâteaux de sable sur la plage. Adorables ! Elle est ravie de voir ce spectacle, dit-elle. Puis elle soupire, pour indiquer que la vie ne l'a pas aussi bien traitée. Bien sûr, elle n'avait pas leurs avantages. Elle a vécu en marge, là où il fait noir et cru, et où règne le manque. Elle a dû se débrouiller.

Où était-elle ? Oh ! dit-elle, indiquant du geste une culture plus élevée, plus profonde, l'Europe, et les États-Unis, où jouent les grandes personnes, et le Moyen-Orient. (D'une ondulation de la main elle évoque les déserts, les dattiers, les connaissances mystiques et un chich kebab bien meilleur que celui qui grillera jamais dans le four canadien minuscule de Tony.) Elle évite de dire ce qu'elle a fait dans ces endroits. Des choses et d'autres. Elle rit, et explique que son attention est de courte durée.

Elle se garde délicatement de mentionner l'argent emprunté et Tony décide que ce serait déplacé de sa part d'aborder le sujet.

— Oh ! voici ton merveilleux luth, dit Zenia, je l'ai toujours aimé, comme si elle avait totalement oublié avoir kidnappé l'instrument.

West semble n'en avoir aucun souvenir non plus. À la requête de Zenia il joue quelques-unes de leurs vieilles chansons ; bien qu'il ait cessé de s'y intéresser, dit-il. Désormais il étudie les croisements de cultures entre les chants polyphoniques.

Pas de mémoire, pas de mémoire. Tony est-elle la seule à se souvenir ? Apparemment pas ; ou plutôt West n'a pas de mémoire, et celle de Zenia est très sélective. Elle fait des petits signes, des allusions, et prend une expression attristée : elle a des regrets, sous-entend-elle, mais elle a sacrifié son propre bonheur pour celui de West. C'est un foyer qu'il lui faut, pas une vagabonde sans cervelle, une déracinée comme Zenia, et Tony est une petite maîtresse de maison si active — quel repas charmant ! West est à sa place : comme une plante devant la bonne fenêtre, il suffit de voir comme il prospère !

— Vous avez tant de chance tous les deux, chuchote-t-elle à Tony, avec un accent désolé dans la voix.

West entend, bien entendu.

— Où habites-tu ? demande poliment Tony, pour ne pas dire, quand pars-tu.

— Oh ! tu sais ! répond Zenia en haussant les épaules. Ici et là. Je vis au jour le jour — un jour faste, un jour néfaste. Comme autrefois, tu te souviens, West ? Tu te rappelles nos festins ?

Elle grignote un chocolat viennois, West en a rapporté une boîte pour surprendre Tony. Il lui apporte souvent de petits cadeaux, des compensations pour cette partie de lui-même qu'il est incapable de lui donner. Zenia lèche le chocolat noir sur chacun de ses doigts, regardant West entre ses cils.

— Délicieux, dit-elle somptueusement.

Tony ne peut pas croire que West ne voie pas clair

dans ce manège, ces flatteries et tours de prestidigitation, mais c'est le cas. Il a un point aveugle : le malheur de Zenia. Ou bien son corps. Les hommes, pense Tony avec une nouvelle amertume, ne semblent pas distinguer les deux choses.

Quelques jours après, West rentre plus tard que d'habitude.

— J'ai emmené Zenia boire une bière, dit-il à Tony. Il a l'air d'un homme qui se comporte d'une manière scrupuleusement honnête bien qu'il soit tenté d'agir à l'inverse. Elle traverse une passe difficile. C'est un être très vulnérable. Je suis très inquiet pour elle.

Vulnérable? Où West a-t-il trouvé ce mot? Tony pense que Zenia est aussi vulnérable qu'un bloc de béton, mais elle ne le dit pas. Au lieu de cela elle prononce une phrase encore pire :

— Je suppose qu'elle a besoin d'argent.

West paraît blessé.

— Pourquoi ne l'aimes-tu pas ? demande-t-il. Vous étiez de si bonnes amies. Elle l'a remarqué, tu sais. Elle en est peinée.

— À cause de ce qu'elle *t'a fait*, s'écrie Tony indignée. Voilà pourquoi je ne l'aime pas !

West est troublé.

— Que m'a-t-elle fait ? demande-t-il.

Il n'en sait vraiment rien.

En un rien de temps — en réalité, une quinzaine de jours — Zenia a récupéré West, comme n'importe quel objet lui appartenant, une valise laissée dans une gare de chemin de fer, par exemple. Elle prend West simplement par le bras et s'en va avec lui. West voit les choses autrement, bien sûr; mais Tony a bel et bien cette impression. De son côté, West se croit chargé d'une mission de sauvetage, et qui est-elle pour lui refuser ce plaisir ?

— Je t'admire beaucoup, lui dit-il. Tu seras toujours ma meilleure amie. Mais Zenia a besoin de moi.

— Elle a besoin de toi pour quoi ? demande-t-elle d'une petite voix distincte.

— Elle est suicidaire, répond West. Tu es forte, Tony. Tu as toujours été si forte.

— Zenia est forte comme un bœuf, dit Tony.

— C'est juste un air qu'elle se donne, explique West. Je l'ai toujours su. C'est une personne profondément marquée.

Profondément marquée, pense Tony. Ce ne peut être que le vocabulaire de Zenia. West a été hypnotisé : c'est Zenia qui parle dans sa tête. Il continue :

— Elle va s'écrouler complètement si je ne fais pas quelque chose.

C'est-à-dire que West va emménager avec Zenia. Selon West, cela rendra à la jeune femme une partie de sa confiance en elle. Tony a envie de hurler de rire, mais comment le pourrait-elle ? West la considère avec sérieux, il lui demande de comprendre, de l'absoudre et de lui donner sa bénédiction, comme s'il contrôlait encore son propre cerveau. Mais ce n'est plus qu'un zombie.

Il tient les mains de Tony, sur la table de la cuisine. Elle les retire, se lève et va dans son bureau, elle referme la porte et se plonge dans la bataille de Waterloo. Après, les soldats vainqueurs ont célébré la victoire, ils ont bu toute la nuit et fait rôtir la chair des chevaux de cavalerie massacrés sur les plastrons de cuirasses des morts, laissant les blessés gémir et crier dans le lointain. La victoire est une drogue, elle vous rend insensible aux souffrances des autres.

27

Comme elle s'est montrée habile, pense Tony. Elle nous a admirablement roulés. Dans la guerre des sexes, qui ne ressemble en rien à la vraie guerre mais est une mêlée confuse où les gens changent d'allégeance en un clin d'œil, Zenia était un agent double. Non, pas même cela, car elle ne travaillait pour aucun côté en particulier. Elle ne défendait que sa propre cause. Peut-être son cinéma — Tony est à présent assez âgée pour en parler ainsi — n'avait-il d'autre motivation que son propre caprice, sa notion byzantine du plaisir. Peut-être mentait-elle et torturait-elle juste pour cela.

Pourtant Tony ne peut s'empêcher d'éprouver une certaine admiration. Malgré sa désapprobation, sa consternation, et son angoisse passée, une partie d'elle-même veut applaudir Zenia, l'encourager même. La transformer en un roman-fleuve. Participer à son audace, à son mépris de presque tout, à sa rapacité et à son défi des lois. C'est comme la fois où sa mère a disparu en bas de la colline sur sa luge. *Non! Non! Oui! Oui!*

Mais la reconnaissance de ce sentiment vint ensuite. Au moment de la fuite de West elle était ravagée. (Du verbe *ravager*; endommager gravement, détruire par une action violente; un terme assez familier dans la littérature de la guerre, pense Tony dans le sous-sol, inspectant le bac à sable et les vestiges de l'armée d'Otton, en grignotant un autre clou de girofle.) Elle refusait de pleurer, elle refusait de hurler. Elle guettait les pas de West qui marchait sur la pointe des pieds dans l'appartement, comme dans un hôpital. Quand elle entendit la porte de l'appartement claquer derrière lui elle se précipita pour la fermer à double tour, et mit la chaîne. Puis elle alla dans la salle de bains et tira le verrou. Elle enleva son alliance (toute simple, en or, sans diamants), avec l'intention de la jeter dans les cabinets, mais la rangea sur une étagère de l'armoire, près du désinfectant. Puis elle s'effondra sur le sol. American Standard, disait l'étiquette de la cuvette. *Dradnats Nacirema*. Une pommade bulgare.

Au bout d'un moment elle sortit de la salle de bains parce que le téléphone sonnait. Elle le regarda, lui et sa housse argentée nuptiale; il continuait de sonner. Elle souleva le récepteur, puis le raccrocha. Elle ne voulait parler à personne. Elle fit le tour de la cuisine mais n'avait aucune envie de manger.

Quelques heures plus tard elle se surprit à ouvrir la boîte de décorations de Noël où elle rangeait aussi le revolver allemand de son père, enveloppé dans du papier de soie rouge. Il y avait même des balles, dans une boîte métallique de pastilles pour la toux. Elle n'avait jamais utilisé une arme de sa vie, mais connaissait la théorie.

Tu as besoin de sommeil, se dit-elle. Elle ne supportait pas l'idée de dormir dans son lit profané, et elle se coucha finalement dans le séjour, sous l'épinette. Elle songea à la détruire avec un objet — le hachoir à viande? — mais elle décida d'attendre le lendemain matin.

Quand elle se réveilla il était midi, et quelqu'un tambourinait à la porte. Sans doute West, revenu parce qu'il avait oublié quelque chose. (Ses dessous avaient disparu du tiroir, ainsi que ses chaussettes soigneusement rangées, lavées par Tony et pliées par paires. Il avait pris une valise.)

Tony approcha de la porte.

— Va-t'en, dit-elle.

— Mon chou, c'est moi, répondit Roz de l'autre côté. Ouvre la porte, chérie, j'ai vraiment besoin d'aller aux toilettes, je sens que je vais inonder tout l'étage.

Tony ne voulait pas laisser entrer Roz parce qu'elle ne voulait voir personne, mais elle ne pouvait pas chasser une amie qui avait envie de faire pipi. Elle retira donc la chaîne, ouvrit les verrous et Roz avança en se dandinant, enceinte de son premier bébé.

— C'est exactement ce qu'il me fallait, dit-elle piteusement, vingt kilos de plus! Hé! je mange comme quatre!

Tony ne rit pas.

Roz la regarda et l'entoura de ses bras rebondis.

— Oh! chérie, soupira-t-elle. Puis, riche d'une

expérience de fraîche date, personnelle et politique : Les hommes sont des porcs !

Tony eut un élan d'indignation. West n'était pas un porc. Il ne ressemblait même pas à cet animal. À une autruche, peut-être. *Ce n'est pas de la faute de West,* voulut-elle dire. *C'est elle. Je l'aimais mais il ne m'a jamais vraiment aimée. Comment le pouvait-il ? Il n'a pas cessé d'être un territoire occupé.* Mais elle était incapable de prononcer le moindre de ces mots, parce qu'elle ne pouvait pas parler. Ni respirer. Ou, plutôt, elle arrivait seulement à inspirer. Elle inspira longuement et émit finalement un son, un gémissement, un cri interminable qui résonna sans fin, comme une sirène lointaine. Puis elle éclata en sanglots. Elle *explosa,* comme un sac en papier rempli d'eau. Elle ne l'aurait pas pu si les larmes n'avaient pas été là depuis le début, exerçant derrière ses yeux une énorme pression qu'elle ne sentait pas. Les larmes roulèrent sur ses joues, une vraie cascade ; elle se lécha les lèvres pour en connaître le goût. Au Moyen Âge les gens croyaient que seuls les êtres sans âme étaient incapables de pleurer. Elle avait donc une âme. Ce n'était pas un réconfort.

— Il reviendra, dit Roz. J'en suis sûre. Pourquoi a-t-elle besoin de lui ? Elle va prendre une bouchée et le jeter dehors.

Elle berçait Tony d'avant en arrière, plus maternelle que ne l'avait jamais été sa propre mère.

Roz emménagea dans l'appartement de Tony, jusqu'à ce que celle-ci soit remise sur pieds. Elle avait une femme de ménage et son mari Mitch était de nouveau absent, elle n'avait donc pas besoin d'être chez elle. Elle téléphona à l'université pour annuler les cours de Tony, prétextant une infection de la gorge. Elle commanda des provisions, et nourrit Tony de soupe de nouilles au poulet en conserve, de flanc au caramel, de beurre de cacahuètes et de sandwiches à la banane, de jus de raisin : de la nourriture pour bébés. Elle lui fit prendre un tas de bains et lui mit de la musique relaxante, elle lui raconta des blagues. Elle voulait l'installer dans son château de Rosedale, mais Tony ne voulait pas quitter l'appartement une seule seconde. Et si West revenait ? Elle ne savait pas ce qui se passerait dans ce cas, mais elle savait qu'elle devait se trouver là. Elle devait avoir le choix entre lui claquer la porte en pleine figure ou le prendre dans ses bras. Pourtant elle ne voulait pas choisir. Elle voulait faire les deux.

— Il a appelé, n'est-ce pas ? demanda Tony au bout de plusieurs jours, quand elle se sentit moins écœurée.

— Ouais, répondit Roz. Tu sais ce qu'il a dit ? Qu'il était inquiet pour toi. C'est plutôt mignon.

Tony ne le pensait pas. Elle se dit que Zenia l'y avait poussé. Pour retourner le couteau dans la plaie.

Roz suggéra à Tony de renoncer à l'appartement pour acheter une maison.

— Les prix sont fantastiques en ce moment ! Tu as déjà l'acompte — il te suffit de vendre quelques obligations. Écoute... considère cela comme un investissement. De toute manière, il faut que tu partes d'ici. Qui a besoin de mauvais souvenirs, hein ?

Elle lui trouva un agent immobilier, la conduisit de maison en maison, gravit péniblement les escaliers, examinant les chaudières, la pourriture sèche et les installations électriques.

— Regarde ça... c'est une affaire, chuchotait-elle à Tony. Demande un prix plus bas... et vois ce qu'ils répondent ! Quelques réparations et ce sera génial ! Tu installes ton bureau dans la tour, il suffit de te débarrasser de ces panneaux en faux bois et de jeter ce lino — il y a de l'érable dessous, j'ai regardé. C'est un trésor caché, crois-moi ! Une fois que tu auras quitté ton ancien appartement, tout ira beaucoup mieux.

Elle se donna beaucoup plus de peine que Tony pour acheter la maison. Elle trouva un entrepreneur correct, et décida de la couleur des murs. Même dans ses meilleurs moments, Tony eût été incapable de prendre elle-même ce genre de dispositions.

Après son emménagement, les choses s'arrangèrent effectivement. La maison lui plaisait, mais non pour les raisons qu'eût approuvées Roz. Roz voulait que cette demeure devienne le centre de la nouvelle vie ouverte qu'elle envisageait pour Tony, mais celle-ci y voyait plutôt un couvent. Un couvent à un habitant. Elle n'appartenait pas au monde des adultes, à cette terre de géants. Elle s'enfermait dans la maison comme une nonne, et ne sortait que pour faire des provisions.

Et pour travailler, bien sûr. Des tonnes de travail. Elle travaillait à l'université et aussi chez elle ; la nuit et le week-end. Ses collègues la regardaient avec pitié, parce que les commérages circulent à la vitesse de la grippe, et ils étaient tous au courant pour West, mais elle s'en moquait. Elle sautait les repas normaux et grignotait du fromage et des crackers. Elle s'inscrivit aux abonnés absents pour ne pas être dérangée pendant qu'elle pensait. Elle décida de ne pas répondre si on sonnait à la porte. Mais personne ne sonna.

En haut de sa tour, Tony travaille tard dans la nuit. Elle veut éviter son lit, le sommeil, et surtout les rêves. Elle a un rêve répétitif ; elle sent que ce rêve la guettait depuis longtemps, attendant qu'elle y pénètre, qu'elle y pénètre encore ; ou bien qu'il guette le moment d'entrer en elle une nouvelle fois.

Ce rêve se passe sous l'eau. Dans sa vie éveillée, elle ne nage pas ; elle n'a jamais aimé s'immerger, se refroidir ni se mouiller. Au mieux, elle supporte une baignoire, mais dans l'ensemble, elle préfère les douches. Dans ce rêve, pourtant, elle nage sans effort, dans une eau verte comme le feuillage, et la lumière du soleil filtre à travers les vagues, faisant miroiter le sable. Aucune bulle ne sort de sa bouche ; elle n'a pas l'impression de respirer. Sous elle filent des poissons colorés, rapides comme des oiseaux.

Elle parvient alors au bord d'un abîme. Elle y tombe comme on descend une colline, elle glisse en diagonale dans les ténèbres qui s'épaississent. Le sable glisse sous elle comme de la neige. Ici les poissons sont plus gros et plus dangereux, plus lumineux — phosphorescents. Ils s'éclairent et s'éteignent, clignotent comme des enseignes au néon, leurs yeux et leurs dents brillent — un bleu de flamme de gaz, un jaune soufre, un rouge de braise. Soudain elle sait qu'elle n'est plus dans la mer, mais à l'intérieur de son propre cerveau, réduite en miniature. Voici ses neurones, qui crépitent dès qu'elle pense à eux, comme sous l'effet d'une décharge électrique. Elle fixe émerveillée le poisson incandescent : elle suit le processus électrochimique de son propre rêve !

Dans ce cas, que voit-elle dans l'obscurité, sur le sable blanc au fond ? Ce n'est pas un ganglion. Quelqu'un qui s'éloigne d'elle. Elle nage plus vite mais en vain, elle est retenue sur place tel un poisson rouge d'aquarium qui se cogne le nez contre la vitre. Sruojuot ruop, entend-elle. Le langage du rêve à l'envers. Elle ouvre la bouche pour crier, mais il n'y a pas d'air et l'eau s'engloutit dans sa bouche. Elle se réveille haletante, la gorge serrée, elle étouffe et son visage ruisselle de larmes.

Maintenant qu'elle a commencé à pleurer il lui semble impossible de s'arrêter. Pendant la journée, à la lumière de la lampe, quand elle peut travailler, elle parvient à contenir ses larmes. Mais le sommeil est fatal. Fatal et inévitable.

Elle enlève ses lunettes et se frotte les yeux. De la rue, son bureau doit ressembler à un phare. Plein de chaleur, de gaieté, de sécurité. Mais les tours ont d'autres usages. Elle pourrait verser de l'huile bouillante par la fenêtre de gauche, et brûler mortellement toute personne se trouvant devant la porte d'entrée.

Comme West ou Zenia, Zenia et West. Elle médite trop à ce sujet, elle imagine leurs corps emmêlés. L'action vaudrait mieux. Elle songe à se rendre à leur appartement (elle sait où ils habitent, ce n'était pas difficile à découvrir, West se trouve dans l'annuaire de l'université) et à affronter Zenia. Mais que lui dirait-elle ? *Rends-le-moi ?* Zenia éclaterait de rire.

— Il est libre, répondrait-elle. C'est un adulte, il est capable de faire ses propres choix.

Ou quelque chose de ce genre. Et si elle venait gémir, pleurer et supplier sur le seuil de Zenia : n'est-ce pas ce que celle-ci attend ?

Elle se souvient d'une conversation qu'elle a eue avec Zenia, à l'époque où elles buvaient du café chez Christie's et où Zenia était sa grande amie.

— Que préfères-tu ? dit Zenia. Être aimée, respectée, ou crainte ?

— Respectée, répondit Tony. Non. Aimée.

— Pas moi, répliqua Zenia. Je choisis d'être crainte.

— Pourquoi ? demanda Tony.

— Ça marche mieux, expliqua Zenia. C'est la seule chose qui marche.

Tony se souvient d'avoir été impressionnée par cette réponse. Mais Zenia n'avait pas volé West en jouant sur la peur. Ce n'était pas une démonstration de force. Au contraire, c'était une preuve de faiblesse. L'arme ultime.

Elle pouvait toujours prendre le revolver.

Pendant presque une année elle n'eut pas un signe de West ; pas de lettre d'avocat, pas de demande de divorce, par exemple ; aucune tentative de récupérer l'épinette et le luth, que Tony retenait en otages dans son nouveau salon. Elle savait pourquoi West se montrait si silencieux. Il avait trop honte de ce qu'il avait fait, ou plutôt de ce qu'on lui avait fait. Il se sentait trop gêné.

Au bout de quelque temps il commença à laisser de timides messages au service d'abonnés absents de Tony, lui proposant de prendre une bière avec lui. Tony ne répondit pas, non parce qu'elle était en colère contre lui — elle ne l'aurait pas été s'il avait été écrasé par un camion, et pour elle la séduction de Zenia était un phénomène analogue — mais parce qu'elle ne parvenait à imaginer quel genre de conversation ils pourraient échanger. Cela se résumerait à *Comment vas-tu ?* et *Bien*. Et lorsqu'il sonna finalement à la porte de sa nouvelle maison, de son couvent, elle le fixa simplement.

— Tu me laisses entrer ? demanda West.

D'un coup d'œil, Tony sut que c'était fini entre lui et Zenia. Cela se voyait à la couleur de peau, gris-vert pâle, à ses épaules voûtées, à sa bouche molle. Il avait été renvoyé, flanqué dehors, éjecté. À coups de pied dans les couilles.

Il avait l'air si pitoyable, si démonté — comme s'il avait subi le supplice du chevalet, comme si chacun de ses os avait été dissocié de tous les autres, formant une sorte de gelée anatomique — qu'elle le laissa entrer, bien sûr. Dans sa maison, dans sa cuisine, où elle lui prépara une boisson chaude, et enfin dans son lit, où il l'étreignit en frissonnant. Ce n'était pas une étreinte sexuelle, mais celle d'un homme qui se noyait. Tony ne risquait pas d'être entraînée au fond. Elle se sentait, au plus, étrangement indifférente ; détachée de lui. Peut-être se noyait-il, mais cette fois elle restait sur la plage. Pis : avec des jumelles.

Elle recommença à préparer de petits dîners, à faire cuire des œufs à la coque. Elle savait prendre soin de lui, le remettre en bon état, et elle le fit une fois encore : mais avec moins d'illusions. Elle l'aimait toujours, mais ne croyait pas qu'il l'aimerait jamais en retour, pas autant. Comment le pouvait-il, après ce qu'il avait vécu ? Un unijambiste faisait-il des claquettes ?

Elle ne pouvait pas non plus se fier à lui. Il émergerait de sa dépression, la remercierait d'être si bonne, lui rapporterait des gâteries pour le dîner, respecterait les habitudes ; mais si Zenia revenait, de là où elle était partie — même lui ne semblait pas savoir où —, toute cette routine affectueuse ne vaudrait plus rien. Il était là provisoirement. Zenia était sa drogue ; une gorgée d'elle et il partait aussitôt. Comme un chien appelé par un sifflet à ultrasons, inaudible à l'oreille humaine. Il s'enfuirait.

Jamais elle ne mentionnait Zenia : reconnaître son existence appellerait sa présence. Mais lorsque Zenia mourut, déchiquetée par une bombe, et fut enfermée dans une boîte et plantée sous un mûrier, Tony n'eut plus besoin de redouter la sonnette. Zenia n'était plus une menace physique. C'était une note de bas de page. Un fragment d'histoire.

Aujourd'hui Zenia est de retour, assoiffée de sang. Pas celui de West ; ce n'est qu'un simple instrument. C'est le sang de Tony que veut boire Zenia, parce qu'elle l'a toujours détestée. Tony a lu cette haine dans ses yeux au Toxique, ce matin. Aucune explication rationnelle ne justifie cette haine, mais cela ne surprend pas Tony. C'est une émotion qui lui est familière depuis longtemps. C'est la rage de sa jumelle jamais née.

Du moins Tony le pense, enlevant les vestiges de l'armée battue d'Otton le Roux avec ses pinces, installant les Sarrasins dans leur territoire fraîchement conquis. Le drapeau de l'Islam flotte sur les plages italiennes jonchées de cadavres, tandis qu'Otton s'enfuit par la mer. Sa défaite poussera les Wendes slaves à faire d'autres incursions en Allemagne, à se livrer au pillage et au saccage ; cela provoquera des soulèvements, des révoltes, un retour aux dieux cannibales. La brutalité, la contre-brutalité, le chaos. Otton perd son emprise.

Comment aurait-il pu gagner cette bataille ? Difficile à dire. En évitant la témérité ? En obligeant l'ennemi à se dévoiler pour évaluer sa puissance ? La force et la ruse sont toutes les deux essentielles, mais inutiles séparément.

Tony elle-même devra recourir à la ruse, car elle manque de force. Pour vaincre Zenia elle doit se mettre à sa place, au moins pour prévoir sa prochaine action. Cela l'aiderait de savoir ce que veut Zenia.

Tony éteint les lumières de la cave et remonte dans la cuisine, où elle remplit un verre au distributeur d'eau de source hérité de Charis. (Pleine de produits chimiques comme le reste; du moins il n'y a pas de chlore. Roz appelle l'eau du robinet à Toronto de l'eau de piscine.) Puis elle ouvre la porte de derrière, se glisse dans la cour envahie d'une flore sauvage de chardons secs, de troncs d'arbres et de buissons non taillés, d'une faune de souris. Les ratons laveurs sont des habitués; les écureuils font des nids désordonnés dans les branches. Une fois il y a eu un putois qui fouillait la terre et arrachait les vestiges de gazon; une autre fois un tamia, miraculeux survivant de la horde de chats du quartier.

Cela rafraîchit Tony de faire un tour dehors la nuit, de temps en temps. Elle aime être éveillée quand les autres dorment. Elle aime occuper un espace obscur. Peut-être verra-t-elle des choses que les gens ne voient pas, et sera-t-elle le témoin d'événements nocturnes, ou aura-t-elle quelque inspiration géniale. C'est ce qu'elle pensait aussi quand elle était enfant — se promenant dans la maison sur la pointe des pieds, écoutant aux portes. Mais à l'époque cela n'avait pas non plus marché.

De cet endroit-là, elle voit sa maison dans une nouvelle perspective : celle d'un commando ennemi tapi dans les buissons. Elle imagine le tableau si elle — ou quelqu'un d'autre — devait la faire sauter. Le bureau, la chambre, la cuisine et le couloir, suspendus dans l'air embrasé. Sa demeure ne la protège pas, en réalité. Les maisons sont si fragiles.

Les lampes de la cuisine s'allument, la porte s'ouvre. C'est West, silhouette dégingandée au visage indistinct éclairé par-derrière.

— Tony? appelle-t-il anxieusement. Tu es là?

Tony savoure son inquiétude un court instant. C'est vrai, elle l'adore, mais il n'existe pas de pure intention. Elle attend un moment, elle écoute, dans son jardin de mauvaises herbes illuminé par la lune, se fondant — peut-être — dans les ombres d'argent mouchetées, projetées par les arbres. Est-elle invisible? Les jambes du pyjama de West sont trop courtes, les bras aussi; cela lui donne un air négligé de monstre de Frankenstein. Pourtant, qui aurait mieux su que Tony prendre soin de lui — au cours des années, le choix des pyjamas mis à part? Si elle l'avait fait à contrecœur elle aurait le droit de se lamenter. Est-ce ainsi que se passent les choses? *Je t'ai donné les plus belles années de ma vie!* Mais quand on donne, on n'espère pas de retour. Et à qui d'autre aurait-elle donné ces années?

— Je suis là, répond-elle.

Il sort et descend les marches du perron. Il a ses pantoufles, constate-t-elle avec soulagement, mais pas de robe de chambre.

— Tu avais disparu, dit-il en se penchant vers elle, scrutant l'obscurité. Je ne pouvais pas dormir.

— Moi non plus, répond-elle. Alors j'ai travaillé, puis je suis sortie pour prendre un peu l'air.

— Je ne crois pas que tu devrais errer dehors la nuit. C'est dangereux.

— Je n'erre pas, dit-elle amusée. C'est notre cour.

— Eh bien, il pourrait y avoir des agresseurs.

Elle lui prend le bras. Sous le tissu fin, sous la chair, à l'intérieur du bras, elle sent se former le corps d'un vieillard. Ses yeux laiteux brillent au clair de lune. Le bleu, a-t-elle lu, n'est pas la couleur fondamentale des yeux humains; probablement, le résultat d'une mutation, aussi sont-ils plus sujets à la cataracte. Elle a une brève vision de West dans dix ans, complètement aveugle, tendrement guidé par sa main. Elle dressera le chien, organisera la bibliothèque de livres sur cassettes, la collection de sons électroniques. Que ferait-il sans elle?

— Rentre, dit-elle. Tu vas attraper froid.

— Ça ne va pas? demande-t-il.

— Tout va bien, ment-elle aimablement. Je vais préparer un lait chaud.

— Bien, dit-il. On y ajoutera du rhum. Regarde cette lune! Il y avait des hommes qui jouaient au golf là-haut.

Il est si ordinaire, chéri, familier; comme l'odeur de la chair de son bras, comme le goût de ses doigts. Elle aimerait lui accrocher une pancarte, comme les plaques métalliques des bouteilles d'alcool ou les étiquettes plastifiées des salons : *Rehcuot ed esneféd*. Elle se hausse sur la pointe des pieds pour l'enlacer, étirant ses bras le plus possible. Elle ne parvient pas à joindre ses mains.

Combien de temps pourra-t-elle le protéger ? Avant que Zenia ne fonce sur eux, avec ses crocs menaçants, ses serres ouvertes et ses cheveux de sorcière, exigeant son dû ?

LES NUITS DE LA FOUINE

28

Charis suit Zenia et l'homme qui n'est pas Billy dans Queen Street, à une certaine distance, heurtant les autres passants qu'elle ne peut parfois éviter. C'est inéluctable parce qu'elle sent que si elle quitte Zenia des yeux une seule seconde, elle va disparaître — non comme une bulle de savon, mais comme un personnage de dessins animés à la télévision, se métamorphosant en une masse de points et de traits, pour apparaître dans un autre décor. Si on en savait assez sur la matière, on pourrait traverser les murs, et peut-être Zenia possède-t-elle ce savoir-là ; bien qu'elle l'ait sans doute acquis d'une sinistre manière. Avec du sang de poulet et des animaux dévorés vivants. L'accumulation d'ongles arrachés aux gens, des aiguilles plantées dans des marionnettes. La souffrance de quelqu'un.

Zenia doit percevoir l'intensité vibrante du regard de Charis sur ses reins, car à un moment donné, elle se retourne pour regarder, et Charis se précipite derrière un réverbère, manquant s'assommer. Lorsqu'elle se remet de la sensation rouge vif dans sa tête *(ce n'est pas une douleur, c'est une couleur)*, et risque un coup d'œil, Zenia et l'homme se sont arrêtés et parlent.

Charis se rapproche un peu plus, suivie d'un sillage de regards hostiles et de murmures, souriant faiblement à ceux qui lui réclament le prix d'un repas, la main tendue, le poignet usé, le visage maussade et gonflé — signe qu'ils mangent trop de sucre raffiné. Charis n'a pas de monnaie, elle a tout laissé comme pourboire au Kafay Nwar ; elle n'a pas beaucoup d'argent, point final, mais un peu plus cependant qu'elle ne l'escomptait avant le déjeuner parce que Roz a divisé l'addition et qu'elle s'arrange toujours pour payer plus, soupçonne Charis. De toute manière, elle croit qu'il n'est pas bon de donner de l'argent aux mendiants, car l'argent, comme les bonbons, fait du mal aux gens. Si elle le pouvait, elle leur offrirait quelques-unes de ses carottes biologiques.

Elle se fraie un chemin jusqu'à une bonne place, derrière le stand d'un vendeur de hot-dogs avec un parasol jaune vif, et elle se cache là, malgré l'odeur répugnante (des entrailles de cochons !) et les immondes boissons gazeuses (des produits chimiques !) alignées à côté de la moutarde et des condiments (du sel pur !). Le marchand lui demande ce qu'elle veut, mais elle l'entend à peine, tant elle est absorbée par Zenia. L'homme qui l'accompagne se retourne vers Charis, et, reconnaissant son visage, elle sursaute aussi violemment que si elle avait posé la main sur une plaque chauffante : c'est Larry, le fils de Roz.

Charis est toujours surprise de voir les enfants de Roz devenus adultes, bien qu'elle les ait elle-même vus grandir. Elle a de la peine à croire qu'ils ont vieilli. Parfois, Augusta est dans l'autre pièce et Charis entre, s'attendant à la trouver assise en tailleur sur le sol, en train de jouer à papa et maman avec sa poupée Barbie — que Charis désapprouvait mais était trop faible pour interdire — et la découvre installée sur une chaise, vêtue d'un tailleur à larges épaules et de chaussures à hauts talons, en train de se vernir les ongles. *Oh ! August !* veut-elle lui dire. *Où as-tu déniché ces drôles d'habits de dame ?* Mais ce sont ses vrais habits. C'est un crève-cœur de voir votre propre fille se promener dans des vêtements qui auraient pu appartenir à votre mère.

Voici donc Larry, en jean et veste de daim fauve, qui penche sa tête aux cheveux caramel vers Zenia, une main posée sur son bras. Petit Larry! Le sérieux petit Larry, qui faisait la moue et fronçait les sourcils pendant que ses sœurs jumelles riaient et se pinçaient le bras et se racontaient que de longs filets de morve leur coulaient du nez. Charis n'a jamais été tout à fait à l'aise avec Larry, à cause de son allure rigide. Elle a toujours pensé qu'un bon masseur thérapeute pouvait faire des miracles. Mais Larry a dû se détendre considérablement s'il déjeune au Toxique.

Que fait-il donc avec Zenia? En ce moment même? Il penche le visage, Zenia tend le sien comme un tentacule, ils s'embrassent! semble-t-il.

— Écoutez, ma petite dame, vous voulez un hot-dog ou non? dit le vendeur.

— Quoi? répond Charis en sursautant.

— Hé, fiche le camp, mémé, dit l'homme. Retourne à l'asile. Tu déranges les clients.

Si Charis était Roz, elle répondrait : *Quels clients?* Mais si elle était à la place de Roz, elle serait en état de choc. *Zenia et Larry! Mais elle a le double de son âge!* pense une part de Charis datant de l'époque où l'âge, dans les relations entre hommes et femmes, était censé compter. La Charis d'aujourd'hui se dit qu'il ne faut pas porter de jugements trop catégoriques. Pourquoi les femmes ne feraient-elles pas ce que les hommes font depuis des siècles, c'est-à-dire les prendre au berceau? L'âge n'est pas la question. Le problème n'est pas l'âge de Zenia, mais Zenia elle-même. Si Larry avalait un flacon de déboucheur liquide, l'effet serait le même.

Tandis que Charis a cette pensée fort peu charitable, Zenia quitte le trottoir et disparaît dans un taxi. Larry la suit — ce n'était donc pas un baiser d'adieu — et la voiture est happée par la circulation. Charis hésite. Que doit-elle faire à présent? Elle est censée appeler Roz — *Roz! Roz! À l'aide! Viens vite!* — mais cela ne servirait à rien, parce qu'elle ignore où vont Larry et Zenia; et même si elle le savait, que se passerait-il? Que ferait Roz? Elle se précipiterait dans leur chambre d'hôtel et dirait : *Fiche la paix à mon fils !* Larry a vingt-deux ans, c'est un adulte. Il est capable de prendre ses propres décisions.

Charis voit un autre taxi et court dans la rue, en agitant les bras. Le taxi s'arrête devant elle en freinant bruyamment et elle se hâte de faire le tour, ouvre la portière et se précipite à l'intérieur.

— Merci, dit-elle, haletante.

— Vous avez de la chance de n'être pas morte, répond le chauffeur, dont elle ne peut identifier l'accent. Alors, qu'est-ce que je peux faire pour vous ?

— Suivez ce taxi, dit Charis.

— Quel taxi ? demande le chauffeur.

Les choses en sont là, et pis encore, Charis met un point d'honneur à lui donner trois dollars, parce que après tout elle est entrée dans son taxi, mais elle a seulement un billet de cinq dollars et un autre de dix, et il n'a pas de monnaie, et elle ne veut pas en demander au marchand de hot-dogs, à cause de ce qu'il vient de lui dire, aussi l'homme finit par s'exclamer : « Le temps, c'est de l'argent, madame, soyez gentille, laissez tomber », et il y a un tourbillon de mauvaises vibrations.

Par chance, il y a une fois de plus des travaux dans Queen Street, et le taxi de Zenia est coincé dans l'embouteillage.

Un peu plus loin dans la rue, Charis réussit à trouver un autre taxi vide, à deux voitures seulement de celui de Zenia, et elle se rue à l'intérieur, et les deux taxis avancent lentement dans le cœur de la ville. Zenia et Larry s'arrêtent à l'hôtel Arnold Garden, et Charis aussi. Elle regarde le portier en uniforme les saluer de la tête, elle voit Larry poser sa main sur le coude de Zenia, franchir avec elle les portes de verre et de cuivre. Charis ne l'a jamais fait. Toute entrée avec un auvent l'intimide.

Elle essaie de décider de la marche à suivre, quand un coursier à vélo se met à l'injurier sans raison. *Bougez votre cul, ma petite dame !* C'est un présage : elle en a assez fait pour aujourd'hui.

Elle descend jusqu'au ferry, comme secouée par le vent. La ville a sur elle l'effet corrosif d'un nuage de poussière, d'une piste de danse en papier de verre. Charis ignore pourquoi, mais elle déteste être appelée *ma petite dame*, plus encore que *mémé*. Pour quelle raison ce mot l'offense-t-il autant? *(Écoutez*, dit la voix de Shanita, avec un mépris amusé. *Si c'est la seule injure qu'on vous adresse!)*

Elle se sent déconcertée, stupide et un peu effrayée. Qu'est-elle censée faire de ce qu'elle a appris? Comment doit-elle agir maintenant? Elle écoute, mais son corps se tait, bien qu'il l'ait entraînée dans cette histoire, avec son désir malicieux de caféine, ses poussées d'adrénaline, sa mégalomanie. Certains jours, et aujourd'hui en particulier, semble-t-il, le corps est un inconvénient. Elle traite le sien avec intérêt et considération, prêtant attention à ses caprices, le frictionnant avec des huiles et des lotions, le nourrissant de substances choisies, mais il ne le lui rend pas toujours. En ce moment même, son dos — par exemple — est douloureux, et une mare noire glacée, menaçante, remplie d'un acide septique brun-vert, est en train de se former au-dessous de son nombril. Le corps est peut-être le refuge de l'âme et la voie de l'esprit, mais il représente aussi la perversité, la résistance obstinée, la contagion pernicieuse du monde matériel. Avoir un corps, vivre dans son corps donne l'impression d'être attaché à un chat malade.

Sur le ferry, elle s'appuie au bastingage, face à la ville, elle regarde l'eau monter et disparaître dans le lac notoirement pollué, donnant un sillage aussitôt effacé. La lumière scintille sur l'eau, non plus blanche, mais ocre; c'est l'après-midi, le soleil s'en va avec le jour rejoindre le lieu où se sont engloutis tous les autres jours, chacun emportant un peu de vie avec soi. Charis ne récupérera aucun de ceux qui lui ont été dérobés, à l'époque de Billy. C'est Zenia qui les a volés. Elle les a pris à Charis, qui, aujourd'hui, ne peut même pas y repenser avec nostalgie. Comme si Zenia s'était glissée en son absence dans sa maison pour déchirer les photos de l'album qu'elle possède seulement dans sa tête. D'un seul geste, Zenia s'est emparée de son avenir et de son passé. N'aurait-elle pu le lui laisser un peu plus longtemps ? Un mois, une semaine, un tout petit peu plus ?

Dans le monde spirituel (où elle est entrée à présent, car le ferry, avec son moteur soporifique et son léger balancement, a souvent cet effet sur elle), le corps astral de Charis tombe à genoux, levant des bras suppliants vers le corps astral de Zenia qui rougeoie, avec autour de la tête une couronne de flammes comme des feuilles piquantes ou des becs de plumes, avec un vide au milieu. *Encore un peu de temps*, implore Charis, *encore un peu de temps. Rends-moi ce que tu m'as pris !*

Mais Zenia se détourne.

29

L'histoire de Charis et de Zenia a commencé un mercredi de la première semaine de novembre, en 1970. *Soixante-dix*. Charis trouve significatives les deux parties du chiffre, le sept comme le zéro. Un zéro signifie toujours le début de quelque chose et aussi sa fin, parce que c'est un oméga : un O circulaire, indépendant, l'entrée ou la sortie d'un tunnel, une fin qui est aussi un commencement, parce que si cette année a vu le début de la fin de Billy, c'est aussi celle où a été conçue August. Et sept est un chiffre fondamental, composé d'un quatre et d'un trois — ou de deux trois et d'un un, ce que préfère Charis, car les trois sont de gracieuses pyramides et des nombres sacrés, et les quatre simplement des carrés, comme des boîtes.

Elle sait que c'était un mercredi, parce que ce jour-là elle allait en ville pour gagner un peu d'argent en donnant deux cours de yoga. Elle le faisait aussi le vendredi, mais restait tard le soir pour accomplir sa part de bénévolat à la coopérative de Furrows

Food. Elle sait que c'était le mois de novembre, car c'est le onzième mois, celui des morts et de la régénération. Signe solaire du Scorpion, gouverné par Mars, couleur rouge foncé. Le sexe, la mort et la guerre. Le synchronisme.

Le jour commence dans la brume. Charis le voit en sortant du lit, ou plutôt en se levant, parce qu'elle dort sur un matelas par terre. Elle va regarder à la fenêtre. Il y a sur la vitre un arc-en-ciel transparent en miniature, mais ce n'est pas elle qui l'a collé là : c'est un vestige du passage des locataires précédents, une bande de hippies détraqués qui ont aussi laissé des dessins au feutre sur la tapisserie fleurie et défraîchie des murs — des gens nus en train de copuler et des chats avec des auréoles —, qui mettaient les Doors et Janis Joplin à fond la caisse au milieu de la nuit, et qui ont laissé des montagnes d'excréments humains dans la cour de derrière. Le propriétaire les a finalement mis à la porte avec l'aide des voisins après une fête à l'acide pendant laquelle l'un d'eux a mis le feu à un fauteuil de sacco en plastique, persuadé que c'était un champignon carnivore. Le propriétaire — un homme qui habite au bout de la rue — a accueilli Charis et Billy à bras ouverts, parce qu'ils étaient seulement deux, ne possédaient pas d'enceinte, et que Charis a annoncé son intention de cultiver un potager, signe d'une vie de couple convenable ; les voisins étaient si reconnaissants de ce changement qu'ils n'ont même pas fait d'histoires à cause des poulets, un élevage illégal, peut-être, mais sur l'Île la stricte légalité n'est pas la norme, il suffit de voir le nombre de dépendances construites sans permis. Par chance, ils ont un terrain en angle, et des voisins d'un seul côté.

Charis a peint par-dessus les gens nus et les chats et a rajouté la merde humaine à son tas de compost, se disant que c'était la chose à faire puisque les Chinois s'en servaient en Chine ; tout le monde sait que ce sont les meilleurs jardiniers biologiques du monde. La merde conduit à la nourriture et redevient de la merde, cela fait partie du même cycle.

Ils ont emménagé dans cette maison à la fin du printemps, et dès le début Charis a su qu'elle y serait bien. Elle aime la maison, et plus encore l'Île. Elle est imprégnée d'une vie de songes, de vibrations, d'humidité ; tout — même l'eau et les pierres — semble être vivant et respire, et Charis aussi. Certains matins, elle sort avant le lever du jour et marche dans les rues qui ne sont pas de vraies rues mais plutôt des pistes cyclables pavées, elle passe devant les anciennes maisons, certaines délabrées, d'autres bien entretenues, avec leur tas de bois, leurs hamacs et leurs jardins irréguliers ; ou alors elle s'étend simplement sur l'herbe, même lorsqu'elle est humide. Billy aime l'Île lui aussi, ou du moins il le dit, mais pas de la même manière.

La brume s'élève du sol et des buissons, elle s'accroche au vieux pommier au fond de la cour. Il y a encore quelques pommes brunâtres gelées, qui pendent aux branches tordues comme des décorations de Noël calcinées. Les pommes tombées que Charis n'a pu utiliser pour la gelée pourrissent et fermentent au bas de l'arbre. Plusieurs poulets les ont picorées ; Charis le voit à leur manière de tituber, ivres au point d'éprouver des difficultés à remonter la rampe du poulailler. Billy adore voir ces poules saoules.

Les larges lattes peintes du plancher sont froides sous ses pieds nus ; elle se frotte les bras couverts de chair de poule, frissonnant un peu. Elle ne voit pas le lac d'ici : la brume le cache. Elle fait un effort pour la trouver belle — toute chose de la nature devrait l'être — mais n'y réussit qu'en partie. Oui, la brume est belle, on dirait de la lumière solide, mais elle est menaçante aussi : elle vous empêche de voir ce qui vient.

Charis laisse Billy endormi sur le matelas, sous leur duvet ouvert, elle enfile ses pantoufles indiennes brodées, et l'un des sweat-shirts de Billy par-dessus sa chemise de nuit en coton de style victorien, achetée d'occasion dans un magasin de Kensington Market. Cela reviendrait moins cher de la fabriquer soi-même, et elle a d'ailleurs acheté un patron et du tissu pour en faire deux, mais comme sa machine à coudre ne fonctionne plus — c'est un modèle à pédale qu'elle a échangé contre quelques cours de yoga —, elle n'en a encore coupé aucune. Le prochain objet qu'elle a l'intention de troquer est un métier à tisser.

Elle quitte la chambre sur la pointe des pieds, longe l'étroit couloir et descend l'escalier. Lorsqu'elle a emménagé ici avec Billy, il y a six mois, plusieurs couches de lino recouvraient le plancher. Elle a arraché le lino et les clous qui le maintenaient, gratté la vieille colle goudronneuse qui s'en échappait, et peint le sol de l'entrée en bleu. Mais elle s'est trouvée à court de peinture au milieu de l'escalier, et n'en a pas encore racheté, aussi les marches du bas portent-elles encore les traces du vieux lino. Cela ne la dérange pas ; on dirait des marques laissées par les gens qui ont habité ici il y a longtemps. Elle n'y a donc pas touché. C'est comme un endroit non cultivé du jardin. Elle sait qu'elle partage l'espace avec d'autres entités, même si elle ne peut ni les voir ni les entendre, et il vaut mieux leur manifester de l'amitié. Ou du respect. Plutôt du respect, car Charis n'a pas l'intention de devenir trop familière. Elle veut aussi que les autres la respectent.

Elle entre dans la cuisine, qui est glaciale. Il y a une sorte de chaudière dans la maison, à côté du chauffe-eau, dans l'appentis humide et froid en terre battue — la cave à racines —, et elle y conserve des carottes et des betteraves enfouies dans une caisse de sable, selon la méthode de sa grand-mère —, mais cette chaudière ne fonctionne pas très bien. Elle souffle surtout de l'air tiède à travers une série de grilles placées dans le plancher, et fait des flocons de poussière ; de toute manière, c'est du gaspillage et de la tricherie d'allumer la chaudière avant que ce ne soit absolument nécessaire. Il faut se servir le plus possible des ressources naturelles, Charis a donc récupéré du bois mort sous les arbres de l'Île, utilisé les bouts de planches abandonnés après la construction du poulailler, et scié l'unique branche morte de son pommier.

Elle s'agenouille devant la cuisinière en fer forgé — l'une des choses qui l'ont poussée à choisir cette maison; alors que cela décourageait d'autres gens qui voulaient une cuisinière électrique, mais le loyer était bas. Elle a eu du mal à comprendre comment l'allumer; la cuisinière a ses humeurs, et parfois elle fait de gros nuages de fumée ou bien elle s'éteint complètement même si elle est remplie de bois. Il faut la cajoler. Charis ramasse les cendres de la veille dans une casserole qu'elle garde à portée de main — elle en répandra une partie sur le tas de compost, et tamisera le reste pour un potier qu'elle connaît, pour en faire du vernis — et elle fourre du papier froissé, du petit bois et deux bûches minces dans le foyer. Une fois que le feu a pris, elle s'accroupit devant la porte ouverte du fourneau et se réconforte en se chauffant les mains. Le bois de pommier vire au bleu.

Elle se lève au bout de quelques minutes, les genoux engourdis, et va brancher la bouilloire sur le comptoir. Bien qu'il n'y ait pas de cuisinière, la maison a une installation électrique de base, des fils de plafonnier dans chaque pièce et quelques prises murales, mais il est impossible de brancher la bouilloire en même temps qu'un autre appareil sans faire sauter les plombs. Elle pourrait attendre que la bouilloire en fer chauffe sur le fourneau, mais cela prend des heures, et elle a besoin de sa tisane tout de suite. Elle se souvient d'une époque où elle avait l'habitude de boire du café, à l'université, il y a une éternité, dans l'une de ses autres vies, quand elle vivait à McClung Hall. Elle se souvient de la sensation de confusion dans sa tête, et de l'envie d'en boire plus. C'était une dépendance, suppose-t-elle. Le corps se laisse si facilement égarer. Du moins, elle n'a jamais fumé.

Assise à la table de la cuisine — pas la table ronde en chêne qu'elle aimerait tant avoir, mais une table des années cinquante, provisoire, artificielle, immorale, avec des pieds chromés et des fioritures noires incrustées dans son dessus en Formica —, Charis boit sa tisane et essaie de se concentrer sur la journée à venir. Mais la brume n'arrange rien : malgré sa montre-bracelet, elle a de la peine à déterminer l'heure quand elle ne voit pas le soleil.

La décision la plus immédiate à prendre est la suivante : qui va prendre son petit déjeuner en premier, elle ou les poulets ? Si c'est elle, les poulets devront attendre et elle se sentira coupable. Dans le cas contraire, elle aura faim un moment, mais elle songera avec plaisir à son propre petit déjeuner tout en les nourrissant. Et puis, les poulets ont confiance en elle. Ils se demandent probablement où elle se trouve à cette minute même. Ils s'inquiètent. Ils sont pleins de reproches. Comment peut-elle les laisser tomber ?

Tous les matins elle affronte ce conflit mineur, intérieurement. Chaque fois les poulets gagnent. Elle termine son thé et remplit un seau dans l'évier, puis elle s'approche de la porte de la cuisine, où est suspendue la combinaison de travail de Billy, à une patère. Elle l'enfile, fourrant sa chemise de nuit dans les jambes — elle pourrait monter s'habiller, mais cela réveillerait Billy, qui a besoin de sommeil à cause de la tension qu'il subit — et se débarrasse de ses pantoufles pour glisser ses pieds nus dans les bottes en caoutchouc de Billy. Ce n'est pas la sensation la plus agréable qui soit : le caoutchouc est froid et humide de transpiration. Quelquefois il y a des chaussettes de laine à mettre à l'intérieur des bottes, mais elles semblent s'être égarées ; de toute manière, elles sont froides, et beaucoup trop grandes pour elle. Elle pourrait en trouver une paire à sa taille, mais ce serait transgresser la version officielle, selon laquelle Billy nourrit les poulets. Elle prend le seau d'eau et sort dans la cour en se dandinant.

La brume est moins menaçante lorsqu'on s'enfonce à l'intérieur. Elle donne à Charis l'illusion d'être capable de franchir une solide barrière. Des herbes dégoulinantes effleurent ses jambes ; l'air sent les feuilles pourries et le bois humide, et les choux mouillés, dont il reste une demi-douzaine dans le jardin. C'est l'odeur automnale de la lente combustion. Charis la hume, ainsi que le parfum d'ammoniaque et de plumes chaudes des poulets. Dedans, ils roucoulent doucement, endormis, tranquilles, on dirait un fredonnement méditatif, rêveur. Soudain ils l'entendent, et se mettent à caqueter tout excités.

Elle ouvre la porte métallique qui conduit à leur enclos. La première idée de Charis avait été de laisser les volatiles en liberté, sans aucune barrière, mais cela avait posé un problème avec les chats et les chiens : et les voisins, qui toléraient pourtant les poulets dans l'ensemble, n'appréciaient guère d'en retrouver dans leur jardin, en train de gratter leurs plates-bandes. Les poulets n'aiment pas la palissade et essaient toujours de sortir, Charis ferme donc toujours bien la porte derrière elle avant d'ouvrir le poulailler.

Billy l'a construit de ses propres mains, travaillant torse nu, en plein soleil, plantant les clous à grands coups de marteau. C'était bon pour lui, cela lui donnait l'impression d'accomplir quelque chose. La baraque penche un peu mais elle remplit sa fonction. Elle a une porte pour les poules, petite et carrée avec une rampe qui descend, et une autre à dimension humaine. Charis ouvre aux poulets qui se précipitent en bas de la rampe, se rengorgent, et gloussent en clignant des yeux à cause du soleil. Puis Charis entre par la plus grande porte, enlève le couvercle de la poubelle en métal où se trouve la nourriture des animaux et puise le contenu d'une boîte à café, qu'elle va éparpiller dehors. Elle préfère donner à manger aux poulets à l'extérieur. D'après le livre, il faut laisser la litière de paille et les excréments s'entasser sur le sol du poulailler parce que la chaleur de la décomposition protégera les volatiles du froid en hiver, mais Charis pense qu'il n'est pas sain d'absorber de la nourriture dans de telles circonstances. Le cycle de la nature est une chose, mais il ne faut pas confondre ses différents stades.

Les poulets gloussent, surexcités, ils se pressent autour de ses jambes, sautillent en voletant, se bousculent en se donnant des coups de bec, en poussant des cris de colère. Lorsqu'ils sont calmés et se mettent à manger, elle va chercher leur récipient à eau et y vide le contenu de son seau.

Charis regarde ses poulets se nourrir. Ils la remplissent d'une joie qui n'a aucune source rationnelle, car elle sait — elle l'a vu, elle s'en souvient — combien ils sont avides, égoïstes et insensibles, cruels entre eux et prêts à se liguer les uns contre les autres : deux au moins ont le crâne dégarni à cause d'une bagarre. Ce ne sont pas non plus de placides végétariens : on peut provoquer une émeute dans le poulailler simplement en jetant quelques bouts de hot-dog ou des bribes de bacon. Quant au coq, avec son œil de prophète dément, son air outragé de fanatique, sa crête et ses caroncules étalées comme des organes génitaux, c'est un autocrate arrogant, et il attaque ses bottes en caoutchouc quand il pense qu'elle ne regarde pas.

Charis s'en moque; elle pardonne tout aux poulets. Elle les adore depuis l'instant où ils sont arrivés, jaillissant des sacs pour aliments dans lesquels ils avaient voyagé, secouant leurs plumes d'anges. Elle pense qu'ils sont miraculeux. Ils le sont.

À l'intérieur du poulailler, elle fouille dans la paille des caisses, espérant trouver des œufs. En juin, les poules pondaient sans arrêt, deux œufs par jour, d'énormes ovales laiteux avec des jaunes doubles et triples, mais maintenant, avec le soleil qui diminue de plus en plus, leur production s'est considérablement réduite. Leurs plumes et leurs caroncules sont plus ternes; plusieurs se déplument. Elle finit par trouver un œuf trop petit, à la coquille caillouteuse. Elle le glisse dans la poche de poitrine de sa combinaison; elle le donnera à Billy pour son petit déjeuner.

De retour dans la cuisine, elle retire ses bottes; elle garde la combinaison, parce qu'elle a froid. Elle glisse une autre bûche dans le fourneau, et se réchauffe les mains. Doit-elle prendre d'abord son petit déjeuner, ou attendre Billy? Avant tout, doit-elle le réveiller? Parfois cela le rend furieux, mais il peut aussi lui en vouloir d'avoir oublié. Aujourd'hui, elle doit aller en ville, et si elle le réveille à présent, elle aura le temps de le nourrir avant d'attraper le ferry. De cette manière, il ne passera pas la matinée au lit, et ne le lui reprochera pas ensuite.

Elle grimpe l'escalier et longe le couloir sans bruit; sur le seuil de la chambre, elle attend un moment, le regardant simplement. Elle aime le contempler, comme les poulets. Billy aussi est beau; les poules sont l'essence de la volaille, et Billy est l'essence de l'homme. (Comme les volatiles, il est un peu plus négligé que la première fois où elle l'a vu. Cela a peut-être un rapport avec l'angle du soleil.)

Il est couché sur leur matelas, le sac de couchage remonté jusqu'au cou. Son bras gauche est posé sur ses yeux; son bronzage s'en va petit à petit bien qu'il soit encore coloré. Il est pailleté de petits poils dorés, comme une abeille saupoudrée de pollen. Sa courte barbe jaune brille dans la pièce blanche, sous l'étrange lumière de la brume du dehors — c'est la barbe héraldique d'un saint, ou d'un chevalier dans un tableau ancien. Ou bien un détail sur un timbre. Charis aime observer Billy à ces moments-là, quand il est silencieux, immobile. Il lui est alors plus facile de fixer son regard sur lui que lorsqu'il parle et se déplace.

Billy a dû sentir le poids de son attention. Il bouge le bras et ouvre ses yeux si bleus. Pareils aux myosotis, ou aux montagnes dans le lointain, sur les cartes postales, ou à la glace. Il lui sourit, montrant ses dents de Viking.

— Quelle heure est-il? demande-t-il.

— Je ne sais pas, répond Charis.

— Tu as une montre, non? dit-il.

Comment lui expliquer qu'il y a de la brume? Et aussi, qu'elle n'a pas eu le temps de consulter sa montre parce qu'elle le regarde? Regarder n'est pas un acte fortuit. Cela exige toute son attention.

Il pousse un petit soupir, d'exaspération ou de désir, il est si difficile de les distinguer.

— Viens ici, dit-il.

Ce doit être du désir. Charis va s'asseoir près de lui sur le matelas, elle lisse les cheveux sur son front, si jaunes qu'ils ont l'air peints. Elle est toujours stupéfaite que la couleur ne déteigne pas sur sa peau. Bien que ses propres cheveux soient blonds aussi, mais d'une nuance différente, ils sont pâles et décolorés, telle la lune face au soleil. La chevelure de Billy brille de l'intérieur.

— J'ai dit *ici*, répète Billy.

Il l'attire sur lui, écrase sa bouche, l'enlace de ses bras dorés, la serre fort.

— L'œuf, s'écrie Charis à bout de souffle, s'en souvenant brusquement. L'œuf se casse.

30

À l'époque, Billy lui courait sans cesse après. Le matin, l'après-midi, la nuit, cela ne faisait aucune différence. Peut-être était-ce juste une sorte de nervosité, ou d'ennui, parce qu'il ne savait pas comment occuper son temps ; ou bien, la tension d'être là illégalement. Il l'attendait sur le quai du ferry, la raccompagnait à pied à la maison et l'attrapait avant qu'elle n'ait pris la peine de poser ses provisions, la pressant contre le comptoir de la cuisine, relevant sa longue jupe légère. Son urgence la plongeait dans la confusion. *Dieu que je t'aime, Dieu que je t'aime,* disait-il à ces moments-là. Quelquefois il lui faisait mal — il la giflait, la pinçait. Parfois c'était douloureux de toute manière, mais puisqu'elle n'en parlait pas comment l'aurait-il su ?

Que ressentait-elle elle-même ? C'est difficile de le déterminer. Peut-être aurait-elle appris à y prendre du plaisir, avec le temps, si leurs rapports avaient été moins fréquents, moins systématiques — si elle avait moins eu l'impression d'être un trampoline sur lequel on sautait sans relâche. Si elle avait pu se détendre. Dans cette situation elle se détachait simplement, son esprit s'absentait et elle se remplissait d'une autre essence — *pomme, prune* — jusqu'à ce que Billy ait fini : à ce moment, elle pouvait réintégrer son corps en toute sécurité. Elle aimait être tenue dans ses bras ensuite, être caressée, embrassée et entendre dire qu'elle était belle, ce que Billy répétait parfois. De temps en temps, elle pleurait, et il trouvait cela parfaitement normal. Ses larmes n'avaient rien à voir avec Billy; il ne la rendait pas triste, mais heureuse! Elle le lui confiait, il était satisfait et ne la pressait pas de répondre à ses questions. Ils parlaient d'autres sujets, jamais de cela.

Mais à quoi l'amour était-il censé ressembler? Quel était le comportement normal? Elle n'en avait aucune idée. De temps en temps ils fumaient de l'herbe — pas souvent, parce qu'ils n'en avaient pas les moyens, et en général c'était un cadeau de l'un des amis de Billy — et à ces moments-là, elle éprouvait une vague impression, un léger flottement, elle décelait un signe... Cela comptait à peine, parce que sa peau était comme du caoutchouc, comme un costume en caoutchouc avec un réseau de fils électriques, et les mains de Billy ressemblaient à des gants gonflés de bande dessinée, et elle se perdait dans les circonvolutions de son oreille ou les tortillons des poils dorés sur sa poitrine et ne se souciait plus des activités de son corps. L'un des amis de Billy disait que c'était absurde de gaspiller du bon hasch pour Charis parce qu'elle était de toute manière défoncée en permanence. Charis pensait que ce n'était pas juste, pourtant la drogue ne semblait pas lui faire autant d'effet qu'aux autres gens, elle le reconnaissait.

Bien sûr, Billy n'était pas son premier amant. Elle avait couché avec plusieurs hommes, parce qu'on était censé le faire et qu'elle ne voulait pas avoir l'air collet monté, ou égoïste, et elle avait même vécu avec l'un d'eux, bien que cela n'eût pas duré. Il avait fini par la traiter de garce frigide, comme si elle l'avait blessé de quelque manière, et elle en avait été perturbée. Ne s'était-elle pas montrée assez affectueuse, n'avait-elle pas hoché la tête quand il parlait, n'avait-elle pas préparé ses repas, s'allongeant docilement chaque fois qu'il le souhaitait, n'avait-elle pas lavé les draps ensuite, n'avait-elle pas pris soin de lui ? Elle était un être généreux.

Le bon côté de Billy était que ce problème, cette anomalie — elle savait que c'en était une, elle avait écouté parler les autres femmes — ne le préoccupait pas. En fait, il semblait s'y attendre. Il pensait que les femmes étaient ainsi : sans désirs ni besoins. Il ne la harcelait pas à ce sujet, il ne la questionnait pas, il n'essayait pas de l'aider, comme les autres avant lui — la tripotant comme si elle avait été une tondeuse à gazon. Il l'aimait comme elle était. Sans prononcer un seul mot il supposait, comme elle, que ce qu'elle éprouvait à ce propos n'avait pas d'importance. Ils étaient tous les deux d'accord là-dessus. Ils voulaient la même chose : le bonheur de Billy.

Charis est couchée sous le duvet, appuyée sur un coude, elle effleure de ses doigts le visage de Billy qui a les yeux fermés et doit être en train de se rendormir. Peut-être aura-t-elle un bébé de lui un de ces jours; il lui ressemblera. Elle y a déjà pensé — cela arrivera d'une manière imprévue, non préméditée, et il restera avec elle pour toujours, et ils continueront à vivre ainsi toute leur vie. Il y a même dans la maison une petite chambre où elle pourrait mettre le bébé. Elle est remplie d'affaires — une partie est à Billy, mais tout le reste appartient à Charis, car malgré son désir de ne pas s'attacher aux choses matérielles, elle possède un certain nombre de cartons pleins d'objets. Elle pourrait enlever tout cela et mettre un petit berceau à bascule, ou un panier à linge en osier. Pas un lit d'enfant; surtout pas de barreaux.

Elle glisse les doigts sur le front de Billy, sur son

nez, sur sa bouche qui sourit doucement; il ignore que ses caresses n'expriment pas seulement la tendresse, la compassion, mais aussi la possession. Ce n'est pas un détenu, mais d'une certaine manière un prisonnier de guerre. C'est la guerre qui l'a conduit ici, la guerre qui l'oblige à se cacher, et à rester tranquille. Elle ne peut s'empêcher de penser à lui comme à un prisonnier : le sien, puisque son existence même dépend d'elle. Il lui appartient, elle peut en faire ce qu'elle veut, il est sa propriété autant que le serait un voyageur d'une autre planète, piégé dans ce dôme d'air interplanétaire artificiel qui lui sert de maison. Si elle devait lui demander de partir, que lui arriverait-il? Il serait pris, déporté, renvoyé là où l'air pèse plus lourd. Il imploserait.

Il pourrait fort bien venir d'une autre planète, puisqu'il est américain; non seulement cela, mais il vient d'une région obscure et ésotérique des États-Unis, aussi mystérieuse pour Charis que la face invisible de la lune. Le Kentucky? Le Maryland? La Virginie? Il a vécu dans ces trois endroits, mais que signifient ces mots? Rien, pour Charis, si ce n'est qu'ils se situent vers le sud, un mot dénué lui aussi de contenu solide. Charis le relie à quelques images — des manoirs, des glycines, et autrefois, la ségrégation — elle a vu des films dans son autre vie, avant d'être Charis —, mais Billy ne semble pas avoir vécu dans un manoir, ni avoir pratiqué la ségrégation. Au contraire, son père a été presque chassé de la ville (laquelle?) parce qu'il était ce que Billy appelle « libéral », une position sans aucun rapport avec celle des Libéraux interchangeables à la face terne qui apparaissent sur les affiches électorales de Toronto avec une monotonie si débilitante.

Les États-Unis se trouvent juste de l'autre côté du lac, bien sûr, et par temps clair on les voit presque — une ligne au loin, dans la brume. Charis y est même allée, lors d'une excursion de classe à Niagara Falls, mais cette partie-là était semblable au Canada, à un point décevant; elle n'a rien de commun avec la région d'où vient Billy, qui doit être très étrange.

Étrange, et plus dangereuse — c'est clair — et peut-être supérieure à cause de cela. Les choses qui s'y passent comptent dans le monde, dit-on. Ce n'est pas comme ici.

Charis glisse ses doigts sur Billy, jubilant en secret, parce qu'il se trouve là, dans son lit, entre ses mains, sa créature mythologique à elle, étrange comme une licorne, son déserteur captif, inscrit dans un millier de gros titres, inscrit dans l'histoire, réfugié clandestinement dans sa maison, dont elle a dû signer seule le bail de location parce que personne ne doit connaître le nom de Billy ni l'endroit où il se trouve. Certains des insoumis ont des visas, mais d'autres — comme Billy — n'en possèdent pas, et une fois qu'on est à l'intérieur de ce pays il est trop tard, il faut franchir de nouveau la frontière et faire la demande là-bas, et à ce moment-là, on est sûr d'être pris.

Billy a expliqué tout cela ; la police montée canadienne n'est plus celle de l'enfance de Charis, avec ses hommes à cheval, en uniforme rouge pittoresque, droits et sincères, qui attrapaient toujours leur coupable. Au lieu de cela ils sont rusés et sournois, de mèche avec le gouvernement américain, et s'ils mettent la main sur Billy il est un homme mort car — elle ne doit le répéter à personne, même ses amis ici l'ignorent — il a fait plus que déserter. Il a commis des attentats. Deux personnes sont mortes, mais c'était un accident. C'est pour cela que la police montée le recherche.

S'il a de la chance, ils procéderont à une extradition, et il pourrait s'en sortir. Sinon ils se contenteront d'avertir la CIA et Billy sera kidnappé par une nuit obscure, emmené de l'autre côté de la frontière, peut-être dans une vedette sur le lac ; pendant la Prohibition, les Canadiens utilisaient ce moyen pour passer de l'alcool en contrebande, Billy a entendu parler de cas similaires — il disparaîtra et sera jeté en prison, et ce sera la fin. Quelqu'un lui tranchera la gorge sous la douche, parce qu'il a déserté. Ces choses-là arrivent.

Quand il le raconte à Charis, il la serre très fort

dans ses bras, et elle l'enlace en protestant : « Je les en empêcherai », mais elle sait qu'elle n'en a pas le pouvoir. Le dire a pourtant un effet apaisant. Elle ne croit pas vraiment au scénario lugubre de Billy, de toute façon. Des événements de ce genre se produisent peut-être aux États-Unis — n'importe quoi peut arriver là-bas, où la brigade antiémeutes tire sur la foule et où le taux de criminalité est élevé — mais pas ici. Pas sur l'Île, où il y a tant d'arbres et où les gens ne verrouillent pas leur porte quand ils sortent. Pas dans ce pays qui lui est familier, ce pays gris, plat et dénué de drames. Pas dans sa maison, avec les poules qui roucoulent paisiblement dehors. Aucun mal ne peut la toucher, ni elle ni Billy, avec les poules qui veillent sur eux, ces anges gardiens duveteux. Elles portent bonheur.

Elle dit alors : « Je te garderai ici avec moi », bien qu'elle sache que Billy est un voyageur malgré lui. Elle soupçonne aussi une réalité bien pire : elle-même ne serait qu'une sorte de relais pour lui, une commodité temporaire, comme les épouses indigènes des soldats envoyés à l'étranger. Bien qu'il ne le sache pas encore, elle n'est pas sa vraie vie. Mais il lui appartient.

C'est douloureux.

— Eh bien, dit Charis, chassant rapidement ces pensées, parce que la souffrance est une illusion et doit être mise en échec, tu n'as pas envie de prendre ton petit déjeuner ?

— Tu es belle, répond Billy. Du bacon, hein ? On a du café ?

Billy boit du vrai café, avec de la caféine. Il se moque des tisanes de Charis et refuse de manger de la salade, même la laitue qu'elle fait pousser. Il appelle cela « de la nourriture pour les lapins. Bonne pour les petites bêtes et les femmes ».

— Il aurait pu y avoir un œuf, dit Charis sur un ton de reproche, et Billy éclate de rire.

(La combinaison avec sa poche de poitrine pleine d'œuf écrasé ne se trouve plus sur Charis, mais sur le plancher. Elle la lavera plus tard. Elle évitera l'eau chaude, sinon l'œuf se brouillera. Elle devra retourner la poche.)

— On ne fait pas d'omelette sans casser d'œufs, dit-il.

Charis écoute son accent, elle retourne le son dans sa bouche pour le savourer silencieusement. Elle voudrait qu'il s'appelle Billy Joe ou Billy Bob, l'un de ces noms doubles du Sud, comme dans les films. Elle l'étreint.

— Billy, tu es si... commence-t-elle.

Elle veut dire *jeune*, parce qu'il est jeune, il a sept ans de moins qu'elle; mais il n'aime pas qu'elle le lui rappelle, il croit qu'elle en tire une prérogative. Elle pourrait aussi dire *innocent*, qu'il jugerait comme une pire insulte : il croirait que c'est un commentaire sur son inexpérience sexuelle.

Elle veut dire virginal. Elle veut évoquer sa surface intacte. Malgré les souffrances qu'il a endurées, et endure encore, il a quelque chose de rayonnant, de flambant neuf. Ou bien d'imperméable. Elle est elle-même si pénétrable; les arêtes tranchantes se plantent dans sa chair, elle se meurtrit facilement, sa peau intérieure est molle et potelée, pareille à de la guimauve. Elle est entièrement couverte d'antennes minuscules, comme les fourmis : elles s'agitent, testent l'air, touchent et reculent, l'avertissent. Billy n'a aucune antenne de ce genre. Il n'en a pas besoin. Ce qui se heurte à lui rebondit aussitôt — soit il l'éloigne, soit il se met en colère, au lieu d'être blessé. C'est une sorte de dureté, qui existe séparément de la tristesse, de la mélancolie, ou même de la culpabilité qu'il peut éprouver au même moment.

Peut-être ces sentiments lui appartiennent-ils, et sont-ils donc importants à ses yeux, mais ils demeurent en lui. Ceux des autres gens ne l'atteignent pas. Tandis que Charis est une moustiquaire grande ouverte, et tout la traverse.

— Je suis si quoi... ? répète Billy en riant.

Charis lui sourit.

— Si... tu sais bien, répond-elle.

Charis n'a pas exactement rencontré Billy. Il lui a été attribué à la coopérative de Furrows Food, où elle connaissait pas mal de gens, mais pas très bien. Une femme qui s'appelait Bernice l'a convaincue de l'accepter. Bernice était active dans le mouvement pour la paix et dans une église quelconque, et ils étaient en train de répartir les déserteurs qu'ils avaient recueillis, les casant ici et là chez les gens, comme les enfants anglais qu'on avait expédiés de l'autre côté de l'océan pendant la Seconde Guerre mondiale. Charis se trouvait à la coopérative ce jour-là, et Bernice plaçait les insoumis au hasard, et Billy resta le dernier, avec un autre garçon (Bernice les appelait ainsi), aussi Charis proposa-t-elle de les loger quelques nuits, dans sa chambre sous-louée dans un entrepôt de Queen Street, l'un sur le canapé Goodwill aux ressorts cassés qu'elle avait alors, et l'autre par terre, jusqu'à ce qu'ils trouvent autre chose, si Bernice lui prêtait des sacs de couchage, car elle n'en avait pas en trop.

Charis ne l'avait pas fait pour des raisons politiques : elle ne croyait pas à la politique, ni à l'implication dans une activité qui vous inspirait des émotions aussi négatives. Elle n'approuvait pas les guerres, ni le fait d'y penser. Donc elle ne comprenait pas la guerre du Viêt-nam ni ne voulait la comprendre — même si une partie s'était infiltrée malgré elle dans son cerveau, car ça planait dans les molécules de l'air — et surtout elle ne regardait pas les reportages à la télé. Elle n'avait pas de poste de télé, et elle ne lisait pas les journaux parce qu'ils étaient trop affligeants et que de toute manière elle ne pouvait rien faire pour alléger ce malheur. Elle avait donc accueilli Billy pour une tout autre raison. Par sens de l'hospitalité. Elle se sentait tenue d'être bonne pour les étrangers, surtout quand ils traversaient une mauvaise passe. Et puis cela aurait eu l'air trop bizarre si elle avait été la seule personne de la coopérative à refuser de recevoir quelqu'un.

Tout avait commencé ainsi. Au bout de quelques jours, l'autre garçon était parti et Billy était resté ; un peu plus tard encore, elle se rendit compte qu'elle était censée coucher avec lui. Il ne la pressait pas ; les premiers temps il était méfiant et timide, désorienté, peu sûr de lui. Il avait cru que la vie serait plus ou moins la même de ce côté de la frontière, avec plus de sécurité, et quand il s'aperçut que c'était tout à fait faux, il se sentit troublé, perturbé. Il se rendit compte qu'il avait commis un acte monumental, et ne pouvait plus revenir en arrière ; il s'était exilé, peut-être pour toujours. Il avait rendu la vie dure à sa famille — ils avaient soutenu sa décision de déserter mais pas les attentats aux explosifs, et subissaient « un tas de critiques désobligeantes », disait-il. Il avait aussi abandonné son pays, une notion bien plus chargée de sens pour lui que pour Charis, car dans les écoles de Billy les enfants commençaient la journée en saluant leur drapeau la main sur le cœur, au lieu de prier Dieu comme au Canada. Pour Billy, son pays *était* une sorte de Dieu, une idée que Charis trouve idolâtre et même barbare. Elle trouve aussi barbare le Dieu classique avec sa barbe blanche, sa colère, ses sacrifices d'agneaux et ses anges de la mort, bien sûr. Elle a dépassé tout cela. Son Dieu est ovale.

Billy s'inquiétait aussi pour ses amis restés là-bas, des anciens amis de classe, qui ne s'étaient pas enfuis avec lui et se trouvaient probablement, en ce moment même, en route sur la mer, ou abattus dans des rizières, ou en train de sauter sur les mines des guérillas, le long d'une chaude route de boue. Il avait l'impression de les avoir trahis. Il savait que la guerre était une erreur et qu'il avait bien agi, mais il se sentait lâche de toute manière. Il avait le mal du pays. La plupart du temps, il voulait y retourner.

Il parlait à Charis dans ces termes, par à-coups, par fragments. Il disait qu'il ne pensait pas qu'elle comprendrait, mais elle saisissait une partie. Elle comprenait ses émotions, qui se déversaient sur elle — en un déluge larmoyant, chaotique, d'un bleu mélancolique, comme une grande vague de sanglots. Il était si perdu, si blessé, comment lui aurait-elle refusé le réconfort qu'elle pouvait lui donner ?

31

Les choses ont changé depuis. Depuis qu'ils ont emménagé sur l'Île, dans cette maison. Billy est encore nerveux, moins cependant. Il semble plus enraciné. Il a aussi des amis à présent, tout un réseau d'exilés comme lui. Ils ont même des réunions, sur le continent ; Billy y va deux fois par semaine. Ils aident les nouveaux arrivants, ils les placent et les cachent, Charis a dû en recevoir plus d'un, brièvement, sur le canapé du séjour — ce n'est plus le même, il a de meilleurs ressorts bien qu'elle l'ait aussi acheté d'occasion. La vie commune, a-t-elle découvert, conduit à l'acquisition de vrai mobilier, chose à laquelle elle avait renoncé pendant des années.

À l'occasion, les exilés se réunissent chez elle pour boire de la bière, parler et fumer de l'herbe, mais ils restent très attentifs au bruit : ils ne veulent surtout pas alerter la police. Ils prennent le ferry et amènent leurs petites amies, des filles aux cheveux longs et raides, beaucoup plus jeunes que Charis, qui prennent des bains chez elle parce qu'elles vivent dans des endroits dépourvus de commodités, et se servent de ses serviettes, laissant des auréoles de crasse dans l'antique baignoire à pieds. La saleté est une illusion, et Charis sait qu'elle ne devrait pas s'en formaliser, mais elle préférerait assumer la sienne plutôt que celle de ces filles aux yeux inexpressifs. Les hommes, ou les garçons, les appellent « ma vieille », bien qu'elles soient tout le contraire, et Charis supporte donc mieux d'être traitée ainsi par Billy.

Le groupe de Billy parle toujours de ses projets. Ils pensent qu'ils devraient faire quelque chose, entreprendre une action, mais laquelle ? Ils sont allés jusqu'à établir une liste de noms des autres membres du groupe, bien que ce ne soient que des prénoms, faux de surcroît. Charis — jetant un coup d'œil à l'exemplaire de Billy, une chose qu'elle n'aurait pas dû faire — a été interloquée de découvrir que certains d'entre eux étaient des noms de femmes : Edith, Ethel, Emma. Pendant les fêtes, tandis qu'elle prend de la bière fraîche dans son minuscule réfrigérateur, remplit des bols de chips et de cacahuètes et amandes panachées achetées à la coopérative, ou trouve le shampooing pour une fille désireuse de se laver les cheveux, et s'assied par terre à côté de Billy, respirant de la fumée d'herbe de qualité inférieure, souriant les yeux perdus dans l'espace, Charis écoute, et entend, et elle sait que Billy est en réalité Edith, et inversement. Il a pris le nom d'Edith Cavell, un personnage du passé. Il y a aussi des numéros de téléphone dont certains sont griffonnés sur le mur à côté de l'appareil, mais Billy lui dit que ce n'est pas dangereux parce que ce sont seulement des endroits où on peut laisser des messages. Ils ont aussi le projet de créer un journal, bien qu'il en existe déjà plusieurs, faits par des déserteurs. Beaucoup d'autres types sont arrivés ici avant Billy et ses nouveaux amis.

Charis n'est pas certaine que toutes ces activités clandestines, ces allées et venues furtives, les codes et les faux noms, soient vraiment nécessaires. On dirait des enfants qui jouent. Mais cette occupation semble donner de l'énergie à Billy, et un but dans la vie. Il s'aventure plus au-dehors, il est moins cloîtré. Les jours où Charis pense que le danger n'est pas réel, elle s'en réjouit, mais lorsqu'elle croit le contraire, elle s'inquiète. Chaque fois que Billy s'embarque à bord du ferry pour aller sur le continent, elle panique au fond d'elle-même. Billy est comme un funambule qui avance insouciant, les yeux bandés, sur une corde à linge suspendue entre deux immeubles de trente étages, convaincu qu'il se trouve à un mètre du sol. Il croit que ses actions, ses paroles, son minuscule petit journal, peuvent changer les choses de ce monde.

Charis sait qu'aucun changement n'est possible dans le monde en général, du moins aucune amélioration. Les événements sont trompeurs, ils font partie d'un cycle ; ils vous emportent, prêts à vous engloutir comme un tourbillon. Mais que sait Billy de l'inlassable méchanceté du monde physique ? Il est trop jeune.

Charis sent qu'elle peut transformer une seule chose par elle-même : son propre corps et donc son esprit. Elle souhaite libérer son esprit, et c'est ce qui l'a conduite au yoga. Elle veut réorganiser son corps, se débarrasser de la lourdeur qui se cache au fond de lui, de ce trésor maléfique qu'elle a enfoui dans son cœur il y a quelque temps, et n'a jamais déterré ; elle veut rendre son corps de plus en plus léger, le relâcher afin d'entrer en lévitation. Elle sait que c'est possible. Elle donne des cours de yoga parce qu'ils permettent de payer le loyer, le téléphone et la nourriture en gros qu'elle obtient à prix réduit grâce à son travail à la coopérative, mais elle le fait aussi pour aider d'autres gens. D'autres femmes, en réalité, parce que la plupart de ses élèves sont des femmes. Elles doivent sûrement avoir en elles une lourde masse métallique, et rêver de légèreté. Bien que ce cours ne s'occupe pas des problèmes de poids : elle le leur annonce franchement, dès le début.

Après s'être habillée et avoir préparé le bacon, le toast et le café de Billy, Charis met son collant et son body dans son sac péruvien et elle fait le tour de la maison pour dénicher de la monnaie pour le trajet dans tous les endroits où elle l'a cachée en prévision de cas d'urgence comme aujourd'hui, où elle est à court d'argent. La brume s'est évaporée à présent et le faible soleil de novembre filtre à travers les nuages gris, elle peut donc de nouveau se fier à sa montre et ne manquera pas le ferry. Cela lui arrive très rarement de toute manière, sauf par la faute de Billy et de ses soudaines envies impérieuses. Que lui répondre alors ? *Je dois travailler sinon nous n'aurons pas de quoi manger* ? C'est difficile à faire passer : il pense que c'est une critique parce qu'il n'a pas de travail, et ensuite il boude. Il préfère croire qu'elle est un lis des champs ; qu'elle ne travaille ni ne peine à tisser sa toile ; que le bacon et le café apparaissent simplement dans ses mains comme des feuilles sur un arbre.

Les cours de yoga ont lieu dans l'appartement, ou ce qui en était un, au-dessus de la coopérative. À présent deux des pièces sont des bureaux, l'un pour la coopérative, l'autre pour une petite revue de poésie, *Earth Germinations* *, et la grande pièce de devant est réservée aux réunions et à des cours comme le yoga. Charis ne prend pas plus de dix élèves à la fois; un plus grand nombre surchargerait ses circuits et briserait sa concentration. Ils apportent leurs propres tapis et leurs serviettes, et d'habitude ils sont en tenue sous leurs vêtements pour ne pas avoir à se changer. Charis arrive avant les autres, s'habille dans la salle de bains, et étale son tapis, qu'elle range dans un placard du bureau voisin. Le vieux plancher vous donne des échardes si vous n'y prenez garde.

Elle s'emploie avant tout à oublier l'environnement. La tapisserie défraîchie avec son motif de treillis mauve doit disparaître, les carrés plus sombres laissés par des tableaux, l'odeur de renfermé d'une maison d'emprunt et de la moquette humide tachée d'urine de l'escalier, et des restes de déjeuner dans les corbeilles à papier du bureau, que personne ne vide jamais. Les bruits de la circulation du dehors doivent s'effacer, les voix de la rue et du rez-de-chaussée, elle les chasse de son esprit d'une main ferme, comme une inscription sur un tableau noir. Elle s'allonge sur le dos, les genoux repliés, les bras relâchés au-dessus de sa tête, et se concentre sur sa respiration, se préparant, se rassemblant. L'air doit pénétrer et descendre complètement, jusqu'au plexus solaire. L'esprit agité, furtif et dérisoire doit être réduit au silence. Le *je* doit être transcendé. Le moi libéré, il doit partir à la dérive.

Le premier cours se passe comme d'habitude. Charis sait qu'elle a une bonne voix, douce et rassurante,

* Germinations de la terre. *(N.d.T.)*

et un bon rythme. « Honorez la colonne vertébrale, murmure-t-elle. Saluez le soleil. » Le soleil dont elle parle se trouve à l'intérieur du corps. Elle se sert de sa voix et aussi de ses mains, rectifiant ici et là, d'un geste imperceptible, la position des corps. Elle s'adresse en chuchotant à chaque femme en particulier, pour ne pas attirer l'attention, ni l'embarrasser, ni troubler la concentration des autres. La pièce se remplit du bruit de la respiration, comme des vaguelettes sur le rivage, et de l'odeur des muscles tendus. Charis sent l'énergie qui émane d'elle et se transmet par ses doigts aux autres corps. Elle ne bouge pas beaucoup — on ne peut pas appeler cela un véritable effort — mais au bout d'une heure et demie, elle est épuisée.

Elle a une heure de pause, pour recharger ses batteries ; elle boit un jus d'orange et de carotte au bar d'en bas pour introduire des enzymes vivantes dans son organisme, et aide les autres à établir la tarification des prix des haricots secs, puis c'est l'heure de son deuxième cours. Charis ne remarque jamais vraiment qui se trouve dans quel cours ; elle compte jusqu'à dix et enregistre les couleurs des justaucorps, et une fois que le cours est commencé, elle note les particularités des corps et surtout la mauvaise position des colonnes vertébrales, mais les visages n'ont pas d'importance pour elle, parce qu'ils représentent l'individualisme, la chose même que Charis veut aider ces femmes à transcender. Aussi, les premiers exercices se font au sol, les yeux fermés. Un quart du cours s'est donc écoulé quand elle se rend compte qu'il y a une nouvelle élève, une personne qu'elle n'a jamais vue auparavant : une femme brune avec un body indigo et un collant prune, qui — étrange par une journée aussi peu lumineuse — porte des lunettes de soleil.

Cette femme est grande, et mince comme un fil, si mince que Charis voit sa cage thoracique à travers son body, chaque côte en relief comme sur une sculpture, soulignée par une ligne d'ombre. Ses genoux et ses coudes ressortent comme les nœuds d'une corde et les postures qu'elle prend ne sont pas fluides mais pratiquement géométriques, des cages faites de cintres. Sa peau est blanche comme une endive, et une phosphorescence claire-obscure miroite autour d'elle tel l'éclat d'une mauvaise viande. Charis sait reconnaître un corps malsain : cette femme a besoin de beaucoup plus qu'un simple cours de yoga. Une bonne dose de vitamine C et un séjour au soleil seraient un début, mais n'effleureraient même pas le cœur de son problème.

Ce problème réside en partie dans une attitude de l'âme : les lunettes de soleil en sont la manifestation, elles symbolisent une barrière à la vision intérieure. Juste avant la méditation en lotus, Charis s'approche donc d'elle et lui chuchote :

— Ne voulez-vous pas retirer vos lunettes ? Elles doivent vous distraire.

En guise de réponse la femme baisse ses verres, et Charis reçoit un choc : l'œil gauche est poché. Noir et bleu, et à moitié fermé. L'autre œil la considère, blessé, mouillé, suppliant.

— Oh ! souffle Charis. Désolée.

Elle tressaille : elle sent le coup sur sa propre chair, son propre œil.

La femme sourit, un sourire poignant sur ce visage émacié et abîmé.

— N'êtes-vous pas Karen ? murmure-t-elle.

Charis ne sait comment expliquer qu'elle l'est sans l'être. Elle était Karen. Elle répond donc :

— Si.

Et regarde plus attentivement, car comment cette femme la reconnaîtrait-elle ?

— Je suis Zenia, dit l'autre.

Et c'est bien elle.

Charis et Zenia s'asseyent à l'une des petites tables à côté du bar, au fond de la coopérative.

— Que me recommandes-tu ? demande Zenia. C'est tout nouveau pour moi.

Et Charis, flattée par cet appel à sa compétence, lui fait préparer un jus de papaye à l'orange, avec un zeste de citron et un peu de levure de bière. Zenia garde ses lunettes et Charis ne l'en blâme pas. Pourtant il est difficile de parler avec quelqu'un dont elle ne voit pas les yeux.

Bien sûr, elle se souvient de Zenia. À McClung Hall tout le monde savait qui elle était ; même Charis, qui avait traversé ses années d'université comme un aéroport. Sur le plan de l'éducation elle était restée en marge, et était partie au bout de trois ans sans terminer son diplôme : ce qu'elle avait besoin d'apprendre n'était pas au programme. Ou peut-être n'était-elle pas prête à l'entendre. Charis croit que lorsqu'on est prêt à apprendre quelque chose, le bon professeur apparaît, ou plutôt, vous est envoyé. C'est ainsi que les choses se sont passées pour elle, plus ou moins, et si elle n'apprend rien en ce moment, c'est uniquement parce qu'elle est entièrement occupée par Billy.

Pourtant Billy est peut-être un professeur, d'une certaine manière. Elle n'a pas encore saisi exactement ce qu'il est censé lui enseigner. L'amour, peut-être ? Comment aimer un homme. Pourtant elle l'aime déjà, alors quoi d'autre ?

Zenia sirote son jus de fruits, les deux ovales de ses lunettes noires tournés vers Charis. Celle-ci ne sait pas très bien quoi lui dire. Elle n'a pas vraiment connu Zenia à l'université, elle ne lui parlait jamais — Zenia était plus âgée, elle était plus avancée que Charis, et fréquentait tous ces artistes, ces intellectuels — mais elle se souvient d'elle, si belle et confiante, déambulant dans le campus avec son petit ami, Stew, et par la suite avec la minuscule Tony. Charis se souvient que Tony l'avait suivie une nuit où elle était allée s'asseoir sous un arbre de la pelouse de McClung. Tony pensait sans doute qu'elle était somnambule ; ce qui prouvait une certaine perspicacité, car elle l'avait été dans le passé, sinon à ce moment précis.

Cette réaction de Tony montrait qu'elle avait un cœur généreux ; une qualité beaucoup plus importante pour Charis que les succès universitaires de la jeune fille, qui faisaient sa réputation. Zenia était célèbre pour d'autres choses — la plus notoire étant sa vie avec Stew, au vu et au su de tous, à une époque où cela ne se faisait pas. Tout a tellement changé. Ce sont les gens mariés, à présent, que l'on considère comme immoraux. On les baptise la famille nucléaire. Radioactive, potentiellement meurtrière; un bond énorme depuis la vie de foyer, mais une définition plus appropriée selon Charis.

Zenia aussi a changé. Non seulement elle est maigre, mais elle est malade, pis encore, elle semble effrayée, abattue, vaincue. Elle rentre les épaules comme pour se protéger, ses doigts sont des griffes maladroites, les coins de sa bouche tombent. Charis ne l'aurait pas reconnue. On dirait que l'ancienne Zenia, la jolie Zenia, si bien en chair, a brûlé, pour ne laisser qu'un tas d'os.

Charis n'aime pas poser de questions — ni s'introduire dans la vie privée des autres — mais Zenia est si vidée de son énergie qu'elle ne dira sans doute rien, si Charis ne le fait pas. Elle choisit donc un sujet neutre.

— Comment es-tu venue à mon cours? demande-t-elle.

— Une amie m'en a parlé, répond Zenia.

Chaque mot semble lui coûter.

— J'ai pensé que cela m'aiderait.

— À quoi? demande Charis.

— Pour le cancer, dit Zenia.

— Le cancer, répète Charis.

Ce n'est même pas une question, car ne le savait-elle pas déjà? Cette blancheur, cette lueur maladive ne peuvent tromper. Ce déséquilibre de l'âme.

Zenia sourit d'un air contraint.

— Je l'ai déjà vaincu une fois, dit-elle. Mais il est revenu.

Charis se souvient maintenant d'une chose : Zenia n'a-t-elle pas disparu brusquement à la fin de l'année? Cela s'est passé la seconde année où Charis vivait à McClung Hall : Zenia a disparu sans explication, comme par magie. Les filles en parlaient au petit déjeuner et Charis écoutait, les rares fois où elle prenait la peine de suivre la conversation, ou d'assister au repas. Elle ne pouvait pas manger grand-chose : rien d'autre que des céréales au son. On racontait que Zenia s'était enfuie avec un autre homme, qu'elle avait plaqué Stew en emportant une partie de son argent, mais à présent Charis devine la vérité : c'était le cancer. Zenia est partie sans rien dire à personne parce qu'elle ne voulait pas faire d'histoires. Elle est partie pour se soigner, et pour cela il faut être seul, à l'abri de toute interruption. Charis comprend cela.

— Comment as-tu fait, la première fois ? demande Charis.

— Quoi ? répond Zenia, un peu sèchement.

— Pour vaincre la maladie, dit Charis.

— On m'a opérée, explique Zenia. On m'a enlevé... on m'a fait une hystérectomie, je ne pourrai jamais avoir d'enfants. Mais ça n'a pas marché. Alors je suis partie seule dans les montagnes. J'ai arrêté de manger de la viande, j'ai supprimé l'alcool. J'avais besoin de me concentrer. Sur ma guérison.

C'est exactement ce que recommanderait Charis. La montagne, pas de viande.

— Et maintenant ? dit-elle.

— J'ai cru que j'allais mieux, reprend Zenia. (Sa voix n'est plus qu'un chuchotement rauque.) Que j'étais assez forte. Alors je suis revenue. Je me suis remise à vivre avec Stew-West. J'imagine que je l'ai laissé m'entraîner dans notre vie d'avant, tu sais, il boit beaucoup — et le cancer est revenu. Il ne supporte pas ça — pas du tout ! Beaucoup de gens ont une aversion pour la maladie, ils en ont peur.

Charis hoche la tête : elle sait cela, profondément, dans chaque cellule de son être.

— Il refuse d'admettre que je suis atteinte, continue Zenia. Il essaie de me faire manger... des montagnes de nourriture, du steak et du beurre, toutes ces graisses animales. Elles me donnent la nausée, je ne peux pas, vraiment je ne peux pas !

— Oh ! dit Charis.

C'est une histoire horrible, où résonne l'écho de la vérité. Si peu de gens comprennent le problème des graisses animales. Mieux : si peu de gens comprennent quoi que ce soit.

— Comme c'est terrible, dit-elle.

Mais ce n'est que le pâle reflet de ce qu'elle éprouve. Elle est troublée, elle est au bord des larmes ; par-dessus tout, elle est impuissante.

— Alors il se met en colère, poursuit Zenia. Il entre en fureur contre moi, et je me sens si faible... il déteste que je pleure, cela ne fait qu'aggraver sa colère. C'est lui qui m'a fait ça. Elle indique son œil du geste. J'ai si honte, j'ai l'impression d'être responsable...

Charis essaie de se souvenir de Stew, ou de West, dont le nom a changé aussi abruptement autrefois, comme le sien. Elle voit un homme grand, un peu introverti et déconnecté, doux comme une girafe. Elle l'imagine mal en train de frapper quelqu'un, et Zenia en particulier ; mais les gens sont d'apparence trompeuse. Surtout les hommes. Ils peuvent jouer la comédie, vous convaincre qu'ils sont des citoyens modèles, qu'ils ont raison et vous tort. Ils peuvent tromper tout le monde et vous faire passer pour une menteuse. West est ainsi, pas de doute là-dessus. L'indignation monte en elle, un début de colère. Mais la colère est malsaine pour elle, aussi l'écarte-t-elle.

— Il dit que si j'ai un cancer, je dois subir une autre opération, ou bien des séances de chimiothérapie, dit Zenia. Mais je sais que je pourrais me guérir moi-même cette fois encore, si seulement... (Elle laisse tomber sa voix.) Je crois que je ne pourrai pas finir ce jus, dit-elle en éloignant le verre. Merci... tu as été très gentille.

Elle tend le bras pour toucher la main de Charis. Ses minces doigts blancs ont l'air glacés mais ils sont brûlants comme des charbons ardents. Alors elle repousse sa chaise, prend son manteau et son sac, et se hâte de partir, titubant presque. Elle a la tête courbée, ses cheveux tombent sur son visage comme un voile, Charis est certaine qu'elle pleure.

Elle veut se lever d'un bond, lui courir après et la ramener. Ce désir est si puissant qu'elle a l'impression de recevoir un coup de poing sur la nuque. Elle veut faire rasseoir Zenia sur cette chaise et poser ses deux mains sur elle, rassembler toute son énergie, l'énergie de la lumière, et la guérir sur-le-champ. Mais elle sait que cela lui est impossible, elle ne bouge donc pas.

Le vendredi Zenia n'assiste pas au cours de yoga, et Charis s'inquiète pour elle. Elle s'est peut-être effondrée, ou bien West l'a frappée de nouveau, plus fort que d'habitude. Elle se trouve peut-être à l'hôpital avec des fractures multiples. Charis prend le ferry pour l'Île, tourmentée pendant tout le trajet. À présent, elle sent qu'elle ne s'est pas montrée à la hauteur : elle aurait dû dire ou faire quelque chose de mieux. Un verre de jus de fruits n'était pas suffisant.

Ce soir-là le brouillard revient, avec une bruine glacée, Charis fait un bon feu dans la cuisinière et allume aussi la chaudière, et Billy veut qu'elle vienne se coucher tôt. Elle est en train de se brosser les dents en bas, dans la salle de bains pleine de courants d'air, quand elle entend frapper à la porte de la cuisine. Elle pense que c'est un membre du groupe de Billy, avec un autre déserteur à recueillir pour la nuit sur le canapé du séjour. Elle doit admettre qu'elle est un peu lasse de les recevoir. D'ailleurs, ils n'aident jamais à faire la vaisselle.

Pourtant ce n'est pas un déserteur. C'est Zenia, dont la tête s'encadre dans la vitre carrée de la porte comme une photographie sous l'eau. Ses cheveux trempés pendent le long de sa figure, ses dents claquent, ses lunettes de soleil ont disparu, et son œil, qui a viré au violet, est pitoyable. Il y a une entaille fraîche sur sa lèvre.

La porte s'ouvre d'elle-même, et elle apparaît sur le seuil, titubant légèrement.

— Il m'a jetée dehors, chuchote-t-elle. Je ne veux pas te déranger... Je ne savais pas où aller...

Charis tend ses bras en silence, Zenia trébuche et s'effondre contre elle.

32

C'est un midi sans soleil. Charis est dans son jardin, sous la surveillance des poules, qui la fixent avidement à travers les hexagones de leur barrière métallique, et des derniers choux de la saison, qui roulent de gros yeux comme trois têtes vertes de lutins émergeant du sol. En novembre, le jardin a une apparence minable, abandonnée : des soucis flétris, des feuilles de capucines jaune pâle, des bouts de brocolis, des tomates encore vertes gelées, en bouillie, et des traces argentées de limaces.

Ce désordre végétal ne dérange pas Charis. C'est du ferment, de l'engrais. Elle soulève sa bêche, la plante dans la terre, enfonce la lame en appuyant son pied droit chaussé de la botte de Billy, et elle creuse. Puis elle tire son instrument, avec un grognement. Ensuite, elle retourne sa pelletée de terre. Les vers disparaissent dans leurs tunnels, larves blanches en spirale. Charis les ramasse et les jette impitoyablement de l'autre côté de la barrière, pour les poules qui jacassent. Toute vie est sacrée, mais les poules sont plus sacrées que les larves.

Les poules s'agitent, font du tapage et se disputent, et pourchassent celle qui a attrapé le ver. Charis pensait autrefois que ce serait une bonne discipline spirituelle de refuser de donner à ses poules ce qu'elle ne mangerait pas elle-même, mais elle a décidé depuis que c'était absurde. Les coquilles pilées, par exemple, les os écrasés — les poules en ont besoin pour faire des œufs, mais pas Charis.

C'est une mauvaise saison pour retourner le jardin. Elle devrait attendre le printemps, quand les mauvaises herbes repoussent; elle devra tout recommencer à ce moment-là. Mais c'est sa seule manière d'être hors de la maison sans que Zenia ou Billy veuillent l'accompagner. Chacun est impatient de se trouver seul avec elle, loin de l'autre. Si elle essaie de faire une promenade, d'être seule un petit moment, pour se détendre, quelqu'un se précipite à la porte : une course oblique, discrète (Zenia), ou dégingandée, directe (Billy). Alors se produit une collision psychique, et Charis est forcée de choisir. Cela la préoccupe beaucoup. Par chance, aucun d'eux n'a très envie de l'aider à piocher son jardin. Billy n'aime pas manier la terre — pourquoi travailler tant, dit-il, ce ne sont que des légumes de toute manière — et bien sûr, Zenia n'est pas en état. Elle réussit à faire à l'occasion de petites promenades au bord du lac, mais cela suffit à l'épuiser.

Zenia est là depuis une semaine à présent, elle dort la nuit sur le canapé, et elle s'y repose la journée. Le soir de son arrivée avait presque un air de fête — Charis lui a fait couler un bain chaud, lui a prêté une de ses chemises de nuit blanches en coton, a suspendu ses vêtements mouillés aux crochets derrière la cuisinière pour les faire sécher, et ensuite, elle a enveloppé la jeune femme dans une couverture, a peigné ses cheveux trempés, et lui a préparé un lait chaud au miel. Cela plaisait à Charis de faire ces choses ; elle se sentait compétente et vertueuse, débordant d'énergie et de bonne volonté. Cela lui plaisait de donner cette énergie à une personne qui en avait aussi manifestement besoin. Elle avait installé Zenia sur le canapé, puis était montée se coucher, pour trouver Billy en colère contre elle, et depuis son humeur n'avait pas changé. Il lui avait clairement fait comprendre qu'il ne voulait pas de Zenia dans la maison.

— Qu'est-ce qu'elle fait ici ? chuchota-t-il ce premier soir.

— C'est juste pour quelque temps, répondit Charis, parlant tout bas parce qu'elle ne voulait pas que Zenia les entende et se sente de trop. Nous en avons eu beaucoup d'autres. Sur le même canapé ! Ce n'est pas différent.

— C'est très différent, dit Billy. Ils n'ont nulle part où aller.

— Elle non plus, répliqua Charis.

La différence, pensa-t-elle, était qu'ils recevaient d'habitude les amis de Billy et que Zenia était la sienne. Enfin, pas exactement. Plutôt une responsabilité.

Billy n'avait pas encore posé les yeux sur Zenia, il ne lui avait pas adressé un seul mot. Le lendemain, il avait grogné un « Bonjour » bourru par-dessus les œufs brouillés — achetés, malheureusement, les poules ayant cessé de pondre — et la tartine grillée à la confiture de pomme que Charis leur servait à tous les deux. Il avait à peine regardé Zenia recroquevillée dans la chemise de nuit de Charis, enveloppée d'une couverture, en train de boire son thé léger. S'il l'avait fait, il se serait radouci, pensait Charis, parce que Zenia était si pitoyable. Son œil était encore décoloré et gonflé, et on pouvait compter les veines bleues sur le dos de ses mains.

— Fiche-la dehors, dit Billy quand Zenia partit dans la salle de bains. *Dehors*.

— Chut, répondit Charis. Elle va t'entendre !

— Que savons-nous d'elle, de toute manière ? insista Billy.

— Elle a le cancer, dit Charis, comme si c'était une information suffisante.

— Alors elle devrait être à l'hôpital, déclara Billy.

— Elle ne croit pas aux hôpitaux, protesta Charis, qui n'y croyait pas non plus.

— Foutaises, dit Billy.

Cette remarque paraissait non seulement grossière et peu généreuse, mais légèrement sacrilège.

— Elle a cet œil au beurre noir, murmura Charis.

L'œil était la preuve flagrante de quelque chose. Du dénuement de Zenia, ou bien de sa bonté. Ou de son état.

— Ce n'est pas moi qui le lui ai fait, répondit Billy. Qu'elle aille manger à un autre râtelier.

Charis était incapable de lui rappeler que si quelqu'un devait décider qui accueillir ici c'était elle, la seule capable d'acheter ou de produire de quoi manger.

— Il ne m'aime pas, n'est-ce pas? dit Zenia dès que Billy eut le dos tourné. Sa voix tremblait, les larmes lui montaient aux yeux : Je ferais mieux de m'en aller...

— Bien sûr, qu'il t'aime! C'est juste sa manière d'être, s'écria Charis avec chaleur. Reste là où tu es!

Charis mit un moment à comprendre pourquoi Billy se montrait si hostile à Zenia. Au début elle crut qu'il avait peur d'elle — peur qu'elle parle de lui, qu'elle avertisse les mauvaises personnes, et le dénonce; ou bien qu'une parole lui échappe, une indiscrétion. *Un mot de trop, et c'est le naufrage*, disait un slogan pendant la guerre de 39-40; on le lisait sur les affiches et la tante Viola de Charis le citait à ses amis comme une plaisanterie, à la fin des années quarante. Charis expliqua tout cela à Zenia, racontant combien Billy se sentait dans une situation précaire, et combien les choses étaient difficiles pour lui. Elle parla même des bombes à Zenia, des attentats, et du danger de kidnapping par la police montée. Zenia promit de ne rien dire. Elle comprenait parfaitement, affirma-t-elle.

— Je serai prudente, je le jure, dit-elle. Mais Karen — pardon, Charis — comment t'es-tu mise à fréquenter ces gens?

— Fréquenter?

— Les déserteurs. Les révolutionnaires. Tu ne m'as jamais paru très politique. À l'université. Bien sûr, il n'y en avait pas beaucoup, dans ce trou.

Charis n'imaginait pas que Zenia eût pu la remarquer alors, à cette époque floue et à moitié oubliée passée à l'université, où elle était encore Karen, du moins extérieurement. Elle n'avait participé à rien, elle ne s'était pas fait remarquer. Elle était restée dans l'ombre, mais apparemment Zenia l'avait repérée, la considérant digne d'attention, et cela la touchait. Zenia devait être très sensible; plus que ne le croyaient les gens.

— Je ne le suis pas, répondit-elle. Je n'étais pas du tout politique.

— Moi si, répliqua Zenia. J'étais totalement anti-bourgeois, à l'époque ! Une vraie cryptocommuniste bohémienne. Elle fronça un peu les sourcils, puis éclata de rire : Pourquoi pas, leurs fêtes étaient les plus chouettes !

— Eh bien, reprit Charis, je ne les fréquente pas. Je ne comprends rien à ces choses. Je vis avec Billy, c'est tout.

— Une nana de gangster, en quelque sorte, dit Zenia, qui se sentait un peu mieux.

C'était une journée chaude pour novembre, aussi Charis avait-elle décidé que Zenia pouvait sortir en toute sécurité. Elles étaient près du lac, et regardaient les mouettes ; Zenia avait marché toute la journée sans prendre une seule fois le bras de Charis. Celle-ci avait proposé de lui acheter une autre paire de lunettes de soleil — Zenia ayant oublié les siennes le soir où elle s'était enfuie — mais elle n'en avait plus guère besoin : son œil était d'un bleu-jaune discret, comme une tache d'encre délavée.

— Une quoi ? demanda Charis.

— Merde alors, dit Zenia en souriant, si vivre avec quelqu'un ne veut pas dire *fréquenter*, je ne sais pas ce que ça peut être.

Mais Charis ne se souciait pas de la manière dont les gens appelaient les choses. Elle n'écoutait pas Zenia, elle regardait son sourire.

Zenia sourit plus souvent, à présent. Charis a l'impression que c'est le résultat de son seul travail, de l'énergie qu'elle a déployée : les jus de fruits, le jus de ses propres choux, pressés et filtrés avec une passoire, les bains spéciaux qu'elle prépare, les étirements de yoga, les promenades en plein air soigneusement espacées. Toutes ces énergies positives font bloc contre les cellules cancéreuses, tels de bons soldats contre les mauvais, telle la lumière contre les ténèbres ; Charis elle-même médite tous les jours dans l'intérêt de Zenia, afin de visualiser ce même résultat. Et cela marche, vraiment ! Zenia a plus de couleurs, plus d'énergie. Elle est encore faible et très maigre, mais sa santé s'améliore à vue d'œil.

Elle le sait et en est reconnaissante.

— Tu te donnes tant de mal pour moi, dit-elle presque quotidiennement à Charis. Je ne le mérite pas ; je suis une étrangère pour toi, tu me connais à peine.

— Ça ne fait rien, répond Charis embarrassée.

Elle rougit un peu lorsque Zenia lui parle ainsi. Elle n'est pas habituée à ce que les gens la remercient pour son aide, et elle est convaincue que ce n'est pas nécessaire. En même temps, la sensation est très agréable ; mais il lui semble que Billy pourrait manifester lui aussi un peu plus de reconnaissance, pour tout ce qu'elle a fait pour lui. Au lieu de cela, il la rabroue et laisse son bacon. Il veut qu'elle prépare deux petits déjeuners — un pour Zenia et un spécialement pour lui — pour ne pas avoir à s'asseoir à la même table que l'invitée le matin.

— La manière dont elle te fait de la lèche me débecte, a-t-il dit hier.

Charis sait maintenant pourquoi il prononce ce genre de phrases. Il est jaloux. Il craint que Zenia ne se mette entre eux, et qu'elle ne lui enlève l'attention exclusive de Charis. C'est puéril de sa part. Après tout, il n'a pas de maladie mortelle, et il devrait savoir à présent que Charis l'aime. Elle lui touche le bras.

— Elle ne restera pas toujours, dit-elle. Juste le temps d'aller un peu mieux. De trouver un appartement.

— Je vais lui donner un coup de main, répond Billy.

Charis lui a raconté que West avait frappé Zenia à l'œil, et sa réaction n'a pas été charitable.

— Je me charge de l'autre œil, a-t-il déclaré. Bing, bang, merci madame, c'était un plaisir.

— Ce n'est pas très pacifiste de ta part, a répondu Charis d'un ton de reproche.

— Je n'ai jamais dit que j'étais un putain de pacifiste, s'est écrié Billy, se sentant insulté. Si une guerre est mauvaise, ça ne veut pas dire qu'elles le soient toutes !

— Charis, appelle la voix pleurnicharde de Zenia, de la pièce de devant. La radio est allumée ? J'ai entendu des voix. Je faisais la sieste.

— Je ne peux pas placer un mot dans ma propre maison ! siffle Billy.

C'est à ces moments-là que Charis sort pour bêcher son jardin.

Elle enfonce sa pelle, soulève le sol et le retourne, puis s'arrête pour chercher les vers. Alors elle entend la voix de Zenia derrière elle.

— Tu es si forte, dit-elle mélancoliquement. Je l'étais aussi autrefois. J'étais capable de porter trois valises.

— Tu le redeviendras, s'écrie Charis le plus chaleureusement possible. Je le sais !

— Peut-être, répond Zenia d'une petite voix triste. Ce sont les détails de la vie de tous les jours qui nous manquent tellement, tu sais ?

Charis se sent brusquement coupable de bêcher son propre jardin ; comme si elle devait éprouver de la culpabilité. C'est pareil pour la plupart des tâches qu'elle accomplit : frotter le plancher, faire le pain. Zenia l'admire tandis qu'elle vaque à ces occupations, mais c'est une admiration mélancolique. Parfois Charis perçoit que son corps tonique, en bonne santé, est un reproche vivant pour la jeune femme affaiblie : que Zenia lui en veut pour cela.

— Allons nourrir les poules, propose-t-elle.

Zenia est capable de le faire. Charis apporte la nourriture des poules dans la boîte à café, et Zenia l'éparpille, poignée par poignée. Elle doit aimer les poules. Elles sont si pleines de vie ! L'incarnation des forces de vie. N'est-ce pas ?

Ce genre de conversation rend Charis nerveuse. C'est trop abstrait, cela évoque trop l'université. Les poules n'incarnent rien d'autre qu'elles-mêmes. Le concret *est* l'abstrait. Mais comment l'expliquer à Zenia ?

— Je vais préparer une salade, dit-elle alors.

— Une salade de forces vitales, répond Zenia en riant.

Pour la première fois, Charis n'a pas de plaisir à entendre son rire, alors qu'elle devrait s'en réjouir. Elle ne saisit pas complètement sa signification. Comme une plaisanterie qui vous échappe.

C'est une salade de raisins secs et de carottes râpées, avec un jus de citron et de la sauce au miel. Ce sont les carottes qu'a fait pousser Charis et qu'elle conserve dans la boîte de sable humide du cagibi au sous-sol; elles commencent déjà à avoir de petites moustaches blanches, ce qui montre qu'elles sont encore vivantes. Charis et Zenia mangent la salade, les haricots de Lima et les pommes de terre bouillies, sans Billy qui doit sortir ce soir. Il a une réunion.

— Il va souvent à des réunions, murmure Zenia, tandis qu'il enfile sa veste.

Elle a renoncé à essayer d'être gentille avec lui, puisqu'elle n'arrive à aucun résultat; elle a pris l'habitude de parler de lui à la troisième personne, même en sa présence. Cela crée un cercle de langage, avec Zenia et Charis à l'intérieur, et Billy à l'extérieur; Charis aimerait qu'elle se comporte autrement; d'un autre côté, Billy n'a qu'à s'en prendre à lui-même.

Il lance un regard mauvais en direction de Zenia.

— Au moins je ne reste pas assis sur mon cul comme certains, dit-il avec colère.

Lui aussi ne s'adresse qu'à Charis.

— Sois prudent, dit-elle.

Elle parle de sa sortie en ville, mais Billy croit qu'il s'agit d'un reproche.

— Amuse-toi bien avec ton amie malade, répond-il méchamment.

Zenia se sourit à elle-même, un petit sourire amer. La porte claque derrière lui, faisant vibrer les vitres.

— Je crois que je ferais mieux de m'en aller, dit Zenia tandis qu'elles mangent de la compote de pommes mise en bouteille par Charis à l'automne.

— Où irais-tu ? demande Charis, consternée.
— Oh ! je trouverai bien un endroit, répond Zenia.
— Mais tu n'as pas d'argent ! s'écrie Charis.
— Je pourrais me trouver un boulot, dit Zenia. Je suis douée pour ça. Je peux toujours lécher le cul de quelqu'un, je sais trouver du travail.
Elle tousse, se cachant le visage de ses doigts maigres comme des allumettes.
— Désolée, dit-elle.
Elle avale une gorgée d'eau.
— Oh ! non, répond Charis. Tu ne peux pas faire une chose pareille ! Tu n'es pas encore assez bien ! Tu le seras bientôt, ajoute-t-elle, parce qu'elle ne veut pas sembler négative. Il faut renforcer la santé, non la maladie.
Zenia sourit faiblement.
— Peut-être. Mais Karen... vraiment, ne t'inquiète pas pour moi. Ce n'est pas ton problème.
— Charis, la reprend son amie.
Zenia a des difficultés à se souvenir de son vrai nom.
Oui, c'est son problème, puisqu'elle en a la charge.
Zenia dit alors une chose bien pire :
— Ce n'est pas seulement qu'il me déteste, poursuit-elle. Elle sort sa langue pour lécher la compote sur sa cuillère : En fait, il ne peut pas s'empêcher de me tripoter.
— West ? demande Charis.
Elle sent un doigt glacé glisser le long de sa colonne vertébrale.
— Non, sourit Zenia. Billy. Tu l'as sûrement remarqué.
Les traits de Charis tombent d'un seul coup, sous l'effet de la consternation. Elle n'a rien vu. Pourquoi donc ? C'est évident, maintenant que Zenia l'a souligné — l'énergie qui irradie des doigts et des cheveux de Billy quand Zenia est près de lui. Un frémissement sexuel, comme chez les matous.
— Comment ? dit-elle.
— Il veut me traîner au lit, explique Zenia, la voix teintée de regret. Il veut me sauter.

— Il t'aime ? dit Charis.

Elle se sent toute molle, comme si ses os avaient fondu. Elle éprouve de la terreur. *Billy m'aime*, proteste-t-elle en silence.

— *Billy m'aime*, s'écrie-t-elle d'une voix étranglée. Il l'affirme.

On dirait un enfant qui pleurniche. Quand le lui a-t-il confié pour la dernière fois ?

— Oh, ce n'est pas de l'amour, réplique doucement Zenia. Pas ce qu'il ressent pour moi, du moins. C'est de la haine. Quelquefois les hommes ont de la peine à faire la différence. Tu le savais déjà, n'est-ce pas ?

— De quoi parles-tu ? chuchote Charis.

Zenia éclate de rire.

— Allons, tu n'es plus un bébé. Il aime ton cul. Ou une autre partie de ton corps, comment le saurais-je ? En tout cas, ce n'est pas ton âme, pas *toi*. Si tu ne te laissais pas faire il te prendrait de toute manière. Je l'ai observé, c'est un rapace, un salopard, ce sont tous des violeurs dans l'âme. Tu es une innocente, Karen. Crois-moi, il y a une seule chose qu'un homme veuille d'une femme, et c'est le sexe. L'important, c'est de savoir combien tu vas les faire payer pour ça.

— Tais-toi, dit Charis. Tais-toi !

Elle sent quelque chose se briser en elle, s'effondrer, un énorme ballon irisé qui se déchire et vire au gris, comme un poumon ponctionné. Que reste-t-il, si on enlève l'amour ? Juste la brutalité. La honte. La férocité. La douleur. Que reste-t-il de ses dons, de son jardin, de ses poulets, de ses œufs ? De tous ses actes de tendresse, d'attention. Elle tremble à présent, elle a la nausée.

— Je suis réaliste, c'est tout, dit Zenia. S'il veut me baiser c'est uniquement parce qu'il ne le peut pas. Ne t'inquiète pas, il va tout oublier une fois que je serai partie. Ils ont la mémoire courte. C'est pourquoi je veux m'en aller, Karen — c'est pour toi.

Elle sourit encore. Elle fixe Charis, son visage est dans l'ombre, derrière elle luit faiblement l'ampoule du plafond et ses yeux brillent, ils rougeoient comme des phares de voiture, et son regard plonge en elle, de plus en plus loin. C'est un regard de résignation. Zenia accepte sa propre mort.

— Mais tu vas mourir, dit Charis.

Elle ne permettra pas une chose pareille.

— Ne renonce pas !

Elle fond en larmes. Elle agrippe la main de Zenia, ou le contraire, et elles se cramponnent l'une à l'autre par-dessus les assiettes sales.

Charis reste éveillée dans la nuit. Billy est revenu, longtemps après qu'elle s'est couchée, mais il ne s'est pas approché d'elle. Il s'est tourné de l'autre côté dans le lit, il s'est isolé, puis endormi. Cela se passe souvent ainsi, ces jours-ci. Comme s'ils s'étaient disputés. À présent elle sait qu'il y a une autre raison : il ne la désire pas. C'est Zenia qu'il désire.

Mais il ne la désire qu'avec son corps. C'est pourquoi il est si grossier avec elle — son corps est séparé de son esprit. C'est pourquoi il se montre si froid envers Charis : son corps veut l'éloigner de son chemin, pour attraper Zenia, la coincer contre le comptoir de la cuisine, la prendre contre sa volonté, bien qu'elle soit si malade. Peut-être ignore-t-il que c'est son désir. Mais c'est ainsi.

Le vent s'est levé. Charis l'entend frôler les arbres nus, et les vagues glacées qui s'échouent sur le rivage. Quelqu'un franchit le lac dans sa direction, une femme dont les pieds nus effleurent le sommet des vagues, sa chemise de nuit usée par les intempéries des années, ses cheveux incolores flottant dans la brise. Charis ferme les yeux, elle se concentre sur l'image intérieure, elle essaie de voir qui c'est. Dans sa tête brille le clair de lune, obscurci par des nuages qui courent à toute allure; puis le ciel se dégage et elle distingue le visage.

C'est Karen, la Karen qu'elle a bannie. Elle est venue de très loin. Maintenant elle approche, avec cette figure impuissante, abattue, qu'elle était habituée à voir dans la glace, dominant son propre visage, elle vole dans la nuit comme un fantôme évincé, vers cette maison où Charis s'est ancrée, convaincue d'être en sécurité ; exigeant d'entrer en elle, de la rejoindre, de partager son corps une fois de plus.

Charis n'est pas Karen. Elle ne l'est plus depuis longtemps, et elle ne veut plus jamais l'être. Elle la repousse de toutes ses forces, elle veut l'enfoncer sous l'eau, mais cette fois Karen résiste. Elle approche de plus en plus près, et sa bouche s'ouvre. Elle veut parler.

33

Ce n'étaient pas ces parents-là qu'il fallait à Karen. Cela pouvait arriver, disait sa grand-mère, et Charis le croit aussi. Des gens comme elle doivent chercher longtemps, partir en quête de leurs vrais parents et les reconnaître. Ou bien ils doivent s'en passer pour la vie.

Karen avait sept ans quand elle rencontra sa grand-mère pour la première fois. Ce jour-là, elle portait une robe de coton avec des fronces brodées sur le devant et une ceinture à nœud, avec des rubans assortis à l'extrémité de ses nattes blond pâle, tressées si serré qu'elles lui tiraient les yeux. Sa mère avait amidonné la robe, elle était raide et aussi un peu collante à cause de la chaleur humide de la fin juin. Elles prirent le train, et quand Karen se leva du siège en peluche tout chaud elle dut détacher le tissu de la jupe du dos de ses jambes. C'était douloureux, mais elle se garda bien de le dire.

Sa mère portait une tenue de lin ivoire avec une robe sans manches et une veste à manches courtes par-dessus. Elle avait un chapeau de paille blanc, un sac blanc et des souliers assortis, et une paire de gants de coton blancs, qu'elle tenait à la main.

— Je pense que cela te plaira, répétait-elle anxieusement à Karen. Tu ressembles beaucoup à ta grand-mère sous certains aspects.

C'était nouveau pour la petite fille, car depuis longtemps sa mère et sa grand-mère ne se parlaient presque plus. Elle savait, pour l'avoir entendu dire, que sa mère s'était enfuie de la ferme à seize ans à peine. Elle avait pris des emplois pénibles et économisé de l'argent pour faire des études et devenir institutrice. Ainsi elle cesserait d'être sous la coupe de sa propre mère, cette vieille bique cinglée. Même des chevaux sauvages ne la ramèneraient pas sur ce tas d'ordures, du moins elle le disait.

Pourtant elles se dirigeaient à présent vers la ferme que détestait tant la mère de Karen, avec les vêtements de la fillette bien pliés dans une valise et le nécessaire de voyage rangé à côté, dans le porte-bagages au-dessus de leurs têtes. Elles dépassaient des champs de boue, des maisons isolées, des granges grises affaissées, des troupeaux de vaches. La mère de Karen haïssait les vaches. Elle racontait souvent qu'elle avait été forcée d'être debout l'hiver, en pleine tempête de neige, avant même le lever du soleil, et de sortir en frissonnant au milieu des bourrasques pour nourrir les vaches.

— Tu vas aimer les vaches, disait-elle à présent, de la voix trop douce qu'elle employait à l'école pour les élèves de dixième.

Elle contrôla son rouge à lèvres dans le miroir de son poudrier, puis sourit à Karen pour voir comment elle prenait la chose. Karen répondit par un sourire hésitant. Elle était habituée à sourire même lorsqu'elle n'en avait pas envie. Elle entrerait en dixième en septembre ; elle espérait ne pas se retrouver dans la classe de sa mère.

Ce n'était pas la première fois qu'elle partait de chez elle. D'autres fois, elle avait été envoyée dans la maison de sa tante Viola, la sœur aînée de sa mère. Parfois c'était juste pour la nuit, parce que sa mère sortait ; ou bien pour des semaines, surtout l'été. Sa mère avait besoin d'un long repos l'été à cause de ses nerfs. *Eh bien, qui n'en a pas, si on y réfléchit bien?* disait tante Vi avec désapprobation, comme si la mère de Karen ne pouvait s'attendre à rien d'autre. Elle parlait à oncle Vern mais regardait obliquement Karen, semblant la rendre responsable. Sans doute ne l'était-elle pas complètement, parce que la petite fille essayait de faire ce qu'on lui demandait, même si elle commettait parfois des erreurs ; et il y avait d'autres choses qu'elle ne pouvait contrôler, comme son somnambulisme.

Cet état de nerfs était la conséquence de la guerre. Le père de Karen y avait été tué avant même la naissance de l'enfant, que sa mère avait dû élever seule — une situation très difficile, pratiquement impossible. Il y avait aussi autre chose, en rapport avec le mariage de la mère de Karen, ou bien son inexistence. Ses parents s'étaient-ils vraiment mariés ? — c'était l'une des nombreuses choses dont Karen doutait, pourtant sa mère se faisait appeler madame et portait une alliance. Il n'y avait pas de photos de mariage, mais pendant la guerre les choses se passaient différemment, tout le monde le disait. Une intonation de la voix de tante Vi avait mis Karen en alerte : elle était une gêne, on ne pouvait parler d'elle que de manière indirecte. Elle n'était pas tout à fait orpheline mais elle en portait la tare.

Karen ne regrettait pas son père mort, car comment regretter quelqu'un qu'on n'a jamais connu? Mais sa mère lui répétait qu'il devait lui manquer. Une photographie encadrée de lui — seul, sans sa mère, vêtu de son uniforme, une expression solennelle et déjà figée sur son long visage osseux — apparaissait et disparaissait du manteau de la cheminée, selon l'état de santé de la mère de Karen. Quand elle était en mesure de la regarder, la photo était là; sinon elle l'enlevait. Karen se servait de ce portrait comme d'un bulletin météo. Lorsqu'il n'était plus visible, l'enfant pressentait des difficultés, et s'efforçait de se tenir à l'écart, loin des coups de pied de sa mère. Mais elle n'y réussissait pas toujours, ou bien elle y parvenait trop bien et sa mère l'accusait de rêver, de ne pas l'aider, de ne se préoccuper de rien, d'être horriblement égoïste, et sa voix montait dangereusement, comme un thermomètre qui entre dans la zone rouge.

Karen essayait d'aider, d'être attentive. Elle l'aurait été davantage encore si elle avait su ce qu'elle était censée faire exactement, et elle avait besoin d'observer tant de choses, à cause des couleurs, et d'écouter tant de bruits. Des heures avant un orage, quand le ciel était encore immobile et bleu, elle sentait sur ses bras le frémissement de la foudre lointaine. Elle entendait le téléphone avant qu'il ne sonne, elle entendait la souffrance s'accumuler dans les mains de sa mère, monter comme l'eau derrière un barrage, prête à déborder, et elle se figeait au milieu de la pièce, terrifiée, les yeux ailleurs, avec un air idiot, disait celle-ci. *Stupide!* Peut-être l'était-elle, car quelquefois elle ne comprenait pas ce qu'on lui disait. Elle n'écoutait pas les mots, mais ce qu'il y avait derrière; elle écoutait plutôt les visages, et ce qu'ils cachaient. La nuit elle se réveillait, debout près de la porte, cramponnée à la poignée, et se demandait comment elle était arrivée là.

Pourquoi fais-tu cela? Pourquoi? disait sa mère en la secouant, et Karen ne pouvait pas répondre. Mon Dieu, tu es idiote! Tu ne sais pas ce qui pourrait t'arriver dehors? Karen l'ignorait, et sa mère continuait: *Je vais t'apprendre! Petite garce!* Alors elle frappait le dos des jambes de Karen avec une de ses chaussures, ou bien la spatule à crêpes, ou le manche du balai, l'objet le plus proche, et une épaisse lumière rouge se déversait de son corps sur Karen qui se mettait à hurler et à se tortiller.

— Si ton papa était vivant ce serait lui qui te battrait, et il taperait beaucoup plus fort, je peux te le garantir!

C'était l'unique fonction que la mère de Karen attribuait à son père, et l'enfant était secrètement soulagée de son absence.

D'ordinaire, la mère de Karen ne disait pas *Doux Jésus*, ni *Mon Dieu*, ni *garce*, elle ne jurait pas; sauf quand elle était au bord de la crise de nerfs. Karen pleurait beaucoup quand sa mère la frappait, parce que cela faisait mal mais aussi pour montrer qu'elle regrettait, tout en ignorant précisément pour quelle raison elle le devait. D'autre part, si elle ne pleurait pas, sa mère continuait de taper pour lui arracher des larmes. *Petite dure !* Elle devait s'arrêter au bon moment, sinon sa mère la frappait parce qu'elle pleurait. *Arrête de faire ce bruit ! Arrête immédiatement*. Parfois Karen n'y arrivait pas et sa mère non plus, et c'était pire que tout. Sa mère ne pouvait pas s'en empêcher. À cause de ses nerfs.

Ensuite, elle tombait à genoux et enveloppait Karen dans ses bras, la serrant au point de l'étouffer, et elle pleurait, disant :

— Je suis désolée, je t'aime, je ne sais pas ce qui m'a pris, je regrette !

Karen essayait de sécher ses larmes et de sourire, parce que sa maman l'aimait. Si on vous aimait, tout était bien. Tous les jours, sa mère s'aspergeait de parfum Tabu ; elle détestait sentir mauvais. C'était donc l'odeur de la pièce, pendant les séances de coups : le Tabu chaud.

La tante Vi de Karen ne l'aimait pas beaucoup, mais du moins elle ne la touchait pas, et sa maison n'était pas désagréable. Karen dormait dans la chambre d'amis, dont les rideaux étaient ornés de grosses roses dérangeantes, orange et roses, comme des choux-fleurs. Elle se tenait le plus possible à l'écart. Elle aidait à faire la vaisselle sans qu'on le lui demande, et rangeait dans le tiroir du haut de la commode ses mouchoirs pliés et ses chaussettes par paires, et elle ne se salissait pas.

— C'est une assez jolie petite chose, mais elle n'a pas beaucoup de personnalité, disait tante Vi au téléphone. Comme du lait et de l'eau. Oh ! je la tiens propre et je la nourris, ce n'est pas si difficile. De toute manière ce n'est que de la charité chrétienne, et puis nous n'avons pas d'enfants à nous. Vraiment, ça ne me dérange pas.

L'oncle Vern allait plus loin encore.

— Qui est ma petite fille? s'exclamait-il.

Il voulait que Karen s'asseye sur ses genoux, il lui frottait la tête, approchait son visage du sien et lui souriait, en la chatouillant sous les bras; Karen n'aimait pas cela mais elle riait nerveusement quand même, car c'était ce qu'il attendait.

— On s'amuse bien, hein? s'écriait-il gaiement; mais il ne le croyait pas, c'était seulement la façon dont il croyait devoir se comporter avec elle.

— Ne la harcèle pas, disait froidement tante Vi.

La peau d'oncle Vern était blanche en surface mais rouge en profondeur. Il tondait la pelouse en short, le dimanche soir quand tante Vi était à l'église, et à ces moments-là il devenait encore plus rouge, bien que la lumière autour de son corps fût pâle, d'un brun vert boueux. Le matin, lorsqu'elle était encore au lit, Karen l'entendait grogner et geindre dans la salle de bains. Elle mettait son oreiller sur sa tête.

— Elle est somnambule, mais pas tant que ça, disait tante Vi au téléphone. Je ferme les portes à clé, pour qu'elle ne sorte pas. Je ne sais pas pourquoi Gloria fait tant d'histoires. Bien sûr elle a les nerfs fragiles. Se retrouver avec... un enfant sur les bras, comme ça... je sens que je dois l'aider. Après tout, je suis sa sœur.

Elle baissait la voix en prononçant ces mots, comme s'il s'agissait d'un secret.

Sa tante et son oncle n'habitaient pas dans un appartement, comme sa mère. Ils vivaient dans une maison neuve en banlieue, avec des tapis sur tous les planchers. Oncle Vern travaillait dans l'ameublement; comme la guerre venait de se terminer, il y avait une réelle demande; les affaires marchaient, et maintenant oncle Vern et tante Vi étaient en vacances. Ils étaient partis à Hawaii. C'était pourquoi Karen ne pouvait se rendre chez eux, mais devait aller chez sa grand-mère.

Il le fallait, parce que sa mère avait besoin de repos. Elle en éprouvait la cruelle nécessité; Karen le savait. Lorsqu'elle décolla la jupe amidonnée du dos de ses jambes, une partie de sa peau tomba aussi, car la veille sa mère s'était servie de la spatule à crêpes, frappant de côté, et non à plat ; elle avait utilisé le bord tranchant et du sang avait coulé.

La grand-mère les attendait à la gare dans une camionnette bleue délabrée.

— Comment vas-tu, Gloria ? dit-elle à la mère de Karen, lui serrant la main comme à une étrangère.

Elle avait de grandes mains hâlées, comme son visage ; sur sa tête se dressait un nid hérissé gris et blanc, sa chevelure, comprit Karen au bout d'un moment. Elle portait une combinaison qui n'était pas propre.

— Alors voici notre Karen.

Sa large figure ridée se pencha, avec un nez crochu et deux petits yeux bleu vif sous des sourcils nerveux, et ses dents apparurent, longues et bizarrement régulières, si blanches qu'elles en étaient presque lumineuses. Elle souriait.

— Je ne vais pas te manger, dit-elle à Karen. Pas aujourd'hui. Tu es trop maigre de toute manière — il faut que je t'engraisse.

— Oh ! maman, dit la mère de Karen d'un ton de reproche, de sa douce voix réservée aux dixièmes. Elle ne peut pas savoir que tu plaisantes !

— Alors elle ferait mieux de s'en apercevoir tout de suite, répondit la grand-mère. En partie, c'est vrai, de toute manière. Elle est trop maigre. Si j'avais un veau gros comme elle, je dirais qu'il meurt de faim !

Il y avait un colley noir et blanc sur le siège de la camionnette, couché sur une couverture écossaise sale.

— Derrière, Glennie, dit la grand-mère, et le chien dressa les oreilles, remua la queue, sauta en bas, et grimpa à l'arrière en prenant appui sur le pare-chocs. Rentre, dit encore la grand-mère, attrapant Karen comme un sac et la hissant sur le siège. Pousse-toi pour faire de la place à ta mère.

Karen obéit ; c'était douloureux, à cause de ses

jambes. Sa mère considéra les poils de chien en hésitant.

— Monte, Gloria, dit sèchement la grand-mère. C'est aussi sale que ça l'a toujours été.

Elle conduisait vite, sifflant faux, un coude posé négligemment dehors. Les deux fenêtres étaient ouvertes et un tourbillon de poussière de gravier pénétrait à l'intérieur, mais la voiture empestait tout de même le vieux chien. La mère de Karen enleva son chapeau blanc et pencha la tête au-dehors. Karen, qui était écrasée au milieu et se sentait un peu malade, essayait d'imaginer qu'elle était elle-même un chien, pour trouver l'odeur agréable.

— Bienvenue à la maison, bienvenue à la maison, ding, dong, dit jovialement la grand-mère.

Elle s'engagea dans une allée bosselée, et Karen entrevit un énorme squelette qui ressemblait à un dinosaure dans les hautes herbes devant la maison. Cette chose avait une couleur de rouille, avec des pointes et de nombreux os incrustés qui se dressaient. Elle voulut demander ce que c'était mais elle avait encore peur de sa grand-mère, et de toute manière le camion ne bougeait plus, il y avait du vacarme, des aboiements, des sifflements et des gloussements, et un grognement, et sa grand-mère criait :

— Allez-vous-en, allez-vous-en mes petits, pschtt, pschtt !

Karen ne pouvait pas voir dehors, elle regarda donc sa mère. Celle-ci était assise très droite, son chapeau sur les genoux, les yeux fermés, et roulait en boule ses gants blancs.

Le visage de la grand-mère apparut à la fenêtre.

— Oh ! Gloria, pour l'amour de Dieu, dit-elle en ouvrant la portière toute grande. Ce ne sont que les oies.

— Ces oies sont des criminelles, répondit la mère de Karen, mais elle descendit de la camionnette.

Karen se dit qu'elle n'aurait pas dû porter ses chaussures blanches, parce que la cour devant la maison n'était pas une pelouse mais une étendue boueuse, en partie sèche et en partie mouillée, avec des excréments d'animaux d'espèces variées. Karen ne connaissait que les crottes de chien, parce qu'on en trouvait en ville. Il y avait à présent deux colleys, le noir et blanc et un autre plus grand, marron et blanc, et ils étaient en train de ramener un troupeau d'oies vers la basse-cour, aboyant et agitant leurs queues fournies. Une masse de mouches bourdonnait tout autour.

— Ouais, elles sont capables de te donner un bon coup de bec, dit la grand-mère de Karen. Il faut juste leur résister. Montrer de la volonté!

Elle tendit la main à Karen, mais la fillette protesta :

— Je peux descendre toute seule.

Et elle lui répondit :

— C'est ça!

La mère de Karen était partie en avant, portant son bagage d'une main et agitant son sac pour chasser les mouches, traversant la cour pleine de cacas avec ses hauts talons, et la grand-mère choisit ce moment pour dire :

— Ta mère est faible d'esprit. Hystérique. Elle l'a toujours été. J'espère que ce n'est pas ton cas.

— Qu'est-ce que c'est que ça? demanda Karen, trouvant du courage parce qu'elle voyait qu'on le lui demandait.

— Quoi? répondit sa grand-mère.

Un cochon de taille moyenne s'appuyait contre ses jambes. Il renifla les chaussettes de Karen avec son groin inquiétant, mouillé et tendre comme un globe oculaire, baveux comme une bouche.

— C'est Pinky. Une truie.

— Non, dit Karen.

Elle savait que c'était un cochon, elle avait vu des photos.

— Je veux dire la grosse chose devant.

— Un vieux cultivateur, répondit la grand-mère, laissant Karen se demander ce que c'était. Viens!

Elle se dirigeait à grands pas vers la porte avec la valise de Karen sous le bras, et la petite fille trottait derrière elle. Dans le lointain, on entendait d'autres aboiements et gloussements. La truie les suivit jusqu'à la maison, et entra, à la surprise de Karen. Elle savait pousser la moustiquaire avec son groin.

Elles étaient dans la cuisine, beaucoup moins dégoûtante que Karen ne l'avait imaginé. Il y avait une table ovale recouverte de toile cirée — vert pâle avec un motif de fraises —, une énorme théière et des assiettes sales. Des chaises peintes en vert pomme, un tas de bois et un canapé défoncé en velours marron encombré d'une pile de journaux. Il y en avait même sur le sol, avec, par-dessus, une couverture au crochet effilochée.

La mère de Karen était assise dans un fauteuil à bascule près de la fenêtre, l'air épuisé. Son costume en lin était tout froissé. Elle avait enlevé ses chaussures et s'éventait avec son chapeau, mais quand la truie pénétra dans la pièce, elle poussa un petit cri.

— Tout va bien, elle est propre, dit la grand-mère.

— Ça dépasse les bornes, s'écria la mère de Karen, d'une voix tendue, furieuse.

— Plus propre que la plupart des gens, reprit la grand-mère. Plus maligne aussi. De toute manière, je suis chez moi. Tu peux faire ce qui te chante chez toi. Je ne t'ai pas demandé de venir et je ne te prierai pas de partir, mais pendant que tu es ici prends les choses comme elles sont.

Elle gratta la truie derrière les oreilles et lui donna une claque sur la croupe, l'animal grogna doucement, la regarda en louchant, et s'affala sur la couverture, sur le flanc. La mère de Karen éclata en sanglots, se leva de son fauteuil et sortit de la pièce, pressant ses gants blancs sur ses yeux. La grand-mère de Karen éclata de rire.

— Tout va bien, Gloria, cria-t-elle. Pinky ne peut pas monter les escaliers !

— Pourquoi ? demanda Karen.

Sa voix était presque un chuchotement. Elle n'avait jamais entendu personne parler à sa mère.

— Ses pattes sont trop courtes, dit sa grand-mère. Maintenant, enlève cette robe, si tu as autre chose à te mettre, et aide-moi à laver les patates. (Elle poussa un soupir.) J'aurais dû avoir des fils.

Karen ouvrit sa valise et trouva son long pantalon de coton, puis se changea dans une pièce que sa grand-mère appelait le salon de derrière. Elle ne voulait pas porter son short à cause du dos de ses jambes. C'était un secret entre sa mère et elle. Elle n'était pas censée parler du manche à balai ni de la spatule à crêpes, sinon cela ferait des histoires, comme la fois où sa mère avait frappé un des élèves de dixième en pleine figure et avait failli perdre son poste, et que mangeraient-elles alors ?

— Je te montrerai ta chambre plus tard, quand Gloria aura fini de pleurnicher, dit la grand-mère.

Puis Karen l'aida à laver les pommes de terre. Elles étaient dans une cuisine plus petite à côté de la grande, où il y avait une cuisinière électrique et un évier en métal avec un robinet d'eau froide. Sa grand-mère appelait cette pièce l'office. La truie les accompagna et grogna avec espoir avant d'être renvoyée.

— Pas maintenant, Pinky, dit la grand-mère. Trop de patates crues la rendent malade. Elle adore ça pourtant. Elle aime boire aussi, et c'est mauvais pour elle. La plupart des animaux aiment prendre une bonne cuite s'ils en ont l'occasion.

Pour le dîner il y avait des pommes de terre bouillies et du ragoût de poulet avec des biscuits secs. Karen n'avait pas très faim. Elle donna furtivement des morceaux de son dîner au cochon et aux deux chiens, qui étaient sous la table. Sa grand-mère la vit faire mais n'éleva pas d'objection, et elle comprit que cela ne posait pas de problème.

Sa mère descendit pour le dîner, toujours vêtue de sa robe de lin, le visage lavé, les lèvres maquillées de frais, la bouche pincée. Karen connaissait cette expression : cela signifiait que sa mère allait assumer la situation, *sinon*. Sinon quoi ? Sinon les choses tourneraient mal pour Karen.

— Maman, y a-t-il des serviettes ? demanda la mère de Karen.

Sa bouche se crispa pour sourire, comme tirée par deux ficelles.

— Des quoi ?

— Des serviettes de table, répéta-t-elle.

— Que de manières, Gloria ; sers-toi de ta manche, répliqua la vieille femme.

Sa fille plissa le nez en regardant Karen.

— Tu vois des manches ? demanda-t-elle.

Elle avait enlevé sa veste, et ses bras étaient nus. Elle choisissait un nouveau style : elle avait décidé qu'elles trouveraient toutes les deux la grand-mère comique.

La vieille femme surprit son regard et fronça les sourcils.

— Elles sont dans le tiroir du buffet, comme toujours, dit-elle. Je ne suis pas une sauvage, mais ce n'est pas non plus un dîner chic. Ceux qui en veulent n'ont qu'à aller les chercher.

Pour le dessert il y avait de la compote de pommes, et ensuite du thé fort avec du lait. La grand-mère donna une tasse à Karen, et sa mère protesta :

— Oh ! maman, elle ne boit pas de thé.

Et la vieille dame répondit :

— À partir d'aujourd'hui, si.

Karen pensa qu'elles allaient se disputer, mais sa grand-mère ajouta :

— Si tu me la laisses, tu me la laisses. Bien sûr, tu peux toujours la remmener avec toi.

La mère de Karen serra les dents.

Quand la grand-mère eut fini de manger, elle ramassa les os pour les remettre dans la cocotte, puis elle posa les assiettes par terre. Les animaux se précipitèrent pour les lécher bruyamment.

— Pas les assiettes, dit faiblement la mère de Karen.

— Il y a moins de microbes sur leurs langues que chez les humains, répliqua la grand-mère.

— Tu es folle, tu sais ça ? s'écria la mère de Karen d'une voix étranglée. On devrait t'enfermer !

Elle porta la main à sa bouche et courut dans la

cour. La vieille femme la regarda s'éloigner. Puis elle haussa les épaules et recommença à boire son thé.

— Il y a la propreté de l'intérieur et celle de l'extérieur, dit-elle. La propreté intérieure vaut mieux, mais Gloria n'a jamais vu la différence.

Karen ne savait pas quoi faire. Elle pensa à son estomac, rempli de bave et de microbes de chien et de cochon ; curieusement, elle ne se sentait pas malade.

Lorsque Karen monta plus tard, elle entendit sa mère pleurer, un bruit qu'elle avait surpris maintes fois auparavant. Elle pénétra prudemment dans la chambre d'où venait le son. Sa mère était assise sur le bord du lit ; Karen ne lui avait jamais vu l'air aussi ravagé.

— Elle ne s'est jamais comportée comme une vraie mère, sanglotait-elle. Jamais !

Elle serra sa fille dans ses bras et pleura dans ses cheveux, Karen se demandait ce qu'elle voulait dire.

La mère de Karen partit le lendemain, avant le petit déjeuner. Elle dit qu'elle devait rentrer en ville, elle avait un rendez-vous chez le médecin. La grand-mère la conduisit à la gare et Karen vint elle aussi, pour dire au revoir. Elle portait son pantalon long, à cause de ses jambes, qui lui faisaient mal de nouveau. Sa mère l'entoura de son bras pendant tout le trajet.

Avant de mettre le camion en route, la grand-mère libéra les oies de leur enclos.

— Ce sont des oies de garde, dit-elle. Avec Cully, elles veilleront sur tout. Si quelqu'un essaie d'entrer, Cully le renversera et les oies lui crèveront les yeux. Cully, reste là ! Glenn, viens !

Elle conduisait aussi vite qu'avant, presque au milieu de la route, mais cette fois elle ne sifflait pas.

Quand vint le moment de se dire au revoir à la gare, la mère de Karen lui fit un baiser sur la joue et la serra fort dans ses bras en disant qu'elle l'aimait, et lui recommanda d'être une bonne fille. Elle n'embrassa pas la grand-mère. Elle ne la salua même pas. Karen regarda le visage de la vieille femme : il était fermé comme une huître.

Karen voulait attendre le départ du train. Sa mère agita la main par la fenêtre, ses gants blancs flottaient comme des drapeaux. Ce fut la dernière fois qu'elle vit sa vraie mère, une femme encore capable de lui sourire et de la saluer, mais elle ne le savait pas ce jour-là.

Ensuite Karen et sa grand-mère rentrèrent à la ferme et prirent leur petit déjeuner, du porridge de flocons d'avoine avec du sucre roux et de la crème fraîche. La vieille femme était moins bavarde maintenant que sa fille était partie.

Karen la regarda de l'autre côté de la table. Elle la fixait attentivement. Sa grand-mère était plus âgée qu'elle ne l'avait cru la veille ; le cou était plus décharné, les paupières plus ridées. Une pâle lumière bleue brillait autour de la tête. Karen avait déjà compris que ses dents étaient fausses.

34

Après le petit déjeuner la grand-mère de Karen lui demande :

— Tu es malade ?

— Non, répond Karen.

Elle a encore mal aux jambes mais ce n'est pas une maladie, ce n'est rien puisque sa mère le dit. Elle ne veut pas être mise au lit, mais aller dehors. Elle a envie de voir les poulets.

Sa grand-mère la regarde sévèrement mais elle dit seulement :

— Tu ne veux pas te mettre en short ? Aujourd'hui il va faire très chaud.

Mais Karen refuse encore et elles vont ramasser les œufs. Les chiens et le cochon ne sont pas autorisés à les accompagner, parce que les colleys essaieraient de rassembler les poules et que la truie aime les œufs. Tous les trois restent couchés sur le sol de la cuisine ; les chiens agitent lentement la queue et le cochon a l'air pensif. La grand-mère de Karen prend un grand panier, avec un torchon au fond, pour y ranger les œufs.

Le ciel est bleu vif comme un coup de poing dans l'œil, cette flaque de couleur intense ; les cris perçants des cigales pénètrent dans la tête de Karen comme des fils électriques. À leur extrémité les cheveux de sa grand-mère retiennent la lumière du soleil et s'enflamment comme de la laine rougeoyante. Elles marchent dans le sentier, entre les hautes herbes, les chardons et les carottes sauvages, le parfum de la végétation est plus fort que ce qu'elle a jamais senti auparavant, il se mélange aux odeurs aigres-douces de la ferme, si riche et puissant que la petite fille ne sait plus s'il est agréable ou non ; elle a l'impression d'étouffer.

Le poulailler se trouve près du grillage et de la barrière qui entourent le jardin ; à l'intérieur de la palissade il y a des plants de pommes de terre, une rangée de laitues florissantes, et des piquets en triangle sur lesquels grimpent des haricots dont les fleurs rouges bourdonnent d'abeilles.

— Des patates, des laitues, des haricots, dit la vieille femme à Karen, ou peut-être à elle-même. Des poules, ajoute-t-elle, quand elles arrivent au poulailler.

Il y a deux sortes de poules, les unes blanches avec des crêtes rouges, les autres brun-rouge. Elles grattent, gloussent et fixent Karen de leurs yeux jaunes de lézards — un œil après l'autre ; des étincelles de lumière multicolore glissent sur leurs plumes, comme de la rosée. Karen les regarde, fascinée, puis sa grand-mère lui prend le bras.

— Il n'y a pas d'œufs ici, dit-elle.

L'intérieur du poulailler sent le renfermé, et il y fait sombre. La grand-mère de Karen fouille dans les caisses remplies de paille et sous les deux poules restées dedans, et elle pose les œufs dans son panier.

Elle donne un œuf à porter à Karen, pour elle. Une tendre lumière brille sous la coquille. Il est un peu humide; des bouts de paille et de caca de poule y sont collés. Il est tout chaud. Karen sent ses jambes qui palpitent, la chaleur de l'œuf lui monte à la tête. Il est mou dans ses mains, comme un cœur vivant, enveloppé d'une carapace en caoutchouc. Il grandit, se gonfle, et tandis qu'elles reviennent le long du jardin dans la chaleur du soleil et le bourdonnement des abeilles, il devient si gros et brûlant que Karen doit le lâcher.

Ensuite elle était couchée dans son lit, à plat ventre. Sa grand-mère lui lavait les jambes.

— Je n'ai pas été la mère qu'il lui fallait, disait-elle. Ni elle, la fille que je voulais. Et voilà le résultat. Mais on n'y peut rien.

Elle passait ses grandes mains noueuses sur les jambes de Karen, et au début cela faisait encore plus mal, mais ensuite il y eut une sensation de chaleur, puis de fraîcheur, et la petite fille s'endormit.

Lorsqu'elle se réveilla elle était dehors. Il faisait très noir mais une demi-lune brillait; dans sa clarté elle distinguait les troncs des arbres et les ombres des branches. Au début elle se sentit effrayée parce qu'elle ne savait pas où elle était ni comment elle se trouvait là. Un parfum doux et profond flottait dans l'air, des fleurs miroitaient, des laiterons, apprit-elle par la suite, et de nombreux papillons de nuit voletaient, l'effleurant de leurs ailes aux écailles blanches. De l'eau coulait tout près.

Elle entendait respirer. Puis elle sentit un nez humide dans sa main, et un animal la frôla. Les deux chiens étaient avec elle, un de chaque côté. Avaient-ils aboyé quand elle était sortie de la maison? Elle n'en savait rien, elle ne les avait pas entendus. Mais elle cessa de s'inquiéter, parce qu'ils sauraient retrouver le chemin. Elle resta là un long moment, respirant l'odeur des arbres, des chiens, des fleurs nocturnes et de l'eau, car c'était la meilleure sensation, celle qu'elle recherchait : être seule dehors, dans la nuit. Elle n'était plus malade.

Finalement les chiens la poussèrent doucement, l'obligeant à faire demi-tour et à retourner en direction de la masse noire de la maison. Aucune lampe n'était allumée; elle pensa qu'elle pourrait remonter dans sa chambre sans que sa grand-mère le sache. Elle ne voulait pas être secouée, rebattue, ni s'entendre dire qu'elle était dure. Mais quand elle atteignit la maison sa grand-mère se trouvait là, debout dans sa longue chemise de nuit pâle, les cheveux ébouriffés à la clarté de la lune, elle tenait la porte ouverte et ne dit rien du tout. Elle hocha simplement la tête, et Karen entra.

Elle se sentit accueillie, comme si la maison avait été différente, la nuit; comme si elle y pénétrait pour la première fois. Elle savait maintenant que sa grand-mère marchait aussi dans son sommeil, et qu'elle voyait dans le noir.

Le matin, Karen glissa les mains sur le dos de ses jambes. Elle n'avait plus mal. Les zébrures collantes avaient disparu, remplacées par des traits minuscules, fins comme des cheveux; comme les fêlures d'un miroir.

Karen dormait dans la plus petite chambre, en haut. Elle avait appartenu à sa mère. Le lit était étroit, avec un dosseret en bois sombre verni, éraflé. Le dessus-de-lit ressemblait à une multitude de chenilles cousues ensemble, et il y avait une commode peinte en bleu, avec une chaise à dossier droit assortie. Les tiroirs étaient garnis de vieux journaux; Karen y rangea ses vêtements pliés. Les rideaux étaient ornés de myosotis passés. Le matin, le soleil se glissait à travers, faisant apparaître la poussière sur les surfaces, et sur les barreaux de la chaise. Il y avait un tapis tressé, râpé par l'usage, et, dans un coin, une armoire sombre.

Karen savait que sa mère détestait cette pièce; comme toute la maison. Ce n'était pas son cas, même si elle trouvait certaines choses étranges. Dans la grande chambre de devant où dormait sa grand-mère, étaient alignées, au fond du placard, des bottes d'hommes. Il n'y avait pas de salle de bains, seulement des cabinets extérieurs, avec une boîte de chaux et une petite palette en bois. Il y avait un salon avec des rideaux sombres et une collection de pointes de flèches indiennes ramassées dans les champs et, sur tout le plancher, d'énormes tas de journaux. Sur le mur était accrochée une photographie encadrée du grand-père de Karen, prise longtemps auparavant, avant qu'il n'eût été écrasé par un tracteur. « Il n'a pas grandi avec des tracteurs, dit la grand-mère. Seulement des chevaux. Cette maudite chose a roulé sur lui. Ta mère a assisté à l'accident, elle avait seulement dix ans à l'époque. C'est peut-être pour cela qu'elle a déraillé. Il a dit que c'était de sa faute, parce qu'il avait touché aux inventions du Démon. Il a vécu une semaine, mais je ne pouvais rien faire. Je ne peux pas réparer des os. » Elle se parlait plus à elle-même qu'à Karen, comme la plupart du temps.

Le tracteur se trouvait encore dans le hangar; sa grand-mère l'avait conduit avant de devenir trop vieille. Maintenant les champs étaient labourés par Ron Loane, du bout de la route, et il utilisait son propre tracteur, sa propre ramasseuse, tout son matériel. La seconde semaine du séjour de Karen l'une des poules se mit à couver et fit son nid sur le siège du tracteur et pas dans sa caisse. Karen la trouva, couchée sur vingt-trois œufs.

— Elles font toujours ça, dit la grand-mère. Elles savent que nous prenons leurs œufs, et elles s'en vont. Les autres poules lui ont laissé leurs propres œufs. Pour s'épargner l'effort de couver. Putes paresseuses.

Pourtant il fallut ramener cette poule dans le poulailler, à cause des fouines.

— Elles viennent la nuit, expliqua la grand-mère de Karen. Elles mordent les poulets au cou et sucent leur sang.

Les fouines étaient si minces qu'elles pouvaient s'introduire dans la moindre fente. Karen imaginait ces longs animaux fins comme des serpents, froids et silencieux, se glissant à travers les murs, la gueule ouverte, leurs crocs acérés prêts à attaquer, les yeux luisant de méchanceté. Un soir après la tombée de la nuit, sa grand-mère l'envoya dans le poulailler avec la lanterne, pendant qu'elle-même restait au-dehors, cherchant des fissures dans les planches éclairées par le faisceau de lumière. Une fouine dans un poulailler, disait-elle, et c'est la fin de tout.

— Elles ne tuent pas pour manger, mais pour le plaisir, expliquait-elle.

Karen regardait la photographie de son grand-père. Les images ne lui inspiraient pas grand-chose; les corps y étaient plats, faits de papier noir et blanc, aucune lumière n'en émanait. Le grand-père avait une barbe et de gros sourcils, et il portait un costume noir et un chapeau; il ne souriait pas. La grand-mère de Karen dit que c'était un mennonite; puis il l'avait épousée, et rompu avec ces gens-là. Karen ne comprenait pas ce que cela signifiait, car elle ignorait qui étaient les mennonites. Sa grand-mère expliqua qu'il s'agissait d'une religion. Ils n'utilisaient rien de moderne, restaient entre eux, et étaient de bons fermiers. On pouvait toujours reconnaître une ferme mennonite parce qu'ils travaillaient la terre jusqu'à l'extrémité des champs. Et puis, ils désapprouvaient la guerre. Ils refusaient de se battre.

— En temps de guerre ils ne sont pas très populaires, dit-elle. Sur cette ligne de train, il y a encore des gens qui ne me parlent pas, à cause de lui.

— Moi aussi je suis contre la guerre, déclara Karen d'un ton solennel.

Elle venait de le décider. C'était la guerre qui mettait sa mère dans un tel état de nerfs.

— Eh bien, je sais que Jésus a dit de tendre l'autre joue, mais Dieu a dit œil pour œil, répondit sa grand-mère. Si les gens se mettent à tuer ta famille, il faut te défendre. C'est mon opinion.

— Tu pourrais aller ailleurs, dit Karen.

— C'est ce qu'ont fait les mennonites, reprit la grand-mère. Mais que se passe-t-il quand on n'a pas d'endroit où aller? Voilà le problème. Réponds à ça, je lui dis!

Elle parlait souvent de son mari comme s'il était encore vivant... « Il aime manger un bon rôti à la cocotte au dîner », ou : « Il ne prend jamais de raccourcis. » Karen commença à se demander s'il était encore vivant, d'une certaine manière. Dans ce cas, il aurait dû se trouver dans le salon de devant.

C'est peut-être pourquoi elles n'utilisaient jamais cette pièce, mais seulement celle de derrière. Elles s'asseyaient là et la grand-mère de Karen tricotait, une couverture faite de carrés aux couleurs vives, et elles écoutaient la radio, surtout les nouvelles et la météo. La grand-mère de Karen aimait savoir s'il allait pleuvoir, mais affirmait qu'elle pouvait le prévoir mieux que la radio, elle sentait la pluie dans ses os. Elle s'endormait là tous les après-midi, sur le canapé, enveloppée dans l'un des couvre-lits terminés, avec ses dents dans un verre d'eau et les deux chiens qui la gardaient. Le matin elle était vive et gaie; elle sifflait, elle parlait à Karen et lui disait ce qu'elle devait faire, parce qu'il y avait une bonne et une mauvaise manière d'accomplir chaque tâche. Mais l'après-midi, après le déjeuner, elle s'affaissait et commençait à bâiller, puis elle disait qu'elle allait s'allonger un moment.

Karen n'aimait pas rester réveillée pendant que sa grand-mère dormait. C'était le seul moment de la journée qui l'effrayait. Le reste du temps elle était occupée, elle pouvait aider. Elle arrachait les mauvaises herbes du jardin et ramassait les œufs, avec sa grand-mère, puis toute seule. Elle essuyait la vaisselle, nourrissait les chiens. Mais quand sa grand-mère dormait elle n'allait même pas dehors, parce qu'elle ne voulait pas trop s'éloigner. Elle restait dans la cuisine. Quelquefois, elle regardait les vieux journaux. Elle cherchait la page des bandes dessinées dans l'édition du week-end et l'étudiait : si on approchait l'œil les visages se dissolvaient en minuscules points colorés. Ou bien elle s'asseyait à la table de la cuisine, dessinant sur des vieux papiers avec un bout de crayon. Au début, elle essaya d'écrire des lettres à sa mère. Elle savait former les lettres, elle l'avait appris à l'école. Chère maman, comment vas-tu, je t'embrasse, Karen. Elle allait glisser l'enveloppe dans la boîte près de la route, et relevait le drapeau rouge en métal. Mais aucune réponse ne vint.

Aussi restait-elle là à dessiner; ou bien à écouter. Sa grand-mère ronflait et marmonnait quelquefois dans son sommeil. Des mouches bourdonnaient, on entendait des vaches au loin, des gloussements d'oies, une voiture qui passait en bas, sur la route de gravier devant la propriété. D'autres bruits. Le robinet qui gouttait dans l'évier de l'office. Des pas dans le salon de devant, un craquement, d'où cela venait-il? Était-ce le fauteuil à bascule, ou bien le canapé dur? Elle restait très immobile, glacée dans la chaleur de l'après-midi, le duvet de ses bras tout hérissé, et attendait de voir si les pas se rapprochaient.

Le dimanche sa grand-mère mettait une robe, mais elle n'allait pas à l'église — contrairement à tante Vi, qui s'y rendait deux fois ce jour-là. Au lieu de cela, elle prenait l'énorme Bible de famille dans le salon de devant et la posait droite sur la table de la cuisine. Elle fermait les yeux et enfonçait une épingle entre les pages, puis ouvrait celle que l'aiguille avait choisie.

— Maintenant à toi, disait-elle à Karen qui l'imitait, et laissait sa main au-dessus de la page jusqu'au moment où elle se sentait tirée vers le bas.

Alors sa grand-mère lisait le passage désigné par l'épingle.

— « Si parmi vous, un homme paraît sage dans ce monde, qu'il devienne sot, pour acquérir la sagesse, lisait-elle. Car la sagesse de ce monde est sottise aux yeux de Dieu. » Eh bien, je sais de qui il s'agit. Elle hochait la tête.

Pourtant elle était parfois troublée.

— « Les chiens dévoreront Jézabel près du mur de Jezréel », lisait-elle. Je ne sais vraiment pas qui ça peut être. C'est sûrement trop loin.

Elle lisait seulement un verset par dimanche. Ensuite elle refermait la Bible, la remettait dans le salon de devant, enfilait sa combinaison et sortait pour faire son travail.

Karen s'agenouille dans le jardin. Elle ramasse des haricots dans un grand panier, des haricots jaunes. Elle les cueille lentement, un par un. Sa grand-mère les attrape des deux mains, sans même regarder, comme quand elle tricote, mais Karen doit chercher d'abord avant de cueillir. Le soleil est incandescent; elle porte un short et un corsage sans manches, et le chapeau de paille que sa grand-mère l'oblige à mettre pour éviter les insolations. Ainsi accroupie, elle est presque cachée, les plants de haricots sont si hauts. Les tournesols l'observent de leurs énormes yeux marron, leurs pétales jaunes dressés comme des flammes.

L'air frémit tel un morceau de cellophane, il tremble sur les champs plats en une couche transparente; les sauterelles crépitent comme des parasites. Un temps idéal pour faire les foins. Du dessus bourdonne le tracteur de Ron Sloane, accompagné du claquement et du bruit sourd de la ramasseuse. Puis tout s'arrête. Karen atteint l'extrémité de la rangée de haricots. Elle arrache une carotte, la nettoie avec les doigts, la frotte sur sa jambe et mord dedans. Elle est censée la laver d'abord, mais elle aime le goût de la terre.

Il y a un bruit de moteur. Une camionnette vert foncé monte l'allée. Elle roule vite et zigzague sur le gravier. Karen la connaît : elle appartient à Ron Sloane.

Pourquoi n'est-il pas dans son champ, pourquoi vient-il ici ? Presque personne ne leur rend visite. Sa grand-mère n'a pas d'estime pour les voisins. Elle dit qu'ils pensent des bêtises, cancanent et la dévisagent dans la rue, lorsqu'elle va faire des courses en ville. Et c'est vrai, Karen s'en est aperçue.

La camionnette freine brutalement; les oies se précipitent, les chiens aboient. La portière s'ouvre et

Ron Sloane tombe à l'extérieur. Il se redresse en titubant, il se tient le bras. La peau tannée de son visage ressemble à un sac de papier brun, il a perdu ses couleurs.

— Où est-elle ? demande-t-il à Karen.

Il sent la sueur et la peur. Sa manche est déchirée, son bras dégouline de sang. À présent, elle voit qu'il y a un flot de sang. La douleur, le danger irradient du bras, en ondes brutales d'un rouge brillant. Karen veut hurler, mais elle ne peut pas, elle est pétrifiée. Elle appelle sa grand-mère dans sa tête, et celle-ci arrive au coin de la maison avec un seau, qu'elle lâche en voyant le sang.

— Dieu tout-puissant, dit-elle, Ron.

Ron Sloane tourne le visage vers elle, l'air suppliant, impuissant et pitoyable.

— Putain de ramasseuse, dit-il.

La grand-mère de Karen se hâte vers lui.

— Petits, petits, crie-t-elle aux oies et aux chiens. Cully, dehors.

Et tous battent en retraite, aboyant et gloussant.

— Tout ira bien, dit-elle à Ron.

Elle tend la main et lui touche le bras, elle marmonne quelque chose. Karen voit de la lumière, une lueur bleue qui émane de la main de sa grand-mère, puis elle disparaît et le sang s'arrête.

— Voilà, dit-elle à Ron. Mais vous devez aller à l'hôpital. Je ne peux rien de plus. Je vais vous conduire, vous n'êtes pas en état. C'était une veine ; ça va recommencer dans une demi-heure. Va chercher un linge humide, demande-t-elle à Karen. Un torchon. De l'eau froide.

Karen s'assied à l'arrière de la camionnette de sa grand-mère, avec le chien Glennie. Elle s'installe toujours là, si elle le peut. L'air tourbillonne autour d'elle, ses cheveux ondulent sur sa figure, les arbres s'estompent sur leur passage, elle a l'impression de voler. Ils vont à l'hôpital, à vingt-cinq kilomètres de là, dans la ville où se trouve la gare. Ron sort mais il doit s'asseoir et baisser la tête, la grand-mère de Karen l'entoure de son bras et ils entrent dans l'hôpital en clopinant, comme les participants d'une course à pieds liés. Karen et Glennie attendent dans la camionnette.

Au bout d'un moment sa grand-mère ressort. Elle dit que Ron Sloane va rester pour se faire recoudre, et que tout ira bien maintenant. Elles rentrent pour annoncer à Mme Sloane ce qui est arrivé à son mari, pour qu'elle ne s'inquiète pas. Elles s'asseyent à la table de la cuisine de Mme Sloane et la grand-mère de Karen boit du thé et Karen un verre de limonade, l'hôtesse pleure et remercie, mais la vieille dame ne répond pas : « Je vous en prie. » Elle hoche la tête, un peu raide, et dit :

— Ce n'est pas la peine. Je n'ai rien fait.

Mme Sloane a une fille de quatorze ans avec des cheveux pâles, plus clairs que ceux de Karen, des yeux rouges, et une peau incolore. Elle fait passer une assiette de biscuits et fixe la grand-mère de Karen si intensément que ses yeux semblent sur le point de sortir de leurs orbites. Mme Sloane n'aime pas la vieille dame, bien qu'elle insiste pour lui servir une autre tasse de thé. La fille aux cheveux blancs ne l'aime pas non plus. Elles ont peur d'elle. Leur frayeur flotte autour de leurs corps comme des frissons gris et glacés, comme le vent qui souffle sur un étang. Elles ont peur, mais pas Karen ; ou pas autant. Elle voudrait aussi toucher le sang, et être capable de l'arrêter.

Le soir, quand il fait plus frais, Karen et sa grand-mère vont au cimetière. Il se trouve à un kilomètre. À cette occasion, la vieille dame met une robe, mais Karen n'y est pas obligée.

Elles marchent toujours, jamais elles ne prennent la camionnette. Elles marchent sur la route de gravier, le long des barrières, des fossés et des herbes couvertes de poussière, et Karen tient la main de sa grand-mère. C'est le seul moment où elle le fait. Elle s'y prend d'une autre manière maintenant, elle perçoit ses veines filandreuses, ses os noueux et la peau distendue comme une couleur, non comme un signe de *grand âge*. Un bleu pâle. C'est une main qui a un pouvoir.

Le cimetière est petit; l'église d'à côté aussi, et elle est vide. Les gens qui y venaient en ont construit une neuve, plus grande, près de la route principale.

— C'est là où nous avons mis les femmes et les enfants, quand les Fenians* sont venus, dit la grand-mère. Dans cette même église.

— Qui sont les Fenians? demande Karen.

Le mot lui fait penser à un laxatif, elle l'a entendu à la radio.

— Des salopards venus des États-Unis, dit sa grand-mère. Des Irlandais. Ils voulaient la guerre. Mais ils avaient les yeux plus gros que le ventre.

Elle parle de cet événement comme s'il était récent, mais en réalité il s'est produit il y a très longtemps. Il y a plus de soixante-dix ans.

— Nous ne sommes pas irlandais, dit Karen.

— Dans l'ensemble, non, répond la vieille dame, mais ton arrière-grand-mère l'était.

Elle-même est en partie écossaise, Karen l'est donc elle aussi. Écossaise, anglaise, mennonite, et ce que son père était. Selon sa grand-mère, il vaut mieux être écossais.

Le cimetière est plein de mauvaises herbes, bien que les gens y viennent encore: certaines tombes sont fauchées. Grand-mère sait qui est enterré où, et la raison du décès : un accident de voiture à un carrefour, quatre morts, ils avaient bu; un homme qui s'est fait éclater le corps avec sa carabine, tout le monde le savait mais personne ne voulait le dire, parce que cela aurait été un suicide, et donc une disgrâce. Une dame et son bébé, la tombe de l'enfant plus petite, comme un minuscule bois de lit; encore un déshonneur, parce qu'il n'y avait pas de vrai père. Mais « tous les pères sont vrais, dit la grand-mère, même s'ils ne sont pas corrects ». Il y a des têtes d'anges sur les pierres tombales, des urnes avec des

* Société secrète révolutionnaire irlandaise, fondée aux États-Unis en 1858. *(N.d.T.)*

saules, des agneaux et des fleurs sculptées; de vraies fleurs aussi, desséchées dans des pots de confiture. Les parents de la grand-mère sont là, et ses deux frères. Elle les montre à Karen; elle ne dit pas « leurs tombes », elle dit « eux ». Mais elle veut surtout que Karen voie son grand-père. Son nom est gravé sur la pierre, et les deux chiffres — celui de sa naissance, et la date de sa mort.

— J'aurais peut-être dû le renvoyer chez les mennonites, dit-elle. Il aurait aimé être avec son peuple. Mais ils n'auraient sans doute pas voulu de lui. En tout cas, il est mieux avec moi.

Le nom de grand-mère est gravé sous le sien, mais la date de droite est en blanc.

— J'ai dû m'en occuper à l'avance, dit-elle à Karen. Après, il n'y aura plus personne pour le faire. Gloria et Vi se contenteraient sans doute de me jeter dans un fossé, pour économiser l'argent. Elles attendent que je meure pour vendre la ferme. Ou bien elles me fourreraient dans un trou, en pleine ville. Alors je les ai bernées, j'ai acheté mon propre tombeau. Je suis armée contre vents et marées.

— Je ne veux pas que tu meures, dit Karen.

C'est vrai. Sa grand-mère est un refuge sûr pour elle, malgré sa dureté. Ou à cause d'elle. Elle ne bouge pas, elle ne se dérobe pas sous vos pas. Elle ne change pas.

Sa grand-mère avance le menton.

— Je n'ai pas l'intention de mourir, dit-elle. Seul le corps meurt.

Elle lance un regard à Karen; elle a presque l'air féroce. Ses cheveux se hérissent comme des chardons montés en graine.

Karen aimait-elle sa grand-mère? songe Charis, à mi-chemin de l'Île, assise à l'arrière du ferry, se revoyant en train de se souvenir. Parfois oui, parfois non. L'amour est un mot trop simple pour un tel mélange de couleurs dures et douces, de goûts âpres et de bords rugueux. « Il existe plus d'une manière d'écorcher un chat », disait sa grand-mère et Karen tressaillait, parce qu'elle la voyait le faire réellement. La vieille dame sortait à l'aube avec son 22 long rifle et tirait sur les marmottes ; sur des lapins aussi, elle en faisait des civets. Elle tuait les poules quand elles étaient trop vieilles pour pondre ou si elle voulait en manger une ; elle leur coupait la tête à la hache, sur le billot de bois, et elles couraient en silence dans la cour, le cou ruisselant de sang, leur vie s'envolant telle une fumée grise, l'arc-en-ciel de lumière s'éteignant peu à peu autour d'elles. Puis elle les plumait et les vidait, faisait roussir les plumes naissantes à la bougie, et une fois qu'elles étaient cuites, elle gardait leurs fourchettes et les posait sur le rebord de la fenêtre. Il y en avait déjà cinq. Karen voulait en casser une, et la grand-mère demanda :

— Est-ce que tu as fait un vœu ?

Mais elle n'en avait aucun en tête.

— Garde-les pour le jour où tu en auras besoin, conseilla la vieille dame.

Karen pose plus de questions maintenant ; elle fait plus de choses. Sa grand-mère dit qu'elle s'endurcit. Quand elle va seule dans le poulailler pour ramasser les œufs, elle tape sur les poules si elles sifflent et essaient de lui donner des coups de bec, et si le coq attaque ses jambes nues, elle le frappe avec le pied ; quelquefois elle prend un bâton, pour le battre.

— C'est un vieux démon cruel, dit sa grand-mère. Ne te laisse pas faire par lui. Donne-lui juste une bonne raclée. Il te respectera pour ça.

Un matin, elles mangent du bacon, et sa grand-mère dit :

— C'est Pinky qui est dans l'assiette.

— Pinky ? répète Karen.

Pinky, la truie, est étendue sur sa couverture, comme toujours pendant les repas, elle cligne de ses yeux aux cils raides, espérant recevoir des bouts de nourriture.

— Pinky est ici !

— C'est la Pinky de l'an dernier, dit sa grand-mère. Il y en a une nouvelle chaque année.

Elle regarde Karen en face d'elle. Elle a une expression rusée ; elle attend de voir comment elle va prendre la chose.

Karen ne sait pas quoi faire. Elle pourrait se mettre à pleurer et quitter la table d'un bond, se précipiter hors de la pièce, ce que ferait sa mère, qu'elle est tentée d'imiter. Au lieu de cela, elle repose sa fourchette, retire de sa bouche le morceau de bacon caoutchouteux qu'elle était en train de mâcher et le met doucement sur son assiette, et à ce moment précis elle en a fini pour toujours avec la viande.

— Oh ! pour l'amour du ciel ! s'exclame la grand-mère, affligée mais un peu méprisante.

Comme si Karen avait échoué à un examen.

— Ce ne sont que des cochons. Ils sont mignons quand ils sont jeunes, malins aussi, mais si je les laisse en vie ils grossissent trop. Ils deviennent sauvages, ils sont fourbes, ils seraient capables de te manger toi. Ils t'avaleraient en un clin d'œil !

Karen pense à Pinky en train de courir dans la cour sans tête, la fumée grise de sa vie s'envolant derrière elle et son arc-en-ciel de lumière réduit à néant. En tout cas, sa grand-mère est un assassin. Ce n'est pas étonnant que les autres gens aient peur d'elle.

35

C'était Labour Day. Le jour où la mère de Karen était censée venir en train et ramener Karen en ville. Sa valise était prête. Elle pleura dans son petit lit, sous la couverture en chenille, sous son oreiller. Elle ne voulait pas quitter sa grand-mère, mais elle voulait voir sa mère, dont — déjà — elle ne se souvenait plus très bien. Elle se rappelait seulement ses robes, le parfum Tabu, et, l'une de ses voix, la plus douce, qu'elle utilisait pour parler aux élèves de dixième.

Sa mère ne vint pas. Il y eut un coup de téléphone de tante Vi, et la grand-mère de Karen dit qu'il y avait eu un contretemps et qu'elle devrait rester un peu plus.

— Tu peux m'aider à mettre les tomates en conserve, proposa-t-elle.

Karen cueillit les tomates et les lava dans l'office, puis sa grand-mère les ébouillanta, les pela et les fit bouillir dans des bocaux.

Ensuite vint le moment de la rentrée des classes, mais il ne se passa rien.

— Il n'y a pas de raison pour que tu commences ici, déclara la vieille dame. Tu devras partir tout de suite.

Karen s'en moquait. Elle n'aimait pas beaucoup l'école de toute façon, elle avait de la peine à faire attention à autant de gens en même temps et dans la même pièce. C'était comme la radio quand un orage approchait : elle n'entendait presque rien.

Sa grand-mère apporta la Bible du salon de devant et la posa sur la table de la cuisine.

— « Donne-moi la vue, a dit l'aveugle », prononça-t-elle.

Elle ferma les yeux et tâtonna avec l'épingle.

— Psaume 28. Je l'ai déjà eu. « L'amant et l'ami t'ont éloignée de moi, plongeant notre relation dans les ténèbres. » Eh bien, c'est assez juste ; cela signifie que je dois bientôt me préparer à partir. À toi.

Karen prit l'épingle, ferma les yeux, et sa main suivit le puissant courant qui l'entraînait vers le bas.

— Ah, dit sa grand-mère en louchant. Encore Jézabel. Apocalypse, II, 20. « Néanmoins, j'ai quelque raison de t'en vouloir, parce que tu as permis à la femme Jézabel, qui se prenait pour une prophétesse, d'enseigner la fornication à mes domestiques, de les y encourager, et de manger le produit des sacrifices aux idoles. » Quelle étrange chose pour une petite fille !

Elle sourit à Karen, de son sourire de pomme desséchée.

— Tu dois te projeter dans l'avenir.

Karen ne savait pas ce qu'elle voulait dire.

Finalement tante Vi arriva, et non la mère de Karen. Elle n'habita même pas dans la maison de la grand-mère. Elle descendit dans l'unique hôtel de la ville, et la vieille dame y conduisit Karen. Cette fois la petite fille ne s'installa pas à l'arrière de la camionnette. Elle s'assit sur le siège avant couvert de poils de chien, vêtue de la même robe que le premier jour, regardant par la fenêtre sans rien dire. Sa grand-mère sifflait doucement.

Tante Vi n'était pas très heureuse de voir Karen, mais elle prétendit le contraire. Elle lui donna un baiser sur la joue.

— Comme tu as grandi ! s'écria-t-elle.

Cela ressemblait à une accusation.

— Tu as sa valise ? demanda-t-elle à la grand-mère.

— Viola, je ne suis pas encore sénile, répondit celle-ci. Il y a peu de chances pour que j'oublie sa valise. Tiens, dit-elle doucement à Karen. J'y ai mis une fourchette de poulet.

Elle s'accroupit et entoura Karen de ses bras osseux, et la petite fille sentit son corps carré, solide comme une maison, puis la grand-mère disparut.

Karen prit le train avec tante Vi, qui faisait un tas d'histoires.

— Nous devons t'inscrire tout de suite à l'école, dit-elle. Tu as déjà manqué presque un mois ! Mon Dieu, tu es dorée comme un pruneau !

— Où est ma mère ? demanda Karen.

Elle n'avait jamais vu de pruneau doré.

Tante Vi fronça les sourcils et détourna les yeux.

— Elle ne va pas bien, répondit-elle.

Lorsque Karen arriva chez tante Vi, elle retrouva sa chambre habituelle aux rideaux à fleurs roses et orange, et ouvrit immédiatement sa valise. L'os de poule était là, enveloppé dans un morceau de papier paraffiné avec un élastique autour, pris dans le pot de rubans de caoutchouc que sa grand-mère gardait à côté de l'évier. Elle défit le paquet. L'os avait une odeur âcre, mais riche et généreuse, comme une main couverte de terre. Elle le cacha dans l'ourlet de l'un des rideaux. Elle savait que si tante Vi le trouvait, elle le jetterait.

La mère de Karen est dans un bâtiment neuf, plat et jaune comme une école. Tante Vi et oncle Vern emmènent la petite fille pour lui rendre visite. Ils s'installent dans la salle d'attente, sur des chaises dures couvertes d'un tissu grumeleux, et Karen est effrayée par leur air solennel, et avide en même temps. Ils ressemblent aux gens qui arrêtent leur voiture et sortent, pour voir quand il y a eu un accident. Il s'est produit quelque chose de grave, de mauvais, mais ils veulent y participer coûte que coûte. Karen n'en a pas envie, elle aimerait repartir tout de suite, remonter le temps, retourner jusqu'à la ferme, mais une porte s'ouvre et sa mère entre dans la pièce. Elle marche lentement, touchant les meubles comme pour se guider. *Somnambule*, pense Karen. Avant, les doigts de sa mère étaient fins, ses ongles vernis. Elle était fière de ses mains ; à présent elles sont gonflées, maladroites, et elle ne porte plus d'alliance. Elle a un peignoir et des pantoufles gris que Karen n'a jamais vus auparavant, et son visage est celui d'une étrangère.

C'est un visage plat au reflet terne, qui évoque les poissons morts sur les plateaux en émail blanc du magasin. Une lumière déclinante, argentée comme les écailles. Elle tourne son visage vers Karen ; il est vide d'expression, telle une assiette. Des yeux de porcelaine. Brusquement Karen est encadrée dans ces yeux, une petite fille pâle assise sur une chaise grumeleuse, que sa mère n'a jamais vue. Karen porte les deux mains à sa bouche et inspire, le souffle coupé — l'inverse d'un cri.

— Gloria, comment te sens-tu ? dit l'oncle Vern.

La tête de la mère de Karen pivote vers lui, une tête lourde, solennelle. Les cheveux sont tirés en arrière, maintenus par des pinces. Autrefois, elle mettait des bigoudis, et quand elle se peignait ses cheveux étaient ondulés. Maintenant ils sont tout raides, et recouverts d'une pellicule terne, comme si on les avait rangés dans un placard. Karen pense à la cave de sa grand-mère, avec son odeur de terre renfermée et ses rangées de bocaux de conserve, de baies bariolées sous verre, poudrées de poussière.

— Bien, dit la mère de Karen au bout d'une minute.

— Je ne peux pas le supporter, dit tante Vi.

Elle tamponne ses yeux avec un mouchoir. Puis, d'une voix plus ferme :

— Karen, tu ne vas pas embrasser ta mère ?

Les questions de tante Vi sont des ordres. Karen descend de sa chaise et s'approche de cette femme. Elle ne l'entoure pas de ses bras, elle ne la touche pas avec ses mains. Elle se penche à partir de la taille et pose ses lèvres sur la joue de la femme. Elle appuie à peine sa bouche, qui s'enfonce comme dans du caoutchouc froid. Elle pense à Pinky sans tête, effondrée dans la cour, transformée en jambon. Sa mère a la consistance de la viande du déjeuner. Karen a la nausée.

La femme reçoit passivement ce baiser. Karen recule. Elle ne voit pas de lumière rouge autour de sa mère. Seulement un léger miroitement mauve-brun.

Pendant le trajet de retour, Karen s'assied entre oncle Vern et tante Vi, et non à l'arrière comme d'habitude. Tante Vi s'essuie les yeux. Oncle Vern demande à Karen si elle veut un cornet de glace. Elle répond non merci, et il lui tapote le genou.

— J'étais si ennuyée, ma propre petite sœur ; mais il fallait que je le fasse, dit tante Vi au téléphone. C'était la troisième fois, et qu'est-ce que je pouvais faire ? Je ne sais pas où elle les a trouvés ! Heureusement le flacon vide était à côté d'elle et au moins nous avons pu dire au médecin ce qu'elle avait pris. C'est un miracle que nous soyons arrivés à temps. Quelque chose dans sa voix, j'imagine ; bon, ce n'est pas que je ne l'aie pas déjà entendue ! Quand nous sommes entrés elle était toute froide. Elle a eu la bouche meurtrie pendant des semaines, ils ont dû l'ouvrir de force pour introduire le tuyau, et aujourd'hui elle est méconnaissable. Je ne sais pas — les électrochocs, je suppose. Si ça ne marche pas, ils devront procéder à une opération.

Elle prononce le mot *opération* de la voix solennelle qu'elle prend pour dire les grâces, comme si c'était un mot sacré. Elle veut cette opération, Karen le voit. Si sa mère est opérée, un peu de cette sainteté déteindra sur tante Vi.

Karen allait à l'école, où elle parlait peu et ne se fit pas d'amis. On ne la taquinait pas non plus, on l'ignorait surtout. Elle savait se rendre invisible. Il lui suffisait d'absorber la lumière de son corps ; comme si elle inspirait profondément. Quand l'institutrice la fixait son regard la traversait, pour se poser sur l'enfant derrière elle. De cette manière Karen n'avait pas besoin d'être présente dans la salle de classe. Elle laissait ses mains faire ce qu'on lui demandait : de longues rangées de *a* et de *b*, des colonnes de chiffres bien alignées. Elle obtenait des étoiles d'or pour son travail soigné. Son flocon de neige et sa tulipe en papier étaient épinglés au tableau de liège, parmi les dix meilleurs.

Chaque semaine, puis tous les quinze jours, puis toutes les trois semaines, elle allait rendre visite à sa mère avec son oncle et sa tante. Elle était à présent dans un autre hôpital. « Ta mère est très malade », lui disait tante Vi, mais Karen n'avait pas besoin d'en être informée. Elle voyait la maladie s'étendre sur la peau de sa mère, comme les poils sur les bras, sans le moindre contrôle ; comme des particules de foudre, microscopiques et d'une extrême lenteur. Comme la moisissure grise qui se développe dans le pain. Quand sa mère serait entièrement minée par ce mal, elle mourrait. Personne ne pouvait l'arrêter, parce que tel était son souhait.

Karen pensa à utiliser son os de poulet mais elle savait que cela ne servirait à rien. Pour qu'un vœu se réalise il fallait vraiment le vouloir, et elle ne voulait pas que cette femme reste en vie. Si elle avait pu retrouver sa mère comme avant, pendant les bons moments, oui. Mais c'était impossible. Il restait trop peu de chose de sa mère. Elle laissa donc l'os dans l'ourlet du rideau, vérifiant de temps en temps pour s'assurer qu'il était encore là.

Karen demeurait dans sa chambre. Quelquefois elle se cognait doucement la tête contre le mur, pour ne pas avoir à penser. Ou bien elle regardait par la fenêtre. Cela lui arrivait aussi à l'école. Elle regardait le ciel. Elle pensait à l'été. Peut-être son oncle et sa tante partiraient-ils en vacances l'été prochain, et elle pourrait revenir dans la ferme de sa grand-mère, ramasser les œufs, et cueillir des haricots jaunes au soleil.

Le jour de ses huit ans, Karen a un gâteau. Tante Vi l'a fait cuire, et elle l'a orné de roses en sucre achetées dans un magasin, et de huit bougies. Elle demande à Karen si elle veut inviter une petite amie, mais Karen refuse. Ils mangent donc le dîner d'anniversaire tous les trois, *Seigneur, bénissez ce repas que nous allons prendre, Amen*, et il y a des sandwiches de thon et de salade d'œuf, du beurre de cacahuètes et de la confiture, tante Vi dit : « Comme c'est agréable », et il y a une tranche napolitaine à trois couleurs, blanc, rose et marron. Ensuite le gâteau. Tante Vi allume les bougies et dit à Karen de les souffler et de faire un vœu, mais Karen ne bouge pas et regarde les flammes.

— Je pense qu'elle n'a encore jamais eu de gâteau, dit tante Vi à oncle Vern.

Et il répond :

— Pauvre petite môme.

Et il ébouriffe les cheveux de Karen. Il fait souvent ce geste, ces jours-ci, et elle n'aime pas ça. Les mains d'oncle Vern ont une luminescence pesante, collante, épaisse comme de la confiture, d'une couleur brun-vert. Quelquefois Karen examine ses cheveux blonds dans la glace pour voir s'ils ont déteint.

— Fais un vœu, s'écrie oncle Vern avec chaleur. Pense à une bicyclette !

— Tu dois fermer les yeux, dit tante Vi.

Aussi Karen obéit, pour leur faire plaisir, et elle voit seulement le ciel, puis elle rouvre les yeux et souffle docilement les bougies. Tante Vi et oncle Vern battent des mains pour applaudir, et il s'écrie :

— Eh bien qu'est-ce que tu crois ! Regarde ce que nous avons ici !

Et il va chercher dans la cuisine un vélo rouge vif, flambant neuf. Il est décoré de rubans roses et un ballon est attaché au guidon.

— Qu'est-ce que tu en penses ? demande l'oncle Vern avec impatience.

C'est le crépuscule ; l'odeur de l'herbe tondue pénètre par la fenêtre ouverte, les insectes de juin se débattent contre la moustiquaire. Karen regarde la bicyclette, ses rayons et ses chaînes étincelants, ses deux roues noires, et elle sait que sa mère est morte.

Sa mère ne mourut pas avant trois semaines, mais c'était pareil, car parfois (pense Charis) il y a un repli dans le temps, comme lorsqu'on rabat le drap de dessus pour le border : si on y plante une épingle, les deux trous se superposent, et c'est ainsi lorsqu'on prévoit l'avenir. Ce n'est pas plus mystérieux qu'un remous dans un lac ou que l'harmonie en musique, quand il y a deux mélodies en même temps. La mémoire est le même chevauchement, la même sorte de pli, mais à l'envers.

Ou peut-être ce pli n'est-il pas dans le temps même, mais dans l'esprit de la personne qui regarde. En tout cas, Karen fixe la bicyclette, elle voit la mort de sa mère, et elle s'écroule sur le sol, en pleurant. Tante Vi et oncle Vern sont déconcertés, puis en colère, ils lui disent qu'elle ne connaît pas sa chance, qu'elle est une ingrate, mais elle ne peut rien expliquer.

Il y eut un enterrement mais peu de monde y assista. Quelques professeurs de l'ancienne école de sa mère, des amis de tante Vi. Sa grand-mère n'était pas là, Karen ne trouva pas cela étrange — elle n'eût pas été à sa place en ville. Il y avait aussi une autre raison — *une attaque*, dit tante Vi, et *une maison de retraite*, avec un ton censé lui attirer la sympathie des gens — mais ces mots n'avaient pas de sens pour Karen et elle ne voulait pas les entendre, aussi les chassa-t-elle de son esprit. Elle portait une robe bleu marine, tante Vi n'avait rien trouvé de plus foncé dans un délai aussi court, pourtant — dit-elle au téléphone — elle aurait pu s'y attendre. Karen ne fut pas autorisée à voir le corps de sa mère dans le cercueil, tante Vi jugeait ce spectacle trop choquant pour une jeune enfant, mais elle savait de toute manière à quoi il ressemblait. À ce qu'elle était vivante, en plus vrai.

Oncle Vern et tante Vi ont réaménagé une partie de leur sous-sol. Ils ont fait poser du placoplâtre sur les murs de ciment et, sur le sol, du lino avec une épaisse moquette par-dessus. Ils ont transformé la pièce en salle de récréation. Il y a un bar avec des tabourets, un solitaire pour Karen, et un poste de télévision. C'est le deuxième qu'ils achètent ; le premier se trouve dans le salon. Karen aime regarder la télé dans le sous-sol, loin de tout le monde. Elle n'a pas besoin de prêter attention à ce qui se passe sur l'écran ; elle peut rester dans sa tête, toute seule, et personne ne lui demande ce qu'elle fait.

C'est le mois de septembre, mais dehors, en haut, le temps est encore sec et chaud. Karen s'assied sur la moquette, dans la salle de jeux où il fait plus frais, elle est pieds nus, en short et corsage sans manches, et elle regarde *Kukla, Fran & Ollie* à la télé. Sur les trois, il y en a deux qui sont des marionnettes. Au-dessus de sa tête, les chaussures de tante Vi claquent sur le carrelage de la cuisine où elle s'active. Karen entoure ses genoux de ses bras et se balance doucement. Au bout d'un moment elle se lève et va remplir un verre d'eau au robinet de l'évier du bar, elle y met un glaçon pris dans le petit réfrigérateur, et se rassied par terre.

Oncle Vern descend l'escalier. Il vient de tondre la

pelouse. Il est plus rouge que d'habitude, et l'odeur de sueur l'encercle, comme les gouttes d'eau autour d'un chien mouillé qui se secoue. Il va au bar et prend une bière, enlève la capsule de la bouteille et en boit la moitié, puis il essuie son visage mouillé avec le torchon près de l'évier. Ensuite il s'assied sur le canapé. C'est un canapé-lit, réservé aux invités parce que Karen occupe l'ancienne chambre d'amis, qui a gardé son nom cependant. Mais il n'y a pas de visiteurs.

Karen se lève. Elle a l'intention de monter au rez-de-chaussée, parce qu'elle sait ce qui va se passer, mais elle n'est pas assez rapide.

— Viens, dit oncle Vern.

Il tapote son énorme genou poilu, et Karen s'approche à contrecœur. Il aime qu'elle s'asseye sur son genou. Il croit que c'est une attitude paternelle.

— Tu es notre petite fille à présent, dit-il affectueusement.

Mais il ne l'aime pas vraiment, Karen le sait. Elle ne lui procure aucune satisfaction, parce qu'elle ne lui parle pas, ne l'embrasse pas, ne sourit pas assez. C'est son odeur qu'elle ne supporte pas. Et aussi sa lumière brun-vert.

Elle s'assied sur le genou d'oncle Vern qui l'attire contre lui, l'enlaçant de son bras rouge. De l'autre main, il lui caresse la jambe. Il le fait souvent, elle y est habituée; mais cette fois il remonte la main entre ses jambes. Kukla, Fran et Ollie continuent de parler de leurs voix fabriquées; Kukla est une sorte de dragon. Karen se tortille un peu, essayant d'échapper aux énormes doigts, qui sont maintenant à l'intérieur de son short, mais le bras se resserre sur son ventre et oncle Vern lui chuchote à l'oreille :

— Ne bouge pas!

Il n'est pas amical ni câlin, comme d'habitude; il paraît en colère. Il a les deux mains posées sur elle, il la frotte contre lui comme si elle était un gant de toilette; elle sent son haleine moite engloutir son oreille.

— Tu aimes ton vieil oncle Vern, hein? dit-il furieusement.

— Vous deux ! appelle gaiement tante Vi du haut de l'escalier. C'est l'heure du dîner ! Il y a des épis de maïs !

— On arrive ! hurle oncle Vern d'une voix rauque, comme si les mots lui avaient été arrachés par un coup de pied à l'estomac.

Il glisse un doigt à l'intérieur de Karen, et grogne comme si on le poignardait. Il la tient contre lui encore une minute : l'énergie s'échappe de lui et il a besoin d'un pansement. Puis il la lâche.

— Dépêche-toi de monter, lui dit-il.

Il cherche sa fausse voix, sa voix d'oncle, mais elle n'est pas revenue ; il a un accent désolé.

— Dis à ta tante Vi que je serai là dans un instant.

Karen regarde son derrière, pour voir si son short est brun-vert, mais non ; seulement mouillé. L'oncle Vern s'essuie avec le torchon du bar.

L'oncle Vern rôde, il guette. Karen l'évite, mais elle ne peut l'éviter tout le temps. Étrangement, l'oncle Vern ne vient jamais la chercher lorsque tante Vi n'est pas à la maison. Peut-être le danger lui plaît-il ; ou peut-être sait-il qu'avec la présence de sa tante, Karen n'osera pas émettre un son. Le sait-il vraiment, ou existe-t-il une autre raison ? La réponse est obscure, mais c'est la vérité. La peur que tante Vi découvre la chose est plus grande que celle des doigts-saucisses d'oncle Vern.

Bientôt, un doigt ne lui suffit plus. Il place Karen devant lui, le dos tourné pour qu'elle ne voie rien, il la maintient entre ses genoux, glisse les mains sous sa jupe plissée d'école et baisse sa culotte, poussant quelque chose de dur entre ses jambes, par-derrière. Ou bien il se sert de deux, trois doigts. Cela fait mal, mais Karen sait que les gens qui vous aiment peuvent vous infliger de la douleur, et elle essaie d'y croire. Il le dit.

— Ton vieil oncle t'aime, lui affirme-t-il, frottant sa figure contre la sienne.

Quand ils dînent ensemble ensuite, il rit plus, parle plus fort, raconte des plaisanteries, il embrasse tante Vi sur la joue. Il leur apporte des cadeaux : des boîtes de chocolats pour tante Vi, des animaux en peluche pour Karen.

— Tu es comme notre fille, dit-il.

Tante Vi a un petit sourire. Personne ne peut prétendre qu'ils ne font pas leur devoir.

Karen perd l'appétit : l'effort de ne pas penser à oncle Vern, quand il est là et en son absence, l'affaiblit. Elle maigrit, pâlit, et tante Vi parle d'elle au téléphone...

— C'est la perte de sa mère, elle est du genre silencieux mais on voit qu'elle accuse le coup. Elle se morfond. Je ne pensais pas que cela durerait aussi longtemps. Elle a presque dix ans !

Elle emmène Karen chez le médecin pour savoir si elle a de l'anémie, mais ce n'est pas le cas.

— Dis-moi ce qui ne va pas, dit tante Vi. Il vaut mieux que tu m'en parles. Tu peux me le dire !

Elle a cette expression avide et solennelle sur le visage, elle s'attend à ce que Karen parle de sa mère. Elle la presse sans relâche.

— Je n'aime pas qu'oncle Vern me touche, lâche finalement Karen.

Les traits de tante Vi se défont, puis se durcissent.

— Te touche ? dit-elle d'un ton soupçonneux. *Comment ça ?*

— Il me touche, répond lamentablement Karen. Là !

Elle montre du doigt. Elle sait déjà qu'elle a commis une erreur, une chose irréparable. Jusqu'à présent tante Vi était disposée à la tolérer, et même à faire semblant de l'aimer. Plus maintenant.

Les lèvres de tante Vi sont blanches, ses yeux étincellent dangereusement. Karen regarde par terre pour ne pas la voir.

— Tu es exactement comme ta mère, dit tante Vi. Une menteuse. Je ne serais pas surprise que tu deviennes folle, comme elle. Dieu sait que c'est de famille ! Ne répète jamais une chose aussi vilaine sur ton oncle ! Il t'aime comme une fille ! Est-ce que tu veux le détruire ?

Elle fond en larmes.

— Prie Dieu de te pardonner !

Puis son visage change de nouveau. Elle sèche ses yeux et sourit.

— Nous allons oublier ce que tu as dit, mon petit, décide-t-elle. Nous allons toutes les deux l'oublier. Je sais que la vie a été dure pour toi. Tu n'as jamais eu de père.

Que faire après cela ? Rien du tout. Oncle Vern sait que Karen a parlé. Il est plus attentionné que jamais avec tante Vi. Il est même gentil avec Karen, devant les gens ; mais tristement, comme s'il lui pardonnait. Quand tante Vi ne regarde pas il fixe Karen, de l'autre côté de la table, ses yeux de bœuf cru brillent de triomphe. *Tu ne peux pas gagner cette bataille*, lui dit-il. Elle entend ces mots aussi distinctement que s'il les avait prononcés. Pour l'instant, il l'évite, il ne la poursuit plus dans la maison, mais il attend son heure. Il meurt d'envie de l'attraper, mais sans chuchotements suppliants cette fois. Maintenant il ne demandera plus si elle l'aime, il lui fait penser à sa mère, avant le moment où elle se mettait à hurler et s'emparait du balai. Cette pause hostile, cette douceur.

Karen dort la tête sous son oreiller, parce qu'elle ne veut ni voir ni entendre ; mais elle est plus somnambule que jamais. Elle se réveille dans le séjour, en train d'essayer de sortir par la porte-fenêtre, ou dans la cuisine, cramponnée à la poignée de la porte de derrière. Mais tante Vi ferme toutes les portes à clé.

Karen est assise très droite dans son lit, son oreiller contre la poitrine. Son cœur bat de terreur. Un homme se dresse dans sa chambre obscure ; c'est oncle Vern, elle distingue son visage éclairé un instant par la lumière du couloir, avant qu'il ne referme la porte. Il a les yeux ouverts, mais il dort ; il porte son pyjama rayé, il a un regard vitreux. *Ne réveille jamais une personne somnambule*, disait sa grand-mère. *Cela interrompt son voyage*.

L'oncle Vern avance en dormant vers le lit de Karen, sans faire de bruit. Une odeur de sueur refroidie et de viande rance se dégage de lui. Il s'agenouille et le lit se soulève comme un bateau, il pousse Karen qui tombe en arrière.

— Tu es une petite bâtarde, voilà ce que tu es, chuchote-t-il doucement. Une petite bâtarde rusée.

Il parle dans son sommeil.

Puis il tombe sur Karen, il met sa main carrée sur sa bouche, et il la déchire en deux parties. Il la déchire en plein milieu, et sa peau s'ouvre comme l'enveloppe desséchée d'un cocon, et Charis s'envole. Son nouveau corps est aussi léger qu'une plume, que l'air même, il n'éprouve aucune souffrance. Elle se cache derrière le rideau et regarde la scène à travers le tissu, et le motif de roses roses et orangées. Elle voit une petite fille pâle, au visage contorsionné, ruisselant, le nez et les yeux mouillés comme si elle se noyait — cherchant à respirer, engloutie sous l'eau, relevant la tête. Sur elle s'acharne une masse noire, comme un animal en train d'en dévorer un autre. Son corps tout entier — parce que Charis voit à travers les choses, à travers les draps et la chair, jusqu'à l'os — son corps est fait d'une matière glissante et jaune, comme la graisse d'une poule vidée. Charis regarde avec stupéfaction l'homme grogner, tandis que la petite fille se tortille et s'agite comme si elle était suspendue par le cou. Charis ne sait pas qu'elle est Charis, bien sûr. Elle n'a pas encore de nom.

L'homme se rassied, la main sur le cœur, haletant.

— Voilà, dit-il, avec l'air d'avoir accompli quelque chose : une tâche. Tais-toi maintenant, je ne t'ai pas fait mal. Tais-toi ! Ferme ta sale petite gueule ou je te tuerai !

Puis il grogne, comme le matin dans la salle de bains :

— Dieu, je ne sais pas ce qui m'a pris !

La petite fille roule sur le côté. Sous les yeux de Charis, elle se penche et vomit par terre, sur les pieds de l'homme. Charis sait pourquoi. C'est parce que cette lumière brun-vert épaisse et gluante est dans son corps à présent, on dirait du caca d'oie. Elle vient d'oncle Vern et elle a pénétré dans le corps de Karen ; aussi doit-elle s'en débarrasser.

La porte s'ouvre. Tante Vi apparaît en chemise de nuit.

— Que se passe-t-il ? demande-t-elle.

— Je l'ai entendue, répond oncle Vern. Elle appelait — je crois qu'elle a une grippe intestinale.

— Enfin, pour l'amour du ciel, s'écrie tante Vi. Tu aurais pu avoir la présence d'esprit de la conduire dans la salle de bains. Je vais chercher la serpillière. Karen, tu as encore envie de vomir ?

Karen n'a plus de voix, parce que Charis a emporté tous les mots avec elle. Elle ouvre la bouche, et Charis revient, aspirée dans leur gorge commune.

— Oui, dit-elle.

Après la troisième fois, Karen sait qu'elle est piégée. Elle peut seulement se partager en deux ; se transformer en Charis, flotter hors de son corps et regarder Karen, privée de mots, abandonnée, se débattre et sangloter. Elle devra continuer ainsi parce que jamais tante Vi ne l'entendra, quoi qu'elle lui dise. Elle voudrait prendre une hache et couper la tête d'oncle Vern, et aussi celle de tante Vi, comme s'ils étaient des poulets ; elle voudrait voir la fumée grise de leurs vies s'envoler en un tourbillon. Mais elle sait qu'elle ne pourrait jamais tuer. Elle n'est pas assez dure.

Elle prend l'os de poule dans l'ourlet du rideau et elle ferme les yeux, tenant les deux extrémités de la fourchette, puis elle tire. Elle fait le vœu de voir sa grand-mère. Elle est très loin maintenant, elle ressemble à une histoire qu'on lui aurait racontée ; Karen peut à peine croire qu'elle a vécu dans la ferme, ou même que cet endroit existe. Mais elle formule son vœu, et lorsqu'elle ouvre les yeux sa grand-mère est là, elle entre dans sa chambre par la porte fermée, vêtue de sa combinaison, fronçant un peu les sourcils, et souriant aussi. Elle approche de

Karen et un vent frais lui caresse la joue, elle tend ses vieilles mains noueuses et Karen la touche, et du sable glisse sur ses doigts. Il y a une odeur de fleurs de laiterons et de terre de jardin. La grand-mère continue de marcher; ses yeux sont bleu pâle, et elle pose sa joue contre celle de Karen, sa peau est grumeleuse comme des grains de riz. Puis elle se dissipe, tels les points de la page de bandes dessinées dans le journal; vue de près, elle tourbillonne dans l'air et disparaît.

Une partie de son pouvoir reste là, dans les mains de Karen. Son pouvoir de guérir, et de tuer. Cela ne suffit pas pour tirer Karen du piège, mais c'est assez pour la maintenir en vie. Elle regarde ses mains et voit une trace bleue.

Il ne lui reste qu'à attendre. Attendre le bon moment, comme une pierre. C'est ce qu'elle fait. Dès qu'oncle Vern la touche, elle se partage en deux, et le reste du temps, elle attend.

Sa grand-mère est morte, du moins pour ce monde, bien que Karen l'ait vue et sache que la mort n'a pas de réalité. La Bible arrive dans une grande boîte, adressée à Karen, et elle la range dans sa valise sous le lit, pour le jour où elle partira. Sa grand-mère lui a laissé la ferme, mais Karen n'est pas assez âgée; elle ne peut y habiter, ni même y aller, bien qu'elle le veuille. Oncle Vern et tante Vi sont ses tuteurs. Ils contrôlent la situation.

Quand elle commence à avoir des seins, des poils sur les bras, les jambes et le bas-ventre, quand elle a ses premières règles, oncle Vern la laisse tranquille. Il y a un espace entre eux, mais cela ne ressemble pas à une absence. C'est une présence, transparente mais plus dense que l'air. Oncle Vern a peur d'elle à présent, il a peur de ce qu'elle va faire ou dire; de ce dont elle se souvient; il craint d'être jugé. Peut-être est-ce parce que ses yeux ne sont plus vides d'expression, timides ni suppliants. Ses yeux sont de pierre. Quand elle le regarde ainsi, il a l'impression qu'elle lui tord le cœur sous ses côtes, au point de l'empêcher de battre. Il dit qu'il est cardiaque, et se soigne avec des cachets, mais ils savent tous les deux que c'est une punition qu'elle lui inflige. Chaque fois qu'elle le regarde, elle éprouve de la haine, et une profonde nausée. Elle est dégoûtée par lui, et par son propre corps, car il contient encore sa souillure. Elle doit trouver un moyen de se nettoyer à l'intérieur.

Lorsqu'elle éprouve ces choses, elle doit les enfermer de façon hermétique. Sinon elle sera détruite. Elle se partage en deux et garde la partie la plus calme, la plus claire d'elle-même. Elle lui donne un nom à présent : Charis. Elle a trouvé l'idée de ce nouveau nom dans la Bible, avec une épingle : « La plus grande de toutes est la charité. » La charité vaut mieux que la foi et l'espoir. Elle ne peut se servir de ce nom qu'en secret, bien sûr. Tout le monde l'appelle encore Karen.

Charis est plus sereine que Karen, parce que les mauvaises choses appartiennent au passé, comme la petite Karen. Elle est polie avec sa tante, mais distante. Un jour, alors qu'elle est âgée de plus de dix-huit ans, elle leur demande ce qu'ils ont fait de l'argent de sa grand-mère. Son oncle répond qu'il l'a investi pour elle et qu'elle pourra en disposer entièrement à vingt et un ans; en attendant une partie peut servir pour son éducation. Tante Vi se conduit comme si c'était un acte d'une grande générosité, comme s'ils renonçaient à de l'argent leur appartenant. Cependant ils sont tous les deux soulagés quand elle part à l'université et emménage à McClung Hall. Ses yeux de pierre mettent tante Vi mal à l'aise; quant à oncle Vern, il se demande si elle se rappelle quelque chose. Il espère qu'elle a tout oublié, mais il n'en est pas sûr.

Elle se souvient de tout, ou plutôt Karen se souvient; mais Karen est enfermée. Charis ne retrouve le souvenir que lorsqu'elle la sort de la valise où elle l'a rangée, sous son lit. Elle le fait rarement. Karen est encore petite, mais Charis grandit.

Charis atteignit l'âge de vingt et un ans, mais on ne lui dit rien à propos de l'argent de sa grand-mère.

Cela lui était égal. De toute manière, elle ne voulait pas accepter d'argent d'eux car, même s'il lui appartenait, il avait passé entre leurs mains, il était souillé. Et puis jamais elle ne pourrait l'obtenir sans querelle.

Elle ne voulait pas se battre. Elle souhaitait plutôt s'en aller, et dès qu'elle se sentit prête, elle disparut simplement de leur existence. Ce n'était pas si difficile, elle savait que personne ne viendrait la chercher. Elle quitta l'université avant de finir ses études — elle se faisait renvoyer de ses cours parce qu'ils ne parvenaient pas à retenir son attention — et elle partit en voyage. Elle fit du stop, prit des bus. Elle travailla comme serveuse, fut employée de bureau. Elle passa quelque temps dans un ashram de la côte Ouest, elle vécut dans une ferme collective de Saskatchewan. Elle eut diverses activités.

Une fois elle revint à la ferme de sa grand-mère; elle voulait la voir. Ce n'était plus une ferme, mais un lotissement. Charis essaya de ne pas en éprouver de peine, car rien de ce qui était ou avait été ne périrait, et la ferme l'habitait encore, elle lui appartenait parce que les endroits demeuraient la propriété de ceux qui les aimaient.

À vingt-six ans elle renonça à son ancien nom. Beaucoup de gens changeaient de nom alors, parce que les noms n'étaient plus de simples étiquettes, mais aussi des récipients. *Karen* était un sac de cuir gris. Charis rassembla tout ce qu'elle ne voulait plus et le fourra à l'intérieur de ce nom, de ce sac, qu'elle referma hermétiquement. Elle jeta le plus grand nombre possible de vieilles blessures et de poisons. Elle garda seulement les choses d'elle-même qu'elle aimait ou dont elle avait besoin.

Elle fit tout cela dans sa tête, parce que les événements y sont aussi réels qu'ailleurs. Toujours dans sa tête, elle marcha sur la rive du lac Ontario et jeta le sac de cuir dans l'eau.

C'était la fin de Karen. Karen avait disparu. Mais le lac était en Charis, et Karen aussi. Tout au fond.

36

Par cette nuit ventée où les branches craquent, Karen revient dans la maison sur l'Île. Charis ne peut plus l'en empêcher. Elle a déchiré le cuir pourri, elle est remontée à la surface, elle a traversé le mur de la chambre, elle est debout dans la pièce en cet instant même. Mais elle n'est plus une fillette de neuf ans. Elle a grandi, elle est grande et mince et longue, comme une plante privée de lumière dans une cave. Ses cheveux ne sont plus incolores, ils sont noirs. Les orbites de ses yeux aussi, comme des meurtrissures. Elle ne ressemble plus à Karen, mais à Zenia.

Elle marche vers Charis et se penche, se fond en elle, et à présent elle est dans le corps de Charis. Elle apporte avec elle l'ancienne honte, une chaude sensation.

Charis a dû dire quelque chose ou émettre un son, parce que Billy est réveillé maintenant. Il s'est retourné, il l'attire vers lui, il l'embrasse et s'enfouit en elle avec son impatience d'avant. *Ce n'est pas moi*, veut lui dire Charis, parce qu'elle n'est plus responsable de son propre corps. Cette autre femme a pris le dessus ; mais Charis ne s'envole pas, elle n'observe pas la scène derrière le rideau. Elle est aussi dans le corps, elle sent tout. Le corps bouge, il réagit ; elle sent le plaisir la traverser comme une décharge électrique, se déployer en un millier de couleurs, comme une queue de paon en feu. Elle oublie Karen, elle s'oublie elle-même. Tout en elle a fusionné.

— Hé, c'était différent, dit Billy.

Il baise ses yeux, sa bouche ; elle est allongée dans ses bras, inerte comme une personne malade ; elle ne peut plus bouger. *Ce n'était pas moi*, pense-t-elle. Pourtant si, en partie. Elle éprouve des sentiments difficiles : la culpabilité, le soulagement. L'angoisse. Le ressentiment, parce que Billy a le pouvoir de provoquer cela ; et aussi, parce qu'elle a vécu tant d'années sans connaître cette sensation.

Tout au fond de son corps, un nouvel être prend vie.

(Cette nuit-là fut conçue sa fille. Charis en est sûre. Elle a toujours su qui était le père. Il n'y avait pas d'autre possibilité. Mais la mère ? Elle-même et Karen, partageant ce corps ? Ou bien Zenia, aussi ?)

Le matin, elle est redevenue elle-même, Charis. Elle ne sait pas où est partie Karen. Sûrement pas au fond du lac ; elle n'a pas cette impression. Peut-être Karen se cache-t-elle ailleurs dans ce corps qu'elles partagent ; mais quand elle ferme les yeux et fouille dans son imagination, elle ne parvient pas à la trouver, bien qu'il y ait une tache sombre, une ombre, quelque chose qu'elle ne peut voir. Quand elle fait l'amour avec Billy, elle ne pense pas à être Karen, ni Charis non plus. Elle pense à être Zenia.

— Promets-moi qu'elle s'en va bientôt, dit Billy.

Maintenant il n'est plus en colère. Il est insistant, il l'implore, presque désespéré.

— Elle s'en va bientôt, répond Charis comme si elle rassurait un enfant.

Elle aime plus Billy à présent, d'une certaine manière ; mais moins, d'une autre façon. Quand l'avidité survient, l'avidité physique, elle entrave la voie du don pur. À présent Charis désire le corps de Billy pour lui-même, et non comme une manifestation de son essence. Au lieu de simplement en prendre soin, elle veut recevoir quelque chose en échange. Peut-être est-ce mal ; elle n'en sait rien.

Ils sont couchés, c'est le matin, elle lui caresse le visage.

— Bientôt, bientôt, fredonne-t-elle, roucoulante, pour l'apaiser.

Elle ne pense plus que le corps de Billy désire Zenia. Comment peut-il vouloir Zenia, puisque Charis le veut ?

C'est le milieu de décembre. Le sol est gelé, les feuilles des arbres tombées, le vent gagne. Ce soir il souffle sur le lac, il traverse les arbres et les buissons, déchire les panneaux de plastique que Charis a agrafés sur les fenêtres pour éviter les courants d'air. Il n'y a pas de doubles fenêtres dans cette maison et le propriétaire n'a aucune intention d'en acheter pour eux ; à son avis toutes les maisons de l'Île vont bientôt être rasées, alors pourquoi gaspiller cet argent ? Il n'y a pas non plus d'isolation.

Charis commence à voir les inconvénients de la vie ici. Déjà, deux des maisons de sa rue sont vides, et leurs fenêtres bouchées par des planches. Elle se demande s'ils auront assez de bois pour se chauffer quand le vrai hiver viendra. À la coopérative il y a un homme qui pourrait échanger du bois contre des cours de yoga, mais le bois est lourd, comment l'apportera-t-elle dans l'Île ?

Ils auront tous besoin de vêtements d'hiver aussi. Billy est en ville ce soir, à l'une de ces réunions. Elle l'imagine sur le quai du ferry, en train d'attendre le dernier bateau pour rentrer, frissonnant dans sa veste légère. Elle devrait lui tricoter quelque chose. Elle ira également chez Goodwill, pour chercher des manteaux usagés.

Un pour Billy, un pour elle, et aussi un pour Zenia, qui n'a rien, excepté les vêtements qu'elle porte. Elle a peur d'aller reprendre ses autres habits chez West, dit-elle. Elle craint que West ne la tue. Il a une personnalité obsessionnelle — gentil en apparence, mais quelquefois il devient fou furieux, et la pensée de l'agonie de Zenia lui fait perdre la tête. S'il doit la perdre, si elle doit mourir, il veut contrôler lui-même cette mort, beaucoup d'hommes sont ainsi, dit Zenia, son regard rêveur perdu dans l'espace, un petit sourire sur les lèvres. L'amour les rend fous.

Autrefois, Charis n'aurait jamais compris ce genre de déclaration. Aujourd'hui, si.

Charis est sûre d'être enceinte. Elle n'a pas eu ses règles, mais ce n'est pas tout : son corps est différent, non plus tendu et musclé, mais spongieux, fluide. Saturé. Il a une autre énergie, d'un rosé orangé profond, comme l'intérieur d'un hibiscus. Elle ne l'a pas encore dit à Billy, parce qu'elle ne sait pas comment il prendra la chose.

Elle n'a pas informé Zenia non plus. D'abord, elle ne veut pas la blesser. Zenia ne peut avoir de bébés à cause de son hystérectomie, conséquence de son cancer, et Charis ne veut pas afficher son état, ni s'en glorifier. D'autre part, Zenia dort à présent dans la petite chambre d'en haut, où se trouvaient avant tous les cartons de Charis. Ils l'ont installée là parce que Billy se plaignait de ne jamais avoir d'intimité dans le séjour. C'est cette pièce que Charis veut transformer en chambre pour le bébé, après le départ de Zenia. Alors comment annoncer à Zenia qu'elle est enceinte sans la jeter pratiquement à la rue? Elle ne pourrait pas faire une chose pareille, pas encore.

Pourtant, lorsque Zenia parle de s'en aller, Charis ne lui dit plus de ne pas même y songer. Elle est déchirée : elle veut le départ de Zenia, mais non sa mort. Elle voudrait la guérir et ne plus jamais la revoir. Elles n'ont pas grand-chose en commun, et maintenant qu'elle a une partie de Zenia en elle, elle préférerait ne plus avoir la vraie Zenia en chair et en os auprès d'elle. Zenia lui prend beaucoup de temps. Et puis — bien que Charis déteste cette manière de penser —, elle lui coûte pas mal d'argent. Charis n'a pas vraiment assez d'argent pour eux trois.

Zenia semble beaucoup mieux, mais c'est peut-être une illusion. Parfois elle mange un bon repas, puis se précipite dans la salle de bains et vomit. Hier, elles venaient de discuter du moment où Zenia serait prête à partir — elle affirmait que les tumeurs diminuaient, elle en était sûre, elle était en train de vaincre la maladie; alors Charis est entrée dans la salle de bains et a trouvé la cuvette des cabinets pleine de sang. Pour toute autre femme, elle aurait conclu qu'elle avait ses règles et oublié de tirer la chasse d'eau. Mais Zenia n'a pas de règles. Elle l'a bien précisé.

Inquiète, Charis l'a interrogée; Zenia a répondu avec désinvolture. C'était juste une hémorragie, a-t-elle dit. Plus ou moins un genre de saignement de nez. Sans importance. Charis admire son courage, mais qui cherche-t-elle à tromper? Elle-même, peut-être. Sûrement pas Charis. De temps en temps celle-ci songe à suggérer un hôpital. Mais elle ne supporte pas les hôpitaux. Parce que sa mère est morte dans l'un d'eux elle les imagine comme des lieux où l'on va mourir. Elle projette déjà d'accoucher à la maison.

Charis et Zenia sont assises à la table de la cuisine. Elles finissent de dîner : des pommes de terre au four, de la purée de courge, une salade de choux. Le chou vient du marché, parce que Charis a utilisé tous les siens. Elle en a fait du jus qu'elle a dispensé à Zenia en transfusions vertes.

— Tu as l'air plus forte aujourd'hui, dit Charis pleine d'espoir.

— Je suis forte comme un bœuf, répond Zenia.

Elle pose sa tête un moment sur la table, puis la relève avec effort.

— Vraiment.

— Je vais te préparer une tasse de ginseng, propose Charis.

— Merci. Alors, où est-il ce soir?

— Billy? dit Charis. À une réunion, j'imagine.

— Tu ne t'inquiètes jamais? questionne Zenia.

— À quel propos?

— Ce n'est peut-être pas une réunion.

Charis rit. Elle a plus confiance ces derniers temps.

— Tu veux dire une nana? répond-elle. Non. De toute façon, ça ne changerait rien.

Elle en est convaincue. Billy peut faire ce qu'il veut avec les autres femmes, parce que cela ne compte pas.

Billy a commencé à parler avec Zenia. Maintenant il lui dit bonjour, et quand il entre dans une pièce où elle se trouve, il hoche la tête avec un grognement. Ses manières du Sud — selon son expression— combattent son aversion pour Zenia, et elles sont en train de gagner. L'autre soir, il lui a même offert une bouffée du joint qu'il fumait. Mais Zenia a secoué la tête et Billy s'est senti repoussé, et il n'y a rien eu de plus. Charis voudrait demander à Zenia de ménager Billy, de faire un effort, mais après la manière dont il s'est comporté cela lui est difficile.

Dans le dos de Zenia, Billy se montre même plus grossier qu'il ne l'était auparavant.

— Si elle a un cancer, je veux bien être pendu, a-t-il dit il y a deux jours.

— Billy, s'est écriée Charis, consternée. Elle a été opérée ! Elle a une grande cicatrice !

— Tu l'as vue ? a dit Billy.

Bien sûr que non. Pourquoi Charis aurait-elle cherché à la voir ? Pourquoi demander à voir la cicatrice du cancer de quelqu'un ? Cela ne se fait pas.

— Tu veux parier ? a dit Billy. Je te parie cinq dollars qu'elle n'en a pas.

— Je ne veux pas, a répondu Charis.

Comment prouver une pareille affirmation ? Elle a eu une brève vision de Billy se ruant dans la chambre de Zenia pour lui arracher sa chemise de nuit. Elle ne voulait pas cela.

— À quoi penses-tu ? demande Zenia.

— Quoi ? répond Charis.

Elle songe à la cicatrice de Zenia.

— Billy est un grand garçon, reprend celle-ci. Tu ne devrais pas trop t'inquiéter pour lui. Il peut se débrouiller tout seul.

— Je pensais à l'hiver, dit Charis. Comment nous allons le passer.

— Si je survis jusque-là, l'interrompt Zenia. Oh ! désolée, je suis trop morbide. À chaque jour suffit sa peine !

La plupart du temps Zenia se couche tôt parce que Charis lui dit de le faire, mais quelquefois elle veille. Charis fait un bon feu dans la cuisinière, elles s'installent à la table de la cuisine, et elles bavardent. Parfois elles écoutent de la musique, ou bien elles jouent au solitaire.

— Je sais lire les cartes, dit Zenia un soir. Tiens, je vais lire les tiennes.

Charis n'est pas convaincue. D'après elle ce n'est pas une très bonne idée de connaître l'avenir, parce qu'on ne peut rien y changer, alors pourquoi souffrir deux fois ?

— Juste pour s'amuser, dit Zenia.

Elle oblige Charis à battre les cartes trois fois, et à les couper loin d'elle pour que la malchance ne l'approche pas, puis elle les étale par rangées de trois, pour le passé, le présent et l'avenir. Elle les étudie, puis ajoute une autre série de cartes par-dessus.

— Quelqu'un de nouveau entre dans ta vie, dit-elle.

Oh ! pense Charis. Ce doit être le bébé.

— Et quelqu'un d'autre en sort. Il y a de l'eau ; une traversée sur l'eau.

C'est Zenia, pense Charis. Elle va aller mieux et bientôt elle partira. Et pour quitter cet endroit, il faut traverser le lac.

— Et à propos de Billy ? demande Charis.

— Il y a un valet, répond Zenia. Un valet de pique. C'est peut-être lui. Avec la reine de carreau par-dessus.

— C'est de l'argent ?

— Oui, dit Zenia, mais c'est une carte mineure. Il y a un problème avec l'argent. Peut-être qu'il va se mettre à vendre de la drogue.

— Pas Billy, proteste Charis. Il est trop intelligent.

Elle ne veut pas poursuivre le sujet.

— Où as-tu appris ? demande-t-elle.

— Ma mère était une tzigane roumaine, répond négligemment Zenia. Elle disait que c'était de famille.

— C'est vrai, dit Charis.

Cela lui semble logique ; elle connaît ce genre de don, grâce à sa propre grand-mère. Les cheveux et les yeux noirs de Zenia, son fatalisme... cela s'accorde avec des origines tziganes.

— Elle a été lapidée pendant la guerre, continue Zenia.

— C'est terrible ! s'écrie Charis.

Ce n'est pas étonnant que Zenia ait un cancer —

c'est le passé qui pèse en elle, un passé oppressant de métaux lourds dont elle ne s'est jamais débarrassée.

— Par les Allemands ?

Être lapidé lui semble pire que d'être abattu d'une balle. Plus lent, plus pénible, plus douloureux ; mais pas très allemand. Quand elle pense aux Allemands, elle voit des ciseaux, des tables en émail blanc. Une lapidation lui évoque de la poussière, des mouches, des chameaux et des palmiers. Comme dans l'Ancien Testament.

— Non, par une bande de villageois, dit Zenia. En Roumanie. Ils croyaient qu'elle avait le mauvais œil et qu'elle jetait des sorts à leurs vaches. Ils ne voulaient pas gaspiller de balles alors ils ont pris des pierres. Et des gourdins. Les tziganes n'étaient pas très populaires là-bas. Je suppose que c'est toujours le cas. Mais elle savait que cela allait se produire, elle était voyante. La veille, elle m'a confiée à une de ses amies, dans un autre village. C'est ce qui m'a sauvée.

— Alors, tu dois parler roumain, dit Charis.

Si elle avait su tout cela, elle aurait cherché à guérir Zenia d'une autre manière. Pas seulement avec du yoga et des choux. Elle aurait essayé de visualiser son enfance en Roumanie, au lieu de se concentrer sur le cancer. Peut-être les clés de la maladie de Zenia sont-elles cachées dans une autre langue.

— Je l'ai refoulé, dit Zenia. Tu aurais fait pareil. J'ai jeté un coup d'œil à ma mère une fois qu'ils en ont eu fini avec elle. Ils l'ont laissée là, allongée dans la neige. Ce n'était plus qu'un tas de viande pourrie.

Charis frémit. C'est une image révulsante. Cela explique pourquoi Zenia vomit tant — si c'est ce qu'elle a dans la tête. Elle a besoin d'extirper ces images empoisonnées de son imagination.

— Où était ton père ? dit-elle, pour écarter Zenia de la mère morte.

— C'était un Finnois, répond Zenia. C'est de là que viennent mes pommettes.

Charis a seulement une vague notion de l'endroit où se trouve la Finlande. Elle voit des arbres, des gens avec des saunas, des bottes de peau, et des rennes.

— Oh ! dit-elle. Pourquoi était-il en Roumanie ?

— Il n'y était pas, dit Zenia. Ils étaient tous les deux communistes, avant la guerre. Ils se sont rencontrés à un congrès de jeunesse à Leningrad. Il a été tué plus tard, en Finlande, en combattant les Russes pendant la campagne d'hiver. Ironique, hein ? Il croyait être de leur côté, et ils l'ont tué.

— Mon père aussi a été tué à la guerre, dit Charis.

Elle est heureuse qu'elles aient ce lien en commun.

— J'imagine que c'est le cas de beaucoup de gens, répond Zenia avec indifférence. Mais c'est du passé.

Elle a rassemblé les cartes et elle les dispose de nouveau.

— Ah ! dit-elle. La reine de pique.

— C'est toujours mon jeu ? demande Charis.

— Non, dit Zenia. C'est le mien.

Elle ne regarde plus les cartes, mais elle fixe obliquement le plafond, de ses yeux mi-clos. La reine de pique porte malheur. Certains disent que c'est la carte de la mort. Ses longs cheveux tombent autour de sa tête comme un voile épais.

— Oh ! non, dit Charis, consternée. Je crois que ce n'est pas bien de tirer les cartes. C'est trop négatif.

— Bon, répond Zenia, comme si ce qu'elle faisait ne lui importait pas. Je vais me coucher.

Charis l'écoute monter l'escalier, en traînant un pied après l'autre.

37

L'hiver avançait. Il les épuisait. Prendre un bain était une expérience arctique, nourrir les poules une expédition polaire : il fallait marcher dans la neige, lutter contre les vents violents qui soufflaient du lac. Les poules étaient assez confortablement installées, dans la maison construite par Billy. La paille et les excréments leur tenaient chaud, comme prévu.

Charis eût aimé avoir une couche de paille sous sa propre maison. Elle fixa des vieilles couvertures aux murs, colmata les fissures les plus apparentes avec des journaux bien tassés. Par chance, ils avaient assez de bois : Charis avait réussi à en acheter à bas prix à une personne qui avait renoncé à rester sur l'Île et était retournée vivre sur le continent. Il n'était pas fendu et Billy se chargea du travail, le coupant à la hache, en plein air, les jours les plus chauds ; il aimait cette tâche. Mais la maison était encore froide, sauf quand Charis attisait le feu au risque de provoquer un incendie. À ces moments-là l'air devenait étouffant et la maison sentait le nid de souris. Il y avait de vraies souris sous le plancher, venues se réfugier là à cause du froid ; elles sortaient la nuit pour nettoyer les miettes et laissaient sur la table des crottes que Zenia jetait par terre en faisant la grimace.

Plus rien n'avait été dit sur son départ. Tous les matins elle délivrait à Charis un bulletin sur sa santé : mieux, pire. Un jour elle se sentait en état de faire une promenade, le lendemain elle racontait à Charis que ses cheveux tombaient. Elle ne manifestait plus aucun espoir, elle ne semblait plus participer à ce qui se passait dans son corps. Elle prenait ce que lui offrait Charis — le jus de carottes, les tisanes — d'une manière passive, sans réel intérêt, pour se montrer agréable à Charis ; elle ne pensait pas vraiment qu'ils amélioraient son état. Elle avait des périodes de dépression, où elle s'allongeait sur le divan du séjour, enveloppée dans une couverture, ou s'effondrait sur la table.

— Je suis une affreuse personne, disait-elle à Charis d'une voix tremblante. Je ne vaux pas toute cette peine.

— Oh ! ne dis pas une chose pareille, s'écriait Charis. Nous avons tous ces sentiments. Ils viennent de l'ombre. Pense aux meilleures choses qui te concernent.

Zenia la récompensait d'un petit sourire hésitant.

— Et s'il n'y a rien ? répondait-elle faiblement.

Zenia et Billy gardaient leurs distances. Chacun se plaignait encore à Charis ; ils semblaient aimer ce sujet de discussion. Chacun appréciait la saveur amère du nom de l'autre, le parfum de l'accusation, le mauvais goût. Charis aurait voulu prier Billy de ne pas être si dur avec Zenia : elle serait capable de le dénoncer, pour les bombes. Mais Charis ne pouvait le dire à Billy sans admettre qu'elle avait trahi sa confiance, et informé Zenia. Il serait furieux contre elle.

Charis refusait ce sentiment. Elle voulait uniquement des émotions heureuses, parce que les autres abîmeraient son bébé. Elle essayait d'occuper son temps uniquement à des choses qui lui inspiraient la tranquillité : la blancheur après une chute de neige, avant que la suie de la ville ne se dépose ; le miroitement des glaçons, la semaine de la tempête qui avait emporté les lignes de téléphone. Elle marchait seule dans l'Île, prenant soin de ne pas glisser sur les plaques de glace. Son ventre devenait plus dur et plus rond, ses seins gonflaient. Elle savait que l'essentiel de son énergie puisée dans la clarté se dirigeait sur le bébé, non sur Zenia ni même Billy. Le bébé réagissait, elle le sentait ; il écoutait en elle, attentif, il absorbait la lumière comme une fleur.

Elle espérait que les deux autres ne se sentaient pas négligés, mais elle n'y pouvait pas grand-chose. Elle avait une quantité donnée d'énergie, et il lui était de moins en moins possible de la gaspiller. Elle devenait plus dure, plus impitoyable ; elle sentait plus fortement dans ses mains la férocité de sa grand-mère. Le bébé était Karen avant la naissance, et avec Charis veillant sur elle, elle aurait une meilleure chance. Cette fois-ci elle aurait la mère qu'il lui fallait.

Dans sa tête elle passait du temps à décorer la petite chambre, celle du bébé. Elle la peindrait en blanc, plus tard, quand elle aurait l'argent, après le départ de Zenia. L'été, quand il ferait chaud, Billy pourrait construire un sauna dans la cour de derrière, à côté du poulailler. Aussi, l'hiver prochain, ils s'y installeraient pour se chauffer, puis ils iraient se rouler dans la neige; cela vaudrait mieux que de rester à l'intérieur et de se plaindre, comme Zenia. Et comme Billy.

En avril, la neige fondit, et quand percèrent dans la terre brune les trois plants de jonquilles de Charis, elle parla du bébé à Zenia et à Billy. Il le fallait. Bientôt cela se verrait; certains changements seraient inévitables. Elle ne serait plus en mesure de donner ses cours de yoga, et l'argent devrait venir d'ailleurs. Billy serait obligé de trouver un travail. Il n'avait pas les papiers nécessaires mais il existait pourtant des emplois, puisque certains de ses amis déserteurs en avaient. Billy devrait s'activer. Charis ne l'aurait pas pensé avant d'être enceinte, mais elle le pensait à présent.

Et Zenia devrait finalement s'en aller. Charis avait été son professeur, mais si elle n'était pas capable de tirer profit de ce qu'elle lui avait donné, c'était son problème.

Assez, c'est assez, disait dans sa tête la voix de sa grand-mère. *Les choses importantes d'abord. La voix du sang est la plus forte.*

Elle les informe séparément, Zenia d'abord. Elles sont en train de dîner — des haricots blancs à la sauce tomate en conserve, des petits pois surgelés. Charis est moins attentive à la qualité de la nourriture ces temps-ci; elle semble manquer de temps. Billy est de nouveau en ville.

— Je vais avoir un bébé, lâche Charis au dessert — des pêches en conserve.

Zenia n'est pas blessée, comme elle le craignait. Elle ne présente pas non plus ses félicitations mélancoliques, ni ne la serre dans ses bras de femme à femme, ni ne lui tapote la main. Au lieu de cela elle est méprisante.

— Eh bien, dit-elle, te voilà dans le pétrin!

— Quoi? dit Charis.

— Qu'est-ce qui te fait croire que Billy a envie d'un gosse? demande Zenia.

Charis en a le souffle coupé. Elle reconnaît qu'elle est partie d'une certaine hypothèse : tout le monde accueillerait cet enfant avec la même joie qu'elle. Elle reconnaît aussi qu'elle n'a pas tenu compte de Billy. Elle a bien essayé d'imaginer ce que ce serait d'être un homme, d'être Billy, et d'avoir un bébé, mais elle n'y est pas parvenue. Après cela elle n'a plus fait d'effort pour deviner sa réaction.

— Bien sûr qu'il en a envie, dit-elle, cherchant à se convaincre.

— Tu ne lui as encore rien dit, n'est-ce pas? demande Zenia.

Ce n'est pas une question.

— Comment le sais-tu? répond Charis.

Comment le *sait*-elle? Pourquoi sont-elles en train de se disputer?

— Attends qu'il s'en aperçoive, reprend Zenia, inflexible. Cette maison va être drôlement plus petite avec un marmot qui braille. Tu aurais pu attendre que je sois morte.

Charis est stupéfaite par sa brutalité et son égoïsme; stupéfaite, et en colère. Mais sa réaction est proche de l'apaisement :

— Je n'y peux plus rien à présent, dit-elle.

— Bien sûr que si, réplique Zenia, tu peux te faire avorter.

Charis se lève.

— Je refuse, dit-elle.

Elle est au bord des larmes, et quand elle monte — ce qu'elle fait immédiatement, sans laver la vaisselle pour une fois — elle se met à pleurer. Elle sanglote dans le sac de couchage, blessée et désorientée. Quelque chose est en train de mal tourner, et elle ne sait pas quoi.

Lorsque Billy rentre à la maison elle est encore allongée sur le duvet, tout habillée, avec la lumière allumée.

— Hé, que se passe-t-il? dit-il. Qu'est-ce qu'il y a?

Il lui embrasse le visage.

Charis se lève avec un effort et se jette contre lui en l'enlaçant.

— Tu n'as pas remarqué ? dit-elle, larmoyante.

— Quoi ? demande Billy.

— Je suis enceinte ! s'écrie Charis. Nous allons avoir un bébé !

Elle présente cela comme un reproche ; ce n'est pas son intention. Elle veut célébrer l'événement avec lui.

— Oh ! merde, dit Billy. Il devient tout mou dans ses bras. Nom de Dieu. Quand ?

— En août, répond Charis, attendant qu'il manifeste sa joie.

Mais il n'est pas joyeux. Il traite cette nouvelle comme une catastrophe majeure, une mort, et non une naissance.

— Oh ! merde, dit-il encore. Qu'est-ce qu'on va faire ?

Au milieu de la nuit Charis se retrouve dehors, dans le jardin. Une crise de somnambulisme. Elle est en chemise de nuit, elle a les pieds nus ; la boue et les feuilles s'effritent sous ses orteils. Elle sent l'odeur d'un putois lointain ; comme ceux qui se font écraser sur les routes ; mais comment serait-il parvenu jusqu'ici ? Dans l'Île ? Peut-être savent-ils nager.

Maintenant elle est complètement réveillée. Il y a l'empreinte d'une autre main dans la sienne : sa grand-mère essaie de lui dire quelque chose, de se faire entendre. De l'avertir.

— Quoi ? dit-elle à voix haute. Qu'est-ce que c'est ?

Elle se rend compte qu'il y a quelqu'un d'autre dans le jardin, une forme sombre appuyée contre le mur, près de la fenêtre de la cuisine. Elle voit une lueur de cigarette. C'est la fumée qu'elle a sentie, et non un putois.

— Zenia, c'est toi ? demande-t-elle.

— Je ne pouvais pas dormir, répond Zenia. Alors, comment le patron prend-il la chose ?

— Zenia, tu ne devrais pas fumer, dit Charis. Elle a oublié qu'elle était en colère contre elle. C'est si mauvais pour tes cellules.

— Je n'en ai rien à foutre, s'écrie Zenia. Mes cellules sont en train de me baiser. Je ferais mieux de profiter de la vie pour le temps qu'il me reste.

Sa voix résonne dans l'obscurité, paresseuse, sardonique.

— Et il faut que je te dise que j'en ai ma claque de tes bonnes actions. Tu serais beaucoup plus heureuse si tu te mêlais de ce qui te regarde.

— J'essayais de t'aider, gémit Charis.

— Rends-moi service, dit Zenia. Aide quelqu'un d'autre.

Charis ne comprend pas. Pourquoi l'a-t-on entraînée dehors pour écouter cela ? Elle se détourne et rentre dans la maison, elle monte l'escalier à tâtons. Elle n'allume pas la lumière.

Le lendemain Billy prend le premier ferry pour la ville. Charis travaille fiévreusement dans le jardin, piochant dans le compost, elle essaie de se vider la tête. Zenia reste au lit. Lorsque Billy rentre, après la tombée de la nuit, il est saoul. Il l'a déjà été, mais jamais autant. Charis est dans la cuisine et fait la vaisselle, qui traîne depuis plusieurs jours. Elle se sent lourde, la tête embrouillée ; elle ne parvient pas à clarifier ses pensées. Même si elle réfléchit très intensément, elle ne dépasse pas la surface des choses. Elle se sent bloquée, exclue ; même le jardin lui est resté fermé aujourd'hui. Devenue un champ de poussière, la terre a perdu son éclat et les poules sont sales, irritables comme de vieux plumeaux.

Quand Billy entre, elle se retourne pour le regarder, mais ne dit rien, et reprend son travail.

Elle l'entend se cogner à la table ; il renverse une chaise. Puis il pose les mains sur ses épaules. Il l'oblige à lui faire face. Elle espère qu'il va l'embrasser, lui annoncer qu'il a changé d'avis, que tout est merveilleux, mais au lieu de cela il se met à la secouer. D'avant en arrière, lentement.

— Tu... es... si... conne, dit-il, en cadence avec les chocs. Si conne !

Sa voix est presque tendre.

— Billy, arrête, demande-t-elle.
— Pourquoi ? Enfin, bordel, pourquoi ? Je peux faire ce qui me plaît. Tu es trop conne pour le voir.
Il lâche son épaule d'une main et la gifle en pleine figure.
— Réveille-toi !
Il la frappe de nouveau, plus fort.
— Billy, arrête ! répète-t-elle, essayant de se montrer ferme et douce, de ne pas pleurer.
— Personne... n'a... à... me... donner... d'... ordres.
Il recule, puis lève la jambe, le genou au niveau de son ventre. Il est trop ivre pour bien viser, mais il lui fait mal.
— Tu vas le tuer ! hurle-t-elle. Tu vas tuer notre bébé !
Billy pose la tête contre son épaule et se met à pleurer, des sanglots rauques qui lui déchirent la poitrine.
— Je te l'ai dit, répète-t-il, je te l'ai dit mais tu n'as pas voulu m'écouter.
— Quoi ? demande-t-elle en caressant ses cheveux jaunes.
— Il n'y a pas de cicatrices, répond-il. Rien. Il n'y a aucune cicatrice.
Charis ne saisit pas de quoi il parle.
— Allons, dit-elle, viens. On va se coucher...
Au lit, elle le berce dans ses bras. Puis ils s'endorment tous les deux.

Le matin, Charis se lève pour nourrir les poules, comme toujours. Billy est réveillé : il reste au chaud sous le duvet, il la regarde s'habiller. Avant de descendre elle se penche pour déposer un baiser sur son front. Elle attend qu'il dise quelque chose, mais il se tait.
D'abord elle allume la cuisinière, puis elle remplit le seau dans l'évier. Elle entend Billy bouger en haut ; Zenia aussi, ce qui est inhabituel. Peut-être est-elle en train de faire ses bagages, et va-t-elle partir. Charis l'espère sincèrement. Zenia ne peut plus rester ici, elle crée trop d'agitation dans l'atmosphère.

Charis entre et ouvre la porte de l'enclos des poules. Elle ne les entend pas remuer ce matin, elle n'entend pas leur roucoulement endormi, ni le bruissement de leurs plumes. Quelles dormeuses ! Elle ouvre la porte du poulailler, mais aucune ne sort. Intriguée, elle fait le tour pour entrer du côté des humains et elle fait un pas à l'intérieur.

Les poulets sont tous morts. Tous sans exception, dans leurs caisses, deux sur le sol. Il y a du sang partout, sur la paille, il dégouline des caisses. Elle ramasse une des poules mortes par terre : elle voit une entaille sur sa gorge.

Elle reste là, choquée, épouvantée, essayant de reprendre ses esprits. Elle a la tête embrumée, des fragments rouges tourbillonnent derrière ses yeux. Ses beaux poulets ! Ce doit être une fouine. Quoi d'autre ? Mais une fouine ne boirait-elle pas tout le sang ? C'est peut-être un voisin, pas le plus proche, mais quelqu'un d'autre. Qui les haïsse à ce point ? Les poules ; ou bien elle et Billy. Elle a l'impression d'un viol.

— Billy ! appelle-t-elle.

Mais il ne l'entend pas, il est à l'intérieur. Elle se dirige vers la maison d'un pas incertain : elle pense qu'elle va s'évanouir. Elle atteint la cuisine, appelle encore. Il a dû se rendormir. Elle monte lourdement l'escalier.

Billy n'est pas là. Il n'est nulle part dans la chambre, et quand elle regarde dans celle de Zenia elle ne l'y trouve pas non plus. Pourquoi a-t-elle pensé l'y surprendre ?

Zenia est aussi partie. Ils sont partis tous les deux. Il n'y a personne dans la maison.

Charis court, haletante, jusqu'au quai du ferry. Elle sait maintenant. C'est finalement arrivé : Billy a été kidnappé. Quand elle atteint le quai, le ferry mugit et commence à s'éloigner, et elle voit Billy, encadré par deux étrangers. Deux hommes en pardessus, exactement comme elle les imaginait. Zenia est près de lui. Elle a dû parler, elle a dû le dénoncer.

Billy ne la salue pas. Il ne veut pas que les deux

hommes sachent que Charis a un rapport avec lui. Il essaie de la protéger.

Charis revient lentement à la maison, elle y pénètre. Elle la fouille de fond en comble, cherchant un mot, mais il n'y a rien. Dans l'évier, elle trouve le couteau à pain, avec du sang sur la lame.

C'était Zenia. Zenia a assassiné ses poulets.

Peut-être Billy a-t-il été kidnappé. Peut-être s'est-il enfui. Avec Zenia. C'est ce qu'il a voulu dire en parlant des cicatrices : Zenia n'en a pas. Il le sait parce qu'il a regardé. Il a regardé tout le corps de Zenia, avec la lumière allumée. Il sait tout ce qu'il y a à savoir sur ce corps. Il l'a pénétré.

Charis s'assied à la table de la cuisine, elle cogne doucement sa tête, essayant de chasser ses pensées. Mais elle réfléchit en même temps. S'il n'y a pas de cicatrices le cancer n'existe pas. Zenia n'est pas malade; c'est ce que Billy disait. Mais si c'est vrai, qu'a fait Charis les six derniers mois? L'imbécile, voilà tout. Elle s'est comportée comme une idiote. Elle a été si stupide qu'on peut se demander si elle a un cerveau.

Trahie. Depuis quand, et combien de fois? Il a essayé de le lui dire. Il a essayé de chasser Zenia, mais il était trop tard.

Pour les poulets morts et le couteau à pain, elle saisit le message. *Tranche-toi les veines*. Elle entend une voix, une voix d'il y a très longtemps, de multiples voix. *Tu es si stupide. Tu ne peux pas gagner cette bataille*. Pas dans cette vie. Elle en a de toute manière assez de cette vie-là; peut-être est-il temps d'aborder la suivante. Zenia a emporté la partie d'elle-même dont elle a besoin pour vivre. Elle est bornée, elle est nulle, elle est idiote. Les mauvaises choses qui lui sont arrivées sont une punition et doivent lui donner une leçon : elle ferait mieux de renoncer.

C'est la voix de Karen. Karen est de retour, elle contrôle leur corps. Karen est en colère contre elle, désolée, malade de dégoût, elle veut leur mort à toutes les deux. Elle veut tuer ce corps. Elle tient déjà le couteau à pain, l'approchant de leur bras commun. Mais si elle fait cela le bébé mourra aussi, et Charis refuse de permettre une chose pareille. Elle rassemble toute son énergie, sa lumière intérieure de guérison, la féroce lumière bleue de sa grand-mère ; elle lutte silencieusement avec Karen pour lui enlever le couteau. Quand elle l'attrape, elle la repousse le plus loin possible d'elle, au plus profond de l'ombre. Puis elle jette le couteau par la porte.

Elle attend le retour de Billy. Elle sait qu'il ne reviendra pas, mais elle attend tout de même. Elle reste assise à la table de la cuisine, immobile, s'interdisant de bouger. Elle attend tout l'après-midi. Puis elle va se coucher.

Le lendemain elle n'est plus aussi assommée. Elle est plutôt frénétique. Le pire est de ne pas savoir. Peut-être s'est-elle méprise sur le compte de Billy, peut-être ne s'est-il pas enfui avec Zenia. Peut-être est-il en prison, et lui tranche-t-on la gorge sous la douche. Peut-être est-il mort.

Elle appelle tous les numéros griffonnés sur le mur à côté de leur téléphone. Elle s'informe, elle laisse des messages. Aucun de ses amis ne sait rien, ni n'admet être au courant de quelque chose. Qui d'autre peut savoir où il est, où il peut être parti ? Lui, ou Zenia, ou tous les deux ensemble. Qui d'autre connaît Zenia.

Elle ne pense qu'à une seule personne : West. West vivait avec Zenia avant qu'elle ne se présente sur le seuil de Charis avec son œil au beurre noir. Charis voit cet œil sous un angle différent à présent. Peut-être son existence était-elle justifiée.

West enseigne à l'université, Zenia le lui a dit. Il enseigne la musique, ou quelque chose dans ce genre. Elle se demande s'il se fait appeler West, ou Stewart. Elle va demander les deux noms. Elle ne met pas longtemps à trouver son numéro personnel.

Elle le compose, et une femme répond. Charis explique qu'elle cherche Zenia.

— Zenia ? s'écrie la femme. Qui pourrait bien avoir envie de la retrouver ?

— Qui est à l'appareil ? demande Charis.
— Antonia Fremont, répond Tony.
— Tony, dit Charis.
Quelqu'un qu'elle connaît plus ou moins. Elle ne s'interroge pas sur la présence de Tony chez West. Elle inspire profondément.
— Tu te souviens quand tu as essayé de m'aider, sur la pelouse de McClung Hall ? Alors que je n'en avais pas besoin ?
— Oui, répond Tony prudemment.
— Eh bien, cette fois j'ai besoin de ton aide.
— À propos de Zenia ? demande Tony.
— En quelque sorte, dit Charis.
Tony répond qu'elle arrive.

38

Tony prend le ferry pour l'Île. Elle s'installe à la table de la cuisine de Charis, boit une tasse de thé à la menthe et écoute toute l'histoire, hochant la tête de temps à autre, la bouche légèrement entrouverte. Lorsque Charis lui dit combien elle a été stupide, Tony répond que non, pas particulièrement : pas plus qu'elle-même.
— Zenia est très douée dans ce qu'elle fait, précise-t-elle.
— Mais j'avais pitié d'elle ! s'écrie Charis.
Les larmes roulent sur ses joues ; elle ne peut pas les arrêter. Tony lui tend un Kleenex froissé.
— Moi aussi, dit-elle. C'est une experte dans ce domaine.
Elle explique que West n'a pas pu donner un coup de poing dans l'œil de Zenia, non seulement parce qu'il ne ferait jamais une chose pareille, mais parce qu'à ce moment-là il ne vivait plus avec Zenia. Il n'habite plus avec elle depuis plus d'un an et demi. Mais avec Tony.

— Je suppose qu'il aurait pu la frapper en la croisant dans la rue, ajoute-t-elle. La tentation serait irrésistible. Je ne sais pas ce que je ferais si je rencontrais Zenia de nouveau. Peut-être que je l'inonderais d'essence. J'y mettrais le feu.

Quant à Billy, Tony est convaincue que Charis ne doit pas perdre son temps à le rechercher : d'abord, elle ne le trouvera jamais ; ensuite, que fera-t-elle si elle le trouve ? S'il a été kidnappé par la police montée elle ne sera pas capable de le sauver, il est probablement enfermé dans une cellule de béton en Virginie en ce moment même, et s'il veut entrer en contact avec elle il le fera. Ils autorisent les lettres. S'il n'a pas été enlevé, et si Zenia lui a mis le grappin dessus, il ne voudra plus revoir Charis de toute manière. Il se sentira trop coupable.

Tony le sait, elle a vécu tout cela : c'est comme si Billy avait été ensorcelé. Mais Zenia ne s'en satisfera pas longtemps. C'est un trop petit poisson et — Charis excuse Tony pour une pareille phrase — il a été trop facile à prendre. Tony a beaucoup pensé à Zenia et a décidé que cette femme aimait les défis. Elle aime forcer les portes, et prendre ce qui ne lui appartient pas. Billy, comme West, est un exercice de tir. Elle a probablement une rangée de pénis, cloués sur son mur, comme des têtes d'animaux empaillées.

— Laisse-le tranquille et il rentrera à la maison en agitant la queue, dit Tony. S'il lui en reste une, quand Zenia en aura fini avec lui.

Charis est stupéfaite par la facilité avec laquelle Tony exprime de l'hostilité. Ce ne peut être bon pour elle. Mais cela apporte un réconfort indéniable.

— Et s'il ne revient pas ? demande Charis. S'il ne revient jamais ?

Elle renifle encore. Tony fouille sous l'évier et trouve une serviette en papier qu'elle lui tend.

— Eh bien tant pis, répond-elle en haussant les épaules. Il y a d'autres choses à faire.

— Mais pourquoi a-t-elle tué mes poulets ? dit Charis.

Quel que soit l'angle sous lequel elle considère

l'événement, elle ne parvient pas à comprendre. Les poulets étaient jolis, innocents, ils n'avaient rien à voir avec l'enlèvement de Billy.

— Parce que c'est Zenia, répond Tony. Ne te tourmente pas pour les mobiles. Attila le Hun n'en avait pas. Il avait juste des appétits. Elle les a tués. C'est clair.

— C'est peut-être parce que sa mère a été lapidée par les Roumains, parce qu'elle était tzigane, dit Charis.

— Quoi ? s'écrie Tony. Mais non ! C'était une Russe blanche en exil ! Elle est morte de tuberculose à Paris !

Elle éclate de rire. Elle ne peut plus s'arrêter.

— Comment ? dit Charis, intriguée. Qu'y a-t-il ?

Tony fait une tasse de thé à Charis, et lui dit de se reposer. Elle doit veiller sur sa santé à présent, parce qu'elle est mère. Elle enveloppe Charis dans une couverture et l'oblige à s'allonger sur le canapé du séjour. Elle se laisse faire, somnolente, les choses lui échappent.

Tony sort avec des sacs poubelle en plastique — Charis sait que c'est mauvais, mais il n'y a pas d'autre alternative — et elle ramasse les poulets morts. Elle balaye le poulailler. Elle remplit un seau d'eau et nettoie le sang de son mieux.

— Il y a un tuyau, dit Charis ensommeillée.

— Je crois que j'ai enlevé le plus gros, répond Tony. Que faisait ce couteau à pain dans le jardin ?

Charis explique qu'elle a essayé de se trancher les veines, et Tony ne la gronde pas. Elle dit simplement que les couteaux à pain ne sont pas une solution valable, elle le lave et le range dans l'égouttoir.

Après la sieste de Charis, Tony la fait asseoir de nouveau à la table. Elle a une feuille de papier et un stylo-bille.

— Maintenant, pense à tout ce dont tu as besoin, dit-elle. Sur le plan pratique.

Charis réfléchit. Elle a besoin de peinture blanche

pour la chambre du bébé; elle doit isoler la maison, parce que après l'été viendra l'hiver. Il lui faut des robes larges. Mais elle ne peut se permettre aucune de ces choses. Billy et Zenia ont mangé toutes les provisions, et elle n'a rien pu économiser. Elle pourrait demander à bénéficier de l'aide sociale.

— De l'argent, prononce-t-elle lentement.

À contrecœur. Elle ne veut pas que Tony pense qu'elle mendie.

— Bon. Maintenant, réfléchissons à toutes les manières d'en obtenir.

Avec l'aide de son amie Roz, dont Charis se souvient vaguement pour l'avoir connue à McClung Hall, Tony trouve un avocat à Charis, et celui-ci recherche oncle Vern. Il est en vie, mais tante Viola est morte. Il habite toujours dans la maison avec la moquette et la salle de jeux. Charis n'a pas besoin d'aller le voir — l'avocat le fait pour elle, et transmet son rapport à Tony. Charis n'a pas besoin de raconter toute l'histoire sur oncle Vern parce que tout ce dont l'avocat a besoin se trouve dans les testaments de sa mère et de sa grand-mère. Ce qui est arrivé est parfaitement clair : oncle Vern a pris l'argent de la vente de la ferme, l'argent de Charis et l'a investi dans sa propre affaire. Il prétend avoir cherché à joindre Charis après son vingt et unième anniversaire, mais en vain. C'est peut-être vrai.

Charis n'obtient pas autant d'argent qu'elle aurait dû — elle ne touche pas les intérêts, et oncle Vern a dépensé une partie du capital, mais elle reçoit une somme plus importante que ce qu'elle a jamais possédé. Elle reçoit aussi un mot atroce d'oncle Vern, disant qu'il aimerait la revoir parce qu'elle a toujours été comme une fille pour lui. Il doit être sénile. Elle brûle la lettre dans la cuisinière.

— Je me demande si ma vie aurait été meilleure si j'avais eu un vrai père, dit-elle à Tony.

— J'en ai eu un, répond celle-ci. C'était un bonheur mitigé.

Roz investit une partie de l'argent de Charis pour

elle. Cela ne rapportera pas beaucoup, mais cela l'aidera. Charis dépense une partie de ce qui reste pour acheter la maison — le propriétaire veut s'en débarrasser, il est persuadé que la ville va la raser d'un jour à l'autre, et il est heureux de la vendre, même à bas prix. Après cette acquisition elle aménage les lieux, pas totalement mais suffisamment.

Roz vient sur l'Île, elle adore rénover les appartements, dit-elle. Elle est encore plus ample que dans le souvenir de Charis ; sa voix est plus forte, et elle a une aura jaune citron que Charis voit sans le moindre effort.

— Oh ! c'est formidable, s'écrie Roz, on dirait une maison de poupée ! Mais, mon chou... il te faut une autre table !

Le lendemain, arrive une nouvelle table. Ronde et en chêne, exactement ce que voulait Charis. Elle décide que — malgré les apparences — Roz est une personne sensible.

Roz s'occupe de la layette, parce que Tony n'aime pas faire de courses et n'a de toute manière aucune idée de ce qu'il faut acheter. Charis non plus. Mais Roz a eu un bébé, elle sait donc tout, même le nombre de couches. Elle dit à Charis combien cela coûte pour qu'elle puisse la rembourser, et la jeune femme est stupéfaite par la modicité des prix.

— Chérie, je suis géniale pour les bonnes affaires, répond Roz. Maintenant, il te faut une Happy Apple. C'est une pomme en plastique qui tinte dans le bain — je ne jure que par ça !

Charis, si grande et mince autrefois, est devenue énorme. Tony passe les deux dernières semaines de la grossesse chez elle. Elle peut se le permettre, dit-elle, parce que ce sont les vacances d'été. Elle aide Charis à faire ses exercices de respiration, la chronométrant sur sa montre à gros chiffres, pressant la main de Charis dans la sienne, qui ressemble si étrangement à une patte d'écureuil. Charis ne peut pas croire qu'elle soit vraiment sur le point d'avoir un bébé ; ni imaginer qu'il va bientôt sortir de son corps. Elle sait qu'il est là, elle lui parle constamment. Bientôt elle entendra sa voix en retour.

Elle lui promet de ne jamais le toucher quand elle sera en colère. Jamais elle ne le frappera, pas même une gifle occasionnelle. Et elle respectera presque toujours ce vœu.

Charis va finalement à l'hôpital, Tony et Roz décident que cela vaut mieux : s'il y a des complications une vedette de police devra l'emmener sur le continent, ce qui ne serait guère approprié. En naissant, August a un halo doré comme Jésus sur les cartes de Noël. Personne d'autre ne peut le voir, sauf Charis. Elle tient August dans ses bras et jure d'être la meilleure mère possible, et elle loue son Dieu ovale.

Maintenant qu'August est dans le monde du dehors, Charis se sent plus enracinée. Ou enchaînée. Elle ne flotte plus autant au gré du vent ; elle accorde toute son attention au *maintenant*. Elle a dû réintégrer son corps à la chair laiteuse, aux seins pesants, et son propre champ de gravité. Elle s'allonge sous son pommier, sur une couverture étalée sur l'herbe inégale, dans l'air humide, sous le soleil qui filtre à travers les branches, et elle chante pour August. Karen est loin, ce qui vaut mieux : on ne peut lui faire confiance auprès de jeunes enfants.

Tony et Roz sont les marraines. Pas officiellement, bien sûr, parce que aucune église au monde ne ferait les choses comme le veut Charis. Elle procède elle-même à la cérémonie, avec la Bible de sa grand-mère et une pierre ronde très puissante qu'elle a trouvée sur la plage, une bougie aromatique et de l'eau de source en bouteille, et Tony et Roz promettent de veiller sur August et de protéger son esprit. Charis est heureuse de pouvoir doter August de deux marraines aussi réalistes. Elles ne la laisseront pas devenir une poule mouillée, elles lui enseigneront à tenir debout toute seule — une qualité que Charis n'est pas sûre de pouvoir lui procurer elle-même.

Une troisième marraine est présente, bien sûr — une marraine noire, pourvoyeuse de dons négatifs. L'ombre de Zenia tombe sur le berceau. Charis espère être capable de projeter une lumière suffisante pour la balayer.

August grandit, Charis prend soin d'elle et se réjouit, sa fille est plus heureuse qu'elle ne l'a jamais été quand elle était Karen, et elle sent que se referment les plaies de sa propre vie. Pourtant, pas complètement, jamais complètement. Le soir elle prend de longs bains, avec de la lavande et de l'eau de rose, et elle imagine ses émotions négatives en train de s'écouler dans la baignoire, puis de disparaître en un tourbillon lorsqu'elle retire le bouchon. Elle se sent tenue de répéter fréquemment cette opération. Elle reste à l'écart des hommes, et du sexe, car ils lui causent trop de difficultés, ils sont trop enchevêtrés dans la rage, la honte, la haine et le sentiment de perte, dans le goût de vomi et l'odeur de la viande avariée, dans les poils dorés des bras envolés de Billy, dans la faim.

Elle est mieux toute seule, et avec August. L'aura d'August est jaune jonquille, puissante et claire. Même à l'âge de cinq ans, elle a des opinions définies. Charis en est heureuse ; elle se réjouit qu'August ne soit pas Poissons, comme elle. August a peu d'antennes électriques, peu d'intuitions ; elle n'est même pas capable de dire quand il va pleuvoir. Ces choses-là sont des dons, certes, mais elles ont leurs inconvénients. Charis inscrit l'horoscope d'August dans l'un de ses cahiers, de couverture mauve : signe, le Lion ; pierre, le diamant ; métal, l'or ; planète, le Soleil.

Toutes ces années, elle ne reçoit aucun signe de Billy. Charis décide de dire à August — qui est assez grande à présent — que son père est mort courageusement au combat, pendant la guerre du Viêtnam. C'est le genre d'histoire qu'on lui a racontée à elle, et son exactitude est aussi approximative. Mais elle ne possède aucune photographie solennelle de Billy en uniforme, pour la bonne raison qu'il n'en avait pas. La seule photo qu'elle ait de lui est un instantané, pris par l'un de ses copains. Il tient une bière, et porte un T-shirt et un short; c'était à l'époque où il construisait le poulailler. Il a l'air épuisé, et le haut de son crâne est coupé. Elle considère que ce portrait ne mérite pas d'être encadré.

Le ferry arrive à quai, la passerelle s'abaisse, et Charis s'éloigne, respirant l'air pur de l'Île. L'herbe sèche comme des flûtes de roseaux, le terreau comme un son de violoncelle. La voici de retour dans sa maison, fragile mais stable, précaire mais toujours debout, sa maison aux fleurs luxuriantes, aux murs fissurés, au lit paisible, frais et immaculé.

Sa maison, et non la leur; ni celle de Billy, ni celle de Zenia, bien que tout se soit passé ici. Peut-être n'était-ce pas une si bonne idée de rester. Elle a exorcisé leurs fragments, elle a brûlé des herbes odorantes, purifié toutes les pièces, et la naissance d'August était un exorcisme en soi. Mais jamais elle n'a pu se débarrasser de Billy, malgré tous ses efforts, parce que son histoire était inachevée; et avec Billy venait Zenia. Ils étaient collés ensemble.

Elle a besoin de voir Zenia parce qu'elle doit connaître la fin. Elle a besoin de la chasser, finalement. Elle ne parlera ni à Tony ni à Roz de ce besoin, parce qu'elles la décourageraient. Reste en dehors du champ de tir, dirait Tony. Pourquoi te mettre la tête dans un mixer, dirait Roz.

Mais Charis doit voir Zenia, et elle y parviendra très vite, maintenant qu'elle sait où elle habite. Elle entrera directement dans l'hôtel Arnold Garden, elle prendra l'ascenseur et frappera à la porte. Elle se sent presque assez forte. Et August est grande à présent. Quelle que soit la vérité sur Billy, elle est assez âgée pour ne pas être blessée.

Aussi Charis affrontera-t-elle Zenia, et cette fois elle ne se laissera pas intimider, elle ne se montrera pas conciliante, elle ne battra pas en retraite; elle tiendra bon et rendra les coups. Zenia, meurtrière de poulets, buveuse de sang innocent. Zenia qui a vendu Billy pour trente pièces d'argent. Zenia, parasite de l'âme.

Sur son étagère de livres, elle prend la Bible de sa grand-mère et la pose sur la table de chêne. Elle trouve une épingle, ferme les yeux, attend d'être attirée vers le bas.

— *Rois deux, neuf, trente-cinq*, lit-elle. *Ils sont venus pour l'enterrer, mais ils n'ont retrouvé que son crâne, ses pieds, et les paumes de ses mains*.

C'est Jézabel jetée du haut de la tour, Jézabel dévorée par les chiens. *Encore*, songe Charis. Derrière ses yeux tombe une forme sombre.

LA VOLEUSE D'HOMMES

39

Roz arpente son bureau de long en large, d'avant en arrière, elle fume et grignote le paquet de bâtonnets au fromage rassis qu'elle a fourré dans son bureau la semaine dernière, puis oublié, et elle attend. Fumer, manger, attendre, c'est l'histoire de sa vie. Qu'attend-elle ? Elle ne peut espérer des résultats si rapides. Harriet, l'espionne hongroise, est douée, mais il lui faudra sûrement des jours pour repérer Zenia, parce que celle-ci aura probablement choisi une cachette discrète. Pourtant, elle ne se cache peut-être pas. Il est possible qu'elle se promène à la vue de tous. Voici Roz à quatre pattes sous le lit, en train de regarder les moutons, les cadavres d'insectes desséchés qui semblent toujours s'y accumuler malgré l'aspirateur ultramoderne, et pendant tout ce temps Zenia se dresse au milieu de la pièce. *Ce que tu vois, c'est ce que tu reçois*, dit-elle à Roz. *Seulement tu ne l'as pas vu*. Elle aime enfoncer le couteau dans la plaie.

Roz s'immobilise devant la fenêtre. Son bureau est un bureau d'angle, naturellement, au dernier étage. Les présidents de sociétés de Toronto sont en droit d'occuper ces lieux privilégiés, même les patrons insignifiants comme Roz. C'est une question de statut : dans cette ville rien n'est plus élevé sur le mât totémique qu'une chambre avec vue, même si elle donne seulement sur des grues à l'arrêt, des échafaudages d'immeubles en construction, le périphérique et ses voitures grosses comme des scarabées, et l'enchevêtrement de voies ferrées qui fait penser à une assiette de spaghettis. Quiconque pénètre dans le bureau de Roz enregistre immédiatement le message. *Holà! holà! un peu de respect s'il vous plaît!* Monarque de tous, elle domine.

Un tas de merde. Personne n'est plus le monarque de rien. Le chaos règne.

D'ici, Roz voit le lac, et le futur port de plaisance qu'ils sont en train de construire à partir de déchets enfouis criblés de termites, et l'Île, où se trouve la maison de Charis, ce minuscule nid de souris en ruine; et, de son autre fenêtre, la tour CN — le plus haut paratonnerre du monde — avec le stade SkyDome à côté, nez et œil, carotte et oignon, phallus et ovule, choisissez votre symbolisme, et Roz a bien fait de ne pas investir dans ce bâtiment, on raconte que les avaliseurs y perdent leur chemise. Si elle se tient à l'angle des deux fenêtres et regarde vers le nord, il y a l'université avec ses arbres, dorés à cette époque de l'année, et, cachée derrière, la folie gothique en brique rouge de Tony. Parfaite pour Tony, cependant, avec sa tourelle. Elle peut s'y terrer et prétendre qu'elle est invulnérable.

Roz se demande ce que les deux autres font en ce moment. Sont-elles en train d'arpenter le sol comme elle, sont-elles nerveuses? Vues d'en haut elles formeraient un triangle toutes les trois, avec Roz au point culminant. Elles pourraient se faire des signaux avec des torches, mais bien sûr, il y a toujours le téléphone.

Roz le décroche, compose un numéro, repose le récepteur. Que peuvent-elles lui dire? Elles ne savent rien de plus qu'elle sur Zenia. Moins même sans doute.

Les mains et les aisselles de Roz sont humides. Son corps sent les clous rouillés. Est-ce une bouffée de chaleur, ou simplement la vieille rage qui revient? *Elle est juste jalouse*, disent les gens, comme si la jalousie était une chose mineure. C'est faux, c'est le pire sentiment qui existe — incohérent, confus, honteux et, en même temps, vertueux, concentré et tranchant comme le verre, comme la vision d'un télescope. Un sentiment de totale concentration, mais de totale impuissance. C'est sans doute pourquoi il inspire tant de crimes : le meurtre est le contrôle ultime.

Roz imagine Zenia morte. Son corps, inerte. En voie de décomposition.

Ce n'est pas très satisfaisant, parce que si Zenia était morte elle n'en saurait rien. Mieux vaut l'imaginer laide. Roz prend le visage de Zenia, elle tire dessus comme sur du mastic. De jolies bajoues, un double menton, une mine renfrognée permanente. Quelques dents noircies, comme chez les sorcières dessinées par des enfants. Mieux.

Miroir, miroir sur le mur, qui est la plus belle de toutes ? Cela dépend, répond le miroir. *La beauté est superficielle. Très juste*, dit Roz, *mais il m'en faut de toute manière.*

Maintenant réponds à ma question.

Je pense que vous êtes quelqu'un de formidable, dit le miroir. *Vous êtes chaleureuse et généreuse. Vous n'aurez pas de peine à trouver un autre homme.*

Je ne veux pas d'autre homme, dit Roz, essayant de ne pas pleurer. *Je veux Mitch.*

Désolé, répond le miroir. *C'est impossible.*

Cela finit toujours ainsi.

Roz se mouche, elle prend sa veste et son sac, et ferme la porte de son bureau à clé. Boyce travaille tard, bénies soient ses petites chaussettes en jacquard : elle voit la lumière sous sa porte. Elle se demande si elle doit frapper et l'inviter à boire un verre, qu'il ne jugerait pas diplomatique de refuser, l'emmener au bar King Eddie et l'ennuyer à mourir.

Non. Elle va plutôt rentrer et casser les pieds à ses gosses. Elle a une vision d'elle-même en train de descendre Bay Street vêtue seulement de son peignoir orange, distribuant de grosses poignées d'argent qu'elle tire d'un sac de jute. Se dépouillant de ses richesses. De tout son fric répugnant. Ensuite elle pourrait entrer dans une secte ou quelque chose dans ce genre. Être un moine. Une moinesse. Une moinette. Vivre de haricots secs. Gêner tout le monde, bien plus qu'elle ne le fait déjà. Mais y aurait-il des brosses à dents électriques ? Faut-il pour être une sainte femme risquer la plaque dentaire ?

Les jumelles regardent la télé dans le salon familial, au décor Nouveau Pueblo — sable, sauge, ocre, avec un véritable cactus qui se dresse devant la fenêtre, ridé comme une morille, détruit par un excès d'arrosage. Roz doit en parler à Maria. Chaque fois qu'elle voit une plante, elle l'arrose. Ou bien elle l'époussette. Roz l'a surprise une fois en train de passer le cactus à l'aspirateur, ce qui ne lui a sûrement fait aucun bien.

— Salut maman, dit Erin.

— Salut maman, dit Paula.

Aucune des deux ne la regarde ; elles changent de chaîne, s'arrachant tour à tour la télécommande.

— C'est débile ! hurle Erin. Quelle connerie ! Regarde ce nul.

— Cervelle pourrie ! dit Paula. *C'est con, ça* *. Hé... à moi !

— Salut les filles, dit Roz.

Elle se débarrasse de ses chaussures étroites et se laisse tomber sur un fauteuil violet terne, de la couleur d'une falaise du Nouveau-Mexique juste après le coucher du soleil, du moins selon le décorateur. Roz n'en avait pas la moindre idée. Elle aimerait que Boyce soit là ; il lui préparerait un verre. Pas même : il le lui servirait simplement. Un pur malt sec, voilà ce qu'elle voudrait, mais tout d'un coup elle est trop lasse pour se le verser elle-même.

— Que regardez-vous ? demande-t-elle à ses beaux enfants.

— Maman, plus personne ne *regarde* la télé aujourd'hui, répond Paula.

— Nous cherchons des pubs de shampooing, dit

* En français dans le texte. *(N.d.T.)*

Erin. Nous voulons nous débarrasser de nos pellicules.

Paula place une mèche sur son œil, comme un mannequin.

— Vous vous plaignez d'avoir... des pellicules au cul? entonne-t-elle d'une voix factice de publicité.

Toutes les deux trouvent cela follement drôle. Mais en même temps elles l'étudient attentivement, lui lançant des petits coups d'œil obliques, guettant les signes d'une crise.

— Où est votre frère? demande Roz d'un ton las.

— À moi, dit Erin, s'emparant de la télécommande.

— Sorti, répond Paula. Je crois.

— Planète X, poursuit Erin.

— En train de danser et de parler d'amour, disent-elles ensemble, en pouffant de rire.

Si seulement elles se calmaient, et louaient un joli film, avec des duos, Roz pourrait faire du pop-corn, y verser du beurre fondu, et s'asseoir auprès d'elles dans une ambiance familiale et chaleureuse. Comme au temps jadis. *Mary Poppins* était leur préféré; à l'époque de leurs chemises de nuit en finette. À présent elles ont mis la chaîne musicale et un type en maillot de corps déchiré sautille en tortillant ses hanches osseuses, et tire la langue d'une manière lubrique, croit-il; Roz y voit simplement l'illustration d'une maladie buccale, et elle n'a pas l'énergie de supporter cela, même sans le son, aussi se lève-t-elle pour monter pieds nus au premier; elle met son peignoir et ses pantoufles éculées de logeuse, puis elle redescend tranquillement dans la cuisine, et trouve une barre entamée de Nanaimo dans le réfrigérateur. Elle la pose sur une assiette — elle ne se conduira pas comme une sauvage, se servira d'une fourchette — et ajoute quelques portions de Vache qui Rit enveloppées séparément, achetées pour le déjeuner des enfants, et deux cornichons de Tomek, une vieille recette polonaise, dont le jus est bon pour les gueules de bois. Il est inutile de demander aux enfants de dîner avec elle. Elles diront qu'elles ont déjà mangé, même si c'est faux. Ainsi approvisionnée, Roz erre dans la maison, de pièce en pièce, croquant des cornichons et revoyant mentalement les couleurs des murs. Bleu pionnier, pense-t-elle. C'est ce qu'il me faut. Le retour aux racines. Racines suspectes, enchevêtrées, envahies de mauvaises herbes. Inférieures à celles de Mitch, comme tant d'autres impondérables. Mitch avait des racines sur ses racines.

Un peu plus tard elle s'aperçoit que son assiette est vide et se demande pourquoi. Elle est debout dans l'ancienne partie de la cave, qu'elle n'a jamais refaite. La partie rangement, avec le sol en béton armé et les toiles d'araignées. Le reste de la réserve de vin de Mitch se trouve dans un coin : pas les meilleurs, qu'il a emportés quand il a fui l'appartement. Sans doute les a-t-il bus avec Zenia. Roz n'a pas touché une seule de ces bouteilles, elle en est incapable. Elle n'a pas non plus le cœur de les jeter.

Certains des livres de Mitch sont là aussi ; ses vieux livres de droit, ses Joseph Conrad, ses manuels de yachting. Pauvre petit, il aimait ses bateaux. Il se prenait pour un marin, mais chaque fois qu'ils naviguaient quelque chose tombait en panne. Une partie du moteur ou un morceau de bois, Roz n'en avait pas la moindre idée, elle ne s'était jamais habituée à dire la proue et la poupe au lieu de *l'avant* et de *l'arrière*. Elle se revoit sur l'un de ces bateaux, sans doute le *Rosalind*, qui portait son nom — son nez pelait à cause du soleil, ses épaules se couvraient de taches de rousseur, et elle agitait un instrument quelconque, la casquette de Mitch inclinée sur la tête — *Celui-là, chéri ?* — tandis qu'ils dérivaient vers une côte rocheuse — où ? sur le lac Supérieur ? — et que Mitch se penchait sur le moteur en jurant tout bas. Était-ce amusant ? Non. Mais elle était mieux là-bas qu'ici.

Elle tourne le dos aux affaires de Mitch pour ne plus les voir. C'est trop lugubre. Il y a aussi des choses qui ont appartenu aux jumelles, et à Larry : son gant de base-ball, ses jeux de stratégie — Admirals, Kamikaze — que Tony lui repassait, croyant qu'ils lui plairaient. Les livres pour enfants, précieusement conservés par Roz dans l'espoir de les lire un jour à ses petits-enfants. *Tu sais, chéri... c'était à ta maman! Quand elle était petite.* (Ou *à ton papa*. Mais Roz, malgré ses espérances, a de la peine à imaginer Larry dans le rôle de père.)

Larry observait un silence grave lorsqu'elle lui lisait des histoires. Il préférait celles sur les trains parlants, ou les livres instructifs sur la coopération entre les espèces. M. l'Ours aide M. le Castor à construire un barrage. Larry ne faisait pas beaucoup de commentaires. Mais avec les jumelles elle ne réussissait pas à placer un mot. Elles luttaient pour prendre le contrôle de l'histoire. — *Change la fin, maman! Il faut qu'ils reviennent! Je n'aime pas cette partie!* Elles voulaient que *Peter Pan* s'achève avant que Wendy ne devienne grande, et que Matthew vive toujours, dans *Anne of Green Gables**.

Roz se souvient d'une certaine phase, quand elles avaient... quatre, cinq, six, sept ans? Cela avait duré un moment. Elles avaient décidé que les personnages de toutes les histoires devaient être féminins. Winnie l'ourson, Porcinet, Jeannot Lapin. Si Roz s'embrouillait et disait « il », les filles la corrigeaient : *Elle! Elle!* insistaient-elles. Tous leurs animaux en peluche étaient des femmes. Roz n'a jamais compris pourquoi. Quand elle le leur demandait, les jumelles lui lançaient un regard de profond mépris.

— Tu ne *vois* pas? disaient-elles.

Elle craignait que cette conviction fût une réaction à Mitch et à ses absences, une tentative pour nier son existence. Mais peut-être était-ce simplement l'absence de pénis, chez les peluches. En tout cas, cette habitude leur avait passé.

Roz s'assied sur le sol de la cave, dans son peignoir orange, sans se préoccuper de la poussière, des poissons d'argent ni des toiles d'araignées. Elle prend les livres au hasard sur les étagères. *À Paula et Erin, de*

* Roman de la fin du XIXe. *(N.d.T.)*

la part de tante Tony. On voit sur la couverture la forêt pleine de loups où errent les enfants perdus, où guettent les renards, où tout peut arriver; voici la tourelle du château, entre les arbres noueux. *Les Trois Petits Cochons*, lit-elle. Le premier petit cochon a construit sa maison de chaume. *La petite truie*, crient les voix enfantines dans sa tête. Le grand méchant loup est tombé dans la cheminée, en plein dans le chaudron d'eau bouillante, et a brûlé toute sa fourrure. *La louve!* Changer de sexe fait une étrange différence.

À un moment donné les jumelles avaient décidé que le loup ne devait pas tomber dans l'eau bouillante — mais plutôt l'un des petits cochons, car ils s'étaient comportés stupidement. Lorsque Roz avait suggéré que les cochons et le loup pourraient oublier l'eau bouillante et devenir amis, les jumelles avaient réagi avec mépris. Quelqu'un devait finir dans le chaudron.

Cela stupéfiait Roz de constater combien les enfants étaient sanguinaires. Mais pas Larry; il n'aimait pas les histoires les plus violentes, elles lui donnaient des cauchemars. Il n'appréciait pas le genre de livres que Tony aimait offrir — ces vrais contes de fées dans des éditions illustrées, sans un mot changé, où tout était intact, les yeux crevés, les corps rôtis, les cadavres pendus et les clous chauffés à blanc. Tony disait qu'ils étaient plus véridiques ainsi.

— *Le Maître voleur*, lit-elle, une jumelle de chaque côté. C'était il y a très longtemps. La belle jeune fille, la recherche d'un mari, l'arrivée du riche et bel étranger qui attire les innocentes dans sa forteresse en pleine forêt, puis les coupe en morceaux et les mange. Un jour un prétendant apparut. Il était...

— Elle! Elle! crient les jumelles.

— Très bien. Tony, voyons comment tu vas t'en sortir, dit Roz, debout sur le seuil.

— Nous pourrions l'appeler *La Voleuse d'hommes*, propose Tony. Cela vous convient-il?

Les jumelles réfléchissent, et acceptent. Elles

adorent les robes de mariée, et habillent ainsi leurs poupées Barbie ; puis elles les jettent par-dessus la rampe de l'escalier ou les noient dans la baignoire.

— Dans ce cas, dit Tony, qui va-t-elle assassiner ? Les victimes seront-elles des hommes, ou des femmes ? Ou peut-être un assortiment ?

Les jumelles restent fidèles à leurs principes, et ne se dérobent pas. Elles choisissent des femmes pour tous les rôles.

Tony ne leur parlait jamais comme à des enfants. Elle ne les serrait pas dans ses bras, ne leur pinçait pas la joue, ni ne leur disait qu'elles étaient mignonnes. Elle leur parlait comme à des adultes en miniature. À leur tour, les jumelles l'acceptaient comme une des leurs. Elles leur confiaient des secrets, des complots, des conspirations, des mauvaises idées — que jamais elles n'auraient partagés avec Roz. Elles enfilaient les chaussures de Tony, une chacune, et faisaient le tour de la maison avec, lorsqu'elles avaient six ou sept ans. Elles étaient emballées : des souliers d'adulte qui leur allaient !

La Voleuse d'hommes, pense Roz. Eh bien, pourquoi pas ? Que les hommes en prennent pour leur compte, cette fois-ci. *La Voleuse d'hommes*, tapie dans son château au milieu de la forêt obscure, qui attaque les innocents jeunes gens et les attire, pour leur malheur, au fond de son chaudron maléfique. Comme Zenia.

Non. L'histoire est trop mélodramatique pour Zenia ; ce n'était, après tout — ce *n'est* rien de plus qu'une putain de luxe. La Pute gonflable est plus appropriée — elle et ses seins pneumatiques.

Roz pleure de nouveau. Elle pleure sa bonne volonté. Elle a essayé si fort d'être bonne, généreuse, de faire pour le mieux. Mais Tony et les jumelles avaient raison : quoi qu'on fasse, quelqu'un finit toujours par être ébouillanté.

40

L'histoire de Roz et de Zenia commença par une belle journée de mai 1983, où le soleil brillait, où les oiseaux chantaient, et où Roz se sentait en pleine forme.

Enfin, pas vraiment. Plutôt gonflée, pour être honnête : au niveau des yeux et des aisselles. Mais elle se sentait mieux qu'au moment de ses quarante ans. Elle avait été vraiment déprimée alors, désespérée même, et elle avait teint ses cheveux en noir, une erreur tragique. Depuis, elle s'était acceptée, et ses cheveux étaient redevenus auburn.

Encore une chose : l'histoire de Roz et de Zenia avait en réalité commencé depuis quelque temps, dans la tête de Zenia, mais Roz n'en savait rien.

Non, ce n'était pas tout à fait cela. Elle s'en doutait, mais faisait fausse route. C'était une idée à peine formulée, une bulle blanche sans légende à l'intérieur. Elle pensait qu'il se passait quelque chose. Elle croyait savoir quoi, mais ignorait qui. Elle se disait qu'elle s'en moquait : elle avait dépassé ce stade. Tant que cela ne perturbait rien, ni n'interférait dans sa vie, tant qu'elle s'en tirait sans trop de côtes cassées. Certains hommes avaient besoin de leurs petites escapades. Cela les rendait toniques. C'était une dépendance préférable à l'alcool ou au golf, et les petites *choses* de Mitch — elle les appelait ainsi, pour les distinguer des personnes — ne duraient jamais longtemps.

C'était pourtant une belle journée de mai. Vraiment.

Roz s'éveille dès qu'il fait jour. Cela lui arrive souvent : elle ouvre les yeux, se redresse furtivement, et observe Mitch pendant qu'il dort encore. C'est l'un des rares moments où elle peut le contempler sans qu'il la surprenne et ne lui oppose son regard bleu opaque. Il n'aime pas être examiné : cela ressemble trop à une évaluation, et donc à un jugement. S'il s'agit d'en formuler un, il souhaite en être l'auteur.

Il dort sur le dos, les jambes et les bras écartés comme pour s'approprier le plus d'espace possible. La posture royale, a lu Roz une fois dans un magazine. L'un de ces articles de psychologie de cuisine qui prétendent tout expliquer par votre manière de lacer vos souliers. Son nez aquilin se dresse, son léger double menton et la lourdeur autour de la mâchoire disparaissent dans cette position. Autour des yeux, des rides blanches contrastent avec son teint bronzé; certains des poils piquants du menton sont gris.

Distingué, pense Roz. Distingué en diable. Peut-être aurait-elle dû épouser un homme laid. Un crapaud hideux qui n'en serait jamais revenu de sa chance, qui aurait apprécié les solides qualités de son caractère, et vénéré son petit doigt. Mais non, elle avait choisi un mari distingué. Mitch aurait dû se marier avec une blonde glacée aux yeux lapidaires, avec une double rangée de perles véritables greffée dans le cou et une poche encastrée sous le sein gauche, pour le chéquier. Une telle femme lui eût convenu. Elle n'aurait pas supporté les mêmes conneries que Roz.

Elle se rendort, rêve de son père debout sur une montagne noire de charbon ou de bois brûlé, elle entend le réveil de Mitch une première, puis une deuxième fois, et ouvre enfin les yeux. L'espace est vide à côté d'elle. Elle descend de son grand lit au châlit en cuivre, avec ses draps et sa couette framboise, sur sa moquette aubergine, dans la chambre aux murs saumon, avec la coiffeuse et le miroir *faux* égyptien des années vingt, d'un prix inestimable, elle enfile son peignoir de satin crème et entre pieds nus dans la salle de bains. Elle adore cette pièce! Tout est là : la cabine de douche, le jaccuzzi, le bidet, un porte-serviettes chauffant, le lavabo de Monsieur et celui de Madame, ainsi les cheveux de Roz ne se mélangent pas aux poils de barbe de Mitch. Elle pourrait vivre dans cette salle de bains! Plusieurs familles du Sud-Est asiatique s'en contenteraient aussi, considère-t-elle, morose. Gagnée par la culpabilité.

Mitch est déjà là, et prend une douche. Sa silhouette rose se dresse confusément à travers la vapeur et le verre dépoli. Il y a des années — combien? — Roz se serait glissée, joueuse, à l'intérieur de la cabine; elle l'aurait savonné, se serait frottée contre son corps mouillé, l'aurait attiré sur le carrelage; à cette époque sa peau lui allait comme un gant, sa chair n'était ni gonflée, ni affaissée, et il avait le goût et l'odeur d'une noisette grillée; mais aujourd'hui elle n'agit plus ainsi, elle répugne à être vue à la lumière du jour.

En tout cas, si ce qu'elle soupçonne est vrai, ce n'est pas le moment de s'exhiber. Dans la cosmologie de Mitch, le corps de Roz symbolise la propriété, la solidité, les vertus domestiques, le foyer, la maison, l'usage de longue durée. La mère-de-ses-enfants. La tanière. Tandis que l'autre corps occupant son champ de vision évoque l'aventure, la jeunesse, la liberté, l'inconnu, le sexe sans attaches. Lorsque la pendule change de sens — quand l'autre femme commence à représenter des complications, des décisions, des exigences, des bouderies, et des scènes larmoyantes —, alors c'est de nouveau le tour de Roz. Tel est le schéma habituel.

L'intuition n'est pas le point fort de Roz, mais elle devine quand débutent les attaques de Mitch. Elle les considère ainsi, comme des accès de malaria; ou bien des agressions d'une nature différente, car Mitch n'est-il pas un prédateur, ne profite-t-il pas de ces malheureuses femmes, qui deviennent sûrement de plus en plus jeunes à mesure qu'il vieillit, cela ne ressemble-t-il pas plutôt à l'attaque d'un ours ou d'un requin, ces femmes ne sont-elles pas sauvagement agressées par lui? Évidemment, à en juger par certains coups de téléphone larmoyants que Roz a reçus, aux épaules qu'elle a tapotées de sa manière hypocrite, maternelle, et sécurisante.

C'est étonnant de voir comment Mitch raye ces femmes de son univers. Il mord dans leur chair à belles dents, recrache, et Roz est censée nettoyer. Il éjacule et elle essuie, comme on efface un tableau, et ensuite il se souvient à peine de leurs noms. C'est Roz qui se rappelle. Leurs noms, et tout ce qui les concerne.

Les débuts des aventures de Mitch ne sont jamais très évidents; jamais il ne prononce de phrase flagrante comme « Je travaille tard au bureau »; quand il le dit, c'est vrai. Au lieu de cela, ses habitudes subissent un changement imperceptible. Le nombre de conférences où il va, le nombre de douches qu'il prend, le temps qu'il passe à siffler sous l'eau, la quantité et la sorte de lotion après-rasage qu'il emploie, et les endroits où il la vaporise — l'entrejambes est un signe non équivoque; Roz observe toutes ces choses minutieusement, surveillant aimablement la scène de son œil indulgent, hérissée en elle-même comme un rince-bouteilles. Il se redresse, rentre le ventre; elle le surprend en train de se regarder de profil dans les glaces de l'entrée, dans les vitrines des magasins, plissant les yeux tel un lion prêt à bondir.

Il est plus prévenant à son égard, plus attentionné; il est sur le qui-vive, l'observant pour voir si elle l'observe. Il lui donne de petits baisers sur la nuque, sur les doigts — baisers d'hommage, pour se faire pardonner, mais rien qui évoque un prélude à l'amour, car au lit il devient inerte, tourne le dos, prétexte des maux mineurs, se couche en chien de fusil, insensible à ses caresses. Son pénis se comporte en monogame de roman-feuilleton; critère infaillible d'un romantique bon teint, a lu Roz. Pas de polygamie cynique pour lui! Une de plus, supplie-t-il. Encore une femme, une seule, parce qu'un homme doit avoir les yeux plus gros que le ventre, et que Mitch redoute la mort, et s'il devait s'interrompre, se voir comme le mari de Roz, de Roz seule, jusqu'à la fin de ses jours, ses cheveux tomberaient sur-le-champ, son visage se riderait comme celui d'une momie de mille ans, son cœur cesserait de battre. Du moins c'est ainsi que Roz s'explique son comportement.

Elle lui demande s'il sort avec quelqu'un.

Il répond que non. Il est juste fatigué. Il subit beaucoup de pressions, il est stressé, et pour le prouver il se lève en pleine nuit et va s'enfermer dans son bureau, où il travaille jusqu'à l'aube. Quelquefois elle entend le murmure de sa voix : il dicte des lettres, prétend-il, offrant au petit déjeuner des explications que personne ne lui demande.

Cela continue ainsi, jusqu'au moment où Mitch se lasse de la personne en question. Alors il devient délibérément négligent, il se met à laisser des indices. La pochette d'allumettes du restaurant où il n'est jamais allé avec Roz, les appels longue distance à un numéro inconnu, sur leur note de téléphone privée. Roz sait qu'à ce moment-là elle est censée le lui faire remarquer. Elle doit le mettre au pied du mur, s'emporter, hurler, pleurer, accuser et ramper, lui demander s'il l'aime encore, si les enfants comptent pour lui. Elle est censée se comporter comme la première fois (la deuxième, la cinquième), pour qu'il puisse se tirer de cette situation et dire à l'autre femme aux yeux hagards et cernés, à la chair écorchée, qu'il l'aimera toujours mais ne peut supporter d'abandonner les gosses ; alors il pourra déclarer à Roz — magnanime, héroïque dans le sacrifice — qu'elle est la seule femme importante dans sa vie, même s'il lui arrive de mal se comporter et de faire des bêtises de temps en temps ; il a renoncé à l'autre pour elle, aussi comment refuserait-elle de lui pardonner ? Les autres ne sont que des aventures insignifiantes, sous-entend-il : mais il revient toujours auprès d'elle. Puis il se jette en elle comme au fond d'un bain chaud, ou d'un lit de plumes, il s'épuise et sombre à nouveau dans la torpeur conjugale. Jusqu'à la prochaine fois.

Ces derniers temps, cependant, Roz refuse d'intervenir. Elle a appris à fermer sa grande gueule. Elle ignore les notes de téléphone et les pochettes d'allumettes, et après les conversations nocturnes elle lui dit gentiment qu'il ne doit pas s'épuiser au travail.

Pendant ses congrès elle trouve d'autres choses à faire. Elle va à des réunions, assiste à des pièces de théâtre, lit des romans policiers, blottie dans son lit, le visage enduit de crème de nuit; elle a des amis, mène ses affaires; son temps est pleinement occupé par des activités qui ne le concernent pas. Elle prend une attitude distraite — elle oublie d'envoyer ses chemises au nettoyage, et quand il lui parle elle répond : « Qu'est-ce que tu dis, chéri ? » Elle s'achète des robes neuves et des parfums, et se sourit dans la glace quand Mitch n'est pas censé la voir, mais il s'en aperçoit, et il commence à avoir des sueurs froides.

Roz sait pourquoi : le petit canard en sucre commence à sortir des griffes, dit ne pas comprendre ce qui se passe en lui. Elle gémit, bredouille les mots d'engagement et de divorce, des promesses qu'il se doit d'honorer, après tout ce qu'il a dit. Le filet se resserre autour de lui, et personne ne le sauve. Il est précipité hors de la troïka, jeté aux loups, aux hordes de pépées voraces qui lui mordent les talons.

Désespéré, il a recours à des ruses de plus en plus évidentes. Il laisse traîner des lettres privées — écrites par ces femmes, et, pire, ses propres réponses — il garde les doubles ! Roz les lit, enrage, elle va au gymnase pour se remettre en forme, et mange du gâteau au chocolat ensuite, range les lettres là où elle les a trouvées, et se garde de les mentionner. Il annonce qu'il part en vacances de son côté — peut-être fera-t-il un petit tour en bateau sur Georgian Bay, en solitaire, il a besoin de temps pour se détendre. Roz imagine une garce vulgaire, étalée sur le pont de *Rosalind II*, elle déchire mentalement le cliché, et lui répond que l'idée est fantastique, car ils ont tous les deux besoin d'un peu d'espace.

Dieu seul sait combien elle se mord la langue. Elle attend jusqu'à la dernière minute, l'instant de son départ avec la fille, le moment où elle le surprend en train de baiser sa dernière conquête dans son lit framboise, dans l'espoir d'attirer son attention. Alors seulement, elle tend une main secourable, pour le hisser hors de l'abîme, et faire la crise attendue. Les larmes que Mitch verse alors n'expriment pas le repentir, mais le soulagement.

Roz en éprouve-t-elle un secret plaisir? Ce n'était pas le cas, au début. La première fois, elle s'était sentie vidée, désarticulée, méprisée et trahie, comme écrasée par des bulldozers. Inutile, bonne à rien, asexuée. Elle avait cru mourir. Mais depuis, elle a acquis le tour de main, et le goût de la situation. C'est pareil dans une négociation en affaires, ou une partie de poker. Elle a toujours été une championne au poker. Il faut savoir quand miser gros, quand pratiquer le bluff et quand se replier. Elle y prend donc un certain plaisir. Le contraire est difficile, quand on est doué pour quelque chose.

Mais cela rend-il la situation plus supportable? Bien au contraire. Cela l'aggrave. N'importe quelle vieille nonne vous le dirait, et beaucoup l'ont répété à Roz, dans sa jeunesse. Si elle était capable de subir les tromperies de Mitch comme une martyre, en pleurant et se flagellant — si elle pouvait rester inactive, ne pas participer du tout, ni s'associer à l'histoire, ne pas mentir, dissimuler, sourire, ni traiter Mitch comme une carpe géante, tout serait en ordre. Elle souffrirait pour l'amour, passivement, au lieu de se battre. De se battre pour elle-même, pour son idée de sa propre personne. Le véritable amour doit être désintéressé, du moins pour les femmes, disaient les nonnes. Le moi doit être astiqué comme un plancher : à genoux, avec une brosse dure métallique, jusqu'à ce qu'il ne reste plus rien.

Roz en est incapable. Elle n'a jamais réussi à être altruiste. Et son attitude est la meilleure. C'est peut-être plus pénible pour Mitch, mais moins pour elle. Elle a dû renoncer en partie à l'amour, bien sûr; à son amour, illimité autrefois, pour son mari. On ne peut pas garder la tête froide quand on se noie dans l'amour. On s'agite trop, on crie et on s'épuise.

Le soleil de mai entre par la fenêtre, Mitch siffle « *It Ain't Me, Babe* », et Roz glisse rapidement un fil dentaire entre ses dents, pour qu'il ne la voie pas le faire quand il sortira de la douche. Rien de plus fatal pour le désir, croit-elle : une bouche grande ouverte où circule un fil gluant. Elle a toujours eu de bonnes dents, c'est une de ses caractéristiques. Depuis quelque temps elle se dit qu'elles ne resteront peut-être pas toujours dans sa bouche.

Mitch apparaît, il s'approche et l'enlace par-derrière, fourrant son nez dans son cou pour l'embrasser. S'ils n'avaient pas fait l'amour hier soir elle trouverait ce baiser concluant : il est sûrement trop raffiné pour être innocent. Mais à ce stade préliminaire, on ne sait jamais.

— La douche était bonne, chéri ? dit-elle.

Il émet un vague grognement, jugeant la question de Roz trop insignifiante pour mériter une réponse, mais il ignore qu'il s'agit en réalité d'une proposition — traduction : *j'espère que c'était bien, tu peux maintenant te plaindre de tes petits problèmes de santé, et je t'offrirai ma sympathie*.

— J'ai pensé que nous pourrions déjeuner ensemble, dit Mitch.

Roz remarque la formulation : ni *Veux-tu déjeuner avec moi ?* ni *Je t'invite à déjeuner*. Elle ne peut répondre ni oui ni non, il n'y a pas de place pour un refus : Mitch est extrêmement directif. En même temps, le cœur de Roz chavire, car elle ne reçoit pas très souvent d'invitations de sa part. Elle le regarde dans la glace, et il lui sourit. Elle trouve toujours son reflet déconcertant. Décentré, parce qu'elle n'est pas habituée à le voir sous cet angle, où son visage paraît inversé. Mais personne n'est symétrique.

Elle réprime le désir de réplique : *Espèce de Judas, comment se fait-il que je compte tout d'un coup ? L'enfer s'est refroidi, ou quoi ?* Mais elle répond :

— Chéri, quelle bonne idée ! Ça me fait très plaisir !

Roz s'assied sur le tabouret de la salle de bains, une chaise percée victorienne transformée, et elle observe Mitch pendant qu'il se rase. Elle adore le regarder se raser ! Toute cette écume blanche, une sorte de barbe d'homme des cavernes, et sa manière de contorsionner ses traits pour atteindre les poils cachés. Elle doit admettre qu'il est non seulement distingué, mais encore beau, pourrait-on dire, bien que sa peau rougisse et que ses yeux bleus pâlissent. *Une beauté farouche*, dirait une publicité pour vêtements masculins, en référence au manteau en peau de mouton. La veste, les gants fourrés, l'attaché-case en veau : c'est le style de Mitch. Il possède beaucoup d'objets en cuir coûteux et de bon goût. Il n'est pas encore chauve, Dieu soit loué, cela ne dérangerait pas Roz mais les hommes n'aiment pas cela, et elle espère que s'il commence à se déplumer il ne fera pas transplanter son aisselle sur son crâne. Mais il a déjà les pattes qui grisonnent. Roz contrôle les taches de rouille, comme sur une voiture.

En réalité, elle attend la séquence de lotion après-rasage. Laquelle va-t-il choisir, et où en mettra-t-il? Ah! rien de très aguichant, un produit acheté en Angleterre, à la bruyère sans doute. La mode de plein air. Et rien en dessous du cou. Roz soupire de soulagement.

Elle l'aime. Elle l'aime encore. Elle ne peut pas se permettre d'excès, c'est tout.

Mais peut-être l'aime-t-elle trop, au fond d'elle-même. Peut-être cet amour excessif l'éloigne-t-il.

Une fois Mitch sorti de la salle de bains, Roz poursuit ses préparatifs, appliquant les crèmes, lotions et parfums qu'il ne doit jamais voir. Ils appartiennent aux coulisses, comme au théâtre. Roz collectionne les parfums comme d'autres les timbres, elle ne résiste à rien de nouveau. Elle en possède trois rangées de ces petits flacons charmants, classés par catégories — Composition florale, Fraîcheur active, Pelotage poussé. Aujourd'hui, en l'honneur de son déjeuner avec Mitch, elle choisit Shalimar, dans la troisième section. C'est un peu trop sensuel pour le milieu de la journée, aussi elle l'atténue avec un parfum de la rangée florale. Puis, arrangée, maquillée mais encore en pantoufles, tenant ses hauts talons à la main, elle descend jouer son rôle de mère dans la cuisine. Mitch, inutile de le préciser, est déjà dehors. Il a un petit déjeuner d'affaires.

— Bonjour, les enfants, dit Roz.

Ils sont là tous les trois, bienheureux petits cœurs avides et bien nourris, en train d'engloutir les Rice Krispies au sucre roux, avec des morceaux de banane, sous la surveillance de Dolores qui vient des Philippines et commence à se remettre de son choc culturel, espère Roz.

— Bonjour, Dolores.

Cette femme remplit Roz d'inquiétude et de craintes : devrait-elle se trouver ici ? La culture occidentale la corrompra-t-elle ? Roz la paye-t-elle suffisamment ? Dolores les déteste-t-elle tous en secret ? Est-elle heureuse, et sinon, est-ce la faute de Roz ? Par périodes, elle se dit qu'ils ne devraient pas avoir d'employée de maison à demeure. Mais quand ils n'en ont pas, il n'y a personne pour préparer le déjeuner des enfants, pour les soigner en cas de maladie, et parer aux urgences de dernière minute, en dehors de Roz qui devient hyperorganisée et n'accorde plus à Mitch une attention suffisante, ce qui le rend très irritable.

Roz fait le tour de la table de la cuisine, distribuant des baisers. Larry va sur ses quinze ans et est gêné par ces démonstrations, mais il les supporte. Les jumelles l'embrassent rapidement, la bouche pleine de lait.

— Maman, dit Erin, tu sens le désodorisant.

Comme c'est merveilleux ! Et vrai ! Roz jette un regard circulaire dans la cuisine, faite de panneaux de bois chaud avec des billots comme comptoirs, où sont posées les trois boîtes de déjeuner pour l'école, une bleue pour Erin, une verte pour Paula, une noire pour Larry, et elle se réjouit intérieurement, elle rayonne ! C'est pour cela qu'elle supporte l'existence, c'est là son but ! L'enfer qu'elle a vécu avec Mitch en valait la peine, simplement pour des matins comme celui-ci, où elle entre dans la cuisine et dit bonjour aux enfants, qui continuent d'engloutir leurs céréales comme si elle n'était pas là. Elle étend ses ailes invisibles d'ange, duveteuses et tièdes, ses ailes voletantes de mère poule, nécessaires et sous-estimées, elle les enveloppe. Elle veut qu'ils se sentent *en sécurité*; et elle y réussit, elle en est certaine. Ils savent que c'est une maison sûre, qu'elle est *là*, les deux pieds solidement plantés sur le sol, que Mitch est là aussi, plus ou moins, à sa manière. Ils savent que tout va bien, aussi peuvent-ils vaquer à leurs occupations, sans s'inquiéter.

Peut-être se trompe-t-elle avec Mitch, cette fois-ci. Peut-être ne se passe-t-il rien. Il s'est peut-être assagi finalement.

41

Le déjeuner a lieu dans un restaurant qui s'appelle Nereids. C'est un petit endroit, dans une maison rénovée de Queen East, avec à l'extérieur une grande statue d'homme nu en pierre, bien bâtie. Roz n'est jamais venue avant, contrairement à Mitch; elle le voit à la manière dont l'hôtesse l'accueille, et au regard amusé de propriétaire qu'il pose sur la salle. Elle comprend aussi pourquoi il s'y plaît : le restaurant tout entier est décoré de tableaux qui auraient pu vous faire arrêter il y a vingt ans, parce qu'ils représentent tous des femmes nues. Des sirènes aussi, avec des seins énormes, sculpturaux : pas un nichon qui pendouille, dans le tas. Enfin, des gens nus, car ces dames ne manquent pas de compagnie masculine. En s'approchant de la table Roz se trouve nez à nez avec un phallus, et elle détourne les yeux.

— Qu'est-ce que c'est? chuchote-t-elle, brûlant de curiosité, de joie et de consternation, et aussi du plaisir pur d'être invitée à déjeuner par Mitch. Est-ce que je vois ce que je vois? Je n'en crois pas mes yeux. Enfin, c'est un magasin porno, ou quoi?

Mitch pouffe de rire, car il aime choquer un peu Roz, et lui montrer qu'il est au-dessus de ses préjugés. (Elle n'est certainement pas prude, mais il faut distinguer la vie privée et la vie publique, et ce lieu est public. Oui, les parties intimes le sont aussi !) Il explique que c'est un restaurant de fruits de mer méditerranéen, l'un des meilleurs de la ville à son avis, mais que le patron est aussi peintre, certains des tableaux sont de lui, et d'autres sont l'œuvre de ses amis, qui semblent partager ses intérêts. Vénus y figure, car c'était une déesse de la mer, après tout. Le motif de poisson explique la présence des sirènes. Roz en déduit que ces gens ne sont pas simplement nus, ce sont des personnages *mythologiques*. Elle peut comprendre cela, elle l'a étudié à l'université. Protée en train de souffler dans sa conque. Ou une scène dans ce genre.

— Oh ! dit Roz, de sa voix faussement naïve. C'est donc de l'Art avec un A majuscule ! Cela le rend-il légal ?

Et Mitch rit encore, mal à l'aise, lui suggérant de baisser le ton pour ne pas gêner les gens.

Si quelqu'un d'autre lui disait de parler plus bas, Roz saurait quoi faire : crier plus fort. Mais Mitch a toujours été capable de lui donner l'impression qu'elle vient de débarquer, la tête enveloppée dans un châle, s'essuyant le nez sur sa manche, bien heureuse d'en avoir une. De quel bateau ? Il y en a tant dans son passé. Tous ses ancêtres ont été chassés de quelque part, parce qu'ils étaient trop pauvres, trop frustes politiquement, ou que leur profil, leur accent ou leur couleur de cheveux ne convenaient pas.

Le bateau que son père avait pris était plus ou moins récent, mais assez ancien pour arriver avant que le gouvernement canadien n'eût fermé ses portes aux juifs, dans les années trente et pendant la guerre. Pourtant son père n'était même pas entièrement juif. *Pourquoi la judéité passe-t-elle par la mère ?* avait une fois demandé Tony à Roz. *Parce que tant de femmes juives ont été violées par les Cosaques et je ne sais quels autres; elles ne savaient jamais avec certitude qui était le père*. Mais son père était assez juif pour Hitler, qui détestait par-dessus tout les mélanges.

Du côté maternel, le bateau se perdait dans le lointain. La famine, causée par l'absence de terres après la guerre, avait chassé cent cinquante ans auparavant Irlandais et Écossais. L'une de ces familles s'embarqua avec cinq enfants, mais aucun ne survécut au voyage, puis le père mourut du choléra à Montréal et la mère se remaria le plus vite possible — à un Irlandais dont la femme était morte, et qui avait besoin d'une nouvelle épouse. Les hommes avaient besoin de femmes à l'époque, pour de telles entreprises. Ils partirent dans la forêt en partie éclaircie, pour s'épuiser à la tâche, avoir d'autres enfants, planter des patates, et abattre les arbres avec des instruments qu'ils n'avaient jamais utilisés auparavant, car l'Irlande était très déboisée. Beaucoup de jambes furent coupées par la même occasion. Tony, que ces détails intéressent plus que Roz, lui a une fois montré une vieille photographie — les hommes debout dans des tubs métalliques, pour protéger leurs jambes de leur proche hache. Une farce pour les classes bourgeoises anglaises, restées dans leur pays pour vivre des bénéfices. Stupides Irlandais ! Il y avait toujours une raison pour se moquer d'eux, à l'époque.

Ils avaient tous voyagé en troisième classe, bien sûr. Tandis que les ancêtres de Mitch, que Dieu n'avait pas créés avec la boue sacrée de Toronto — ils étaient arrivés ici d'une manière ou d'une autre —, avaient dû faire la traversée dans une cabine. C'est-à-dire qu'ils avaient vomi dans une bassine en porcelaine, et non sur les pieds des gens.

La belle affaire, mais Roz est malgré tout intimidée. Elle ouvre le menu orné de sirènes, et lit le nom des plats, et demande à Mitch de la conseiller, comme si elle n'arrivait pas à décider ce qu'elle veut manger. *Roz*, se dit-elle. *Tu es une conne*.

Elle se souvient de la première fois où elle est sortie avec Mitch. Elle était vieille, elle avait presque vingt et un ans, elle prenait de l'âge. Beaucoup de filles qu'elle avait connues au lycée, puis à l'université étaient déjà mariées — pourquoi pas elle ? Elle lisait cette question dans les yeux de plus en plus stupéfaits de sa mère.

Roz avait déjà eu une histoire d'amour, ou plutôt une aventure sexuelle, puis une autre. Elle ne s'était même pas sentie trop coupable. Les nonnes avaient lourdement insisté sur le péché de chair, mais Roz n'était plus catholique. Elle l'avait été autrefois, cependant, et qui l'a été le sera toujours, disait sa mère ; elle avait donc eu quelques scrupules, après la disparition du sentiment premier de transgression, si exaltant. Assez curieusement ces scrupules portaient moins sur le sexe que sur les préservatifs — il fallait les acheter sous le comptoir, elle ne le faisait jamais, bien sûr, c'était une affaire d'homme. Les capotes lui semblaient fondamentalement mauvaises. Mais aussi terriblement drôles. Elles ressemblaient à des gants de caoutchouc à un seul doigt, et chaque fois qu'elle en voyait une elle devait se maîtriser pour ne pas être prise de fou rire, une pensée terrifiante parce que l'homme pouvait croire qu'elle se moquait de lui, de la taille de son pénis, et c'eût été fatal.

Mais le sexe était formidable, elle était douée pour ça, bien qu'aucun de ses amants ne la comblât. L'un avait de grandes oreilles en feuille de chou, et l'autre mesurait cinq centimètres de moins qu'elle. Elle ne se voyait pas passer sa vie en talons plats. D'autre part, elle voulait des enfants, mais pas des avortons aux oreilles décollées.

Aussi n'en avait-elle pris aucun au sérieux. C'était réciproque ; une chance. Elle prenait toujours une tête de clown à l'époque, c'était peut-être la raison. Elle avait besoin de ce visage réjoui, insouciant, car elle se trouvait laissée pour compte, et habitait encore à la maison, travaillant dans l'affaire de son père. *Tu seras mon bras droit*, lui disait-il. C'était censé être un compliment, pour qu'elle ne se sente pas brimée de n'être pas un garçon. Mais Roz n'avait aucune envie d'être un fils. Elle ne voulait pas du tout être un homme, bras droit ou pas. Il fallait subir une telle tension; conserver une telle apparence de dignité. Si elle avait été un homme, jamais on ne lui aurait pardonné son petit jeu de frivolités stupides. Bien sûr, elle n'en aurait peut-être pas eu besoin si elle en avait été un.

Son travail était assez simple : un crétin aurait pu s'en charger. Elle était une sorte de domestique améliorée. Son père pensait que tout le monde, même sa propre fille, devait commencer au bas de l'échelle et gravir les échelons. De cette manière, on apprenait à connaître les vrais rouages de l'affaire, étape par étape. Si un problème se posait avec les secrétaires, ou le classement des dossiers, l'erreur persisterait jusqu'au bout; et il fallait être capable d'accomplir soi-même ces tâches pour savoir si les autres les remplissaient correctement. Une leçon qui a été très utile à Roz, au cours des années.

Elle apprenait beaucoup, cependant. Elle observait le style de son père. Scandaleux mais efficace, une main de fer dans un gant de velours, riant aux éclats mais parfaitement sérieux. Il attendait son heure, tel un chat aux aguets; puis il bondissait. Il aimait négocier des marchés, conclure des affaires. *Négocier, conclure*, ces verbes le séduisaient. Il aimait le risque, la proximité du danger. Des pâtés de maisons disparaissaient dans sa poche, pour en ressortir, comme par magie, transformés en immeubles de bureaux. S'il pouvait rénover — sauver quelque chose — il le faisait. Autrement c'était le boulet de démolition, malgré la poignée de protestataires aux idées nébuleuses qui manifestaient avec des panneaux *Sauvez notre quartier* écrits à la main et agrafés sur des manches de râteaux.

Roz avait ses idées à elle. Elle savait qu'elle était capable de réussir dans ce domaine s'il lui lâchait la bride. Mais il refusait, elle devait y parvenir par elle-même, et elle rongeait son frein.

Pendant ce temps, que se passait-il dans sa vie

amoureuse ? Il n'y avait personne. Personne de convenable. Personne de proche, même. Aucun homme qui ne fût un bon à rien ou un coureur de dot, un facteur qu'elle ne devait pas oublier. Sa fortune future, car pour l'instant elle était salariée comme tout le monde, et gagnait misérablement sa vie. Son père était convaincu qu'il fallait savoir combien un salaire minable était minable, pour imaginer ce que représentait une négociation d'augmentation de salaire. Selon lui, il était important de connaître le prix des pommes de terre. Roz l'ignorait pour le moment parce qu'elle vivait encore à la maison, à cause de ses maigres revenus. Elle avait visité des studios, une pièce avec une kitchenette étriquée dans un coin et une vue sur la salle de bains du voisin, mais trop sordide ! À quel prix la liberté ? Ce qu'elle gagnait ne suffisait pas pour l'instant. Elle préférait rester là où elle était, dans l'ancien appartement des domestiques au-dessus du garage à trois voitures de ses parents, et dépenser son petit salaire à s'acheter des vêtements neufs et à se faire installer une ligne de téléphone personnelle.

Elle voulait faire seule un voyage en Europe, mais son père ne le lui permit pas. Il disait que c'était trop dangereux. « Tu n'as pas besoin de savoir ce qui se passe là-bas », lui déclara-t-il. Il voulait l'enfermer avec son argent. La garder à l'abri.

Mitch était alors un avocat néophyte, et travaillait pour la compagnie qui rédigeait les contrats de son père. La première fois qu'elle le vit il traversait le bureau isolé où elle peinait sans relâche. Il portait un costume et un attaché-case, et fermait le défilé presque quotidien qui suivait son père comme une traîne. Il y eut un arrêt devant le bureau de Roz, des poignées de main : le père de Roz présentait toujours tout le monde. Mitch serra la main de Roz, qui se mit à trembler. Elle lui lança un regard et pensa : il y a la laideur et la splendeur, et le juste milieu, mais cet homme est magnifique. Puis elle se dit : Tu peux toujours rêver, chérie. Baver sur ton oreiller. Il n'est pas pour toi.

Mais gare à lui s'il ne téléphonait pas ! Il n'était pas nécessaire d'être Einstein pour obtenir son numéro, mais il fallait se donner beaucoup de mal : lasse des appels hostiles que le nom de son père attirait parfois, Roz s'était inscrite dans l'annuaire sous le nom de Rosie O'Grady. Les panneaux des chantiers de démolition n'amélioraient guère les choses, *Société d'exploitation Grunwald*, en lettres de trente centimètres de haut : plutôt se promener avec un X peint en rouge sur le front, *Crachez ici*, que de donner son vrai nom dans le Bottin.

Mais tout d'un coup Mitch se trouva au bout du fil, calme et persuasif, comme s'il voulait lui vendre une assurance-vie, lui rappelant les circonstances de leur rencontre, comme si c'était nécessaire, et au début il semblait si guindé qu'elle eut envie de hurler : *Hé, je ne suis pas ta grand-mère ! Recrache le parapluie que tu as avalé !* Splendide ou pas, il avait l'air assommant, un WASP merdeux et collet monté dont l'unique passe-temps serait une partie de bridge avec les beaux-parents croulants, ou une promenade dominicale au cimetière. Il lui fallut beaucoup plus de temps pour préciser ses intentions qu'il n'aurait été nécessaire à Roz si elle avait mené la danse, mais finalement il parvint à l'inviter à dîner, puis à aller au cinéma. Eh bien, Alléluia et Je vous salue Marie, pensa Roz. Les miracles ne cesseront jamais.

Mais pendant qu'elle se préparait à son rendez-vous, sa joie s'évapora. Elle avait envie de flotter, de s'enfuir, et commençait à se sentir de plus en plus lourde, assise devant sa coiffeuse et appliquant de l'Arpège aux points sensibles, hésitant sur le choix des boucles d'oreilles. Elle voulait alléger la rondeur de son visage. Certes, elle avait des fossettes, mais on voyait les mêmes sur ses genoux. Des faux plis, plutôt. Elle avait une ossature forte, carrée (les mots de sa mère), une colonne vertébrale (disait son père), et des formes pleines, épanouies (selon les magasins de vêtements). Elle ne serait jamais mignonne. *Mon Dieu, faites rétrécir mes pieds et j'obéirai à tous vos ordres. Un 38 serait formidable, et pendant que vous y êtes transformez-moi en blonde.*

Mitch était simplement trop beau, c'était cela le problème. Les épaules, les yeux bleus, l'ossature — il ressemblait à une starlette des magazines de cinéma, version masculine trop bien pour être vrai. Roz était impressionnée par son allure — un homme aussi superbe ne devrait pas se promener librement en public, cela risquait de provoquer des accidents de voiture — et par son art des convenances, par sa posture, très rigide avec des angles droits, comme un filet de poisson surgelé. Jamais elle ne pourrait se laisser aller avec lui, faire des plaisanteries, et des bêtises. Elle se demanderait si des bouts d'aliments étaient coincés entre ses dents.

En outre, elle serait si émoustillée par le désir — non, par la *Luxure* avec un L majuscule, le meilleur des sept péchés capitaux — qu'elle serait à peine capable de tenir en place. Habituellement elle était moins déchaînée, mais Mitch dépassait tous les canons du département de la beauté. Les têtes se tourneraient, les gens le dévisageraient, se demandant ce que faisait cet homme de rêve avec la seconde lauréate du concours de beauté de Miss Navet polonais. L'un dans l'autre, la soirée s'annonçait comme un passage au purgatoire. *Faites que j'arrive au bout, mon Dieu, et je frotterai un million de cabinets pour vous ! Bien sûr, vous n'êtes pas intéressé, parce que personne ne chie au ciel.*

La soirée commença aussi mal que Roz l'avait prévu. Mitch lui apporta des fleurs, un petit bouquet, enfin peu importait, on ne pouvait pas se montrer plus vieux jeu, et elle ne sut que faire de ces maudites choses, et les emporta dans la cuisine — était-elle censée les mettre dans un vase ou quoi ? Pourquoi n'avait-il pas choisi des chocolats ? Elle y trouva sa mère qui méditait sombrement devant une tasse de thé, en peignoir, bigoudis et résille, parce qu'elle devait accompagner son mari à une soirée quelconque, un banquet d'affaires, une chose qu'elle avait en horreur; elle posa sur sa fille le regard saisi qui ne l'avait pas quittée depuis le jour où ils étaient devenus riches et avaient emménagé dans cette énorme villa de Dunvegan, à côté de l'Upper Canada College, où on envoyait des héritiers comme Mitch subir un lavage de cerveau et un corsetage destiné à bloquer définitivement leur bassin, et elle demanda : « Tu sors ? » comme pour dire : « Tu es mourante ? »

Roz avait laissé Mitch dans le séjour caverneux, au centre d'une moquette gigantesque, entouré de trois camions de meubles d'un mauvais goût impeccable ; cela avait coûté une fortune mais ressemblait à une page de catalogue de vente par correspondance des pompes funèbres, sans oublier les napperons qui recouvraient le moindre centimètre carré, ce qui n'arrangeait rien — sa mère était une maniaque des napperons, elle en avait été privée dans sa jeunesse. Et si Mitch suivait Roz dans la cuisine et y découvrait sa mère, qui le jaugerait d'un coup d'œil pour déterminer, dans l'ordre, son appartenance religieuse et ses perspectives financières ? Elle fourra les fleurs dans l'évier, elle s'en occuperait plus tard, embrassa sa mère aux joues enduites de crème raffermissante, trop peu et trop tard, et entraîna Mitch hors de la maison avant qu'il ne soit assailli par son père, qui lui ferait subir un interrogatoire, comme à tous les petits amis de Roz quand il réussissait à les intercepter — où allaient-ils, que feraient-ils, à quelle heure rentreraient-ils, c'était trop tard — et se lancerait dans des paraboles ethniques sibyllines illustrant la vie. « Deux estropiés ne font pas un danseur », disait-il aux jeunes gens, le regard lourd de sous-entendus, et que pouvaient en penser ces pauvres imbéciles ?

— Papa, j'aimerais que tu ne leur dises pas ces choses, lui confiait-elle ensuite.

Car elle devait l'appeler *papa*, il ne répondait pas à un autre nom.

— Et alors ? répondait-il en lui souriant. C'est vrai ou non ?

Quand ils eurent franchi la porte, Roz s'aperçut que Mitch n'avait pas de voiture. Quel était l'usage ? Était-elle censée proposer la sienne, ou quoi ? Elle ne pouvait imaginer l'homme de ses rêves dans un bus ; et se voyait encore moins en prendre un. À quoi servait la promotion sociale s'il fallait circuler en bus ? Il y avait des limites ! Elle s'apprêtait à suggérer un taxi quand lui vint l'idée foudroyante que Mitch n'avait peut-être pas les moyens d'en payer un.

Finalement ils prirent la voiture de Roz, une petite Austin rouge, un cadeau d'anniversaire — Roz aurait préféré une Jaguar mais son père avait refusé de la « gâter ». Mitch ne protesta guère quand elle le pressa avec exubérance de prendre les clés pour conduire, parce qu'un homme conduit par une femme risquait de se sentir diminué, elle avait lu les articles des magazines féminins sur toutes les manières involontaires de diminuer un homme, ils se ratatinaient avec une effrayante facilité ; Roz aimait conduire elle-même sa voiture mais ne voulait pas faire peur à Mitch. De cette manière, elle put se détendre et admirer son profil. Il conduisait bien — avec décision, agressivement, mais non sans courtoisie, et cela lui plut. Elle était rapide — se faufilant entre les voitures, sans ménager son klaxon. En observant Mitch, elle vit qu'il existait des manières plus douces d'arriver à son but.

Le dîner eut lieu dans un petit restaurant presque français, avec un décor en peluche rouge de bordel de fin de siècle, et une nourriture médiocre. Roz prit la soupe aux oignons, une erreur à cause des filaments de fromage qui dégoulinaient à chaque cuillerée. Elle fit de son mieux, mais elle ne passait pas le test. Mitch ne parut pas remarquer son manque de grâce ; il lui parlait de son cabinet d'avocats.

Il ne m'aime pas, se dit-elle, c'est un fiasco. Elle but encore un verre de vin blanc, pensa : Flûte ! et lui raconta une plaisanterie sur la fille qui raconte à sa copine qu'elle s'est fait violer cet été, et après cela c'est la même rengaine toutes les vacances, et Mitch lui sourit lentement, les yeux mi-clos comme un chat dont on caresse les oreilles, peut-être avait-il des hormones après tout, malgré sa posture de soldat de plomb, peut-être la façade WASP ne correspondait-elle à rien de profond, dans ce cas elle en serait éternellement reconnaissante, elle sentit alors sa main sur son genou, sous la table, et perdit tout contrôle d'elle-même, prête à fondre comme une sucette glacée sur la banquette en peluche rouge.

Après le dîner, ils partirent en direction du cinéma, mais finirent enlacés dans la voiture de Roz ; puis ils se retrouvèrent dans l'appartement de Mitch, un trois-pièces qu'il partageait avec deux autres étudiants en droit — fort opportunément absents — *A-t-il tout prévu ?* se demanda brièvement Roz, car qui séduisait qui, exactement ? — et elle était prête à se débattre avec sa gaine, l'ayant aidé à retirer les vêtements du haut — une dame devait porter une gaine en toutes circonstances, disaient sa mère et les magazines, contrôlez le tremblement disgracieux de votre chair, vous ne voudriez pas que les hommes vous prennent pour une femme négligée aux fesses molles, mais ces maudites choses étaient conçues comme des pièges à rats, du pur caoutchouc bardé de fer, elle aurait aussi bien pu essayer de se défaire d'un élastique noué à triple tour — lorsqu'il lui prit les épaules, la regarda au fond des yeux et dit qu'il la respectait trop.

— Je ne veux pas juste faire l'amour avec toi, déclara-t-il. Je veux t'épouser.

Roz eut envie de protester que ces catégories n'étaient pas incompatibles, mais c'eût été immodeste, du moins de l'avis de Mitch, et de toute manière elle était trop paralysée par le bonheur, ou la peur, car ne s'agissait-il pas d'une demande en mariage ?

— Quoi ? dit-elle.

Il répéta sa proposition.

— Mais je te connais à peine, balbutia Roz.

— Cela viendra, répondit-il calmement.

Il avait raison sur ce point.

Et ainsi de suite; dîners médiocres, pelotage poussé, aucune satisfaction immédiate. Si Roz avait été capable de surmonter sa peur, de se défaire de son attirance pour Mitch, elle ne l'aurait peut-être pas épousé. Erreur : elle l'aurait fait, car après ce premier soir elle avait perdu pied et ne pouvait plus dire non. Elle avait les jambes coupées par l'émotion chaque fois qu'ils sortaient ensemble, et il retenait ses mains dès qu'elle essayait de déboutonner sa braguette, ce qui ajoutait un certain élément de suspense. C'est-à-dire de *frustration*. D'humiliation abjecte. Elle avait l'impression d'être une pouffiasse ramollie, ou un chiot qui reçoit des coups de journal chaque fois qu'il pose les pattes sur le pantalon de son maître.

Quand le mariage eut lieu — ni dans une église, ni dans une synagogue, mais, à cause des mélanges en présence, dans une salle de banquet de l'hôtel Park Plaza —, Roz crut qu'elle ne parviendrait jamais au bout de l'allée. Persuadée qu'un incident inconvenant se produirait. Mitch ne lui eût jamais pardonné de se jeter sur lui en public, ni de l'embrasser goulûment sur la bouche au moment crucial. Il lui avait clairement fait comprendre que les rôles étaient bien délimités, l'un prenait les initiatives et l'autre restait passif, elle n'y changerait rien.

Stéréotypes sexuels, pense Roz aujourd'hui, car elle a appris une ou deux choses entre-temps. Le fourbe, le salaud. Il m'a tenu la dragée haute, il a usé ma patience. Il savait exactement ce qu'il faisait. Il avait probablement un petit en-cas bien à l'abri dans un pool de dactylos, pour ne pas attraper la gangrène du membre viril. Mais il a réussi son coup, il m'a épousée. Il a obtenu sa bague en cuivre. Elle sait à présent que sa fortune a dû être un facteur de décision.

Son père s'en doutait, même à l'époque.

— Combien gagne-t-il ? demandait-il à Roz.

— Papa, ce n'est pas la *question* ! s'écriait Roz, prise d'un excès d'antimatérialisme.

De toute manière, Mitch n'était-il pas un enfant chéri des dieux ? Assuré de réussir ? N'allait-il pas s'élever dans le cabinet d'avocats, comme une bulle de savon ?

— Je veux savoir une seule chose : est-ce que je devrai l'entretenir ? l'interrogeait son père.

Il dit à Mitch :

— Deux estropiés ne font pas un danseur, lui lançant un regard noir sous ses sourcils.

— Pardonnez-moi, monsieur ? répondit Mitch, avec une courtoisie ostentatoire qui frôlait la condescendance, et montrait qu'il était disposé à ignorer les parents de Roz, la tare de l'immigrant chez l'un, l'arrière-goût de meublé envahi de napperons et de patates bouillies de l'autre.

Roz était une nouvelle riche, et Mitch un riche de longue date ; du moins, il l'aurait été s'il avait eu de l'argent. Son père était mort, un peu trop tôt et de manière trop confuse pour le confort de sa famille. Comment Roz pouvait-elle savoir à l'époque qu'il avait dépensé la fortune familiale pour une veuve de guerre avec laquelle il s'était enfui, puis avait sauté d'un pont ? Elle ne lisait pas dans les pensées, et Mitch ne le lui avoua pas avant des années. Pas plus que son horrible mère, qui n'était pas encore morte, mais (pense Roz, dans la cave) aurait fort bien pu l'être. Roz ne lui a jamais pardonné ces allusions délicates et cinglantes, après le mariage, à sa garde-robe trop voyante et à la manière de disposer le couvert du dîner.

— Papa, je ne suis pas une estropiée ! dit ensuite Roz à son père. Enfin, c'est si *insultant* !

— Un estropié et une personne normale ne font pas non plus un danseur, répondit son père.

Qu'essayait-il de me dire ? se demande Roz à présent, des années après. Qu'avait-il vu, quelle faille, quel défaut, quel boitement naissant ?

Mais Roz n'écoutait pas alors, elle se bouchait les oreilles, elle ne voulait pas entendre. Son père lui lança un long regard sombre.

— Tu sais ce que tu fais ?

Roz pensait que oui ; ou plutôt elle s'en moquait, car c'était arrivé, *enfin*, et elle flottait au septième ciel, légère comme une plume malgré ses os massifs.

Sa mère la soutenait, car Roz avait presque vingt-trois ans et pour elle n'importe quel mariage valait mieux que de rester vieille fille ; mais quand elle vit que l'affaire était sérieuse, elle exprima du mépris pour les bonnes manières de Mitch — *je vous en prie, excusez-moi, pour qui se prend-il donc* — et fit savoir qu'elle eût préféré un catholique à un anglican. Mais ayant épousé le père de Roz, qui n'était pas exactement le pape, elle n'était guère en position de discuter.

Mitch n'épousa pas Roz seulement pour son argent. Elle en est sûre. Elle se souvient de leur vraie lune de miel, au Mexique, de tous ces crânes en sucre du Jour des morts au marché, des fleurs, des couleurs, du plaisir qui lui donnait le vertige, de la sensation de nouveauté et de soulagement parce qu'elle avait réussi, elle n'était plus une vieille fille en puissance mais une épouse, une femme mariée ; pendant les chaudes nuits, la fenêtre ouverte sur la mer, les rideaux gonflés par la brise, la caresse du vent sur sa peau, comme de la mousseline, et la forme sombre de Mitch au-dessus d'elle, intense et sans visage. C'était différent quand on était amoureux, il ne s'agissait plus d'un amusement ; il y avait plus de choses en jeu. Après, elle avait pleuré parce qu'elle était si heureuse, et Mitch avait dû le sentir aussi, car on ne peut entièrement simuler ce genre de passion. Qui sait ?

Donc, ce n'était pas seulement l'argent. Mais elle pouvait le présenter différemment — il ne l'aurait pas épousée sans cela. C'est peut-être ce qui le relie à elle, ce qui l'enracine. Elle espère que ce n'est pas la seule raison.

Mitch lève son verre de vin blanc à sa santé et dit : « À nous », tendant le bras sur la table pour lui prendre la main gauche, celle qui porte la bague, un anneau modeste parce qu'il n'avait pas de moyens à l'époque et avait refusé la contribution de son père pour en acheter un plus gros. Il lui sourit, et poursuit :

— Les choses se sont pas mal passées, n'est-ce pas ? On s'entend bien, tous les deux.

Et Roz sait qu'il se console de déceptions cachées, à cause du temps qui s'envole, de tous les mondes qu'il ne sera jamais capable de conquérir désormais, des milliers, des millions de jeunes femmes nubiles sur terre, plus nombreuses à chaque seconde — quoi qu'il fasse il ne réussira jamais à les posséder toutes, car l'art est durable, la vie courte, et la mort imminente.

C'est vrai, ils s'entendent pas mal tous les deux. Quelquefois. Encore maintenant. Elle rayonne et lui rend son étreinte, pensant qu'ils sont aussi heureux que possible. Ils le sont. Autant qu'ils peuvent l'être, considérant qui ils sont. S'ils avaient été différents, ils auraient pu être plus heureux.

Une fille, jolie, vêtue d'un pull au décolleté profond, apparaît avec un plat de poissons morts, et Mitch fait son choix. Il prend la pêche du jour, et Roz les pâtes aux calmars, parce qu'elle n'a jamais mangé cette spécialité et que cela paraît si bizarre. Il y a d'abord une salade, et Roz juge bon de demander, non sans hésitation, si Mitch veut discuter d'un sujet spécifique. Aux déjeuners précédents il y en avait un, concernant habituellement le travail — Mitch souhaitant acquérir plus de pouvoir au conseil d'administration de *WiseWomanWorld*, dont il est le président.

Mitch répond que non, il sentait simplement qu'il ne l'avait pas assez vue ces derniers temps, sans les gosses, et Roz, toujours avide de petits restes, s'empresse de le croire. Elle pardonnera, elle oubliera. Du moins elle pardonnera, car on ne contrôle pas ce qu'on oublie. Peut-être Mitch a-t-il simplement été atteint par le démon de midi toutes ces années ; pourtant vingt-huit ans était un âge un peu précoce pour commencer.

La salade arrive sur une grande assiette, présentée par une autre personne charmante aux longs cheveux et au profond décolleté, et Roz se demande si les serveuses sont choisies pour s'accorder avec les tableaux. Avec tous ces tétons autour, on a l'impression d'être surveillé par une myriade d'yeux étrangers.

Elle imagine brièvement une femme à la poitrine plate, attaquant le restaurant pour discrimination parce qu'on a refusé de l'engager. Mieux, un homme. Elle adorerait être une mouche sur le mur.

La serveuse se penche, révélant la naissance de ses seins, sert la salade, et se redresse en souriant, pendant que Roz prend une bouchée.

— Délicieux, dit-elle.

— Absolument, dit Mitch, rendant son sourire à la fille.

Mon Dieu, pense Roz. Il commence à flirter avec les serveuses. Que va-t-elle penser de lui ? Vieil emmerdeur lubrique ? Dans combien de temps le deviendra-t-il vraiment ?

Mitch a toujours flirté avec les serveuses, à sa manière discrète. Mais c'est comme dire qu'une danseuse de cancan de quatre-vingt-dix ans a toujours pratiqué le cancan. À quel moment sait-on qu'il faut s'arrêter ?

Après la salade, arrive le plat principal. Cette fois c'est une fille différente. Une femme, plutôt ; un peu plus âgée, avec un nuage ravissant de cheveux noirs, des nichons formidables, et une taille minuscule que Roz rêverait d'avoir. Elle la regarde attentivement et sait qu'elle l'a vue auparavant. Il y a très longtemps, dans une autre vie.

— Zenia ! s'exclame-t-elle, avant de pouvoir se retenir.

— Pardon ? répond la femme.

Puis elle considère Roz à son tour, sourit, et dit :

— Roz ? Roz Grunwald ? C'est toi ? Tu ne ressembles pas à tes photos !

Roz est furieusement tentée de répondre non. Elle n'aurait jamais dû ouvrir la bouche, elle aurait mieux fait de laisser tomber son sac et de se pencher pour le ramasser, n'importe quoi pour ne pas être dans la ligne de mire de Zenia. Qui a besoin du mauvais œil ?

Mais le choc de voir Zenia ici, travaillant comme serveuse — *serveuse* — au Nereids, balaye ces pensées, et Roz s'écrie :

— Qu'est-ce que tu fabriques ici ?

— De la recherche, répond Zenia. Je suis journaliste. J'ai travaillé en free-lance pendant des années, surtout en Angleterre. Mais je voulais revenir, juste pour voir... à quoi ressemblaient les choses ici. Je me suis chargée d'écrire un papier sur le harcèlement sexuel sur le lieu de travail.

Zenia a dû changer, pense Roz, si elle écrit sur ce sujet. Elle paraît même différente. Au début c'est indéfinissable, puis elle comprend. Les seins. Et le nez. Les uns ont gonflé, l'autre a rétréci. Le nez de Zenia ressemblait à celui de Roz.

— Vraiment, dit-elle, par curiosité professionnelle. Pour qui ?

— *Saturday Night*, dit Zenia. Il s'agit surtout d'interviews, mais j'ai pensé que ce serait bien de jeter un coup d'œil aux gens du coin.

Elle sourit plus à Roz qu'à Mitch.

— La semaine dernière j'étais dans une usine, et celle d'avant dans un hôpital. Tu n'imagines pas le nombre d'infirmières attaquées par les malades ! Ce n'est pas seulement qu'ils les tripotent — ils leur jettent des objets, les bassins et le reste, c'est un vrai risque professionnel. Ils ne m'ont pas permis d'accomplir de vraies tâches ; ici je mets plus la main à la pâte.

Mitch commence à prendre un air maussade parce qu'on le tient à l'écart, et Roz le présente à Zenia. Elle ne veut pas dire : « Une vieille amie », et elle dit :

— Nous étions dans la même université.

Mais nous n'avons jamais été les meilleures copines, pense Roz. Elle connaissait à peine Zenia à l'époque, sauf comme sujet de commérages. Pittoresque, sensationnel.

Mitch ne fait rien pour aider Roz, dans le domaine de la conversation. Il se contente de marmonner quelque chose et de fixer son assiette. Il sent visiblement qu'on l'interrompt dans son repas.

— Alors, quels sont les risques de cet endroit? demande Roz, pour cacher sa réaction. Est-ce qu'on t'appelle « chérie » en te pinçant le derrière?

Zenia éclate de rire :

— Cette chère vieille Roz. Elle a toujours été notre boute-en-train, dit-elle à Mitch.

Roz se demande si elle a jamais assisté à des fêtes où Zenia était présente — ce n'est pas arrivé une seule fois, si elle se souvient bien, mais elle buvait plus à cette époque, ou plus abondamment, et peut-être a-t-elle oublié — et à ce moment Zenia pose la main sur son épaule. Sa voix change, elle parle plus bas, le ton solennel.

— Tu sais, Roz, dit-elle, j'ai toujours voulu te raconter. Mais je n'en ai jamais eu l'occasion.

— Quoi? demande Roz.

— Ton père, répond Zenia.

— Mon Dieu, commente Roz, craignant une arnaque qu'elle n'a jamais découverte, un scandale enfoui.

Peut-être Zenia est-elle sa demi-sœur disparue, maudite soit cette pensée. Son père était un vieux renard malin.

— Qu'a-t-il donc fait?

— Il m'a sauvé la vie, dit Zenia. Pendant la guerre.

— Sauvée? Pendant la guerre? répète Roz.

Voyons... Zenia était-elle déjà née? Roz hésite, peu disposée à la croire. Mais c'est ce dont elle rêve depuis toujours — de trouver un témoin, une personne impliquée mais impartiale, qui lui assure que son père a été à la hauteur de la rumeur : un héros. Ou un semi-héros : en tout cas, plus qu'un marchand louche. Elle a entendu les récits d'autres gens, en particulier de ses oncles, mais ils n'étaient guère fiables tous les deux; elle n'a jamais été vraiment sûre.

Voici finalement une messagère, qui lui apporte des nouvelles de ce lointain pays, le pays du passé et de la guerre. Pourquoi faut-il que ce soit Zenia? Roz est irritée que Zenia possède ces informations et pas elle. Comme si son père avait laissé quelque chose dans son testament, un trésor, à une parfaite étrangère, à un vagabond rencontré dans un bar, et rien à sa propre fille. Ne savait-il pas combien elle brûlait de l'apprendre ?

Peut-être n'y a-t-il rien du tout. Mais si c'était vrai ? Cela vaut tout de même la peine d'écouter. De courir ce petit risque.

— C'est une longue histoire, dit Zenia. J'aimerais beaucoup t'en parler, quand tu auras le temps. Si tu as envie de l'entendre, bien sûr.

Elle sourit, salue Mitch de la tête, et s'éloigne. Elle se déplace avec assurance, nonchalamment. Roz ne peut refuser la proposition qu'elle vient de lui faire, et elle le sait.

42

Le père de Roz, le grand inconnu. Grand pour les autres, inconnu pour elle. Disons plutôt — pense Roz dans son peignoir orange, assise dans la cave en train de finir la barre de Nanaimo, et de lécher avidement l'assiette — qu'il avait neuf vies, et qu'elle n'en connaissait que trois ou quatre. Elle ne savait jamais quand allait réapparaître un personnage des existences précédentes de son père.

Autrefois Roz n'était pas Roz. Mais Rosalind, et son deuxième prénom était Agnès, ce qu'elle ne disait pas aux filles de l'école parce qu'elle ne voulait pas être surnommée Aggie — c'était ainsi que les locataires appelaient sa mère dans son dos. Personne n'eût osé le faire en face d'elle. Elle était beaucoup trop respectable pour cela. Pour eux, elle était Mrs. Greenwood.

Roz s'appelait donc Rosalind Greenwood, et non

Rosalind Grunwald, et vivait dans le meublé de sa mère, Huron Street. Une maison haute, étroite, en brique rouge, avec un porche affaissé que son père allait réparer peut-être, un jour. Il était ailleurs. Il l'avait toujours été, aussi loin que remontaient les souvenirs de Roz. C'était à cause de la guerre.

Roz se souvenait de la guerre, mais pas très bien. Elle se rappelait les sirènes de raids aériens, avant l'époque où elle avait commencé à aller à l'école, parce que sa mère l'avait obligée à ramper sous le lit et qu'il y avait une araignée. Sa mère avait gardé du lard et des boîtes de conserve, mais Roz se demandait ce que les soldats en feraient, et plus tard, à l'école, tout le monde avait donné des nickels à la Croix-Rouge pour les orphelins. Ils se dressaient sur des tas de décombres, vêtus de haillons, et avaient d'énormes yeux sans gaieté, suppliants, accusateurs, parce que leurs parents avaient été tués par des bombes. Sœur Mary Paul montra des photographies en onzième, et Roz pleura parce qu'elle avait tellement pitié d'eux; on lui dit de se contrôler, mais elle ne réussit pas à avaler son déjeuner, et on lui ordonna de manger à cause des orphelins, elle demanda à être resservie parce que cela aiderait encore plus les orphelins, mais elle ne savait pas exactement comment. Peut-être Dieu avait-il une manière d'arranger ces choses. Peut-être la nourriture solide et visible que Roz mangeait se transformait-elle en une nourriture spirituelle invisible et s'envolait-elle pour être absorbée par les orphelins, un peu comme dans la communion, où l'hostie ressemblait à un biscuit sec rond mais était en réalité Jésus. En tout cas, Roz était plus que disposée à apporter ce genre d'aide.

Quelque part, là-bas, derrière les tas de décombres, caché par les bosquets d'arbres dans le lointain, se trouvait son père. Elle espérait qu'une partie de la nourriture qu'elle absorbait échapperait aux orphelins pour parvenir à son père. C'était ce que pensait Roz lorsqu'elle était en onzième.

Mais la guerre était finie, et où était son père à présent?

— En route, répondait sa mère.

Une troisième chaise l'attendait près de la table de la cuisine. Roz était folle d'impatience.

Le père de Roz était au loin, et sa mère devait gérer seule le meublé. Cela l'épuisait, répétait-elle à sa fille, presque chaque jour. Roz le voyait : elle avait un air filandreux, comme si ses formes étaient rabotées, et ses os sur le point de traverser sa chair. Un visage allongé, des cheveux bruns striés de gris tirés en arrière et coiffés en chignon, et un tablier. Elle ne parlait pas beaucoup, sauf pour prononcer des phrases brèves, ramassées. « Moins on en dit mieux on se porte », disait-elle. « Un point à temps en vaut cent. Quand les poules auront des dents. La voix du sang est la plus forte. La naissance ne fait pas la noblesse. Cela ne mange pas de pain. L'argent ne tombe pas du ciel. Les petits enfants ont l'oreille fine. » Elle disait que Roz était bavarde comme une pie et que sa langue remuait des deux côtés.

Elle avait des mains dures avec des articulations gonflées, rouges à force de laver.

— Regarde mes mains, disait-elle, comme si cela prouvait quelque chose.

Habituellement, cela sous-entendait que Roz devait aider plus.

— Ta mère est une sainte, répétait la petite Miss Hines, qui vivait au deuxième. C'était possible, mais Roz ne souhaitait pas particulièrement devenir une sainte.

Quand son père reviendrait il les aiderait. Si Roz était gentille, il arriverait plus vite, parce que Dieu serait satisfait et exaucerait ses prières. Elle ne s'en souvenait pas toujours. Lorsqu'elle commettait un péché, elle était effrayée ; elle imaginait son père sur un bateau, en train de traverser l'océan, une énorme vague l'emportait, ou bien une décharge de foudre s'abattait sur lui, c'était ainsi que Dieu la punissait. Elle devait alors prier encore plus fort, jusqu'au dimanche où elle pourrait se confesser. Elle priait à genoux, à côté de son lit, les larmes ruisselant sur son visage. S'il s'agissait d'un vilain péché elle nettoyait aussi les cabinets, même si cela venait d'être fait. Dieu aimait les cabinets bien propres.

Roz se demandait à quoi ressemblait son père. Elle n'avait de lui aucun vrai souvenir, et la photographie que sa mère gardait sur son bureau sombre et brillant, inaccessible, montrait simplement un homme grand, en manteau noir, dont le visage était dans l'ombre, et donc impossible à distinguer. La magie que Roz attribuait à son père en était absente. C'était un personnage important, il avait des activités secrètes dont on ne pouvait parler. En rapport avec la guerre, bien qu'elle fût finie.

— Il risque sa peau, disait sa mère.

— Comment? répondait Roz.

— Mange ton dîner, répliquait sa mère, il y a des enfants qui meurent de faim en Europe.

Ce qu'il faisait était si important qu'il n'avait guère de temps pour écrire des lettres, et pourtant il en arrivait par intervalles, de pays lointains : la France, l'Espagne, la Suisse, l'Argentine. Sa mère se lisait ces lettres à elle-même, et son teint virait, bizarrement, au rose marbré. Roz conservait les timbres.

La mère de Roz s'occupait surtout du ménage.

— C'est une maison propre, respectable, disait-elle, quand elle hurlait contre les locataires parce qu'ils avaient fait quelque chose de travers, laissé du désordre dans l'entrée ou oublié de nettoyer la baignoire.

Elle brossait les traces des escaliers et passait l'aspirateur dans le couloir du premier, elle nettoyait le lino du vestibule et le cirait, ainsi que le sol de la cuisine. Elle lavait les accessoires de la salle de bains avec du détersif Old Dutch et les cabinets avec du Sani-Flush, elle faisait les carreaux avec du Windex, trempait les rideaux de dentelle dans du Sunlight Soap, les frottant soigneusement à la main sur une planche, mais mettait les draps et les serviettes dans le lave-linge-essoreuse qui se trouvait dans la remise à côté de la cuisine; il y en avait beaucoup, à cause des locataires. Elle époussetait deux fois par semaine et versait du déboucheur liquide dans tous les tuyaux, parce que sinon les cheveux des gens les bouchaient. Cela l'obsédait ; elle se comportait comme si les locataires s'arrachaient des poignées de cheveux pour les fourrer exprès au fond des lavabos. Quelquefois elle plantait un crochet dans l'évier du premier, et en retirait une touffe de cheveux glissants, savonneux, dégoulinants.

— Tu vois ? disait-elle à Roz. C'est plein de microbes.

Elle attendait que Roz l'aide dans cet interminable nettoyage.

— Je m'use les doigts jusqu'à l'os, répétait-elle. Pour toi. Regarde mes mains.

Et Roz n'avait pas intérêt à dire que la propreté des toilettes du premier lui importait peu car elle ne s'en servait pas. La mère de Roz voulait que la maison soit convenable pour l'arrivée de son père, et comme elles ignoraient la date, il fallait recommencer tout le temps.

Il y avait trois locataires. La mère de Roz occupait la chambre de devant au premier, et Roz l'une des deux chambres du second — le grenier, disait sa mère. La petite Miss Hines habitait l'autre pièce de l'étage, avec ses pantoufles de laine et son peignoir écossais en finette, qu'elle portait pour descendre prendre son bain, car au second il n'y avait qu'un lavabo et des cabinets. Miss Hines n'était pas jeune. Dans la journée elle travaillait dans un magasin de chaussures, le soir elle écoutait la radio en sourdine — de la musique de danse — et lisait beaucoup de romans policiers en format de poche.

— Il n'y a rien de tel qu'un bon meurtre, disait-elle à Roz.

Elle semblait trouver ces livres réconfortants. Elle les lisait au lit, et aussi dans la baignoire ; Roz les trouvait, ouverts face contre le sol, les pages légèrement humides. Elle les rapportait à Miss Hines, en regardant la couverture : des châteaux avec des nuages d'orage et de la foudre, des hommes avec des feutres rabattus sur le visage, des morts avec des couteaux plantés dans le corps, des jeunes femmes aux seins plantureux en chemise de nuit, le tout dans des couleurs étranges, sombres mais criardes, les flaques de sang luisantes, épaisses comme de la mélasse.

Si Miss Hines ne se trouvait pas dans sa chambre, Roz jetait un coup d'œil à l'intérieur de sa penderie, mais la demoiselle ne possédait pas beaucoup de vêtements, et ils étaient bleu marine, marron et gris. Miss Hines était catholique, mais n'avait qu'une image sainte : la Vierge Marie, avec le petit Jésus sur les genoux, et Jean Baptiste, habillé de fourrure parce qu'il s'apprêtait à vivre dans le désert. La Vierge Marie paraissait toujours triste sur les images, sauf quand Jésus était petit. Seuls les bébés l'égayaient. Jésus, comme Roz, était enfant unique; ça lui aurait fait du bien d'avoir une sœur. Roz avait l'intention d'avoir un garçon et une fille quand elle serait grande.

Au rez-de-chaussée il y avait une chambre — l'ancienne salle à manger. M. Carruthers y habitait. C'était un vieux monsieur retraité; il avait fait la guerre, une autre guerre. Il avait été blessé à la jambe et marchait avec une canne, mais il avait encore des balles dans la jambe.

— Tu vois ce mollet? disait-il à Roz. Il est plein d'éclats d'obus. Quand ils n'auront plus de fer, ils pourront l'exploiter.

C'était son unique plaisanterie. Il lisait beaucoup les journaux. Quand il sortait, il allait rendre visite à ses copains de la légion. Parfois il revenait aux trois quarts ivre, disait la mère de Roz. Elle ne pouvait l'en empêcher, mais lui interdisait de boire dans sa chambre.

Les locataires n'étaient d'ailleurs autorisés ni à manger, ni à boire dans leur chambre, excepté de l'eau. Ils n'avaient pas droit à des plaques chauffantes, à cause des risques d'incendie. Ils ne pouvaient pas fumer non plus. M. Carruthers le faisait pourtant. Il ouvrait la fenêtre et soufflait la fumée dehors, puis il jetait les mégots dans les cabinets. Roz le savait, mais ne le dénonçait pas. Elle avait un peu peur de lui, de sa figure boursouflée, de sa moustache grise hérissée, de ses chaussures pesantes et de son haleine qui empestait la bière, mais aussi elle ne voulait rien dire, parce que dénoncer les gens c'était moucharder, et on méprisait les filles qui le faisaient à l'école.

M. Carruthers était-il protestant ou catholique ? Roz l'ignorait. Selon sa mère, la religion ne comptait guère chez un homme. Sauf s'il s'agissait d'un prêtre, bien sûr. Alors c'était important.

Miss Hines et M. Carruthers étaient là depuis toujours, d'après les souvenirs de Roz, mais la troisième locataire, Mme Morley, était plus récente. Elle habitait dans l'autre chambre du premier, au bout du couloir, en face de celle où dormait la mère de Roz. Mme Morley affirmait avoir trente ans. Elle avait des seins pendants, un visage enduit de fond de teint compact, des cils noirs et des cheveux roux. Elle travaillait chez Eaton, au rayon des produits de beauté, vendait Elizabeth Arden, portait du vernis à ongles, et était divorcée. Un péché, selon les sœurs.

Roz était fascinée par Mme Morley. Elle se laissait attirer dans sa chambre, et recevait des échantillons d'eau de Cologne, de lotion Blue Grass pour les mains, elle apprenait à mettre des bigoudis, et entendait que M. Morley s'était conduit en salaud.

— Chérie, il me trompait, disait la femme, sans se soucier du lendemain.

Elle appelait Roz « chérie » et « mon chou », ce que ne faisait jamais sa propre mère.

— J'aurais aimé avoir une petite fille comme toi, disait-elle, et Roz rayonnait de plaisir.

Mme Morley avait une glace à main en argent, avec des roses et ses initiales gravées au dos : *G.M.* Son prénom était Gladys. M. Morley lui avait offert ce miroir pour leur premier anniversaire de mariage.

— Bien sûr, il n'était pas sincère, disait Mme Morley en s'épilant les sourcils.

Elle le faisait avec des pinces, attrapant chaque poil et tirant d'un coup sec. Cela provoquait des éternuements. Elle les épilait presque tous, laissant une ligne fine à la courbe parfaite, comme la lune. Cela lui donnait un air surpris, ou incrédule. Roz examinait ses propres sourcils dans la glace. Ils étaient trop sombres et broussailleux, décida-t-elle, mais elle était trop jeune pour commencer à les épiler.

Mme Morley portait encore son alliance et sa bague de fiançailles, mais à l'occasion elle les retirait et les rangeait dans son coffret à bijoux.

— Je devrais les vendre, disait-elle, mais je ne sais pas. Quelquefois je me sens encore mariée à lui, malgré tout, tu sais ce que je veux dire ? On a besoin de s'accrocher à quelque chose.

Le week-end elle avait des rendez-vous, avec des hommes qui tiraient la sonnette et que la mère de Roz faisait entrer à contrecœur dans le vestibule où ils devaient attendre, parce qu'ils ne pouvaient pas aller ailleurs.

La mère de Roz ne leur proposait certainement pas d'entrer dans la cuisine. Elle ne les approuvait pas, ni Mme Morley, de façon générale ; mais parfois elle autorisait Roz à aller au cinéma avec elle. Mme Morley préférait les films où les femmes renonçaient à des choses pour d'autres gens, ou bien où elles étaient aimées, puis abandonnées. Elle suivait l'intrigue avec délice, en mangeant du popcorn et se tamponnant les yeux.

— Je ne résiste pas aux films sentimentaux, disait-elle.

Roz ne comprenait pas pourquoi les événements se passaient ainsi au cinéma, et eût préféré voir *Robin des bois* ou encore Abbott et Costello*, mais sa mère sentait qu'une présence d'adulte était nécessaire. Il pouvait arriver quelque chose dans l'obscurité parfumée des salles de cinéma ; les hommes pouvaient en profiter. Mme Morley et la mère de Roz

* Comiques de cinéma dans les années quarante et cinquante. *(N.d.T.)*

étaient d'accord sur ce sujet : ils abusaient de la situation.

Roz fouillait le coffret à bijoux de Mme Morley quand elle n'était pas là, tout en prenant soin de ne rien déplacer. Cela lui inspirait un sentiment de plaisir, non seulement parce que les choses étaient jolies — il y avait surtout des bijoux de fantaisie, et non des bijoux originaux : de la verroterie et des faux diamants — mais à cause de l'excitation qu'elle ressentait. Les broches et les boucles d'oreilles étaient exactement les mêmes lorsque Mme Morley était là, pourtant elles semblaient différentes en son absence — plus attrayantes, mystérieuses. Roz regardait aussi dans le placard : Mme Morley avait une quantité de robes colorées, et des escarpins assortis. Quand elle se sentait plus audacieuse que d'habitude, Roz enfilait les chaussures et boitillait devant la glace de la porte de la penderie. La paire qu'elle préférait avait sur les orteils des barrettes brillantes qui paraissaient faites avec des diamants. Roz trouvait que c'était le comble de la splendeur.

Quelquefois il y avait un petit tas de sous-vêtements dans un coin du placard, en vrac, même pas dans un sac de linge sale : soutiens-gorge, bas, slips de satin. Mme Morley les lavait à la main dans le lavabo de la salle de bains, et les étalait sur le radiateur de sa chambre pour les faire sécher. Mais elle aurait dû les ramasser comme le faisait Roz. Bien sûr, Mme Morley était protestante, que pouvait-on attendre d'elle ? La mère de Roz eût aimé n'accueillir que des catholiques dans son meublé, des dames catholiques propres et convenables comme Miss Hines, mais nécessité fait loi, et en ce temps-là il fallait prendre ce qu'on trouvait.

Roz avait une figure ronde, des cheveux noirs raides et une frange, et elle était trop grande pour son âge. Elle allait à Rédemption et Saint-Esprit, deux écoles réunies en une, et les nonnes, vêtues de costumes noir et blanc, lui apprenaient à lire, à écrire, à chanter et à prier, avec l'aide de la craie blanche sur un tableau noir et de coups de règle sur les doigts si on s'écartait de la ligne.

Les catholiques valaient mieux parce qu'on allait au Ciel quand on mourait. Sa mère aussi était catholique, mais elle ne se rendait pas à l'église. Elle y conduisait Roz et la poussait vers la porte, sans la suivre. À son expression, Roz savait qu'il ne fallait pas poser de question.

Certains gosses de la rue étaient protestants, ou juifs ; de toute manière, ceux qui n'appartenaient pas à votre groupe vous pourchassaient au retour de l'école, mais quelquefois les garçons jouaient au base-ball ensemble. Ils vous couraient après si vous étiez une fille : la religion ne comptait plus alors. Il y avait aussi quelques Chinois, et des DP.

Les petits DP avaient la vie la plus terrible. Il y avait une fille DP à l'école de Roz : elle parlait à peine l'anglais, et les autres chuchotaient des choses sur elle à sa barbe, et lui disaient des méchancetés ; elle répondait : « Quoi ? » Alors elles riaient.

DP signifiait « *Displaced Person* »*. Ils venaient de l'Est, de l'autre côté de l'océan ; ils avaient été déplacés à cause de la guerre. La mère de Roz disait qu'ils devaient se considérer comme heureux d'être ici. Les adultes DP avaient de drôles d'habits, sombres et usés, et des accents bizarres, et un air gauche, abattu. Un air désorienté, comme s'ils ne savaient pas où ils allaient ni ce qui se passait. Les enfants criaient après eux dans la rue : « DP ! DP ! Retournez chez vous ! » Certains des garçons plus âgés hurlaient : « Crotte de chien ! »

Les DP ne comprenaient pas, mais ils savaient que ces cris étaient hostiles. Ils accéléraient le pas, baissant le nez dans le col de leur manteau ; ou bien ils se retournaient pour regarder. Roz se joignait aux groupes d'enfants, si elle ne se trouvait pas à proximité de chez elle. Sa mère n'aimait pas qu'elle coure dans la rue comme un va-nu-pieds, en hurlant avec une bande de voyous. Ensuite, Roz avait honte

* Personne déplacée. *(N.d.T.)*

d'avoir crié après les DP de cette façon; mais c'était difficile de résister quand tous les autres le faisaient.

Quelquefois, on la traitait aussi de DP, à cause de son teint mat. C'était juste une méchanceté, comme « débile » ou — bien pire — « enculé ». Cela ne voulait pas dire qu'elle en était une. Si Roz réussissait à coincer ces mômes, et s'ils n'étaient pas trop grands, elle les pinçait violemment. On posait deux mains sur le bras, puis on tordait la chair, comme pour essorer le linge. Cela brûlait, et laissait une marque rouge. Ou bien elle leur donnait des coups de pied, ou hurlait à son tour. Elle avait du tempérament, disaient les sœurs.

Pourtant, même si Roz n'était pas une DP, il y avait quelque chose de semblable en elle. Une barrière invisible, légère et imperceptible comme la surface de l'eau, puissante cependant, qui l'isolait des autres. Elle ignorait ce que c'était, mais elle le sentait. Elle n'était pas comme les autres, elle se trouvait parmi eux sans être des leurs. Elle essayait de s'introduire dans le groupe, de se frayer un chemin.

À l'école, Roz portait un chemisier blanc et une tunique bleu marine, ornée d'une colombe perchée sur une crête. La colombe représentait le Saint-Esprit. On le voyait dans la chapelle, descendant du Ciel, ses ailes déployées, sur la tête de la Vierge Marie qui roulait des yeux; la mère de Roz lui avait interdit de l'imiter, ses yeux risquaient de rester coincés, et elle lui interdisait aussi de loucher. Il y avait un autre tableau où les disciples et les apôtres recevaient l'Esprit saint à la fête de Pentecôte; cette fois la colombe était entourée de flammes rouges.

La colombe avait rendu la Vierge Marie enceinte, mais tout le monde savait que les hommes ne pouvaient avoir de bébés, ce ne fut donc le cas ni des disciples ni des apôtres, qui se contentèrent de parler dans toutes les langues du monde et de prononcer des prophéties. Roz ne savait pas ce que signifiait la glossolalie, et sœur Conception non plus, car lorsqu'elle lui posa la question elle lui répondit de ne pas être impertinente.

Le tableau de Pentecôte se trouvait dans le couloir principal de l'école, avec son plancher grinçant et son odeur de bonté, composée de cire glissante, de plâtre et d'encens, qui provoquait une petite mare glacée de peur coupable dans le ventre de Roz chaque fois qu'elle la respirait, car Dieu voyait le moindre de vos actes et la plupart de ces choses l'ennuyaient. Il paraissait en colère le plus souvent, comme sœur Conception.

Mais Dieu était aussi Jésus, qui avait été crucifié. Par qui ? Par des soldats romains qui portaient une armure. On les voyait tous les trois, l'air brutal, en train de plaisanter, tandis que Marie en bleu et Marie-Madeleine en rouge pleuraient dans le fond.

Ce n'était pas vraiment la faute des soldats romains, ils faisaient simplement leur travail. En réalité, c'était la faute des Juifs. L'une des prières à la chapelle concernait la conversion des Juifs, qui leur permettrait de devenir catholiques et d'être alors pardonnés. En attendant Dieu était encore furieux contre eux et il fallait continuer de les punir. Sœur Conception le disait.

Les choses étaient plus compliquées que cela, pensait Roz, parce que Jésus avait fait en sorte d'être crucifié. C'était un sacrifice, c'est-à-dire qu'il donnait sa vie pour sauver d'autres gens. Roz ne saisissait pas pourquoi cette crucifixion était un tel avantage pour tout le monde, mais c'était apparemment le cas. Donc, si Jésus l'avait fait à dessein, en quoi les Juifs étaient-ils responsables ? Ne l'aidaient-ils pas ? Sœur Conception ne donnait pas de réponse à cette question, mais sœur Cecilia, qui était plus jolie et en général plus gentille avec Roz, s'efforça d'en trouver une : une mauvaise action le restait, dit-elle, même si le résultat était heureux. Beaucoup de mauvaises actions avaient d'heureux résultats, parce que Dieu était un mystère, et inversait les situations, mais les humains ne contrôlaient pas ce phénomène, ils maîtrisaient seulement leur propre cœur. Cela seul comptait : l'intérieur de votre cœur.

Roz savait à quoi ressemblait un cœur. Elle avait

vu beaucoup d'images de cœurs, surtout celui de Jésus, à l'intérieur de sa poitrine ouverte. Cela n'avait rien à voir avec les cartes de la Saint-Valentin ; c'était plutôt comme les cœurs de vaches à la boucherie, brun-rouge, grumeleux et caoutchouteux. Le cœur de Jésus brillait comme les objets saints, parce qu'il était sacré.

Chaque péché commis était un clou de plus dans la croix. Les nonnes le disaient, surtout à Pâques. Roz était moins préoccupée par Jésus, elle savait que tout s'arrangerait pour lui, et se souciait plus des deux voleurs. L'un d'eux était convaincu que Jésus était Dieu, et s'assiérait donc à sa droite, au Ciel. Mais l'autre ? Roz avait une sympathie secrète pour le deuxième voleur. Il devait souffrir autant que Jésus et le premier voleur, mais ce n'était pas un sacrifice parce qu'il ne l'avait pas fait exprès. C'était pire d'être crucifié quand on ne voulait pas l'être. Et de toute manière, qu'avait-il volé ? Sans doute une petite chose. On n'en parlait jamais.

Roz sentait qu'il méritait aussi sa place au Ciel. Elle connaissait le plan de table : Dieu au milieu, Jésus à sa droite, le bon voleur à la droite de Jésus. La main droite était la main *juste*, et il fallait toujours s'en servir pour faire le signe de la croix, même si on était gaucher. Mais qui s'asseyait à la gauche de Dieu ? Il devait y avoir quelqu'un, puisque Dieu avait un côté droit et un côté gauche — rien chez lui ne pouvait être mauvais, puisqu'Il était parfait — et Roz n'arrivait pas à imaginer cette place restée vide. Le méchant voleur aurait dû l'occuper, pour participer au banquet avec les autres. (Où était la Vierge Marie dans tout cela ? Dieu se trouvait-il à un bout de la longue table et la Vierge à l'autre ? Roz savait qu'il valait mieux ne pas poser la question. On lui dirait qu'elle se montrait perverse et impie. Mais elle aurait bien aimé connaître la réponse.)

Parfois, quand Roz posait des questions, les nonnes lui lançaient de drôles de regards. Ou bien elles échangeaient des coups d'œil et hochaient la tête en faisant la moue.

— Ce n'est pas étonnant, disait sœur Conception.
Sœur Cecilia prenait du temps supplémentaire pour prier avec Roz, quand celle-ci avait été méchante et avait besoin de faire pénitence après la classe.

— Il y aura plus de joie dans le Ciel pour une seule brebis égarée, confiait-elle à sœur Conception.

Roz ajouta des brebis au Ciel. Elles seraient devant la fenêtre, naturellement. Mais elle était heureuse de connaître leur existence. Cela voulait dire que les chiens et les chats avaient aussi une chance. Bien sûr, elle n'avait pas le droit d'en avoir; ils auraient causé trop de peine à sa mère, qui avait assez à faire comme cela.

43

Roz rentre tard de l'école. Elle marche toute seule à la lueur du jour déclinant, sous la neige qui tombe avec légèreté, comme de minuscules paillettes de savon. Elle espère qu'elle tiendra jusqu'à Noël.

Elle est en retard parce qu'elle a répété pour la pièce de la Nativité, dans laquelle elle joue l'archange. Elle voulait être la Vierge Marie, mais elle a été choisie pour le rôle de l'archange parce qu'elle est si grande, et se souvient de tout le texte. Elle a un costume blanc avec une auréole dorée étincelante, fabriquée avec un cintre, et des ailes de carton blanc avec des plumes peintes en or, retenues par des lanières.

Aujourd'hui elles ont essayé les costumes pour la première fois. Roz devait faire attention en marchant pour que les ailes ne glissent pas, tenir sa tête haute et regarder droit devant elle, à cause de l'auréole. Elle doit s'approcher des bergers qui surveillent leurs troupeaux la nuit, avec une grande ficelle, tendre la main droite pendant qu'ils prennent l'air effrayé, et dire : *Soyez sans crainte car voici que je vous annonce une grande joie, qui sera celle de tout le peuple.* Ensuite elle leur demande d'aller voir le bébé emmailloté dans la crèche, et déclare : *Gloire à Dieu au plus haut des cieux, et sur la terre, paix aux hommes de bonne volonté,* puis elle tend le bras pour guider les bergers sur la scène, pendant que le chœur de l'école chante.

Roz est désolée pour les filles qui jouent les bergers, parce qu'elles doivent porter des vêtements sales et des barbes suspendues à leurs oreilles par des fils de fer, comme des lunettes. Ces barbes resservent chaque année et sont dégoûtantes. Elle a encore plus pitié des petits enfants qui jouent les moutons. Leurs costumes ont dû être blancs autrefois, mais ils sont gris aujourd'hui, et ils doivent leur tenir très chaud.

La crèche a des rideaux bleus. Les bergers doivent rester devant jusqu'à la fin des chants; pendant ce temps, Roz a fait le tour, elle est montée sur un escabeau et se dresse, les deux bras étendus. À sa droite se trouve Anne-Marie Roy, à sa gauche Eileen Shea; toutes les deux soufflent dans des trompettes, du moins elles font semblant. Elles doivent rester tout le temps dans cette position, tandis que deux petits enfants avec des ailes de chérubins ouvrent les rideaux, montrant la stupide Julia Warden avec ses cheveux blonds, sa bouche en bouton de rose et son sourire minaudier, déguisée en Vierge Marie, avec une plus grande auréole que Roz et un Jésus en porcelaine, et saint Joseph debout auprès d'elle, appuyé sur son bâton, et un tas de bottes de foin. Les bergers s'agenouillent d'un côté, puis arrivent les Mages en robe et turban brillants, dont l'un a le visage noirci parce que l'un des Rois mages était noir, et ils s'agenouillent de l'autre côté, le chœur chante « Les anges que nous avons entendus au Ciel », puis le rideau tombe et Roz peut baisser les bras, ce qui est un soulagement parce que cela fait vraiment mal de les garder en l'air si longtemps.

Après la répétition d'aujourd'hui, sœur Cecilia a

dit à Roz qu'elle avait très bien joué. Elle disait le seul texte de la pièce et c'était important de le prononcer distinctement, d'une voix forte. Elle y a parfaitement réussi et fera honneur à son école. Roz était heureuse, car pour une fois sa grosse voix ne lui causait pas d'ennuis — la plupart du temps, quand les sœurs s'adressent à elle, c'est pour lui reprocher son attitude bagarreuse. Mais pendant qu'elles retiraient leurs costumes, Julia Warden a dit :

— Je trouve idiot d'avoir un ange aux cheveux noirs.

— Ils sont bruns, pas noirs, a répondu Roz.

Et Julia a repris :

— Ils sont noirs. De toute manière, maman dit que tu n'es pas une vraie catholique.

Roz a menacé de la faire taire, si elle continuait, et Julia a répliqué :

— Où est ton père alors ? Maman dit que c'est un DP.

Et Roz lui a attrapé le bras pour le tordre, la fille s'est mise à crier. Sœur Cecilia s'est précipitée dans un bruissement de robes, elle a demandé ce qui se passait et Julia Warden a mouchardé, la sœur a dit à Roz qu'elle ne respectait pas l'esprit de Noël, et ne devait pas s'attaquer à de plus petites qu'elle ; elle avait de la chance que sœur Conception ne soit pas là, car elle lui aurait donné une correction.

— Rosalind Greenwood, vous n'apprendrez jamais à vous contrôler, a-t-elle dit tristement.

En rentrant de l'école, Roz réfléchit à ce qu'elle fera demain à Julia Warden, pour se venger ; elle y pense jusqu'au dernier pâté de maisons, où les deux petits protestants qui habitent au coin la poursuivent sur le trottoir en hurlant : « Le pape pue ! » Ils la rattrapent presque devant sa maison et lui frottent de la neige sur la figure, mais Roz leur lance des coups de pied. Ils la lâchent en riant, hurlant de douleur, feinte ou non — « Ouïe ! ouïe ! elle m'a tapé ! » —, alors elle ramasse ses livres pleins de neige et court le reste du chemin, se retenant de pleurer, et se précipite en haut des marches de son porche.

— Vous n'avez pas le droit d'entrer dans *ma* propriété ! hurle-t-elle.

Une boule de neige vient s'écraser à côté d'elle. Si la mère de Roz était là, elle chasserait ces garçons. « Va-nu-pieds ! » crierait-elle, et ils se disperseraient. Quelquefois elle frappe Roz du plat de la main, mais elle ne permet à personne d'autre de la toucher. Sauf aux nonnes, bien sûr.

Roz enlève la neige — elle n'est pas censée en introduire dans la maison — et elle rentre, puis longe le couloir jusqu'à la cuisine. Deux hommes sont assis à la table. Ils portent des vêtements de DP, qui ne sont ni sombres, ni usés, mais Roz reconnaît leur forme. Il y a une bouteille d'alcool devant eux, Roz le voit tout de suite — elle en a déjà repéré sur les trottoirs — et deux verres. La mère de Roz n'est pas dans la pièce.

— Où est ma mère ? demande-t-elle.

— Elle est sortie pour acheter à manger, dit l'un des hommes. Il n'y avait plus rien.

— Nous sommes tes nouveaux oncles, dit l'autre. Oncle George, oncle Joe.

— Je n'ai pas d'oncles, répond Roz.

Et oncle George réplique :

— Maintenant, si.

Ils rient tous les deux. Ils ont des rires bruyants, et des voix étranges. Des voix de DP, avec quelque chose en plus, un autre accent.

— Assieds-toi, dit oncle George d'un ton hospitalier, comme si c'était sa maison, et Roz, son chien.

Elle est déroutée par la situation — il n'y a jamais eu deux hommes dans la cuisine auparavant — mais elle s'assied tout de même.

Oncle George est le plus grand ; il a le front haut et des cheveux clairs ondulés, lissés en arrière. Roz sent l'odeur douceâtre de la brillantine, qui lui rappelle les salles de cinéma. Il fume une cigarette brune dans un fume-cigarette noir.

— De l'ébène, dit-il à Roz. Tu sais ce que c'est ?

— Elle le sait, dit oncle Joe. C'est une fille intelligente.

Oncle Joe est plus petit, avec des épaules voûtées et des mains chétives, des cheveux foncés, presque noirs, et d'énormes yeux noirs. Il a une dent qui manque sur le côté. Il voit Roz qui regarde, et dit :

— Autrefois, j'avais une dent en or à cet endroit. Je la garde dans ma poche.

C'est vrai. Il prend une petite boîte en bois, peinte en rouge avec un motif de minuscules fleurs vertes, il l'ouvre et il y a une dent en or à l'intérieur.

— Pourquoi ? demande Roz.

— Il ne faut pas laisser traîner une dent en or dans sa bouche, répond oncle Joe, ça donne des idées aux gens.

La mère de Roz entre, avec deux sacs d'épicerie en papier brun qu'elle pose sur le comptoir. Elle a le visage empourpré, et l'air heureux. Elle ne dit rien sur la fumée, ni sur l'alcool.

— Ce sont des amis de ton père, dit-elle. Ils ont tous fait la guerre ensemble. Il revient, il sera là bientôt.

Puis elle ressort précipitamment ; elle doit se rendre chez le boucher, explique-t-elle, parce que c'est un événement. Les événements se fêtent avec de la viande.

— Qu'est-ce que vous avez fait à la guerre ? demande Roz, impatiente d'en savoir plus sur son père.

Les deux oncles éclatent de rire et se regardent.

— On était des voleurs de chevaux, dit oncle George.

— Les meilleurs voleurs de chevaux, dit oncle Joe. Non. Ton père, il était le meilleur. Il était capable de voler un cheval...

— Il pouvait voler ton cheval entre tes jambes, sans que tu t'en aperçoives, poursuit oncle George. Il savait mentir...

— Il mentait comme Dieu en personne.

— Mords-toi la langue ! Dieu ne ment pas.

— Tu as raison, Dieu se tait. Mais ton père, il ne reculait jamais. Il traversait les frontières comme un rien, dit oncle Joe.

— C'est quoi, une frontière ? demande Roz.
— Un trait sur une carte, explique oncle Joe.
— Une frontière est un endroit où les choses deviennent dangereuses, poursuit oncle George. C'est là où il faut un passeport.
— Passeport. Tu vois ? dit oncle Joe.
Il montre son passeport à Roz, avec sa photo. Puis il en sort un autre, avec un autre nom mais une photo identique. Il en a trois. Il les étale comme un jeu de cartes. Oncle George en a quatre.
— Un homme avec un seul passeport est comme un manchot, déclare-t-il solennellement.
— Ton père avait plus de passeports que n'importe qui. C'était le meilleur, je l'ai déjà dit.
Ils lèvent leurs verres, et boivent à la santé du père de Roz.

La mère de Roz prépare du poulet, avec de la purée de pommes de terre et de la sauce, et des carottes bouillies ; elle est gaie, Roz ne l'a jamais vue joyeuse à ce point, et elle pousse les oncles à se resservir. Peut-être n'est-elle pas si gaie, mais seulement nerveuse. Elle regarde sans arrêt sa montre. Roz est agitée, elle aussi : quand son père va-t-il arriver ?
— Il arrivera quand il arrivera, disent les oncles.

Le père de Roz arrive au milieu de la nuit. Sa mère la réveille, et chuchote : « Ton père est de retour », presque comme si elle s'excusait de quelque chose, et elle conduit Roz dans la cuisine, en chemise de nuit. Il est là, assis à la table, sur la troisième chaise qui l'attendait. Il est à l'aise, il occupe l'espace, comme s'il avait toujours été là. Il est large, gros comme une barrique, barbu, hirsute. Il sourit et tend les bras :
— Viens donner un baiser à papa !
Roz regarde autour d'elle : qui est ce *papa* ? Puis elle comprend qu'il parle de lui. C'est vrai, ce que Julia Warden a dit : son père est un DP. Elle l'entend à sa manière de parler.

À présent la vie de Roz est coupée en deux. D'un

côté se trouvent Roz, sa mère et le meublé, les nonnes et les autres filles à l'école. Cette partie semble déjà être du passé, bien qu'elle continue encore. C'est le côté où il y a surtout des femmes, dotées d'un pouvoir qu'elles exercent sur Roz, bien que Dieu et Jésus soient des hommes, car sa mère et les nonnes ont toujours le dernier mot, sans compter les prêtres, mais c'est juste le dimanche. De l'autre côté il y a son père, qui remplit la cuisine de sa masse, de sa grosse voix, de son odeur à strates multiples ; il emplit la maison, l'espace du regard de sa mère, qui écarte Roz car elle, si intransigeante d'ordinaire, doit se plier. Elle abdique. Elle dit : « Demande à ton père. » Elle fixe le père de Roz, muette, passive, avec l'expression fleur bleue de la Vierge Marie quand elle contemple l'enfant Jésus ou le Saint-Esprit, sur les images ; elle lui sert ses repas et pose l'assiette devant lui, comme une sorte d'offrande.

Elle a plus de travail maintenant, car il y a trois assiettes au lieu de deux, tout est multiplié par trois, et le père de Roz ne nettoie jamais.

— Aide ta mère, dit-il à Roz, dans la famille on s'aide les uns les autres.

Mais Roz ne le voit pas participer. Elle les surprend en train de s'embrasser dans la cuisine, deux jours après son arrivée, son père serre sa mère au corps maigre et anguleux dans ses gros bras d'ours, et, gagnée par le chagrin, la jalousie, et la rage d'être chassée, elle est dégoûtée par la faiblesse de sa mère.

Pour punir sa mère de ces trahisons, Roz se détourne d'elle. Elle se rapproche des oncles, quand ils sont là, et surtout de son père.

— Viens t'asseoir sur les genoux de papa, dit-il.

Elle obéit, et blottie à l'abri elle considère sa mère qui travaille plus dur que jamais, courbée sur l'évier de la cuisine, agenouillée devant le four, en train de gratter les os de leurs assiettes dans la casserole de bouillon, ou de laver le sol.

— Rends-toi utile, jette-t-elle.

Autrefois Roz eût obéi. Mais à présent les bras de son père la serrent fort.

— Je ne l'ai pas vue depuis si longtemps, dit-il.

Sa mère serre les lèvres et se tait, et Roz la regarde en jubilant, triomphante, elle pense que c'est bien fait pour elle.

Mais quand son père est absent, elle doit travailler, comme d'habitude. Elle doit frotter et cirer. Sinon, sa mère la traite de gosse gâtée.

— Qui était la bonne l'an dernier ? se moque-t-elle. Regarde mes mains !

Les oncles emménagent. Ils ont dîné ici tous les soirs, mais à présent ils s'installent dans la maison. Ils habitent dans la cave. Ils ont deux lits de camp de l'armée, et aussi deux sacs de couchage.

— Jusqu'à ce qu'ils se remettent d'aplomb, dit le père de Roz. Jusqu'à ce que la chance tourne.

— Quelle chance ? demande la mère. Le jour où elle viendra, les poules auront des dents.

Mais elle le dit avec indulgence, elle fait la cuisine pour eux, elle leur propose de se resservir, elle lave leurs draps, elle ne dit pas un mot sur l'alcool, ni la fumée, dont les vapeurs montent de la cave, accompagnées de grands éclats de rire. Les oncles ne doivent pas non plus faire le ménage. Lorsque Roz demande pourquoi, sa mère répond seulement qu'ils ont sauvé la vie de son père, pendant la guerre.

— Nous nous sommes sauvés mutuellement, dit oncle George. J'ai sauvé Joe, Joe a sauvé ton père, ton père m'a sauvé.

— On ne nous a jamais attrapés, dit oncle Joe. Pas une seule fois.

— *Dummkopf*, nous ne serions pas ici, conclut oncle George.

Aggie perd son emprise sur les locataires, parce que ce ne sont plus les mêmes règles pour tout le monde. Les oncles ne paient pas de loyer et claquent la porte quand ils entrent et sortent, et cela n'arrange pas la situation. Ils ont des endroits où aller, des choses à faire. Des endroits non précisés, des choses non spécifiées. Ils ont des amis à voir, l'un vient de

New York, l'autre de Suisse, le troisième d'Allemagne. Ils ont vécu à New York, Londres, Paris aussi. Dans d'autres lieux. Ils évoquent avec nostalgie des bars, des hôtels et des champs de courses dans une douzaine de villes.

Miss Hines se plaint du bruit : faut-il qu'ils crient, et dans des langues étrangères de surcroît? Mme Morley plaisante avec eux, et se joint à eux à l'occasion pour boire un verre, quand le père de Roz est à la maison et qu'ils sont tous dans la cuisine. Elle descend l'escalier sur ses hauts talons, à petits pas maniérés, en faisant tinter ses bracelets, et elle dit qu'elle aime bien boire un coup de temps en temps.

— Elle tient l'alcool, ça c'est sûr, observe oncle Joe.

— C'est une pépée, commente oncle George.

— C'est quoi, une pépée? demande Roz.

— Il y a les dames, les femmes, et les pépées, explique oncle George. Ta mère est une dame. Celle-là, c'est une pépée.

M. Carruthers sait que les oncles boivent dans la cave, et aussi dans la cuisine. Il sent l'odeur de la fumée. Il n'est toujours pas censé boire ni fumer dans sa chambre mais il le fait, plus encore qu'auparavant. Un après-midi il ouvre sa porte et coince Roz dans l'entrée.

— Ces hommes sont des Juifs, chuchote-t-il. Des vapeurs de bière envahissent l'atmosphère. Nous avons sacrifié notre vie pour ce pays et ils le livrent aux Juifs!

Roz est galvanisée. Elle court trouver les oncles, et leur pose tout de suite la question. S'ils sont vraiment juifs, elle pourrait essayer de les convertir, et étonner sœur Conception.

— Moi, je suis citoyen des États-Unis, dit oncle George en riant un peu. J'ai un passeport qui le prouve. Joe, c'est un Juif.

— Je suis hongrois, il est polonais, dit oncle Joe. Je suis yougoslave, il est hollandais. D'après l'autre passeport, je suis espagnol. Quant à ton père, il est à moitié allemand. L'autre moitié, c'est la juive.

C'est un choc pour Roz. Elle ressent une déception — pas de triomphes spirituels pour elle, parce qu'elle ne pourra changer son père en aucune manière, elle le voit — puis de la culpabilité : et si les sœurs s'en aperçoivent ? Pire, si elles l'ont toujours su et ne lui ont rien dit ? Elle imagine la joie malicieuse sur le visage de Julia Warden, les chuchotements derrière son dos.

Elle doit avoir l'air consternée, car oncle George dit :

— Il vaut mieux être un Juif qu'un assassin. Ils en ont assassiné six millions, là-bas.

— Cinq, corrige oncle Joe. Le reste, c'était autre chose. Des gitans et des homos.

— Cinq, six, qu'importe ?

— Six quoi ? demande Roz.

— Juifs, répond oncle George. Ils les ont brûlés dans des fours, ils les ont empilés en tas. Petite Rozzie-lind, tu n'as pas envie de le savoir. S'ils t'avaient mis la main dessus, là-bas, ils t'auraient transformée en abat-jour.

Il n'explique pas à Roz qu'il s'agit uniquement de la peau. Elle a une vision de son corps tout entier métamorphosé en abat-jour, avec une ampoule à l'intérieur et la lumière qui brille dans les yeux, les narines, les oreilles et la bouche. Elle doit avoir l'air terrifiée, car oncle Joe dit :

— N'effraie pas la petite. Tout ça c'est fini.

— Pourquoi ? demande Roz. Pourquoi le feraient-ils ?

Mais aucun ne répond.

— Tant que c'est pas fini, ça peut recommencer, dit sombrement oncle George.

Roz a le sentiment que quelqu'un lui a menti. Pas seulement sur son père : sur la guerre aussi, et sur Dieu. Les orphelins affamés étaient déjà une triste histoire, mais il y avait autre chose. Que s'était-il passé, avec les fours, les tas de cadavres et les abat-jour, et pourquoi Dieu l'avait-il permis ?

Elle ne veut plus y penser parce que c'est trop triste et déroutant, elle se met plutôt à lire des romans policiers. Elle les emprunte à Miss Hines et les lit le soir, à la lueur du réverbère qui éclaire la fenêtre de sa chambre. Elle aime le mobilier, les costumes des gens, les maîtres d'hôtel et les femmes de chambre. Surtout, lui plaît le fait qu'il existe une raison pour chaque meurtre, et seulement un assassin à la fois ; tout est éclairci à la fin, et le coupable est toujours pris.

44

Roz rentre de l'école, certaine qu'un événement va se produire. Il se passe quelque chose ; elle ne sait pas quoi, mais elle en est persuadée. Il va arriver un drame.

La semaine dernière, sa mère a dit au petit déjeuner : *Mme Morley a été virée*. Cela signifiait qu'elle a perdu son emploi, mais Roz a une brève vision de Mme Morley en flammes, comme un martyr d'autrefois. Elle ne le lui souhaitait certainement pas. Elle l'aime bien, et son attirail lui plaisait — ses échantillons de crème pour le visage, ses bijoux de pacotille, et surtout ses chaussures.

Depuis, Mme Morley traîne dans la maison vêtue de son peignoir matelassé en satin rose. Ses paupières sont gonflées, elle ne porte pas de maquillage ; le tintement de ses habituelles guirlandes de colliers et de bracelets s'est tu. Elle n'est pas censée manger dans sa chambre mais elle le fait, M. Carruthers lui apporte des sacs en papier avec de la nourriture ; il y a des croûtes de sandwiches et des trognons de pomme dans sa corbeille à papier, la mère de Roz le sait certainement mais elle ne frappe pas à la porte de Mme Morley pour énoncer les ordres qu'elle aime tant donner en temps normal. Quelquefois les sacs contiennent des petits flacons plats qui ne finissent pas dans la corbeille. À la fin de l'après-midi, toujours en peignoir, elle descend à la cuisine pour des conversations brèves, tendues, avec la mère de Roz. Que va-t-elle faire? demande-t-elle. La mère de Roz fait la moue, et répond qu'elle n'en sait rien.

Il s'agit d'argent dans ces discussions : sans son travail, Mme Morley ne pourra pas payer son loyer. Roz a pitié d'elle, mais en même temps elle est moins gentille, Mme Morley gémit et elle la méprise pour cela. Si des filles pleurnichent à l'école, elles reçoivent des coups ou des gifles d'autres enfants, ou bien elles sont mises au coin par les nonnes.

— Elle devrait se ressaisir, dit la mère de Roz à son père, à la table du dîner.

Autrefois, Roz eût été la destinataire de ces observations, mais aujourd'hui elle n'est plus qu'une petite fille aux grandes oreilles.

— Aie un peu de cœur, Aggie, dit le père de Roz.

Personne d'autre ne l'appelle ainsi ouvertement.

— C'est joli d'avoir du cœur, répond sa mère, mais ça ne nous fera pas manger.

Pourtant, il y a de la nourriture sur la table. Du ragoût de bœuf, de la purée de pommes de terre avec du jus, et des choux cuits. Roz est en train de les manger.

Mme Morley a perdu son emploi, et en plus Miss Hines est enrhumée.

— Nous allons nous retrouver avec deux femmes sans ressources sur les bras.

Roz entre dans la chambre de Mme Morley. Elle est au lit, en train de manger un sandwich; elle le cache sous les couvertures, mais sourit en voyant que c'est seulement Roz.

— Chérie, il faut toujours frapper avant d'entrer dans la chambre d'une dame, dit-elle.

— J'ai une idée, propose Roz. Vous pourriez vendre vos chaussures.

Roz parle des escarpins en satin rouge avec des barrettes étincelantes. Elles doivent coûter très cher.

Le sourire de Mme Morley vacille, puis disparaît.

— Oh, chérie, répond-elle. Si seulement je le pouvais.

En contournant sa maison Roz découvre un étrange spectacle. La pelouse est couverte de neige comme toutes les autres pelouses, mais de nombreux objets colorés y sont éparpillés. En s'approchant elle les reconnaît : ce sont les robes de Mme Morley, ses bas, ses sacs à main, ses soutiens-gorge et ses culottes. Ses souliers. Une lumière rougeoyante joue sur la neige.

Roz entre, et va à la cuisine. Sa mère est assise toute droite à la table, le teint livide ; ses yeux sont de marbre. Devant elle, une tasse de thé, intacte. Miss Hines est assise à la place de Roz, et tapote la main de sa mère avec légèreté. Elle a une tache rouge sur chaque joue. Elle paraît nerveuse, mais excitée en même temps.

— Ta mère a eu un choc, dit-elle à Roz. Veux-tu un verre de lait, mon petit ?

— Que font les affaires de Mme Morley sur la pelouse ? demande Roz.

— Que pouvais-je faire ? dit Miss Hines, sans parler à personne en particulier. Je n'ai pu m'empêcher de les voir. Ils n'ont même pas fermé la porte complètement.

— Où est-elle ? insiste Roz. Où est Mme Morley ?

Elle a dû s'en aller sans payer le loyer. « À la cloche de bois », disait sa mère. Des locataires ont déjà déménagé à la cloche de bois, en laissant des affaires, mais jamais sur la pelouse.

— Elle ne remettra pas les pieds ici, dit sa mère.

— Je peux avoir ses chaussures ? demande Roz.

Elle regrette de ne plus revoir Mme Morley, mais il est inutile de laisser ses escarpins se perdre inutilement.

— Ne touche pas à ses affaires répugnantes, s'écrie sa mère. Je te l'interdis ! Elles iront directement à la poubelle, comme elle ! Cette putain ! Si toutes ces saloperies n'ont pas disparu demain je les brûlerai dans l'incinérateur !

Miss Hines semble choquée par la violence de ces paroles.

— Je prierai pour elle, dit-elle.

— Pas moi, réplique la mère de Roz.

Roz ne relie pas l'incident à son père jusqu'au moment où il apparaît, plus tard, à l'heure du dîner. Une telle précision est remarquable : il n'est jamais ponctuel. Il est effacé, respectueux à l'égard de la mère de Roz, mais il ne l'embrasse pas, ni ne l'étreint. Pour la première fois depuis son retour, il semble avoir peur d'elle.

— Voici le loyer, dit-il. Il pose un petit tas d'argent sur la table.

— Ne crois pas que tu puisses m'acheter, répond la mère de Roz. Cette pute et toi ! C'est un pot-de-vin. Je ne toucherai pas au moindre centime.

— Ce n'est pas à elle, dit le père de Roz. Je l'ai gagné au poker.

— Comment as-tu pu ? s'écrie sa mère. Après tout ce à quoi j'ai renoncé pour toi ! Regarde ces mains !

— Elle pleurait, dit-il, comme si cela expliquait tout.

— Vraiment ! répond-elle avec mépris.

Elle-même ne s'abaisserait jamais à un acte aussi dégradant. Des larmes de crocodile ! C'est une mangeuse d'hommes.

— J'avais pitié d'elle, dit le père de Roz. Elle s'est jetée sur moi. Qu'est-ce que je pouvais faire ?

La mère de Roz lui tourne le dos. Elle se penche sur la cuisinière et sert le ragoût, heurtant bruyamment la cuillère au bord de la casserole, et elle ne prononce pas un mot de tout le dîner. Au début le père de Roz mange à peine — la petite fille connaît ce sentiment d'anxiété, de culpabilité — mais sa femme lui jette un regard de dégoût concentré et lui indique son assiette, pour montrer que s'il ne touche pas à ce qu'elle a passé sa vie entière à préparer pour lui, il se trouvera dans une situation encore pire. Quand elle a le dos tourné il fait un petit sourire à Roz, et un clin d'œil. Elle sait alors que tout cela — son malheur, son air de chien battu — est une mise en scène, au moins en partie, et qu'il va très bien.

L'argent reste sur la table. Roz le regarde : elle n'a jamais vu une telle somme. Elle voudrait demander si elle peut l'avoir, puisque aucun d'eux ne semble s'y intéresser, mais pendant qu'elle débarrasse les assiettes — « Aide ta mère », dit son père —, il disparaît. C'est dans l'une de leurs poches, devine-t-elle, mais laquelle ? Celle de sa mère, soupçonne-t-elle — la poche de son tablier, parce que les jours suivants elle se radoucit, devient plus bavarde, et la vie redevient normale.

Mme Morley ne reparaît jamais, cependant. Ses vêtements et ses chaussures non plus. Roz la regrette ; les noms affectueux et la lotion pour les mains lui manquent, mais elle se garde bien de le dire.

— Une pépée, comme je le disais, dit oncle George. Ton père est un grand faible.

— Il ferait mieux de fermer la porte, commente oncle Joe.

Quelques années plus tard, devenue adolescente et entourée d'amies, Roz comprit ce qui s'était passé : Mme Morley avait été la maîtresse de son père. Elle avait appris ce mot dans les romans policiers. C'était le mot qu'elle préférait, il était plus élevé que les autres termes disponibles : « pouffiasse », « putain », « cuisse légère ». Ils n'évoquaient que des parties de jambes en l'air, flasques et molles de surcroît — des jambes faibles, qui ne faisaient rien d'autre, des jambes à vendre — et des odeurs, et des accouplements furtifs, et du liquide gluant. Tandis que *maîtresse* faisait allusion à un certain raffinement, une garde-robe coûteuse, une résidence bien meublée, et aussi au pouvoir, à la ruse et à la beauté nécessaires pour obtenir ces choses.

Mme Morley n'avait eu ni le raffinement ni l'appartement, et sa beauté avait été discutable, mais du moins elle avait possédé les vêtements, et Roz voulait accorder à son père une circonstance atténuante : il n'avait pas cédé à une femme facile. Elle voulait être fière de lui. Elle savait que sa mère avait raison et son père, tort ; sa mère avait été vertueuse, s'était usé les doigts jusqu'à l'os, au point de détruire ses mains, et on l'avait traitée avec ingratitude. Roz partageait cette ingratitude. Sans doute son père était-il une fripouille, mais c'était lui qu'elle adorait.

Mme Morley ne fut pas la seule maîtresse. Il y en eut d'autres, au cours des années : douces, sentimentales, des femmes au corps voluptueux, paresseuses, qui aiment boire un verre ou deux et voir des films à l'eau de rose. Plus tard, Roz décelait leur présence à la désinvolture intermittente de son père et à ses absences ; elle les rencontrait même parfois dans les rues du centre, au bras de son père vieillissant au comportement toujours scandaleux. Mais ces femmes allaient et venaient, tandis que sa mère était permanente.

Quel arrangement son père et sa mère avaient-ils ? S'aimaient-ils ? Ils avaient une histoire, bien sûr. Ils s'étaient rencontrés au début de la guerre. L'avait-il enlevée ? Pas exactement. Elle possédait déjà le meublé, l'ayant hérité de sa propre mère, qui l'avait géré jusqu'à la mort du père, emporté à vingt-cinq ans par la polio, quand elle n'avait que deux ans.

La mère de Roz était plus âgée que son père. Elle devait être déjà vieille fille lorsqu'elle le rencontra ; déjà taciturne, aigre, guindée.

Elle rentrait chez elle, portant un sac de provisions, et devait passer devant une taverne. C'était la fin de l'après-midi, l'heure de la fermeture, où on jetait les clients dehors pour qu'ils arrivent à temps pour le dîner, en théorie. D'ordinaire la mère de Roz eût traversé la rue pour éviter cette taverne, mais elle vit se dérouler une bagarre. Quatre contre un : des *gangsters*, les appelait-elle. Ils se battaient contre le père de Roz. Il rugissait comme un lion, mais l'un des bandits s'approcha par-derrière et le frappa sur la tête avec une bouteille, et quand il tomba ils se mirent tous à lui lancer des coups de pied.

Il y avait des gens dans la rue, mais ils se contentaient de regarder. La mère de Roz pensa que l'homme à terre allait être tué. C'était une femme silencieuse à l'accoutumée, mais elle n'était pas particulièrement timide, pas à cette époque; elle était habituée à dire aux hommes leurs vérités, ayant acquis de l'expérience avec les locataires, dont certains avaient essayé de profiter d'elle. Pourtant elle ne se mêlait pas des affaires des gens; elle évitait les bagarres de bar et regardait de l'autre côté. Mais ce jour-là était différent. Elle ne pouvait pas laisser un homme se faire tuer sous ses yeux. Elle hurla (pour Roz, c'était le plus beau de l'histoire : sa mère si laconique, en train de hurler à tue-tête, et en public par-dessus le marché), et finalement elle se jeta dans la mêlée et lança son sac de provisions, éparpillant pommes et carottes, jusqu'au moment où l'apparition d'un policier mit les gangsters en fuite.

La mère de Roz ramassa ses fruits et ses légumes. Elle était ébranlée, mais ne voulait pas renoncer à ses achats. Puis elle aida l'homme à se relever sur le trottoir. « Il avait du sang partout, racontait-elle. On aurait dit une souris rapportée par le chat. » Elle habitait tout près, et connaissant fort bien, en chrétienne dévote, l'histoire du bon Samaritain, elle sentit qu'elle devait le ramener chez elle, au moins pour le laver.

Roz imaginait très bien la scène. Qui peut résister à la gratitude? (Bien que ce soit une émotion compliquée, comme elle a pu le découvrir.) Pourtant, quelle femme peut se refuser à l'homme qu'elle a sauvé? Les bandages ont quelque chose d'érotique, et il fallait bien retirer des vêtements : veste, chemise, maillot de corps. Et ensuite? Sa mère avait dû se mettre à laver, selon son habitude. Où ce pauvre homme allait-il donc passer la nuit? Il partait rejoindre son armée, disait-il (ce qu'il ne fit pas, du moins pas officiellement); il était loin de chez lui — où, exactement? Winnipeg — et il n'avait plus d'argent. Les bandits le lui avaient pris.

Pour sa mère, qui avait passé sa jeunesse à prendre soin de sa mère malade, et n'avait jamais vu un homme sans chemise, l'aventure avait dû être la plus romantique de sa vie. Le seul événement romantique. Tandis que pour son père c'était juste un épisode. Ou bien non? Peut-être était-il tombé amoureux de cette femme silencieuse qui avait couru hurlante à son secours. Peut-être s'était-il épris de sa maison — un peu. Peut-être lui évoquait-elle un refuge. Dans son récit, son père mentionnait toujours les cris, avec une infinie admiration. Tandis que sa mère parlait du sang.

En tout cas, ils finirent par se marier, mais ce ne fut pas un mariage catholique; cela signifiait qu'aux yeux de l'Église ils n'étaient pas du tout mariés. Par amour pour son père, sa mère s'était mise dans un état de péché constant. C'est pourquoi elle sentait qu'il lui devait quelque chose.

Ah, pense Roz, assise dans la cave, vêtue de son peignoir orange. *Dieu, espèce de vieux farceur malin, tu fais beaucoup de dégâts. Tu changes les règles. Tu donnes des instructions contradictoires — sauvez les gens, aidez-les, aimez-les; mais ne les touchez pas.* Dieu écoute bien. Il ne l'interrompt jamais. C'est peut-être pour cela que Roz aime lui parler.

Peu après l'éjection de Mme Morley, M. Carruthers disparaît lui aussi, laissant sa chambre en désordre; il part avec une seule valise, sans payer le dernier mois de loyer. Oncle George s'installe à sa place, oncle Joe occupe l'ancienne pièce de Mme Morley, puis Miss Hines donne son congé car la maison n'est plus respectable.

— D'où va venir l'argent? demande la mère de Roz.

— Ne t'inquiète pas, Aggie, dit son père.

Et l'argent apparaît, en quantité réduite mais suffisante, comme par miracle, car ni son père, ni oncle George, ni oncle Joe n'ont de travail. Au lieu de cela ils vont aux courses. Ils emmènent Roz à l'occasion, le samedi quand elle ne va pas en classe, et ils misent un dollar sur un cheval pour elle. Sa mère ne vient jamais, ni aucune autre mère, déduit Roz des tenues qu'elle voit autour d'elle. Les femmes sont des pépées.

Le soir les oncles s'installent à la table de jeu dans la nouvelle chambre d'oncle George, ils boivent, fument et jouent au poker. Si la mère de Roz n'est pas à la maison, son père se joint parfois à eux. Roz traîne autour, regardant par-dessus leurs épaules, et finalement ils lui apprennent à jouer.

— Ne montre pas ce que tu penses, lui disent-ils. Cache bien tes cartes. Renonce au bon moment.

Une fois qu'elle a appris le jeu ils lui montrent comment on joue de l'argent. Au début ils se servent seulement de jetons ; mais un jour, oncle George lui donne cinq dollars.

— C'est ton enjeu, lui dit-il. Tu ne dois jamais parier plus que ton enjeu.

Lui-même ne suit pas ce conseil.

Roz s'améliore. Elle apprend à attendre : elle compte les verres qu'ils boivent, elle surveille le niveau de la bouteille. Puis elle joue.

— La petite demoiselle est une gagneuse, dit oncle George d'un ton admirateur.

Roz rayonne.

Elle joue sérieusement, et cela l'aide, tandis que les oncles et son père ne prêtent pas vraiment attention à ce qu'ils font. Ils jouent comme s'ils attendaient un coup de téléphone. Ils ont l'air de tuer le temps.

Brusquement ils eurent beaucoup d'argent.

— Je l'ai gagné aux courses, dit le père de Roz.

Mais la petite fille savait que cela ne pouvait pas être vrai, il y en avait beaucoup trop. Assez pour dîner au restaurant, tous ensemble, avec sa mère aussi, et de la glace à la fin. Sa mère portait sa plus belle robe, une acquisition récente, vert pâle avec un col blanc en dentelle parce qu'il y avait aussi assez d'argent pour cela. Et pour une voiture : une Dodge bleue ; les garçons de la rue restèrent devant la maison de Roz pendant une demi-heure pour l'admirer, tandis qu'elle les observait en silence de son porche. Son triomphe était si total qu'elle n'avait même pas besoin de se moquer d'eux.

D'où était venu l'argent? De nulle part. C'était comme un tour de magie; son père agitait la main, et abracadabra, les billets apparaissaient.

— Le bateau de la chance est arrivé, dit le père de Roz.

Les oncles eurent leur part. C'était pour tous les trois, dit son père. Des parts égales, parce que la chance leur appartenait à tous.

Roz savait que ce n'était pas un vrai bateau. Pourtant elle l'imaginait, un vieux vaisseau démodé comme un galion, les ailes dorées par le soleil, les mâts garnis de flammes flottantes. Ou quelque chose de ce genre. Un bateau noble.

Ses parents vendirent le meublé et emménagèrent dans le nord, loin des rues aux vieilles maisons étroites toutes proches, avec leurs minuscules pelouses, dans une énorme villa avec une allée semi-circulaire devant et un garage à trois voitures. Roz décida qu'ils étaient devenus riches, mais sa mère lui disait de ne pas utiliser ce mot.

— Nous sommes à l'aise, déclarait-elle.

Mais elle ne le paraissait pas du tout. Elle avait plutôt l'air effrayé. Elle avait peur de la maison, peur de la femme de ménage imposée par son mari, peur des nouveaux meubles qu'elle avait elle-même achetés — « Prends ce qu'il y a de mieux », avait dit le père de Roz —, peur de ses vêtements neufs. Elle errait de pièce en pièce, en peignoir et pantoufles, comme si elle cherchait quelque chose; comme si elle était perdue. Elle se sentait beaucoup plus à l'aise dans son ancien quartier, où les choses avaient la bonne dimension et où elle savait naviguer.

Elle se plaignait de n'avoir personne à qui parler. Mais avait-elle jamais parlé, autrefois? Et à qui? À Roz, à son père, aux oncles. Ils avaient leurs propres appartements à présent. Les locataires? Il n'y en avait plus, elle n'avait plus de raison de se lamenter, et personne à mener à la baguette. Quand des livreurs venaient sonner à la porte ils lui lançaient un coup d'œil et demandaient à parler à la maîtresse

de maison. Mais elle devait feindre d'être heureuse, à cause du père de Roz.
— C'est ce que nous attendions, disait-il.

Roz a maintenant des vêtements neufs elle aussi, et un autre nom. Elle n'est plus Rosalind Greenwood, mais Roz Grunwald. Cela a toujours été son vrai nom, expliquent ses parents.
— Alors pourquoi ne l'ai-je pas porté ? demande-t-elle.
— C'était la guerre, disent-ils. Ce nom était trop juif. C'était dangereux.
— Plus maintenant ? demande-t-elle.
Pas complètement. Les critères ne sont pas les mêmes, là où ils habitent. Les dangers non plus.
Roz va dans une nouvelle école. Elle est au lycée à présent, et suit les cours du Forest Hill Collegiate Institute. Elle n'est plus catholique : elle a renoncé à tout cela — non sans appréhension, mais sans séquelles — pour devenir juive. Puisqu'il faut prendre parti, elle préfère se trouver de ce côté-là. Elle étudie la religion parce qu'elle veut bien faire les choses, et elle demande à son père d'acheter deux vaisselles distinctes, et refuse de manger du bacon. Son père s'exécute pour lui faire plaisir, mais sa mère ne sépare pas les plats pour la viande des plats pour le lait, et lui lance un regard peiné si elle aborde le sujet. Son père se refuse à faire partie d'un temple.
— Je n'ai jamais été religieux, affirme-t-il. Je l'ai toujours dit — à qui appartient Dieu ? S'il n'y avait pas de religions il n'y aurait pas tant de conflits.

Il y a beaucoup d'enfants juifs dans la nouvelle école de Roz ; en fait, on se doit d'y être juif. Alors qu'autrefois Roz n'était pas assez catholique, maintenant elle n'est pas assez juive. Elle est une curiosité, un être hybride, une étrange demi-personne. Ses vêtements, quoique coûteux, sont subtilement inconvenants. Son accent aussi. Ses enthousiasmes sont déplacés, ainsi que ses talents : les torsions de bras, les coups de pied dans les tibias et l'habileté au poker n'impressionnent personne. En outre, elle est trop grande; trop bruyante, trop maladroite, trop désireuse de plaire. Elle n'a ni douceur, ni langueur, ni classe.

Elle se trouve en pays étranger. C'est une immigrante, une personne déplacée. Le bateau de son père est arrivé, elle vient de débarquer. Ou bien c'est autre chose : l'argent, peut-être. Elle en a beaucoup, mais cet argent doit vieillir, comme le bon vin ou le fromage. Il est trop criard, trop brillant, trop exclamatif. Trop impudent.

Son père l'envoie dans une colonie juive en été, parce qu'il a découvert que c'est la chose à faire dans ce pays, cette ville, ce quartier. Il veut que Roz soit heureuse, qu'elle s'adapte. Pour lui c'est la même chose. Mais en colonie elle est plus que jamais une intruse, elle est de trop : elle n'a jamais joué au tennis, ni monté à cheval, elle ne connaît aucune de ces jolies danses israéliennes, aucune chanson yiddish, douce et mélancolique. Elle tombe des bateaux à voiles, dans l'eau bleue glacée et nordique de Georgian Bay, parce qu'elle n'est jamais montée sur un voilier avant; quand elle essaie de faire du ski nautique elle se dégonfle à la dernière minute, juste avant le démarrage, et sombre comme un bloc de pierre. La première fois qu'elle apparaît en maillot de bain, sans savoir vraiment nager, excepté quelques battements de jambes disgracieux, elle se rend compte qu'elle est censée raser ses aisselles. Qui pouvait l'en informer? Pas sa mère, qui n'aborde pas le sujet du corps. Elle n'a jamais quitté la ville. Les autres se comportent comme s'ils avaient passé leur vie à pagayer sur un canoë et à dormir sous une tente malodorante, mais Roz ne parvient pas à s'habituer aux insectes.

Assise à la table du petit déjeuner dans la salle à manger d'une cabane en rondins, elle écoute en silence les filles se plaindre nonchalamment de leurs mères. Roz a envie de se plaindre de la sienne elle aussi, mais s'est aperçue que ses récriminations ne comptent pas car sa mère n'est pas juive. Quand elle commence, avec ses histoires de meublé, de cabinets et de ménage, elles roulent des yeux et bâillent délicatement, comme des chatons, et changent de conversation pour reparler de leurs propres mères. Roz ne peut pas vraiment savoir, laissent-elles entendre. Elle ne peut pas comprendre.

L'après-midi, elles se mettent des rouleaux et du vernis à ongles, et après les danses folkloriques, les chansons en chœur, les marshmallows grillés et les fêtes où elles se déguisent en beatniks, elles se font lentement raccompagner à leur cabane par différents garçons, dans l'obscurité pénible et pleine d'odeurs, avec ses cris de hiboux, ses moustiques, son parfum d'aiguilles de pin, ses torches vacillant telles des lucioles, ses murmures langoureux. Aucun de ces garçons ne s'approche nonchalamment pour plaisanter avec Roz, aucun n'appuie son bras sur un arbre, au-dessus de sa tête. Bien sûr, peu sont assez grands pour y parvenir, et de toute manière qui a envie d'être vu avec une stupide demi-*Skikse* * aux hanches d'hippopotame ? Roz reste donc en arrière, pour aider à faire le ménage. Dieu sait qu'elle est experte en la matière.

Pendant les séances de travaux manuels, où Roz est très mauvaise — ses cendriers d'argile ressemblent à des bouses de vache, sa ceinture tissée sur un métier primitif d'Inca a l'air déchiquetée par un chat —, elle dit qu'elle a besoin d'aller aux toilettes et va à la cuisine pour obtenir un petit casse-croûte avant le dîner. Elle est devenue amie avec le pâtissier, un vieil homme qui peut dessiner d'un seul trait une rangée de canards en glaçage sur un gâteau, sans soulever une seule fois sa poche. Il montre à Roz comment on fait, et lui apprend aussi à fabriquer une rose en sucre glacé, et une tige avec une feuille.

— Une rose sans feuille est comme une femme sans honneur, dit-il, s'inclinant devant elle à l'européenne, d'une manière élégante et démodée.

* Femme non juive. *(N.d.T.)*

Puis il lui tend sa poche pour qu'elle essaye. Il lui permet de lécher le bol, et lui dit qu'elle est une vraie femme, pas un tas d'os comme certaines autres, il voit qu'elle apprécie la bonne nourriture. Il a un accent, comme ses oncles, et un numéro bleu pâle sur le bras. Cela vient de la guerre, mais Roz ne pose pas de question, parce que personne ne parle de la guerre ici — pas encore. La guerre est taboue.

Roz voit qu'elle ne sera jamais plus jolie, plus délicate, plus mince, plus sexy, ni plus difficile à impressionner que ces filles. Elle décide plutôt d'être plus intelligente, plus drôle, et plus riche, et quand elle y sera parvenue elles pourront toutes lui lécher le cul. Elle se met à faire des grimaces; elle recourt à l'ancienne grossièreté de Huron Street pour attirer l'attention. Bientôt elle s'est créé, à la force du poignet, une place dans le groupe : elle est la blagueuse. En même temps, elle imite les autres. Elle prend leurs accents, leurs intonations, leur vocabulaire; elle s'enveloppe de couches de langage, les collant les unes sur les autres comme des affiches sur une palissade, pour recouvrir les planches nues. On peut les étudier, comme les vêtements et les accessoires.

Roz termina le lycée, qui n'avait pas été exactement un lieu de bonheur — on ne pouvait pas mieux dire. Elle avait découvert beaucoup plus tard — à une réunion de classe à laquelle elle n'avait pas pu résister, parce qu'elle avait acheté une tenue exprès et voulait poser pour la galerie — que la plupart des filles avaient été aussi malheureuses qu'elle. Elles ne pouvaient croire à sa propre détresse.

— Tu étais toujours si gaie, dirent-elles.

Après le lycée, Roz alla à l'université. Elle s'inscrivit en art et archéologie, des matières que son père ne jugeait pas utiles mais qui devinrent précieuses par la suite, dans l'entreprise de rénovation; on ne savait jamais quels petits gadgets du passé pouvaient être recyclés. Elle s'arrangea pour habiter dans une résidence d'étudiantes, bien qu'elle eût un foyer parfait où vivre, comme le soulignait sa mère. Elle voulait partir, s'arracher de l'intérieur, et elle obtint l'accord de son père en menaçant de s'enfuir en Europe ou dans une autre université à des milliers de kilomètres s'il le lui refusait. Elle choisit McClung Hall parce qu'elle était non confessionnelle. Elle avait désormais renoncé à son excès de judéité, comme à son excès de catholicisme. Du moins elle le croyait. Elle voulait voyager avec un minimum de bagages, et se sentait très heureuse dans un milieu mixte.

Le jour où Roz obtint son diplôme son père l'invita à dîner, avec sa mère et ses oncles de plus en plus minables. Ils se rendirent dans un restaurant chic où le menu était en français, avec le texte anglais imprimé en petits caractères au-dessous. Il y avait de la glace pour le dessert, avec différents parfums français : *cassis, fraise, citron, pistache*.

— Je n'ai jamais eu de passeport français, dit oncle Joe. Je vais prendre un pot-pourri.

C'était moi, pense Roz. Le pot-pourri, c'était moi.

45

Longtemps après, alors que Roz était une femme mariée, que sa mère était morte — lentement et avec désapprobation, car la mort était indécente, les médecins fouillaient dans votre corps, ce qui conduisait tout droit au péché — et que son père l'avait suivie, par étapes saccadées, douloureuses, comme une locomotive dans une gare de triage, finalement orpheline, elle découvrit orpheline d'où venait l'argent. Pas celui des dernières années, elle connaissait son origine : l'argent du début. La racine, la graine, le magot.

Elle rendit visite à oncle George à l'hôpital, car lui aussi était en train de mourir. Il n'avait pas de chambre à lui, pas même une chambre semi-privée; il se trouvait dans une salle. Aucun des oncles n'avait réussi. Tous les deux avaient fini dans des meublés. Après avoir claqué leur propre argent, ils avaient dépensé une partie de celui du père de Roz. Ils avaient joué, emprunté; tout le monde savait qu'ils ne rembourseraient jamais leur dette. Mais son père ne leur disait jamais non.

— C'est la *prostrate*, lui dit oncle Joe au téléphone. Il vaut mieux que tu n'en parles pas.

Roz obéit donc, car les oncles avaient aussi leur pudeur. Elle apporta des fleurs, et un vase pour les mettre parce qu'il n'y en avait jamais dans les hôpitaux; elle arriva avec un sourire éclatant, affairée et efficace, mais oublia tout cela en voyant la mine épouvantable d'oncle George. Il était ratatiné, décharné. Sa tête n'était plus qu'un crâne. Roz s'assit auprès de lui, pleurant intérieurement. L'homme couché dans le lit voisin dormait en ronflant.

— Celui-là, il n'ira nulle part, dit oncle George, comme s'il avait lui-même des projets.

— Vous voulez une chambre particulière? demanda Roz.

Elle pouvait organiser cela facilement.

— Non, dit-il. J'aime la compagnie. Avoir des gens autour de moi. Tu sais? De toute manière, ça coûte une fortune. Je n'ai jamais eu le talent.

— Le talent de quoi? demanda Roz.

— Pas comme ton père, continua oncle George. Il était capable de commencer le matin avec un dollar et d'en avoir cinq à la fin de la journée. Moi, je prenais ce dollar et je le misais sur un cheval. Je trouvais qu'il fallait prendre du bon temps.

— Où l'a-t-il eu? insista Roz.

Oncle George la fixa de ses yeux jaunes desséchés.

— Quoi? dit-il innocemment, l'air rusé.

— Le premier dollar. Qu'avez-vous fait tous les trois, pendant la guerre?

— Tu n'as pas besoin de le savoir, dit oncle George.

— Si, répondit Roz. Ça n'a plus d'importance, il

est mort maintenant. Vous pouvez me le dire, cela ne me blessera pas.

Oncle George soupira.

— À quoi bon, dit-il. C'était il y a si longtemps.

— C'est moi qui demande, reprit Roz, ayant entendu les oncles utiliser cette expression entre eux et toujours avec un résultat.

— Ton père était un bricoleur, expliqua oncle George. Il bricolait des trucs. Avant la guerre, pendant la guerre, et aussi après.

— Qu'est-ce qu'il bricolait ? demanda Roz.

Elle supposait qu'il ne s'agissait pas de réfrigérateurs en panne.

— Pour te dire la vérité, prononça lentement oncle George, ton père était un escroc. Comprends-moi bien, c'était aussi un héros. Mais s'il n'avait pas été un escroc, il n'aurait pas pu être un héros. C'était comme ça.

— Un escroc ? dit Roz.

— On était tous des escrocs, poursuivit patiemment oncle George. Tout le monde était escroc. On volait toutes sortes de choses, tu n'imagines pas — des tableaux, de l'or, des objets qu'on pouvait cacher pour les revendre ensuite. On voyait comment ça se passait, à la fin on prenait n'importe quoi. Chaque fois qu'il y a une guerre, les gens volent. Ils volent tout ce qu'ils peuvent. C'est ça la guerre — on vole. Pourquoi on aurait été différents ? Joe était l'informateur, j'étais le chauffeur, et ton père le cerveau. Sans lui, rien.

« Alors, on planquait leurs affaires illégalement, avec les lois de l'époque, je n'ai pas besoin de te faire un dessin, on soudoyait les gardes, tout le monde touchait des pots-de-vin. On cachait le tout dans un endroit sûr, en attendant la fin de la guerre. Mais ils étaient bien obligés de nous faire confiance, ils ne pouvaient pas savoir où on mettait leurs affaires. Alors on en gardait une partie, pour nous. On l'emportait dans différents endroits. On la récupérait ensuite. Certains des propriétaires étaient morts, dans ce cas on gardait tout.

— C'est ce qu'il a fait? dit Roz. Il aidait les nazis?

— C'était dangereux, répondit oncle George sur un ton de reproche, comme si le danger était la principale justification. Quelquefois on se chargeait de colis qu'on n'était pas censés emporter. On faisait sortir des Juifs. Il fallait être prudent, passer par nos interlocuteurs habituels. Ils nous laissaient faire parce que, si on était pris, ils risquaient aussi leur peau. Ton père n'allait jamais trop loin, malgré tout. Il savait quand c'était trop dangereux. Il savait quand s'arrêter.

— Merci de me l'avoir dit, répondit Roz.

— Ne me remercie pas, dit oncle George. Je te l'ai dit, c'était un héros. Mais certains ne comprendraient pas.

Il était fatigué; il ferma les yeux. Ses paupières étaient délicates et fripées, comme du papier crépon mouillé. Il leva deux doigts maigres, desséchés, la congédiant.

Roz se fraya un chemin dans le labyrinthe carrelé de blanc de l'hôpital, pour rentrer chez elle et boire un alcool fort. Que pouvait-elle conclure de cette information nouvelle et douteuse? Que son argent était de l'argent sale, ou bien que tout argent l'était? Ce n'est pas de sa faute, elle n'a rien fait, elle n'était qu'une enfant. Elle n'a pas créé le monde. Mais elle a encore l'impression que des mains osseuses jaillies du fond de la terre s'agrippent à ses chevilles, pour reprendre ce qui leur appartient. Quel âge ont ces mains? Vingt, trente ans, un ou deux milliers d'années? Qui sait par où l'argent est passé? *Lave-toi les mains quand tu le touches*, disait sa mère. *Il est plein de microbes*.

Pourtant elle ne l'a pas raconté à Mitch. Jamais. Il aurait marqué un point, c'était son style, avec sa méticulosité de riche de longue date, ses faux scrupules en matière juridique. Détacher des coupons, oui, faire sortir des Juifs clandestinement, non. Du moins, Roz serait prête à le parier. Il se moquait discrètement de son argent, en l'état actuel des choses, mais il ne voyait pas d'inconvénient à le dépenser, avait-elle remarqué. L'argent acquis depuis longtemps bénéficiait aussi du désespoir humain, tant que le désespoir, la chair et le sang étaient assez éloignés. D'où diable venaient ces dividendes, d'après des gens comme Mitch ? Et que penser des parts dans les mines d'or d'Afrique du Sud qu'il lui a conseillé d'acheter ? Lors de toutes leurs conversations un tiers était toujours présent : son argent, installé entre eux sur le divan comme un troll ou un légume insensible.

Parfois elle avait l'impression qu'il faisait partie d'elle, de son corps, comme une bosse sur le dos. Elle était déchirée entre une violente envie de s'en défaire, de le distribuer, et le désir d'en gagner plus, car n'était-ce pas une protection ? Peut-être s'agissait-il de la même envie. Comme le disait son père, on ne pouvait pas donner sans acquérir d'abord.

Roz recevait de la main gauche et donnait de la droite, ou inversement. Au début elle fit des dons aux œuvres pour la recherche, sur le cœur à cause de son père, sur le cancer à cause de sa mère. Elle donnait à la Faim dans le monde, à United Way*, à la Croix-Rouge. C'était dans les années soixante. Quand le mouvement des femmes gagna la ville au début des années soixante-dix, Roz y fut absorbée comme un flocon de poussière dans un aspirateur. Elle était visible, cela expliquait tout. Elle était très en vue, et peu de femmes l'étaient à l'époque, excepté les vedettes de cinéma et la reine d'Angleterre. Mais elle était prête à entendre le message, ayant été deux fois déjà assommée par Mitch et ses *petites choses*. La première fois — du moins, la première fois où elle s'en était aperçue —, elle était enceinte de Larry, et il n'aurait pu se montrer plus abject.

Roz aimait les groupes « d'éveil de conscience », et les conversations à cœur ouvert. Elle avait l'impression de retrouver toutes les sœurs qu'elle n'avait jamais eues, d'avoir une grande famille dont les

* Équivalent de la Fondation de France. *(N.d.T.)*

membres, pour une fois, avaient quelque chose en commun ; elle se sentait admise dans tous les groupes et les coteries où elle n'avait jamais vraiment réussi à s'imposer avant. Plus besoin de tourner autour du pot, plus de mon-bonhomme-vaut-mieux-que-le-tien, plus de cachotteries. On pouvait dire n'importe quoi !

Elle aimait se trouver dans un cercle, mais s'aperçut au bout d'un moment qu'il n'était pas tout à fait circulaire. Une femme racontait son problème et reconnaissait sa souffrance, puis une autre le faisait, et quand venait le tour de Roz le regard de toutes les participantes se figeait, incrédule, et quelqu'un changeait de sujet.

Que se passait-il ? Pourquoi la souffrance de Roz était-elle secondaire ? Elle mit un moment à comprendre : c'était à cause de son argent. Une personne aussi riche que Roz, pensaient-elles, ne pouvait être malheureuse. Elle se souvint d'une vieille expression de l'un de ses oncles : *Mon cœur saigne pour lui*. Il le disait toujours d'un ton infiniment sarcastique, à propos d'un homme qui avait eu de la chance, car il était devenu riche. Roz était censée saigner, mais ne pouvait espérer autant des autres.

Pourtant, on avait besoin d'elle dans un domaine. Elle était pratiquement indispensable, dans un mouvement aussi perpétuellement à court d'argent. Elles étaient donc naturellement venues la chercher quand *WiseWomanWorld* s'était trouvé au bord de la faillite, ne pouvant attirer les luxueuses publicités d'alcool ou de produits de beauté. C'était plus qu'un magazine alors : un ami, qui associait les idéaux, l'espoir, et les secrets prosaïques et dégoûtants. La vérité sur la masturbation ! La vérité sur l'envie, parfois, d'enfoncer la tête de vos enfants dans le mur. Que faire quand les hommes se frottent contre votre derrière dans le métro, quand votre patron vous poursuit autour de votre bureau, quand vous avez envie d'avaler tous les cachets de l'armoire à pharmacie, la veille de vos règles ! *WiseWomanWorld* représentait, croyait Roz, les nuits passées chez les copines d'adolescence, à se raconter des secrets inavouables.

Cette publication était devenue une nécessité, Roz en était convaincue, et elle devait absolument la sauver.

Les autres voulaient que le magazine soit une coopérative, comme auparavant. Elles souhaitaient que Roz leur donne simplement l'argent, et pas de déduction fiscale non plus parce que c'était trop politique. Et ce n'était pas une bagatelle, loin de là. Un petit apport de capital frais n'aurait pas de sens. Pas assez équivalait à rien du tout, elle pouvait aussi bien jeter les billets aux cabinets.

— Je n'investis jamais dans une affaire que je ne peux contrôler, leur dit-elle. Vous devez émettre des actions. Ensuite j'achèterai une participation majoritaire.

Cela les mit en colère, mais Roz répondit :

— Vous avez la jambe cassée, vous allez chez le médecin. Vous avez des problèmes financiers, vous venez me chercher. Vous avez essayé à votre manière et ça n'a pas marché, et franchement, vos comptes sont dans un état lamentable. Ça, j'en suis sûre. Vous voulez que je redresse la situation, ou non ?

Elle savait que le magazine continuerait de perdre de l'argent, mais même ainsi, elle voulait au moins pouvoir déduire les pertes.

De même, elles furent mécontentes lorsque Roz plaça Mitch dans le conseil d'administration, y fourrant deux de ses copains avocats pour lui tenir compagnie, mais c'était la seule solution. Si elles voulaient son aide elles devaient comprendre ses conditions de vie, et si Mitch n'avait pas la possibilité de participer, il ferait du sabotage. Sa vie familiale se transformerait plus que jamais en un labyrinthe de pièges et de traquenards.

— Trois réunions par an, pas plus, leur dit-elle. C'est le prix à payer.

Au prix des choses — vu la situation mondiale — ce n'était pas si cher.

— J'ai invité Zenia à prendre un verre, dit Roz à Mitch.

Si elle ne le prévient pas, il va les surprendre toutes les deux et bouder parce qu'il se sentira écarté de la scène. Roz est une femme de pouvoir, mais cela ne signifie pas qu'elle doive moins ménager Mitch. Elle doit faire preuve de délicatesse, se diminuer elle-même, prétendre être plus petite que dans la réalité, s'excuser pour son succès, car tout ce qu'elle fait est amplifié.

— Zenia qui ? demande Mitch.

— Tu sais, nous l'avons rencontrée au restaurant, répond Roz.

Elle est heureuse qu'il ne s'en souvienne pas.

— Ah ! oui, dit-il. Elle ne ressemble pas à la plupart de tes amies.

Mitch n'aime guère les amies de Roz. Il les considère comme une bande de féministes ennemies des hommes, exhibant des jambes poilues et armées de fouets, car elles étaient ainsi au début, lorsqu'il a été nommé au conseil d'administration de *WiseWomanWorld*. Roz lui répète en vain qu'à l'époque tout le monde se comportait ainsi, c'était un courant, et les salopettes, leur mode à elles. Roz elle-même n'en avait jamais porté, elle eût ressemblé à un chauffeur de camion. Il savait bien que le problème n'était pas là. Les femmes de *WiseWoman* s'accommodaient de sa présence à cause de Roz, mais le toléraient sans plaisir. Elles ne le laissaient pas leur apprendre à être de bonnes féministes, malgré toutes ses tentatives. Sans doute parce qu'il leur disait d'utiliser l'humour et le charme de crainte d'effrayer les hommes, et qu'elles n'étaient pas d'humeur à le charmer, à ce moment précis. Il avait dû être terriblement traumatisé par toute cette phase ; certes, il avait plus d'un tour dans son sac, et n'hésiterait pas à s'en servir.

Roz se souvient du dîner organisé pour fêter la restructuration de *WiseWomanWorld*, où Mitch, assis à côté d'Alma, la directrice de la rédaction, avait commis l'erreur de glisser la main sur sa jambe, sous la table, tout en menant une discussion théorique trop animée avec Edith, la dessinatrice. Pauvre agneau, il croyait que Roz ne voyait rien. Il suffisait d'un coup d'œil — la position du bras de Mitch, son visage moite, empourpré, à l'air effronté, et le froncement de sourcils sévère d'Alma, les plis obliques autour de sa bouche.

Roz observa avec un farouche intérêt Alma qui se débattait avec son dilemme : supporter parce que Mitch était le mari de Roz et qu'elle ne voulait pas compromettre son emploi — une chose sur laquelle Mitch avait compté dans le passé — ou l'inviter à arrêter. Le principe fut le plus fort, et aussi l'indignation, et Alma lui dit sèchement, à voix basse :

— Je ne suis pas un paillasson.

— Pardon ? répondit Mitch, distant, poli, crâneur, sans retirer sa main de dessous la table.

Le pauvre chéri n'avait pas encore saisi que les femmes avaient vraiment changé. Autrefois, Alma se fût sentie coupable d'attirer ce genre d'attention, mais plus maintenant.

— Enlevez votre putain de main de ma putain de jambe ou je vous plante ma fourchette en pleine poitrine, siffla Alma.

Roz se mit à tousser pour couvrir ce qu'elle avait entendu, la main de Mitch fit un bond en l'air comme s'il venait de s'ébouillanter ; après ce soir-là il commença à parler d'Alma avec pitié et inquiétude, comme si c'était une âme perdue. Une droguée ou quelque chose dans ce genre.

— Dommage pour cette fille, disait-il tristement. Elle a un tel potentiel, mais elle a un problème d'attitude. Elle serait très jolie sans cet air renfrogné.

Il suggérait qu'elle était lesbienne ; il n'avait pas compris que ce n'était plus une insulte. Roz laissa passer un intervalle décent, puis elle usa de son influence pour augmenter le salaire d'Alma.

C'est ainsi que Mitch considère les amies de Roz : des femmes renfrognées. Et mal ficelées, plus récemment. Il ne peut s'empêcher d'observer que leurs visages tombent, comme si ce n'était pas son cas, mais il est vrai que les hommes peuvent se permettre d'avoir l'air plus vieux. C'est probablement une vengeance : il soupçonne Roz et ses amies de parler de lui dans son dos, de l'analyser et de fournir des remèdes pour se guérir de lui, comme d'une maladie d'estomac. C'était vrai avant, soit, au temps où Roz pensait encore pouvoir le changer, ou quand ses amies lui conseillaient de se transformer elle-même. Lorsqu'il était un projet. *Quitte-le,* disaient-elles. *Flanque ce salaud à la porte! Tu en as les moyens! Pourquoi restes-tu avec lui?*

Mais Roz avait ses raisons, dont les enfants faisaient partie. Son éducation catholique avait laissé suffisamment de traces pour rendre le sujet du divorce épineux. Elle ne voulait pas non plus reconnaître qu'elle avait commis une erreur. Elle était encore amoureuse de Mitch. Au bout d'un moment elle cessa de discuter de lui avec ses amies, car que restait-il à dire? C'était une impasse, et méditer sur des solutions qu'elle ne mettrait jamais en pratique lui inspirait un sentiment de culpabilité.

Puis ses amies cessèrent de porter des salopettes, quittèrent le magazine, s'habillèrent de tailleurs conçus pour le succès, perdirent tout intérêt pour Mitch, se mirent à discuter de circuits grillés, et Roz put s'autoriser à se sentir coupable pour d'autres raisons, comme le fait d'être plus énergique qu'elles. Mais Mitch continue de dire : « Tu déjeunes avec cette vieille ennemie des hommes toute fripée? » chaque fois que réapparaît l'une des amies de cette époque. Il sait que cela la blesse.

Il montre un peu plus de tolérance pour Charis et Tony, peut-être parce que Roz les connaît depuis si longtemps, et qu'elles sont les marraines des jumelles. Mais il pense que Tony est un drôle d'oiseau, et Charis une cinglée. Il les neutralise de cette manière. Autant que Roz le sache il ne les a jamais draguées. Peut-être ne les place-t-il pas dans la catégorie des *femmes*, mais dans une autre, indéfinie. Celle des gnomes asexués.

Roz appelle Tony à son bureau du département d'histoire.

— Tu ne me croiras pas, dit-elle.

Tony marque une pause, essayant de deviner ce dont il s'agit.

— J'imagine que non, répond-elle.

— Zenia est de retour en ville, dit Roz.

Un temps, puis :

— Tu lui as parlé ? demande Tony.

— Je l'ai rencontrée dans un restaurant, explique Roz.

— On ne rencontre jamais Zenia par hasard, dit Tony. Je te conseille d'être prudente. Que cherche-t-elle ? Il y a sûrement quelque chose.

— Je pense qu'elle a changé, dit Roz. Elle est différente de ce qu'elle était autrefois.

— Un léopard ne peut pas changer ses taches, réplique Tony. Différente comment ?

— Oh, Tony, tu es si pessimiste ! s'écrie Roz. Elle semblait... eh bien, plus gentille. Plus humaine. Elle est journaliste free lance à présent, elle écrit sur les femmes. Et puis — Roz baisse la voix — ses nichons sont plus gros.

— Je ne crois pas que les nichons puissent grossir, répond Tony, dubitative, ayant déjà étudié la question.

— Bien sûr, dit Roz. Ils en fabriquent plein de faux maintenant. Je parie qu'elle a des implants.

— Cela ne me surprendrait pas, observe Tony. Elle augmente sa force de frappe. Mais, nichons ou pas, fais gaffe à toi.

— Je l'invite juste pour prendre un verre, dit Roz. Il le faut, vraiment. Elle a connu mon père, pendant la guerre.

On ne peut pas demander à Tony de saisir tout ce que cela implique.

Roz avait été prévenue, personne ne put dire le contraire par la suite. Personne ne le souligna, ni lui rappela qu'elle avait été *avertie*, car Tony n'était pas l'une de ces intolérables amies qui-ont-toujours-raison, et jamais elle ne répéta à Roz les recommandations données au départ. Tu es tombée dans le panneau les yeux fermés, se reprocha-t-elle *plus tard*. Crétine ! Qu'est-ce qui t'a pris ?

Elle sait à présent ce qui l'a poussée. La Fierté, le plus mortel des sept péchés ; celui de Lucifer, source de tous les autres. L'orgueil, le faux courage, la bravade. Elle a dû se prendre pour une sorte de dompteur de lions, ou de matador ; croire qu'elle réussirait là où ses deux amies avaient échoué. Pourquoi pas ? Elle en savait plus qu'elles à l'époque, parce qu'elle connaissait leurs histoires. Une femme avertie en vaut deux. Et puis, elle était trop confiante. Elle avait dû penser qu'elle serait prudente et habile. Elle s'était crue capable de maîtriser Zenia. Si elle y réfléchissait bien, elle avait eu une attitude similaire à l'égard de Mitch.

Sur le moment elle n'avait pas perçu le rôle joué par la fierté. Pas du tout. C'était le problème avec les péchés — ils pouvaient se camoufler, se déguiser au point d'être méconnaissables. Elle avait pensé manifester de l'hospitalité, et non de la fierté. Zenia voulait la remercier à cause de son père, et Roz eût commis une grave erreur en lui refusant cette opportunité.

Il y avait eu aussi une autre sorte de fierté. Elle avait voulu être fière de son père. Son père imparfait, rusé, son père bricoleur et escroc. Elle racontait des fragments de son histoire pendant la guerre lorsque les gens l'interviewaient pour un portrait dans un magazine. Roz le phénomène du monde des affaires, *Comment avez-vous commencé, comment jonglez-vous avec vos différentes vies, quelle solution avez-vous adoptée pour la garde de vos enfants, comment votre mari fait-il face, comment assurez-vous le ménage*, mais quand elle parlait de lui, de son père le héros, le sauveur, elle savait qu'elle l'embellissait, le présentait sous un meilleur jour, agrafant à sa poitrine des médailles posthumes. Lui-même avait refusé de discuter de cette partie obscure de sa vie. *Pourquoi as-tu besoin de savoir ?* disait-il. *Cette époque est révolue. Des gens pourraient être blessés*. En attendant Zenia, elle était plus que nerveuse à l'idée de ce qu'elle allait apprendre.

46

Quand Zenia vient finalement prendre un verre, c'est vendredi — elle ne s'est pas dépêchée —, Roz est anéantie parce qu'elle a eu une semaine épouvantable au bureau, une surcharge de travail à la puissance dix, et que les jumelles ont choisi ce jour-là pour se couper elles-mêmes les cheveux, à la mode punk : pourtant elles ont seulement sept ans. Roz avait l'intention de les exhiber fièrement à Zenia mais à présent elles ont l'air touchées par une grave épidémie de gale, et ne montrent aucun signe de repentir, Roz ne veut pas manifester sa colère parce que les filles ne doivent pas se mettre dans la tête que la beauté est la seule chose importante ni que l'opinion des gens sur leur manière d'arranger leur corps compte plus que la leur.

Aussi après un premier hurlement de surprise et de consternation, s'est-elle efforcée d'agir comme si tout était normal : c'est la vérité, en un sens, bien qu'elle ait la langue tout engourdie pour l'avoir mordue trop fort, et qu'elle ait consciencieusement refoulé son désir de les envoyer en haut prendre un bain et jouer dans leur salle de jeux. Zenia sonne à la porte, portant des escarpins en peau de lézard stupéfiants, qui coûtent au moins trois cents dollars, avec des talons si hauts que ses jambes semblent longues d'un kilomètre, et un tailleur charmant en soie grège noir et fuchsia pincé à la taille avec une jupe moulante très au-dessus des genoux. Roz est si dégoûtée du retour des mini-jupes, qu'est-on censée faire si on a de vraies cuisses, elle se souvient de la première fois où elle en a porté autrefois, dans les années soixante, il fallait s'asseoir les jambes collées ensemble sinon tout se voyait, l'objet tabou, le cœur du sujet, la tache infâme et disgracieuse, le trésor sans prix, l'invitation à l'homme, l'appel aux regards, aux pincements, aux convoitises, aux bouches écumantes, au viol et au pillage, comme l'avaient toujours dit les nonnes. À ce moment surgissent les jumelles, vêtues de vieux slips de leur mère, sortis de leur boîte à déguisement, en train de courir dans l'entrée après le chat, armées du rasoir électrique de Mitch, car elles veulent transformer l'animal en mascotte punk, pourtant Roz leur a déjà dit que l'accès au rasoir leur était strictement interdit, elles auront de graves ennuis si Mitch y trouve des poils de chat, Roz en a entendu de toutes les couleurs lorsqu'elle a perdu le sien et a utilisé celui de Mitch pour ses jambes et ses aisselles, sans le nettoyer suffisamment ensuite. Les jumelles ne font pas attention à elle, supposant, à juste titre, qu'elle les couvrira, et mentira dur comme fer, leur faisant un rempart de son propre corps.

Zenia les voit et demande :

— Ce sont tes filles ? Elles sont tombées dans le robot de cuisine ?

Roz aurait pu dire une chose pareille, ou du moins la penser, et elle ne sait plus si elle doit rire ou pleurer.

Elle éclate de rire, et elles prennent un verre dans la véranda, que Roz refuse d'appeler la serre bien qu'elle ait toujours rêvé de serres avec de minuscules orangers, ou des orchidées, comme celles des romans à énigmes des années vingt, avec une carte du château anglais et un X à l'endroit où le cadavre a été découvert (le plus souvent dans la serre). Bien que la véranda soit vitrée et surmontée d'une coupole victorienne, elle est trop petite pour se transformer en une véritable serre, et le mot est trop affecté pour la voix de la mère de Roz, qui survit de manière intermittente dans sa tête et se moquerait : cette profusion de plantes à l'espérance de vie limitée est impressionnante, mais à qui exactement en incombe la responsabilité ? Mitch dit qu'il n'a pas le temps, pourtant il a commandé lui-même toute cette végétation ; Roz n'a pas la main verte, mais marron, comme le carex desséché. Elle ne veut pas empêcher les plantes de vivre, non, ce n'est pas cela. Elle les aime même, bien qu'elle soit incapable de distinguer un bégonia d'un rhododendron. Mais ces choses devraient être faites par des professionnels : un service d'horticulture. Ils viennent voir, arrosent, emportent les plantes mourantes, qu'ils remplacent.

Elle dispose d'un service de ce genre au bureau, alors pourquoi pas ici ? Mitch déclare qu'il ne veut plus d'allées et venues d'étrangers dans la maison — il en a assez des décorateurs — mais peut-être aime-t-il l'image de Roz en tablier, armée d'un arrosoir, il apprécie déjà de la voir avec une poêle à frire ou un plumeau, pourtant elle est incapable de faire cuire un œuf : pourquoi Dieu a-t-il créé les restaurants s'il avait l'intention de la faire cuisiner, et elle a la phobie des plumeaux, dont elle a été nourrie de force dans l'enfance. La constante est le tablier, la garantie officielle que Roz sera toujours à la maison quand Mitch décidera d'y revenir.

Ou peut-être la culpabilité que Roz est censée éprouver à cause des plantes mortes comporte-t-elle une autre nuance, ou fait-elle partie d'un autre programme, car Mitch voulait une piscine au lieu d'une véranda, afin de pouvoir plonger dans un bain purificateur au chlore et de stériliser les poils de sa poitrine, d'éliminer la mycose du pied et du pubis et les pustules de la langue attrapées en plumant les poules vieillissantes ; mais Roz disait qu'il était ridicule d'avoir une piscine en plein air au Canada, deux mois de chaleur et dix à se geler les miches, et elle refusait d'en avoir une à l'intérieur, elle connaissait des gens qui en possédaient et leurs maisons empestaient comme une raffinerie de gaz un jour de canicule, à cause des produits chimiques ; le mécanisme était compliqué, il y aurait des pannes, Roz serait d'une manière ou d'une autre responsable des réparations. Elle redoute par-dessus tout la proximité des piscines avec la nature. La faune et la flore s'y mélangent. Les fourmis, les mites, et le reste. Comme sur le lac en colonie de vacances, elle était en train de nager et se retrouvait brusquement nez à nez avec un insecte. Nager, selon Roz, est un risque majeur pour la santé.

Zenia rit et dit qu'elle est entièrement d'accord, et

Roz continue de bavarder, parce que cela la rend nerveuse de revoir Zenia après toutes ces années, elle se souvient de la réputation, de l'aura verte empoisonnée qui l'encerclait, de l'incandescence invisible, il suffisait de la toucher pour se brûler ; et elle se souvient du passé, de l'histoire de Tony et de Charis.

Elle doit avancer prudemment sur ce terrain, ce n'est pas étonnant qu'elle soit nerveuse, et quand elle l'est elle parle. Elle mange aussi, et elle boit. Zenia prend une olive et la grignote délicatement, Roz engloutit le tout, elle verse une goutte de Martini dans le verre de Zenia et remplit le sien une seconde fois, lui offre une cigarette, et les mots se déversent de sa bouche comme l'encre d'un calmar. Camouflage. Elle est soulagée de remarquer que Zenia fume. Ce serait intolérable si elle était mince, bien habillée, sensationnelle et sans une ride, et non-fumeuse par-dessus le marché.

— Donc, dit Roz, lorsqu'elle est suffisamment couverte de ridicule pour considérer que la glace est rompue. Mon père.

Car c'est ce qu'elle veut, c'est le but de la visite. N'est-ce pas ?

— Oui, répond Zenia.

Elle se penche en avant pour poser son verre, appuie pensivement son menton sur une main et fronce les sourcils légèrement.

— Je n'étais qu'un bébé, bien sûr. Je n'ai donc pas de véritables souvenirs de cette époque. Mais ma tante parlait toujours de ton père, avant de mourir. Elle racontait comment il nous avait aidés à sortir. J'imagine que sans lui je serais un tas de cendres aujourd'hui.

« C'était à Berlin. C'est là que vivaient mes parents, dans un bon quartier, dans un appartement respectable — dans l'un de ces vieux immeubles de Berlin avec des carreaux en mosaïque dans l'entrée et l'escalier rectangulaire avec une rampe en bois, la chambre de bonne et le balcon de derrière donnant sur une cour, pour suspendre le linge. Je le sais, puisque je l'ai vu — j'y suis retournée. J'y étais à la fin des années soixante-dix, j'avais une mission à Berlin — la vie nocturne de Berlin, pour une revue de voyage, tu sais ce que c'est, cabarets sexy, clubs de strip-tease pour pervers, avec des téléphones sur les tables. Alors j'ai pris un après-midi et je l'ai trouvé. J'avais l'adresse, sur des vieux papiers de ma tante. Les bâtiments tout autour étaient plus neufs, ils avaient été reconstruits après le bombardement, le quartier avait été pratiquement rasé ; c'était stupéfiant, mais ce vieil immeuble était encore debout.

« J'ai appuyé sur tous les interphones et quelqu'un a ouvert la porte, j'ai monté l'escalier, comme mes parents avaient dû le faire des centaines de fois. J'ai touché la même rampe, j'ai contourné les mêmes angles. J'ai frappé à la porte, et quand on m'a ouvert j'ai expliqué que des parents à moi avaient habité là et demandé à regarder — je parle un peu l'allemand, à cause de ma tante, bien que mon accent soit démodé — et les gens m'ont laissée entrer. Un jeune couple avec un bébé, ils étaient très gentils, mais je ne pouvais pas rester longtemps. C'était vraiment insupportable, la lumière qui pénétrait par les fenêtres... les mêmes pièces, la même lumière. Je pense que mes parents sont devenus réels pour la première fois. Tout est devenu réel. Avant cela, c'était juste une sale histoire.

Zenia s'interrompt. Les gens le font souvent quand ils arrivent à la partie difficile de leur récit, a découvert Roz.

— Une sale histoire, la presse-t-elle.

— Oui, dit Zenia. C'était déjà la guerre. On manquait de tout. Ma tante ne s'était jamais mariée, après la première guerre il y avait une telle pénurie d'hommes que beaucoup de femmes étaient restées seules, aussi considérait-elle notre famille comme la sienne, et elle faisait des choses pour nous. Elle nous maternait — c'était son expression. Un jour, ma tante s'est rendue dans l'appartement de mes parents pour leur apporter du pain qu'elle avait fait cuire. Elle a pris l'escalier comme d'habitude — il y avait un ascenseur, une sorte de cage métallique, je l'ai vu, mais il était en panne. Elle s'apprêtait à frapper, quand la porte de l'autre côté du palier s'est ouverte; la femme qui habitait là — ma tante ne la connaissait que de vue — est venue l'attraper par le bras, pour l'attirer chez elle. « N'entrez pas, n'essayez pas d'entrer, a-t-elle dit. On les a emmenés. » « Emmenés, où ? » a répondu ma tante. Elle n'a pas demandé par qui, elle n'avait pas besoin de poser la question. « N'essayez pas de le savoir, a dit la femme. Il vaut mieux pas. » Elle m'avait gardée parce que ma mère les avait vus arriver dans la rue en regardant par la fenêtre, et quand ils avaient franchi le seuil et commencé à monter l'escalier elle avait deviné où ils allaient et s'était précipitée par la porte de derrière, la porte de service, elle avait longé le balcon en me portant, enveloppée dans un châle — les balcons de derrière se touchaient —, elle avait frappé à la fenêtre de la cuisine de la femme, qui m'avait recueillie. C'est arrivé si vite qu'elle savait à peine ce qu'elle faisait, et sans doute ne se serait-elle jamais risquée à commettre un acte aussi dangereux si elle avait eu le temps de réfléchir. C'était une femme ordinaire, obéissante, ce genre-là, mais je suppose que si quelqu'un vous fourre un bébé dans les bras, vous ne pouvez pas reculer et le laisser tomber par terre.

« J'ai été la seule à être sauvée, les autres ont tous été pris. J'avais un frère et une sœur plus âgés. J'étais beaucoup plus jeune, un bébé né tardivement. J'ai leur photo; ma tante l'avait prise avec elle. Regarde...

Zenia ouvre son sac, puis son portefeuille, et en tire un cliché. C'est une photographie carrée avec un large bord blanc, et de minuscules personnages décolorés : une famille, le père, la mère, deux jeunes enfants et une femme plus âgée, sur le côté. La tante, suppose Roz. Les deux enfants sont blonds.

Roz est stupéfaite par leur air contemporain : la jupe au genou des femmes, fin des années vingt? Début des années trente? — les chapeaux élégants, le maquillage, ce pourrait être le look rétro dans un magazine de mode, aujourd'hui. Seuls les vêtements des enfants sont archaïques; cela, et leurs coupes de cheveux. Un costume, une cravate et la nuque et les tempes rasées pour le garçon, une robe à fanfreluches et des anglaises pour la fille. Les sourires sont un peu crispés, mais c'était le cas, à l'époque. Ce sont des sourires apprêtés. Ce devait être une occasion spéciale : des vacances, une fête religieuse, l'anniversaire de quelqu'un.

— C'était avant la guerre, dit Zenia. Avant que la situation ne s'aggrave vraiment. Je n'ai jamais fait partie de ce monde. Je suis née juste après le début de la guerre; j'étais un bébé de la guerre. De toute manière, je n'ai rien d'autre que cette photo. C'est tout ce qui me reste d'eux. Ma tante a cherché, après la guerre. Il ne restait rien.

Elle range soigneusement le cliché dans son portefeuille.

— Et la tante? demande Roz. Pourquoi ne l'ont-ils pas prise aussi?

— Elle n'était pas juive, répond Zenia. C'était la sœur de mon père. Mon père ne l'était pas non plus, mais après les lois de Nuremberg il a été traité comme tel, puisqu'il était marié à une femme juive. Même ma mère ne l'était pas! Pas de religion, du moins. Elle était catholique, en fait. Mais deux de ses grands-parents étaient juifs, aussi était-elle classée comme une *mischling*, au premier degré. Un mélange. Tu savais qu'il y avait des degrés?

— Oui, répond Roz.

Zenia est donc un mélange, comme elle!

— Certains des *mischlings* ont survécu plus longtemps que les vrais Juifs, poursuit Zenia. Mes parents, par exemple. J'imagine qu'ils ont pensé que cela ne leur arriverait pas. Ils se considéraient comme de bons Allemands. Ils n'étaient pas en contact avec la communauté juive, aussi ne connaissaient-ils même pas les rumeurs; ou, s'ils les entendaient, ils n'y croyaient pas. C'est étonnant ce que les gens peuvent refuser de croire.

— Et ta tante? demande Roz. Comment est-elle

sortie ? Si elle n'était pas juive du tout, n'était-elle pas en sécurité ? Bien sûr, si on y réfléchit, c'est une expression idiote à utiliser dans ce contexte.

— À cause de moi, dit Zenia. Ils auraient fini tôt ou tard par comprendre que mes parents avaient trois enfants et pas deux. Ou bien un voisin de ma tante m'aurait vue ou entendue, et nous aurait dénoncées. Un bébé, chez une femme non mariée qui n'en avait aucun peu de temps auparavant. Les gens ont du plaisir à dénoncer, tu sais. Cela leur donne l'impression d'être moralement supérieurs. Dieu, comme je hais cette satisfaction de soi, cette suffisance ! Ces gens qui se félicitent d'être des assassins.

« Alors ma tante a commencé à chercher une manière de me faire sortir et elle s'est retrouvée dans un autre monde — le monde clandestin du marché noir. Elle avait toujours vécu au grand jour, mais elle a dû pénétrer dans cet autre monde pour me protéger. Il n'existe pas un endroit au monde où ce monde n'existe pas ; il suffit de faire quelques pas sur le côté, de descendre deux ou trois marches, et le voilà, côtoyant le monde que les gens croient normal. Tu te souviens des années cinquante, quand on essayait de se faire avorter ? Il suffisait de trois coups de téléphone. Si on pouvait payer, bien sûr. Quelqu'un qui connaissait quelqu'un vous indiquait la filière. C'était pareil en Allemagne à l'époque, pour des affaires comme les passeports, il fallait seulement choisir avec soin la personne à qui on s'adressait.

« Ma tante avait besoin de faux papiers disant que j'étais sa fille, que son mari avait été tué en France, et elle en a obtenu ; ils n'auraient sûrement pas résisté à un examen attentif. Il suffit de me regarder ! Je n'ai pas vraiment l'air aryen. Mon frère et ma sœur étaient blonds tous les deux, et mon père avait les cheveux clairs ; ma mère aussi. Moi, j'étais un avatar. Elle savait qu'il fallait m'éloigner, me faire sortir de là. Si elle se faisait prendre on l'accuserait de trahison, parce qu'elle me portait secours. De trahison ! Dieu, je n'avais que six mois !

Roz ne sait pas quoi dire. Pauvre petite, murmure-t-elle aux récits de malheurs au bureau ou de problèmes personnels, ou de catastrophe amoureuse que lui racontent ses amies, mais cela ne semble pas approprié.

— C'est affreux, dit-elle.

— Ne t'inquiète pas pour moi, reprend Zenia. J'étais à peine consciente. Je ne savais pas ce qui se passait, je ne subissais donc aucune pression ; bien sûr, j'avais dû enregistrer que la situation avait changé et que ma mère n'était plus là. En tout cas ma tante est entrée en contact avec ton père, ou plutôt ses amis. Par l'homme qui lui a procuré les papiers — il connaissait quelqu'un qui connaissait quelqu'un —, et après l'avoir contrôlée et lui avoir extorqué de l'argent, ils l'ont fait passer. Tous les marchés noirs fonctionnent ainsi. Essaye d'acheter de la drogue, c'est pareil : on te contrôle, et puis on te fait passer. Par chance ma tante avait de l'argent, et son désespoir devait être très convaincant. Comme je l'ai dit, elle ne s'était jamais mariée, et je suis devenue sa cause ; elle a risqué sa vie pour moi. C'était aussi pour son frère. Elle ignorait alors qu'il avait été tué, elle pensait qu'il reviendrait. Alors, que dirait-il si elle avait échoué ?

« Ton père et ses amis l'ont donc tirée de là, par le Danemark et ensuite la Suède. Ils lui ont dit que c'était relativement facile. Elle n'avait pas d'accent ni rien, et elle avait l'air aussi allemand que possible.

« Ma tante a été une sorte de mère pour moi. Elle m'a élevée, elle a fait de son mieux, mais elle n'était pas heureuse. Elle avait été ruinée, détruite par la guerre. La perte de son frère et de sa famille, et aussi la culpabilité — elle n'avait rien pu empêcher, elle avait participé, en quelque sorte. Elle parlait beaucoup de ton père — c'était un héros, disait-elle. Cela lui redonnait un peu confiance. Aussi je prétendais que ton père était le mien, et qu'un jour il viendrait me chercher, pour m'emmener dans sa maison. Je ne savais même pas où il habitait.

Roz est pratiquement en larmes. Elle se souvient

de son père, cette fripouille; elle est heureuse d'apprendre que ses talents douteux ont été utiles, car il est encore son parent préféré et elle est enchantée de cette occasion de penser du bien de lui. Les deux Martini ne sont d'aucun secours, pour l'aider à se ressaisir. Comme elle a eu de la chance, avec ses trois enfants, son mari, son argent, son travail, sa maison. Comme la vie est injuste! Où était Dieu quand tout cela est arrivé, dans la sordide Europe — l'injustice, l'impitoyable brutalité, la souffrance? En réunion, voilà tout. Il ne répondait pas au téléphone. La culpabilité lui monte aux yeux. Elle voudrait donner quelque chose à Zenia, un petit quelque chose, pour compenser la négligence de Dieu, mais quel serait le don approprié?

Elle entend alors une petite voix claire comme de l'eau de roche, juste derrière sa tête. C'est la voix de l'expérience. La voix de Tony. *Zenia ment*, dit-elle.

— Tu te souviens de Tony? lâche Roz, avant de pouvoir se retenir. Tony Fremont, de McClung Hall?

Comment peut-elle être aussi conne, aussi *salope*, pour douter de l'histoire de Zenia, même mentalement? Personne ne mentirait sur une histoire pareille. Ce serait trop cruel, trop cynique, ce serait quasiment un sacrilège!

— Oh! oui, dit Zenia en riant. C'était il y a un million d'années! Tony et sa bizarre collection de guerre! J'ai vu qu'elle avait publié deux livres. Elle a toujours été un petit esprit brillant.

Ce *petit esprit brillant* donne à Roz l'impression d'être, en comparaison, grosse et terne. Mais elle poursuit péniblement.

— Tony m'a raconté que tu étais une Russe blanche, dit-elle. Une enfant prostituée, à Paris. Et Charis affirme que ta mère était une tzigane, et que des paysans roumains l'ont lapidée.

— Charis? répète Zenia.

— Elle s'appelait Karen avant, explique Roz. Tu as habité chez elle dans l'Île. Tu lui as raconté que tu avais un cancer, ajoute-t-elle avec insistance, impitoyable.

Zenia regarde par la fenêtre de la véranda, et boit une gorgée de Martini.

— Oh oui, Charis, dit-elle. Je crains d'avoir raconté d'horribles... je ne disais pas toujours la vérité, quand j'étais plus jeune. Je pense que j'étais perturbée. Après la mort de ma tante j'ai eu des moments difficiles. Elle n'avait rien, pas d'argent; nous vivions d'expédients. Et après sa disparition, personne ne voulait m'aider. C'était à Waterloo, dans les années cinquante. Ce n'était ni le bon moment, ni le bon endroit pour des orphelins qui ne s'intégraient pas.

« Ce que j'ai raconté à Tony était vrai en partie, j'ai fait de la prostitution. Et je ne voulais pas être juive, je ne voulais être reliée d'aucune manière à tout cela, je suppose que je fuyais le passé. C'était avant, et nous sommes aujourd'hui, n'est-ce pas? J'ai même fait refaire mon nez en Angleterre, après avoir décroché un boulot dans un magazine, je pouvais me le permettre. Je suppose que j'avais honte. Quand on vous fait ces choses, on a plus honte que si on les avait faites soi-même à d'autres gens. On se dit qu'on l'a peut-être mérité; ou bien qu'on aurait dû être plus fort — capable de se défendre soi-même, ou quelque chose dans ce genre. On se sent... eh bien, vaincu.

« Je me suis donc forgé un autre passé — il valait mieux être une Russe blanche. J'imagine qu'on peut appeler ça un rejet. J'ai vécu avec un Russe blanc quand j'avais seize ans, et je savais quelque chose sur eux.

« Avec Karen — Charis — j'ai dû avoir une sorte de dépression nerveuse. J'avais besoin d'être maternée; mon psy dit que c'était parce que ma propre mère avait été emmenée. Je n'aurais pas dû dire que j'avais un cancer, parce que c'était faux. Mais j'étais *malade*, d'une autre manière. Karen a fait des miracles pour moi.

« Ce n'était pas bien — c'était affreux, je suppose, de raconter ces histoires. Je leur dois des excuses à toutes les deux. Mais je ne crois pas que j'aurais pu leur raconter la vraie histoire, ce qui m'est vraiment arrivé. Elles ne l'auraient pas compris.

Elle lance un long regard à Roz, de ses yeux indigo, profonds, et celle-ci est touchée. Elle, Roz — elle seule —, a été choisie, pour comprendre. Et elle comprend, sans nul doute.

— Quand j'ai quitté le Canada, poursuit Zenia, la situation a empiré. J'avais de grandes idées, mais personne ne semblait les partager. Mon apparence ne m'est d'aucune aide, tu sais. Les hommes ne te voient pas comme une personne, ils voient seulement ton corps, et toi-même tu te laisses aveugler. Tu considères ton corps comme un instrument, un objet à utiliser. Dieu, je suis fatiguée des hommes ! Ils sont si faciles à distraire. Pour attirer leur attention il suffit de se déshabiller. Au bout d'un moment on recherche un autre défi, tu sais ?

« J'ai travaillé comme strip-teaseuse pendant un an ou deux — c'est à ce moment-là que j'ai fait refaire mes seins, l'homme avec qui je vivais a payé l'opération — et j'ai pris des mauvaises habitudes. D'abord la cocaïne, et ensuite l'héroïne. C'est un miracle que je sois encore en vie. Peut-être voulais-je mourir, à cause de ma famille. On pourrait croire que comme je ne les avais pas connus je ne souffrais pas. Mais c'est comme de naître avec une jambe en moins. Il y a cette terrible *absence*.

« Cela m'a pris longtemps, mais j'ai fini par être en harmonie avec moi-même. Je m'y suis employée. J'ai passé des années en thérapie. C'était dur, mais à présent je sais qui je suis.

Roz est impressionnée. Zenia n'a pas fui, elle ne s'est pas éclipsée, elle n'a pas évité la situation. Elle a avoué, reconnu, confessé. Cela prouve quoi ? L'honnêteté ? La bonne volonté ? La maturité ? Une qualité admirable. Les nonnes accordaient une grande valeur à la confession, à tel point que Roz avait une fois avoué avoir mis une crotte de chien dans le vestiaire, un méfait qu'elle n'avait pas commis en réalité. On ne vous épargnait pas la punition pour autant — elle avait reçu une correction tout de même et quand on se confessait au prêtre il fallait faire pénitence —, mais elles avaient une plus haute opinion de vous, ou du moins elles le prétendaient.

Zenia a aussi été dans le monde. Le vaste monde, plus vaste que Toronto ; le monde profond, plus que le minuscule étang où s'abrite Roz telle une grosse grenouille. Zenia donne l'impression à Roz d'être non seulement protégée, mais molle. Ses propres combats ont été si mineurs.

— Tu t'en es vraiment bien sortie, s'exclame Roz. Je veux dire — quelle histoire ! C'est un matériau formidable !

Elle pense au magazine, parce que c'est le genre d'histoire qu'ils aiment publier : une vie réussie, source d'inspiration. Une femme qui surmonte peurs et obstacles, qui fait face à ses difficultés et devient un être à part entière. Cela ressemble à l'article qu'ils ont publié il y a deux mois, sur la femme qui a vaincu définitivement la boulimie. Roz trouve irrésistibles les récits sur la brebis égarée qui a rempli le ciel de joie. On peut aussi faire un papier sur la tante : *WiseWomanWorld* apprécie les héroïnes de la vie réelle, les femmes ordinaires qui ont fait preuve d'un courage hors du commun.

À sa stupéfaction, et aussi à son horreur, Zenia se met à pleurer. De grosses larmes coulent de ses yeux, qui restent ouverts, fixés sur Roz.

— Oui, dit-elle, je suppose que cela revient à ça. Un article. Du matériau, rien de plus. Une histoire dont on peut tirer parti.

Roz, pour l'amour de Dieu, un peu de délicatesse, se dit-elle. Miss Tact 1983.

— Oh ! chérie, ce n'est pas ce que je voulais dire, s'écrie-t-elle.

— Non, répond Zenia. Je sais. Ni toi, ni personne. C'est seulement... je suis à bout. J'ai les nerfs à vif, j'en ai trop vu ; je m'en suis sortie toute seule. Je n'y arrive pas avec les hommes, ils veulent tous la même chose, je ne peux plus faire ce genre de compromis. Je veux dire, tu as tout cela, un foyer, un mari, tu as tes gosses. Vous formez une famille, la terre est solide sous vos pieds. Je n'ai rien eu de tout cela, je ne me suis jamais adaptée. J'ai passé ma vie dans une valise ; même maintenant je vis au jour le jour, c'est ça, être free lance, et je n'ai plus d'énergie, tu sais ? Il n'y a pas de fondement, pas de permanence !

Comme Roz a mal jugé Zenia ! Elle la voit à présent sous un nouveau jour. Un jour orageux, lugubre, solitaire, pluvieux ; Zenia se débat au milieu, assaillie par les hommes, entraînée par les vents du destin. Elle n'est pas ce qu'elle paraît être, une belle ambitieuse qui réussit. C'est une enfant abandonnée, sans foyer, une errante ; elle vacille au bord de la route, elle tombe. Roz ouvre son cœur, elle déploie ses ailes d'ange en carton, ses ailes invisibles de colombe, ses ailes chaudes et protectrices, et elle l'accueille.

— Ne t'inquiète pas, dit-elle de sa voix la plus rassurante. Nous trouverons une solution.

47

Mitch dépasse Zenia dans l'entrée au moment où elle part, et où il rentre. Elle lui adresse un hochement de tête bref et glacé.

— Ta vieille amie est plutôt hostile, dit-il à Roz.

— Je ne crois pas, répond-elle. Je crois qu'elle est simplement lasse.

Elle ne veut pas partager avec lui la terrible histoire de Zenia. Elle lui est réservée à elle seule, à ses oreilles, confidence d'une étrangère à une autre. Seule Roz peut le comprendre. Pas Mitch, car que saurait-il de la vie ailleurs ?

— Lasse ? dit Mitch. Ce n'est pas l'impression qu'elle m'a donnée.

— Lasse des hommes qui l'abordent, répond Roz.

— N'en crois pas un mot, l'interrompt Mitch. De toute manière, je ne l'abordais pas. Mais je parie que ça lui aurait plu. C'est une aventurière, elle en a l'allure.

— Poétesse, chanteuse, aventurière, dit Roz d'un ton léger.

Mitch est une telle autorité, il est capable de savoir ce que pense une femme à la forme de son derrière.

— Pourquoi pas un aventurier ?

Roz le taquine, elle sait que la terminologie féministe le rend fou. Mais elle se considère aussi comme un aventurier, du moins dans certains domaines de la vie. La finance, par exemple.

— Ce n'est pas pareil, dit Mitch. Les aventuriers vivent grâce à leur esprit.

— Et les aventurières ? demande Roz.

— Grâce à leurs nichons, dit Mitch.

— Juste, remarque Roz en riant.

Il l'a préparée à ça. Il se trompe, pense-t-elle, se souvenant. Zenia jouait aussi avec son intelligence.

C'était le commencement de la fin de son mariage, bien qu'elle ne s'en fût pas rendu compte sur le moment. Ou peut-être était-ce la fin de la fin. Qui sait ? La fin devait approcher depuis longtemps. Ces choses n'arrivent pas brusquement.

Roz ne pouvait le deviner au comportement de Mitch, cependant. Cette nuit-là il lui fit l'amour avec une urgence qu'il n'avait pas manifestée depuis longtemps. Pas de volupté tranquille, ni de complaisance gauloise de seigneur : il se jeta littéralement sur elle. Il ne voulait rien recevoir d'elle ; il voulait prendre. Il la mordit même, et elle en éprouva plutôt du plaisir. Elle ignorait qu'elle était encore si irrésistible.

Une semaine plus tard elle organise un dîner de bonne heure, au Scaramouche avec Zenia et la directrice actuelle de *WiseWomanWorld*, qui s'appelle BethAnne, elles ingurgitent des salades de roquette, des légumes exotiques à moitié cuits et des pâtes originales, et elles étudient le curriculum vitae de Zenia et son dossier de journaliste. Il y a d'abord les articles écrits quand elle faisait partie de la rédaction d'une revue de mode avant-garde, en Angleterre. Elle avait quitté cet emploi parce qu'elle se sentait trop tenue, et puis elle voulait écrire sur des sujets plus politiques. La Libye, le Mozambique, Beyrouth, les camps palestiniens ; Berlin, l'Irlande du Nord, la Colombie, le Bangladesh, le Salvador — Zenia s'est rendue dans la plupart des points chauds du monde — et dans certains dont Roz n'a jamais entendu parler. Zenia les régale d'incidents, de pierres et de balles qui ont sifflé à ses oreilles, d'appareils photo brisés par des policiers, de fuites en jeep. Elle nomme des hôtels.

Beaucoup d'articles sont signés par d'autres noms, des noms d'hommes, parce que, explique Zenia, leur contenu est controversé, incendiaire même ; elle ne voulait pas ouvrir la porte en pleine nuit pour trouver en face d'elle un Arabe enragé, un tueur irlandais, un Israélien ou un caïd de la drogue.

— Je ne tiens pas à ce que ça se sache, dit-elle, mais c'est la raison essentielle de mon retour au Canada. C'est une sorte de refuge pour moi, vous voyez ? La situation devenait un peu trop *intéressante* pour moi, là-bas. Le Canada est un endroit si... si *doux*.

Roz et BethAnne échangent un regard. Elles sont très excitées toutes les deux. Un reporter politique des zones troublées du monde, assise à leur table ! Et une femme, par-dessus le marché ! Elles doivent absolument la protéger. À quoi servent les refuges ? Roz n'est pas sans remarquer que le contraire d'*intéressant* n'est pas *doux*, mais *ennuyeux*. Cependant l'*ennui* a quelque chose à offrir, par les temps qui courent. Peut-être devraient-elles exporter un peu d'*ennui*. C'est mieux que de recevoir une balle dans la tête.

— Nous serions enchantées que vous écriviez quelque chose pour nous, dit BethAnne.

— Il faut que je vous avoue, répond Zenia, que je suis à court d'idées d'articles. Mais j'ai une meilleure idée.

Elle propose en effet de les aider dans le domaine de la publicité.

— J'ai étudié le magazine, et j'ai remarqué que

vous avez peu d'encarts publicitaires, ajoute-t-elle. Vous devez perdre beaucoup d'argent.

— Absolument, répond Roz, qui sait exactement combien parce qu'il s'agit de son propre argent.

— Je pense que je peux doubler vos pages de publicité en, disons, deux mois, dit Zenia. J'ai l'expérience.

Elle tient parole. Roz ne sait pas très bien comment c'est arrivé, mais à présent Zenia assiste aux réunions de la rédaction, et quand BethAnne part pour avoir un autre bébé, créant un vide de pouvoir, on propose la place à Zenia, car qui d'autre — soyons honnêtes — est plus qualifié ? Peut-être même Roz a-t-elle tout préparé pour elle. C'est vraisemblable ; elle était bien capable alors de scier la branche sur laquelle elle était assise. Cela faisait partie de son projet pour sauver la-pauvre-Zenia. Elle préfère ne pas se souvenir des détails.

Zenia se fait photographier, éclatante dans un corsage décolleté en V ; le portrait paraît en première page. Les femmes calculent son âge et se demandent comment elle réussit à rester aussi belle. Le tirage augmente.

Zenia va aux réceptions, à beaucoup de réceptions. Pourquoi pas ? Elle a du *schlep*, de l'influence, et — les hommes du conseil d'administration aiment à le dire — des couilles. Elle est maligne comme un singe, rusée comme le renard, et elle a une ligne formidable, ne peuvent-ils s'empêcher d'ajouter, ce qui pousse Roz, une fois rentrée chez elle, à examiner dans la glace, le front soucieux, la peau de pamplemousse fripé de ses jambes, et à se reprocher ensuite ces odieuses comparaisons.

Roz donne certaines des réceptions où se rend Zenia. Elle supervise la présentation des crêpes farcies et des bouchées aux champignons, salue ses amis avec des baisers aériens et des étreintes, et regarde Zenia évoluer dans la salle. Elle le fait sérieusement, avec minutie ; elle semble savoir d'instinct combien de temps chaque personne mérite. Elle passe cependant quelques-uns de ses moments précieux avec Roz. Elle l'attire à part et lui chuchote quelque chose à l'oreille, et Roz lui répond de même. N'importe qui les prendrait pour des conspiratrices.

— Tu es vraiment douée pour ça, dit Roz à Zenia. Moi, je me retrouve toujours coincée pendant des heures avec les malheurs de quelqu'un, mais toi, tu ne te laisses jamais accaparer.

— Tous les renards creusent des issues de secours, sourit Zenia. J'aime savoir où se trouve la sortie.

Roz se souvient qu'elle a échappé de justesse à la mort et a pitié d'elle. Zenia arrive toujours seule. Elle repart seule. C'est triste.

Mitch parle aux gens lui aussi. Curieusement, il ne choisit pas la partie de la salle où se trouve Zenia. D'habitude il flirte avec tout le monde ; il flirterait avec un sloughi s'il n'avait rien d'autre à se mettre sous la dent. Il aime voir le reflet de son propre charme dans les yeux de toutes les femmes présentes ; il va de l'une à l'autre tel un chien qui fouille les buissons. Mais il reste à l'écart de Zenia et, lorsqu'elle le regarde, il accorde encore plus d'attention à Roz. Il pose la main sur elle le plus souvent possible. *Pour se maintenir en équilibre*, pensera Roz par la suite.

Roz se sent de plus en plus mal à l'aise. Le tour pris par les événements lui semble suspect, mais elle ignore pourquoi. Elle a entrepris d'aider Zenia, et elle y a réussi, Zenia lui est certainement reconnaissante, et se comporte bien ; elles déjeunent ensemble une fois par semaine pour examiner les problèmes, et Zenia peut ainsi poser des questions à Roz, qui a passé beaucoup plus de temps qu'elle dans le magazine. Roz veut oublier sa réaction, due seulement à l'envie. D'ordinaire, si quelque chose la préoccupait, ou lui échappait, elle en discuterait avec Tony et Charis. Mais elle ne le peut pas, puisque Zenia est son amie à présent, et elles ne saisiraient pas cette partie du problème. Elles ne comprendraient pas comment Roz peut être amie avec une personne qui — disons-le — est leur ennemie. Elles verraient là une trahison.

— J'ai bien réfléchi, déclare Zenia à la réunion suivante du conseil d'administration. Nous perdons encore de l'argent, malgré les nouvelles publicités. Nous n'accrochons pas les gros dépensiers — les sociétés de parfums, les produits de beauté, la haute couture. Pour être honnête, je crois que nous devons changer de nom. Le concept avec lequel nous travaillons date trop des années soixante-dix. Nous sommes dans les années quatre-vingt — nous avons largement dépassé les positions de l'époque.

— Changer de nom ? demande Roz, qui a gardé des souvenirs attendris du premier collectif.

Qu'est-il arrivé à ces femmes ? Où sont-elles parties ? Pourquoi a-t-elle perdu contact avec elles ? D'où sont venus tous ces costumes d'affaires ?

— Oui, répond Zenia. J'ai fait une petite enquête. Nous nous en sortirons mieux avec *WomanWorld*, ou mieux encore, avec *Woman*, tout simplement.

Roz voit bien ce qu'elle retranche. La sagesse, d'abord. Et le monde. Mais comment peut-elle s'opposer à *Woman* sans impliquer qu'en être une est un problème ?

Zenia change donc le nom du magazine, qui ne tarde pas à se transformer aussi. Il se métamorphose à tel point que Roz le reconnaît à peine. Disparues, les gagneuses matures, et les articles sur le combat contre le sexisme et les préjugés antifemmes. Disparus aussi les articles de fond sur la santé. À présent il y a cinq doubles pages sur la mode de printemps, les nouveaux régimes, les traitements pour les cheveux et les crèmes antirides, des jeux-concours sur l'homme de votre vie et votre façon de gérer vos relations avec les gens. Ces choses sont-elles insignifiantes ? Roz serait la dernière à l'affirmer, mais un détail manque, cela ne fait aucun doute.

Elle ne déjeune plus avec Zenia une fois par

semaine ; Zenia est trop occupée. Elle déborde d'activités, elle a un tas de projets sur le feu. Aussi, à la réunion suivante du conseil d'administration, Roz l'attaque à propos du changement de contenu.

— Ce n'était pas l'idée originale, dit-elle.

Zenia lui sourit avec douceur :

— La plupart des femmes n'ont pas envie de lire des articles sur celles qui ont réussi, observe-t-elle. Cela aggrave leur sentiment d'échec.

Roz sent la colère monter — c'est sûrement une pierre dans son jardin — mais elle se contrôle.

— Que veulent-elles donc lire ?

— Je ne parle pas des intellectuelles, répond Zenia. Mais de madame Tout-le-Monde. L'acheteuse classique de magazines. Selon nos profils démographiques, elles veulent savoir comment être belles. Oh, et apprendre des choses sur le sexe, bien sûr. Le sexe avec les accessoires nécessaires.

— C'est-à-dire ? demande Roz aimablement.

Elle croit suffoquer.

— Les hommes, répond Zenia.

Les membres masculins du conseil d'administration rient, Mitch compris. Tant pis pour Roz. L'espace d'un éclair, elle a imaginé Zenia portant des gants noirs à crispin avec des franges, en train de tirer avec son pistolet automatique, avant de le ranger dans son étui.

Roz est l'actionnaire majoritaire. Elle pourrait user de son influence, tricher en battant les cartes, forcer Zenia à partir. Mais si elle le fait elle aura l'air d'être une mégère rancunière.

Et, admettons-le, ils gagnent enfin de l'argent, c'est une raison suffisante.

Un beau jour Mitch s'en va. Un claquement de doigts, et il est parti. En un clin d'œil. Pas de préliminaires, pas d'allusions, pas de lettres traînant dans la maison, aucun des symptômes habituels. Mais en regardant en arrière, Roz se rend compte qu'il était parti depuis quelque temps.

Où donc ? Il est allé vivre avec Zenia. Une cour

assidue, une idylle se sont déroulées sous le nez de Roz et elle n'a rien remarqué. Cela doit durer depuis des mois.

Mais non, pas du tout. Mitch lui dit — il semble vouloir lui faire croire — que tout s'est passé très soudainement. Il ne s'y attendait pas. Zenia est venue un soir dans son bureau, après le travail, pour le consulter sur des problèmes financiers, et alors...

— Je ne veux pas le savoir dit Roz, qui connaît les plaisirs de la narration.

Elle n'a pas l'intention de lui procurer cette satisfaction.

— Je veux juste que tu comprennes, insiste Mitch.

— Pourquoi ? demande Roz. Pourquoi est-ce important ? Qui cela intéresse-t-il ?

— Moi, répond Mitch. Parce que je t'aime encore. Je vous aime toutes les deux. C'est vraiment difficile pour moi.

— Va te faire foutre, dit Roz.

Mitch venait à la maison quand Roz était absente. Il passait furtivement parce qu'il n'était pas capable de l'affronter. Il venait, puis repartait, silencieux comme un voleur, et emportait des choses : ses costumes dans le placard à miroirs de la chambre, ses vêtements de bateau, ses meilleures bouteilles de vin, ses tableaux. En rentrant du travail Roz découvrait ces vides, ces espaces éloquents, déchirants, là où se trouvaient avant les objets de Mitch. Mais il laissa quelques affaires : un pardessus, son anorak, des livres, ses vieilles bottes, des cartons de ceci et de cela dans la remise au fond de la cave. Qu'est-ce que cela signifiait ? Qu'il n'était pas décidé ? Qu'il avait encore un pied dans la maison ? Roz souhaitait presque qu'il emportât tout en une fois et fît table rase. D'un autre côté, la présence des bottes était un signe d'espoir. C'était cela le pire. Tant qu'elle espérait, comment était-elle censée gérer sa vie ? Ce que les femmes dans ce genre de situation étaient bien obligées de faire.

Mitch ne prit que ce qui lui appartenait. Il

n'emporta aucun objet acheté pour la maison, pour eux deux. Roz fut surprise de découvrir combien il avait été peu impliqué dans tous ces achats et avait peu participé à ses choix : ou, vu sous un autre angle, combien il y avait peu contribué. Comment l'aurait-il aidée ? Elle l'avait toujours devancé ; elle avait perçu un besoin ou un désir et les avait aussitôt comblés, en agitant son chéquier magique. Peut-être avait-il été agacé au bout d'un moment par sa munificence, sa largesse, ses tas de perles, ses débordements. Demande et tu recevras ! Diable, Mitch ne demandait même pas ! Il lui suffisait de s'allonger sur la pelouse, la bouche ouverte, pendant que Roz grimpait sur l'arbre et secouait les pommes d'or.

Peut-être était-ce une ruse de Zenia. Peut-être s'était-elle présentée comme le symbole du vide, de l'inanition, tel un bol de mendiant affamé. Peut-être avait-elle choisi une posture à genoux, les mains tendues pour demander l'aumône. Peut-être Mitch rêvait-il de l'occasion de distribuer des piécettes, que Roz ne lui avait jamais fournie. Il était las de recevoir, d'être pardonné et sauvé ; peut-être avait-il envie d'intervertir les rôles. Mieux qu'une belle femme à genoux, une belle femme reconnaissante. Roz ne l'avait-elle pas été suffisamment ?

Apparemment pas.

Roz s'abaisse. Elle cède au désir méchant qui la tenaille et engage une détective privée, une femme nommée Harriet, Harriet la Hongroise, dont elle a appris l'existence il y a longtemps par oncle Joe, qui avait des liens avec la Hongrie.

— Je veux juste savoir ce qu'ils font, lui dit-elle.

— Mais encore ? demande Harriet.

— Où ils habitent, quelles sont leurs activités, répond Roz. Si elle est réelle.

— Réelle ? répète Harriet.

— D'où elle vient, précise Roz.

Harriet en trouve suffisamment. Assez pour rendre Roz encore plus malheureuse qu'elle ne l'est déjà. Zenia et Mitch vivent dans un appartement de grand standing qui donne sur le port, près de l'endroit où Mitch amarre son bateau. Ainsi ils peuvent faire de petites promenades sur le lac, suppose Roz, bien qu'elle imagine assez mal Zenia supporter cela trop longtemps. Se mouiller, abîmer son vernis à ongles. En tout cas, moins que Roz ne l'a fait. Que font-ils d'autre ? Ils mangent dehors, ou à la maison. Zenia va faire des courses. Rien de spécial.

La question de la réalité de Zenia est plus difficile à résoudre. Elle semble n'être jamais née, du moins pas sous ce nom ; mais comment le savoir, puisqu'une grande partie de Berlin a disparu en fumée ? Les recherches à Waterloo ne donnent rien. Elle n'est pas allée en classe là-bas, en tout cas pas sous son nom actuel. Est-elle seulement juive ?

— Dieu seul le sait, dit Harriet.

— Et la photo ? demande Roz. Sa famille ?

— Oh, Roz, s'écrie Harriet. On trouve ces photos-là à la pelle. Qu'est-ce qui vous prouve que ces gens étaient sa famille ?

— Elle a connu mon père, dit Roz.

Elle répugne à renoncer.

— Moi aussi, dit Harriet. Allons, Roz, il y a des allusions à tout cela dans toutes les interviews que vous avez données aux magazines. Que vous a-t-elle raconté sur lui qu'une fille de douze ans pleine d'imagination n'ait été capable d'inventer ?

— Vous avez raison, soupire Roz, mais il y avait tant de détails.

— Elle est très douée, reconnaît Harriet.

Londre est plus fructueux : Zenia y a effectivement travaillé pour un magazine ; elle semble avoir écrit certains des articles dont elle revendique la paternité, mais certainement pas tous. Ceux sur la mode, oui ; mais pas ceux sur les points chauds en politique. Les papiers signés par des hommes ont été réellement écrits par les auteurs en question, bien que sur les cinq, trois soient morts. Elle a fait un passage éclair dans les échos quand son nom s'est trouvé lié à celui d'un ministre siégeant au cabinet ; l'expression « bon ami » y était utilisée, et on y faisait fréquemment allusion à un mariage qui n'avait jamais eu lieu. Puis il y eut un scandale quand on découvrit que Zenia voyait en même temps un attaché culturel soviétique. « Voir » était un euphémisme. Il y eut beaucoup d'injures politiques, et les habituelles chasses à courre et indiscrétions ordurières de la presse populaire. Après cet incident Zenia avait disparu du paysage.

— Elle est allée dans tous ces pays ? demande Roz.

— Combien d'argent voulez-vous dépenser ? répond Harriet.

Le fait de connaître la fragilité de la façade de Zenia n'est d'aucun secours pour Roz. Elle est dans une impasse. Si elle parle à Mitch de ces mensonges il prendra cela pour de la jalousie.

C'est de la jalousie. Roz est si jalouse qu'elle n'arrive pas à penser clairement. Certaines nuits elle pleure de rage, d'autres, de chagrin. Elle déambule dans un brouillard rouge de colère, dans une brume grise d'apitoiement sur elle-même, et elle se déteste d'éprouver ces sentiments. Elle fait appel à son obstination, à sa volonté de se battre, mais qui exactement est son ennemi ? Elle ne peut combattre Mitch, parce qu'elle désire son retour. Peut-être que si elle suspend son tir pendant assez longtemps tout explosera. Mitch finira en eau de boudin comme un barbecue sous la pluie, et reviendra à la maison comme il l'a fait auparavant, pour qu'elle l'aide à se défaire de Zenia, pour qu'elle le sauve. Et Roz le fera, mais cette fois ce ne sera pas aussi facile. Il a violé quelque chose, un contrat tacite, une forme de confiance. Il n'a jamais quitté la maison auparavant. Les autres femmes étaient un jeu pour lui mais Zenia est une affaire sérieuse.

Il existe une autre variante au scénario : Zenia se divertissant de Mitch. Elle le jetterait par la fenêtre, comme lui l'a fait avec d'autres. Mitch aurait ce qu'il mérite. Roz serait vengée.

En public elle garde son sourire, elle montre

toutes ses dents. Les muscles de ses mâchoires lui font mal à force de sourire. Elle souhaite préserver sa dignité, garder bonne contenance. Ce n'est pas facile, avec sa poitrine écorchée et son cœur exposé à la vue de tous : son cœur, qui brûle et dégouline de sang.

Elle ne peut espérer beaucoup de pitié de ses amies, celles qui lui conseillaient de laisser tomber Mitch. Elle voit à présent ce qu'elles voulaient dire : *Laisse-le tomber avant qu'il ne le fasse !*

Mais elle n'a pas écouté. Au lieu de cela elle a continué de jouer le rôle de l'assistante du lanceur de couteaux dans son costume scintillant, les bras et les jambes écartés, immobile, souriant tandis que les lames s'enfonçaient dans le mur, y dessinant le contour de son corps. *Un seul geste et tu es morte.* Un jour elle serait touchée, par accident ou à dessein, c'était inévitable.

Tony lui téléphone. Charis aussi. Elle perçoit l'inquiétude dans leur voix : elles savent quelque chose, elles ont entendu l'histoire. Elle les rassure, elle les tient à distance. Un signe de compassion suffirait à l'achever.

Trois mois s'écoulent. Roz se redresse, elle pince les lèvres et serre si fort les mâchoires que ses dents, croit-elle, se réduisent à des chicots à force de grincer, elle teint ses cheveux en marron, et s'achète une nouvelle tenue, un tailleur de cuir italien d'une teinte vermillon luxuriante. Elle a plusieurs aventures insatisfaisantes avec des hommes. Elle couche avec eux de façon intermittente, étouffant ses cris comme si sa chambre était truffée de micros : elle sait qu'elle joue la comédie. Elle espère que la nouvelle de son infidélité insouciante parviendra à Mitch et le fera frémir, mais s'il frémit c'est uniquement dans l'intimité de sa propre maison, si on peut appeler ainsi le nid de vipères où il vit. Pire, peut-être ne frémit-il pas. Peut-être est-il enchanté à l'idée qu'un infortuné bouc émissaire va le débarrasser d'elle.

Harriet la Hongroise téléphone : sans doute Roz

sera-t-elle intéressée d'apprendre que Zenia voit un autre homme l'après-midi, quand Mitch est sorti.

— Quel genre d'homme ? demande Roz.

L'adrénaline lui monte au cerveau.

— Disons qu'il porte un blouson de cuir noir et conduit une Harley ; il a été arrêté deux fois mais pas condamné, faute de témoins disposés à se présenter.

— Arrêté pour quoi ?

— Vente de cocaïne, dit Harriet.

Roz demande un rapport écrit, le glisse dans une enveloppe, et l'adresse anonymement à Mitch, puis elle attend la réaction ; celle-ci ne se fait pas attendre, car un lundi avant le déjeuner, Harriet l'appelle au bureau.

— Elle a pris un avion, dit-elle. Trois grandes valises.

— Pour où ? demande Roz. Elle a des fourmis partout. Mitch l'accompagnait ?

— Non, répond Harriet. Pour Londres.

— Il la rejoindra peut-être plus tard, dit Roz.

Tiens, tiens, pense-t-elle. Bon vent, mouton noir. Trois valises pleines.

— Je ne crois pas, observe Harriet. Elle n'avait pas cet air-là.

— Quel air avait-elle donc ? demande Roz.

— Le genre lunettes noires. Le genre foulard noué autour du cou. Je parierais qu'elle a un œil au beurre noir, et deux contre un qu'il a essayé de l'étrangler. Ou quelqu'un d'autre.

Selon toute apparence, elle est en fuite.

— Il ira la chercher, dit Roz, qui ne veut pas se monter la tête. Il est obsédé.

Mais ce soir-là, quand elle rentre chez elle, dans son séjour à la moquette épaisse, rose et mauve, avec de subtiles nuances vertes, un style néo-années quarante avec un accent postmoderne, Mitch est là, assis dans son fauteuil préféré, comme s'il n'était jamais parti.

Du moins il est installé dans son fauteuil. Mais il est bien *parti*, aucun doute là-dessus. Très loin. Sur une planète en cendres dans une galaxie lointaine. Il a l'air d'avoir flotté dans l'espace profond, là où tout est froid et vide, où évoluent des bêtes à tentacules, et d'être revenu de justesse sur terre. L'air assommé, égaré. Agressé, la face contre un mur de brique, écrasée sur un tronc, jeté à moitié nu sur le bas-côté pierreux, et il n'a même pas vu qui c'était.

Roz éprouve un élan de joie, mais elle le refrène.

— Mitch, dit-elle, de sa voix la plus douce. Chéri, que se passe-t-il ?

— Elle est partie, répond Mitch.

— Qui ? demande Roz, car si elle ne réclame pas une livre de chair, pas tout de suite, elle veut un peu de sang, juste une goutte ou deux, parce qu'elle a soif.

— Tu sais qui, réplique Mitch d'une voix étranglée.

Est-ce du chagrin ou de la fureur ? Roz ne le sait pas.

— Je vais te préparer un verre, dit-elle.

Elle en remplit deux et s'assied en face de Mitch dans le fauteuil assorti, leur place habituelle pour des conversations de ce genre. Les explications. Il exposera les choses, elle sera blessée ; il feindra de se repentir, elle feindra de le croire. Ils s'affrontent, tels deux tricheurs, deux joueurs de poker.

Roz ouvre le feu.

— Où est-elle allée ? demande-t-elle, bien qu'elle connaisse la réponse.

Mais elle veut savoir s'il sait. S'il n'en a pas idée elle ne lui fournira pas le renseignement. Qu'il engage son propre détective.

— Elle a pris ses vêtements, dit Mitch, avec une sorte de grognement.

Il porte une main à sa tête, comme s'il avait une migraine. Donc, il ne sait rien.

Qu'est-elle censée faire ? Sympathiser avec son mari parce que la femme qu'il aime à sa place a filé sans laisser d'adresse ? Le consoler ? L'embrasser ? Oui, voilà ce qu'elle doit faire. Elle hésite — Mitch semble si abattu — mais se retient. Qu'il attende.

Il la regarde. Elle se mord la langue. Finalement il dit :

— Il y a autre chose.

Zenia, semble-t-il, a tiré des faux chèques sur le compte courant de *Woman*. Elle est partie avec tout le découvert autorisé. Combien ? Cinquante mille dollars, à prendre ou à laisser ; mais en chèques de moins de mille dollars. Elle les a encaissés dans différentes banques. Elle connaît le système.

Roz calcule : elle peut se le permettre, et la disparition de Zenia revient bon marché à ce prix-là.

— Quel nom a-t-elle utilisé ? demande-t-elle.

Elle sait qui a la procuration. Pour des petits chèques comme ceux-là, c'est Zenia elle-même qui a signé avec n'importe lequel des membres du conseil.

— Le mien, répond Mitch.

C'est clair comme de l'eau de roche. Zenia est une garce froide et perfide. Elle n'a jamais aimé Mitch. Elle voulait seulement s'offrir le plaisir de gagner, de le prendre à Roz. L'argent aussi. C'est évident pour Roz, mais pas pour Mitch, apparemment.

— Elle est dans une sale situation, dit-il. Il faut que je la retrouve.

Il doit penser au dealer de coke.

Roz renonce.

— Je t'en prie, répond-elle.

— Je ne *te* demande rien, dit Mitch, comme si Roz était trop méchante pour lui tendre une main secourable. Je sais d'où venait la lettre.

— Tu ne vas quand même pas lui courir après, s'écrie Roz. Enfin, tu n'as pas saisi le message ? Elle t'a piétiné avec ses hauts talons. Elle t'a couvert de ridicule. Elle a menti, triché et volé, et ensuite elle t'a rayé de sa vie. Crois-moi, il n'y a pas de place dans son existence pour une dupe qui a déjà servi.

Mitch lui lance un regard d'hostilité intense. C'est plus de vérité qu'il ne peut en supporter. Il n'est pas habitué à être trahi, abandonné, car cela ne lui est jamais arrivé auparavant. Je devrais peut-être donner des leçons, pense Roz.

— Tu ne comprends pas, dit-il.

Mais Roz comprend très bien. Peu importe ce qui

a pu se passer avant, personne n'a jamais été plus important qu'elle pour Mitch, mais aujourd'hui ce n'est plus le cas.

Harriet téléphone : Mitch a pris l'avion de mercredi soir pour Londres.

Le cœur de Roz durcit. Il cesse de brûler et de dégouliner de sang. La déchirure de sa poitrine se referme. Elle sent une main invisible, ferme comme un bandage, qui verrouille son corps. Voilà, pense-t-elle. C'est fini. Elle achète cinq romans policiers et passe une semaine de vacances en Floride, à pleurer, allongée au soleil.

48

Mitch revient. Après la poursuite. Il lui rend visite au milieu de février, après avoir téléphoné ; après avoir réservé une tranche horaire, comme n'importe quel client ou pétitionnaire. Il apparaît sur le seuil de Roz dans sa veste en peau de mouton, il ressemble à un sac vidé de son contenu. Il tient à la main un bouquet de fleurs plaintif.

Pour cela, elle aimerait lui lancer un coup de pied — croit-il l'acheter à si bon marché ? — mais elle est choquée par son apparence. Il est fripé comme un ivrogne sur un banc de parc, il a le teint gris à cause du voyage, et des cernes profonds sous les yeux. Il a perdu du poids, sa chair est flasque, son visage s'affaisse comme celui d'un vieillard sans ses fausses dents, comme les citrouilles de Halloween des enfants quelques jours après la fête, avec les bougies consumées à l'intérieur. Ce ramollissement, cet écroulement intérieur au fond d'un vide moite, au centre.

Roz sent qu'elle devrait rester là, devant la porte, telle une barrière entre l'air froid du dehors qu'il amène et sa maison bien chaude, le bloquer, le laisser à l'extérieur. Les enfants ont besoin d'être protégés de ce vestige, de cet écho tassé, de cette copie transparente de leur vrai père, avec ses yeux enfoncés et son sourire en papier mâché. Mais elle lui doit au moins une audition. Elle prend les fleurs sans un mot — des roses rouges, quelle ironie ! car elle ne doit pas se bercer d'illusions, ce n'est pas de la passion qu'il éprouve. Pas pour elle, en tout cas. Elle le fait entrer.

— Je veux revenir, lui dit-il, considérant le vaste séjour à haut plafond, le domaine spacieux que Roz a fabriqué, et qu'il partageait autrefois.

Il ne dit pas : *Me permets-tu de revenir ?* Ni : *Je veux que tu reviennes*. Cela n'a rien à voir avec Roz, elle n'est mentionnée nulle part. C'est la pièce qu'il revendique, le territoire. Il se trompe lourdement. Il croit avoir des droits.

— Tu ne l'as pas trouvée, n'est-ce pas ? demande Roz.

Elle lui tend le verre qu'elle lui a versé, comme autrefois : un pur malt, sans glace. C'est ce qu'il aimait, il y a très très longtemps ; c'est ce qu'elle boit ces temps-ci, plus qu'elle ne le devrait. Le geste de lui tendre le verre la radoucit, parce que c'est leur ancienne habitude. La nostalgie qu'elle a de lui la prend à la gorge. Elle lutte pour ne pas s'étrangler. Il a une nouvelle cravate, inconnue, avec des tulipes pastel horribles, couverte des empreintes de Zenia, comme des traces de roussi invisibles.

— Non, dit Mitch.

Il évite de la regarder.

— Et si tu l'avais trouvée, reprend Roz, s'endurcissant encore, allumant sa propre cigarette — elle ne lui demandera pas de le faire, ils ont largement dépassé ces gestes saugrenus de galanterie ; bien sûr il ne se précipite pas le bras tendu — qu'aurais-tu fait ? Tu l'aurais tabassée, tu lui aurais mis des avocats au cul, ou embrassée goulûment ?

Mitch regarde dans sa direction. Il fuit ses yeux. Comme si elle était à demi invisible, une sorte de masse floue menaçante.

— Je n'en sais rien, dit-il.

— Eh bien, au moins c'est honnête, s'exclame Roz. Je suis heureuse que tu ne mentes pas.

Elle essaie de garder une voix douce, pour éviter d'être cinglante. Il ne lui ment pas, il ne lui fait rien du tout. Pour lui, *elle* n'existe pas ; elle pourrait aussi bien être ailleurs. C'est à lui-même qu'il fait quelque chose. Elle ne s'est jamais sentie plus inexistante.

— Alors, qu'est-ce que tu veux ?

Autant le demander, autant découvrir ce qu'on exige d'elle.

Mais il secoue la tête : il n'en sait rien non plus. Il ne boit même pas le verre qu'elle lui a servi. On dirait qu'il ne peut rien accepter d'elle. Cela signifie qu'elle ne peut rien lui donner.

— Quand tu auras trouvé, dit-elle, sois gentil de m'en informer.

Finalement, il la regarde. Dieu sait qui il voit. Un ange vengeur, une géante avec un bras nu et une épée — ce ne peut être Roz, la tendre et douce Roz, si elle en croit son expression. Ses yeux sont effrayants, parce qu'ils sont effrayés. Il est terrorisé, par elle ou une autre, ou quelque chose, et elle ne supporte pas ce spectacle. Dans toutes les situations, ces années où il jouait à cache-cache avec ses minettes, où elle enrageait et pleurait, elle a toujours compté sur son sang-froid. Mais aujourd'hui il y a une fêlure en lui, comme sur une plaque de verre ; un peu de chaleur et il se brisera. Pourquoi Roz devrait-elle ramasser les morceaux ?

— Laisse-moi rester ici, dit-il. Habiter à la maison. Je dormirai en bas, dans le salon. Je ne te dérangerai pas.

Il la supplie, mais Roz ne l'entend que rétrospectivement. Sur le moment elle juge l'idée intolérable : Mitch par terre, dans un sac de couchage, comme les amis des jumelles quand ils dorment les uns chez les autres, régressant pour une vie de transition, une vie d'adolescent. À l'écart de sa chambre, ou pire, dénué de tout désir d'y pénétrer. C'est cela — il la rejette, il rejette son grand corps solide, avide, maladroit, ardent; il n'est plus assez bon pour lui, pas même comme édredon, pas même comme lieu de repli. Il doit la trouver répugnante.

Mais il lui reste un peu de fierté, Dieu sait comment elle a réussi à s'y cramponner, et si elle lui permet de revenir ce sera sans concession.

— Tu ne peux pas me traiter comme un relais d'autoroute, dit-elle. Plus maintenant.

Car c'est exactement ce qu'il ferait, il emménagerait, elle lui servirait des repas nourrissants, elle le remettrait d'aplomb, il retrouverait ses forces et s'en irait, sur sa chaloupe, sur son galion, il sillonnerait les sept mers en quête du Saint Graal, d'Hélène de Troie, ou de Zenia, l'œil vissé à sa lunette d'approche, guettant son drapeau de pirate. Roz le lit dans ses yeux, ils sont fixés sur l'horizon, pas sur elle. Même s'il revenait dans sa chambre, sous ses draps framboise, s'il pénétrait son corps à nouveau, il ne sentirait plus sa présence sous lui, sur lui, autour de lui, plus jamais. Zenia lui a volé quelque chose, le seul bien qu'il ait toujours conservé à l'abri de toutes les femmes, même de Roz. Appelons cela son âme. Zenia l'a prise dans sa poche de poitrine quand il ne regardait pas, aussi facilement que si elle avait dévalisé un ivrogne, elle l'a examinée, elle a mordu dedans pour voir si elle était vraie, elle a ricané de la trouver si petite après tout, et elle l'a jetée, parce que c'est le genre de femme qui désire ce qu'elle n'a pas et obtient ce qu'elle veut, puis méprise ce qu'elle a reçu.

Quel est son secret? Comment réussit-elle? D'où vient son indéniable pouvoir sur les hommes? Comment s'en empare-t-elle, interrompant leur course d'un croche-pied, pour les retourner comme un gant? Ce doit être une technique très simple et évidente. Elle leur dit qu'ils sont uniques, puis leur révèle que c'est faux. Elle ouvre sa cape aux poches secrètes et leur montre comment fonctionne le piège magique, qui n'est après tout rien d'autre qu'un piège. Mais à ce moment-là ils refusent de voir; ils croient que l'eau de jouvence est réelle, bien qu'elle vide le flacon et le remplisse au robinet, sous leurs yeux. Ils veulent y croire.

— Ça ne marchera pas, dit Roz à Mitch.

Elle n'est pas vindicative. C'est la pure vérité.

Il doit le savoir, parce qu'il ne l'implore pas. Il s'enfonce dans ses vêtements fripés ; son cou raccourcit, comme si une masse inexorable exerçait une pression sur son crâne.

— Je suppose que non, dit-il.

— Tu n'as pas gardé l'appartement ? demande Roz. Ce n'est pas là que tu habitais ?

— Je ne pouvais plus y rester, répond Mitch.

Sa voix a un ton de reproche, comme si c'était grossier de sa part, cruel même, de suggérer une pareille chose. Ne saisit-elle pas combien cela le ferait souffrir de vivre dans un lieu qu'il a partagé autrefois avec sa bien-aimée enfuie, un lieu dont le moindre recoin lui rappellerait la chère disparue, un lieu où il a été si heureux ?

Roz sait. Elle-même vit dans un endroit semblable. Mais visiblement il n'y a pas pensé. Ceux qui souffrent n'ont pas de temps pour la souffrance des autres.

Roz l'accompagne dans l'entrée, elle l'aide à enfiler son manteau, et manque céder parce que c'est aussi le sien, elle a participé à son achat, elle a partagé la vie qu'il a menée ainsi vêtu — ce cuir de bon goût, cette peau de mouton, qui abritait autrefois un loup aussi démoniaque. Il ne l'est plus ; il a perdu ses dents à présent. *Pauvre agneau*, pense Roz, et elle serre les poings très fort parce qu'elle ne se laissera pas berner une seconde fois.

Il s'éloigne dans le crépuscule glacé de février, vers l'inconnu. Roz le regarde marcher en direction de sa voiture, titubant légèrement bien qu'il n'ait pas touché à son verre. Les trottoirs sont verglacés. Ou peut-être a-t-il pris quelque chose, un cachet, un tranquillisant. Il ne devrait sûrement pas conduire, mais ce n'est plus à elle de l'en empêcher. Elle se dit qu'il n'est pas nécessaire de s'inquiéter pour lui. Il peut aller à l'hôtel. Ce n'est pas comme s'il n'avait pas d'argent.

Elle laisse ses roses rouges sur le buffet, enveloppées de leur papier fleuri. Qu'elles se fanent. Dolores les trouvera demain, et reprochera d'instinct à Roz sa négligence, les gens riches ne savent pas le prix des choses, et elle les jettera. Roz se verse un autre scotch et allume encore une cigarette, puis elle sort ses vieux albums. Elle a pris des photos inlassablement, aux fêtes anniversaires dans le jardin, aux remises de diplômes, aux vacances l'hiver dans la neige, l'été sur le bateau, pour se prouver qu'ils formaient vraiment une famille, et elle s'installe dans la cuisine pour les regarder. Des photos de Mitch, en couleurs mortes : Mitch et Roz à leur mariage, Mitch et Roz et Larry, Mitch et Roz et Larry et les jumelles. Elle cherche un signe sur son visage, un présage de la catastrophe qui s'est abattue sur eux. Elle ne trouve rien.

Des femmes dans sa situation prennent leurs ciseaux à ongles et découpent les têtes de l'homme en question, laissant seulement son corps. Certaines enlèvent tout. Mais Roz ne le fera pas, à cause des enfants. Elle ne veut pas qu'ils tombent sur une photo de leur père sans tête, elle ne veut pas les affoler plus qu'elle ne l'a déjà fait. Et cela ne marcherait pas de toute manière, parce que Mitch serait encore sur les photos, une silhouette, une forme vide, occupant autant d'espace que dans son propre lit. Elle ne dort jamais au milieu, elle reste d'un côté. Elle ne peut se résoudre à occuper toute la place.

Sur le réfrigérateur, fixées par des aimants en forme de cochons et de chats qui sourient, se trouvent les cartes de la Saint-Valentin que les enfants ont fabriquées pour elle à l'école. Les jumelles sont crampon ces temps-ci, elles veulent la garder auprès d'elles. Elles n'aiment pas qu'elle sorte le soir. Elles n'ont pas attendu le jour de la Saint-Valentin, elles ont rapporté leurs cartes à la maison et les lui ont données tout de suite, comme s'il y avait eu urgence. Elle n'en recevra sûrement pas d'autres. Ce sont sans doute les dernières de sa vie. Cela devrait lui suffire. Que ferait-elle de cœurs embrasés, de lèvres incandescentes et de halètements, à son âge ?

Ça suffit, Roz, se dit-elle. Tu n'es pas vieille. Ta vie n'est pas finie.

Elle en a pourtant l'impression.

Mitch reste en ville. Il est dans les parages. Il vient voir les enfants et Roz s'arrange pour être sortie, mais l'idée de sa présence lui donne des fourmis dans tout le corps. Quand elle rentre dans la maison après son passage, elle sent son odeur — sa lotion après-rasage, son aftershave anglais à la bruyère, l'a-t-il vaporisée dans la pièce juste pour l'émouvoir ?

Elle l'aperçoit dans des restaurants, ou au yacht-club. Elle cesse d'aller dans ces endroits. Elle décroche le téléphone et il est à l'autre bout de la ligne, en train de parler avec l'un des enfants. Le monde entier est piégé. Elle est le dindon de la farce.

Leurs avocats se contactent. Une séparation à l'amiable est envisagée, mais Mitch se dérobe ; il ne veut pas de Roz — sinon il serait ici, sans nul doute, il reparaîtrait sur le seuil, il le demanderait du moins — mais il ne veut pas non plus être séparé d'elle. Ou bien il marchande seulement, il essaye de faire monter les prix. Roz serre les dents et tient bon. Cela va lui coûter, mais cela vaut la peine de couper la corde, le lien, la chaîne, de se libérer du poids qui la maintient au sol. Il faut savoir quand se retirer. En tout cas elle fonctionne. Plus ou moins. Bien qu'elle ait fait mieux.

Elle va voir un psy, dans l'espoir de s'améliorer, de devenir une nouvelle femme, de s'en foutre. Elle aimerait bien. La psy est une personne agréable ; elle lui plaît. Ensemble, elles reconstituent la vie de Roz comme un puzzle, un roman à énigme avec une solution à la fin. Elles disposent et redisposent les pièces, essayant d'obtenir un meilleur résultat. Elles espèrent : si Roz peut comprendre sa propre histoire, elles pourront repérer les mauvais tournants de son parcours, et changer la fin. Elles parviennent à une ébauche de scénario. Peut-être Roz a-t-elle épousé Mitch car elle sentait, tout en le croyant à l'époque très différent de son père, qu'il était le même en profondeur. Il la tromperait comme son père avait trompé sa mère, elle lui pardonnerait et le reprendrait de la même manière. Elle le sauverait continuellement. Elle serait la sainte et lui le pécheur.

Mais les parents de Roz ont fini ensemble, contrairement à Roz et Mitch, quelque chose a donc mal tourné. C'est Zenia. Zenia a changé le scénario, remplaçant le salut par la fuite, et lorsque Mitch a demandé à être sauvé, Roz a refusé. Qui est coupable ? Ah ! Roz ne croit-elle pas avoir consacré trop de temps à répartir les responsabilités ? Peut-être se blâme-t-elle ? En un mot, oui. Peut-être ne se résout-elle pas à écarter Dieu tout à fait, à oublier la notion de châtiment.

Peut-être n'est-ce la faute de personne, suggère la psy.

Peut-être ces choses-là arrivent-elles simplement, comme les accidents d'avion.

Si Roz désire aussi ardemment le retour de Mitch — et il le semble, maintenant qu'elle a saisi en profondeur la dynamique de leur relation — peut-être devrait-elle lui demander de venir avec elle chez la psy. Peut-être devrait-elle lui pardonner.

Tout cela est très raisonnable. Roz envisage de passer ce coup de téléphone. Elle a presque rassemblé le courage nécessaire, elle va y arriver. Puis, dans la bruine de mars, Zenia meurt. Elle est tuée au Liban, dans un attentat à la bombe ; elle revient dans une boîte en métal et on l'enterre. Roz ne pleure pas. Au lieu de cela elle se réjouit farouchement — s'il y avait un feu de joie elle danserait autour, en battant un tambourin si elle en trouvait un. Mais ensuite elle a peur, parce que Zenia est avant tout vengeresse. Sa mort n'altère pas cela. Elle inventera quelque chose.

Mitch n'est pas à l'enterrement. Roz tend le cou pour le chercher, mais il y a seulement un groupe d'hommes qu'elle ne connaît pas. Et Tony et Charis, bien sûr.

Elle se demande si Mitch a appris la nouvelle et, dans ce cas, comment il la prend. Elle devrait avoir l'impression que Zenia a été éliminée, comme un manteau de fourrure, mangé par les mites, ou une branche d'arbre tombée sur le chemin, mais ce n'est pas le cas. Zenia morte est plus une barrière que Zenia vivante ; pourtant elle ne peut expliquer pourquoi, dit-elle à la psy. Serait-ce du remords, parce que Zenia, la rivale haïe, est morte et que Roz souhaitait cette mort, mais est toujours en vie, elle ? Peut-être. *Vous n'êtes pas responsable de tout*, dit la psy.

Mitch va sûrement changer à présent, il va apparaître, réagir. Se réveiller, comme après une séance d'hypnose. Mais il ne téléphone pas. Il ne fait pas signe, la première semaine d'avril passe, puis la deuxième, la troisième. Lorsque Roz appelle finalement son avocat, pour découvrir où il est, l'homme n'en sait rien. Un voyage a été mentionné, lui semble-t-il. Où ? Il l'ignore.

Mitch est au fond du lac Ontario. Il s'y trouve depuis un moment. La police intercepte son bateau, le *Rosalind II*, qui dérive les voiles en berne, et finalement Mitch vient d'échouer sur les Scarborough Bluffs. Il porte son gilet de sauvetage, mais à ce moment de l'année l'hypotermie a dû le saisir très vite. Il a dû glisser, lui dit-on. Il est tombé, et n'a pas réussi à remonter sur le bateau. Il y avait du vent, le jour où il a quitté le port. Un accident. Si cela avait été un suicide, il n'aurait pas porté son gilet de sauvetage, n'est-ce pas ?

Mais si, mais si, pense Roz. Il a fait cela pour les enfants. Il ne voulait pas leur laisser un cadeau empoisonné. Il les aimait assez pour ça. Mais il connaissait les dangers de la température de l'eau, il lui avait assez souvent fait la leçon à ce sujet. La chaleur du corps se dissipe, en un éclair. On s'engourdit, puis on meurt. C'est ce qui s'est produit. C'était un acte délibéré, Roz n'en doute pas un instant, mais elle ne dit rien.

C'était un accident, dit-elle aux enfants. Les accidents arrivent.

Elle doit remettre de l'ordre après lui, bien sûr. Ramasser les choses qui traînent. Nettoyer ce gâchis. Elle est encore sa femme, après tout.

Le pire est l'appartement, celui qu'il a partagé avec Zenia. Il n'y est pas retourné après son départ, après l'avoir poursuivie en vain en Europe. Certains de ses vêtements sont encore dans le placard — ses costumes imposants, ses belles chemises, ses cravates. Roz plie et emballe, comme si souvent autrefois. Ses chaussures, plus vides que jamais. Où qu'il soit, ce n'est pas ici.

La présence de Zenia est plus forte. La plupart de ses affaires ont disparu, mais un peignoir chinois en soie rose avec des dragons brodés est posé sur une chaise de la chambre. Imprégné d'opium, pense Roz en respirant son odeur. C'est le parfum qui la perturbe le plus. Les draps froissés sont encore sur le lit défait, il y a des serviettes sales dans la salle de bains. La scène du crime. Elle n'aurait jamais dû venir, c'est une torture. Elle aurait mieux fait d'envoyer Dolores.

Roz cesse d'aller chez la psy. C'est l'optimisme qui l'énerve, la conviction que les choses peuvent s'arranger; un fardeau de plus, sent-elle en ce moment précis. Tous ces événements, et elle est encore censée avoir de l'espoir? Merci non. Eh bien, mon Dieu, se dit-elle à elle-même. *C'était un sacré numéro. Tu m'as bien eue! Tu es fier de toi? Quel autre tour as-tu dans ton sac? Peut-être une jolie guerre, un génocide — hé, une épidémie ou deux?* Elle sait qu'elle ne devrait pas parler ainsi, même à elle-même, c'est tenter le sort, mais cela lui permet de traverser la journée.

C'est le plus difficile. Elle met en attente deux affaires immobilières; elle n'est pas en état de prendre des décisions majeures. Le magazine peut fonctionner seul jusqu'à ce qu'elle arrive à le vendre, ce qui ne devrait pas être trop difficile, car depuis les changements apportés par Zenia il fait un bénéfice. Si elle n'y parvient pas elle l'arrêtera. Elle n'a pas le cœur de poursuivre une publication qui a exprimé des prétentions aussi extravagantes, précisément celles qu'elle a échoué à concrétiser, de manière catastrophique. Elle n'est pas une superwoman, et *échec* est le mot clé. Elle a réussi dans beaucoup de domaines, mais pas dans l'essentiel. Elle n'a pas soutenu son homme. Si Mitch s'est noyé — s'il n'avait plus assez de raisons de vivre —, qui est responsable ? Zenia, bien sûr, mais elle aussi. Elle aurait dû se souvenir de son propre père, qui avait pris la même route obscure. Elle aurait dû lui permettre de revenir.

Traverser la journée est une chose, passer la nuit en est une autre. Elle ne peut pas se brosser les dents dans sa splendide salle de bains à deux lavabos sans sentir la présence de Mitch auprès d'elle, elle ne peut prendre une douche sans chercher sur le sol ses empreintes humides. Elle ne peut dormir au milieu de son lit framboise, parce qu'il est là plus que jamais, plus encore que lorsqu'il était vivant, mais ailleurs. Pourtant il n'est pas là. Il a disparu. C'est une personne disparue. Il est parti en un lieu où elle ne peut plus l'atteindre.

Elle ne peut absolument pas dormir dans son lit framboise. Elle s'allonge, se lève, enfile son peignoir, descend dans la cuisine où elle fouille dans le réfrigérateur; ou bien elle longe le couloir du premier étage en écoutant la respiration de ses enfants. Elle est inquiète pour eux à présent, plus que jamais, et ils le sont pour elle. Malgré ses efforts pour les rassurer, leur dire qu'elle va bien et que tout ira pour le mieux, elle les effraie. Elle le sent.

Ce doit être le ton monocorde de sa voix, son visage sans maquillage, à nu. Elle traîne une couverture dans la maison au cas où le sommeil vienne. Parfois elle s'endort sur le sol, dans le salon, avec la télévision allumée comme compagnie. Parfois elle boit dans l'espoir de se détendre, de s'assommer. Quelquefois cela marche.

Dolores part. Elle dit qu'elle a trouvé un autre emploi, avec un plan de retraite, mais Roz pense que ce n'est pas la vraie raison. C'est la malchance; Dolores a peur de l'attraper. Roz la remplacera, elle trouvera quelqu'un d'autre; plus tard, quand elle pourra penser. Quand elle aura dormi.

Elle va chez le médecin, le généraliste qui soigne la toux des enfants, et elle demande des somnifères. Juste pour surmonter cette période, dit-elle. Il se montre compréhensif et lui donne des cachets. Elle est prudente au début, mais ils ne font pas assez d'effet, et elle en prend plus. Un soir elle en avale une poignée, avec un triple scotch; non par envie de mourir, ce n'est pas ce qu'elle désire, mais par irritation d'être éveillée. Elle finit sur le carrelage de la cuisine.

C'est Larry qui la trouve, en rentrant de chez un ami. Il téléphone à l'ambulance. Il est grand maintenant, plus qu'il ne le devrait. Il est responsable.

Roz revient à elle, sur une civière tirée par deux grosses infirmières. Où est-elle ? À l'hôpital. Quelle faiblesse de sa part, et comme c'est embarrassant, elle n'avait pas l'intention de se retrouver dans un tel endroit.

— J'ai besoin de rentrer chez moi, dit-elle. Je dois me reposer.

— Elle reprend conscience, dit la femme à gauche.

— Tout ira bien, mon petit, dit l'autre.

Il y a bien longtemps que Roz n'a pas été *elle* ni *mon petit*. Elle éprouve une pointe d'humiliation. Puis cela disparaît.

Roz émerge du brouillard. Elle sent les os de son crâne, fragiles comme la peau; à l'intérieur, son cerveau est gonflé, plein de pulpe. Son corps est obscur et vaste comme le ciel, ses nerfs brillent telles des piqûres d'épingle : de longues files d'étoiles oscillent comme des algues. Elle dérive, elle se sent sombrer. Mitch sera là.

Puis Charis est assise près d'elle, à son chevet, elle lui tient la main gauche.

— Pas encore, dit-elle. Il faut que tu reviennes, ton heure n'est pas venue. Tu as encore des choses à faire.

Quand elle est elle-même, quand elle est normale, Roz trouve que Charis est une gourde sympathique — disons-le, ce n'est pas un esprit universel — et ne tient aucun compte de sa métaphysique sauvage. Pourtant Charis attrape le pied de Roz de son autre main, et celle-ci sent une vague de chagrin traverser son corps, remonter son bras et se déverser dans la main de Charis. Puis elle a l'impression d'être tirée, comme si Charis se trouvait au loin, sur le rivage, et tenait quelque chose — une corde sans doute — et la hissait hors de l'eau du lac où elle a failli se noyer. Là-bas, il y a la vie : une plage, le soleil, des petits personnages. Ses enfants agitent les bras et crient, bien qu'elle ne puisse pas les entendre. Elle se concentre sur la respiration, elle remplit ses poumons d'air. Elle est assez forte, elle s'en sortira.

— Oui, absolument, dit Charis.

Tony a emménagé chez Roz, pour être avec les enfants. Lorsque Roz sort de l'hôpital, Charis vient aussi s'installer, pour quelque temps seulement; jusqu'à ce que Roz soit remise sur pied.

— Ce n'est pas nécessaire, proteste Roz.

— Il le faut, répond sèchement Tony. Tu as d'autres suggestions ?

Elle a déjà appelé le bureau de Roz pour leur dire que Roz a une bronchite; une laryngite aussi, donc elle ne peut pas parler au téléphone. Des fleurs arrivent, Charis les met dans des vases et oublie d'ajouter de l'eau. Elle va au magasin diététique et en rapporte divers extraits et capsules, qu'elle fait absorber à Roz ou qu'elle utilise pour la masser, et des céréales pour le petit déjeuner composées de graines inconnues qui doivent bouillir longtemps.

Roz a envie de chocolat, et Tony lui en donne en cachette.

— C'est bon signe, lui dit-elle.

Charis a amené August avec elle, et les trois filles jouent à la poupée dans la pièce des jumelles — parfois Barbie part en guerre, s'empare du monde et domine tous les autres avec violence, mais parfois elle finit mal. Ou bien elles se déguisent avec les vieux slips de Roz et se glissent dans la maison telles trois princesses en expédition. Roz se réjouit d'entendre de nouveau les voix fortes, les discussions; ces derniers temps les jumelles ont été beaucoup trop silencieuses. Tony fait des tasses de thé et, pour le dîner, des ragoûts au thon comme autrefois, avec du fromage et des chips, Roz croyait que ces choses avaient disparu du monde, et Charis masse les pieds de Roz avec de l'essence de menthe et de roses. Elle lui dit qu'elle est une âme ancienne, avec des liens au Pérou. Les événements qui lui sont arrivés, et ressemblent à une tragédie, sont des vies passées qui s'expriment. Roz doit en tirer la leçon, car c'est pour cette raison que nous retournons à la terre : pour apprendre. « Dans la vie suivante, on ne cesse pas d'être qui on est, explique-t-elle, mais on ajoute des choses. » Roz se mord la langue, parce qu'elle retrouve ses esprits et considère cela débile, mais jamais elle ne songerait à le dire parce que Charis est bien intentionnée, et lui fait couler des bains avec des bâtons de cannelle et des feuilles, comme si elle préparait un bouillon de poule.

— Vous me gâtez, leur dit Roz.

Maintenant qu'elle se sent mieux toute cette agitation la met mal à l'aise. Habituellement c'est elle qui s'affaire et se charge de ces occupations maternelles. Elle n'est pas habituée à recevoir.

— Tu as fait un dur voyage, dit Charis, de sa voix douce. Tu as gaspillé beaucoup d'énergie. À présent tu dois te laisser aller.

— Ce n'est pas si facile, répond Roz.

— Je sais, répond Charis. Mais tu n'as jamais aimé les choses faciles.

Par *jamais*, elle entend *pas depuis les quatre mille dernières années*. Roz se sent à peu près aussi vieille.

49

Roz se retrouve assise sur le sol de la cave à la lueur d'une ampoule nue suspendue au plafond, une assiette vide à côté d'elle, un livre d'histoires pour enfants ouvert sur les genoux. Elle tourne et retourne son alliance sur son doigt, l'anneau qui signifiait autrefois qu'elle était mariée, l'anneau qui l'alourdit, elle semble vouloir le dévisser de son annulaire, ou encore attendre qu'un lutin surgisse de nulle part pour tout résoudre pour elle. Remettre les morceaux ensemble, rétablir l'ordre; glisser Mitch vivant dans son lit où elle le trouvera en remontant — propre et parfumé, les cheveux brossés et l'œil rusé, débordant de mensonges affectueux, des mensonges transparents qu'elle pourrait supporter, avec vingt ans de moins. Une nouvelle chance. Maintenant qu'elle sait ce qu'il faut faire elle se débrouillera mieux cette fois-ci. *Dis-moi, Dieu — pourquoi n'avons-nous pas droit à des répétitions ?*

Combien de temps est-elle restée ici, à gémir sous cette mauvaise lumière ? Elle doit remonter dans la maison et faire face à la réalité, quelle qu'elle soit. Elle doit se ressaisir.

Elle le fait en tapotant les poches de son peignoir, où elle gardait toujours un Kleenex avant que les jumelles ne les proscrivent. N'en trouvant aucun, elle essuie ses yeux sur sa manche orange, laissant une traînée noire de mascara, puis elle se mouche dans l'autre manche. Qui la voit, à part Dieu ? D'après les nonnes, il préférait les mouchoirs en coton. *Dieu*, lui dit-elle, *si tu avais voulu nous empêcher de nous moucher dedans, tu ne nous aurais pas donné de manches*. Ni de nez. Ni de larmes, pendant qu'on y est. Ni de mémoire, ni de douleur.

Elle glisse les livres d'enfants sur l'étagère. Elle devrait les donner à une œuvre de charité, ou peut-être les prêter — qu'ils se promènent dans le monde pour pervertir l'esprit d'un autre enfant, en attendant la naissance de ses propres petits-enfants. Lesquels ? *Continue de rêver, Roz.* Les jumelles sont trop jeunes et deviendront probablement des coureuses de stock-cars ou des femmes qui choisissent de vivre parmi les gorilles, une activité intrépide et peu procréatrice ; quant à Larry, il n'est pas du tout pressé, et si les *fausses* fiancées qu'il a dénichées jusqu'à présent sont un échantillon de ce que l'avenir lui réserve dans le domaine des belles-filles, Roz n'est guère impatiente.

La vie serait beaucoup plus facile si les mariages arrangés existaient encore. Elle irait au marché du mariage, une liasse de billets en main, elle discuterait avec un agent matrimonial digne de confiance, et obtiendrait une gentille femme pour Larry : brillante mais pas autoritaire, douce mais pas molle, avec un bassin large et un dos solide. Si son propre mariage avait été arrangé, les choses auraient-elles été pires que dans la réalité ? Est-ce juste de lâcher des jeunes filles inexpérimentées dans la forêt sauvage pour s'y débrouiller seules ? Des filles avec une forte ossature et des pieds loin d'être petits. Il faudrait l'aide d'une femme sage, une vieille bique ratatinée qui sortirait de derrière un arbre pour donner des conseils, et qui dirait : *Non, pas celui-ci*, et *La beauté est superficielle*, chez les hommes comme chez les femmes, et elle verrait au fond des cœurs. Qui sait quel mal se cache dans le cœur des hommes ? Une femme plus âgée le sait. Mais quel âge faut-il atteindre pour acquérir ce genre de sagesse ? Roz continue d'attendre qu'elle jaillisse en elle, qu'elle l'enveloppe, la marque comme les taches de vieillesse ; ce n'est pas encore arrivé.

Elle se met péniblement debout et enlève la poussière de son postérieur, une erreur, car ses mains sont couvertes de la saleté des livres, se rend-elle compte trop tard en trouvant un poisson d'argent écrasé sur la fesse de son peignoir en velours. Dieu sait ce qui a rampé sur elle pendant qu'elle était en train de rêvasser par terre. *Rêvasser*, un mot de sa mère, un mot si ancien, enraciné si loin dans le passé que personne ne sait d'où il vient, bien que tout le monde en connaisse le sens. Pourquoi rêvasser équivalait-il à paresser ? Lire et penser se résumaient à cela, selon sa mère. *Rosalind ! ne reste pas là à rêvasser ! balaie l'allée de devant !*

Les jambes de Roz sont engourdies. Chaque pas provoque mille picotements. Elle boite en direction des marches de la cave, s'interrompant pour grimacer. Une fois dans la cuisine, elle ouvrira le réfrigérateur, juste pour voir si quelque chose la tente. Elle n'a pas eu de dîner convenable, c'est souvent le cas. Personne ne fait la cuisine pour elle, et elle ne prépare à manger pour personne, non qu'elle se soit jamais occupée de la cuisine. Aucune commande à faire pour les autres. La nourriture doit être partagée. Manger ou boire seul peuvent se ressembler — une manière d'arrondir les angles, de remplir les vides. Le vide ; la forme d'homme laissée par Mitch.

Mais elle ne trouvera rien d'attirant dans le frigo ; ou peut-être deux ou trois choses, mais elle ne s'abaissera pas si bas, elle ne mangera pas des cuillerées de glace au chocolat et au rhum, comme elle l'a fait auparavant, ni ne s'attaquera à la boîte de *pâté de foie gras** qu'elle garde pour Dieu sait quelle occasion mythique, avec la bouteille de champagne rangée au fond. Il y a une quantité de légumes frais, des aliments de volume achetés dans un accès de vertu diététique, mais en ce moment précis elle n'en a pas envie. Elle devine déjà leur destin : ils vont lentement se transformer en une matière visqueuse vert et orange dans le bac à légumes, et alors elle en rachètera d'autres.

Peut-être devrait-elle appeler Charis ou Tony, ou toutes les deux, et les inviter ; commander des ailes de poulet brûlantes au restaurant indien tandoori de

* En français dans le texte. *(N.d.T.)*

Carlton qui fait des plats à emporter, ou bien des croquettes aux crevettes, des haricots à l'ail et des raviolis frits de son Chinois setchouanais préféré, dans Spadina, ou les deux : pour organiser une petite fête multiculturelle inavouable. Mais Charis doit déjà être rentrée dans l'Île, et il fait nuit à présent, Roz n'aime pas l'idée de Charis seule dehors la nuit, il peut y avoir des agresseurs, et elle est une cible si évidente, une femme mûre aux longs cheveux se promenant couverte de plusieurs épaisseurs de textiles imprimés, et se cognant dans les objets, elle pourrait aussi bien s'accrocher une pancarte au tour du cou : *Prenez mon sac*. Roz parvient rarement à la persuader de prendre des taxis même si elle propose de les payer de sa poche, Charis n'en finit pas de parler du gaspillage d'essence. Elle préfère le bus ; ou, pire, elle décidera de marcher dans le fin fond de Rosedale, dépassant les rangées de faux manoirs georgiens, et se fera ramasser par la police pour vagabondage.

Quant à Tony, elle doit être blottie dans sa forteresse à tourelle, en train de préparer le dîner de West, un ragoût aux nouilles ou une autre recette tirée de *The Joy of Cooking*, édition de 1967. C'est étrange que Tony soit la seule d'entre elles qui ait fini avec un homme. Roz n'arrive pas vraiment à se l'imaginer : la minuscule Tony, avec ses yeux de petit oiseau et son sourire acidulé, et, croirait-on, le sex-appeal d'une bouche d'incendie, avec plus ou moins les mêmes proportions. Mais l'amour prend des visages inattendus, Roz a eu l'occasion de l'apprendre. Et peut-être West a-t-il été si effrayé par Zenia dans sa jeunesse qu'il n'a jamais osé regarder une autre femme depuis.

Roz songe avec mélancolie au tableau du dîner chez Tony, puis décide qu'elle n'est pas exactement envieuse, car le personnage au corps filiforme, à l'esprit étrange, et aux joues creuses qu'est West ne correspond pas à l'image du convive qu'elle aimerait voir en face d'elle à table. Mais elle est heureuse que Tony ait un compagnon, c'est son amie et vous souhaitez le bonheur de ceux que vous aimez. Selon les féministes en salopette d'autrefois, mieux valait un mort, ou encore, pas d'homme du tout; pourtant Roz continue de souhaiter à ses amies de trouver de la joie chez ces hommes qui sont censés vous faire tant de mal. *J'ai rencontré quelqu'un*, lui confie une amie, et Roz pousse un cri de plaisir sincère. C'est peut-être parce que c'est difficile de trouver un homme bien, aussi c'est une vraie fête quand l'une d'elles en découvre un. Mais c'est ardu, c'est presque impossible, car personne ne semble plus savoir ce qu'est « un homme bien ». Même les hommes.

Ou peut-être est-ce parce que beaucoup d'hommes ont été avalés par des dévoreuses comme Zenia. La plupart des femmes les désapprouvent, non à cause de ce qu'elles font, ni de la promiscuité impliquée, mais en raison de leur avidité. Les femmes ne veulent pas que tous les hommes soient engloutis par les dévoreuses; elles désirent en garder quelques-uns pour elles.

C'est un point de vue cynique, digne de Tony et non de Roz. Roz doit préserver son optimisme, parce qu'elle en a besoin; c'est une vitamine psychique, cela lui permet d'avancer. « Une femme nouvelle va bientôt naître », disaient les féministes. Combien de temps cela prendra-t-il, songe Roz, et pourquoi n'est-ce pas encore arrivé?

En attendant, les Zenia du monde arpentent le pays, exercent leur métier, vident les poches des hommes, et satisfont leurs fantasmes. Fantasmes masculins, fantasmes masculins, tout est-il donc régi par eux? Que vous soyez perchée sur un piédestal ou pliée à genoux, c'est un fantasme masculin; que vous soyez assez forte pour supporter ce qu'ils vous proposent, ou trop faible pour réagir. Même, prétendre que vous ne vous pliez pas aux fantasmes masculins en est un : prétendre que vous êtes invisible, que vous avez une vie à vous, que vous pouvez vous laver les pieds et vous peigner, inconsciente du regard qui vous observe par le trou de la serrure de votre propre tête, sinon ailleurs. À l'intérieur de vous il y a un homme qui observe une femme. Vous êtes votre propre voyeur. Les Zenia de ce monde ont étudié la situation et l'ont tournée à leur avantage ; elles ne se sont pas laissé modeler au gré des fantasmes des hommes, elles l'ont fait elles-mêmes. Elles se sont glissées subrepticement dans les rêves ; ceux des femmes aussi, car elles sont des fantasmes pour les femmes comme pour les hommes. Mais des fantasmes différents.

Parfois Roz se déprime elle-même. C'est sa propre valeur qui produit cet effet, la pression qui l'oblige à être gentille, morale, à bien se comporter ; les rayons de la bonne conduite, de la bonne nature, de la chouette-bonté-bien-sage-et-glougloutante qui irradient autour de sa tête. Ce sont ses bonnes intentions. Si elle est si foutrement digne, pourquoi ne s'amuse-t-elle pas plus ? Parfois elle aimerait se débarrasser de sa cape étouffante de généreuse bienfaitrice, cesser de marcher sur la pointe des pieds au milieu des scrupules, s'échapper, non sur un mode mineur, comme aujourd'hui — quelques jurons dans la tête, un peu de verbiage grossier — mais d'une manière vraiment énorme. Un grand péché bien méprisable.

Autrefois il aurait suffi de quelques aventures pour que le tour soit joué, mais la simple diversité d'expériences sexuelles ne compte plus désormais, c'est juste une forme de thérapie d'humeur, ou de gymnastique suédoise, elle devra plutôt trouver une aberration sanguinaire. Ou autre chose, une action perverse, archaïque, compliquée et cruelle. La séduction suivie d'un lent empoisonnement. La perfidie. La trahison. La tricherie et les mensonges.

Pour y parvenir, il lui faudrait un autre corps, cela va sans dire, car le sien est si maladroit, si lourdement honnête, et le dessein qu'elle a en tête exigerait de la grâce. Pour être vraiment malveillante elle doit être plus mince.

Miroir, miroir sur le mur,
Qui est la plus méchante de nous toutes ?

Perds quelques kilos, mignonne, et ensuite je pourrai peut-être quelque chose pour toi.

Ou pourquoi ne pas s'essayer à pratiquer la bonté surhumaine. Les cilices, les stigmates, le secours aux pauvres, une sorte de mère Teresa démesurée. Sainte Roz, cela sonne bien, quoique sainte Rosalind soit plus chic. Quelques épines, un ou deux fragments de son corps sur un plateau, pour montrer combien elle a été martyrisée : un œil, une main, un mamelon, les mamelons étaient appréciés, les Romains de l'Antiquité semblaient avoir un goût particulier pour l'ablation des seins féminins, un peu comme les chirurgiens esthétiques. Elle s'imagine dans un halo, la main posée langoureusement sur le cœur, portant une guimpe, un truc formidable pour les mentons flasques, et roulant les yeux d'extase. Ce sont les extrêmes qui l'attirent. Le bien extrême, le mal : les capacités requises sont similaires.

En tout cas, elle aimerait être quelqu'un d'autre. Mais pas n'importe qui. Parfois — pour un jour au moins, ou même une heure, ou cinq minutes, si aucun autre moment n'était disponible —, elle aimerait être Zenia.

Avec des fourmis dans les pieds, elle escalade en clopinant les marches de la cave, une à une, cramponnée à la rampe, se demandant si elle sera ainsi à quatre-vingt-dix ans, si elle vit jusque-là. Elle parvient enfin en haut et ouvre la porte. Voici la cuisine blanche, telle qu'elle l'a laissée. Elle a l'impression de l'avoir quittée très longtemps. Perdue dans la forêt sombre aux arbres tordus, ensorcelée.

Les jumelles sont assises au comptoir sur de hauts tabourets, vêtues de shorts avec des collants dessous et un trou à chaque genou, selon la mode, en train de boire des milk-shakes à la fraise dans de grands verres. Des moustaches roses ornent leur lèvre supérieure. Le récipient de yaourt glacé fond près de l'évier.

— Bon sang, maman, s'écrie Paula, tu ressembles à un accident de voiture ! Qu'est-ce que c'est que ces traces noires sur ta figure ?

— C'est juste ma figure, répond Roz. Elle tombe en morceaux.

Erin bondit de son siège et court vers elle.

— Assieds-toi, mon chou, dit-elle, imitant Roz quand elle joue son rôle de mère. Tu as de la fièvre ? Fais-moi sentir ton front !

Elles la soulèvent du sol et la propulsent sur un tabouret. Elles mouillent le torchon et lui essuient le visage.

— Ooh, tu es toute sale !

C'est évident qu'elle a pleuré, mais bien sûr elles n'en soufflent pas mot. Puis elles essaient de lui donner à boire un de leurs milk-shakes, riant comme des folles parce que c'est si drôle de faire la maman avec ce grand bébé. Attendez un peu, pense Roz. Attendez que je perde la boule et que je me mette à baver, et vous serez vraiment obligées de vous occuper de moi. Ce ne sera plus aussi comique.

Mais son état désemparé doit être un tel fardeau pour elles. Pourquoi ne feraient-elles pas le clown pour cacher leur détresse ? C'est une ruse qu'elle leur a apprise. Une ruse efficace.

LE TOXIQUE

50

Tony joue du piano mais aucune musique ne résonne. Ses pieds n'atteignent pas les pédales, ses mains n'accèdent pas aux touches, mais elle continue parce que si elle s'arrête un événement terrible va se produire. Dans la pièce il y a une odeur sèche de roussi, l'odeur des fleurs sur les rideaux de chintz. Ce sont de grosses roses roses, elles ouvrent et ferment leurs pétales, qui sont maintenant comme des flammes ; déjà elles gagnent la tapisserie. Ce ne sont pas les fleurs de ses propres rideaux, elles viennent d'ailleurs, d'un endroit dont Tony n'a pas gardé le souvenir.

Sa mère entre dans la pièce assombrie, les talons de ses chaussures claquent sur le plancher, elle porte son chapeau marron avec la voilette à pois. Elle s'assied sur le banc du piano à côté de Tony ; son visage miroite dans l'ombre, ses traits se brouillent. Sa main de cuir, froide comme la brume, effleure le visage de Tony, qui se tourne pour s'accrocher à elle farouchement, car elle sait ce qui va se passer ensuite ; mais sa mère prend un œuf dans son corsage, un œuf au parfum d'algue. Si Tony peut s'emparer de cet œuf, et le conserver intact, la maison cessera de brûler, l'avenir sera préservé. Mais sa mère le lève en l'air, au-dessus de sa tête, en guise de plaisanterie, et Tony n'est pas assez grande pour l'attraper. « Pauvre petite, pauvre petite », dit sa mère ; ou est-ce *pauvre jumelle* ? Sa voix ressemble au roucoulement d'un pigeon, apaisante, inexorable et infiniment mélancolique.

Ailleurs, hors de sa vue, les fleurs se sont déchaînées et la maison est en feu. Si Tony n'arrête pas l'incendie, tout ce qui existait jusque-là va se consumer. Les flammes invisibles font un bruit de papier, comme des ailes qui se hérissent. Un grand homme est debout dans le coin. C'est West, mais pourquoi porte-t-il ces vêtements, pourquoi a-t-il un chapeau ? À côté de lui, sur le sol, il y a une valise. Il la ramasse et l'ouvre : elle est pleine de crayons taillés. *Sruojuot ruop*, dit-il tristement ; mais il veut dire *Adieu*, parce que Zenia se tient sur le seuil, enveloppée dans un châle de soie à longues franges. Il y a une plaie grisrosâtre sur son cou, comme si elle avait la gorge tranchée ; Tony regarde, elle voit les lèvres s'ouvrir et se refermer avec un son mouillé et elle s'aperçoit que Zenia a des ouïes.

Mais West s'en va, il entoure Zenia de son bras, il tourne le dos. Dehors, le taxi attend pour les conduire sur la colline enneigée.

Tony doit les arrêter. Elle tend la main une fois encore et sa mère y pose l'œuf, mais il est trop chaud à cause du feu et Tony le lâche. Il roule sur un journal et s'ouvre, et le temps s'en échappe, liquide et rouge foncé. On entend des coups de feu à l'arrière de la maison, des bruits de bottes, des cris dans une langue étrangère. Où est son père ? Elle le cherche frénétiquement mais ne le trouve nulle part, et les soldats sont déjà là pour emmener sa mère.

Charis est allongée dans son lit blanc couvert de vignes, les bras étendus sur les côtés, les paumes ouvertes, elle ferme les yeux. Sous ses paupières, elle est parfaitement consciente. Elle sent son corps astral la quitter, il s'élève dans l'air et reste suspendu au-dessus d'elle comme un masque détaché du visage. Il porte aussi une chemise de nuit en coton blanc.

Notre corps est une habitation si précaire, songe-t-elle. Dans son corps de lumière — clair comme de la gélatine — elle se glisse à travers la fenêtre et de l'autre côté du port. Au-dessous d'elle se trouve le ferry; elle descend pour suivre son sillage. Autour d'elle résonne un bruissement d'ailes. Elle regarde, s'attendant à voir des mouettes, surprise de découvrir un troupeau de poulets qui volent dans les airs.

Elle atteint l'autre rive et flotte sur la ville. Devant elle se trouve une large fenêtre, sur une façade d'hôtel. Elle approche de la vitre et agite les bras un moment, comme un papillon de nuit. Puis le verre fond comme de la glace et elle le franchit.

Zenia est là, assise sur une chaise, vêtue elle aussi d'une chemise de nuit blanche, elle brosse sa masse de cheveux devant la glace. Sa chevelure se tord comme les flammes, telles les branches de cyprès sombres qui touchent le ciel, elle crépite d'électricité; des étincelles bleues jouent sur les pointes. Zenia voit Charis et lui fait signe d'approcher, Charis vient tout près et voit leurs deux images côte à côte dans le miroir. Puis les contours de Zenia se dissolvent comme une aquarelle sous la pluie et Charis se fond en elle. Elle se glisse en elle comme dans un gant, elle se drape de cette robe de chair, elle voit par ses yeux. Elle se voit elle-même dans la glace, dotée de pouvoir. Sa chemise de nuit ondule sous l'effet d'un vent invisible. Sous son visage apparaissent les os, de plus en plus sombres à travers la vitre, comme une radiographie; elle peut maintenant voir à l'intérieur des choses, se transformer en énergie et traverser des objets solides. Peut-être est-elle morte. C'est difficile de se souvenir. Peut-être est-ce une renaissance. Elle écarte les doigts de ses nouvelles mains, se demandant ce qu'elles vont faire.

Elle se dirige vers la fenêtre et regarde au-dehors. Tout en bas, au milieu des lumières rougeoyantes et des vies multiples, couve un incendie; son odeur pénètre dans la pièce. Tout brûle finalement, même la pierre. Dans la chambre derrière elle s'étend l'infinie profondeur de l'espace, où les atomes s'envolent telles des cendres, emportés par les vents interstellaires inlassables, les âmes bannies, expiant...

On frappe à la porte. Elle va ouvrir, ce doit être une femme de chambre avec des serviettes. Mais non, c'est Billy, en pyjama rayé, le corps vieillissant, gonflé, le visage à vif. S'il la touche, elle s'effritera comme un paquet de cuir pourri. Ses yeux neufs ont cet effet. Elle se frotte le visage et tire dessus, essayant d'échapper à ces yeux, ces yeux noirs dont elle ne veut plus. Mais les yeux de Zenia ne tombent pas ; ils sont collés à ses propres pupilles comme des écailles de poisson. Tel du verre fumé, ils assombrissent tout.

Roz marche dans la forêt, entre les troncs brisés et les broussailles pointues, vêtue d'un costume marin trop grand pour elle. Elle sait que ce n'est pas sa robe, elle n'en a jamais eu de pareille. Elle a les pieds nus, glacés ; ils sont traversés par des élancements, car le sol est recouvert de neige. Il y a des traces devant elle : une empreinte rouge, une blanche, une rouge. Sur le côté, un bouquet d'arbres. Beaucoup de gens sont passés par là ; ils ont laissé tomber les objets qu'ils portaient, une lampe, un livre, une montre, une valise ouverte, une jambe avec une chaussure, un soulier avec une boucle en diamant. Des billets de banque volent ici et là, comme des papiers de bonbons froissés. Les empreintes conduisent dans les arbres mais aucune n'en ressort. Elle sait qu'il ne faut pas les suivre ; il y a quelque chose à l'intérieur, une chose effrayante qu'elle ne veut pas voir.

Elle se sent en sécurité, car voici son jardin, les dauphinelles s'affaissent, noires de rouille, abandonnées dans la neige. Il y a aussi des chrysanthèmes blancs mais ils ne sont pas plantés, ils sont dans des grands vases cylindriques en argent et elle ne les a jamais vus. Pourtant c'est sa maison. La fenêtre de derrière est brisée, la porte ne ferme pas, mais elle entre quand même, elle traverse la cuisine blanche où rien ne bouge, dépasse la table et ses trois chaises. La poussière recouvre tout. Elle devra nettoyer, puisque sa mère n'est plus là.

Elle gravit l'escalier de derrière, ses pieds dégelés la picotent. Le couloir d'en haut est vide et silencieux; il n'y a pas de musique. Où sont ses enfants? Ils doivent être grands, ils ont dû s'en aller vivre ailleurs. Mais comment est-ce possible, comment peut-elle avoir des enfants adultes? Elle est trop jeune pour cela, trop petite. Il y a une curieuse distorsion du temps.

Puis elle entend le bruit de la douche. Mitch doit être là, ce qui la remplit de joie car il a été absent si longtemps. Elle veut se précipiter à l'intérieur, le saluer. Des nuages de vapeur sortent par la porte de la chambre.

Mais elle ne peut y pénétrer, un homme en pardessus lui bloque le passage. Une lumière orange jaillit de sa bouche et de ses narines. Il ouvre son manteau et elle voit son cœur sacré, orange aussi comme un feu follet, sa flamme vacille dans le vent qui s'est levé brusquement. Il lève la main gauche pour l'arrêter. *Nonne*, dit-il.

Malgré les apparences et tout le reste, elle sait que cet homme est Zenia. La pluie commence à tomber du plafond.

51

La nuit est déjà tombée. Il y a une petite bruine glacée, et les vitrines éclairées des magasins, les rues noires avec les reflets rouges des néons ont l'air luisant et mouillé que Tony associe aux cirés noirs, aux cheveux gras et au rouge à lèvres fraîchement appliqué — un air suspect, excitant. Des voitures, pleines d'inconnus, la dépassent en faisant crisser leurs pneus sur la chaussée, vers une destination mystérieuse. Tony marche.

Le Toxique est différent le soir. Les lumières sont tamisées, et des bougies carrées, posées sur des supports en verre rouge, tremblotent sur les tables; les tenues des serveurs sont subtilement scandaleuses. Il y a quelques hommes en costume, en train de dîner; des hommes d'affaires, imagine Tony, avec leurs maîtresses plutôt que leurs femmes. Elle aime se dire que cela existe encore, pourtant ils ne les appellent sûrement plus ainsi. Des amantes. Des amoureuses. Des amies particulières. Le Toxique est l'endroit où l'on emmène une amie particulière, non une épouse. Comment Tony le saurait-elle? Ce n'est pas le monde où elle évolue. Il y a plus d'hommes en blouson de cuir que pendant la journée. Le brouhaha est discret.

Elle contrôle sa montre à gros chiffres : l'orchestre de rock n'arrive qu'à onze heures, et elle espère être partie à ce moment-là. Elle a eu assez de bruit chez elle; aujourd'hui elle a dû endurer trente minutes de torture, réunies par West : une cacophonie assourdissante, accompagnée par quantité de gestes et expressions de joie. « Je crois que j'ai réussi », tel a été le commentaire de West. Que pouvait-elle dire? « C'est bien », a-t-elle déclaré. C'est une phrase appropriée à toutes les circonstances, et cela a semblé suffisant.

Tony est la première arrivée. Elle n'a jamais dîné au Toxique avant, elle y a seulement déjeuné. Ce dîner a été décidé au dernier moment : Roz a téléphoné, à bout de souffle, pour dire qu'elle avait absolument besoin de leur annoncer quelque chose. Au début, elle a proposé d'inviter Tony et Charis chez elle, mais Tony a objecté que sans voiture c'était difficile.

Elle n'a guère de plaisir à passer chez Roz de toute manière, bien que ses jumelles soient — en théorie — ses préférées. Elle regrettait avant de ne pas avoir eu d'enfants, bien qu'elle ne fût pas certaine de pouvoir être une bonne mère, considérant ce qu'avait été Anthea. Mais être marraine lui a mieux convenu que la maternité — d'abord, c'est une activité plus intermittente — et les jumelles l'ont rendue fière. Elles ont une sorte de scintillement, comme son autre filleule, Augusta. Aucune d'elles n'est ce qu'on pourrait appeler effacée — toutes les trois seraient à l'aise sur des chevaux, assises en amazone, cheveux au vent, parcourant les plaines, sans faire de quartier. Tony se demande comment elles ont acquis cette confiance, ce regard direct et assuré, cette bouche pleine d'humour et sans remords. Elles n'ont aucune trace de la timidité, autrefois si ancrée chez les femmes. Elle espère qu'elles galoperont dans le monde en menant grand train, mieux qu'elle n'y a elle-même réussi. Elles ont sa bénédiction ; mais à distance, parce que vue de près Augusta la réfrigère — si déterminée à atteindre le succès — et les jumelles sont devenues gigantesques et négligentes. Tony a un peu peur d'elles. Elles pourraient lui marcher dessus par erreur.

Aussi a-t-elle suggéré le Toxique, cette fois-ci. Roz a peut-être quelque chose à raconter, mais Tony aussi, et le lieu convient à ce genre de conversation. Elle a demandé leur table habituelle, celle dans l'angle, près du miroir fumé. Une jeune femme, ou peut-être un jeune homme, apparaît devant elle, vêtu d'une combinaison pantalon avec une large ceinture de cuir cloutée et cinq anneaux d'argent à chaque oreille, et elle lui commande une bouteille de vin blanc et une bouteille d'Évian.

Charis arrive en même temps que la boisson, l'air étrangement pâle. Oh ! se dit Tony, elle est toujours pâle, mais plus encore ce soir. « Il m'est arrivé quelque chose d'étrange aujourd'hui », dit-elle, retirant son manteau en tricot humide et son bonnet tricoté en mohair. Mais comme elle dit souvent cela, Tony hoche simplement la tête et lui verse un verre d'Évian. Tôt ou tard elles entendront l'histoire du rêve sur des personnages brillants assis dans les arbres, ou l'étrange coïncidence concernant des numéros de rues ou des chats ressemblant à d'autres chats ayant appartenu à quelqu'un que connaissait Charis mais qu'elle ne voit plus ; Tony préférerait attendre l'arrivée de Roz. Celle-ci tolère mieux ce genre de fantaisie intellectuelle, et est plus habile à changer de sujet.

Roz entre, elle agite le bras en criant hou-hou, elle porte un trench-coat rouge feu et un suroît assorti, et se secoue.

— Dieu du ciel ! dit-elle en retirant ses gants violets. Attendez que je vous raconte ! Vous ne me *croirez* pas !

Elle a un ton plus consterné que jubilant.

— Tu as vu Zenia aujourd'hui, dit Charis.

La bouche de Roz s'ouvre.

— Comment le savais-tu ?

— Moi aussi je l'ai vue, répond Charis.

— Et moi aussi, conclut Tony.

Roz s'assied pesamment, et les fixe l'une après l'autre.

— Très bien, dit-elle. Racontez.

Tony attend dans l'entrée de l'hôtel Arnold Garden, qu'elle n'aurait pas choisi elle-même. C'est une construction sans grâce des années cinquante, des plaques de ciment et des tas de baies vitrées. De la place qu'elle occupe elle voit, de l'autre côté des doubles portes, un patio parsemé de jardinières trapues, avec une grande fontaine circulaire dans un coin, qui ne fonctionne pas à cette époque de l'année, dominée par des étages de balcons aux balustrades de tôle peinte en orange. L'auvent et le cuivre postmodernes devant l'hôtel sont des accessoires : l'essence de l'Arnold Garden réside dans ces balcons. Pourtant des efforts sont faits : au-dessus de Tony est suspendue une composition florale avec des fleurs violettes séchées, des fils de fer et d'étranges nacelles, défiant les non-initiés à l'esthétique de la trouver laide.

Le patio et la fontaine doivent tenir lieu de jardin à l'Arnold Garden, décide Tony; elle s'interroge sur ce nom. Est-ce Arnold le poète anglais (Matthew Arnold), avec ses armées ignorantes qui s'affrontent dans la nuit ? Ou bien Benedict Arnold*, traître ou

* Benedict Arnold était un agent double anglais au sein de l'armée américaine pendant la guerre de révolution américaine. *(N.d.T.)*

héros, selon les points de vue ? C'est peut-être un prénom, qui désigne un ancien conseiller municipal, un digne magouilleur de l'ombre, Arnie pour les amis. L'entrée, avec ses gravures encadrées de chasseurs de renard anglais replets en gilet rose, ne lui donne aucun indice.

Tony est assise sur un fauteuil glissant en cuir, conçu pour des colosses. Ses pieds ne touchent pas le sol même si elle se place très en avant, et si elle s'installe au fond elle ne peut plus plier les genoux, et ses jambes se tiennent toutes raides comme celles d'une poupée en porcelaine. Elle a donc adopté un compromis — une sorte de position arrondie — mais elle est loin d'être confortable.

Malgré son manteau bleu marine très sage, ses chaussures de marche raisonnables et son col pointu BCBG, elle se sent trop voyante. Ses mauvaises intentions doivent crever les yeux. Elle a l'impression que des poils lui poussent sur les jambes, elle a des fourmis partout, comme des piquants de porc-épic, et des touffes entières doivent jaillir de ses oreilles. C'est l'œuvre de Zenia ; l'effort de la retrouver embrouille ses neurones, réorganise les molécules de son cerveau. Elle se transforme en un diable blanc poilu, un monstre aux dents crochues. Une métamorphose nécessaire peut-être, car il faut combattre le feu avec le feu. Mais toute arme est à double tranchant, il y aura donc un prix à payer : Tony ne sortira pas de là indemne.

Dans son énorme fourre-tout se trouve le Luger de son père, exhumé de la boîte de décorations de Noël où il est habituellement rangé, fraîchement huilé et chargé selon les instructions du manuel d'armement des années quarante qu'elle a photocopié à la bibliothèque. Elle a pris soin de porter des gants en photocopiant, pour ne pas laisser d'empreintes. Au cas où ils essaieraient de l'épingler ensuite. Le revolver lui-même n'est pas déclaré, croit-elle. Après tout, c'est une sorte de souvenir.

Un autre instrument l'accompagne. Tony a tiré parti de l'un des prospectus de bricolage qui jonchent sa pelouse pour faire l'acquisition d'une perceuse sans fil, avec un tournevis incorporé, de troisième main. Elle n'en a jamais utilisé auparavant. Elle ne s'est jamais servie d'une arme non plus. Mais il y a une première fois à tout. Son idée initiale était d'employer au besoin la perceuse pour s'introduire dans la chambre de Zenia. Dévisser les gonds de la porte, ou quelque chose dans ce genre. Mais il lui vient à l'esprit, tandis qu'elle attend, assise dans l'entrée, que la perceuse est aussi potentiellement mortelle, et peut lui servir. Si elle arrive à assassiner Zenia avec une perceuse sans fil, quel policier serait assez intelligent pour reconstituer le crime ?

Mais le scénario réel est confus dans son esprit. Peut-être devrait-elle abattre d'abord Zenia et ensuite l'achever avec la perceuse : dans l'ordre inverse ce serait embarrassant, il lui faudrait se glisser derrière Zenia avec la perceuse, puis la mettre en marche, et le bourdonnement de l'appareil la trahirait. Elle pourrait toujours commettre un meurtre ambidextre : le revolver dans la main gauche, la perceuse sans fil dans la droite, comme à la fin de la Renaissance, la dague et la rapière. C'est une idée séduisante.

Le problème, c'est que Zenia est beaucoup plus grande que Tony, et celle-ci visera la tête, bien sûr. Représailles symétriques : Zenia a toujours eu l'habitude d'attaquer ses victimes en leur point le plus vulnérable, le plus prisé, qui est le cerveau chez Tony : c'était la tentation, l'appât. Tony s'est laissé entraîner par sa vanité intellectuelle. Elle a cru avoir trouvé une amie aussi intelligente qu'elle. *Plus intelligente* n'était pas une catégorie.

L'amour de Tony pour West est son autre point vulnérable, il est donc logique que Zenia l'attaque par l'intermédiaire de West à présent. C'est pour protéger West qu'elle fait cela, en réalité — il ne survivrait pas à un autre coup de poignard dans le cœur.

Elle n'a pas fait part de ses projets à Roz ni à Charis. Chacune d'elles est une personne convenable; aucune ne pardonnerait la violence. Tony sait qu'elle n'est pas correcte, elle sait cela depuis l'enfance. Elle se comporte comme telle, la plupart du temps, parce qu'elle n'a d'ordinaire aucune raison de faire le contraire, mais au fond d'elle-même se dissimule un autre moi, plus impitoyable. Elle n'est pas seulement Tony Fremont, mais aussi *Tnomerf Ynot*, reine des barbares, et en théorie capable de beaucoup de choses que Tony n'oserait accomplir. *Bulc ed egdirb ! Bulc ed egdirb ! Ne prenez pas de prisonniers*, car pour protéger les innocents, certains doivent sacrifier leur propre innocence. C'est l'une des lois de la guerre. Les hommes doivent réaliser des actions difficiles, des actions viriles. Des actions d'homme dur. Ils doivent verser le sang, pour que d'autres puissent mener une existence sereine, allaiter leurs enfants, farfouiller dans leur jardin et créer de la musique non musicale, libérés de toute culpabilité. Habituellement on ne demande pas aux femmes de commettre de tels actes de sang-froid, mais cela ne signifie pas qu'elles n'en soient pas capables. Tony serre ses petites dents et invoque sa main gauche, espérant qu'elle sera à la hauteur de la situation.

Elle tient le *Globe and Mail* devant elle, ouvert à la page des affaires. Mais elle ne lit pas : elle surveille l'entrée, guettant Zenia. Elle est toute tremblante, car elle n'agit pas tous les jours d'une manière aussi risquée. Pour briser la tension, et prendre un recul critique, elle plie le journal et prend ses notes de cours dans son sac. Les revoir l'aidera à se concentrer, et lui rafraîchira la mémoire : elle n'a pas donné de cours depuis l'an dernier.

Le cours est très apprécié des étudiants. Il traite du rôle des prostituées à travers les âges, avant et après les batailles : la commodité des corps à louer, à violer, leur production de chair à canon, leur pouvoir de diminuer la tension, leur rôle d'infirmière et d'aide psychiatrique, leur participation à la cuisine, la lessive, le pillage après les massacres, leurs talents pour mettre fin à la vie, avec une digression sur les maladies vénériennes. On raconte que les étudiants ont surnommé ce cours « Mère Courage rencontre une queue boutonneuse », ou « Putes et blessures »; il attire d'ordinaire un contingent d'ingénieurs en visite, qui viennent pour les images, car Tony projette toujours un film éducatif impressionnant. C'est celui que l'armée montrait à ses nouvelles recrues à l'époque de la Seconde Guerre mondiale pour promouvoir l'usage des préservatifs, et on y voit quantité de nez pourris et organes masculins verdâtres et dégoulinants. Tony est habituée aux rires nerveux. *Mettez-vous à leur place*, dit-elle. *C'est moins drôle maintenant?*

À l'époque, la syphilis était considérée comme une automutilation. Certains types en profitaient pour se faire rapatrier pour raisons de santé. On pouvait passer en cour martiale à cause d'une attaque de vérole, ou pour s'être tiré une balle dans le pied. La maladie tenait lieu de blessure, et l'arme employée était la putain. Encore une arme dans la guerre des sexes, la pute des sexes, *la guerre crue des sexes*.

Peut-être est-ce ce que West a trouvé de si irrésistible en Zenia, se disait Tony : elle était crue, elle représentait le sexe à l'état brut, tandis que Tony était seulement la variété cuite. À moitié cuite pour chasser la dangereuse sauvagerie, les parfums puissants du sang frais. Zenia était le gin à minuit, Tony les œufs du petit déjeuner, et dans des coquetiers en plus. Ce n'est pas la catégorie qu'elle aurait choisie.

Toutes ces années, Tony s'est retenue d'interroger West sur Zenia. Elle n'avait pas voulu le perturber; elle a peur aussi d'en découvrir plus sur les pouvoirs de séduction de Zenia, leur nature et leur étendue. Mais après le retour de Zenia elle n'a pas pu s'en empêcher. Au bord de la crise, elle avait besoin de savoir.

— Tu te souviens de Zenia? a-t-elle demandé à West au dîner, il y a deux jours.

Ils mangeaient du poisson, une *sole à la bonne femme** d'après le livre de recettes français de base

* En français dans le texte. *(N.d.T.)*

qu'elle avait acheté pour aller avec le plat à poisson du champ de bataille de Pourrières.

West s'est arrêté de mâcher, juste une minute.

— Bien sûr, a-t-il dit.

— C'était *quoi ?* a demandé Tony.

— Comment ? a répondu West.

— Pourquoi tu... tu sais. Pourquoi tu es parti avec elle.

Tony sent que tout son corps se crispe. *Au lieu de rester avec moi*, a-t-elle pensé. *Pourquoi m'as-tu abandonnée ?*

West a haussé les épaules, puis il a souri.

— Je ne sais pas, a-t-il répondu. Je ne me souviens pas. De toute manière, c'était il y a longtemps. Elle est morte à présent.

Zenia était loin d'être morte, West le savait parfaitement.

— C'est vrai, a dit Tony. C'était le sexe ?

— Le sexe ? a répondu West, comme si elle venait de mentionner un élément oublié et insignifiant de la liste des courses à faire. Non, je ne crois pas. Pas exactement.

— Comment, pas exactement ? a dit Tony, plus sèchement qu'elle ne l'aurait dû.

— Pourquoi parlons-nous de ça ? a dit West. Cela ne compte plus à présent.

— Cela compte pour moi, a répondu Tony d'une petite voix.

West a soupiré.

— Zenia était frigide, a-t-il dit. Elle n'y pouvait rien. Elle avait été abusée sexuellement dans l'enfance, par un prêtre orthodoxe grec. J'avais pitié d'elle.

La bouche de Tony s'est ouverte toute grande.

— Un Grec orthodoxe ?

— Eh bien, elle était en partie grecque, a dit West. Une immigrante grecque. Elle ne pouvait parler à personne du prêtre, on ne l'aurait pas crue. C'était une communauté très religieuse.

Tony s'est contenue à grand-peine. Elle se sentait gagnée par une gaieté bruyante et indécente. Frigide ! C'est ce que Zenia avait raconté à ce pauvre West ! Cela ne s'accordait nullement avec certaines confidences que Zenia avait jugé bon de faire à Tony au sujet du sexe. Le sexe comme un énorme pudding aux raisins, une friandise riche en délices, dont elle énumérait les plaisirs tandis que Tony écoutait, exclue, le nez contre la vitre. Tony imaginait West en chevalier blanc, suant et soufflant consciencieusement, donnant le meilleur de lui-même, pour tenter de sauver Zenia du mauvais sort jeté par le prêtre orthodoxe grec pervers, inexistant, tandis que Zenia s'amusait comme une folle. Elle lui racontait sans doute qu'elle simulait l'orgasme pour lui faire plaisir. Pour doubler sa culpabilité !

Cela avait dû être un défi pour lui, bien sûr. Réchauffer la demoiselle de glace. Le premier homme à explorer avec succès ces régions polaires. Il n'avait aucun moyen de gagner, parce que les jeux de Zenia étaient toujours des coups montés.

— Je l'ignorais, a dit Tony.

Elle fixait West de ses yeux grands ouverts, essayant de prendre un air compatissant.

— Bof, a répondu West. Elle avait beaucoup de difficultés à en parler.

— Pourquoi as-tu rompu avec elle ? a demandé Tony. La seconde fois. Pourquoi as-tu déménagé ?

Maintenant qu'ils ont pénétré dans la zone du non-dit, elle ferait mieux de profiter de la situation.

West a soupiré. Il a regardé Tony avec dans les yeux une expression qui ressemblait à de la honte.

— Pour être honnête... a-t-il répondu, puis il s'est arrêté.

— Oui ? a dit Tony.

— Eh bien, pour être honnête, elle m'a mis à la porte. Elle me trouvait ennuyeux.

Tony, consternée par sa propre réaction, a failli éclater de rire. Peut-être Zenia avait-elle raison : d'un certain point de vue, West *était* ennuyeux. Mais le plaisir d'une femme pouvait paraître insipide à une autre, et West était ennuyeux à la manière des enfants, et intéressant par la même occasion, mais une femme comme Zenia était incapable de s'en apercevoir. En tout cas, qu'était l'amour véritable s'il ne pouvait supporter un brin d'ennui ?

— Ça va ? a demandé West.

— J'ai avalé une arête, a répondu Tony.

West a secoué la tête.

— J'imagine que je suis ennuyeux, a-t-il observé.

Tony s'est sentie penaude. C'était cruel de trouver cela drôle. Ce n'était pas amusant, parce que West avait été profondément blessé. Elle s'est levée de table et est venue lui glisser les bras autour du cou, posant la joue sur le haut de son crâne dégarni.

— Tu n'es pas du tout ennuyeux, lui a-t-elle assuré. Tu es l'homme le plus intéressant que j'aie jamais connu.

C'était exact, puisqu'en fait aucun autre homme n'avait compté pour elle.

West lui a tapoté la main.

— Je t'aime, a-t-il dit. Je t'aime infiniment plus que je n'ai jamais aimé Zenia.

C'est parfait, pense Tony, assise dans l'entrée de l'hôtel Arnold Garden, mais si c'est la vérité, pourquoi ne m'a-t-il pas dit que Zenia avait appelé ? Peut-être l'a-t-il déjà vue. Peut-être l'a-t-elle déjà entraîné au lit. Peut-être ses dents sont-elles plantées dans son cou en cette minute même ; peut-être est-elle en train de sucer son sang tandis que Tony est assise dans ce fauteuil pervers en cuir, sans même savoir où regarder, parce que Zenia pourrait être n'importe où, et faire n'importe quoi, Tony n'en a pas la moindre idée.

C'est le troisième hôtel qu'elle essaie. Elle a déjà passé deux matinées à attendre dans les entrées de l'Arrival et de l'Avenue Park, sans aucun résultat. Sa seule piste est le numéro de chambre gribouillé par West et laissé près du téléphone, mais elle a hésité à appeler tous les hôtels et à s'en servir parce qu'elle ne veut pas alerter Zenia, elle souhaite la prendre par surprise. Elle ne veut pas non plus la demander à la réception, elle est convaincue que Zenia est ici sous un faux nom ; et une fois qu'elle aura posé la question, et appris qu'aucune cliente de ce nom n'est descendue à l'hôtel, elle aura l'air suspect si elle continue d'attendre dans l'entrée. Elle ne veut pas non plus que le personnel se souvienne d'elle, au cas où l'on retrouve Zenia baignant dans une mare de sang. Aussi reste-t-elle simplement assise, essayant de ressembler à quelqu'un qui a un rendez-vous d'affaires.

Sa théorie est que Zenia — qui est une lève-tard — va à un moment donné sortir de son lit, prendre l'ascenseur pour descendre au rez-de-chaussée, et traverser l'entrée. Bien sûr elle est tout à fait capable de passer la journée au lit ou de prendre l'échelle d'incendie, mais Tony se base sur la loi des probabilités. Tôt ou tard — à supposer qu'elle se trouve dans le bon hôtel —, Zenia apparaîtra.

Et ensuite ? Tony bondira ou glissera de son siège, elle trottinera jusqu'à Zenia, gazouillera un bonjour, et sera ignorée ; elle lui courra après tandis qu'elle franchira les portes de verre. Essoufflée, son revolver démodé et sa stupide perceuse sans fil bringuebalant dans son sac, elle rattrapera Zenia sur le trottoir.

— Nous devons parler, lâchera Tony.

— De quoi ? répondra Zenia.

Elle se mettra à marcher plus vite, et Tony devra soit accélérer le pas ridiculement, soit renoncer.

C'est le scénario cauchemar. Le simple fait d'y penser la fait rougir, à l'idée de sa future humiliation. Il y a un autre scénario, où elle se montre persuasive et habile, et où Zenia se laisse prendre, où les fantasmes les plus violents mais les plus hypothétiques de Tony se déchaînent, sans oublier un trou rouge bien net placé avec compétence au milieu du front de Zenia. Pour l'instant Tony n'y croit guère.

Elle a de la peine à se concentrer sur ses notes de cours, aussi se rabat-elle sur la page affaires du *Globe* et se force-t-elle à lire. *Sémirppus siolpme sed erocne. Eémref enisu enu*. La phrase a un écho slave satisfaisant. Ou bien finnois, ou encore c'est le langage d'une tribu chevelue de la planète Pluton. Tandis que Tony la savoure elle sent une main sur son épaule.

— Tony! Te voilà enfin!

Elle lève les yeux, et étouffe un petit cri de rongeur: Zenia est penchée sur elle, et lui sourit avec chaleur.

— Pourquoi n'as-tu pas téléphoné d'abord? Et pourquoi restes-tu assise dans l'entrée? J'ai donné le numéro de chambre à West!

— Eh bien... répond Tony.

Son esprit tâtonne, essayant de reconstituer le puzzle.

— Il l'a noté quelque part et l'a perdu ensuite. Tu sais comment il est.

Elle s'extirpe maladroitement du fauteuil de cuir, qui semble faire ventouse par endroits.

— Je lui ai dit que tu devais me *rappeler immédiatement*, dit Zenia. C'était juste après que je t'ai vue au Toxique. Je suppose que tu ne m'as pas reconnue! Mais j'ai téléphoné et je lui ai dit que c'était très important.

Elle ne sourit plus : elle prend une expression dont Tony se souvient bien, un froncement de sourcils mêlé d'une grimace, signe d'urgence et d'intense préoccupation à la fois. Cela signifie que Zenia veut quelque chose.

Tony est sur le qui-vive à présent, tous ses sens sont en éveil. Ses soupçons les plus noirs se trouvent confirmés: c'est visiblement une version mensongère, que Zenia et West ont concoctée ensemble au cas où Tony devine quelque chose, ou découvre Zenia dans un lieu inattendu comme sa propre chambre. Le message était pour Tony, prétend Zenia, et non pour West. L'histoire est habile, elle est évidemment l'œuvre de Zenia, mais West doit être complice. La situation est pire que Tony ne le pensait. La pourriture est plus profonde.

— Viens, dit Zenia. On va monter dans ma chambre; je commanderai du café.

Elle prend le bras de Tony. En même temps elle lance un coup d'œil dans l'entrée. Il y a de l'inquiétude dans son regard, de la peur même, Tony n'est pas censée l'avoir remarqué. Ou bien si ?

Elle tend le cou, scrutant le visage toujours étonnant de Zenia. Elle y ajoute un détail, mentalement : un petit x rouge, pour marquer la cible.

La chambre d'hôtel de Zenia est quelconque, sa grandeur et son ordre mis à part. L'ordre ne ressemble pas à Zenia. Il n'y a pas de vêtements en évidence, pas de valises éparpillées, pas de sacs de produits de beauté sur la tablette de la salle de bains, autant que Tony puisse le voir d'un regard oblique. On a l'impression que personne n'habite ici.

Zenia retire son manteau de cuir noir et téléphone pour commander du café, puis elle s'assied sur le canapé vert pastel fleuri, elle croise ses interminables jambes gainées de noir, et allume une cigarette. Elle porte une robe sari moulante en jersey, du violet des myrtilles cuites. Ses yeux noirs sont énormes, et assombris par la fatigue, voit à présent Tony, mais son sourire couleur de prune a toujours son accent ironique. Elle paraît plus à l'aise ici que dans l'entrée. Elle soulève un sourcil.

— Ça fait longtemps qu'on ne s'est pas vues, dit-elle.

Tony est perdue. Pourquoi participer à cette comédie ? Ce serait une erreur de montrer sa colère : cela alerterait Zenia, et la mettrait sur ses gardes. Tony bat son jeu de cartes intérieur et découvre qu'en fait elle n'est pas en colère, pas pour le moment. Elle est plutôt intriguée, curieuse. L'historienne en elle prend le dessus.

— Pourquoi as-tu fait semblant de mourir ? demande-t-elle. C'était quoi ce cinéma, avec les cendres et le faux avocat ?

— L'avocat était vrai, répond Zenia en exhalant la fumée. Il y a cru lui aussi. Les avocats sont si crédules.

— Et ? poursuit Tony.

— Et j'avais besoin de disparaître. Crois-moi, j'avais mes raisons. Ce n'était pas que l'argent ! Et j'*avais* disparu, j'avais lancé au moins six fausses pistes pour tous ceux qui voulaient me retrouver. Mais cet abruti de Mitch me poursuivait, il n'y avait pas moyen de l'arrêter. Il fichait vraiment ma vie en l'air ! Il était si foutrement tenace ! Il avait aussi de l'argent, il engageait des gens ; et certainement pas des amateurs. Il m'aurait trouvée, il était sur le point de le faire.

« Les gens le savaient ; les autres, ceux que je n'avais pas vraiment envie de voir. J'étais une vilaine fille, je me mêlais d'escroqueries à propos d'armes qui n'étaient pas à l'endroit que j'avais indiqué. Ce n'est pas recommandé — les marchands d'armes se vexent facilement, surtout s'ils sont irlandais. Ils ont tendance à se venger. Ils ont compris qu'il suffisait d'avoir Mitch à l'œil : tôt ou tard il me dénicherait. C'était lui que je devais convaincre de laisser tomber. De renoncer.

— Pourquoi Beyrouth ? demande Tony.

— À l'époque, il n'y avait pas de meilleur endroit pour se faire sauter, répond Zenia. La ville était truffée de fragments de corps ; il y en a des centaines qu'ils n'ont jamais identifiés.

— Tu sais que Mitch s'est tué, dit Tony. À cause de toi.

Zenia soupire.

— Tony, il est temps de grandir, répond-elle. Ce n'était pas *à cause* de moi. J'étais simplement une excuse. Tu crois qu'il n'en avait pas cherché ? Toute sa vie ?

— Eh bien, Roz pense que c'était de ta faute, insiste Tony sans conviction.

— Mitch m'a dit que coucher avec Roz donnait l'impression de se mettre au lit avec une bétonnière, dit Zenia.

— C'est cruel, répond Tony.

— Je répète, c'est tout, dit froidement Zenia. Mitch était une ordure. Roz est beaucoup mieux sans lui.

C'est un peu trop proche de ce que Tony pense elle-même. Elle se surprend à sourire ; retrouvant l'état qu'elle se rappelle si bien. On est associées. On est copines. On forme une équipe.

— Pourquoi nous avoir conviées à l'enterrement ?

— Pour les apparences, répond Zenia. Il fallait des gens plus intimes. Tu sais, des vieilles amies. Je me suis dit que ça vous plairait. Et Mitch saurait tout ce que savait Roz. Elle s'y emploierait ! C'était lui que je voulais. Il s'est défilé pourtant. Prostré de chagrin, j'imagine.

— Il y avait une foule d'hommes en pardessus, dit Tony.

— L'un d'eux était mon espion, poursuit Zenia. Il vérifiait qui était là, pour moi. Il y avait deux types de la partie adverse. Tu as pleuré ?

— Je ne pleure pas, répond Tony.

Charis a un peu reniflé. Elle a honte aujourd'hui de ce qu'elles ont dit toutes les trois, de leur joie et aussi de leur méchanceté d'alors.

Zenia rit.

— Charis a toujours eu de la guimauve à la place du cerveau, dit-elle.

On frappe à la porte.

— C'est le café, explique Zenia. Tu veux y aller ?

Il vient à l'esprit de Tony que Zenia doit avoir quelque raison de ne pas ouvrir les portes. Des picotements d'appréhension lui parcourent la colonne vertébrale.

Mais c'est vraiment le café, qu'apporte un petit homme à la face brune. Il sourit, et Tony prend le plateau, gribouille un pourboire sur la note, referme doucement la porte, et tire le verrou de sûreté. Zenia doit être protégée des forces qui la menacent. Protégée par Tony. En cet instant, dans cette chambre, avec devant elle Zenia en chair et en os, finalement, Tony se souvient à peine de ce qu'elle a fait toute la semaine — de la rage froide qu'elle a éprouvée, errant furtivement avec un revolver dans son sac, projetant égoïstement de descendre Zenia. Pourquoi ferait-elle une chose pareille ? Pourquoi quiconque le voudrait-il ? Zenia traverse la vie telle la proue d'un bateau, tel un galion. Elle est magnifique, elle est unique. Elle est le tranchant de la lame.

— Tu as dit que tu avais besoin de me parler, dit Tony, créant l'ouverture.

— Tu veux du rhum dans ton café ? Non ? demande Zenia.

Elle dévisse un petit flacon du mini-bar, se verse une bonne rasade. Puis elle fronce un peu les sourcils et baisse la voix, confidentielle.

— Oui. Je voulais te demander un service. Tu es la seule à qui je pouvais m'adresser, en réalité.

Tony attend. Elle est de nouveau inquiète. *Attention,* se dit-elle. Elle devrait s'en aller immédiatement d'ici ! Mais quel mal y a-t-il à écouter ? Elle est avide aussi de découvrir ce que veut Zenia. De l'argent, probablement. Tony peut toujours refuser.

— J'ai juste besoin d'habiter quelque part, explique Zenia. Pas ici, ce n'est pas bien. Chez toi, par exemple. Juste pour deux semaines.

— Pourquoi ? demande Tony.

Zenia bouge les mains avec impatience, éparpillant des cendres de cigarette.

— Parce qu'ils me surveillent ! Pas les Irlandais, ils ont lâché ma piste. D'autres gens. Ils ne sont pas encore ici, pas dans cette ville. Mais ils y arriveront. Ils vont engager des professionnels du coin.

— Alors pourquoi n'essaieraient-ils pas ma maison ? demande Tony. Ils commenceraient sûrement par là, non ?

Zenia rit de son rire familier, chaleureux, charmant et insouciant, méprisant la stupidité des autres.

— Ce serait le *dernier* endroit où ils iraient me chercher ! s'écrie-t-elle. Ils ont fait leurs devoirs, ils savent que tu me détestes ! Tu es la femme, je suis l'ex-petite amie. Ils ne croiront jamais que tu m'as rouvert ta porte.

— Zenia, dit Tony, qui sont exactement ces gens et pourquoi te poursuivent-ils ?

Zenia hausse les épaules.

— Classique, dit-elle. J'en sais trop.

— Allons, répond Tony. Je ne suis pas un bébé. Trop sur quoi ? Et ne dis pas que ce n'est pas destiné à mes oreilles. Mais quel mal y a-t-il à écouter ?

Zenia se penche en avant. Elle baisse la voix.

— Le projet Babylone te dit quelque chose? demande-t-elle.

Elle doit le savoir, elle connaît l'ordre des connaissances de Tony.

— Le supercanon pour l'Irak, ajoute-t-elle.

— Gerry Bull, répond Tony. Le génie de la balistique. Bien sûr. Il s'est fait assassiner.

— En quelque sorte, dit Zenia. Bon.

Elle exhale la fumée, regardant Tony d'une manière presque coquette, un regard de danseuse d'éventail.

— Tu ne lui as pas tiré dessus! s'écrie Tony, atterrée. Ce n'était pas toi!

Elle ne peut pas croire que Zenia ait réellement tué quelqu'un. Non : elle ne peut imaginer qu'une personne assise en face d'elle, dans une vraie pièce, dans le monde réel, ait vraiment tué quelqu'un. Ces choses-là arrivent ailleurs, en coulisse; elles sont inscrites dans le passé. Ici, dans cette chambre aux couleurs de Californie, avec ses meubles discrets, sa neutralité, ce serait un anachronisme.

— Pas moi, dit Zenia. Mais je sais qui l'a fait.

Elle allume une autre cigarette, elle fume pratiquement sans arrêt. L'air est gris, et Tony est un peu étourdie.

— Les Israéliens, dit-elle. À cause de l'Irak.

— Non, pas les Israéliens, proteste aussitôt Zenia. C'est pour brouiller les pistes. J'étais là-bas, je faisais partie du coup monté. J'étais seulement ce qu'on appelle une messagère; mais tu sais ce qui arrive aux messagers.

Tony le sait.

— Oh, dit-elle. Mon Dieu.

— Ma meilleure chance, poursuit Zenia avec impatience, est de tout raconter à un journal. Absolument tout! Alors il n'y aura plus de raison de me tuer, n'est-ce pas? Je pourrais aussi gagner du fric, ça tomberait vraiment bien. Mais personne ne me croira sans preuves. Ne t'inquiète pas, j'ai la preuve; elle n'est pas dans cette ville mais elle va arriver.

Alors je me suis dit que je pourrais juste me cacher chez toi et West en attendant ma preuve. Je sais qu'elle va venir, je sais quand. Je me ferai toute petite, j'ai juste besoin d'un sac de couchage, je pourrais m'installer en haut, dans le studio de West...

Tony dresse l'oreille. Le mot *West* explose dans son esprit : c'est la clé, c'est ce que Zenia veut en réalité, et comment sait-elle que West a un studio, et qu'il se trouve au deuxième étage ? Elle n'a jamais vu l'intérieur de la maison de Tony. Ou bien si ?

Tony se lève. Ses jambes vacillent comme si elle venait d'être retenue de justesse au bord d'une falaise friable. Elle a failli se laisser prendre, une fois encore ! Toute l'histoire de Gerry Bull n'est qu'un vaste mensonge, un canular sur mesure. N'importe qui aurait pu concocter cette histoire en lisant *Jane's Defence Weekly* et le *Washington Post*, et Zenia — connaissant les faiblesses de Tony, son goût pour les nouveaux tours de la technologie des armements — a dû procéder ainsi.

Il n'y a pas de vendetta, *eux* n'existent pas, personne ne poursuit Zenia, excepté le percepteur. Ce qu'elle veut, c'est s'introduire dans le château de Tony, sa forteresse, son seul refuge, et en extraire West comme un escargot. Elle le veut frais et vivant, empalé sur sa fourchette.

— Je pense que ce ne sera pas possible, répond Tony, essayant de garder une voix égale. Il faut que j'y aille à présent.

— Tu ne me crois pas, n'est-ce pas ? dit Zenia. Son visage s'est figé. Eh bien, drape-toi dans ton indignation vertueuse, petite morveuse. Tu as toujours été la pire des hypocrites, Tony. Une empêcheuse de tourner en rond aux airs supérieurs, une petite merde à la face de pruneau avec des prétentions mégalomaniaques. Tu t'imagines avoir une sorte d'esprit aventureux, mais de grâce ! Au fond de toi-même tu es une lâche, tu te réfugies dans ton parc bourgeois pour enfants avec ta petite collection morbide de blessures de guerre, tu couves ce pauvre West comme un putain d'œuf que tu viens de pondre ! Je parie qu'il s'emmerde à mourir, avec personne d'autre que toi à baiser, le sinistre connard ! Dieu, ce doit être comme de sauter un kangourou !

La suave cape de velours de Zenia est tombée ; dessous, il n'y a que brutalité pure. C'est le bruit d'un coup de poing au moment où il s'écrase. Tony est debout au milieu de la chambre, sa bouche s'ouvre et se referme. Aucun son ne résonne. Les parois de verre l'emprisonnent. Elle songe follement au revolver inutile dans son sac : Zenia a raison, jamais elle n'appuierait sur la détente. Toutes ses guerres sont hypothétiques. Elle est incapable d'une action réelle.

Mais l'expression de Zenia change à présent, la colère fait place à la ruse.

— Tu sais, j'ai toujours cette dissertation que tu as truquée. La traite d'esclaves russes, n'est-ce pas ? C'est le flambeau de ton sadisme déplacé, tous ces cadavres de papier. Tu es une nécrophile en chambre, tu sais ça ? Tu devrais essayer un vrai cadavre un jour ! Peut-être que je mettrai cette dissertation à la poste, je l'enverrai à ton précieux département d'histoire, pour te mettre dans la merde avec un petit scandale ! Ça me plairait bien ! À quel prix l'intégrité universitaire ?

Tony sent les objets siffler autour de sa tête et le sol se dissoudre sous ses pieds. Le département d'histoire sera enchanté, et plus que ravi de la discréditer et de la radier. Elle a des collègues, mais pas d'alliés. Le désastre menace. Zenia est mue par une malveillance pure, déchaînée ; elle veut le naufrage, la terre brûlée, le verre brisé. Tony fait un effort pour prendre du recul, pour considérer la situation comme un événement survenu il y a longtemps ; elle et Zenia étant simplement deux petits personnages d'une tapisserie qui tombe en poussière. Mais peut-être est-ce cela, l'histoire, au moment où elle a lieu : des gens enragés qui se crient après.

Oublie la cérémonie. Oublie ta dignité. Tourne les talons.

Tony se dirige vers la porte d'un pas incertain.

— Au revoir, dit-elle, le plus fermement possible.

Mais sa voix résonne à ses oreilles comme un glapissement. Elle a un moment de panique avec le verrou. En sortant précipitamment elle s'attend à entendre un grognement bestial, le choc d'un corps massif contre la porte. Mais il ne se passe rien.

Elle descend en ascenseur, avec la sensation étrange de monter, et elle traverse l'entrée comme ivre, se cognant dans les meubles en cuir. Il y a un groupe d'hommes qui viennent d'arriver devant la réception. Pardessus, attachés-cases, ce doit être un salon. Devant elle apparaît la composition florale. Elle se voit tendre la main et casser une tige. Une fleur teinte en violet. Elle se dirige vers la porte, mais se retrouve du mauvais côté, face au patio et à la fontaine. Ce n'est pas la sortie. Elle est désorientée, elle a perdu ses repères dans l'espace : le monde visuel semble embrouillé. Elle aime que les choses soient bien en ordre dans sa tête, mais elles sont loin de l'être.

Elle fourre la fleur poussiéreuse dans son sac et approche de la porte d'entrée, la franchit, vacillante, et respire enfin l'air froid du dehors. Il y avait tant de fumée à l'intérieur. Elle secoue sa tête, pour la dégager. Elle a l'impression de s'être endormie.

52

Ce n'est pas exactement ainsi que Tony raconte l'histoire à Roz et Charis. Elle omet la partie concernant la dissertation, mais inclut consciencieusement toutes les autres méchancetés que Zenia lui a dites. Elle mentionne le revolver, qui a un certain poids de sérieux, mais elle ne dit rien de la perceuse sans fil, peu crédible. Elle décrit sa propre retraite ignominieuse. À la fin de son récit elle montre la branche violette, comme preuve.

— Je devais être un peu folle, dit-elle. De croire que je pouvais vraiment la tuer.

— Pas si folle que ça, répond Roz. De *vouloir* la tuer, au moins. Elle fait ça aux gens. Tu as de la chance de sortir de là avec tes deux yeux, voilà ce que je pense.

Oui, songe Tony, faisant l'inventaire. Apparemment il ne manque aucune partie essentielle.

— Le revolver est encore dans ton sac? demande Charis avec inquiétude. Elle ne veut pas qu'un objet aussi dangereux se heurte à son aura.

— Non, répond Tony. Je suis rentrée chez moi ensuite, je l'ai remis à sa place.

— Bien vu, dit Roz. À toi, Charis, je parlerai la dernière.

Charis hésite.

— Je ne sais pas si je devrais tout raconter, commence-t-elle.

— Pourquoi pas? s'écrie Roz. Tony l'a fait. Je le ferai. Allons, nous n'avons pas de secrets!

— Eh bien, reprend Charis, il y a quelque chose qui ne va pas te plaire.

— Diable, *rien* dans l'histoire ne me plaira, j'imagine, dit Roz d'un ton jovial.

Elle parle un peu trop fort. Cela rappelle à Charis la Roz d'avant, celle qui se dessinait des figures au rouge à lèvres sur l'estomac et faisait la danse du ventre dans la salle commune de McClung Hall. Peut-être Roz est-elle surexcitée.

— C'est à propos de Larry, dit Charis, malheureuse.

Roz se calme immédiatement.

— Ça ne fait rien, mon chou, répond-elle. Je suis une grande fille.

— Personne ne l'est, dit Charis. Pas vraiment.

Elle respire profondément.

Après l'apparition de Zenia au Toxique, ce jour-là, Charis a passé une semaine à se demander ce qu'elle devait faire. Ou plutôt, elle le savait, mais elle se demandait comment le réaliser. Elle avait aussi besoin de se fortifier spirituellement, parce qu'une rencontre avec Zenia ne serait pas une petite affaire.

Elle prévoyait qu'elles se retrouveraient toutes les deux dans une impasse. Zenia lancerait des étincelles d'énergie rouge sang ; ses cheveux noirs crépiteraient comme de la graisse sur le feu, ses globes oculaires seraient rouge cerise, phosphorescents comme les yeux d'un chat à la lumière des phares. Charis, quant à elle, serait fraîche, droite, entourée d'une douce lumière. Autour d'elle serait tracé un cercle de craie blanche, pour éloigner les mauvaises vibrations. Elle lèverait les bras, invoquant le ciel, et de sa gorge jaillirait une voix cristalline comme les cloches : *Qu'as-tu fait de Billy ?*

Et Zenia, se tortillant pour résister, maîtrisée par les forces positives de Charis, serait contrainte de répondre.

Charis n'était pas encore assez solide pour cette épreuve de force. Elle ne le serait jamais, toute seule. Il lui faudrait emprunter les armes de ses amies. Non ; simplement une armure, car elle ne se voyait pas attaquer. Elle ne voulait pas blesser Zenia, n'est-ce pas ? Elle voulait seulement qu'elle lui rende ce qu'elle lui avait volé : la vie de Charis, la partie où était Billy. Elle voulait ce qui revenait de droit. C'était tout.

Elle fouilla quelques-uns des cartons dans la petite chambre d'en haut, qui avait été un grenier, puis la chambre de Zenia, puis la nursery et la salle de jeux d'August, devenue une chambre d'amis, au cas où. En réalité c'était la chambre d'August ; elle y dormait les week-ends où elle venait en visite. Il y avait dans les cartons un tas de choses que Charis désirait recycler et n'utilisait jamais. Elle trouva un cadeau de Noël de Roz — une horrifiante paire de gants en cuir avec des poignets en vraie fourrure, de la peau d'animal mort, elle ne pourrait jamais les porter. Venant de Tony, elle trouva un livre écrit par elle : *Four Lost Causes*. C'était sur la guerre et les massacres, des sujets infectés, et elle n'avait jamais été capable d'y entrer.

Elle emporta le livre et les gants en bas et les posa

sur la petite table sous la fenêtre principale du séjour — où le soleil les baignerait, chassant leurs aspects obscurs —, elle plaça la géode en améthyste à côté, et disposa tout autour des pétales séchés de soucis. Après réflexion, elle ajouta à cette composition la Bible de sa grand-mère, un objet toujours doué de puissance, et une motte de terre de son jardin. Elle médita ensuite sur cette collection vingt minutes, deux fois par jour.

Elle voulait absorber les aspects positifs de ses amies, les choses qui lui manquaient à elle. Elle voulait la clarté mentale de Tony, le métabolisme riche en décibels de Roz et ses capacités d'organisation. Et sa repartie, car si Zenia se mettait à l'injurier elle serait alors capable de trouver les mots pouvant la neutraliser. De la terre du jardin, elle voulait un pouvoir secret. De la Bible, quoi ? la présence de sa grand-mère suffirait ; ses mains, sa lumière bleue guérissante. Les pétales de soucis et la géode d'améthyste devaient contenir ces énergies variées, et les canaliser. Elle désirait une puissance, concentrée, comme un rayon laser.

Au travail, Shanita remarque que Charis est plus distraite que d'habitude.

— Quelque chose vous préoccupe ? demande-t-elle.

— Oh ! en quelque sorte, répond Charis.

— Vous voulez qu'on tire les cartes ?

Elles sont occupées à concevoir la décoration intérieure du nouveau magasin. Ou plutôt Shanita s'y emploie, et Charis admire les résultats. Il y aura dans la vitrine une bannière en papier brun avec le nom de la boutique écrit au crayon, « comme par une main d'enfant », dit Shanita : *Scrimpers*. Un énorme nœud sera accroché à chaque extrémité, aussi en papier brun, avec des serpentins de paquets-cadeaux.

— Tout doit avoir l'air totalement rudimentaire, explique Shanita. Fabriqué à la maison. Vous savez, abordable.

Elle va vendre les meubles présentoirs en érable usés par le frottement des mains et en faire faire d'autres avec des planches brutes et des clous apparents. Le style cageot, dit-elle. « On gardera une partie des pierres et des herbes, mais on rangera ça dans le fond, pas en vitrine. Le luxe, ce n'est pas pour nous. » Shanita s'active à commander des nouveaux articles pour le magasin : des petits outils pour fabriquer des pots de semis avec des journaux recyclés, du matériel pour confectionner vos propres cartes de Noël avec des coupures de magazines, et d'autres appareils à fabriquer des cartes, à l'aide de fleurs séchées, d'emballages plastiques et d'un séchoir à cheveux. Les récipients à compost pour les déchets de la cuisine avec des couvercles en bois naturel sont aussi en vente ; et les canevas de tapisserie à l'aiguille pour les housses de coussins, avec des fleurs du XVIIIe, une fortune si on les achète tout faits. Et des moulins à café manuels, de beaux moulins en bois avec un tiroir pour le café moulu.

— Les appareils électriques mineurs ne sont plus à la mode dans les cuisines, dit Shanita. L'huile de coude est de retour. Nous avons besoin de trucs pour faire des trucs qu'il faudrait payer très cher autrement, explique-t-elle. Économiser, voilà notre thème. Dieu, je connais toutes ces conneries depuis des siècles, j'ai fait ça toute ma vie. Personne n'a jamais eu à me dire ce qu'on peut fabriquer avec un million d'élastiques.

Elle a aussi décidé de transformer leurs tenues : au lieu des pastels fleuris, elles porteront des tabliers de menuisier en toile beige, et des bonnets carrés en papier brun plié. Un crayon glissé derrière l'oreille complétera le costume.

— Pour montrer que nous sommes des gens sérieux, dit Shanita.

Malgré l'admiration qu'elle manifeste, car toute créativité doit être encouragée et cette entreprise est sans nul doute créative, Charis n'est pas sûre de s'adapter. Ce sera une contrainte rigide, mais elle devra faire un essai, car quel autre emploi pourrait-elle bien trouver ailleurs ? Peut-être ne réussirait-elle même pas à s'inscrire à l'agence pour l'emploi ; non qu'elle souhaite avoir une fiche, elle ne considère pas ce système comme un moyen précis de classer les choses. Si elle reste elle devra se montrer plus énergique ; asseoir sa position. Acquérir de la poigne. Vendre activement. Shanita dit que le service et les prix compétitifs sont les mots de passe de l'avenir. Cela, et des frais généraux peu élevés. Au moins elles ne sont pas endettées.

— Dieu merci je n'ai jamais beaucoup emprunté, dit-elle. Les banques ne voulaient pas me prêter, voilà pourquoi.

— Pour quelle raison ? demande Charis.

Shanita secoue sa chevelure — qu'elle porte aujourd'hui en une longue torsade brillante — et lui lance un regard de mépris.

— Devinez ! répond-elle.

Elles font une pause dans l'après-midi, Shanita prépare une boisson fraîche au citron de la réserve, et tire les cartes pour Charis.

— Un grand événement va se produire bientôt, dit-elle. Je vois — votre carte est la Reine de coupe, n'est-ce-pas ? C'est la grande Prêtresse qui vient sur vous. Cela vous évoque quelque chose ?

— Oui, répond Charis. Est-ce que je vais gagner ?

— Gagner ? répète Shanita en souriant. C'est la première fois que je vous entends prononcer ce mot ! Peut-être est-il temps que vous le disiez.

Elle étudie les cartes, en pose d'autres.

— Il y a quelque chose qui ressemble à une victoire, dit-elle. En tout cas, vous ne perdez pas. Mais il y a une mort. Impossible de se tromper.

— Pas Augusta ! s'écrie Charis.

Elle essaie de voir par elle-même : la Tour, la Reine d'épée, le Magicien, le Fou.

Elle n'a jamais su lire les cartes.

— Non, non, rien qui lui ressemble, la rassure Shanita. Il s'agit d'une personne plus âgée. Plus âgée qu'elle, je veux dire. Mais liée à vous, d'une certaine manière. Vous ne verrez pas cette mort se produire, mais vous la découvrirez.

Charis est atterrée. Ce doit être Billy. Elle ira voir Zenia, qui lui apprendra la mort de Billy. C'est ce qu'elle redoute depuis toujours. Mais cela vaudra mieux que de ne pas savoir. Il y a aussi un bon côté : lorsque ce sera son tour de faire la transition et de se retrouver dans le tunnel obscur, dans la grotte, sur le bateau, elle verra la lumière devant elle, et entendra la voix de Billy. C'est lui qui l'aidera, de l'autre côté. Ils seront ensemble, et il ne pourrait pas l'accueillir s'il n'était pas mort le premier.

Cela l'aide, de savoir que la grande Prêtresse la protège. Cela s'accorde aussi avec la situation, car elle est finalement arrivée au jour privilégié de sa rencontre avec Zenia. Elle en a pris conscience dès qu'elle s'est levée, en glissant comme tous les matins son épingle dans la Bible. Elle a choisi l'Apocalypse 17, le chapitre sur la Prostituée fameuse; *La femme vêtue de pourpre et d'écarlate étincelait d'or, de pierres précieuses et de perles ; elle tenait à la main une tasse en or remplie d'abominations et des souillures de sa prostitution.*

Et sur son front était écrit, MYSTÈRE, BABYLONE LA GRANDE, MÈRE DES COURTISANES ET DES ABOMINATIONS DE LA TERRE.

La forme se dessina devant les paupières fermées de Charis, le contour — cramoisi sur les bords, avec les scintillements d'une lumière dure comme un diamant. Elle ne distinguait pas le visage; qui d'autre que Zenia cela pouvait-il être?

— C'est pourquoi j'ai pensé que c'était si... euh, si juste, dit Charis à Tony.

— Quoi? demande patiemment celle-ci.

— Ce que tu as dit. À propos du projet Babylone. Je veux dire, cela ne pouvait être une simple coïncidence, n'est-ce pas?

Tony ouvre la bouche pour dire que si, peut-être,

mais la referme parce que Roz lui a donné un coup sous la table.

— Continue, dit Roz.

Charis avance dans la ville, respirant la boue qui vole dans l'air. Elle dépasse le Bamboo Club avec ses dessins des Caraïbes, Zephyr avec ses coquillages et ses cristaux, un endroit où elle aime traîner d'habitude, mais aujourd'hui elle poursuit son chemin sans même un regard, et accélère le pas devant la boutique de bandes dessinées Dragon Lady, pressée car elle a une heure limite. C'est sa pause du déjeuner. D'ordinaire elle prend peu de temps parce que c'est le moment le plus animé au magasin, mais elles ont fermé pour quelques jours, pour mettre en place les nouveaux comptoirs et les nœuds en papier marron, elle peut donc faire une exception. Elle a demandé à Shanita une demi-heure supplémentaire ; elle la rattrapera en restant plus tard un soir, après la réouverture. Cela lui donnera le temps d'aller à l'Arnold Garden, de voir Zenia et de lui demander ce qu'elle a besoin de savoir, de lui arracher la réponse. À supposer que Zenia soit à l'hôtel, bien sûr. Elle peut toujours être sortie.

Pendant qu'elle s'habillait ce matin, et se lavait dans la salle de bains pleine de courants d'air, Charis s'est aperçue qu'elle connaissait le nom de l'hôtel, mais pas le numéro de la chambre. Elle pouvait toujours s'y rendre et fureter partout, arpenter les couloirs en touchant les poignées de portes ; peut-être sentirait-elle les vibrations électriques en touchant le métal, et devinerait-elle la présence de Zenia du bout des doigts. Mais l'hôtel serait plein de gens, qui ne manqueraient pas de créer des parasites. Elle pourrait facilement se tromper.

Elle s'est ensuite dit, pendant le trajet en ferry, qu'une personne saurait à coup sûr le numéro de chambre de Zenia. Larry, le fils de Roz, puisque Charis les avait vus entrer ensemble dans l'hôtel.

— C'est la partie que je ne voulais pas te raconter,

dit Charis à Roz. Ce jour-là après le Toxique? J'ai attendu au Kafay Nwar, de l'autre côté de la rue. Je les ai vus sortir. Je les ai suivis. Zenia et Larry.

— *Tu* les as suivis? s'exclame Roz, comme si quelqu'un d'autre l'avait fait aussi, une personne dont elle sait le nom.

— Je voulais juste la questionner sur Billy, explique Charis.

Roz lui tapote la main.

— Bien sûr, dit-elle.

— Je les ai vus s'embrasser dans la rue, poursuit Charis, sur un ton d'excuse.

— Tout va bien, chérie, répond Roz. Ne t'en fais pas pour moi.

— Charis! s'écrie Tony avec admiration. Tu es beaucoup plus maligne que ce que je croyais!

L'idée de Charis en train de suivre Zenia sur la pointe des pieds la remplit de joie, parce que c'est si insolite. Si Zenia avait soupçonné quelqu'un de la filer, cela n'aurait sûrement pas été Charis.

Quand Charis arriva au magasin ce matin-là, Shanita partit chercher de la monnaie à la banque, et elle profita de son absence pour appeler chez Roz. Si on répondait ce serait Larry, car à cette heure-là les jumelles étaient en classe et Roz au bureau. Elle avait raison, Larry décrocha.

— Bonjour Larry, c'est tante Charis, dit-elle.

Elle se sentait idiote de se présenter ainsi, mais Roz avait pris cette coutume quand les enfants étaient petits, et l'habitude était restée.

— Oh, salut, tante Charis, répondit Larry. Il paraissait à moitié endormi. Maman est au bureau.

— Oui, mais c'est à toi que je voulais parler, dit Charis. Je cherche Zenia. Tu sais, Zenia, peut-être que tu te souviens d'elle, quand tu étais petit. (Larry était-il si jeune à l'époque? se demande-t-elle. Pas tant que ça. Que lui a raconté Roz, au sujet de Zenia? Pas grand-chose, espère-t-elle.) Nous étions toutes ensemble à l'université. Je dois la retrouver à l'Arnold Garden, mais j'ai perdu le numéro de chambre.

C'était un gros mensonge; elle se sentait coupable de le faire, et en même temps elle en voulait à Zenia de la mettre dans une telle situation. C'était toujours comme cela : elle vous rabaissait à son niveau.

Il y eut une longue pause.

— Pourquoi me le demander à moi? dit finalement Larry, prudemment.

— Oh, répondit Charis, jouant sur son habituelle distraction, elle connaît ma mauvaise mémoire! Elle sait que je ne suis pas la meilleure organisatrice. Elle m'a dit de t'appeler, si je le perdais. Elle a dit que tu le saurais. Je suis désolée si je t'ai réveillé, ajouta-t-elle.

— C'était vraiment bête de sa part, dit Larry. Je ne suis pas sa permanence téléphonique. Pourquoi n'appelez-vous pas l'hôtel?

C'était étrangement grossier, de la part de Larry. D'ordinaire il était plus poli.

— Je l'aurais fait, répondit Charis, mais tu sais, son nom de famille a changé, et je crains de l'avoir oublié.

C'était une supposition — le changement de nom — mais elle avait deviné juste. Tony avait dit une fois que Zenia changeait sans doute de nom tous les ans. Non, tous les mois, avait rétorqué Roz.

— Elle est dans la 1409, dit Larry, maussade.

— Oh, je vais le noter, répondit Charis. Quatorze-zéro-neuf?

Elle voulait avoir l'air aussi indécis et distrait que possible; comme une vieille bonne femme écervelée, ou du moins en voie de le devenir. Elle ne voulait pas que Larry appelle Zenia pour la prévenir.

La signification du numéro de chambre ne lui échappe pas. Elle sait que les hôtels ne numérotent jamais le treizième étage, mais qu'il existe tout de même. Le quatorzième étage est en réalité le treizième. Zenia est au treizième étage. Mais la malchance peut être contrebalancée par le chiffre neuf, porte-bonheur car c'est un nombre divin. Le mauvais sort s'attachera à Zenia et la chance à Charis, qui a un cœur pur — espère-t-elle —, contrairement à Zenia. Calculant dans sa tête, se drapant de lumière, Charis atteint l'hôtel Arnold Garden, passe sous l'impressionnant auvent et franchit les portes vitrées garnies de cuivre, étincelantes, comme si de rien n'était.

Elle reste un moment dans l'entrée, retrouvant son souffle, elle se repère. Ce n'est pas une mauvaise entrée. Bien qu'il y ait beaucoup de meubles en animal tué, elle est heureuse de découvrir aussi une sorte de retable végétal : des fleurs séchées. Et on voit à l'arrière, de l'autre côté des portes vitrées, une cour avec une fontaine, bien que celle-ci ne fonctionne pas. Elle aime voir l'espace urbain se déplacer dans une direction plus naturelle.

Puis elle a soudain une pensée décourageante. Et si Zenia n'avait pas d'âme ? Il doit exister des gens comme cela, car il y a maintenant sur terre plus d'êtres vivants qu'il n'y en a jamais eu : et si les âmes sont recyclées il doit bien exister des gens qui n'en ont pas reçu, comme au jeu des chaises musicales. Peut-être Zenia est-elle ainsi : sans âme. Une sorte de coquille. Dans ce cas, comment Charis pourra-t-elle traiter avec elle ?

L'idée la paralyse. Charis, pétrifiée, s'immobilise au milieu de l'entrée. Mais elle ne peut plus reculer. Elle ferme les yeux et se représente son autel, avec les gants, la terre et la Bible, invoquant ses pouvoirs ; puis elle rouvre les yeux, attendant un présage. Dans un coin de l'entrée il y a une horloge. Il est presque midi. Charis regarde les deux aiguilles s'aligner, dressées vers le ciel. Puis elle entre dans l'ascenseur. À chaque étage, son cœur bat plus vite.

Au quatorzième étage, le treizième en réalité, elle attend devant la porte 1409. Une lumière gris rougeâtre apparaît sous la porte la repoussant avec une force palpable. Elle pose la paume contre le bois de la porte, qui vibre dans une menace silencieuse. C'est comme un train qui passe dans le lointain, ou une lente explosion à distance. Zenia doit être là.

Charis frappe.

Au bout d'un moment — pendant lequel elle se sent épiée par Zenia, derrière le judas — la porte s'ouvre. Zenia porte un peignoir de l'hôtel, et ses cheveux sont enveloppés dans une serviette. Elle vient sans doute de prendre une douche. Même avec le turban en tissu éponge sur la tête elle est plus petite que dans le souvenir de Charis. C'est un soulagement.

— Je me demandais quand tu allais arriver, dit-elle.

— Vraiment ? dit Charis. Comment le savais-tu ?

— Larry m'a dit que tu étais en route, répond Zenia. Entre.

Sa voix est atone, son visage las. Charis est surprise qu'elle ait l'air aussi vieux. C'est peut-être parce qu'elle ne porte aucun maquillage. Si Charis n'était pas suffisamment avisée maintenant pour tirer des conclusions aussi rapides, elle penserait que Zenia est malade.

La chambre est en fouillis.

— Une minute, intervient Tony. Recommence ton histoire. Tu étais là-bas à midi et la chambre était en fouillis ?

— Elle a toujours été désordonnée quand elle vivait avec moi, pendant ces mois sur l'Île, répond Charis. Elle n'aidait jamais à faire la vaisselle ni rien.

— Mais quand j'y suis venue avant, tout était parfaitement en ordre, dit Tony. Le lit était fait. Tout.

— Eh bien, ce n'était plus le cas, réplique Charis. Il y avait des oreillers par terre, le lit était sens dessus dessous. Des tasses de café sales, des chips, des vêtements qui traînaient partout. Il y avait du verre cassé sur la petite table, et sur la moquette. On avait l'impression que la fête avait duré toute la nuit.

— Tu es sûre que c'était la même chambre ? demande Tony. Peut-être qu'elle s'est énervée et a brisé quelques verres.

— Elle a dû se recoucher, dit Roz. Après ton départ. Elles envisagent cette possibilité. Charis poursuit.

La chambre est en désordre. Les rideaux à fleurs sont tirés à demi, comme si on venait juste de les fermer à cause de la lumière. Zenia enjambe les objets éparpillés sur le sol, s'assied sur le canapé, et prend l'une des douze cigarettes et quelques dispersées au milieu du verre brisé sur la table.

— Je sais que je ne devrais pas fumer, murmure-t-elle, en aparté, mais cela n'a plus guère d'importance à présent. Assieds-toi, Charis. Je suis heureuse que tu sois venue.

Charis s'installe dans le fauteuil. Ce n'est pas la confrontation tendue qu'elle a imaginée. Zenia n'essaie pas de la fuir; à défaut d'autre chose, elle paraît assez contente de la voir. Charis se souvient qu'elle a besoin de savoir ce qui est arrivé à Billy, où il est, s'il est mort ou vivant. Mais c'est difficile de se concentrer sur lui; elle a peine à se souvenir de son apparence, tandis que Zenia se trouve devant elle dans cette chambre. C'est si étrange de la voir en chair et en os, finalement.

Maintenant elle sourit faiblement.

— Tu as été si bonne pour moi, dit-elle. J'ai toujours voulu m'excuser d'être partie ainsi, sans dire au revoir. C'était très inconsidéré de ma part. Mais j'étais trop dépendante de toi, je te laissais essayer de me guérir au lieu d'y mettre moi-même l'énergie nécessaire. J'avais juste besoin de partir quelque part, d'être seule pour me concentrer. J'étais... oh, j'ai reçu une sorte de message, tu sais?

Charis est stupéfaite. Peut-être a-t-elle mal jugé Zenia, toutes ces années. Ou peut-être Zenia a-t-elle changé. Les gens peuvent se transformer, choisir, devenir autres. C'est une de ses profondes convictions. Elle ne sait pas très bien quoi penser.

— Tu n'avais pas de cancer, en réalité, dit-elle.

Elle n'a pas l'intention de l'accuser. Elle a seulement besoin d'être sûre.

— Non, répond Zenia. Pas exactement. J'étais *malade*, pourtant. C'était une maladie de l'esprit. Et je suis malade maintenant.

Elle s'interrompt, mais Charis ne pose pas de question, aussi elle continue :

— C'est pourquoi je suis de retour ici — à cause du système médical. Je n'avais pas les moyens de me faire soigner ailleurs. On m'a dit que j'étais mourante. Ils m'ont donné six mois.

— Oh, c'est affreux, dit Charis.

Elle regarde les contours de Zenia, pour voir la couleur de sa lumière, mais elle n'arrive pas à la déchiffrer.

— C'est un cancer ?

— Je ne sais pas si je dois te le dire, répond Zenia.

— Ça ne fait rien, dit Charis.

Et si Zenia disait la vérité, cette fois-ci ? Et si elle était vraiment mourante ? Elle a la peau grise, autour des yeux. Du moins, Charis peut-elle l'écouter.

— Eh bien, en réalité, j'ai le sida, dit Zenia avec un soupir. C'est vraiment stupide, j'avais une mauvaise habitude, il y a quelques années. Je l'ai attrapé avec une aiguille sale.

Charis suffoque. C'est terrible ! Et Larry, alors ? Va-t-il aussi avoir le sida ? *Roz ! Roz ! viens vite !* Mais que ferait-elle ?

— J'aimerais bien passer quelque temps dans un endroit paisible, dit Zenia. Juste pour mettre ma tête en ordre, tu sais. L'Île, ce serait parfait.

Charis sent le tiraillement familier, l'ancienne tentation. Peut-être n'y a-t-il plus d'espoir pour le corps de Zenia, mais le corps n'est pas l'unique facteur. Elle pourrait l'accueillir chez elle, comme auparavant. Elle pourrait l'aider à se diriger vers la transition, l'entourer de lumière, méditer avec elle...

— Ou peut-être que je devrais me supprimer, dit doucement Zenia. Des cachets ou quelque chose dans ce genre. Je suis condamnée de toute manière. Je veux dire : à quoi bon attendre ?

Dans la gorge de Charis bouillonnent les sentiments familiers. *Oh! non, tu dois essayer, il faut être positif*... Elle ouvre la bouche pour offrir l'invitation, *Oui, viens*, mais quelque chose l'arrête. C'est le regard que Zenia pose sur elle : un regard fixe, la tête penchée sur le côté. Comme un oiseau qui examine un ver.

— Pourquoi as-tu prétendu avoir le cancer? demande-t-elle.

Zenia rit. Elle se redresse vivement. Elle doit savoir qu'elle est perdue, que Charis ne la croira pas, à propos de son sida.

— Bon, dit-elle. Réglons ça une fois pour toutes. Disons que je voulais pénétrer chez toi, et que cela semblait être le moyen le plus rapide.

— C'était cruel, répond Charis. Je t'ai crue! J'étais très inquiète pour toi! J'ai essayé de te sauver!

— Oui, s'écrie gaiement Zenia. Mais ne t'inquiète pas, j'ai souffert aussi. Si j'avais dû ingurgiter un verre de plus de ce jus de choux infect, cela m'aurait achevée. Tu sais ce que j'ai fait en arrivant sur le continent? Dès la première occasion, je suis sortie pour manger une grande assiette de frites et un bon steak bien saignant. Je l'aurais avalé par le nez, je mourais d'envie de viande rouge!

— Mais tu étais vraiment malade, tu avais quelque chose, dit Charis avec espoir.

Les auras ne mentent pas, et Zenia était atteinte. Charis refuse de penser que tous ses légumes, jusqu'au dernier, ont été gaspillés.

— Il y a un truc que tu devrais connaître, répond Zenia. Supprime toute la vitamine C de ton régime et tu auras les premiers symptômes du scorbut. Personne n'imagine que cela existe encore au XXe siècle, et la maladie n'est pas repérée.

— Mais je t'ai donné des tonnes de vitamines C! s'écrie Charis.

— Essaye de te fourrer un doigt au fond de la gorge, dit Zenia. Ça fait des miracles.

— Mais pourquoi? dit Charis, impuissante. Pourquoi faire une chose pareille?

Elle se sent si frustrée — frustrée de sa propre

bonté, de sa disposition à rendre service. Quelle idiote !

— À cause de Billy, naturellement, répond Zenia. Rien de personnel, tu as été seulement l'instrument. Je voulais me rapprocher de lui.

— Parce que tu étais amoureuse de lui ? demande Charis.

Du moins ce serait compréhensible, et l'histoire aurait un aspect positif, car l'amour est une force positive. Elle comprend qu'on soit amoureux de Billy.

Zenia rit.

— Tu es une romantique débile, dit-elle. À ton âge tu devrais avoir plus de plomb dans la tête. Non, je n'étais pas *amoureuse* de Billy, mais c'était amusant de coucher avec lui.

— Amusant ? répète Charis.

Dans son expérience, le sexe ne l'a jamais été. Soit ce n'était rien, soit cela faisait mal ; ou c'était écrasant, cela vous mettait en danger ; c'est pourquoi elle l'a évité toutes ces années. Mais ce n'était pas *amusant*.

— Oui, c'est peut-être surprenant que les gens y prennent du plaisir, dit Zenia. Ce n'est pas ton cas, je vois bien. D'après ce que disait Billy, tu ne voyais pas le plaisir même si tu avais le nez dessus. Il se sentait si privé d'une bonne partie de jambes en l'air qu'il s'est jeté sur moi dès que j'ai mis le pied dans ton trou à rats pathétique. Que croyais-tu que nous faisions quand tu étais en ville pour donner tes assommants cours de yoga ? Ou pendant que tu nous préparais le petit déjeuner en bas, ou que tu allais nourrir ces poules débiles ?

Charis sait qu'elle ne doit pas pleurer. Zenia avait peut-être été le *plaisir*, mais Charis avait représenté l'*amour*, pour Billy.

— Billy m'aimait, dit-elle, incertaine.

Zenia sourit. Son niveau d'énergie a remonté, son corps bourdonne comme un grille-pain cassé.

— Billy ne t'aimait pas, dit-elle. Réveille-toi ! Tu étais un ticket-restaurant gratuit ! Il se faisait entretenir par toi alors qu'il avait de l'argent à lui ; il vendait du hasch, mais je suppose que ça t'a échappé. Il pensait que tu étais une vache, si tu veux savoir. Il croyait que tu étais stupide au point de mettre au monde un crétin. Pour être précis, il te prenait pour une débile.

— Billy n'aurait jamais dit une chose pareille, proteste Charis.

Elle a l'impression d'être emprisonnée par un filet métallique chauffé à blanc, les brûlures entaillent finement sa chair.

— Il trouvait que coucher avec toi c'était comme de baiser un navet, poursuit Zenia, impitoyablement. Maintenant écoute-moi Charis. C'est pour ton bien. Je te connais, et je devine comment tu as passé ces années. À porter des cilices. À jouer aux ermites. À pleurer Billy. Il te sert d'excuse ; il te permet d'éviter ta vie. Renonce à lui. Oublie-le.

— Je ne peux pas, dit Charis d'une toute petite voix.

Comment peut-elle laisser Zenia mettre Billy en pièces ? Le souvenir de Billy. Si cela aussi s'en va, que lui restera-t-il de cette époque ? Rien. Un vide.

— Lis sur mes lèvres, il n'en valait pas la peine, insiste Zenia.

Elle semble exaspérée.

— Tu sais pourquoi j'étais là ? Pour le faire changer de bord. Et crois-moi, ça n'a pas été difficile de le convaincre.

— Changer de bord ? dit Charis.

Elle a de la peine à se concentrer ; elle a l'impression d'être giflée en pleine figure, sur une joue, puis sur l'autre. *Tends l'autre joue*. Mais combien de fois ?

— Retourner sa veste, changer de camp, explique Zenia, comme à un enfant. Billy est devenu indic. Il est retourné aux États-Unis et a livré tous ses petits copains aux idées incendiaires, ceux qui étaient encore ici.

— Je ne te crois pas, dit Charis.

— Je me fous que tu me croies ou pas, répond Zenia. C'est vrai de toute façon. Il a dénoncé ses potes pour se tirer d'affaire et gagner un peu de fric. Ils l'ont récompensé avec une nouvelle identité et un petit boulot sordide d'espion de troisième ordre. Il n'était pas très doué, pourtant. La dernière fois que je suis tombée sur lui, à Baltimore ou ailleurs, il était plutôt désillusionné. Un drogué détraqué à l'acide et un ivrogne geignard, chauve par-dessus le marché.

— C'est de ta faute, chuchote Charis. Tu l'as détruit. Billy doré.

— Conneries, dit Zenia. C'est ce qu'*il* a prétendu, mais je lui ai à peine forcé la main ! Je lui ai juste expliqué les alternatives. Il y avait soit cela, soit quelque chose de bien pire. Dans le monde réel la plupart des gens choisissent de sauver leur peau. Tu peux compter là-dessus, neuf fois sur dix.

— Tu étais avec la police montée, dit Charis.

C'est la chose la plus difficile à croire — c'est si incongru. Zenia du côté de la loi et de l'ordre.

— Pas tout à fait, répond Zenia. J'ai toujours été libre de mes actes... Billy était juste une occasion. Ces groupes moralisateurs d'aide aux déserteurs étaient infiltrés d'espions, et j'avais des relations, alors j'ai jeté un coup d'œil aux dossiers. Je me souvenais de toi à McClung Hall — ils avaient aussi une fiche sur toi, tu sais, mais je leur ai dit : à quoi bon gaspiller du papier, sans parler de l'argent durement gagné du contribuable ; cette fille est aussi intéressante qu'un pot de confiture — et je comptais sur toi pour te souvenir de moi. Ce n'était pas difficile de me faire un œil au beurre noir et de venir à ton cours de yoga. Tu as fait le reste ! Maintenant, si tu veux bien, je dois m'habiller, j'ai des choses à faire. Billy vit à Washington, soit dit en passant. Si tu veux organiser une joyeuse réunion avec lui et sa fille perdue de vue, je serai heureuse de te donner son adresse.

— Je ne le crois pas, dit Charis.

Ses jambes tremblent ; un instant, elle craint de se lever. Billy est en mille morceaux, dans sa tête. *Efface la bande*, songe-t-elle, mais ça ne marche pas. Elle se rend compte qu'elle n'a pas d'armes ; aucune arme efficace contre Zenia. Tout ce qu'elle a c'est son désir d'être bonne, mais la bonté est une absence, l'absence du mal; tandis que Zenia possède la vraie histoire.

Zenia hausse les épaules.

— À ton aise, dit-elle. Si j'étais toi, je le rayerais de ma liste.

— Je crois que je ne peux pas, répond Charis.

— À ta guise, dit Zenia.

Elle se lève pour aller jusqu'au placard, et commence à chercher une robe.

Charis veut encore savoir une chose, et elle fait appel à toute son énergie pour poser la question.

— Pourquoi as-tu tué mes poulets? demande-t-elle. Ils ne faisaient de mal à personne.

— Je n'ai pas tué tes putains de poulets, répond Zenia en se retournant.

Elle paraît amusée.

— C'est Billy qui s'en est chargé. Il y a pris du plaisir aussi. Il est sorti tout doucement à l'aube pendant que tu étais encore dans les bras de Morphée, et il leur a tranché la gorge avec le couteau à pain. Il a dit qu'il leur rendait service, à voir la manière dont tu les gardais enfermés dans ce répugnant poulailler, ce taudis. Mais en réalité, il les haïssait. Non seulement ça, mais il a bien rigolé en imaginant le moment où tu allais les découvrir. Une sorte de farce. Ça l'a vraiment excité.

Quelque chose se brise en Charis. La rage la gagne. Elle veut se jeter sur Zenia, lui serrer le cou jusqu'à ce que sa propre vie, la vie qu'elle a imaginée, toutes les bonnes choses que Zenia a absorbées, s'écoulent comme l'eau d'une éponge. La violence de sa propre réaction l'épouvante mais elle a perdu le contrôle. Elle sent que son corps est envahi par une lumière incandescente; des ailes de feu jaillissent d'elle.

Puis elle se retrouve derrière les rideaux à fleurs, près de la porte du balcon, hors de son corps; elle observe. Son corps reste là. Quelqu'un d'autre en a la responsabilité à présent. C'est Karen. Charis la voit, tel un noyau sombre, une ombre, avec de longs cheveux en désordre, elle est grande maintenant, elle est énorme. Elle a attendu tout ce temps, toutes ces années, un moment comme celui-ci, où elle pourrait réintégrer le corps de Charis et l'utiliser pour commettre un meurtre. Elle dirige les mains de Charis vers Zenia, ces mains d'où émane une lueur bleue ; elle a une puissance irrésistible, elle se précipite sur Zenia tel un vent silencieux, elle la repousse en arrière, contre la porte du balcon, et le verre brisé s'éparpille comme de la glace. Zenia est violette et rouge, elle brille comme un joyau mais elle n'est pas de taille à lutter contre la sombre Karen. Elle soulève Zenia — si légère, si creuse, détruite par la maladie, pourrie, transparente comme une feuille de papier — et la jette par-dessus la balustrade du balcon ; elle la regarde flotter du haut de sa tour, puis heurter le rebord de la fontaine, et éclater comme une vieille courge. Cachée derrière les rideaux à fleurs, Charis appelle plaintivement : *Non! non!* Pas d'effusion de sang, pas de chiens qui dévorent les morceaux de chair dans la cour, elle ne le veut pas, peut-être que si ?

— De toute manière, c'est de l'histoire ancienne, dit Zenia sur le ton de la conversation.

Charis a réintégré son corps, elle le contrôle, et le dirige vers la porte. Il ne s'est rien passé après tout. Sûrement. Elle se retourne pour regarder Zenia. Des lignes noires irradient de sa personne, comme les filaments d'une toile d'araignée. Non. Des lignes noires convergent sur elle, comme sur une cible ; elle sera bientôt prise au piège. Au milieu, son âme volette tel un pâle papillon de nuit. Elle a une âme, après tout.

Charis rassemble toute sa force, toute sa lumière intérieure ; elle en a besoin pour ce qu'elle doit faire, parce que cela lui coûtera beaucoup d'efforts. Quel que soit le mal commis par Zenia, il faut l'aider. Charis doit lui porter secours, sur le plan spirituel.

La bouche de Charis s'ouvre.

— Je te pardonne, s'entend-elle prononcer.

Zenia rit avec colère.

— Tu te prends pour qui? dit-elle. Qu'est-ce que ça peut me foutre que tu me pardonnes ou pas? Mets-toi ton pardon où je pense! Trouve-toi un mec! Fais-toi une vie!

Charis voit sa vie telle que Zenia doit la considérer : un carton vide, retourné sur le bord de la route, avec personne dedans. Personne dont le nom vaille la peine d'être mentionné. D'une certaine façon, c'est le plus douloureux de tout.

Elle invoque sa géode d'améthyste, ferme les yeux, voit du cristal.

— J'ai une vie, dit-elle.

Elle redresse les épaules et tourne la poignée, retenant ses larmes.

Lorsqu'elle franchit l'entrée d'un pas incertain, en direction de la porte, l'idée lui vient que Zenia ment peut-être. Au sujet de Billy, des poulets, de tout le reste. Elle a déjà menti à Charis, d'une manière aussi convaincante. Pourquoi ne le ferait-elle pas à présent?

53

Roz se penche sur le côté pour étreindre Charis.

— Bien sûr qu'elle mentait, s'écrie-t-elle. Billy n'aurait jamais dit une chose pareille.

Que sait-elle de Billy? Rien du tout, elle ne l'a jamais rencontré, mais elle est prête à lui accorder le bénéfice du doute, cela ne coûte rien, et elle veut égayer l'atmosphère.

— Zenia est méchante, c'est tout. Elle dit ces choses-là pour le plaisir. Elle voulait seulement te perturber.

— Mais pourquoi? demande Charis, au bord des larmes. Pourquoi me l'avoir dit? Être si négative. Me blesser à ce point. À présent je ne sais plus quoi penser.

— Tout va bien, mon petit, répond Roz, la serrant encore contre elle. Qu'elle aille au diable ! Nous ne l'inviterons pas à nos anniversaires, n'est-ce pas ?

— Pour l'amour du ciel, intervient Tony, parce que Roz va trop loin et que cette scène est beaucoup trop puérile pour son goût. C'est grave !

— Oui, dit Roz, se maîtrisant. Je sais.

— J'ai une vie, proteste Charis en clignant des yeux.

— Tu as une vie intérieure très riche, déclare fermement Tony. Plus que la plupart des gens.

Elle fouille dans son sac, en sort un mouchoir froissé, et le lui tend. Charis se mouche.

— Maintenant à moi, dit Roz. Mme la Rombière rencontre la Reine de la nuit. Sur le plan des réjouissances, ça n'a pas été génial.

Roz marche de long en large dans son bureau. Il y a sur la table une pile de dossiers, les projets et les donations aux bonnes œuvres, les foies, les reins, les poumons, et les cœurs réclament tous son attention, sans parler des vols de sacs à main et des femmes battues, mais ils devront tous attendre, car pour donner il faut déjà posséder, et l'argent ne pousse pas sur les arbres. Elle est censée penser au projet Rubicon, présenté par Lookmakers. *Des rouges à lèvres pour les années 90*, c'est le concept qu'ils proposent, et qui se traduit, selon Boyce, par bâtons de colle pour nonagénaires. Mais Roz ne peut pas s'y mettre sérieusement, elle est trop préoccupée. Préoccupée ? Désespérée ! Son corps étouffe de chaleur, alimenté par les hormones, l'intérieur de sa tête est comme une station de lavage auto, toutes ces brosses qui tournoient, cette mousse de savon, la vision obscurcie. Zenia rôde Dieu sait où ! Peut-être est-elle en train d'escalader la façade de ce bâtiment en ce moment même, des ventouses fixées aux pieds, comme les mouches.

Roz a mangé toutes les bouchées de Mozart, elle a fumé ses cigarettes jusqu'à la dernière, et l'un des inconvénients de Boyce, le seul en réalité, est qu'il ne fume pas, elle ne peut lui piquer des clopes en douce; ses poumons à lui, au moins, sont purs comme la neige vierge. Peut-être la nouvelle réceptionniste d'en bas — Mitzi, Bambi? — en a-t-elle planqué un paquet; Roz pourrait appeler, mais ce serait si dégradant, Mme le Patron perdant la tête pour une sèche.

Elle ne veut pas quitter l'immeuble tout de suite, c'est presque l'heure du coup de téléphone d'Harriet, la détective. Roz lui a demandé d'appeler tous les après-midi à trois heures pour lui faire un rapport sur ses recherches. « Nous approchons du but », a-t-elle dit ces derniers jours. Mais hier elle a ajouté :

— Il y a deux possibilités. Le King Eddie, et l'Arnold Garden. Les gens que nous avons pu... les gens qui ont gentiment accepté d'identifier la photo... chacun d'eux est sûr qu'il s'agit d'elle.

— Qu'est-ce qui vous fait penser que vous devez choisir? a demandé Roz.

— Pardon? a répondu Harriet.

— Je vous parie n'importe quoi qu'elle a une chambre dans les deux hôtels, a dit Roz. Ça lui ressemblerait bien! Deux noms, deux chambres. *Tous les renards creusent une issue de secours*. Quels sont les numéros de chambres?

— Il faut encore vérifier quelques détails, a dit prudemment Harriet. Je vous informerai.

Elle pouvait de toute évidence imaginer un scénario peu souhaitable : Roz faisant irruption dans la chambre d'une inconnue, pour lui lancer meubles et injures à la figure, et cracher du feu — et poursuivre ensuite Harriet en justice pour lui avoir donné le mauvais numéro de chambre.

Roz est donc au supplice. Sa mère employait cette expression. Puis elle se reprend, s'installe à son bureau, et ouvre le dossier Rouges à lèvres des années 90 que Boyce a annoté à son intention. Le plan d'activité et les prévisions lui plaisent; mais Boyce a raison, le nom est une erreur : ils ne s'en tiendront pas aux rouges à lèvres. Une ombre à paupières atténuant le gonflement des paupières serait une découverte formidable, elle se jetterait dessus, et les autres femmes aussi, pour un prix raisonnable. Autre chose, il faut supprimer *années 90*. Elles n'ont pas apporté grand-chose de neuf jusqu'à présent, bien qu'on soit seulement en 1992, alors pourquoi souligner le fait que tout le monde s'y trouve coincé ?

En lisant les notes méticuleuses de Boyce dans les marges de la proposition (ce garçon a vraiment du talent), Roz convient qu'ils devraient opter pour un voyage dans le temps, un morceau d'Histoire avec un grand H, grâce aux noms de fleuves. Les femmes trouvent toujours plus facile de s'imaginer en train d'avoir une aventure amoureuse à une autre époque, celle d'avant les chasses d'eau, les jacuzzis et les moulins à café électriques, où une flopée de domestiques tuberculeux et ridés prématurément lavaient à la main les caleçons des hommes — s'ils en portaient —, vidaient les pots de chambre, faisaient chauffer l'eau dans d'énormes chaudrons, dans des cuisines dégoûtantes infestées de rats, et écrasaient les grains de café en les piétinant comme des raisins. Donnez des appareils ménagers à Roz. Avec des garanties, et une employée de maison sérieuse qui vienne deux fois par semaine.

Sur les publicités, elle veut beaucoup de dentelle. Et une machine à produire du vent pour faire voler les cheveux et donner cette impression dramatique de crise et du pont de Charleston incendié*. Il faudra photographier les mannequins en angle, avec l'appareil incliné vers le haut. Comme une sculpture ou un monument, tant qu'on ne voit pas l'intérieur de leurs narines, un problème que Roz a toujours rencontré avec les statues équestres en bronze. Elle a pensé aussi à un autre nom de fleuve, une couleur différente : *Athabasca*. Une sorte de rose doré. Une gelure contrariée par un coup de soleil. Comment aller dans le Nord sans écran total.

* Le pont de Charleston a été incendié pendant la guerre civile. *(N.d.T.)*

Le téléphone sonne et Roz manque tomber avec.

— C'est Harriet. Elle est à l'Arnold Garden, pas de doute, chambre 1409. J'y suis allée moi-même et j'ai prétendu être une femme de chambre avec des serviettes. C'est sûr et certain.

— Formidable, dit Roz, qui note le numéro.

— Il faut que vous sachiez autre chose, poursuit Harriet. Avant de vous y précipiter.

— Quoi, que je m'aventure en terrain dangereux? répond Roz avec impatience. De quoi s'agit-il?

— Elle semble avoir une liaison, ou quelque chose de ce genre, avec... euh, un homme beaucoup plus jeune. Il est allé dans sa chambre presque tous les jours, d'après notre source.

Pourquoi Harriet joue-t-elle les effarouchées? se demande Roz.

— Cela ne me surprendrait pas, dit-elle. Zenia est capable de tout dévaliser, même les berceaux. Tant qu'il est riche.

— Il l'est, répond Harriet. Du moins, il le sera.

Elle hésite.

— Pourquoi me racontez-vous cela? s'écrie Roz. Je me fous de savoir avec qui elle baise!

— Vous m'avez demandé de tout vous raconter, dit Harriet sur un ton de reproche. Je ne sais pas comment vous l'annoncer. Le jeune homme en question semble être votre fils.

— Comment? dit Roz.

Après avoir raccroché, elle prend son sac, se rue dans l'ascenseur et galope sur le trottoir, le plus vite possible, avec ses maudites chaussures. Elle arrive au Becker's le plus proche et achète trois paquets de du Maurier, déchirant l'enveloppe de ses doigts tremblants, et allumant sa cigarette si précipitamment qu'elle manque de mettre le feu à ses cheveux. Elle tuera Zenia, elle la tuera! L'effronterie, le culot, le *mauvais goût* achevé de courir après le petit Larry impuissant, le fils de Mitch, après avoir éliminé le père! Enfin, presque. *Trouve-toi quelqu'un à ta taille!* Et Larry, une cible facile, un bébé; si solitaire, si embrouillé. Il se rappelle sans doute Zenia à l'époque de ses quinze ans, il devait avoir un béguin pour elle, se branler. Il la trouve probablement éclatante, chaleureuse et compréhensive. Zenia était très bonne dans ce domaine. En plus, elle lui racontera quelques-uns de ses malheurs et il se dira qu'ils sont tous les deux orphelins après la tempête. Roz ne le supporte pas!

La fumée l'imprègne, et au bout d'un moment elle se sent plus calme. Elle retourne au bureau, la tête pleine de parasites. Enfin, *bordel*, qu'est-elle censée faire à présent?

Elle frappe à la porte de Boyce.

— Boyce? Je peux vous casser les pieds cinq minutes? dit-elle.

Boyce se lève courtoisement et lui offre un siège.

— Demandez, et il vous sera donné de recevoir, dit-il. Dieu.

— Comme si je ne le savais pas, répond Roz, mais je n'ai pas eu de résultats tangibles avec Dieu ces derniers temps, du moins dans le secteur des réponses.

Elle s'assied, croise les jambes, et accepte la tasse de café que lui tend Boyce. La raie de ses cheveux est si droite que c'en est presque douloureux, elle semble tracée au couteau. Il y a de minuscules canards sur sa cravate.

— Je vais vous exposer un cas théorique, dit-elle.

— Je suis tout ouïe, répond Boyce. Il s'agit de la colle buccale?

— Non, dit Roz. C'est une histoire. Il était une fois une femme mariée à un type qui avait des aventures.

— Quelqu'un que je connais? demande Boyce. Le type, je veux dire.

— Des aventures avec d'autres femmes, déclare fermement Roz. Alors, cette femme a supporté à cause des enfants, et de toute manière cela ne durait jamais longtemps parce que les maîtresses étaient juste des jouets sexuels à ressort, ou du moins c'est ce que le mari répétait. D'après lui notre héroïne était la femme de sa vie, la prunelle de ses yeux, le feu dans la cheminée, etc. Puis un jour, arrive cette pépée — pardon, cette *personne*, du même âge que l'épouse en question, mais beaucoup plus jolie, je dois l'admettre, quoique entre vous et moi et le montant de la porte, ses nichons soient faux.

— Elle entre dans la beauté, tel un fléau, dit Boyce, avec sympathie. Byron.

— Exactement, répond Roz. Elle est intelligente, aussi, mais si c'était un mec on dirait que c'est un salaud. Il n'y a pas de nom féminin pour ça, parce que *garce* ne lui arrive pas à la cheville ! Elle raconte à l'épouse qu'elle est une orpheline demi-juive sauvée des griffes des nazis, et notre héroïne, qui a un grand cœur, se laisse émouvoir et lui trouve un travail ; Mme Poitrine-dirigeable prétend être sa meilleure copine et lui voue reconnaissance, et elle bat froid au mari, impliquant par le langage des gestes qu'elle le trouve moins séduisant qu'un nain de pelouse, ce qui s'est finalement révélé être la vérité.

« Pendant ce temps nos deux copines ont un tas de déjeuners intimes mais professionnels, elles discutent de la situation dans le monde et de l'état des affaires. Alors la dame commence à s'envoyer en l'air avec M. Susceptible, dans le dos de Mme Gourde. Pour Mme Lollapalooza c'est juste une *aventure* — pire, une tactique — mais pour lui c'est du sérieux, le grand amour, enfin. Je ne sais pas comment elle y est arrivée, mais elle a réussi. Considérant le personnage du mari, et l'échec de toutes celles qui l'avaient précédée, elle s'est montrée vraiment brillante.

— Le génie est l'infinie capacité de causer la souffrance, dit sombrement Boyce.

— Juste, répond Roz. Mais elle dupe tout le monde et se fait attribuer la charge de la société en question, une entreprise assez importante, et en deux temps trois mouvements la voilà installée avec M. Doigts collants, et ils vivent ensemble dans le Nid d'amour branché de l'année, laissant la petite dame se ronger désespérément le cœur. Mais la passion s'évanouit chez la Vampire, pas chez lui, il découvre qu'elle retrouve dans la journée un type à moto et fait un drame. Elle fabrique alors de faux chèques — se servant de sa signature, copiée sans nul doute sur d'innombrables billets doux maculés de bave — et elle disparaît avec l'argent de la société. Cela refroidit-il son ardeur? Les poules ont-elles des dents? Il se lance à sa poursuite, fou furieux, comme s'il avait eu le feu au cul.

— Je connais le scénario, dit Boyce. Cela arrive à toutes les conditions sociales.

— Mme Doigts légers disparaît, poursuit Roz, mais pour resurgir dans une boîte de conserve. Il semble qu'elle ait eu un vilain accident, et se soit transformée en pâtée pour chats. On la plante dans le cimetière, et je — mon amie — ne verse pas de larmes, je dois le dire, et M. Chagrin revient en rampant voir sa petite femme, qui, dressée sur ses pattes de derrière, refuse de le reprendre. Eh bien, peut-on le lui reprocher? Enfin, c'est assez. Aussi, au lieu d'aller chez le psy, ce qu'il aurait dû faire depuis longtemps, ou de trouver un nouveau gadget sexuel, comme tant de fois auparavant, que fait-il? Il se meurt d'amour, pas pour Mme Pantoufles mais pour Mme Cul de flamme. Alors il prend son bateau en pleine tempête et se noie. Peut-être a-t-il sauté. Qui sait?

— Gaspillage, dit Boyce. Les corps vivants sont beaucoup plus agréables.

— Ce n'est pas tout, continue Roz. Il se trouve que cette femme n'était finalement pas morte du tout. Elle jouait la comédie. Elle reparaît, et cette fois elle jette son dévolu sur le fils unique — et bien-aimé. Pouvez-vous imaginer une chose pareille? Elle doit avoir cinquante ans! Elle harponne le fils de la femme qu'elle a dépouillée et de l'homme qu'elle a pratiquement tué!

— C'est énorme, murmure Boyce.

— Écoutez, je ne suis pas l'auteur du scénario, dit Roz. Je vous le raconte, c'est tout; et je n'ai pas besoin d'une critique littéraire. Je veux seulement savoir... ce que vous feriez?

— Vous me le demandez *à moi?* dit Boyce. Ce que

je ferais ? D'abord, je m'assurerais que c'est bien une femme. C'est peut-être un homme habillé en robe.

— Boyce, c'est sérieux, proteste Roz.

— Je suis sérieux, dit-il. Ce que vous voulez vraiment savoir, c'est ce que vous feriez, *vous*. N'est-ce pas ?

— En un mot, répond Roz.

— L'obsession est la meilleure part de la valeur, dit Boyce. Shakespeare.

— Mais encore ?

— Vous devez aller la voir, soupire Boyce. Vider votre sac. Oh ! Roz, vous êtes malade. Faites une scène. Criez, hurlez. Dites-lui ce que vous pensez d'elle. Clarifiez l'atmosphère ; croyez-moi, c'est nécessaire. Autrement, le ver invisible qui vole dans la tempête trouvera ton lit de joie cramoisi, et son amour obscur détruira ta vie. Blake.

— Je l'imagine, répond Roz. Je ne suis pas sûre de moi, c'est tout. Boyce, qu'est-ce qu'un supplice au crochet ?

— Un cadre de bois couvert de crochets, sur lequel on étendait le linge pour le faire sécher, répond-il.

— Ce n'est pas d'un grand secours, dit Roz.

— Mais c'est vrai, conclut Boyce.

Roz se met en route pour l'hôtel Arnold Garden. Elle prend un taxi parce qu'elle est trop tendue pour conduire. Elle n'a même pas besoin de s'adresser à la réception, assaillie par des représentants en voyage, lui semble-t-il. Elle traverse rapidement l'entrée déplorable, avec ses médiocres canapés de cuir rétro, et sa composition florale faite maison genre *Canadian Woman* 1984, sa vue sur le petit patio défraîchi et la fontaine en béton style municipal contemporain, derrière les portes vitrées, qui est aux jardins ce que les repas préconditionnés à micro-ondes sont à la nourriture, et elle s'engouffre dans l'ascenseur tapissé de plastique façon cuir.

Pendant ce temps elle se répète : *Le père ne te suffisait pas ? Tu veux aussi la mort du fils ? Bas les pattes !* Elle a l'impression d'être une tigresse qui défend ses petits. *Je soufflerai comme un bœuf*, rugit-elle intérieurement, *et je ferai sauter ta maison !*

Mais Zenia n'a jamais été très douée pour les maisons. Sauf pour les cambrioler.

Un autre scénario traîne dans son esprit : et si Larry s'aperçoit de ce qu'elle a fait ? Il a vingt-deux ans, après tout. Il est majeur et vacciné. S'il veut baiser des meneuses, des saint-bernard ou des vamps vieillissantes comme Zenia, en quoi cela la regarde-t-il ? Elle imagine son mépris patient, exaspéré, et tressaille.

Toc, toc, toc, frappe-t-elle à la porte de Zenia. Le bruit suffit à lui rendre ses forces. *Ouvre, salope, truie, laisse-moi entrer !*

Et clic clac, quelqu'un s'approche. La porte s'entrouvre. La chaîne est mise.

— Qui est-ce ? demande la voix rauque de Zenia.

— C'est moi, dit Roz. Roz. Tu ferais mieux de me laisser entrer, parce que sinon je vais rester ici et hurler.

Zenia ouvre la porte. Elle est habillée pour sortir, et porte la même robe noire décolletée que l'autre jour au Toxique. Elle est maquillée et ses cheveux dénoués ondulent et se déploient autour de sa tête en boucles serrées. Il y a une valise ouverte sur le lit.

— Une valise ? demande Tony. Je n'en ai vu aucune.

— Moi non plus, dit Charis. La chambre était rangée ?

— Plutôt, répond Roz. Mais c'était plus tard dans l'après-midi. Après ton passage. La femme de chambre avait dû venir.

— Qu'y avait-il dans la valise ? demande Tony. Elle faisait ses bagages ? Peut-être a-t-elle l'intention de partir.

— Elle était vide, dit Roz. J'ai regardé.

— Roz ! s'écrie Zenia. Quelle surprise ! Entre... tu as l'air en pleine forme !

Roz sait que c'est un mensonge : de toute manière, c'est ce que les gens disent des femmes de son âge qui ne sont pas mortes. Zenia, pour sa part, a une mine fantastique. Ne vieillit-elle jamais ? se demande Roz avec amertume. Quel sang boit-elle ? *Une petite ride, juste une, mon Dieu ; est-ce trop demander ? Dis-moi... pourquoi les méchants prospèrent-ils ?*

Roz n'y va pas par quatre chemins.

— Qu'est-ce qui te prend, d'avoir une aventure avec Larry ? dit-elle. Tu n'as vraiment aucun *scrupule* ?

Zenia la regarde.

— Une *aventure* ? Quelle délicieuse idée ! Il t'a raconté ça ?

— On l'a vu entrer dans ta chambre d'hôtel. Plus d'une fois, dit Roz.

Zenia sourit doucement.

— Vu ? Tu ne vas pas me dire que tu as encore envoyé cette Hongroise à mes trousses ! Roz, assieds-toi, je t'en prie. Prends un verre. Je n'ai jamais rien eu contre toi personnellement.

Elle-même s'installe sagement sur le canapé fleuri, comme s'il ne se passait rien de particulier ; comme si elles étaient deux respectables mères de famille sur le point de prendre une tasse de thé.

— Crois-moi, Roz. Mes sentiments pour Larry sont seulement maternels.

— Comment, maternels ? répète Roz.

Elle se sent stupide debout, et s'assied dans le fauteuil assorti. Zenia cherche ses cigarettes. Elle trouve le paquet, le secoue : il est vide.

— Prends une des miennes, propose Roz à contre-cœur.

— Merci, dit Zenia. Je l'ai rencontré par hasard, au Toxique. Il se souvenait de moi... oh ! c'est normal, il devait avoir... quoi ? quinze ans ? Il voulait me parler de son père. Si touchant ! Tu ne lui as pas dit grand-chose à ce sujet, n'est-ce pas, Roz ? Un garçon a besoin de savoir qui était son père ; il lui faut une image glorieuse. Tu ne crois pas ?

— Alors, que lui as-tu raconté ? demande Roz d'un ton soupçonneux.

— Les meilleures choses, répond Zenia, en baissant modestement les yeux. Je pense qu'il est quelquefois dans l'intérêt de tout le monde d'arranger un peu la vérité, n'est-ce pas ? Cela ne coûte rien, et le pauvre Larry semble avoir besoin d'un père qu'il puisse admirer.

Roz n'en croit pas ses oreilles. En fait elle n'en croit pas un mot. Il doit y avoir autre chose, et c'est le cas.

— Bien sûr, si cette situation continue, cela risque de devenir plus compliqué, reprend Zenia. Je pourrais oublier, et dire un peu de vérité. Sur le pauvre type, le pervers qu'était le père du malheureux Larry.

Roz voit rouge. Une brume obscurcit son regard. Elle a le droit de critiquer Mitch, mais Zenia ?

— Tu t'es servie de lui, accuse-t-elle. Tu l'as lessivé, tu l'as sucé jusqu'à la moelle, et puis tu l'as jeté ! Tu es responsable de sa mort ; tu sais. Il s'est tué à cause de toi. Je ne crois pas que tu sois en position de le juger.

— Tu veux savoir ? dit Zenia. Tu veux vraiment savoir ? Quand je lui ai dit que ça ne pouvait pas marcher, il était trop délirant — merde, je n'arrivais même pas à respirer, il était malade, il me surveillait tout le temps, je n'avais pas de vie à moi, il voulait savoir ce que j'avais mangé au petit déjeuner, il voulait m'accompagner dans la salle de bains chaque fois que j'avais besoin de pisser, vraiment ! —, il a pratiquement essayé de me tuer ! J'ai gardé les marques sur mon cou pendant des semaines ; heureusement je ne suis pas délicate, et je lui ai balancé mon pied dans les couilles pour qu'il me lâche. Ensuite il a pleuré toutes les larmes de son corps ; il voulait que nous fassions tous les deux un pacte de suicide débile, pour nous retrouver dans la mort ! Oh, très marrant ! Va te faire foutre, je lui ai dit. Alors ne me blâme pas. Je m'en lave les mains.

Roz ne supporte pas d'entendre cela, elle ne le supporte pas ! Pauvre Mitch, réduit à ça. Une larve abjecte.

— Tu aurais pu l'aider, dit-elle. Il en avait besoin !

Roz aurait pu elle aussi, bien entendu. Si elle avait su. N'est-ce pas ?

— Ne sois pas bégueule, dit Zenia. Tu devrais me donner une médaille pour t'en avoir débarrassée. Mitch était un dépravé, un malade. Il voulait des trucs pervers — il voulait être attaché, il me demandait de porter des dessous de cuir, et d'autres choses qu'il ne t'aurait jamais proposées parce qu'il te prenait pour un ange. Les hommes deviennent ainsi après un certain âge, mais ça, c'était trop. Je ne peux pas t'en raconter la moitié, c'était trop ridicule !

— Tu l'as entraîné, dit Roz, qui a maintenant envie de s'enfuir de la pièce.

C'est trop humiliant pour Mitch. Cela le réduit à trop peu de chose. C'est trop douloureux.

— Les femmes comme toi me rendent malade, répond Zenia avec colère. Tu as toujours tout possédé. Mais il ne t'appartenait pas, tu sais. Il n'était pas ta *propriété* de droit divin ! Tu crois que tu avais des droits sur lui ? Personne n'a de droits, sauf ceux qu'ils acquièrent !

Roz respire profondément. Si elle perd la tête, elle perdra la bataille.

— Peut-être, dit-elle. Mais ça ne change rien, tu n'en as fait qu'une bouchée.

— Le problème avec toi, Roz, répond Zenia, plus doucement, c'est que tu n'as jamais eu foi en lui. Tu l'as toujours considéré comme une victime des femmes, un jouet dans leurs mains. Tu l'as dorloté. T'est-il jamais venu à l'esprit que Mitch était responsable de ses actes ? Il prenait ses propres décisions, qui n'avaient peut-être pas grand-chose à voir avec moi, ni avec toi non plus. Mitch faisait ce qu'il voulait. Il prenait ses risques.

— Tu as triché, dit Roz.

— Oh ! s'il te plaît, répond Zenia. Il faut être deux pour danser le tango. Mais pourquoi se disputer pour Mitch. Il est mort. Parlons du sujet qui nous intéresse. J'ai une proposition pour toi : je devrais peut-être quitter la ville, pour Larry. Ce ne serait pas la seule raison — je vais être franche avec toi, Roz, j'ai besoin de m'en aller de toute manière. Je suis en danger ici, et je te le demande en souvenir du passé. Mais je ne peux pas me le permettre maintenant ; je ne te cacherai pas que je suis dans une situation très difficile. Je filerais immédiatement si j'avais, disons, un billet d'avion et de l'argent de poche.

— C'est une tentative de chantage, dit Roz.

— Ce n'est pas la peine d'en venir aux injures, répond Zenia. Je suis sûre que tu saisis la logique.

Roz hésite. Doit-elle acheter le départ de Zenia ? Et si elle refuse ? En quoi consiste exactement la menace ? Larry n'est plus un enfant ; il a dû en deviner beaucoup sur Mitch.

— Je ne crois pas, dit-elle lentement. J'ai une meilleure proposition. Et si tu fichais le camp de toute manière ? Je peux toujours te coincer pour détournement de fonds, tu sais. Et il y a cette histoire de faux chèques.

Zenia fronce les sourcils.

— L'argent est trop important pour toi, Roz, dit-elle. Je t'offrais ta propre protection. Pas celle de Larry. Mais tu n'en es pas digne. Alors je vais te dire la vraie vérité. Oui, je couche avec Larry, mais c'est juste pour la galerie. Larry n'est pas principalement mon amant, mais mon dealer. Je suis surprise que ta détective privée débile ne s'en soit pas aperçue, et je suis sincèrement étonnée que tu ne l'aies pas compris toi-même. Tu n'es peut-être pas jolie, mais tu étais intelligente. Ton petit garçon chéri s'est monté la tête en faisant un commerce de coke, la drogue préférée des yuppies. Il deale, il revend à ses amis friqués. Il a aussi pas mal touché à la dope — tu auras de la chance s'il n'y laisse pas son nez. Que crois-tu qu'il fasse au Toxique, nuit après nuit ? L'endroit est notoire ! Il ne le fait pas juste pour l'argent — il en tire du plaisir ! Et tu sais ce qui lui plaît plus que tout ? De te faire des cachotteries ! D'entuber maman ! Tel père, tel fils. Ce garçon a un problème, Roz, et son problème c'est toi !

Roz se sent toute molle. Elle refuse de croire à tout cela, mais une partie a l'écho de la vérité. Elle se souvient de l'enveloppe de poudre qu'elle a trouvée, des secrets de Larry, des blancs de sa vie qu'elle ne parvient pas à remplir, et sa frayeur resurgit, avec une bonne dose de culpabilité. S'est-elle montrée trop protectrice ? Larry tente-t-il de lui échapper ? Est-elle une mère dévorante ? Pire : Larry est-il un drogué désespéré ?

— J'y réfléchirais à deux fois, si j'étais toi, dit Zenia. Parce que si tu n'achètes pas ce renseignement, d'autres gens sont prêts à payer. Cela fait une jolie manchette, tu ne crois pas ? *Le fils d'une personnalité arrêté dans un hôtel pour trafic de drogue*. Rien de plus facile à organiser. Larry a confiance en moi. Il pense que j'ai besoin de lui. Je n'ai qu'à siffler et ton fiston accourt les poches pleines. Il est vraiment mignon, tu sais. Il a un joli cul. Il serait apprécié en taule. Il risque quoi aujourd'hui ? Dix ans ?

Roz est stupéfaite ; elle n'arrive pas à tout enregistrer. Elle se lève de son siège et va vers la porte-fenêtre qui donne sur le balcon. De là, elle voit, tout en bas, le croissant de lune argenté de la fontaine. Elle n'a pas encore été vidée ; des feuilles mortes marron y flottent. Sans doute l'hôtel manque-t-il de personnel, à cause de la Récession.

— J'ai besoin de lui parler, dit-elle.

— Je ne le ferais pas si j'étais toi, réplique Zenia. Il va paniquer, commettre un acte imprudent. C'est un amateur, il se trahira. Et il doit à ses fournisseurs un paquet de fric. Je les connais et ils ne sont pas aimables. Ils n'apprécieront pas qu'il jette la dope dans les toilettes. Ils ne seront pas payés, et ils réagissent mal à ce genre de chose. Ils n'aiment pas non plus que les gens se fassent prendre et parlent d'eux. Ils ne plaisantent pas. Ton petit Larry pourrait s'y brûler les doigts. Il risque même de se retrouver dans un fossé, avec quelques membres en moins.

Ce n'est pas possible, pense Roz. Le sérieux Larry, si doux, dans sa chambre d'enfant avec les trophées de l'école et les photos de bateaux ? Zenia est une menteuse, se rappelle-t-elle. Mais elle ne peut se permettre de ne pas tenir compte de son histoire, car si... pour une fois... c'était vrai ?

La pensée du cadavre de Larry est plus qu'elle ne peut en supporter. Elle n'y survivrait pas. Cette pensée est logée dans son cœur comme un bloc de glace, mais en même temps elle a l'impression d'avoir été projetée dans un horrible feuilleton mélo en plein jour, avec des iniquités cachées, de sinistres intrigues, et de mauvais angles de caméra.

Elle pourrait se glisser derrière Zenia, et la frapper sur la tête avec une lampe ou autre chose. L'attacher avec un collant. Maquiller le meurtre en crime sexuel. Elle a lu assez de polars minables de ce genre, et Dieu sait que ce serait plausible, c'est exactement le genre de fin sordide que mériterait une femme comme Zenia. Elle peuple la chambre de détectives, cigare au bec, en train de saupoudrer les meubles en quête d'empreintes digitales, qu'elle aura pris soin d'effacer...

— Je n'ai pas mon chéquier sur moi, dit-elle. Cela devra attendre demain.

— Apporte-moi du liquide, répond Zenia. Cinquante mille dollars, et tu y gagnes ; s'il n'y avait pas de crise, je demanderais le double. Des petites coupures usagées, s'il te plaît ; tu peux l'envoyer par coursier, avant midi. Mais pas ici, je te téléphonerai le matin et je te dirai où. À présent, si tu veux bien, je suis un peu pressée.

Roz descend en ascenseur. Brusquement elle a une migraine effroyable, et en plus elle se sent malade. C'est la peur et la colère qui bouillonnent en elle comme un dîner à la salmonelle. *Alors, mon Dieu, c'est de ma faute ou quoi ? Est-ce la double croix que je dois porter ? Tu as donné d'une main et maintenant tu reprends de l'autre ? Ou tu penses peut-être que c'est une farce !* Il lui vient à l'esprit, et ce n'est pas la première fois, que si tout est inscrit dans le plan divin, Dieu doit avoir un sens de l'humour drôlement tordu.

54

— Qu'est-ce que tu vas faire ? demande Tony.

— Payer, répond Roz. Je n'ai pas le choix. De toute manière, ce n'est que de l'argent.

— Tu pourrais parler à Larry, insiste Tony. Après tout, Zenia ment comme un arracheur de dents. Elle a peut-être tout inventé.

— Je paierai d'abord, répète Roz. Ensuite Zenia prendra un avion. Ensuite je parlerai à Larry.

Elle est frappée par le manque de jugeote de Tony, à propos des gosses. Cinq pour cent de vérité, ce serait déjà trop ; elle ne peut pas courir ce risque.

— Mais que vas-tu faire d'*elle* ? demande Charis.

— De Zenia ? dit Roz. Après-demain elle sera ailleurs. Personnellement j'aimerais la voir disparaître définitivement, comme une verrue. Mais je suppose que cela n'arrivera pas.

Elle allume une autre cigarette, à la flamme de la bougie. Charis tousse timidement et agite la main pour chasser la fumée.

— Je ne vois pas, dit lentement Tony, ce que nous pouvons *entreprendre* contre elle. Nous ne pouvons la faire disparaître. Même si elle s'en va, elle reviendra si elle en a envie. C'est une donnée. Elle est *là*, comme le temps.

— Peut-être devrions-nous rendre grâces, dit Charis. Et demander de l'aide.

Roz éclate de rire.

— Grâces de quoi ? *Merci, mon Dieu, d'avoir créé Zenia ? Mais la prochaine fois abstiens-toi ?*

— Non, répond Charis. Parce qu'elle s'en va, et que nous sommes entières. N'est-ce pas ? Aucune de nous n'a cédé.

Elle ne sait pas exactement comment présenter les choses. Chacune a été tentée, veut-elle dire, mais aucune n'a succombé. En d'autres termes, aucune n'a cédé à la tentation de tuer Zenia, physiquement ou spirituellement. De devenir Zenia. Ou encore, de la croire, de la laisser entrer pour les rouler une nouvelle fois, les mettre en pièces. Elles ont été déchirées malgré tout, parce qu'elles n'ont pas exécuté les volontés de Zenia.

— Je veux dire que...

— Je crois que je comprends, l'interrompt Tony.

— Oui, dit Roz. Alors, rendons grâces. Je suis toujours pour. Qui remercions-nous et que faisons-nous ?

— Une libation, répond Charis. Nous avons tout ce qu'il faut, même la bougie.

Elle lève son verre où il reste un doigt de vin blanc, et verse une goutte sur le fond de son assortiment de sorbets roses. Puis elle incline la tête et ferme brièvement les yeux.

— J'ai demandé de l'aide, dit-elle. Pour nous toutes. Répondez-nous.

Elle invoque aussi le pardon pour elles trois. Elle sent que c'est juste, mais ne sait pas pourquoi, aussi n'en fait-elle pas mention.

— Je ne saisis pas vraiment, dit Roz.

Elle comprend le besoin de célébration, il n'est pas prématuré de toucher du bois, mais elle aimerait savoir quel Dieu est invoqué ici — ou, plutôt, quelle version de Dieu — pour se protéger des foudres des autres. Mais elle verse son vin. Imitée par Tony qui sourit un peu crispée, comme si elle se mordait la langue. Trois siècles plus tôt, pense-t-elle, nous serions toutes brûlées sur un bûcher. Zenia la première, bien entendu. Sans aucun doute.

— C'est tout ? demande-t-elle.

— J'aime bien ajouter un peu de sel, dans la flamme de la bougie, dit Charis en joignant le geste à la parole.

— J'espère que personne ne nous regarde, chuchote Roz. Dans combien de temps serons-nous de vieilles toquées professionnelles ?

Elle se sent un peu étourdie ; peut-être à cause des cachets à la codéine qu'elle a pris pour son mal de tête.

— Ne regarde pas maintenant, dit Tony.

— Ce n'est pas si mal d'être une vieille bique, remarque Charis. L'âge est une question d'attitude.

Elle contemple rêveusement la bougie.

— Va raconter ça à mon gynécologue, réplique Roz. Tu veux juste être une vieille bique pour préparer des potions.

— Elle le fait déjà, observe Tony.

Brusquement Charis se redresse sur sa chaise. Ses yeux s'écarquillent. Elle porte la main à sa bouche.

— Charis ? dit Roz. Qu'y a-t-il, mon chou ?

— Mon Dieu, s'écrie celle-ci.

— Elle s'étouffe ? demande Tony. Charis a peut-être une crise cardiaque, ou autre chose. Tape-lui dans le dos !

— Non, non, s'écrie Charis. C'est Zenia ! Elle est morte !

— Quoi ? dit Roz.

— Comment le sais-tu ? demande Tony.

— Je l'ai vue dans la bougie, explique Charis. Je l'ai vue tomber dans l'eau. Elle est morte !

Charis se met à pleurer.

— Chérie, tu es sûre que tu ne prends pas tes désirs pour des réalités ? dit doucement Roz.

Mais Charis est trop absorbée par son chagrin pour l'entendre.

— Bon, décide Tony. Nous allons nous rendre à l'hôtel. Pour vérifier. Sinon, dit-elle à Roz par-dessus la tête de Charis, qui se balance d'avant en arrière, le visage enfoui dans les mains, aucune de nous ne dormira tranquille cette nuit.

C'est vrai : Charis va s'inquiéter à cause de la mort de Zenia, Tony et Roz vont se tourmenter pour elle. Un petit trajet en voiture leur évitera ce genre d'ennui.

Tandis qu'elles enfilent leurs manteaux et que Roz règle la note, Charis continue de sangloter en silence. C'est en partie le choc : toute la journée a été bouleversante, et elle vient de subir une terrible émotion. Ce n'est pas tout. Non seulement elle a vu tomber la forme noire tournoyante de Zenia, sa chevelure déployée comme des plumes, l'arc-en-ciel de sa vie arraché à son corps tel un nuage gris, plongé dans le néant. Elle a vu aussi quelqu'un la pousser du balcon.

Elle n'a pas distingué clairement la scène, mais elle croit connaître l'assassin. C'est Karen, qui est restée en arrière; elle s'est cachée dans la chambre; elle a attendu que Zenia ouvre la porte-fenêtre, puis elle s'est approchée pour la pousser. Karen a tué Zenia, et c'est la faute de Charis qui l'a tenue à distance, à l'écart d'elle-même; qui a essayé de la maintenir au-dehors, et a refusé de l'accueillir, aussi ses larmes sont-elles causées par la culpabilité.

C'est une manière de présenter les choses, bien sûr. Charis souhaitait la mort de Zenia, et c'est ainsi qu'elle s'explique sa vision. À présent Zenia est morte. D'un point de vue moral, un acte spirituel a la valeur d'un acte physique. Karen-Charis est un assassin. Elle a du sang sur les mains. Elle est souillée.

Elles prennent la voiture de Roz, la plus petite. Roz essaie de trouver quelqu'un pour garer la voiture, ce qui les retarde; le service n'est pas exactement rapide à l'Arnold Garden, se plaint-elle à l'homme qui s'en charge enfin. Puis elles pénètrent toutes les trois dans le hall d'entrée. Charis s'est ressaisie à présent, et Tony lui tient fermement le bras.

— Elle est dans la fontaine, chuchote Charis.

— Chut, répond Tony. On verra ça dans un instant. Laisse Roz faire le baratin.

— Je suis venue cet après-midi visiter votre hôtel dans l'intention d'y organiser un salon, déclare Roz, et je crois que j'y ai oublié mes gants.

Elle a décidé que ce serait une erreur de dire qu'elles sont à la recherche de Zenia, au cas peu probable où Charis aurait raison; Roz n'y croit pas une seconde, mais on ne sait jamais. De toute manière, si elles appellent la chambre et n'obtiennent pas de réponse, qu'est-ce que cela prouvera? Certainement pas sa mort. Zenia a pu quitter l'hôtel.

— À qui avez-vous parlé? demande la femme derrière le comptoir.

— Oh, c'était juste une visite préliminaire, répond Roz. Je pense que je les ai laissés dehors, dans la cour. Au bord de la fontaine.

— Nous gardons cette porte fermée à cette époque de l'année, dit la femme.

— Eh bien, elle ne l'était pas cet après-midi, s'écrie Roz d'un ton belliqueux, puisque j'ai jeté un coup d'œil. C'est un si joli patio pour les cocktails, près de la fontaine, voilà ce que je me suis dit. Ce serait pour juin. Voici ma carte.

La carte a un effet bénéfique.

— Très bien, madame Andrews, je vais la faire ouvrir tout de suite pour vous, dit la femme. En fait nous l'utilisons souvent pour des cocktails. Nous pourrions aussi organiser un lunch ; l'été on y met des tables.

Elle indique le concierge.

— Pourriez-vous aussi allumer les lampes extérieures ? demande Roz. J'ai peut-être laissé tomber mes gants dans la fontaine. Ou ils ont pu être emportés par le vent.

L'idée de Roz est d'illuminer la cour comme un sapin de Noël pour que Charis voie de ses propres yeux que Zenia ne se trouve nulle part. Elles franchissent toutes les trois les portes vitrées du patio et restent groupées, attendant la lumière.

— Tout va bien, chérie, il n'y a rien, chuchote Roz à Charis.

Mais quand s'éclairent d'énormes projecteurs, audessus d'elles et au fond de l'eau, elles découvrent Zenia flottant à plat ventre dans les feuilles mortes, ses cheveux éparpillés comme des algues.

— Mon Dieu ! chuchote Tony.

Roz étouffe un cri. Charis n'émet pas un son. Le temps s'est replié sur lui-même, la prophétie s'est vérifiée. Pourtant il n'y a pas de chiens. Alors la phrase lui revient. *Nous sommes les chiens, nous léchons son sang. Dans la cour, le sang de Jézabel.* Elle sent qu'elle va vomir.

— Ne la touche pas, dit Tony, mais Charis le doit à tout prix.

Elle se penche et tire Zenia qui se retourne lentement, et les fixe de ses yeux blancs de sirène.

55

Elle ne les regarde pas vraiment, puisqu'elle est morte. Ses yeux sont révulsés ; c'est pourquoi ils sont vides, comme des yeux de poisson. Le décès remonte à plusieurs heures, du moins c'est ce que dit la police à son arrivée.

Les gens de l'hôtel sont très préoccupés. Un cadavre de femme dans la fontaine n'est pas le genre de publicité qu'ils recherchent, surtout dans la conjoncture actuelle. Ils semblent penser que la faute en incombe à Roz, qui leur a suggéré d'allumer les projecteurs, comme si cela avait suffi à faire apparaître Zenia dans l'eau. En plein jour, soutient Roz au concierge, c'eût été bien pire : les clients de l'hôtel, en train de prendre leur petit déjeuner dans les chambres, se penchant au balcon pour respirer un peu d'air frais et fumer une cigarette, et découvrir ce spectacle... imaginez le tumulte !

Parce qu'elles ont découvert le corps, Tony, Roz et Charis doivent attendre. Répondre aux questions. Roz accapare la conversation et s'en tient rapidement à l'histoire des gants ; il ne serait pas du tout sage de dire à la police qu'elles se sont précipitées à l'Arnold Garden parce que Charis a eu une vision en regardant une bougie. Roz a lu suffisamment de romans policiers pour savoir que ce genre de récit attirerait immédiatement les soupçons sur Charis. Non seulement la police la considérerait comme une cinglée — Roz peut le comprendre, objectivement parlant — mais elle la croirait aussi capable de pousser Zenia du haut du balcon, d'être prise d'amnésie, et d'avoir ensuite une crise de culpabilité visionnaire et psychédélique.

Un léger soupçon plane dans l'esprit de Roz : ils auraient peut-être raison. Charis avait le temps de revenir à l'hôtel avant de se rendre au Toxique pour le dîner. Elle aurait pu tuer Zenia. Tony aussi, qui s'est montrée franche au sujet de ses intentions meurtrières. Roz également, dans ce cas. Leurs empreintes à toutes les trois se trouvent dans la chambre.

Peut-être ne connaissent-elles même pas l'assassin ; ce pourrait être l'un de ces trafiquants d'armes qui traquaient Zenia, selon la longue histoire qu'elle a racontée à Tony. Mais Roz n'y croit pas. Il existe une autre possibilité, bien pire : et si c'était Larry ? Si Zenia a dit la vérité, il aurait eu un bon mobile. Il n'a jamais été un enfant violent, il préférait s'éloigner plutôt que de se quereller avec les autres enfants ; mais Zenia a pu le menacer d'une manière ou d'une autre. Tenter un chantage. Il avait peut-être pris de la drogue. Que sait réellement Roz de Larry, depuis qu'il est devenu adulte ? Elle doit rentrer le plus vite possible et découvrir ce qu'il a fait.

Tony a entraîné Charis à l'écart pour éviter qu'il ne lui arrive du mal. Elle espère seulement que son amie se taira sur sa vision qui — doit-elle admettre — était assez précise, quoique décalée par rapport à l'événement. Que s'est-il vraiment passé ? Tony compte les possibilités : Zenia est tombée, elle a sauté, ou elle a été poussée. Accident, suicide, meurtre. Tony penche pour la troisième solution : Zenia a été tuée — sûrement — par une personne ou des personnes inconnues. Tony est heureuse d'avoir rapporté son revolver à la maison, au cas où il y ait des traces de balles, bien qu'elle n'en ait vu aucune. Elle ne croit pas que Charis ait commis le crime, Charis ne ferait pas de mal à une mouche — convaincue que les insectes ont peut-être été ses parents dans une vie antérieure — mais elle n'est pas aussi sûre de Roz. Roz a du caractère, et peut se montrer impétueuse.

— Quelqu'un connaissait cette femme ? demande le policier.

Elles se regardent toutes les trois.

— Oui, dit Tony.

Charis fond en larmes.

— Nous étions ses meilleures amies, pleurniche-t-elle.

Voilà qui est nouveau, pense Tony. Mais il faudra s'en contenter pour l'instant.

Roz conduit Charis au terminal du ferry puis elle ramène Tony chez elle. Tony monte dans le bureau de West, branché à l'un de ses appareils grâce à ses écouteurs. Elle appuie sur l'interrupteur.

— Zenia a appelé ici ? demande-t-elle.

— Quoi ? répond West. Tony, que se passe-t-il ?

— C'est important, dit Tony. Elle sait qu'elle a un ton féroce mais ne peut s'en empêcher. Est-ce que tu as parlé à Zenia ? Est-ce qu'elle est venue ici ?

L'idée de Zenia en train de rouler sur le tapis au milieu des synthétiseurs lui est extrêmement désagréable. Non : intolérable.

Peut-être West l'a-t-il fait, pense-t-elle. Peut-être est-il allé dans la chambre d'hôtel de Zenia pour la supplier, et a-t-elle ri de lui, il a pu perdre la tête et la jeter par-dessus le balcon. Si cela s'est passé ainsi, Tony veut le savoir. Pour protéger West, inventer un alibi inattaquable, le sauver de lui-même.

— Oh ! oui, dit West. Elle a téléphoné... il y a une semaine peut-être. Mais je ne lui ai pas parlé, elle a juste laissé un message sur le répondeur.

— Que disait-elle ? demande Tony. Pourquoi ne m'as-tu rien raconté ? Que voulait-elle ?

— J'aurais peut-être dû le mentionner, répond West. Je craignais que tu ne sois blessée. Enfin, nous la croyions morte tous les deux. J'aurais préféré qu'elle le reste.

— Vraiment ? demande Tony.

— Ce n'est pas à moi qu'elle voulait parler, dit West, comme s'il lisait dans ses pensées. Elle te demandait toi. Si je l'avais eue en direct je lui aurais dit de laisser tomber ; je savais que tu n'aurais pas envie de la voir. J'ai inscrit son adresse — mais après avoir réfléchi, j'ai jeté le papier. Elle a toujours apporté des ennuis.

Tony se radoucit.

— Je l'ai vue pourtant, dit-elle. Cet après-midi. Elle avait l'air de savoir que ton studio se trouve au deuxième. Comment le saurait-elle, si elle n'est jamais venue ?

West sourit.

— C'est sur le répondeur. Headwinds, deuxième étage. Tu te souviens ?

Il s'est détendu et se lève. Tony s'approche de lui, il se replie comme une chaise de bridge, l'enveloppe de ses longs bras noueux et la baise sur le front.

— J'aime que tu sois jalouse, dit-il, mais ce n'est pas nécessaire. Elle n'est rien désormais.

Il ne croit pas si bien dire, pense Tony. Ou bien il sait et prétend ne rien savoir. Écrasée contre sa poitrine, elle respire son odeur, pour voir s'il a beaucoup bu. Dans ce cas, c'est sa meilleure façon de se trahir. Mais elle ne sent rien d'autre que l'habituel arôme de bière.

— Zenia est morte, annonce-t-elle solennellement.

— Oh, Tony, s'écrie-t-il. Encore ? Je suis sincèrement désolé.

Il la berce dans ses bras comme s'il fallait la consoler, elle, et pas lui.

Lorsque Charis rentre dans sa maison, encore ébranlée mais en possession de ses moyens, il y a de la lumière dans la cuisine. C'est Augusta qui lui rend visite, à l'occasion d'un long week-end de repos. Charis est heureuse de la voir, mais regrette de ne pas avoir eu le temps de faire le ménage d'abord. Elle remarque que sa fille a fini la vaisselle des deux derniers jours et détruit deux énormes toiles d'araignées, mais en prenant soin de ne pas démonter l'autel de méditation. Elle l'a vu pourtant.

— Maman, dit-elle, une fois que Charis l'a saluée et a mis la bouilloire à chauffer pour le thé du soir, que font sur la table du séjour ce morceau de pierre et ce tas de poussière et de feuilles ?

— C'est une méditation, répond Charis.

— Mon Dieu, marmonne Augusta. Tu ne peux pas la fourrer ailleurs ?

— August, dit Charis, un peu brusquement, c'est ma méditation, et c'est ma maison.

— Ne m'aboie pas après! s'écrie Augusta. Et maman, c'est *Augusta*. C'est mon nom à présent.

Charis le sait. Elle devrait respecter le nouveau nom d'Augusta, car chacun a le droit de se rebaptiser selon sa direction intérieure. Mais elle a choisi le nom original d'August avec tant de soin et d'amour. Elle le lui a donné, c'était un cadeau. Elle a du mal à céder.

— Je vais te préparer des muffins, dit-elle, dans une tentative de conciliation. Demain. Ceux avec des graines de tournesol. Tu les as toujours aimés.

— Tu n'as pas besoin de me donner sans arrêt quelque chose, maman, dit Augusta, d'une voix étrangement adulte. Je t'aime de toute manière.

Charis sent les larmes lui monter aux yeux. Augusta n'a rien dit d'aussi affectueux depuis quelque temps. Et elle trouve difficile de croire... que quelqu'un peut l'aimer même quand elle ne fait pas d'effort pour deviner ce dont les autres ont besoin, et être digne de leur affection.

— C'est vrai, je m'inquiète pour toi, dit-elle. Pour ta santé.

Ce n'est pas vraiment ce qui la préoccupe chez Augusta, mais plutôt sa richesse intérieure. Bien que la santé soit aussi spirituelle.

— Pas possible, répond Augusta. Chaque fois que je viens à la maison, tu essaies de me bourrer de beignets aux légumes. J'ai dix-neuf ans, maman, je prends soin de moi, je mange des repas équilibrés! Pourquoi ne pas prendre du bon temps ensemble? Faire des promenades ou autre chose?

C'est inhabituel de la part d'Augusta de vouloir passer du temps avec Charis. Peut-être n'est-elle pas profondément dure, sous son vernis brillant. Peut-être y a-t-il un peu de douceur en elle. Et tient-elle de Charis, après tout.

— Ça t'a beaucoup perturbée, de ne pas avoir de père? demande Charis. Quand tu étais petite?

Elle a souvent failli poser cette question, tout en redoutant la réponse parce que Billy était certainement parti par sa faute. S'il s'était enfui, elle était responsable de n'avoir pas été assez séduisante pour le retenir; s'il avait été kidnappé, elle était coupable de n'avoir pas mieux pris soin de lui. Aujourd'hui, cependant, elle a d'autres idées à son sujet. Que Zenia ait menti ou non, il a peut-être bien fait de ne pas rester.

— J'aimerais que tu arrêtes de te sentir coupable, dit Augusta. Cela m'a peut-être perturbée quand j'étais petite, mais regarde autour de toi, maman, nous sommes au XXe siècle ! Les pères vont et viennent — un tas de gosses de l'Île n'en avaient pas. Je connais des gens qui ont trois ou quatre pères. Ça aurait pu être pire, non ?

Charis regarde Augusta et voit la lumière autour d'elle, dure comme un minéral et douce aussi, avec l'éclat irisé d'une perle. Au cœur d'Augusta il y a une petite blessure qui lui appartient à elle seule, et qu'elle doit guérir.

Charis se sent absoute. Elle pose les mains sur les épaules de sa fille, lentement pour ne pas la surprendre ; et elle l'embrasse sur le front.

Avant de se coucher, Charis fait une méditation sur Zenia. Elle en a besoin, car bien qu'elle ait souvent songé à Zenia par rapport à elle, à Billy, ou même à Tony ou Roz, elle n'a jamais réellement considéré ce qu'était Zenia, profondément : l'essence de Zenia. Elle ne possède aucun objet qui lui ait appartenu, aussi éteint-elle les lampes du séjour et regarde-t-elle par la fenêtre, dans la nuit, en direction du lac. Zenia a été envoyée dans la vie — et *choisie* par elle — pour lui enseigner quelque chose. Charis ignore encore ce que c'était, mais avec le temps elle le découvrira.

Elle distingue clairement Zenia, allongée dans la fontaine, avec sa chevelure nébuleuse qui flotte. Tandis qu'elle regarde, le temps recule et la vie revient en Zenia, qui s'envole à l'envers tel un énorme oiseau, jusqu'au balcon orange. Mais Charis ne peut la retenir là-haut, et elle retombe, tournoyant lentement vers son avenir de femme morte qui n'est pas encore née.

Charis se demande si Zenia reviendra sous la forme d'un être humain, ou d'autre chose. Peut-être l'âme se brise-t-elle comme le corps, et des parties d'elle renaissent-elles, ici et là. Peut-être de nombreuses personnes vont-elles naître bientôt avec, en elles, une partie de Zenia. Charis préfère l'imaginer entière.

Au bout d'un moment elle éteint les autres lampes du rez-de-chaussée et monte au premier. Juste avant de se coucher dans son lit couvert de vignes, elle prend son cahier au papier lavande et son stylo à l'encre verte, et elle écrit : *Zenia est retournée à la lumière.*

Elle espère qu'il en est ainsi. Que Zenia ne plane plus dans les ténèbres, seule et perdue.

Après avoir raccompagné Tony, Roz rentre le plus vite possible parce qu'elle est morte d'inquiétude — et s'il y avait de la cocaïne planquée chez elle, dans les feuilles du thé ou la boîte à biscuits, dans de petits sacs en plastique, et si elle trouvait sa maison pleine de chiens policiers et d'hommes sortis tout droit de leur campagne, qui l'appelleront m'dame et diront qu'ils font simplement leur travail ? Elle brûle même un feu rouge, ce qu'elle ne fait pas habituellement, pourtant personne ne s'en prive de nos jours. Elle retire son manteau dans l'entrée, se débarrasse de ses chaussures, et part à la recherche de Larry.

Les jumelles sont dans le salon, elles regardent une rediffusion de *Star Trek*.

— Salut, maman terrestre, dit Paula.

— Peut-être que ce n'est pas elle, dit Erin. Peut-être que c'est une copie.

— Salut les enfants, répond Roz. Vous devriez être couchées depuis longtemps ! Où est Larry ?

— Erla a fait nos devoirs, déclare Erin. C'est notre récompense.

— Maman, qu'est-ce qui ne va pas ? demande Paula. Tu as une mine de chien.

— C'est l'âge, répond Roz. Il est à la maison ?

— Dans la cuisine, dit Erin. Croyons-nous.

— Il mange du pain et du miel, dit Paula.

— C'est la reine, idiote, réplique Erin.

Elles pouffent de rire.

Larry est assis sur l'un des hauts tabourets, au comptoir de la cuisine, pieds nus, vêtu d'un jean et d'un T-shirt noir, en train de boire une bouteille de bière. En face de lui se trouve Boyce, perché sur un autre tabouret, impeccable dans son costume ; il a aussi une bière. Lorsque Roz entre dans la pièce, ils lèvent tous les deux les yeux. Ils semblent également anxieux.

— Salut, Boyce, dit Roz. Quelle surprise ! Il y a un problème au bureau ?

— Bonsoir, madame Andrews, répond Boyce. Pas au bureau, non.

— Je dois parler à Larry, dit Roz. Si vous n'y voyez pas d'inconvénient, Boyce.

— Je pense qu'il devrait rester, intervient Larry.

Il a l'air découragé, comme s'il avait échoué à un examen : il doit y avoir du vrai dans l'histoire de Zenia. Mais en quoi cela concerne-t-il Boyce ?

— Larry, je suis inquiète, dit Roz. Qu'est-ce que tu fabriques avec Zenia ?

— Avec qui ? demande-t-il, trop innocemment.

— J'ai besoin de savoir, insiste Roz.

— Je rêve de Zenia avec sa chevelure châtain clair, murmure Boyce en aparté.

— Elle t'a dit ? demande Larry.

— Pour les drogues ? répond Roz. Mon Dieu, c'est la vérité ! Si tu as des drogues dans cette maison, je veux qu'elles en disparaissent immédiatement ! Alors tu *avais* une aventure avec elle ?

— Aventure ? répète Larry.

— Aventure, liaison, peu importe, dit Roz. Tonnerre de tonnerre, tu ne sais pas quel âge elle avait ? Ni combien elle était méchante ? Tu ne sais pas ce qu'elle a fait à ton père ?

— Une aventure, dit Boyce. Je ne crois pas.

— Quelles drogues ? demande Larry.

— Il en a seulement pris deux ou trois fois, répond Boyce. À titre d'expérience. Mon nez est douloureux, et une torpeur langoureuse altère ma sensation. Keats. Il a renoncé maintenant... n'est-ce pas, Larry ?

— Alors tu n'étais pas son dealer? demande Roz.
— Maman, c'était l'inverse, répond Larry.
— Mais Charis t'a vu l'embrasser en pleine rue! s'écrie Roz.
Cela lui donne une impression bizarre, de parler ainsi à son propre fils. Elle se sent comme une vieille sorcière qui met son nez partout.
— Embrasser? dit Larry. Je ne l'ai jamais embrassée. Elle me chuchotait quelque chose à l'oreille. Peut-être tante Charis a-t-elle pris cela pour un baiser, car c'était bien elle.
— Siffler, pas embrasser, dit Boyce. Ils n'agitaient pas les bras, ils se noyaient. Stevie Smith.
— Boyce, tais-toi une seconde, dit Larry, irrité.
Ils ont l'air de se connaître beaucoup mieux que Roz ne le pensait. Elle croyait qu'ils s'étaient rencontrés une seule fois, au bal Père-fille, et croisés une ou deux fois au bureau, quand Larry passait la voir. Apparemment ce n'est pas le cas.
— Mais tu es souvent allé dans sa chambre d'hôtel, insiste Roz. Je le sais de source sûre!
— Ce n'est pas ce que tu crois, dit Larry.
— Tu te rends compte qu'elle est morte à présent! s'écrie Roz, jouant sa meilleure carte. J'en viens, on l'a repêchée dans la fontaine!
— Morte? commente Boyce. D'une morsure de serpent qu'elle s'est infligée à elle-même?
— Qui sait? dit Roz. Peut-être que quelqu'un l'a poussée du balcon.
— Elle a pu sauter, remarque Boyce. Quand une jolie femme sombre dans la folie, et découvre trop tard que les hommes l'ont trahie, elle se jette d'un balcon.
— Je prie Dieu que tu n'aies pas été mêlé à cette affaire, dit Roz à Larry.
— Il ne le peut pas, s'empresse d'affirmer Boyce, il n'était pas dans les parages ce soir. Il était avec moi.
— J'essayais de la dissuader, dit Larry. Elle voulait de l'argent. Je n'en avais pas assez, et je pouvais difficilement t'en demander.
— La dissuader de quoi? De l'argent pour quoi? demande Roz.

Elle hurle presque.

— De te l'apprendre, répond Larry lamentablement. Je croyais pouvoir garder la chose secrète. Je ne voulais pas aggraver la situation... je pensais que tu avais été assez perturbée, à cause de papa et de tout le reste.

— Dieu du ciel, de m'apprendre *quoi?* crie Roz. Tu veux ma mort!

Elle parle exactement comme sa propre mère. Tout de même, Larry essayant de la protéger, c'est si charmant. Il ne veut pas rentrer à la maison et la trouver effondrée sur le carrelage de la cuisine, comme cela lui est déjà arrivé.

— Boyce, dit-elle plus doucement, vous avez une cigarette?

Boyce, toujours prêt, lui tend le paquet, allume son briquet.

— Je pense que c'est le moment, dit-il à Larry.

Larry avale sa salive et fixe le sol d'un air résigné.

— Maman, dit-il, je suis gay.

Roz sent ses yeux s'écarquiller comme ceux d'un lapin étranglé. Pourquoi n'a-t-elle pas vu, pourquoi n'a-t-elle pas compris, et quel est son problème de toute manière? La nicotine attaque ses poumons, elle doit vraiment arrêter, puis elle se met à tousser, et un tourbillon de fumée sort de sa bouche, peut-être va-t-elle avoir une crise cardiaque prématurée! Voilà, elle va s'écrouler sur le sol et laisser les autres régler ce problème, parce que tout la dépasse.

Elle lit l'affolement dans les yeux de Larry, l'appel au secours. Non, elle peut se maîtriser, si elle se mord la langue assez fort. Seulement, elle n'était pas préparée. Que convient-il de répondre? *Je t'aime de toute manière? Tu es toujours mon fils? Et mes petits-enfants?*

— Mais toutes ces pépées que tu m'as imposées? lâche-t-elle.

Elle a compris maintenant : il essayait de lui faire plaisir. De ramener une femme à la maison, comme une sorte de certificat de bonne conduite à montrer à maman. Pour prouver qu'il avait réussi.

— Un homme ne peut que donner le meilleur de lui-même, dit Boyce. Walter Scott.

— Et les jumelles ? chuchote Roz.

Elles sont à une étape formatrice ; comment va-t-elle le leur annoncer ?

— Oh ! les jumelles sont au courant, répond Larry, soulagé d'être tiré au moins de ce mauvais pas. Elles s'en sont aperçues très vite. Elles disent que c'est super.

Logique, songe Roz : pour elles, les barrières autrefois si solidement plantées autour des sexes ne sont qu'un tas de fils de fer rouillés.

— Voyez les choses ainsi, dit affectueusement Boyce. Vous ne perdez pas un fils, vous en gagnez un.

— J'ai décidé de m'inscrire en fac de droit, continue Larry.

Maintenant que le pire est passé et que Roz n'a ni ronchonné ni fait une crise, il paraît soulagé.

— Nous voulons que tu nous aides à décorer notre appartement.

— Mon chou, répond Roz, respirant profondément, cela me fera le plus grand plaisir.

Certes, elle n'a pas de préjugés, et son propre mariage n'a pas été vraiment un modèle de succès hétérosexuel, sans parler de Mitch, et elle veut le bonheur de Larry ; si tel est son projet, parfait, peut-être Boyce exercera-t-il une bonne influence sur lui, lui apprendra-t-il à ne pas laisser traîner ses vêtements par terre et lui évitera-t-il les ennuis ; mais la journée a été longue. Demain elle sera sincèrement chaleureuse et enthousiaste. Ce soir, l'hypocrisie fera l'affaire.

— Madame Andrews, vous êtes l'essence de la mode et le moule de la modernité, dit Boyce.

Roz écarte les mains, lève les épaules, et étire les coins de sa bouche.

— Dites-moi, répond-elle. Ai-je le choix ?

Des hommes en pardessus viennent lui rendre visite. Ils veulent savoir beaucoup de choses sur

Zenia. Lequel de ses trois passeports est le vrai. D'où elle venait réellement. Ce qu'elle faisait.

Tony est bavarde, Charis évasive ; Roz reste prudente, car elle ne veut pas que Larry soit impliqué. Elle n'a pas besoin de s'inquiéter, car aucun de ces hommes ne semble le moins du monde intéressé par Larry. Ils sont intrigués par les deux valises pleines de Zenia, soigneusement posées sur le lit, dont l'une contenait onze sachets en plastique de poudre blanche, affirment-ils. Un douzième sac était ouvert près du téléphone. Et pas de la coke, de l'héroïne, pure à 90 %. Ils ont le visage immobile, les yeux figés comme des galets intelligents, ils guettent un tressaillement, un signe trahissant une confirmation coupable.

Ils s'intéressent aussi à la seringue trouvée sur le balcon, poursuivent-ils, et au fait que Zenia soit morte d'une overdose avant même de toucher l'eau. Avait-elle essayé le produit, sans connaître la puissance inhabituelle de ce qu'elle achetait, ou vendait ? Il y avait des traces de piqûres sur son bras gauche, mais elles paraissaient anciennes. Selon les policiers, il y avait de plus en plus d'overdoses de ce genre ; quelqu'un inonde le marché de drogue à indice d'octane élevé, et même les personnes averties n'y sont pas préparées.

Il n'y a pas d'empreintes sur la seringue, excepté celles de Zenia, lui disent-ils. Quant à son saut de l'ange dans la fontaine, elle a pu tomber. C'était une grande femme, et les balustrades en tôle étaient vraiment trop basses pour les normes de sécurité ; il fallait les améliorer. Un tel accident est possible. Si elle s'est penchée. D'un autre côté, l'héroïne aurait pu être un coup monté. Un meurtre.

Ou un suicide, leur dit Tony. Elle aimerait les convaincre. Elle leur dit que Zenia était peut-être malade.

Bien sûr, répondent poliment les hommes en pardessus. Nous sommes au courant. Nous avons trouvé les ordonnances dans sa valise, et retrouvé le médecin. Il semble qu'elle avait une fausse carte d'assurance maladie, en plus des faux passeports, mais la maladie elle-même était bien réelle. Il lui restait six mois à vivre : cancer des ovaires. Mais elle n'a pas laissé de lettre d'adieu.

Tony explique que c'est normal : Zenia n'était pas du genre à écrire.

Les hommes la considèrent, le scepticisme brille dans leurs petits yeux. Ils ne croient à aucune de ces théories, mais ils n'en ont pas d'autre qui tienne la route.

Tony voit ce qui va se passer : Zenia se révélera trop maligne pour eux. Elle sera la plus forte, elle l'a toujours été avec tout le monde. Tony en est très satisfaite, enchantée même, comme si sa foi en Zenia — une foi qu'elle ignorait posséder — s'en trouvait justifiée. Qu'ils suent sang et eau ! Pourquoi les gens sauraient-ils tout ? Les précédents ne manquent pas : l'histoire regorge de personnages morts dans des circonstances obscures.

Elle se sent malgré tout tenue de rapporter la conversation sur Gerry Bull et le projet Babylone, pourtant l'honneur n'est pas sa seule motivation : elle espère sincèrement que si Zenia a été assassinée c'était par des professionnels, et non par une personne de sa connaissance. Les hommes lui disent qu'ils sont en train de reconstituer l'itinéraire de Zenia, le mieux possible, grâce à ses billets d'avion ; elle s'est certainement rendue dans des lieux très étranges ces derniers temps. Mais il n'y a rien de concluant. Ils serrent la main de Tony et s'en vont, lui demandant de les appeler si elle apprend autre chose. Elle le fera, répond-elle.

Elle doit envisager la possibilité peu vraisemblable que les trois récits les plus récents de Zenia — en partie, du moins — soient vrais. Et si les appels au secours de Zenia avaient été réels, cette fois-ci ?

Une fois que la police en a terminé, il y a une incinération. Roz paye, car lorsqu'elle retrouve l'avocat qui a organisé l'enterrement de Zenia la première fois, il paraît très irrité. Il prend comme un affront personnel le fait que Zenia ait choisi d'être vivante tout ce temps, sans le consulter. Son testament a été homologué la première fois, pourtant cela s'était avéré inutile, elle ne laissait pas de biens, excepté un petit legs à un orphelinat près de Waterloo qui n'existait plus aujourd'hui, et par-dessus le marché il n'avait jamais été payé. Dans ce cas, qu'attendent-elles de lui ?

— Rien, répond Roz. Nous nous chargeons de tout.

— Eh bien, qu'en pensez-vous ? dit-elle à Tony et Charis. On dirait qu'on nous a tout laissé sur les bras. Elle semble n'avoir aucune famille.

— À part nous, dit Charis.

Tony ne voit aucune raison de la contredire, parce que Charis est convaincue que tout le monde est apparenté à tout le monde par une sorte de système de racines invisibles. Elle propose de garder les cendres jusqu'au moment où elles trouveront une solution plus convenable. Elle met l'urne contenant Zenia au fond de la cave, dans son carton de décorations d'arbre de Noël, enveloppée dans du papier de soie rouge, à côté du revolver. Elle ne dit pas à West qu'elle se trouve là, car c'est une affaire de femmes.

DÉNOUEMENT

56

Zenia fait donc désormais partie de l'Histoire.

Non : Zenia a disparu aujourd'hui. Elle est perdue et partie pour toujours. Elle est une poignée de poussière, éparpillée dans le vent comme le pollen; elle est un nuage invisible de virus, de molécules qui se dispersent. Elle ne deviendra de l'histoire que si Tony choisit de la modeler ainsi. Pour l'instant, elle est informe, c'est une mosaïque brisée; ses fragments sont entre les mains de Tony, parce qu'elle est morte, et que tous les morts sont dans les mains des vivants.

Qu'en fera Tony? L'histoire de Zenia est chimérique, elle n'appartient à personne, c'est seulement une rumeur qui dérive de bouche à oreille et se transforme au gré du temps. Comme avec tout magicien, on voyait ce qu'elle voulait vous montrer; ou bien ce qu'on désirait voir soi-même. Elle y réussissait avec un jeu de miroirs. La personne qui regardait était le miroir, mais derrière l'image à deux dimensions il n'y avait qu'une mince couche de mercure.

Même le nom Zenia n'existe peut-être pas, Tony le sait pour avoir fait des recherches. Elle a tenté de retrouver son sens — *Xenia*, un mot russe qui signifie hospitalier, un mot grec se référant à l'action d'un pollen étranger sur un fruit; *Zenaida*, la fille de Zeus, et le nom de deux martyrs du début du christianisme; *Zillah*, une ombre en hébreu; *Zenobia*, la reine guerrière de Palmyre, en Syrie, au troisième siècle, vaincue par l'empereur Aurélien; *Xeno*, étranger en grec, comme dans *xénophobe; Zenana*, en hindou, le quartier des femmes, ou harem; *Zen*, une religion japonaise de méditation; *Zendic*, un Oriental qui pratique une magie hérétique — c'est ce qu'elle a trouvé de plus approchant.

Sur la foi de ces allusions et de ces présages, Zenia s'est inventée elle-même. La vérité, en ce qui la concerne, demeure hors de portée, car — selon les archives, en tout cas — elle n'est jamais née.

Pourquoi se soucier, à une époque comme la nôtre — dirait Zenia elle-même — d'une notion aussi exaltée que la vérité? Toute histoire sérieuse est au moins à moitié un tour de passe-passe: la main droite agitant ses pauvres bribes de preuves au grand jour, pour que tous puissent les vérifier, tandis que la main gauche s'affaire à des programmes tortueux, au fond de ses poches. Tony est découragée par l'impossibilité d'une reconstruction précise.

Par sa futilité aussi, pourquoi fait-elle ce qu'elle fait? Autrefois, l'histoire était un édifice important, avec des piliers de sagesse, et un autel à la déesse Mémoire, mère des neuf muses. Maintenant les pluies acides, les bombes terroristes et les termites l'ont attaquée, elle ressemble de moins en moins à un temple et de plus en plus à un tas de décombres, mais elle avait autrefois une structure chargée de sens. Elle était censée enseigner quelque chose aux gens, leur être salutaire; leur fournir une vitamine ou un oracle de petit gâteau chinois caché dans ses récits amoncelés, la plupart évoquant l'avidité, la violence, la méchanceté, le désir de pouvoir, car l'histoire ne se soucie guère de ceux qui tentent d'être bons. La bonté est de toute manière problématique, puisqu'un acte peut être motivé par le bien mais avoir un mauvais résultat, il n'y a qu'à voir les missionnaires. C'est pourquoi Tony préfère les batailles: elles comportent des mauvaises et des bonnes actions, qu'on peut distinguer en fonction du vainqueur.

Pourtant il devait y avoir un message, au départ. *Que cela vous serve de leçon*, disaient les adultes aux enfants, et les historiens à leurs lecteurs. Mais les récits de l'histoire nous enseignent-ils réellement quelque chose ? Peut-être pas dans un sens général, pense Tony.

Malgré cela elle persévère, elle allie ses hypothèses fondées sur les faits aux suppositions plausibles, elle médite sur ses bribes de vérité, ses tessons de poterie, ses pointes de flèches cassées, et ses perles de collier ternies, les disposant selon le schéma qu'ils avaient dû former autrefois. Qui s'en soucie ? Presque personne. Peut-être s'agit-il simplement d'un passe-temps, d'une manière d'occuper une journée ennuyeuse. Ou bien d'un acte de défi : ces histoires sont peut-être usées, en loques, rapiécées avec des restes indignes, mais pour elle il y a aussi des drapeaux, hissés avec une certaine insolence désinvolte, qui s'agitent courageusement mais d'une manière inconséquente, aperçus ici et là entre les arbres, sur les routes de montagne, parmi les ruines, dans la longue marche vers le chaos.

Tony est dans la cave, en pleine nuit, parce qu'elle n'a pas envie de dormir. Elle porte son peignoir, ses chaussettes en laine pour travailler et ses pantoufles raton laveur, qui sont sur le point de rendre l'âme. L'une a perdu sa queue, et elles ont un œil pour deux. Tony s'est habituée à avoir des yeux sur ses pieds, comme ceux que les Égyptiens de l'Antiquité peignaient sur la proue des bateaux. Ils procurent un complément d'orientation spirituelle dont elle croit avoir besoin. Peut-être en achètera-t-elle d'autres avec des yeux, quand celles-ci casseront leur pipe. Elle a le choix : cochons, ours, lapins, loups. Elle pense qu'elle prendra les loups.

Sa carte de l'Europe a été redisposée dans le bac à sable. À présent c'est la deuxième décennie du XIIIe siècle, et ce qui sera plus tard la France est déchiré par des guerres de religion. Il ne s'agit plus maintenant des chrétiens contre les musulmans :

mais des catholiques contre les cathares. Les cathares dualistes soutenaient que le monde était divisé entre les forces du bien et les forces du mal, le spirituel et le matériel, Dieu et le diable ; ils croyaient dans la réincarnation, et avaient des professeurs femmes d'éducation religieuse. Tandis que les catholiques excluaient la renaissance, jugeaient les femmes impures, et affirmaient par la force de la logique que puisque Dieu était tout-puissant par définition, le mal était finalement une illusion. Une différence d'opinion qui coûtait la vie à beaucoup, pourtant la théologie n'était pas seule en jeu, il s'agissait de savoir qui allait contrôler les routes du commerce et les récoltes d'olives, et les femmes qui devenaient impossibles.

Carcassonne, bastion du Languedoc et des cathares, vient de tomber dans les mains du sanguinaire Simon de Montfort et de sa brutale armée de catholiques en croisade, après un siège de quinze jours et une défaillance de l'approvisionnement en eau. Un massacre d'envergure a suivi. Le centre d'intérêt essentiel de Tony n'est cependant pas Carcassonne, mais Lavaur, qui fut attaqué ensuite. Il résista soixante jours sous les ordres de la châtelaine, Dame Giraude. Quand la ville eut finalement succombé, quatre-vingts chevaliers furent massacrés comme des porcs et quatre cents défenseurs cathares brûlés vifs, et Dame Giraude fut jetée dans un puits par les soldats de Montfort, et enfouie sous un tas de pierres. La noblesse à la guerre se fait une réputation, pense Tony, parce qu'elle est si rare.

Tony a choisi le 2 mai 1211, le jour précédant le massacre. Les catholiques assiégeants sont représentés par des haricots rouges, les cathares attaqués par des grains de riz blanc. Simon de Montfort est un pion rouge de Monopoly, Dame Giraude en est un bleu. Rouge pour la croix, bleu pour les cathares : c'était leur couleur. Tony a déjà mangé plusieurs haricots rouges, ce qu'elle ne devrait pas faire avant la fin de la bataille. Mais grignoter l'aide à se concentrer.

Que pensait Dame Giraude lorsqu'elle regardait de l'autre côté des remparts, jaugeant l'ennemi ? Elle devait savoir que ce combat était impossible à gagner, que sa ville et tous ses habitants étaient condamnés. Désespérait-elle, priait-elle pour un miracle, était-elle fière d'avoir combattu pour ses convictions ? En voyant brûler ses coreligionnaires le lendemain, elle avait dû sentir que les preuves à l'appui de ses propres théories du mal étaient plus convaincantes que celles dont se réclamait Montfort.

Tony y est allée, elle a vu le terrain. Elle a cueilli une fleur, une sorte de vesce à tige dure ; elle l'a fait sécher dans la Bible, et l'a glissée dans son album à la lettre L pour Lavaur. Elle a acheté un souvenir, un petit coussin en satin rempli de lavande. Selon les gens du pays, Dame Giraude est toujours là, au fond du puits. C'était ainsi qu'on traitait les femmes de son espèce, à l'époque : on les jetait au fond d'un puits, ou du haut d'une falaise, d'un parapet — une verticale implacable — et on les regardait s'écraser au sol.

Peut-être Tony écrira-t-elle quelque chose sur Dame Giraude, un jour. Une étude sur les commandants militaires femmes. Elle l'intitulera *Une main de fer dans un gant de velours*. Mais le matériau manque.

Elle ne veut pas continuer cette bataille pour l'instant ; elle n'est pas d'humeur à affronter un massacre. Elle se lève de sa chaise et se verse un verre d'eau ; puis, par-dessus l'Europe du XIIIe siècle, elle étale un plan du centre de Toronto. Voici le Toxique, voici Queen Street, voici l'immeuble de bureaux rénové de Roz ; voici le débarcadère du ferry, et l'île plate où se trouve encore la maison de Charis. Là-bas, il y a l'hôtel Arnold Garden, qui n'est plus qu'un grand trou aux parois d'argile, un site de développement futur, parce que les hôtels en faillite sont bon marché et que quelqu'un a fait une affaire. Voici McClung Hall et, au nord, la maison de Tony, où dort West en grognant, dans la chambre d'en haut ;

avec la cave, le bac à sable, la carte, et la ville à l'intérieur, la maison qui contient la cave qui contient le plan. Les cartes, pense Tony, contiennent le sol qui les contient. Quelque part dans cet espace mental infiniment lointain, Zenia continue d'exister.

Tony a besoin du plan autant que des cartes, pour la même raison : ils l'aident à voir, à visualiser la topologie, à se souvenir. C'est de Zenia qu'elle se souvient. Elle lui doit ce souvenir. Elle lui doit une fin.

57

Toute fin est arbitraire, car c'est l'endroit où l'on inscrit le mot *Fin*. Un point, un signe de ponctuation, une stase. Une piqûre d'épingle sur le papier : on pourrait y coller son œil et voir, de l'autre côté, le commencement d'autre chose. Ou bien, comme le dit Tony à ses étudiants, *le temps n'est pas un corps solide comme le bois, il est fluide comme l'eau ou le vent. Il ne se découpe pas nettement en longueurs régulières, en décennies et en siècles. Cependant nous devons prétendre que si, pour satisfaire à notre dessein. La fin de toute histoire est un mensonge que nous nous accordons à inventer*.

Un dénouement, donc. Le 11 novembre 1991, à onze heures du matin, la onzième heure du onzième jour du onzième mois. C'est un lundi. La récession s'aggrave, les grandes sociétés menacent de faire faillite, la famine sévit en Afrique ; des querelles ethniques font rage dans ce qui fut la Yougoslavie. Les atrocités se multiplient, les dirigeants vacillent, les usines d'automobiles cessent leur activité. La guerre du Golfe est terminée et les sables du désert sont truffés de bombes ; les champs de pétrole brûlent encore, des nuages de fumée noire se pressent sur la mer huileuse. Les deux parties crient victoire, elles sont vaincues. C'est une journée terne, drapée dans la brume.

Toutes les trois se tiennent à l'arrière du ferry qui traverse le port dans le bouillonnement des vagues, en direction de l'Île, et entraîne un peu de nuit dans son sillage. Du continent leur parvient le faible écho de clairons et de coups de feu étouffés. Une revue. L'eau est du vif-argent dans la lumière nacrée, un léger vent souffle, doux pour la saison. Le mois de pause, le mois des branches nues qui retient son souffle, le mois de brouillard, le silence grisâtre avant l'hiver.

Le mois des morts, le mois du retour, pense Charis. Elle songe aux herbes grises qui flottent sous l'eau empoisonnée, innocente, au fond du lac ; aux poissons gris avec des tumeurs dues aux produits chimiques, qui ondoient telles des ombres ; aux lamproies aux minuscules dents acérées, aux bouches avides, qui ondulent au milieu des carcasses de voitures, des bouteilles vides. Elle pense à tout ce qui est tombé dans le lac, ou qui a été jeté dedans. Des trésors et des os. Au début de novembre, les Français décorent les tombes de leur famille de chrysanthèmes, les Mexicains de soucis, créant un sentier doré pour aider les esprits à trouver leur chemin. Tandis que nous préférons les coquelicots. La fleur du sommeil et de l'oubli. Les pétales de sang versé.

Chacune a un coquelicot à la boutonnière de son manteau. Du plastique trop léger mais qui peut résister, pense Roz, qui préférait pourtant ceux en tissu. C'est comme ces horribles jonquilles pour le cancer, bientôt chaque fleur représentera une partie ou une maladie du corps. Les lupins en plastique pour les lupus, les ancolies pour les colostomies, les aspidistras pour le sida, il faut acheter ces maudits trucs, ils vous protègent des gens qui se précipitent sur vous dès que vous mettez le pied dehors. *J'en ai déjà un. Vous voyez ?*

C'est Tony qui a insisté sur ce jour particulier. Le

11 novembre, l'anniversaire de l'armistice. Tony devient de plus en plus bizarre, selon Roz ; comme elles toutes d'ailleurs.

Le 11 novembre convient à merveille, pense Tony. Elle veut rendre justice à Zenia ; mais elle ne se souvient pas seulement de Zenia. Elle se rappelle la guerre, et ceux qu'elle a tués, à l'époque et plus tard ; parfois les guerres mettent très longtemps à tuer les gens. Elle se souvient de toutes les guerres. Elle a besoin d'une cérémonie, de décorum ; certes, les autres sont loin de coopérer. Roz est vêtue de noir, sur sa demande, mais elle a égayé sa tenue avec une écharpe rouge et argent. *Le noir fait ressortir les poches de mes yeux*, a-t-elle dit. *J'avais besoin d'autre chose près de mon visage. Ça va avec mon rouge à lèvres Rubicon, il vient de sortir. Ça te plaît ? Ça ne t'ennuie pas, hein, chérie ?*

Quant à Charis... Tony regarde obliquement le réceptacle qu'elle tient : ce n'est pas l'urne hideuse en cuivre fournie par le crématorium avec de fausses anses grecques, en forme d'étriers, mais quelque chose de bien pire. Un vase à fleurs en céramique fait à la main, lourdement artistique, tacheté de mauve et de marron, offert à Charis par Shanita — un vestige de la réserve de Scrimpers, où il traînait sous la poussière depuis des années. Charis a insisté pour employer un récipient plus chargé de sens que l'urne en métal conservée par Tony dans son sous-sol ; aussi, avant de prendre leurs tickets de ferry, ont-elles transféré Zenia au fond du vase, dans le café du débarcadère. Roz a versé : les cendres étaient plus épaisses que Tony ne l'aurait cru. Charis n'a pas voulu regarder, de peur qu'il n'y ait des dents. Elle a retrouvé ses esprits à présent : les cheveux épars, elle est debout près du bastingage, telle une figure de poupe, et serre contre elle l'horrible vase qui contient les restes de Zenia. Si les morts reviennent pour se venger, pense Tony, ce serait un prétexte suffisant.

— Nous sommes à mi-chemin ? demande Tony. Elle veut choisir l'endroit le plus profond.

— C'est parfait pour moi, mon chou, répond Roz.

Elle est impatiente d'en finir. Une fois sur l'Île elles iront toutes prendre le thé chez Charis, et, espère-t-elle de tout cœur, grignoter quelque chose : un morceau de pain fait à la maison, un biscuit au blé complet, n'importe quoi. La nourriture aura un goût de paille de toute manière — ce goût de riz marron, sain à un point décourageant, sans une ombre de rouge à lèvres, est à la base de toute la cuisine de Charis — mais cela se mange. Roz a trois bouchées de Mozart au fond de son sac ; une sorte de supplément antivitamine, et une ressource en cas de famine. Elle avait l'intention d'apporter du champagne mais elle a oublié.

Ce sera une sorte de veillée mortuaire — les trois amies réunies autour de la table ronde de Charis, en train de dévorer à belles dents le repas cuit au four, ajoutant aux miettes éparpillées sur le plancher, car la mort est un creux dans l'estomac, un vide, et il faut le remplir. Roz compte parler : ce sera sa contribution. Tony a choisi le jour et Charis le récipient, la partie vocale lui revient donc.

Curieusement, elle se sent vraiment triste. Imaginez donc ! Zenia était une tumeur, mais aussi un élément essentiel de la vie de Roz, qui est déjà bien avancée. Dans un temps assez éloigné, moins pourtant qu'elle ne le souhaiterait, elle commencera à décliner comme le soleil, à rapetisser. Quand Zenia plongera dans le lac, Mitch disparaîtra aussi, finalement ; Roz sera enfin veuve. Non. Elle sera autre chose, au-delà de cet état. Quoi ? Elle verra bien. Mais elle enlèvera son alliance, Charis dit que cela comprime la main gauche, et c'est celle que Roz veut encourager à présent.

Elle éprouve un sentiment qu'elle n'aurait jamais cru avoir, à l'égard de Zenia. Assez bizarrement, c'est de la gratitude. Pour quoi ? Qui sait ? Mais c'est ce qu'elle ressent.

— Je verse simplement les cendres ou je jette le tout ? demande Charis.

Elle a le secret désir de garder le vase : il détient une énergie puissante.

— Qu'en feras-tu ensuite ? demande Tony avec un regard sévère.

Et, au bout d'un moment — où elle imagine le vase plein de fleurs, ou posé sur une étagère, vide, dégageant dans les deux cas une sinistre lumière cramoisie —, Charis dit :

— Tu as raison.

Ce serait une erreur de conserver le vase, cela retiendrait Zenia à la terre ; elle a déjà vu les résultats de ce genre de situation, elle ne tient pas à ce que cela recommence. La simple absence d'un corps n'arrêterait pas Zenia ; elle prendrait tout bonnement celui d'un autre. Les morts reviennent sous des formes différentes, pense-t-elle, parce que nous le voulons.

— Ho-hisse, alors, dit Roz, le dernier qui saute est un couillon !

À quoi peut-elle bien penser ? L'eau glacée ! La colonie d'été ! Quel changement d'humeur ! Quel manque de goût ! Combien de temps va-t-elle encore faire l'intéressante, avec ses plaisanteries faciles ? Quel âge faut-il atteindre pour que la sagesse vous tombe sur la tête comme un sac en plastique et vous apprenne à fermer votre grande gueule ? Cela n'arrive peut-être jamais. Peut-être devient-on plus frivole avec l'âge. *Leurs yeux, ces yeux brillants de vieillards, sont pleins de gaieté.*

Mais voici la mort, avec une majuscule, peu importe laquelle, donc calme-toi, Roz. Elle est parfaitement calme, mais c'est sa façon de s'exprimer, c'est tout. *Mon Dieu, mords-moi la langue, je ne le pensais pas. Je suis ainsi, c'est tout.*

Tony lance un regard irrité vers Roz. Pour sa part, elle aimerait quelques coups de feu. Un coup de canon rituel, le drapeau s'abaissant à la moitié du mât, une seule note de clairon frémissant dans l'air argenté. D'autres combattants morts ont droit à cet honneur. Alors pourquoi pas Zenia ? Tony songe à des moments solennels, à des tableaux de bataille : le héros appuyé sur son épée, sa lance ou son mousquet, considérant avec un chagrin noble, philosophique, son adversaire fraîchement tué. De rang égal, cela va sans dire. *Je suis l'ennemi que tu as tué, mon ami.*

C'est parfait, dans l'art. Dans les vraies batailles, on se contente plutôt de vider la poche de poitrine et de couper les oreilles en souvenir. De vieilles photographies de chasseurs, un pied sur la carcasse de l'ours, brandissant la triste tête vorace d'omnivore qu'ils viennent de scier. Votre ennemi sacré réduit à un simple tapis — les tableaux et les poèmes constituant un rideau convenable qui camoufle les discours de jubilation.

— Vas-y, dit-elle à Charis, qui lance le vase à fleurs par-dessus le bastingage, on entend un fort craquement, et la poterie se brise.

Charis pousse un petit cri et retire ses mains comme si elle s'était brûlée. Elle distingue une légère teinte bleutée, un vacillement. Les tessons tombent dans l'eau et Zenia se déploie en une longue traînée, comme un nuage de fumée.

— Tonnerre de tonnerre ! s'écrie Roz. Que s'est-il passé ?

— Je crois qu'elle a heurté le bastingage, répond Tony.

— Non, dit Charis en chuchotant. Il s'est cassé tout seul. C'était elle.

Les entités peuvent provoquer ce genre de chose, elles ont le pouvoir d'affecter les objets ; elles le font pour attirer votre attention.

Aucun commentaire de Roz ni de Tony ne la fera changer d'avis, alors elles se taisent. Charis se sent étrangement réconfortée. Elle est heureuse que Zenia participe à sa propre dispersion. C'est le signe de sa continuation. Zenia sera libre maintenant, elle pourra renaître et tenter sa chance une autre fois. Peut-être aura-t-elle une vie plus heureuse. Charis s'efforce de l'accompagner de ses vœux.

Pourtant elle tremble. Elle saisit les mains qu'on lui tend de chaque côté, elle les étreint fortement, et elles glissent ainsi jusqu'au quai de l'Île. Trois femmes mûres en manteau sombre; des femmes en deuil, pense Tony. Ces voilettes avaient un but — ces épaisses voilettes noires, démodées. Personne ne voyait ce que vous faisiez derrière. On pouvait rire comme une folle. Ce n'est pas son cas, aujourd'hui.

Aucune fleur ne pousse sur les sillons du lac, ni sur les champs d'asphalte. Pourtant Tony a besoin d'une fleur. Un brin d'herbe ordinaire, car où que soit allée Zenia dans sa vie, elle a aussi mené un combat. Une guerre officieuse, une guerre de guérillas, une guerre qu'elle ignorait mener, mais une guerre néanmoins.

Qui était l'ennemi ? De quelle injustice passée voulait-elle se venger? Où était son champ de bataille? En aucun lieu particulier. Dans l'air environnant, dans la texture du monde; ou bien était-il invisible, contenu dans les neurones, les minuscules feux incandescents du cerveau qui flambent et s'éteignent. Une fleur électrique conviendrait à Zenia, une fleur brillante et mortelle comme un court-circuit, un chardon d'acier fondu explosant en un millier d'étincelles.

Tony ne trouve rien de mieux qu'un brin de cervis du jardin de Charis, déjà sec et cassant. Elle le cueille subrepticement pendant que les autres entrent par la porte de derrière. Elle l'emportera chez elle et l'aplatira le plus possible, puis le collera dans son album. Elle le mettra tout à la fin, après Tallinn, après Valley Forge, après Ypres, parce que les morts la rendent sentimentale et que Zenia est morte; même si elle a été beaucoup de choses, elle a aussi été courageuse. Peu importe de quel côté elle se situait; cela ne compte plus pour Tony. Peut-être n'y avait-il pas de côté. Peut-être était-elle seule.

Tony lève les yeux vers Zenia, acculée sur le balcon avec sa magie impuissante, basculant de l'autre côté, son sac à malice enfin vide. Zenia lui rend son regard. Elle sait qu'elle a perdu, mais quels que soient ses secrets elle ne les dira pas. Elle est telle une statuette ancienne retrouvée dans un palais minoen : les seins volumineux, la taille fine, les yeux sombres, les cheveux sinueux comme des serpents. Tony la prend et la retourne, elle fouille et interroge, mais la femme au visage figé en poterie se contente de sourire.

Elle entend des rires dans la cuisine, et des bruits de vaisselle. Charis prépare le repas, Roz raconte une histoire. C'est ce qu'elles feront de plus en plus dans leur vie : raconter des histoires. Ce soir elles parleront de Zenia.

Nous ressemblait-elle d'une manière ou d'une autre? songe Tony. Ou plutôt : lui ressemblons-nous?

Alors elle ouvre la porte pour rejoindre les autres.

Table

Du même auteur
aux Éditions Laffont :

La Vie avant l'homme, 1981
La Servante écarlate, 1987
Œil de chat, 1990

Composition réalisée par EURONUMÉRIQUE

IMPRIMÉ EN FRANCE PAR BRODARD ET TAUPIN
Usine de La Flèche (Sarthe).
Librairie Générale Française - 43, quai de Grenelle - 75015 Paris.
ISBN : 2 - 253 - 14067 - 8

31/4067/0